中土

戴寅 著

北京出版集团
北京十月文艺出版社

1

道光十八年（1838）阴历十二月初三下晚，北京瑞雪纷扬，宣武门上斜街五十号，内阁中书龚自珍家里，龚自珍和林则徐正就着火盆在后厅说话。

龚自珍端起泥壶给林则徐续茶，说：

“元抚兄，这一回，去广东查禁洋药鸦片烟，不同于以往的差事。你我之交，这里就是一盏清茶相送，不过那边等着您的事情可太大了。大哥身带皇命，南下任事，自是责无旁贷。此去，要对付的不光是鸦片烟，还有那英吉利国。您到了广东，是皇命授派钦差，凡事独断，可皇上究竟是个什么心意，您揣摩出些分寸来没有？”

林则徐微微点头，攥着茶杯沉吟，看着地上的花砖缝想心事。他放下茶杯，从袖口里抻出一个硬壳奏折，递给龚自珍，说：

“愚兄到府上来，一是钦命出京，来辞行，二来也是想请贤弟给看看这个。这上面的字，是天书，你帮我瞧瞧。”

龚自珍接过奏折，打开观看一眼，立即收合，倾身低声问：“大哥上疏言事，圣上回下来的朱批？”

林则徐点头，说："正是。"

龚自珍再打开奏折仔细观看，看完奏折，举目有所思，说：

"皇上莫非要用强？"

"圣意深远，正想问你呀。"

龚自珍说："大哥折子上讲的第一条：和英吉利人做生意，咱们要讲理，洋商签字画押，保证守法，具结担保，以后不再贩运鸦片烟，就可以进来做买卖，要是置若罔闻，再不守法令，执迷不悟，走私贩运夹带鸦片，一旦查拿，要甘受大清的刑律。这一条，皇上是怎么批的？"

林则徐说："皇上说：'所见甚是，而所办，未免自相矛盾矣。'"

龚自珍说："当今的意思是，您说得都对，但您说得又太轻巧，恐怕是办不到。鸦片烟祸害中华四十年了，洋商跋扈，奸民刁顽，怎样禁也禁不了，查又查不清，太难办，皇上震怒，也许是不想跟他们再费事了。"

林则徐听龚自珍讲，为的是印证自己的领会，听了点点头。

龚自珍说："再看第二条：您折子上说，广东跟外国人的贸易，要区分良莠，守法者来，违法者去，好好做生意，可以，祸害我国，不可以，所言的条规，不单是对着英吉利国，对各国都是一样的，一视同仁，这是至公无私的办法。这一条，皇上是怎么批的？

林则徐说："这一条朱批，我细看了好几回，还不是很明白。皇上说：'恭顺、抗拒，情虽不同，究系一国之人，不应若是办理。'"

龚自珍说："大哥说要区分良莠，不能一概而论，没有错，不这样办理，如何办理呢？皇上却没有说。如此看来，莫非是想不分他守法不守法，不分他是哪国人，不分良莠，只能用一个办法，划一处置。”

林则徐、龚自珍举目相视，心里似乎都明白，却不能肯定。

龚自珍脱口说：“是不是禁不住烟就要禁海呀？！”

林则徐冲龚自珍点点头，又摇头，说：“怕的就是这个，这也是让他们给逼的。这些年，皇上太为难，洋商贩烟，奸民营利，蔑视王法的办法多得很，禁不了，欺人太甚，把皇上给气坏了。”又不无惋惜地击打桌案，看着他摇头，说，“通商，本是件好事，让他们搅得乌烟瘴气，成了图财害命的勾当。”

龚自珍问：“皇上的意思八成是要用强，洋人却哪里会善罢甘休，如此看，仁兄此去广东将会有大事，其中的变数可都想过了？”

林则徐回答：“皇命、国运所系，在所不辞，我自己，也想去讨个公道。”

龚自珍说：“皇上的心意小弟是这么看，不管他是不是守法，不管他是谁，鸦片烟要是再禁不住，就不想再跟他们通商了。可是英吉利国带着炮船和咱们做买卖，它未必能让。禁海，就可能要开战，打起来，咱们没有武力，何以胜之？”

林则徐说：“贤弟所虑极是。我既皇命在身，则以身命报国家，可这一次，要是真有了事，战守之胜负，就成了国家的兴亡，要想办法准备。”

龚自珍说：“大哥性子硬，这一去，关系重大，您遇事可不能急，若是有个风起云涌、惊涛骇浪，也需要有得力的帮手，咱宣南诗社的魏老弟，在南边，他，您可以托付些差事。”

林则徐笑着点头，说：“这魏源魏远达，九岁的时候去应童子试，考官举个茶杯，出个题目，让他对句，‘杯中含太极’，那天他怀里正好揣着两个烧饼，就有‘腹内孕乾坤’的话等着。后来受江宁布政使贺长龄贺大人的聘请，编写《皇朝经世文编》，皇皇一百二十卷，全是经国治世的切实办法。远达，不世之才，听说，后来又跟着两江总督陶澍陶大人办漕运去了，他人现在居住在何方？”

龚自珍说：“他住在南京清凉山，是大哥现下要用的人。”

道光十九年（1839）元月，南京清凉山下，乌龙潭，湖子草堂，浅水处有一座“宛在亭”。魏源坐在亭子边，下面铺条棉褥子，背靠一个石鼓凳，石凳上垫块石头，他头枕在石头上，拿着一本书，在看天想事情。亭中石桌石凳上都放着书。

林则徐来到院门前，让抬着很多箱子的随行人众站下，在柴门外等候，自己进去寻人，走到魏源背后，先观看一会儿像写意画卷的冬日湖山景色，又看亭上的匾额，不见魏源有反应，背起手，也跟着看天、看山、看湖、看风景。

魏源回头，见是林则徐，惊讶又高兴，把书往怀里一揣，慌忙从地上爬起来，说：“哎哟，大哥！您怎么来了？”

林则徐用马鞭指点着他说：“宣南书生，来去无踪，闲山淡水，坐地观风。”又指指四下周围，称赞说，“好所在！”

魏源哈哈笑，问：“早听说您又外放南行，道路远，这么辛苦，怎么还拐到小弟这荒山里来了？”

林则徐想找个地方坐，见石凳上也都放着书，不知道坐在哪儿。

魏源慌忙把石凳上的书往石桌上面摞，把棉褥子往石凳上铺，然后要扶林则徐坐下。

“大哥，外面冷，咱们进屋叙话吧。”

林则徐摆手，往石凳上坐，道：“这里好，这里好。”

魏源朝一片草堂房宇那边喊：“来人，快，快，茶！”

林则徐说：“默深，近年来得不着你的音信，日子过得怎么样？”

魏源说：“平日读书，总督衙门和贺藩台那边，也都有差遣。”

林则徐问：“噢，陶制军近来染病我知道，两位贺大人可都好？”

魏源说：“两位贺大人甚好，九年前在长沙的城南书院得了一位好门生，他们到现在还在高兴，高兴十年了。”

林则徐问：“有这等事，什么样的稀罕人才，如此得意？”

魏源说：“那天贺大人跟那书生谈了一席话，就整天喜笑颜开了。大家就问，那学生有什么优长啊，他就一句话：‘苦读书卓然能自立。’后来陶大帅见了，也跟贺大人一样夸奖。”

林则徐眼睛发亮，很感兴趣，说：“陶澍当朝名臣，长龄、熙龄兄弟二人，都是经世务实的中坚人物，如此看重，必定是个有本事的。”

魏源说：“也是湖南人，叫左宗棠，字季高，把我那《皇朝经世文编》反复研读，谈论起天下的形势，了如指掌。”

林则徐说：“嗯，日后有幸，可以一会。”

家人来倒茶。

林则徐说：“说正事。”

魏源起身垂手，说：“大哥请讲。”

林则徐说：“愚兄此次奉皇命去广东查禁鸦片烟患，想必你也知道了。”

魏源说：“南方各省都已经传开了，烟患荼毒太烈，祸害太深，四十年来屡禁不止，大哥这次奉皇命救世，是人心所向。”

林则徐说：“嗯，禁烟这件事，言明法规，按律收缴就是了，可也并不那么简单，往下，就要从长计议。英吉利国，若是不干休，就不是广东一省的事情，或有国家兴亡之争。”

魏源意会，面色严肃，说：“是，正是。”

当天晚间，魏源草堂内，林则徐、魏源席地相向坐，中间案几上铺一张地图，沿墙摆着很多林则徐带来的木箱子。

林则徐说：“咱先说以后，再说眼下，先说你，再说我，今天来拜访贤弟，是想求你办一件事。国人闭塞呀，知道有个英吉利，有个法兰西，有美利坚等国，震慑于其名，却不知道它们的来历，不知道它们在哪里，不知道它们的国情，不知道它们的优劣长短。很多人只知道我国是中土，却不知道我国之外还有个泰西。各国的国情，我专门派人到处查访打听、收取消息、翻译洋书、收买各国新闻纸，都已经转译成文，大都编整条目，分门别类，凡属政体、制度、财税、农商、工艺、军兵、律政、地理、人文、物产、教化、习俗，力求包容，已经印制成册，取名叫《四洲志》。”

魏源很惊讶，精神一振，挺直了身子：“啊？”

林则徐手指沿墙摆放的木箱，继续说：“这部书，就在里边，我带来留给你，是个底本样稿，拜托你广为搜求，增补扩充，细加研探，日后写成一部全书，专讲海外各国的情况。这些年，英吉利国威震四海，坚船所向，遇岛得岛，遇地占地，强取豪夺，渐已成其本性，印度、南洋、新加坡诸邦，已是它海外之新国，在海上立足已稳，显露强邻之态，与我国交往通商，走私贩卖鸦片，荼毒我国，烟患数十年屡禁不能绝，其居心不可测。中英之间，是强弱之势，咱们想避祸，如今也许已经是避不开了，怕日后终有一战。

“我拜托你的事情，是为了今后。要知己知彼，或有生机，让朝廷，让国人，早做准备。贤弟成书以后，刊行广布，开发民智，警醒天下，振兴图强，若是能领悟出应对时局的新道理，就更好了，可以泽大惠于天下，保我国中土不灭，你要做的，是文教，是长远的大事。”

魏源正坐，屏神正气，神情严正，认真听，说：“大哥，您请放心，您去禁烟，先去做最难的事，嘱托的事情我义不容辞，一定不负所望。”

林则徐一面点头说好，一面展开案上的地图，说：“再讲我要做的事，禁烟就要备战。可相比之下，人强我弱，论武备，不能与人争，现在是没有退路了，要不可为而为之。眼下沿海防卫，广东海岸最长，珠江西口的虎门，是咽喉要隘，历年来修建的炮台有十座，有二百门炮，可是这些炮台，选地、营造，都不合法度，或形势偏狭，射程不远，或建地过高，打不到低处，咱们兵疲炮旧，船太差，等于是两手空空，无法与人较量……”

19世纪40年代，林则徐一代人面对先进的欧洲武力，勉为其难地备战，开始探讨落后的中国怎样才能够度过以后充满战争的时代。

2

1839年秋天，在伦敦下议院的听证会上，民间社团“敦促英国政府和人民断绝鸦片贸易委员会”的主席夏福白里（Shaftesbury）在演讲：

“先生们，尊敬的议员：在中国沿海进行的非法鸦片贸易，无一例外，都是在英国的国旗下由英国人进行的。这个贸易比奴隶贸易带来的死亡率更加可怕。英国政府和英属印度政府犯下了不讲信用、阴谋走私的罪行。

“中国的贵金属和他们赖以发展的财富被掠夺一空，人民更加贫穷。中国当局，无论在道德上还是经济上，对这个贸易已经表示了坚定的敌视态度，他们已经把禁毒令写进了他们的道德法规。为这种既没有价值，又在道德上和商业上滋生罪恶的东西，中国每年被掠夺七百万英镑。

“中国政府意识到这种交易已经败坏了国人的社会风气，摧毁了商业繁荣，然而又深知，任何阻止这种交易的做法都有可能引发与我们之间的战争，这在他们看来，是生死攸关的。我们的责任和利益，是应该让他们打消这个想法……”

议员们在安静地听，其中很多是衣装华贵的商人，他们平静的面容没有表情，很像石刻的雕像。

讲演在继续：

“鸦片贸易是最残忍的贸易，它阻碍了基督教文明的进步，对英国的商业利益和声誉极其有害……”

伦敦，上议院，柴切斯特伯爵在发表演讲，他很气愤，说：“鸦片贸易给中国带来的严重罪恶，导致人类生命财产的巨大牺牲。”

他举起一封信件。

“这封信，是在中国宁波的英国浸礼教会传教士们写给女王陛下的陈情书，他们这样说：

“‘鸦片贸易造成了巨大的肉体上和道德上的罪恶，加上政治和商业上的萧条，严重地影响了中国的民族利益，并且让女王陛下蒙羞，让陛下忠诚臣民的声誉黯然失色。

“‘眼看着悬挂英王陛下国旗的鸦片船堂而皇之地出现在中国的码头，中国人自然会想，这是陛下的政府强加于他们的，所有爱国的中国人，将不愿再进一步打开国门，中国人民普遍认为，陛下和这桩可恶的贸易有牵连……’”

1839年秋天，英国外交部的会议室，外交大臣巴麦尊、外交部官员、财政部官员、英属印度殖民地代表、东印度公司代表、驻华商务总监督查尔斯·艾略特（义律，Charles Elliot）的信使等人正在开会。

外交大臣巴麦尊说：

“先生们，由于鸦片贸易，英中两国的关系越来越紧张，也涉及女王陛下和帝国的名誉，她责成进行调查。今天本人就这件事听取各位的看法。”

驻华商务总监督义律的信使先申明义律的立场，他说：

“驻华商务总监督查尔斯·艾略特爵士，对无法无天的鸦片走私深恶痛绝，不过他的职权有限，控制不了局势，所以爵士要求政府介入，进行管制，他本人愿意配合中国官员稽查鸦片走私。

“不过，他好几次写信给两广总督要求见面商议，可是对方不予理睬，一直没有回复，他很不理解中国人的傲慢。”

一个官员说：

“鸦片问题，是由于中国政府既没有能力禁止它的人民使用鸦片，也没有能力禁止鸦片走私进入中国，如果中国政府不能禁止它的国民购买和消费鸦片，这项贸易就不会自动结束，没有人会把物品带到没有买方的市场。鸦片的需求造就了市场，不是我们造成的，这是自由贸易的结果。”

巴麦尊说：

“女王陛下的政府不怀疑中国政府有禁止鸦片的权力，有权查获没收。”

随后他加重语气，立起一根手指，说：“但是要冷静，要理智。我们无法回避铁打的数字铸成的现实。鸦片贸易的收入，占英属印度殖民地财政收入的比例越来越大。1800年，占财政总收入的30%；到了1826和1827年，占了35%；1830年以后，已经超过了40%。断绝这项收入意味着什么？”

英属印度殖民地代表接着他的话说：

“目前，除了土地税和盐税，对中国的鸦片交易是殖民地最大的收入来源。”

他手一挥，断然说：“不可能。英国政府不可以阻止我们种植鸦片，如果女王陛下发布禁令，那些在英属印度地区以种植鸦片为生的人，就会立刻移民，跑到印度自己的州去继续种植，他们会种得更多。我们无法想象遭受如此巨大的财政损失。我们不可以自断生路，取消将近一半的财政收入。即使我们这样做了，也没有用，于事无补，没有任何意义。”

东印度公司的代表很不高兴地发言说：

“我可以毫不隐晦并且荣幸地承认：东印度公司在中国专卖鸦片的利润，最近的十年是平均每年900%。公司把这些钱的很大一部分以‘国内开支’的名义汇回国家，让本土受益，造成的是什么？大家已经都看见了，造成了前所未有的繁荣！所以今天英伦三岛欣欣向荣，喜气洋洋，人丁兴旺，朝气蓬勃，前所未有地发展起来了。

“我们面对的是无情的历史，鸦片贸易贡献了这个突然发生的奇迹，使我国的工业品对印度斯坦的输出迅速增长起来，让我们的航海事业和海外贸易前所未有地发展起来，一切都生机勃勃，兴旺发达。除‘国内开支’之外，公司每年从这宗贸易中拨给印度国库的钱数，已经超过了孟买土地税的总额了！

“如果取消鸦片贸易，东印度公司董事会就绝对不可能再顺利地向政府提供大量的‘国内开支’，那么英格兰的商人也就不可能像现在这样用鸦片赚来的钱去购买大量的中国茶叶，而不需要向中国输出大量白银。”

一位年轻些的财政部官员反对他们的话，他站起来说：

“东印度公司奉行的是过时的重商主义政策，你们认为储备贵金属是国家经济繁荣的保证，你们信奉最好只出口不进口，害怕英国的白银流向中国。但是先生们，现在是自由贸易的新时代，保证经济繁荣的不是白银，是自由的市场，市场是无形的手，市场能够引导出最适当的商品和数量，鸦片不是保证经济繁荣的唯一商品。

“但是关于自由贸易，刚才有位绅士提出了这样一个奇怪的说法：‘中国人对鸦片的需求造就了鸦片市场’，这是什么逻辑？这等于是在说，非洲人对被奴役的需求造就了奴隶市场。对此，我根本不必加以评论，但我要提醒大家：国家利益之上，还有人类。”

说完愤然坐下。

东印度公司的代表板着脸反驳他：

“大卫·古德曼先生，你在说自由贸易吗？好。1834年，为了你说的这个自由贸易，政府取消了东印度公司鸦片专卖的垄断权，它的后果是什么呢？后果是，大批的私商蜂拥到了中国，云集在那里走私贩卖鸦片烟土，这就是‘自由贸易’的后果。”

财政部的一位中年官员和发言的年轻官员是同事，他对旁边的人介绍说：“大卫·古德曼先生是亚当·斯密的信奉者，也是一位热情的、坚忍不拔的理想主义业余爱好者。”

大家轻松地笑起来。

主持会议的外交大臣巴麦尊说：“玩笑归玩笑，但这个，正是我们今天面对的问题。”

中间休会的时候，在走廊上，巴麦尊的秘书抱着会议的记录，蹙眉看着外交大臣不说话，显然是在问，这可怎么办？

巴麦尊心领神会，歪头意味深长地小声对他说：“不错，国家利益和道义经常打架。对与不对，善与恶，政治家也许有时候没有资格去问。”

他看秘书一眼，又加了一句：“太奢侈。”

在上议院，柴切斯特伯爵的演讲在继续：

“鸦片贸易，使中英两国的其他贸易受到阻碍和伤害，不仅大清帝国臣民的合法贸易利益受到伤害，而且从目前不断扩大的事态和发展趋势来看，陛下在中国忠诚和尊贵的臣民的合法利益都由于这种非法贸易受到阻碍和伤害……”

外交部会议室里的会议也在继续，巴麦尊对大家说：

“国家发展和道德观念，民族利益和民意，如果是我们今天的话题，将变成一场永无休止的争论。作为政府，它唯一的选择，也许只能是现实的迫切需要。鸦片走私可能将引起英国和中国之间的危机，目前，也许只有一个办法可以解决，那就是让鸦片贸易在中国合法化。我们可以通过努力促使中国皇帝批准这个贸易合法进行，中国可以征收一定的关税。

“我会敦促驻华商务总监督兼在华海军统帅查尔斯·艾略特爵士尽量促成这件事情。

“当然，政府也注意到事态发展的严重性，鉴于1832年武装保护海外商业的‘兵贾相资’法案，我们要派出海军舰队，与印度舰队的海军司令联合行动，保护女王陛下在华臣民的安全。”

在上议院，柴切斯特伯爵的演讲仍在继续：

“……无论是公开地还是隐秘地进行这种无耻的交易；无论是拒绝

依照条约交出鸦片，还是认为这种贸易不属于干涉范围而保持沉默；无论是为了巨额利益去抹杀我们对那个充满智慧的国家所施加的宗教和道德上的影响，还是想掩盖罪恶，把这种肮脏的贸易合法化，都是对女王陛下的盟国清帝国互惠国际关系的破坏，都是对基督教文明本身的可怕亵渎……”

巴麦尊和内阁成员都明白，鸦片贸易在英国遭到社会强烈的谴责，但是帝国属于一种立足于以海外扩张带动工商业经济发展突然爆发的文明，这种文明面临的问题是，即使违背自己宣扬的信念，也不能选择去掐断本民族自身的经济命脉。

3

道光十九年（1839）3月10日，广州码头水面上，水师船艇阵列仪象、旗号斑斓，迎候新到任的钦差。两广总督邓廷桢、广东巡抚怡良、广东水师提督关天培、海关监督豫堃及蕃、臬、道、府、州、县、粤海关的官员，文武左右分列，仪仗等待钦差。

怡良问邓廷桢："大帅，这位林大人，皇上倚重，破格提用，可知道是个什么来历？"

邓廷桢说："我认识他的字，人没见过。"

怡良说："噢，跟大人一样，字写得好。"

邓廷桢说："不过，看字也能见人，笔下有气，墨间有韵。"

怡良点头。

豫堃深有心机，平常留意官场里的人物，凑上来低声说：

"两位大人，这位钦差林大人，出身寒素，早年进士未及第，二十六岁以后就顺了，后来在江苏、陕西、湖北各地为官，治河、赈灾、兴农、教化、刑狱，都办得很好，政声好得很，人称'林青天'。皇上听说，就面见了一回，从此重用。此公不攀附，不交际，倒是跟京城里官阶不高的才子们走得很近。下官还听闻，是个钟馗，办案拿贼，一瞪眼，奔雷不及掩耳。”

邓廷桢说：“好，我这里贩烟食烟的鬼多，正铲除不净，就来了夺命判官。”

议论间，水师放礼炮，钦差的官船到了。

官船中仪仗登岸，众官趋前躬身迎拜：“恭迎圣命钦差！”

林则徐下轿，拱手回礼说：“有劳各位大人。”

林则徐见到邓廷桢，眼一亮，紧走上前，说：“大帅是本朝书法名家，有幸相会，今日既来了，就要讨一幅墨宝！”

众官员也不再拘谨。

豫堃不动声色走上前，小声说：“林大人，不必急，邓大人技痒，有求必应，下官们近水楼台，都有了。”

众人大笑。

当日晚上，林则徐、邓廷桢、怡良、关天培、豫堃等人在两广总督衙门内堂聚会。

邓廷桢写完一幅字，对众人说：“却之不恭，只好献拙，让林大人见笑。”

书案上写好的字是篆书：蛮烟一扫海如镜。

众人看字，都说好，怡良会说话，夸奖说：“邓大人写的字是林大人说的话，神形合一，哈哈哈……”

众人落座议事的时候，林则徐说：“鸦片烟的事情，皇上急坏了，去年冬天就睡不着觉了，脾气都改了。”

众人愤然。

邓廷桢叹口气，说：“林大人去年上的折子，说出了皇上的心病，鸦片烟禁不住，数十年后，中原没有能打仗的兵，也没有充饷的银子，有灭国之危，皇上怎能不急。”

关天培说：“这回好了，皇上圣意已决，要严查。”

豫堃说：“林大人刚下船，有所不知，事情难办，十分的棘手。邓大人携我等不分昼夜拼命稽查，眼看着遍地的烟土，就是堵不住、断不了。拿获一次，收缴一次，利之所在，趋之若鹜，前赴后继，还越来越多，官府的文告发了多少回，严令禁止，申明了刑律，就是不理！”

怡良说：“祸根，就是英吉利国的几个奸商，他们在澳门有巢穴，在海上趸货，伶仃洋上有二十几条大船，全都是鸦片烟的货仓，船好炮好，大清的国法，是公然不惧，光天化日之下堂而皇之，硬是往里运，看见了，也追不上，竟然还鸣枪放炮恫吓官差。”

关天培说：“沿海一带，大大小小港汊，进路入口太多，全都是贩烟之徒往来进出之路。来了，像潮水，一登岸，水银泻地，不见踪迹，想沉船拦江，怕渔民不能出海营生；刚要缉拿，人已经跑了，有内应暗中通报；我们有力气使不上。”

怡良说：“外洋烟团，经营四十多年，已经盘根错节，内外联手，结成巨党。他们贿赂贪官，勾结华商，内外相通，遍地都是。官府在明处，他们在暗处，缉拿的官差还没出门，唉，他们已经知道了。”

邓廷桢说：“本官已追踪查访多日，正等候上命，伺机查拿主犯。林大人今天刚下船，不要太辛苦，先安歇，啊，明日再议。”

林则徐说：“各位大人，我出京之前，皇上忧心，已不能安睡。邓大人，此事咱们宜早不宜迟，要快。以后七天，本官要查访民间，会见士子，先问问这件事百姓们怎么说。至于毒枭的行迹来路，咱们不必再查，我都知道，可以即刻动手，广州城内，烟馆窑口，明的、暗的，都在何处，我手中已有名册，明日起，先尽数查封。”

众人愕然，很惊讶，问：“啊？林大人都知道？”

林则徐接着往下说：“贩烟的渠魁，是英吉利国的商人颠地、查顿和马地臣三个人。从广东进来的烟土、出洋的纹银，多一半是在颠地的宝顺洋行、查顿和马地臣的怡和洋行经手过付，这两家洋行，有飞剪船，带枪炮，载货多，走得快，名字起得也好，不是‘水妖’就是‘海盗’，不仅在广东，在天津和上海也携器往来贩烟。

“那个颠地，曾经拜洋和尚郭实腊为老师，用心研习汉文，学习大清的刑律法规，收购官府的公文邸抄，专门了解本朝，对付朝廷律令。那查顿，十七岁就跟着东印度公司商船来华，原是个船上的郎中，贩烟十年，现已成英吉利国巨贾，此人胆大精明，人称‘铁头老鼠’，在本国的势力很大，当国的自由党都要听他的话。那马地臣也神通广大，不是简单人物，道光三年，他第一个挂着西班牙国的国旗在海上贩烟，从此开通走私烟土的海路。在印度国，他用二百两纹银收买一箱鸦片，到广东一转手，三千两卖出，还办了一家新闻纸报馆，鼓动英吉利国官府出兵占领台湾。此三人，先办。”

怡良问：“林大人，这些，大人刚下船怎么就知道啦？”

林则徐说：“不瞒各位，我出京之前，早已派人到广州来探访实情，本官幕府之中，也有搜寻洋人的新闻纸、翻译西书、考察夷情的专员。”

众人恍然大悟，交口议论。

邓廷桢很高兴，跟豫堃说："果然是雷厉风行，奔雷不及掩耳。"

豫堃搓手，很兴奋，一边低声问："林大人既然全都知道，那十三行……"

林则徐说："广东十三行，康熙朝依明代前例设关通商，皇恩见信，委以专权，让他们替本朝和外国做生意，一切我国和洋人之间的往来贸易、文告相通、交相接洽，也让他们代理。十三行既为官府代言，也为洋商办事，独揽中外交易，事权和钱利都占尽了，无往不利，积聚银钱之巨不可测。历年来，他们纳课完税、捐输赈济，都为朝廷办过不少好事。不过，他们和洋人的渊源太深，越结越深，来到广州的洋商都问十三行租赁商馆铺面，开设洋行，也都在十三行的地段居住。多年来，和洋商银钱相通，联手经商，贩卖鸦片的事情，哼，怎能独善其身？单说洋人的买卖，都由他们向官府作保才能放行交易，如今遍地的鸦片泛滥成灾，他们是怎么作的保呀？"

怡良说："林大人、邓大人，十三行是华商，外人好查，这自己人不好查。朝廷让他们和外国好好做生意，他们怎样做的，黑的白的，明的暗的，可就说不清了。鸦片烟患，他们脱不了干系，不过，投鼠忌器，一律都给严办了，没了他们，通商恐怕就要断，英吉利国那些守法的商家，还有外邦那些守法的人，也都做不成生意，无辜受牵累，也是不公。两位大人，你们看，这件事……"

邓廷桢一边思量，一边说："十三行，即便随波逐流，陷得深，我看也未必是一意向恶。不如严令正告，能知错悔改的，就不深究，去除了英吉利国的鸦片贩私烟团首恶这几个祸根，谅他们也不敢不收敛。"

林则徐说："官府查处英吉利国烟枭，他们的商务总监督义律会不会拦着不让办呢？”

邓廷桢说：“义律上任以后，还算讲理恭顺，前日十三行商馆里递上来他的书信，想和下官见个面，商量一下查办鸦片走私的事情，可是朝廷有律令，各省文武，不能亲自面见洋人，我就没敢回复他。他是个商务总监督，却不管本国商民在我国聚众犯法，看来，也是个管不了事儿的庸差。”

关天培说：“英吉利国走私贩烟，辅之以枪炮，欺人太甚。我国百姓受害，他们的朝廷也不是不知道，不仅不闻不问，违法不治罪，还用兵船护着，美其名曰：‘兵贾相资’。有道是，己所不欲，勿施于人，英吉利国的国主如此行事是什么居心呀？他们的官府不管，无非是为了银子。唯利是图恐是夷人本性，与我国道不同，讲理，怕是讲不通。”

林则徐说：“好。你我为臣，上报国恩，下不负百姓，今日与各位大人际遇，很痛快，也想写个字。”

林则徐写的字是：海纳百川有容乃大，壁立千仞无欲则刚。

众人观看，神情严正，深深点头。

4

道光十九年（1839）3月18日。

两广总督衙门的正厅里面，两侧设两排座位，带茶几，几上都有青瓷盖茶碗，一侧有书案，案后坐着笔录文书，堂前差役肃立，摆设像待客，可是气氛像会审。

林则徐和邓廷桢坐在堂上，跟十三行公行总商伍家以及潘、卢、郑、叶等各家买办问话。

林则徐正坐，面色沉冷，没有表情。邓廷桢比较平和，跟两侧的商人们说：“今天诸位是本督的客人，请安坐用茶。”

“谢大帅，谢钦差。”商人们知道是来干什么的，落座以后，有些忐忑不安，有的还没问话就开始出汗。

邓廷桢说：“钦差大臣林大人初到广州城，久闻各位商主的名号，特约来一会，请不必拘束。”

商人们心情稍有放松，在两厢坐下，有差役给沏茶。

一幕僚站立堂前大声说：“十三行公行总商伍崇曜，上前答问。”

商人们一下子又慌了。

伍崇曜起身上前行礼，说：“小民伍崇曜，恭听大人训示。”

林则徐问：“令尊伍老先生身体可好？”

伍崇曜有些意外，说：“谢钦差大人垂问，家父身体无恙。”

林则徐问：“你家祖上福建泉州，武夷山种茶为业，乾隆朝四十八年移居广州经商，皇帝恩命，位列十三行，与外夷通商，伍氏世代家风淳厚，买卖公道，不负朝廷所托。”

商人们听上头这样讲，心情开始放松。

伍崇曜说：“小民代家严谢谢林大人。”

林则徐对众商人说：“十三行不负皇恩，朝廷也没有亏待过你们。如今，你们各家富可敌国，家里云石为地，黄金为壁，潘家苑林之中的九层宝塔，也是沉香砌就，舞榭歌台，日日笙歌，一家之资，堪比全国一年的田赋。”

商人们顿时又紧张起来。

林则徐说：“广州是本朝唯一的通商口岸，十三行是大清唯一的通商公行，你们为洋商都作了保，朝廷就让他们来做买卖，他们的货，在你们那里起卸、囤积、转运、贩卖。现如今，鸦片泛滥，烟患遍地，你们说说，这是怎么回事呀？”

商人们打个激灵，忽然紧张害怕，都不敢说话。

林则徐说：“总商主伍崇曜，令尊伍秉鉴老先生慷慨好义，早年美利坚花旗国波士顿商人赔了钱，欠老先生七万二千两纹银，回不了家，老人家扯碎债据，说：‘你我是好友，一向讲信用，钱，我就不要了。’此事，至今在那美利坚花旗国传为佳话，本官很是佩服。”

商人们的心情又稍有放松，不过仍然担心，不知道上头的钦差这回是什么章程，是要钱还是要命，都仔细听下面。

林则徐接着说：

“伍老先生善经营，生意做得好，东印度公司的银钱周转不开，也要向伍家大宗借用。近年来，你们在外洋入股份，修建火轮车铁路，可见，和洋商之交已非昔日朋友之交，名为买办，实为合资，连你伍氏自家的商号‘老怡和’的招牌，不是也让给了英吉利国的查顿和马地臣了吗？此二人是何许人，他们做的什么生意，你们当然知道。你们华、洋两家，已结为一体，现在共享怡和洋行之名，洋货入华的进路，贩烟银钱出洋的出路，都在你们手里。既如此，奸商洋夷，互为表里，祸害国家，这滔天的罪过，你们辩得清吗？”

十三行呼啦一片全跪下了，想站也站立不住，有如五雷轰顶，此时已经知道，今天坏了。

林则徐跟他们说：“洋人是你们的老主顾，生意上的老搭档、老朋友，不能得罪。这一节，本官知道。你们与洋商交通既深，却不可以暗中勾结，联手欺瞒朝廷，为害本国。你们经商讲的也是信义，既然可以对洋人慈悲为怀，也应该对本国百姓心存良善，要是助纣为虐、毒害国人，就不对了。”

商人们的脸已变色，有人手中还拿着茶碗，碗盖跳起磕碰茶碗，叮当作响。

伍崇曜脸色苍白，已经出了几回冷汗。商人们战栗，面有愧色。

林则徐站起来说：“伍商主，你是公行总商，拜托你向洋人转交我的一张谕帖，限令外商三日之内上缴鸦片烟土，签押文书，具结担保，今后永不夹带鸦片来国。之前三令五申，置若罔闻，今日再劝一次，如有带来，一经查出，货，尽没官，人，即正法！”

众商人总算听明白了，知道自己今天万幸，躲过了一劫，都松一口气，擦汗。

差役上前，转交给伍崇曜已经写好的谕帖。

伍崇曜双手接过谕帖，躬身行礼说：“大人洞察微细，体恤下情，小民立刻就去办差。”

林则徐说：“请伍商主跟洋商们讲说清楚，林则徐出京禁烟，身负皇命，想救我国的百姓，鸦片一日不绝，本大臣一日不回，誓与此事相始终，断无中止之理。”

买办们出了总督衙门惊魂未定，有一个茫然看着伍崇曜，连连摇头，手抖，说不出话。

伍崇曜说：“还不明白？杀机！快办差吧！”

说完转身疾走，众买办立即跟着跑，像惊弓之鸟，引得路人驻足观望。

到了十三行街区铁栅栏大门口的外面，见到有很多洋商正围着看告示，有个粤海关的通译给他们翻译解说。

通译拉长声、念文告。海关监督豫堃豫大人谕令：即日起，暂停外商请牌下澳门；外洋商贾不得离开广州。

洋商们议论纷纷，围着提问，提出了抗议。那通译面无表情，再讲一遍，一遍一遍重复文告，不解释，最后不耐烦，说：“封港了，谁也别走！”

众买办皆惊愕。

有个买办小声说：“这钦差动手太快啦，前几日下船，今日就封了黄埔港，海陆交通一断，人和货全跑不了啦。”

伍崇曜说：“这一回不同以往，赶紧吧！”

5

十三行馆区，外侨商会里几个人正在说话。

颠地（Lanslot Dent，四十岁）、马地臣（James Matheson，四十三岁）、美国旗昌洋行的威廉·亨特（William Hunter），还有几个洋商。

颠地和马地臣正在说话，面前放着一张世界地图。

马地臣俯身指点地图，说："中国背靠山脉面向大海，我们在它的背面，没有路，于是我们脚踏海洋，绕到它的正面来了，下面，意味着什么呢，会发生什么？"

颠地简单明了："我们需要占领它的一块陆地。"

马地臣抬头，问他："兰斯洛特，你说话可以含蓄一点吗？"

颠地回嘴说："你问得一点也不含蓄。"

亨特向他们递过去方头雪茄烟。

马地臣说："不了，谢谢，有洁癖，烟，本人不碰。"

亨特故作惊讶，意味深长地说："是吗？烟，不碰？！"

马地臣笑一笑，不作答，接着颠地的话题往下说："海上没有我们站立的地方，澳门很近便，可是葡萄牙人太贪心，他们的贸易代理金要的太黑，高得已经无法忍受。台湾，台湾是我们最好的选择。”

颠地说：“我看威廉·查顿的设想更现实，应该立足于香港渔村一带，可以控制舟山、金门和厦门，切断中国对外的贸易通道。台湾太大，我们管不了，占据以后，稳定下来要用很长时间。”

亨特在一边看着，觉得他们的议论有些出格，就说：“我看见一个英格兰人和一个苏格兰人在对着一张菜单商量怎样吃一道菜，还有一个苏格兰人不在，他已经被这道菜吓跑了。”

马地臣和威廉·查顿都是苏格兰人。

颠地说：“威廉·查顿是个老鼠，听说中国的林钦差1月8日离开了北京，他人月中就不见了。”

大家哈哈笑。

马地臣说：“他是铁头老鼠，他回来的时候乘坐的可能是铁甲战舰。先生们，三个世纪的历史告诉我们，战争，是走向文明的必经之路。”

这时候伍崇曜跑进来，说：“几位老板都在，正好，先看这个。”

伍崇曜把林则徐的谕帖交给颠地，颠地看谕帖，然后抬头对屋里所有的人说：“中国官府命令，所有外商三天之内上缴‘劈柴’。对，‘劈柴’，中国人每天要用的那种‘劈柴’。”

“劈柴”是在华鸦片走私业内鸦片的代称。

颠地漫不经心地把谕帖还给伍崇曜，说：“请伍老板转告新来的钦差，我们更愿意上缴银圆，可以是很多银圆。还请告诉他，我们既然在贵国经商，就懂贵国的规矩，所以专门准备了这一项日常的额外开支。”

伍崇曜看见颠地不明白今日之事非同以往，就不理他，说："快召集各国的商家，我要先宣读总督衙门谕令。"

1839年3月24日，在澳门的驻华商务总监督义律办事处，义律的助手拿着一份记录，向义律汇报最近发生的事情。

他说："3月18日，伍崇曜在外侨商会宣布林则徐的禁烟法令，颠地说要交出一笔可观的贿赂，钦差大臣拒绝了。当晚，伍崇曜赶回商馆，传达林则徐的口谕：如果颠地拒绝呈缴鸦片，3月19日上午10点，林则徐要亲自到十三行公所，先审讯外商，再正法一两个人。"

助手看着义律，用手比画杀头。

义律一惊，倒吸凉气。

助手接着说："3月21日是限期的最后一天，他们没有缴烟。林则徐就包围了十三行，断绝了交通。商人们连夜开会，决定捐凑一千零三十七箱鸦片上缴中国官府；广州，南海、番禺各县的美国人多数愿意缴烟，但是被颠地拦住了。3月22日，就是前天，林则徐知道了这件事，就下令，'颠地首恶，断难姑容'，要传讯他。颠地不去，要求林则徐先颁发亲笔护照，保证生命安全才能去，林则徐不给，现在事情闹僵了……"

义律摆手，叫停住，站起身，说："这些人！要钱不要命。现在事情闹大了，赶紧发通告，让广东我国商人全部撤出广州。我们现在就去广州，颠地快没命了，这个新来的钦差要真是来禁烟的，他还能活吗？"

3月24日当天，义律到了广州，到十三行街区颠地的住宅去见他，告诉他事情很紧急。

颠地在客厅里走来走去，嘴里念叨："正法！爵士，就是杀头，把头砍下来插在木桩上展览，中国人喜欢看杀头，他们围着看呀看，认为很有趣。"

义律见没法跟颠地好好说话，就不再理他，对助手说："起草文告，通知所有商人，上报鸦片存量，全数上缴广州官府。"

颠地抱头，痛心疾首地说："不！！！"

助手点头，转身出屋。

义律看着颠地说："你的死，对中国可能不是坏事。可是我，代表英国政府，现在要住在你家，是在保你的命！"

义律到广州以后，在颠地住处居住，履行人身保护职责，书写文告，敦促外商缴烟，跟商人们保证，损失由英国政府赔偿。外国烟贩纷纷呈报存烟数量，上缴鸦片。

到了5月2日，林则徐撤围，恢复十三行的交通，取消封港。

但是事情并没有解决，不仅没平息，反而接连发生了可疑的暴力事件，两国之间关系如箭在弦上，有人开始动武，出了命案。

5月24日，伶仃洋上的英国炮舰放国歌，庆祝英王寿诞，开炮时击伤中国水师船。林则徐震怒，当天驱逐颠地和马地臣出境，画押具结，永不许再来。

1839年6月3日，林则徐在虎门海滩销烟，万民观望。

豫堃上报销烟数字：鸦片三万两千三百零六箱，合二百三十七万斤。

军兵和夫役把鸦片烟土投入装满石灰水的大水池。水池很大，五十丈见方。鸦片烟投入水池，被石灰烧化，冒白烟，然后开闸放水，流进大海，沿岸的海水开始沸腾。

远处，有些枯槁的人形走进人海，向沸腾处走去，淹没在水里，那是些吸食鸦片的人，他们已经身不由己，只好去海里和鸦片共存亡。

林则徐放下望远镜，心情很沉重，很忧虑，说：“毒患深至于此，非一代可解。”

1839年7月7日晚上，林则徐在钦差行辕接到了急报，赶到总督衙门，怡良和豫堃已在等候。

豫堃说：“英国水兵喝醉了酒在尖沙咀村寻衅，和乡民斗殴，毙伤人命，打死一个百姓，叫林维喜。”

林则徐大怒，拍案说：“拿！”

怡良说：“林大人，杀人的人早已逃回船上。官府去缉拿，义律拒不交人，在船上自己开庭已经审了，说是要送回本国下狱。”

豫堃很生气，说：“大人，条规上，义律没有领事裁决权。人犯该由官府处置。规矩是两国定的，他们现在不认了！”

林则徐非常气愤，手捶书案问他俩：“开炮寻衅伤人，上岸打死百姓，拒交凶犯，邦交大事如此践踏，是要开战吗？”

北京听说以后，上谕不久就到了，三件事，说得明白：禁止一切贸易；派兵开进澳门；驱逐英人出境。

1839年8月15日，义律在澳门也问了同样一句话。他面对被赶出来的英商代表，愤怒地问众人：“他们断绝贸易，驱逐臣民，是要开战吗？”

6

1839年7月，伦敦的莫克尼亚克·史密斯公司在开会。公司的董事查顿和史密斯正跟颠地一干回国的鸦片商人议事。

查顿说："先生们，在广州的损失是不可避免的，因为我们忽视了一件事，在中国官员里面有强硬维护旧时代信仰的人。但是，本公司的怡和洋行没有离开中国，鸦片贸易没有停止，我的合伙人马地臣已经把它搬到了船上，现在我们在海上经营。"

颠地很不满，说："商务总监督义律爵士对我们做出过保证，政府会赔偿我们的损失，可是现在政府却告诉我们说那是他个人的意见。"

史密斯说："兰斯洛特，但是政府没有说不赔偿损失，只是说政府不给钱。"

颠地和商人们没听明白，茫然地相互看，问："啊？你说什么？什么意思？"

查顿站起来，给大家解释史密斯的话："请大家想一想，现在我们面临的问题是什么。不是赔款，是政治。现在，我们面对社会反对鸦片贸易的各种力量，还有女王陛下的名誉也要顾及吧？如果由政府直接补贴你们损失的鸦片烟，就说明是政府在让你们走私贩卖鸦片，对不对？”

大家听明白了，捂住前额的，看天花板的，都很失望。

查顿接着又说：“但是，对这件事我们当然不会袖手作罢。本公司不会、东印度公司不会、殖民地不会、工商界不会、银行不会，谁都不会！6月1日，就在广州销烟的前两天，孟买和加尔各答的商人们，已经上书枢密院，他们告诉政府一个事实：鸦片贸易是孟加拉和孟买两个省出口贸易总额的三分之二，禁止？他们受不了！”

查顿看着商人们，他们忽然都坐直了，在认真听。

“政府不会袖手旁观，因为政府不能忽视莫克尼亚克·史密斯公司在金融界和对外贸易中的主导作用，政府不会忽视工商界的意愿和利益，政府更不会无视国家发展进步这一根本需要。

“本公司的合伙人史密斯，作为外交大臣巴麦尊的枢密顾问和亲密朋友，作为辉格党的领袖，他会提醒政府怎样做出反应。

“我们和政府都不是教会，不列颠以工商立国，不以道德空论立国。海洋贸易是我们的生命线，国际政治靠的是金钱，国家靠的是金钱，政府靠的是金钱，靠的是我们。是我们，保证了国家的一切。

“兰斯洛特，去和工商界的朋友们谈谈，让他们去和下议院的朋友们谈谈，议员的多数，来自工商界。”

查顿讲完，史密斯回到最开始的话题，他一边用左手在太阳穴旁边画圈儿，一边说：“让我们想一想，想一想，赔款的事情，是大事还是小事。它是小事，也可以变成大事。我们需要一片土地，我们需要通商口岸，我们需要治外法权，我们需要在东方大陆上的切实存在，于是这一笔赔款才能够成为大事，只有用某种唯一的方式，才能使这些大的要求和这笔小钱成为相辅相成的事情，先生们，冒昧提醒一下，有一种赔款叫‘战争赔款’。”

商人们都是精明人，此时都听明白了：我们的国家是以工商业为核心的国家，国策的走向以需求为准，不可以空谈道义，不顾国家利益。

大家心领神会，茅塞顿开，眼中明亮，很受鼓舞，跃跃欲试。

7月底，英国各地印制发行了广州鸦片英商代表团的宣传册，全国广为散布，讲了很多关于中国的事情：英国国旗在中国受到侮辱；英国官员和商人被囚禁、受到虐待；林则徐是为了私利禁烟，他自己有几千亩田地，是种植罂粟的种植园，所以禁止外国进口鸦片来抢生意。宣传册控诉中国的暴行，英国社会群情激昂，鸦片走私问题离开视野，转变为人权侵害问题。

8月，伦敦下议院、银行界、商人和船长们开始了敦促政府策动战争的请愿活动；8月6日，东印度中国协会主席拉本德给外交部致函，要求制裁中国；8月7日，内阁紧急开会；从8月18日到30日，社会团体敦促政府采取行动干预；9月16日到27日，利物浦印度协会、曼彻斯特三十九家工业资本家、伦敦九十八家公司致函政府，一致认为：中国禁烟是侵略行为。

9月，在国会，议长先介绍了一位发言人的身份。

他说：“让我们听听一个人的声音，所有人都知道，不仅没有一位议员，而且没有一个英国人比他更了解中国。他，就是四十八年前随乔治·马戛尔尼勋爵觐见乾隆皇帝，当年只有十二岁的小斯当东。”

小斯当东站起来，对议员们说：“先生们，我们进行鸦片贸易，是否违反了国际法呢？没有！北京朝廷有权强化司法措施，以制止鸦片贸易。但迄今为止，对外国人最重的处罚是禁止经商或驱逐出境，现在它能粗暴地判处他们死刑吗？这种原始落后的做法是对人权的不可容忍的侵犯。中国人要像对待他们的叛乱分子一样用剑刃来对待英国人的头颅，我们要警惕！

“如果我们在中国不受人尊敬，那么在印度，我们很快也会不受人尊敬，并且渐渐地在全世界都会如此！

“我们正在准备中的战争，是一场世界性的战争，它的结局会产生不可估量的影响，根据胜负，这些影响又将是截然相反的。如果我们会输掉这场战争，我们就无权去打；但如果我们肯定能够打赢，我们就无权放弃。

“我们要进行的这场战争，是为了人权，是为了平等。第一，这场战争并不是为了庇护鸦片走私，而是为了惩罚中国人在和英国人的外交过程中表现出的不尊重和不平等。第二，如果英国不能迫使中国平等对待英国，那么英国很有可能失去在世界范围内其他国家的平等对待和尊重。”

国会肃静地倾听，议员们的神情像石刻的雕像，小斯当东讲完，全场起立热烈鼓掌。

一些在场的报纸记者当场瞠目，国会真不可思议，对一个国家贩卖毒品，是带有犯罪性质的行为，现在怎么又变成了保卫人权的斗争？

记者们深谙世事，他们在想，舆论的声音，也许只能是社会主流浪潮的声音，不可以反其道而行之，所以，选择不作声。

1839年10月1日，英国内阁决定对华作战，下面的事，需要履行法律程序，策划方案，实施军事准备。11月4日，发布16号机密训令，内容简明扼要：先打击，再说理。

1840年1月16日，维多利亚女王在国会发表了演说。

女王讲话很有分寸，不过态度很明确，她说："朕，正密切注意英人在华利益及国家尊严。在中国发生的事件已经引起我国臣民与该国通商关系中断，朕极为注意，并将继续注意这一影响我国臣民利益与王室尊严的事件。"

为了人民，为了尊严。

1840年4月，英国国会就对政府的"信任度"进行投票表决，以271票对262票通过了对政府决策的信任。政府的决策是什么，大家心里都明白，但是怎么能由国会直接投票发动战争呢，不太合适了吧，要把握政治分寸，所以，投的不是战争票，是对政府的决议投信任票。至于政府的决议是进行战争这个事实，不可以在投票的名义上体现。

这是政治方法问题，要在历史上为国家行为的合理性、合法性留出余地。

政府，也把武力行动定义为"是制裁，不是战争"。大家心领神会用词选择的深意：一个国家，人家不让贩卖鸦片就去打人家，怎样说都说不过去，所以"战争"这个词不好。

了解内情的官员知道，对中国开战，不是意外的发生，国家早有这样的预想，是早有准备的事情。1832年，英国政府派遣东印度公司职员胡夏米侦察中国沿海。1835年7月24日，胡夏米以通信方式向外交大臣递交报告，提出："直接用武力获得利益，为将来提供保证。"

胡夏米1835年的军事计算，需要一艘主力舰，两艘大型巡洋舰，六艘三等军舰，加上三四只武装轮船，配备一支两千九百四十人的部队，可以取得战争的胜利。

英国是商人的国家，内阁做出战争决定以后，鸦片商人和纺织业资本家协助实行计划的制订，从策动战争转而参与细化作战方案的工作，提供兵力配备的建议。

1839年11月2日，根据拉本德、史密斯和一些商人提供的方案，巴麦尊略作调整以后，呈交给海军部。

赴华兵力的配备：舰队以装有七十四门火炮的舰队级双层甲板大型战列舰两艘为主，巡洋舰十四艘、东印度公司明轮蒸汽炮舰为辅，附加辅助船、运兵船、运输舰、组合远征舰队，再在中国雇用一些私人贸易船和武装走私快艇。

主攻的目标：靠近北京的天津。

作战时间：远征军1840年2月在马六甲海峡集中，4月到达中国海。

战略与策略：封锁珠江，切断台湾和厦门的运输，封锁扬子江和黄河河口，占领舟山，封锁杭州湾，前往北直隶，占领一个岛或几个岛。

这个方案和胡夏米1835年提出的作战计划基本一致，方略不变，只是兵力有所增强。

了解内情的人们知道：占领一片中国的陆地，最好是香港，是国家长期以来的企盼和目的。

外交大臣巴麦尊在家里跟他的子侄们聊天的时候，说起国家大事，告诉他们说，将要发生的战争，实为外交史的延续，他说：

“1787年卡兹卡特访华，1793年马戛尔尼访华，他们都正式向清朝政府提出过领土使用的要求；1802年和1808年英国两次出兵澳门，也是为了想把葡萄牙人赶出去，取而代之，在那里获得一块地方，因为，我们实在太需要获得一片站脚的陆地。

“国家曾以不同的方式向中国要求过，也想过用钱买一块地，但是中国不答应，实在是出于无奈，没有别的办法。”

巴麦尊告诉他们：“1837年，伦敦的印度中国协会主席委员会不得不向政府正式提出要求，行文是：‘必要时，占据中国北部海岸的一个岛屿，在那上面和平地维持一个英国的商馆，受英国法律保护。’”

巴麦尊提醒他们注意，说：“听清楚，这句话里有‘占据’也有‘和平’，但是‘占据’跟‘和平’没关系。现在，就在11月，他们的主席拉本德又给我写信，明确地说：‘如果中国人拒绝全面开放口岸，则用购置和其他方法取得一个岛屿。’那么，这个‘其他方法’，你们认为是……”

人家没等他说完就总结了：“抢！”

家中子弟反倒给巴麦尊解释，说：“有没有那个林则徐，他干了什么，并不重要。”

巴麦尊瞠目结舌，一时说不出话。真是后生可畏，年轻人，有失粗俗，不失扼要。

1839年10月至1840年4月，是战前准备时期。鸦片贸易造成的危机终于显露出它的用处，获得土地，它不过是国家发展战略的一个契机。

1840年1月15日，在华英国海军接到了命令：行动，封锁广州口岸和珠江口。

十天前，1840年1月5日，林则徐等人也接到了圣旨：奉天承运皇帝诏曰，告喻封港，永断英吉利国贸易。

6月，在马六甲海峡集结的四十七艘舰船和四千军队组成的英国机动舰队从印度起锚北上，到达中国海，陈兵海上。

林则徐接到这个消息的时候，倒也并不惊慌，心想：事已至此，乃意料之中，也感到有些好笑，今日之泰西，与古代北地戎狄同出一辙，你不互市，我纵兵掠。

7

战争，有时候在编年史爆发时间之前就已经爆发，正式开战的日期不好确定。

林则徐和英国海军在1839年9月4日有一次交火；在1840年6月28日英国远征舰队全军开到，正式开战的之前和之后，即1839年9月4日到1840年8月31日，又打了七次。

英国海军没有想到，这七次都没有取得胜利。林则徐也知道了什么是“坚船利炮”和它的厉害。

第一次是在九龙洋。

9月4日的中午，水师参将赖恩爵带着三只水师船在九龙口岸一带的洋面巡海，防护炮台，顺带稽查民间烟土私贩。

洋面上有五艘英国军舰，用舢板送来一个人。远看，船上坐着的是个中国老百姓，穿长衫，近看，原来是个洋人。来人上到赖恩爵的座船，递上一个禀帖，原来是要吃的和日用的东西。

赖恩爵对来人讲：“两国相交，本应以礼相待，以前也是这么做的。不过，今天可不成了，水师提督关大人有令，你们船上的人打死我国百姓林维喜，公案没有了结，官府交涉，你们就是不交出人犯，地方上，就不能再供给你们的吃食和用度，你还是回去吧。”

来的人是个普鲁士人，但他说的是中国话，也有个中国姓名，叫郭实腊，当过颠地的中文师傅，现在给英吉利国办事。

郭实腊说：“大人所言，本人能懂，不过国之争端是国事，人，都要吃饭，我们在海上断了补给，远离家乡，酷日风涛，实在是很困难。天朝自古讲仁义、讲人情，凶犯是凶犯，好人是好人，不能一网打尽，请大人慈悲为怀，国事与人事，咱们分开办，好不好？”

赖恩爵见此人说话诚恳，中国话说得还挺好，心有所动。可自己是个办差的，上面怎么说就怎么办，不能由自己做主，只能对他说：“今日你来要的东西和你说的话，本官定会向上方禀报。”

郭实腊周旋不成，就回去了。下午两点十分，英国船上又派来了一个人，这回是个军人，不是来商量，是下一道最后的通牒，起先没听明白，再听，还是不明白，什么？半小时以内不供应食品物品，就开炮打沉我的船？

赖恩爵见前后两次来人说的话是反的，对不上号，以为没交涉清楚，正在狐疑，一声晴天霹雳，人，已经仰面跌倒，座船中弹了，英国军舰开炮了。

有两艘英国兵舰，离得很近，就在五十米开外，骤然一阵排射，差点掀翻了座船，炸中了船上管理军械的一名兵丁，弹片穿胸而过，兵丁当场殒命。

水师三只船，同时遭到炮击，赖恩爵大怒，即令回击。

岸上炮台上的人看见外国军舰在和水师交涉什么事情，都来观望，没想到忽然间硝烟升腾、火光闪射，英国兵舰突发炮击，攻打海里的三只师船，连忙奔向炮位，开炮支援。立刻，海边展开了一场岸炮和舰炮的对射。

下午四点半，英国一只炮船中炮十九处，好像炮弹也用完了，便举帆退离。半小时以后，远处出现两艘英军战舰，一边急行一边升旗，赶入战场参战。

这场炮战，打了两个半时辰，直到傍晚天快黑。水师和炮台，阵亡两人，重伤者二，英国海军水上浮尸十七具。

赖恩爵交战的时候，身临其境，只是浑身疼痛，觉得体外体内都在震裂，没有多想。事后细细回想突发的战事，不禁感叹自己万幸没被打死，若不是林大人先有准备，事先买来二百门洋炮，添设在沿海的各座炮垒里，还让炮台张设绵网挡炮弹，师船上又覆盖上生牛皮，内衬棉胎，浇上水，缓冲了损伤，自己的座船早就沉了。老天有眼，正在交战的时候，忽然大雾弥漫，英夷的炮不那么准了，不然，自己这次可能活不下来。

当晚他在水师营坐等，知道钦差行辕会急召他去面报军情。

天刚黑，来了人，带他进总督衙门。衙门里面灯火辉煌，文武官员出来进去，很多人，都在前面等着传见，他是直接往里进。林钦差、邓大帅、巡抚和关提督几位大人都在后堂坐着等他，他便详细禀告了战况的始终。

赖恩爵禀告了战事，有一节，还不明白。

“大帅，职下对战之时，英夷的炮子打过来，分层。过来的，是上中下三层，次第排发，来得快，来得猛，像是山连着山，排空而过，横击下压，各炮发声不同，空中呼啸的声响也不一样，不仅密、快，还准，他们用的是什么炮法？”

林则徐幕府中一向收集夷情，参研西书，平日里，也琢磨和谈论欧洲的兵器和战法，但没有交过手，只是纸上论兵，了解一些，却不翔实，只能推引猜测。

林则徐对关天培和赖恩爵说：“关将军、赖参将，泰西的炮，本爵也略有所闻，却不能细致入微，它究竟厉害在什么地方，听赖将军今日所言，我倒是明白了一些。”

在座的人都知道，这次和历代打仗有所不同，以前打仗，靠步骑，现在洋人从海上来，打起来就是海陆的炮战，靠的是炮。船和炮的好坏，怎么用，十分要紧，可以决胜负，关系将士的生死，乃至国家的生灭。

夷船不用讲，明摆着，看得见，比水师船强百倍。广东的水师用的是米艇，大小不及人家的一半，大的，也就十来丈长，一船常备八门炮，造价三千四百两银子而已。人家的一条船，用八万两、十万两银子造就，使用整株番树，圆木造成，圆木裹着黄铜，船底也包着铜，船体外包铁壳，大船可载九百五十人上下，俨然海上一座小镇，水师的船差得远。

而洋人的炮，也见过，型质冶造，看着和大清的炮差不多，铁的多，铜的少，有的也是青铜铸就，都是前膛装药的滑膛炮、黑火药引火，炮也带炮耳和尾钮，炮体圆锥筒形状，没有看出它怎样的不同，为什么如此厉害。

林则徐说：“炮，无非攻坚、野战、守城、船载之类。之前所闻，英吉利国的兵船上炮式不一，有红夷、子母、冲天各式。今日听赖参将所述，大约是取平射、高射、吊射三法，各有专攻，炮力浑然立体而来，取的是排空之势，可见凌厉。洋人所称的卡龙舰炮，想必是水师船的冲天炮，为攻坚拔寨、摧毁炮台和城池所用。听说，他们近来得一新法，造一炮称之为‘佛郎机’，可以从后膛装药，连发炮子，便捷快速，其力甚强。”

邓廷桢说：“诸位，火炮优劣，事关军民生死。本朝的炮，多数是本省佛山李、陈、霍、梁四家承造，全国除此之外，别无大家，我们近水楼台，不妨去问呀。”

林则徐说：“正是，他们虽不是所学专精的炮匠，却都是冶铸的行家。咱们再去找浙江的龚振麟请教，此人在镇海炮局，试验铸炮新法，也在琢磨后膛装药之法，告诉他今日炮战英夷炮火的实况，也许能各有所得。洋人的长技，天文地质、勾股算学、声光化电、工艺营造，全都是实用的学问，深不可测，咱大清要存活，看来不学真不成了。”

两个月以后，同英国海军的第二次炮战，在穿鼻洋。

林则徐还是想恢复正常通商，他的意思是良莠要分开。私贩烟土、故意犯法，还顽劣对抗的凶狡之徒，要驱逐，不能让再来了；以后愿意好好做生意的商人，画个字据，照常互市，不跟他们为难，不与英人为敌。

英国三桅商船“杉达”号，在海南文昌海面沉没落难，十五个幸存的船员凫水登岸，被送到了广州。那时林则徐已改授两广总督，他亲见抚恤，赏赐食物，把他们送上返乡英船。1839年12月29日，林则徐托付英商的回船，给英国女王捎去一封国书，跟她解说为什么要禁烟收缴鸦片，希望两国能够携手合作，合力共除烟患。

英商们更想恢复正常贸易，继续做买卖。驻华商务总监督义律代表英方反对清朝让商人们具结担保不贩烟，所以不允许英国商船进港画押具结，正常的贸易仍然恢复不了。

来华的英船全都进不了港，货出不去，眼看着亏本。商家和船主都很着急，损失太大了。各船在海上眼巴巴观望流连，希望形势好转起来，就能继续贸易。各船都在海上苦等，不甘心离去。

他们上不了陆地，又很难得到食用补给，吃饭饮水十分困难。当局强硬，造成了僵局，现在不能进港也不能回家，走投无路了，航线上怨声载道，一片恐慌。

美国人趁乱发财。他们认为捡到了机会，反正是天高皇帝远，就顾不得“海商法”的禁令，让英国船换上美国旗，冒充成美国船入港做生意。可是他们收费太高，从香港到黄埔口岸，区区九十海里，收费竟然是从美国到中国的价钱，把船主们逼得一个个脸色发青，骂骂咧咧，怒火高万丈。

有个英商，心中不服，特意在加尔各答做了法律咨询，才知道驻华商务总监督义律在法律上根本没有权力干涉商家入港做生意，他干涉，是越权。消息在海上传开，不满变成了对抗，就有人自行进港，履行向清朝政府担保不贩卖鸦片的手续，照常做生意。

1839年11月3日，英国商船“皇家萨克逊”号来了，进不去港。它不管英国政府的禁令，非要进港，让中国引水员带着，到了穿鼻洋，正驶入黄埔港，英国军舰朝它开炮警告，不许进，回去！迫令其折回。

关天培听到炮声，带着五条船赶来，查询究竟。他不明白为什么这次英国兵船对自己人开了炮。正在靠近，冷不防遭到英舰迎头炮击，炮火十分猛烈，当场打死六个水手，有四条船，同时中炮漏水，一条船上的火药舱瞬间又中一炮，船体爆炸崩裂，炸成齑粉。

和赖恩爵一样，关天培也是突遭炮击。不过这次，他流了血，一块炸飞的木片削掉了手上的肉，行伍之人见了血就拔出了刀，一声怒喝，燃炮还击，竖目奋战。

英舰只有两艘，一艘是很大的平通甲板双桅战舰，有四十四门舰炮，另一艘是巡洋级的炮舰，有二十八门炮，两舰横摆，舷炮轰击，炮火之猛，出人意料。

皇家海军的一些官兵，看见清朝水师的五条小船实在是太单薄，根本不能说是战船，便不以为这是在打仗，很多人站在甲板上看热闹，观看火炮实战表演，只当个新闻事件，有人掏出日记本画写真，有人记日记，也有人在点评。

舰上有个比较用心的海军少尉，以前没见过中国水师打仗，很想知道是什么样。他看了一会儿，开始给旁边的军官讲解："中国人的炮和火药，做得还不错，但是射速太慢，六分钟发一炮，我们船上有几个经过格林伍德舰长训练过的精英炮手，两分钟能发三炮。他们这么小的船，快沉了，不散不退，胆子也不小，炮手都是会用炮的，可惜，没有机动升降装置，太笨。他们的船又太小，晃得太厉害，根本打不准，肯定是没有瞄准具，只能用目测了，不知道视线与火炮轴线的不同，所以弹道都偏高。"

旁边的人都抬头往上看，果然不错，中国水师的炮弹，都往上走，很飘，准头儿还可以，可是都打在船帆上，穿了过去，帆上有些带火苗的黑窟窿，索具有的被打断，旗帜有些也打没了。

听少尉说话的军官管战勤，见状回头对部下说：“以后多备索具。”

他手下的人都笑了，然后一本正经举手敬礼，齐声说：“Aye Aye Sir！”

也不知道他们这是本土的幽默还是认真的。

炮战打了一小时，英国皇家海军不能再打了，战舰的横桅被打折了，需要修理。舰上中炮的时候，甲板上有几个官兵被横向震起，凌空飞越，掉进海里，于是两艘英舰转向回航，离开战场，帆斜旗落，一边救人一边撤退，回尖沙咀洋面的泊地修理。

战舰橡木会议厅舷窗的后面，观战的英军舰长从望远镜里看见中国水师几条被打得残破不堪的小破船还在后面穷追不舍，前面领头那个人看不清面目，披一身盔甲，手里还拿把刀，他周围的人都拿着火罐和喷筒，他们的脸都被硝烟熏得黢黑。他们在追，看样子是想赶上来接舷，进行近战肉搏的。舰长收起望远镜，沉吟不语。

旁边的大副不无惋惜地说：“这样的中世纪战士，很快就会死光了。”

舰长说：“他们没有海军，不过今天我可以承认，他们没船，但这些人，是海军。”

8

第三次交战，就在第二天，在尖沙咀洋面。

林则徐自从到了广东，就马不停蹄各处勘察，巡视山川形势、沿海布防，根据各处的山形地貌调整兵备。虽然不知道英吉利国会这么快开战，但小心无大错，战前一直没有停止准备。

珠江口内，虎门一带是咽喉要冲，关天培本来就想在江上建造两道拦江木排铁链，加固江防，但是他没钱。

钦差一到，虎门视事之后，事情就有了起色。

现场观察地形、商议布防，林则徐同意他的办法，对他说：“夷船坚厚，可以冲断拦江木排，纵使冲断了，行船也会受到羁绊拖拽，走得就慢了，容易受攻中炮。横江拉起两道拦江木排铁链，冲过一道还有一道，甚得其要。不过看这两岸之上，炮力不够，炮势也弱，山中各炮垒营造，并无夹击之势，东面的武山上，需要再建一座新炮台。”

结果，一件工程变成一套工程，建起两道拦江排链，又在武山旧炮台威远的侧后上方，新建一座靖远炮台，与横挡在江面中心岛上的两座炮台形成更均匀的扇形。靖远炮台，内设火炮六十门，买来的二百门西洋炮剩下的，放置在几处得地势的山洼中添补炮位。旧炮台的防护墙垛已经全都破旧单薄，根本没有用处，打起来，砖石飞溅反而会伤到自己人，所以又改建加固、夯土加厚。

防线，经过重新布置再演试，各处的炮火配合就比较合理，左右两岸的炮火能够相互支援，都能打到对面远及山根的地方。

当初察看地形，来到尖沙咀，见到此处洋面群山环抱，浪静风恬，可做锚地停船。北面有一道山梁，名叫官涌山。官涌山俯视海面，如有战事，敌方的锚地就一定会设在这里，在这里建一座炮台，建在泊地的上面，可以从上方居高俯攻。林则徐下令，在此地修建新炮台一座，扎营防范。

现在，这道新建的炮台营盘就在英国军舰锚地的上方。

在穿鼻洋被打坏的英国兵船回到这里修理，林则徐也来到了尖沙咀官涌山上。

英吉利炮船一而再袭击水师，不是开战是什么？他下令官涌山营垒深挖壕沟，加固炮台，相机剿办。林则徐不想再忍了，但是还没有等他想好，英国海军已经动手了。

英军在此处停船，实在是没有别的地方可以去。清军在官涌山的这个营垒是在头上悬的一把剑，不拔掉不能安居，见到山上清军正在加固阵地，英军决定攻占官涌山炮台，要坚决占领。

第三次交战，就是官涌山的争夺战。11月4日，英军在夜间发动攻击，军舰在海面一字排开向炮台轰击，炮轰以后，登陆攻山。

从11月4日到13日，英军五次出击，围攻官涌山，都没有成功。山中炮台的建地位置很得地利，舰炮不易打中，当时有的舰上已经有康格里夫火箭炮，可以覆盖盲区，但是力量不够大，山上的树都在燃烧，但炮台没有太大损坏。

英军在海上展开陆攻，一般使用“舷炮线式齐射”的战术。舰队在十里开外列成一字，升起高桅，人先上去用炮对镜测量校正，然后长时间遥射。炮击猛烈，也很准确，可以摧毁炮台，瓦解斗志。守军开始溃散的时候，海上大群舢板中等待的军队立即实施登陆，从两侧包抄，合围攻占阵地。这个办法一般很有效，但这次没有成功。

英军攻不下官涌山，尖沙咀锚地就不能要了，船只能离开。官涌山之战以后，广东的英国炮船、鸦片船只好都在外海栖身。

官涌山之战后，广州全城士庶兴高采烈庆贺胜利。晚上，总督衙门里面也是灯火一片，饮宴贺功，大家都很高兴。

豫堃心中畅快，喝多了酒，还要喝，对关天培举杯说：“穿鼻洋一战，关将军真是‘关将军’本色，勇！哈哈哈……”

关天培也是兴之所至，和他对饮，说了实话：“很吓人，天雷击，老命差点没有啦！”

此时，邓廷桢已经收到京里来的消息，朝廷改授其为闽浙总督，去福建经营海防。

酒宴中，林则徐对他说：“大帅，这次小有得手，是我们准备得早，全国海防一万八千里，不是都像咱们这样。闽浙两省要紧得很，这次朝廷让您去，不是没有缘故。”

邓廷桢点头，说：“这个，我有所领会。浙江、福建，武备松弛，海防不严，朝廷要急备整饬，那里的烟患也要去除。这两天，我想了想，我先到泉州去募兵，再在厦门岛南边突出海面的胡里山建起一道五百丈的石壁，在石壁后面建兵营，安置一百门铁炮。这回，要用灵活管用的炮架，不然打不着人家。对面的鼓浪屿、屿仔港，我放一百六十门炮，再跟当地水陆师一起订个‘海防章程’，在漳州、同安、兴化、延平那些民风劲悍的地方募兵，协防海岸。日前，我一听到信儿就订购了十四门洋炮，要带去用上……”

英国舰船只能在伶仃洋东南的伶仃岛和大濠岛之间的铜鼓洋上散泊，它们被赶出了近海，只好自寻锚地。没有吃的，没有用的，不下雨就没水喝，食用十分困难，海上的日子过得很艰难。

沿海有人看见了财路，纷纷驾渔船、蛋艇去那里卖货做生意，送去粮肉、蔬菜、瓜果。有什么卖什么，可以高价换来银钱。

鸦片走私，本来就没有停，仍然在海上悄悄地经营，但是规模不如以前了，趸船上的鸦片存货太多，销不出去，就低价卖出，或者以物易物，从来卖东西的人那里换回食品和日用的东西。铜鼓洋一时间忽然变成了一个热闹的海上集市，夜市灯火通明，光明四射，照亮了航道，夜间行船不必开灯。

他们白天互市，晚上贩烟，伶仃洋上，船只日夜往来，骤然繁华。英国水兵吃到了以前没有吃过的东西，有肠粉、米线、鱼丸、粉丝、豆腐、咸鱼、酱菜、红薯、阳桃、木瓜、糕饼果子、芥蓝、空心菜，也有烧鹅、腊肉、熏鱼、广式香肠之类，还发展出一座海上肉联厂，空出一条趸船，专门用鸦片烟土换活牛，供应鲜肉。

所以第四次交战，是林则徐先动的手，他要灭掉这个巢穴。

1840年2月29日凌晨2时，他的船队夜里进了铜鼓洋。

船队是火攻船队，挑选精壮健勇和敢死乡民混合组成，手持鸟枪、火箭、火罐、喷筒，约定趁黑夜摸船营，出其不意同时发作，一齐放火焚烧敌船。

林则徐事前琢磨出一套海上火攻的办法，专门编成一册《约章七法》，给这支半军半民的队伍讲解打法。在夜里操练。

一、先看好风向潮势，船队出击，要走顺潮方向，占上风头。

二、行进之中，再分成左右两翼，摆成雁翅形状。

三、左右队，分别斜向插到敌船的船头和船尾近处。

四、接敌之时，再以敌船的四个角分队。如此有序分布，交手时不会乱，敌船之下能摆下的攻船数量最多但又不会太拥挤，可避免混战中把火器扔到自己人的船上。

五、敌人大船，用攻船十六条，各角为四；中船，用攻船十二条，各角为三；攻船不可太多，避免拥挤混乱自相碰撞。

六、船队接近敌船时，火力可及便射，由远及近：火炮先发，鸟枪再射，火箭再发，近至可以投掷距离，再用火罐和喷筒近战烧船。

七、备三十只瓜皮小艇，装干草、泼松明和擦油麻巾，火药占十分之二比例，上盖葵席，用草绳捆住。各船携带短铁链和大铜钉。草船上，各船随行善泅者三人，半身在水，半身靠船行进，位置极低，夷船炮火不能及。一经靠拢，用铁链和铜钉把草船钉在夷船上，放火烧草船，人快速泅水游走。

关天培见了这册战法，觉得可以用。

他心想，林大人出于无奈，读书人被逼出了拼命的法子。夷船快，占上风头，谈何容易。若是散开，两三只在一处，遭到火器交相环击，也很难靠近敌船。我们的船和炮都不如人，除此以外别无他法，可以趁黑夜偷袭，但不可以常用，对方有了准备就不灵了。他们的船快，先抢到上风头，火攻就没有用。此法，只能出其不意，用一次。战前之准备，也要悄然进行。

于是，关天培平时训练都秘密进行，让大家特别注重一个“密”字，练兵的时间，都在入夜之后。

1840年2月29日，月黑风高，似得天助，军民子时下海，分兵四路，各队分散开，纵列鱼贯航行。船小，成了长处，海上黑暗，不易见到。

到了铜鼓洋，前队见到远处影影绰绰好像有大船，知道来对了地方。各队踊跃向前，行进中，平时操练已熟，按照《约章七法》列成雁翅，再走近，就已散开，或十六、或十二船一伙儿，各自寻找目标。太小的敌船，钦差的书上没说，就都不去，各寻大小合适的船去放火。不过，夜太黑，看不出对面哪是兵船哪是运船。

一只水师的二十八桨快蟹船先到，就近先开了炮，炮声一响，军民们浑身一震，突然兴奋起来，谁也没等谁，都向对面乱发鸟枪。有几条船上，突然点亮火把，开始向敌船遥射火箭，射不到敌船，都掉进了水中，空中火箭如织，照亮了前方，清军水师的船也都跟着开炮，海上骤然一片轰鸣，火光闪射，洋面忽明忽暗。一时间，黑夜变成上上下下一团团烈火，军民船队蜂拥而上。

火船的队伍，由胆大的人组成，他们水性好，不慌张，也不声张，只顾找黑暗处逶迤潜行。最前面的火船摸到一条洋船的下面，三个人纵身跳出水面，上到火船，把发辫往脖子上一缠，用牙咬住，一人扶铜钉，两人抡大锤交替钉船。洋船的甲板上此时已经聚集了人，有人探出身子向船下看，见状大恐，大喊大叫，慌忙向船下开枪，也有人往船下扔东西砸，周围的小船此时正陆续赶来围住，朝船上开枪、投火器，掩护在火船下钉船的人。一会儿，钉船的人跳进海里，潜水而去，洋船下面轰然起火。

当夜，铜鼓洋上烟火明亮，大小二十几条船起了火，四散逃避。有的焚毁，有的撤离，焚毁的是运输船，也有来送货做生意的，撤离的是兵船。

这次是偷营得手，不是海上对战的胜利。夜攻船队不知道，他们碰到的，不是英国远征舰队的主力，主力正在赶来的路上，他们要去的地方，是浙江。

9

林则徐以前就听说英吉利的船炮厉害。有一回，英军的两条船和两广总督卢坤的四十条船在虎门口外纠缠打斗，不见落败，反而占了上风，正是因为船坚炮利。

但林则徐不知道它如何坚，怎样利。尽管之前，泰西的专书和新闻纸上有关船和炮的讲说也留意看了不少，还是不得要领。直到真动手打起来，经过了实战，听将士们议论，他才有了些领略。现在，林则徐和僚属们最关心的就是这两样：船和炮。

每次战后，把书中所说和零散的消息见闻放在一起，结合战事拼合、比对、查问、议论、推测、计算，自己究竟差在哪些地方，就知道得更多了些。

1939年至1940年，行辕里经常是彻夜讨论时局、战事、武备、日后的方略，现在怎么办，日后会怎样。战，已经开了，国家御敌无术，要赶快想办法。

清军水师的广东米艇和福建同安船，大的，重不过250吨，各船设炮也就八门十门，不可多过二十门，多了，一开炮，船就震碎，不是船体震裂就是船骨震断。水师船是松木或杉木造成，质松脆、易变形，中炮即碎，自己开炮有时也碎。行船，靠人力划桨摇橹，顺风的时候用帆，但是帆都太小，全国只有一条“耆英”帆最大，用洋人新闻纸上的算法“面积在三千平方米上下”，已经不得了，四亩地大小，走得还算快，可是水师船的航速，每小时大约只能走二十四里地。

英国开来的最大风帆战舰，看来只是他们的“第三等”，还不是最大最好的，吃水已在1700吨以上，舰炮八十门。其余大小船只，各在300吨到1000吨不等，配火炮二十四门到六十门。船都是橡木造成，质密坚实，有韧性，不变形，防腐耐磨，整株圆木包铜，很能扛打。他们会用风力，用风用得极好，行船借各种风力推动，帆，各有所用：诸如横帆、斜桁帆、支索帆、三角帆之类。大船满帆，挂帆三十六面，一展开，就是二十四亩地大小，风助船行，走得飞快，不用人力尾舵，用机装舵杆，驾船轻巧灵活，船底包铜，其用有三：防蚀，结实，阻力小、走得快，每小时可走三十七里地。

英吉利船上炮多，重炮也多。据上阵官兵所言，它能几炮齐射却不震裂自伤，令人不解。看来，不仅在于船的用料，还有别样的技巧。他们敢把大量火炮装列在战舰两舷，与船的龙骨垂直，重炮开火，而船不解体，想不明白是为什么。找出书来查看、再看、再细看，见书中有图，图上的洋船是用密集肋骨定型船体，整个就是用肋骨拼成的船壳，再一想，如此造船，横向可受之力极大，船体极为强韧，不怕开炮爆发的后冲力，方知其所以然。

英吉利造船，百年前已换用“盖伦”船体，船形流畅，长宽合度，下宽上收，重心低，船就平稳许多。船体圆融，艄艉上翘，可以化逆风、泄炮力、耐风涛、受冲撞、越大洋，又增其固。

林则徐想：这些加在一起，即所谓“坚”。

西炮，我们也有，看着跟自己造得差不多，如何“利”，之前却想不通。

两军炮战，凭的是快速势猛。他没见过洋人放炮，只见过自己的炮台开炮，才知道，开一炮太麻烦了，在旁边看着，实在是很着急。

先把火药放进一个布袋里，放进铁炮的药膛，再用软布包起炮弹，装进炮膛，放在火药袋上面。软布是为了填补缝隙，让弹发有力。之后，拿个长针插进撞击孔，刺穿药袋，让火药漏出，再往炮筒里的炮弹上面放个麻球，按实塞紧，也是为了在炮膛里闭气，增加炮力。然后再把少许火药倒进撞击孔，再用绒绳点火，等火烧到了头，就开炮。开了炮，炮就往后走了，离开了原位，有的还打横，众人要费尽力气把大炮搬回去复位，同时还要几个人上去用湿布蘸水擦炮筒降温，把炮管濡湿，怕里面有残留的火星，还要有人拿个前头带湿棉球的长杆子插进炮筒清刷炮膛，把里面爆炸以后的残渣掏出来。炮复位擦净以后，照原样再开第二炮。炮发一弹，实在是不容易，放不了四十炮，就不能再放了，要停下来等，等炮管变凉再打，不然就会炸膛，点燃火绳的时候，点火的兵丁侧身站在远处，用一只手点火，周围的人全都蹲下，拿起藤牌护身，也是怕大炮炸膛。

一门炮要十二个人伺候，两名炮手管瞄准和点火，还有十个辅助的劳力兵丁搬炮擦炮，地上放的是竹篮、木桶、送药钩、牵拉铁炮的铁圈、铁钩、倒药的药角、点火用的火龙鞭之类，都是辅助的器具。

开一炮真不易，算了算，身手快的、有劲儿的，还得是熟练的老兵，六分钟才能发一炮。

可是怎么关天培说在穿鼻洋之战，看见英国人两分钟可以放三炮？不可思议。

近来，访遍铸造的师傅、造炮的名匠，还参问过几个传教的洋和尚，又专门派了人装扮成卖糕饼的小贩到英国船上去打听、偷瞧。跟众人反复推敲，汇总其要，吃了一惊，才知道，炮貌似类同，其高下优劣，可有天壤之别。

洋人用炮，现在已经不用点火绳发火了，有燧发装置，更好的，用雷汞，一触即发。洋炮发火燃炮，用的是内装发火药的空心鹅毛管，连刺带装，一次完成。大清的炮，有的还安在菜园子用的手推车上。洋人船上的炮，开火之后也往后退，但有滑轮铁轨，还有牵引的机器，能把炮拉回去，进退方便。我军炮手瞄准射击，用炮口上方中间的三角缺口准星和炮背上铸成的范线，以目测估量，想来“目线”和“轴线”之间有误差，弹道不同，所以总是打高，英人用的是炮对镜和炮身中腰上的标尺测量，炮击就准确得多。

这些，就已经很不一样了。

最不同之处，国人铸炮，模具用泥范，一副模具只造一门炮，用完就废了。材料用的是白口铁，铸出空心炮身，泥范铸炮，炮身粗糙，蜂窝和砂眼很多，容易炸膛，所以不得不在炮筒上再套上炮筒，复合起来，还需再加铁箍，所以大清的炮又粗又重，可是炮眼的口径却非常之小。佛山所铸六千斤大炮，外径44寸，内径只有15.5寸。炮膛之内，也不平滑，装进炮子，不能严丝合缝，闭气不好，漏气。炮子，一律是实心铁球，说穿了，炮击射出去没有力，就是扔出去砸。

洋人铸炮，模具用的是砂范，一范可成批铸炮，用的是灰口铁，用砂范铸的炮，炮身平滑，气眼儿少，灰口铁里有石墨，腻而滑，所以炮身不脆，韧性很强，不裂，不炸膛，先铸出实心炮筒，再用蒸汽机器掏空，切削精密，打磨平滑，所以膛壁薄、口径大、威力强，重量却小。

洋人的炮子，也很是不同，有实心弹、链弹、霰弹、空心爆炸弹。炮弹和炮膛尺寸吻合、间无游隙。不仅如此，他们对炮的口径、底径、炮身长度，都有精细的算计比例，已成算数定理，炮口的大小和炮身的长度、炮口的大小和炮底的大小，都成比例，各有定式，各类炮式也都有算法程式，取其弹发之力最大的时间参数出膛，怪不得西人造炮偏长，尺寸上面是有学问的，射得远，炮力猛，炸力大。我国造炮偏短——我们用短炮，为的是守城，炮太长，城墙上放不下呀。所以，也打不远。

确是开卷有益，多问必得，关天培、赖恩爵实战中的发现，竟然也查到了参证。他们翻来翻去，西洋早年的新闻纸上曾提起过一个人，英吉利有个会用炮的人叫格林伍德，他训练过的炮手可以两分钟发射三炮。

知道了这些才明白：力之法，是学问。学问、良工和技艺用到了一处，才是“坚利”，不仅仅是钢铁。

林则徐心想，原来，所谓“坚”与“利”，其根本，不是船大炮快，而是各种学问和长技的组合，混在一起用。

林则徐一代人，从战争中得来切身的体会。他们此时知道，不学习泰西不行了。

最近，西洋新闻纸上说，英国有个远征舰队来了。这支远征舰队战舰高大，吃水深，转身不灵便，所以东印度公司的蒸汽明轮炮船也跟着一起来了。这蒸汽船航行不靠风与水流之力，不用曲折行驶，能直线走，动力大，走得很快，进退还灵活。于是明白，风帆战舰和蒸汽炮船两者的组合，是相辅相成、互补短长，猛快兼济，来者不善。

他们快来了，兵临城下，这仗以后怎么打呀？

眼下，清军的水师太弱，不能成军，只能防守海岸，靠炮台，这是不得已而为之的权宜之计，应该有能在海上抗敌的水军才行。

1840年，两广总督衙门和闽浙总督衙门，会告广东福建两省，兴办造船。

广东人和福建人在沿海第一线，忧国的人很多，他们积极响应，兴起战时造船业，一时蔚然成风。

民间造船，各凭其力，各显其巧，各按自己的所思所想，五花八门，什么样的都有。老百姓不知道英吉利远征军是个什么样儿，但是知道，打仗的船大概应该是什么样。随其所想，出现了各种各样的战船。

上呈到总督衙门的船图纸样，大多是为了实战的新型设计：有四十桨的快蟹，走得很快；有三桅两层四十门炮的知沙碧船，很像西洋炮船；有设计成让士兵在船篷里开炮，看不见外面因此胆壮的西瓜牙儿形状越南式战船；有用脚踏水轮激水航行的水上炮车；广州盐茶富商认为水战的要诀是快，捐款造了两条船，左右设桨多达六十四个，工艺很是讲究。可惜，设计太讲究了，工艺太精致了，不能出海实战。

广东船舶批验所，也发明战船，设桨三十六，中腰安水轮，内设铁质木质机关，十人脚踏航行，安炮十二门，船上覆盖牛皮、毛竹、藤屉、棉胎、渔网等便宜物件做成框架，作为软衬和防炮垫，战时自动从海中取水浇水，挡炮灭火，是中华和西洋结合的办法，也带有穷官府要办事又要省钱的特色。

两省造船，更兴旺的是仿造洋船。广东水师将领吴建勋上过一回美国兵船，就一一记下，仿造了一个，船长13丈，宽2丈9，木料坚实，船底、龙骨、尾舵都包铜，安炮四十九门，与英国五等战舰类同。广州知府易长华从广西买来暹罗硬木，承造战船，安肋骨二百四十四条，舱内两侧立一百七十四根立柱，细密排布，十分坚固，学的是西洋船体的构造。

林则徐在岭南沿海兴起造船，同时，组建水军，集中水师二十条广东米艇，雇用二十条红单船和二十六条拖风船，改装加炮，又从美国旗昌洋行买了一艘吃水1200吨、装三十四门英国炮的兵船“剑桥”号，想改装成巡洋舰。有史以来，中国第一次买了外国船。

汉代匈奴南下，君王市马，组建骑兵；当下，西洋东侵，商民造船，兴建水军；中土千年世事，西北大风、东南云起，又是守国之时。

10

道光皇帝旻宁每日卯时天不亮起身，已经习惯，从小就这样。只不过小时起来以后，去书房读书，现在做了天下主，改去军机处。宫里每道门，见到皇帝的两排灯笼过来，燃放一炮，这是宫里的老规矩，皇城周围的百姓都知道，皇帝这是起床办事了，军机处夜里当值的大臣也知道皇帝走到哪儿了。

道光三十九岁继位，当时的军机大臣有的六十六岁，有的七十五岁，才地平常，也不怎么能说到一块儿去，还倚老卖老。换人！

换上来曹振镛。

曹振镛是乾隆、嘉庆两朝先帝都重用的人，学问渊博、克勤克慎，为官也清廉，很能办事，就是说话都顺着自己，觉得有一点不足，又不太好明说：你总这样因循就和，外面的事情我就不知道哇。

后来曹振镛没了，各地疆臣里面，有几个能干的，但感觉枢臣中缺少栋梁。九卿，不提也罢，他们报喜不报忧。

道光见过前朝的盛世，也有自己的抱负，所以力行节俭，勤于政务。这些年，整饬吏治，改革两淮盐政，通海道，平新疆张格尔叛乱，大事做了不少。可是，皇帝就怕不出宫，不出宫不知天下之大、世情之变，要紧的时候，出了事，事体看不全。

道光二十年（1840）夏天，出了大事，怎么洋人忽然把浙江定海给占了！

阴历六月二十二日、二十六日（7月20日、24日），浙江巡抚的告急文书到了两次，英吉利国来了二十六条战船，炮打舟山定海，把县城给占了。他们要干什么？

自从出了事，军机处大臣们晚上都搬来宫里住，拂晓起身掌灯，皇帝要来议事。英人占了定海，又沿海北上，阴历七月，已经到了天津大沽口，在白沙河陈兵，列成兵阵，忽开边衅，国事告急！

道光到了军机处，大臣们都在外面等着，跪下迎接。

道光脚不停步，说："行了行了，快起来进屋说。"

进了屋，穆彰阿上前禀报说："皇上，前些天消息零乱，不知道究竟怎么回事，这些天浙抚乌尔恭额、定海直隶厅、总兵衙门、镇标营、天津、兵部和沿海各处的文报全来了，告警不断，捋了捋，略知个大概。

"好像是上个月初，舟山海里的武奎山上先看见两条洋船，好像在探察水文。过了一阵儿，又来了五条，后来又来十条，越聚越多。定海总兵张朝发，以为它们是遇见大风走错了道儿，没想到洋船上派人来送信。信，八成是我大清国的人书写的，写的却是洋人的意思。信上说：'请大老爷立即把定海、舟山各岛和炮台交出来，一起投降，不然就开炮，带兵上岸自取了。'"

"岂有此理！"

“皇上说得极是，哪有这种道理？下面更不像话了，定远知县姚怀详想守城，可总兵张朝发想守海，就带着水师横在了海道上挡住洋船。岸上看见的人说，午后未时，洋船开了一阵炮，水师就没了，什么也没剩。”

“啊？！”

穆彰阿接着说：“后来洋人炮轰海岸上的东岳山，又上岸占了镇远炮台，在山上架起炮，往北边不到三里外的定海城里乱打。知县姚怀详守城，游击罗建功在城外邀击，二人说好了‘攻者不进城，守者不出城’，约定死战，结果洋人还是占了定海，罗建功战死，姚怀详在城里顶不住，退出到北门外，一看大势已去，就在普慈山投了梵宫池自尽了。英国人在定海烧杀横行，设了自己的官衙，再北上，现在到了天津海上，送来函牍传话，说林则徐在南边穷凶极恶，杀人放火，烧船抢东西，对他们百般凌辱，现在举兵来说理申冤，要讨还公道。”

道光知道，林则徐在广东禁烟严厉，得罪了洋人。起初觉得，洋人骚扰闹事，无非是寻事挑衅，阻挠禁烟，没想到如此猖獗，竟动兵北上，来向朝廷问罪。

这个时候，道光还以为英国人来打定海是因为通商互市闹出的乱子，没想到他们是来占地的。他这样想，并非没有凭据。

道光想，史书上的事情不说，单自己当政的本朝，就发生过这样的事情，二十年前的张格尔之乱就起因于互市。当年，中亚浩罕国与大清和俄罗斯通商做生意，东边西边两边伸手赚钱，钱赚得多，强盛了，还垄断把持了新疆的贸易，在新疆的势力越来越大，新疆的买卖，全成了他们的，还不知足，要让大清给它通商的特权。

浩罕国想要借此扩张，朝廷当然不能答应，它就威胁，让张格尔回新疆作乱。张格尔的两个爷爷，大和卓布拉敦尼、小和卓霍集占兄弟二人以前就专门跟自己的爷爷乾隆对着干，起兵叛乱，兵败身亡。浩罕国让大清的仇家张格尔回到新疆到处兴兵造反，三番五次被剿灭，又死灰复燃，闹了很多年才平定，其根由就是通商。

道光认为，现在英吉利国如出一辙，也是为了通商。

但是道光没有想到，英国这次为的不仅是贸易，它还想要占一处地。后来，琦善拿来巴麦尊提出的五项“申冤”条款——要求大清赔偿鸦片钱，赔偿侵华用兵的费用，还要割让一个岛。道光大怒，就要开战。

道光愤恨，夷人唯利是图，不可理喻，打就打。

琦善和穆彰阿不主张打，便劝道光皇帝不要打。

他们说：“这次和以前不一样，以前在新疆打张格尔，是大清强，张格尔弱，又离得很远，胜负不伤要害；而这一次在天津，是英吉利强，大清弱，离得太近了，万一有个闪失，再打进京城，不得了，还是用‘羁縻’的办法，和他们周旋，事关朝廷安危、国家存亡，敌强我弱，和平化解为好。”

内廷里商议，英吉利国是指名道姓冲着林则徐来的，既如此，先罢了官，英人退去，就算了，息事宁人，不要把事闹大，闹得不可收拾。

道光睡不着觉，夜里反复琢磨：林则徐禁烟，有功无过，罢官议处不公平。但边衅确由禁烟而起，主事的疆吏，不管怎样，自要承担责任，这也是大清的祖制。可是，洋人事出无理，无故兴兵，太放纵他们，就会得一步进一步，反而不好，如此看，就应该开战。可是开战易，停战难，英吉利是泰西强国，打起来，难保必胜。闻言："英人炮火，绿营视为天灾，来则铺天盖地，地无完土，人不存身，只有退路，没有进路。"怎么战呀？……

道光没法睡觉，反复掂量，进退两难，想不出办法，没有两全之策。

道光对林则徐也有气，交给你办的差事，办出了这么个结果，难辞其咎。人家来找我，要你的命，这是把朕逼得没了法子，你离他们越远越好。他们从东边海上来，我把你往西边的沙漠里放，你不是会兴水利、开农田吗？得其所哉，去伊犁开荒吧。

1841年1月，琦善与英国人谈判破裂，英国舰队进攻虎门前哨的沙角、大角炮台，道光皇帝下诏，对英宣战。

3月，英军攻克虎门，守将关天培力战阵亡，英国顺道把香港给占了，在那儿设衙开新府，又兵临广州城，休战，谈判，条款苛刻，谈判又破裂了。

8月，英军攻占厦门。

10月，再打浙江，定海、镇海、宁波三镇失守，葛云飞、王锡朋、郑国鸿三总兵战死，钦差大臣裕谦殉国。

1842年3月5日，奕经大军祭旗反攻三镇，失利。到了6月，败局不可挽回，大势已去。

1842年7月，朝廷颁旨，林则徐、邓廷桢发配新疆伊犁。

新疆，曾是道光平定张格尔、武功保江山的辉煌之地，让林则徐去那边，其中有无深意，只有皇帝自己知道。

林则徐或许有所领会。7月14日，他踏上戎途，写了首诗告别家人，其中有一句，说的是：“苟利国家生死以，岂因祸福避趋之。”生死为国，没什么了不起。壮语之外，话中内里，也是告诉家里，这是让我避祸。

四年以后，林则徐调任甘陕总督。

11

鸦片引发战争，随着战争而来的，还有更强大的东西，想法。

中土出现了两种新想法。

士林中出现新思想，要学习西方的学问和长技强国；民间出现了另一种新思想，天主教。两种新思想以各自方式在中土生根，都要变革中华，以前所未有的方式推动世事演化，一个要维护政权，变法图强，一个干脆要推翻王政，另立新朝，自然针锋相对，激烈斗争，开始内战。中土烽烟四起，风云变幻，人物辈出，出现了新的时代。

郭实腊给英国办事，在军方的船上探察沿海；在九龙洋上师船送信跟赖恩爵要粮食；在舟山写信劝降；在定海当了英吉利官府的县长；后来在香港当行政官；清朝投降签订条约的时候，他是英方的翻译。他为战争出过力，传教，写书，也为人治病，他做过很多事，活着的时候，在欧洲就已经是个传奇。

但是他不知道自己死了以后，还转动了一下乾坤，通过那些手抄的中文《劝世良言》一类布道小书，引发国家内战。

他小时候在普鲁士老家的小镇上跟一个铜匠当学徒，听过一个传教士讲述海外传教的经历，十分向往，有了胸怀，有了理想。

有一回，普鲁士君王腓特烈来到了小镇，在街上见到小铜匠，跟他聊天，问他："你此生何愿呀？"他的回答用的虽然是普鲁士话，但大概的意思和班超说的差不多："大丈夫愿乘长风，破万里浪。"腓特烈大帝一听，睁大了眼，十分惊异，孩子虽小，话说得是真来精神，好！好男儿意在致远，传播文明，就帮他进了神学院。后来，他又去马来群岛传教。

以后郭实腊学会了中文，穿中国衣服、浅口布鞋，深入民间，在中国沿海行医布道，写过八十六本书，有六十一本是用中文所写。

1832年，他上了英国人胡夏米的船，扮作医生，探察中国沿海各地的政商、武备、水文、地理、民俗、国情，从南到北，无处不去，沿途传教布道，散发个人撰写的宗教小书。来找他免费看病的老百姓很多，回去的时候，都带回他写的小书，他的宗教像一条河流，流入了中国，四下分支渗透，越流越大，越流越深。他人还在海上，大陆上已经到处流淌着他的想法。

中英战后，英国占据香港，郭实腊先在香港公干，后来在广州和南方省份办起一个汉福会，就是"汉人信教而得福"之会。那时，各国传教士好不容易在中国有了站脚的地方，就都往那里走，一时广州和香港传教士麇集，能立足生发了。于是各自用它们带去的一小片儿天国思想，建立教会。不列颠帝国在亚洲主陆上获得一片立足之地的国策，其收益，不光是物质的，也是精神的，可谓深刻长远。战争引路，欧洲文明继之。

跟郭实腊同办汉福会的，有美国的罗孝全、瑞典的韩山明等人。汉福会广招信徒，越来越大，内地皈依者众多。其中，韩山明研究客家方言，他专对客家人布道。

在广州，他们的学生洪仁玕和冯云山有一天领来个老乡，说也想受洗礼。罗孝全很高兴，教民当然越多越好，例行见面，接受入教，不过是个形式，会了面，总要先谈一谈。

罗孝全问他："家里有什么人哪？"

来人眉目疏朗，举止沉稳，话语惊天，说："普天下皆我兄弟，天上也有。"

罗孝全一听，好，不错不错，这个人，有神学底子，但听得不是很懂，就问：

"世人皆兄弟，没有错，天上的是谁呀？"

那人说："天界只有一个兄弟，是基督。"

"什么？谁？！"

罗孝全大为错愕，脊梁骨发麻，若是在欧洲，无论何时何地这话一出口，立刻就会爆发宗教战争。

"基督。"

"那你认为你是谁？"罗孝全要好好问问他。

"我是天父之子，和基督同母所生。"

罗孝全来到中国以后，见的世面太多了，跟欧洲太不一样了，所以，平时见怪不怪。但这一次，不仅匪夷所思，而且非常害怕。闹了半天，基督教有史以来最大的异端大逆原来到了广州！

室内，有些教士已经夺门而去，踉跄跑出门外，不敢再听了。

大传教士都是冒险家，都是好学之士，好奇心都很强，罗孝全看着来人，虽心神有些迷乱，不由自主，还想知道更多，竟然还敢再问，但改变了话题：

“读、读过旧约吗？”

“旧约、新约都读过。”

“阁下有什么心得呀？”

来人想了想，从容告知：“都要修改，因为旧约和新约里头都有很多谬误，要按我的改，我的是‘真约’。”

罗孝全登时五雷轰顶，眼前一黑，金星飘闪，手脚冰凉，一口气险些没喘上来，离天国只差一步，后来毕生心脏都不太好。汉福会的宗旨是大批量皈依，吸收入会可以不分良莠，吸鸦片的、偷东西的、街上的混混、山野的盗寇，都要，都没有关系，这些都可以教育，都可以改，但唯独这个人不行。这位，天之子、主之兄，没法改，谁敢改，改不了，不可救药。罗孝全坚决不给他施洗礼。

八年以后，金田起义爆发，席卷全国，颠覆乾坤，震撼清廷，动摇江山，建立太平天国，割据南方半壁河山十四年。领袖天王洪秀全，便是罗孝全当年不给施洗礼的那个来客。

西洋风化，要浸润中土，但是，长出来的却不是一样的东西。此地，自有它自己的物道，谁也改不了，外来的不管什么东西一落地，立马走了样。

洪秀全是广东花县客家汉人，出身耕读世家，熟读经史，少年敏慧有志向，乡里、族里对他的期望很高，可是他科场不利，总是中不了榜，所以压力很大，自认是怀才不遇，多年以来内心愤愤不平。去广州应试的时候，得到一本天主教的《劝世良言》，详读以后，对“平等”二字很有感触。

1843年是道光二十三年，广州院试，洪秀全兴冲冲去赴考，结果还是落了榜，受到最后打击，心志涣散，发烧昏迷。一股怨气没有出路，化作邪毒，活活把人给气病了。醒来以后，言语沉默、举止古怪。问他怎么回事，他说，神游天界见到了天父，让他下凡诛妖。

洪秀全怨恨，一气之下，脱胎换骨，从此不再尊尚儒学，抛弃孔孟，改信基督，舍旧学，事新教，奉新思想。在广西金田村揭竿起义，要改换天地，另造新国。在反侵略对外战争刚结束不久，中土开启了内战的时代。

他要对抗的，可不光是朝廷。士大夫立足本土，捍卫传统，根深叶茂，他们不同意洪秀全和他的教义，于是应运崛起，和他针锋相对，要打垮太平天国。

内忧外患之中，士人结成集团，一边打仗，一边用自己的方式接受新思想，为国家完整而战，以迎接以后的卫国战争，进入富国强兵的时代。

中国大地，新思想生发焕新，相生相克，不断升起战争烽烟。

12

洪秀全在广东花县为科场不第终日愤恨，湖南湘阴有个人，也是耕读之家，科考也不顺利，也是终日愤恨。

不过，他的忧愤为的是国难，先是整天留心林则徐在广东禁烟的事情，后来担心东南沿海前线的战事。

再后来，听说国家战败了，签订城下之盟，又赔钱又割地，痛心疾首，气得仰天长叹，拍案呼叫："洋事促成和局，实意念所不到，自此中华万年之天下，其奈之何！"

此人，也是自幼读四书五经的，叫左宗棠。祖父和父亲都是秀才，家里有几十亩薄田，平时以教几个学生为生，日子过得清苦。父亲去世以后，家里的田地都给了长兄之子，左宗棠就去了湖南长沙的城南书院，可以读书，还能借着书院的补贴吃上饭。

他和洪秀全都是道光二十三年（1843）去赴科考，不同的是，洪秀全落第，给气病了，引爆了全国战争；左宗棠却乡试中了举，有了进身的路途，也就有了以所学旧学报国的机会，所以说出了这样的话："世事悠悠袖手看，谁将儒术策治安？"志向很大，还是要用老祖宗的学问料理天下的事情。

左宗棠自视甚高，早年谁也瞧不上，不过，他佩服三个人，其中有两个没见过，有一个挺熟，那便是北京宣南诗社的三诗友，一个是林则徐，一个是龚自珍，一个是魏源。左宗棠爱看他们的书和文章。

当年林则徐委托魏源续写类书，魏源履行承诺，整天编书，把林则徐给他的《四洲志》扩充成了一部《海国图志》。魏源常去两江总督陶澍的家里住，那里书多，方便用，左宗棠当时是陶家的家庭教书先生，给陶家子弟们上课，二人就认识了。魏源讲的话，左宗棠十分赞成，对他佩服得五体投地。

魏源的《海国图志》还没刊刻，左宗棠就全看完了，魏源写多少，他看多少。刚写完的先拿走看，第二天来换新的，有时候，魏源写，他进屋里来，屏气站在身后看。

魏源跟他说："你总是这样可不行，我要累死了，你是在逼我。"

左宗棠说："默深，大禹铸鼎，恢奇无比，我不看忍不住。"

左宗棠也很佩服龚自珍，议论起当下士林人物，只是简单说："道光朝经世之学，只有默深和定庵。"

1850年，林则徐在云贵总督任上告老还乡，路过长沙，约好了1月3日在湘江上的官船里会见左宗棠。那天下小雨，加上紧张心慌，左宗棠一上船，来了一阵风，让雨伞一带，掉进了江里。等被捞上来以后，他只能先换衣服再见林则徐。

林则徐见到左宗棠，说："久闻足下国士，当初魏源跟我提起你，我就想，哪天能有一会。这一晃都快二十年了，我也老了。"

左宗棠说："老大人，十数年来听师友们议论，也常阅读您给陶大人他们写的信，学生虽未与您谋面，却深知老师，每日无时不在左右相随。”

那天晚上他们在船上谈话，谈到天明，江风吹浪，柁楼有声，窗灯明亮，人语响答彻夜。拂晓，星稀树白，传来曙鼓，左宗棠匆匆离船，疾行而去。

那夜，从东南沿海到西北大漠，林则徐跟他讲说了很多事情。

以后，左宗棠在福建设局造船、新疆收复失地、西北抗俄、东南抗法、求新学、卫旧道，烽烟中，只主战，不言和，是那天湘江冬日夜谈的继续。那天离船疾行的人，走向林则徐交付的使命，日后朝廷里面，又出现了一个像林则徐一样挺身硬干的能臣。

太平天国战争爆发的时候，湘军崛起。

太平天国的军队在湖南、湖北接连取得胜利，攻克武昌，围困长沙，清朝已经没有能用的兵了。朝廷让曾国藩办团练，起先曾国藩不想干，是左宗棠的老乡、湘阴城西的郭嵩焘几次登门劝说，他才终为所动，创立了湘军。

但湘军的崛起，靠的不仅仅是一群湖湘子弟老乡在一起拼命。没有本事，没有见识，没有谋略，不会打仗，没有用，还是要败。他们兴起的根由是老家的文脉和士人的激切。

曾国藩是湖南湘乡人，湘军的另一个领袖胡林翼，是湖南益阳人。胡林翼出身官宦人家，六岁认字，八岁读《论语》。有一回跟着爷爷在益阳修志馆里面修地方志，两江总督陶澍返乡路过，跟小孩儿说了几句话，惊为伟器，说“没想到今天看见了我女婿”，就此定了娃娃亲，把一个女儿许配给胡林翼。后来陶澍又把另一个女儿许配给左宗棠，所以胡林翼和左宗棠是连襟。

陶澍是湖南兴化人，后来湘军里的人，不是陶澍的幕僚、亲戚，就是经常上门的座客。他的家和长沙的城南书院是湖南官吏和士人的大本营，在那里，他们读书探讨，议论国事。

陶澍有学问，会理事，胡林翼曾对人说起："老岳丈公事完毕和我长谈，胸中本极渊博，加以数十年官途阅历，上下古今，融会贯通。一件事，旁征博引，判断洞中切要，于人进益，大非浅鲜。"

湘人强大的根源，不在于乡情，而在于学问，起身于书院，乱世中集成军事集团，以至于后来功臣疆吏遍天下，势力很大。

咸丰二年（1852），太平军围困长沙，湖南省城危急。郭嵩焘等人又去劝说左宗棠，让他帮助湖南巡抚张亮基守长沙城。张亮基坐困长沙，正焦头烂额，深更半夜，听说战火之中城头上用绳子缒下一个人来，领来一看，正是左宗棠。左宗棠昼夜不休息，调动防军，筹集军粮，策划守城的各种办法。张亮基言听计从，随他布置。太平军打了三个月不能破城，就撤退了。

从此，左宗棠加入复转乾坤的一方，驰援各省，南征北战，创建自己五千人的湘军"楚军"，以此名号区别于曾国藩的老湘军。

内战时期，敌对两方都靠拢洋人，要争取战争的胜利，同时心里也暗自害怕，以后的天下，最终仍是中外之争，洋人不可信。不过，仗打了十几年，打得财尽民穷，江山几乎不保，哪里还顾得上这些。

士林之中，王公旧臣，还有应运而生的新进后辈，在内忧外患的时代，满腔忧愤，要经营国事，发愤图强，支撑行将倒塌的局面。但是对于他们来说，救国于危亡，必须先平内乱。

湖北巡抚胡林翼，仿佛已经看到了更大的危局行将到来，又无法力挽狂澜，似有先知先觉，终撒手尘寰，先离去了。

那天他策马长江之滨，骤然间，有洋人的炮船轰然开过，气势滔天，排山倒海，浪峰顺带掀翻了江上安庆水军的红单练船，俨然无所察而去。胡林翼见此情景，心中震撼，眼睁睁看着洋船离去，若有所悟：以前未曾留意，洋人的炮船怎么不是木壳船了，什么时候变成了铁做的?

不知他看到了未来之中的什么危难，眼一闭，坠落马下，抢回到武昌大营就吐血不止，不几日竟归了西。

1864年，长江下游与太平天国作战的战场上，出身微末的李鸿章此时已经是江南巡抚，靠的是拼命，靠的是围在他身边的一批人。

当年，他从合肥老家招募淮上豪杰，回到曾国藩的大营。有一天，曾国藩领着他，不带扈从，悄悄步行潜入宿馆，要偷偷观看他招募的那些人，给他们相面。只见所来之人，有的衣衫褴褛，有的伏案看书，有的赌酒行令，有的放声高歌，有的正襟危坐，有的默默无言……南窗下，有一人，袒胸踞坐，左手拿着书，右手拿着酒，朗读一节，饮酒一盏，正自得其乐，时发长啸绕座，旁若无人，他读的是司马迁的《史记》。

曾李二人察言观色，琢磨了一会儿，弓身蹑足悄然退出馆外。月光下，曾国藩瞧着李鸿章，对他慢慢点头，说出了他鉴人的结论："少荃，诸人皆可立大功，任大事，独南窗裸腹者为最。"

那些人，是李鸿章的老底子，打仗的子弟兵，都是后来淮军的名将，而那位靠窗袒胸喝酒读书的人便是刘铭传，后来孤军死守台湾，抗击法国军队，开发经营台地，台湾人给他造雕像、立石碑。

李鸿章的亲随魏经到北京来，给恭亲王送信，信里说什么，他不知道，魏经寻思：八成又是让人给告了。打仗，是乱成一锅粥的事情，都在血海里滚，谁有理，谁没理，哪个能说得清？当事的人自己都糊涂，不明白出了什么事。京里的人什么也不知道，怎么评理？

与漫天烽火的江南不同，北京城一片祥和景象。白塔寺的大钟依旧是道光年间的声音，什刹海里的游船上，还是嘉庆年间画的山水和凤凰，西南角的恭亲王府前边，整个一条胡同，进进出出，车马川流不息，王府大门前面像个闹市。这里远离战事，江南大营里担惊受怕的那些事情，在这里跟没有一样。莲花白的酒香和《双棹入江泛金风》的昆曲丝竹音调，合到了一块儿，在风中依稀可闻，隐隐袭来，又香又柔。

魏经立在恭亲王府门口的石狮子边上，怯生生往里面张望，眼前走过的达官贵人看得他目瞪口呆，不要说他们身上穿的，自然是蟒缎、金花缎、金倭缎、貂皮、猞猁狲，就连足下蹬的鞋，以前也没见过，前尖后方，鞋帮的拼缝镶嵌的是绿色的软皮，问过才知，叫“绿牙缝靴”，现下京城的时尚。脸上的气色更好，个个神采照人。再看看自己，一身破旧衣衫，还沾着苏州城里的血腥味，带着江南的硝烟味道，无论怎么看，都不是这里的人。

魏经在王府前头正感叹世事两重天，里面来人传唤。

王府的人听说是李鸿章帐下的，带他进去。恭亲王看了信，说：

“回去告诉你们大人，就说呈上来的信本王见了。”

魏经没想到差事这么快办完了，还等着下文。

恭亲王见他不走，就说：

“跟你们李大人说，对于发捻二逆，可以用其极，至于洋人，现在只可抚。”

“喳。”

以前光知道，一入侯门深似海，如今进了趟王府，不知为什么，悖然觉出，这深，不是别的，是忧患，一层一层地叠着，有明有暗，明里暗里都是愁，压得人不能好好喘气。

十年以后，他才明白，官场中的话从来都只说一节，剩下的要自己体会。事后回想起来渐渐悟出，当时，太平天国之乱，对于朝廷而言，已是指日可平的事情，海陆四面八方的洋夷，才是朝廷最为担心的外患。

13

从咸丰皇帝登基，太平天国就反了，到皇帝归天，打了一个朝代，仗还没打完。左宗棠把太平军追到福建，又追到广东，魏经本以为仗就快打完了，天下平定之后，就不用打仗了，国家太平，休养生息，恢复民生，老百姓可以好好过日子。

太平天国反了之后，不仅英吉利国带着别的国又打大清，庚申年还火烧了圆明园，逼得皇家逃难，国将不保，陕西、甘肃、青海、宁夏的回部也都反了，引动新疆回部跟着反，各自称王。葱岭外边的什么汗国，趁乱派兵，占了新疆的地。左帅自同治五年（1866）就带兵去西北征讨，今年已经是同治十三年（1874），打了八九年，刚快平定西北青、陕、甘、宁，想回家养老读书，俄罗斯又趁乱占了伊犁，听说，现在新疆兴许要保不住，左帅他还是回不了乡，什么时候能是个头儿?

魏经过去不想那么多事情，跟着李鸿章当差，知道得多了，想得就多了，老百姓想过太平日子，所以也关心国事，盼望能早些安定。

他不明白：道光朝，英夷来打，是外患，咸丰朝，发逆作乱，是内忧，现在到了同治朝，又是外患，这外患内忧的，翻来覆去，有完没完？

他那天还不知道，事情不仅没有完，还只是刚刚开头儿。三天前，日本把台湾给占了。

那几天，西太后慈禧也在想心事。她睡不着觉，三阳开泰，春暖花开，院子里海棠玉兰艳如珠玉，越看越长气，后宫几十座院子，白阶丹墙，金辉照壁，越转悠越憋屈。遥忆当年，风软月白，清辉凉照，圆明园里皇恩浩荡，她产下唯一龙脉，赢得天子宠幸，是何等恩荣，何等吉祥。那时节，风华正茂，温柔无限，大好春光韶华，让人刻骨留恋。

先皇身子骨不好，早先去了，圆明园是自己青春得意的旧址、生根发芽的福地、魂牵梦系的瑶台，也是当今皇上降生的老家，让洋人一把火烧了去，把自家的福根儿给断了。每一念及，就是恨，不由得想杀人，却又不能不念：是六王爷，替我剪除了肃顺那班挡道不听话的奴才，如今宫中除了我还是我，一人当家说了算，贵为一国之后，天下也是一人的天下，还有什么办不成的呢？园子要重建，这些年打仗，不好提，现在内乱已平，就该办。当然要用钱，用钱就用钱，筹款，那是大臣的事情，报效，是他们的忠心，可恼竟无一人提起。

朝堂的后面，她问恭亲王：“老六，那件事情筹措得如何？”

前面不提，直接问事儿，恭亲王没听明白。

“太后说的是……”

“当下发逆平定，天下无事，那圆明园是我家的故址，圣上的发祥，社稷所在，要重建。”

恭亲王不知道“我家”说的是谁家，是西宫一支，还是大清的皇室，明知道对面之人的心性是个刀刃，不能碰，心里一阵子发急，没有顾上。

“太后！园子不能建，眼下国家急的是存亡，不是宫室。仗没打完，地上捻党尚在，内乱未平，海上各国的炮舰云集，全都是虎视眈眈有所图。北边朝鲜，南边越南，西边伊犁，东边台湾，在他们眼中皆为囊中之物。哪一边，他们说一声‘失和’就开战了。我们要图存，要自强，得用钱呀。太后，难道忘了庚申之难、丧家之痛吗？”

说到此处，恭亲王看见慈禧的脸色有些不好看了，当中透出一丝微笑。

“王爷。”

“在。”

“哼。说得好。”

慈禧这一声“哼”，勾销了以往为她垂帘听政夺权效力的功劳，虽然没说什么，恭亲王自此，就不像以前那么受待见。

建园子这件事，是慈禧的一块心病，也牵动了国家的大事。国事艰难，没有钱，救国难，生死之际，太任性，早晚出大事。

恭亲王在朝中主政，也是总理各国事务衙门的主心骨，外面洋人的麻烦，国内的乱子，都是要亡国的事情。要办的政务，要商议的事情，已经多如牛毛，哪里有心思多想家里建园林的事情。当时心里正着急，没好好想，和西宫的那场对话非同小可，里面的机关有多深，这家常话里面的事机有多大，一时没有留心。万万没有想到，今后的跟头正是栽在朝堂之后深宫之内的那个时辰，那跟头栽得把国运都往下拉了一截。

恭亲王奕䜣年少的时候，博才远识、气度宽大，在皇族子弟之中很是显眼。道光皇帝当年立储君选太子，心中掂量的人选，他的分量最重，朝里私下的议论，也都是这么看。

另一位候选的储君是奕訢，他比起奕䜣，无论见识、心胸和才能，哪一样都显得过于平常。皇帝定夺，设下的最后一道考关是射猎，而奕詝射箭的功夫正好差得太多，这用心，就已经很是分明。将来的天子，不仅要文治，也要武功，要让诸臣亲眼见到，才能心服口服。可是，奕詝有个好老师杜受田，而奕䜣缺少的，恰恰就是那么一点点的小心机。

一个春日，围场中射猎开始，明着是满人演习骑射的传承，暗地里是一场继承皇权的决赛。奕䜣春风得意，纵马疾行，使出弓马本领打回来很多野兔和麋鹿，乐呵呵，欢天喜地回来见驾。奕詝是两手空空，一无所得，低着头没有话说。

皇帝见到奕詝一副窝囊的样子，心中失望，不禁说："可叹不能持弓，一箭不能发。"这时，奕詝才朗声应叹对答："春之发端，万物肇始，生灵孕育之时，皇儿有所不忍。"

道光听了这话，看着皇子，不由自主在马镫上直立起来，内心感触，暗想：哎哟，明君之言，爱民呀！

奕詝的话，是师傅杜受田教他说的。一言之差，一不留心，结果龟兔赛跑，奕詝就变成了咸丰皇帝。

此时，恭亲王有要紧的事情要办。春夏之交，东洋倭人三千军队，坐着美国的铁甲兵舰在社寮登陆，忽然间占了台湾，烧了土著居民的牡丹社，杀了部落酋长父子。此事一出，朝野震动，外族派兵侵占国土，是天大的事情。恭亲王面对时局，内外交困，整天筹划怎样应对，保住江山。

八月初三，军机处和总理衙门的大臣看全了各地上来的奏折，不由倒抽凉气，天下形势，四面八方，历历在目，有如一条破船，前后左右是漏的，都要补。前朝的大事，平叛、河患、兴农、吏治、抗灾、救赈、剿匪，还没顾得上，此时，日本登台，这些全都退居到次位。当下，最要紧的是兵备防卫，抵御外侮。

可是，防哪边？是西边还是东边，是边塞还是海疆，大臣们意见纷纭，各持一端，争论激烈。争论不可怕，可怕的是，他们说的都有道理。难就难在全国的财税收入太少，朝廷已经没钱了，地方上都穷，要军备，要开路，要采矿，要造船，要办厂，要办学堂，钱不够！

那英、法之国，全是势利之徒，步步紧逼，步步要银子。要减税，又要通商口岸，又要寻事赔款，正逼得朝廷银钱吃紧，福建的消息又上来了，日本人正在台湾建兵营，建菜园子，他们是要长驻！当时当刻，外患当头，可府库的银子内战里都耗光了，听见慈禧心血来潮要盖什么园子，恭亲王怎能不急不气。

14

台湾事变，总理衙门发动国家政策大讨论。

同治十三年（1874）阴历九月二十七日，发出通告《总理各国事务衙门奏拟筹海防应办事宜折》，行文上说：

“现在日本占领台湾，一旦开战，滨江沿海，处处要设防。东南各口空虚，现在做准备，已经有些晚，但是不做准备，后果不堪设想。鸦片战争，我国败，创巨痛深，不能再姑事羁縻，要人人有自强之心，人人为自强之言。现在日本挑衅，西洋各国观变而动，国家面临千古罕见之危局，国家多难，患之频，见而未见者。唯有上下一心，内外一心，自始至终，艰苦贞定，才能自救。昔人云：能守而后能战，能战而后能和。自强有实，才能外侮潜消。”

清廷出了一道讲论国策的题目，称为《饬疏六条》，要求各地封疆之吏每人必须做这个功课。部臣、御史、翰林都可以上疏进言献策，发表意见。责命南北洋大臣、各省督抚将军，一个月内，逐条奏复切实办法。

日本占领台湾，一时成为朝野最大的议题。全国上下官吏上书言事，参与重大政治决策，开始海防大筹议，爆发“塞防海防”之争。国家的银子太少，拨款，应该用在西北对付中亚入侵和俄国蚕食，还是用在沿海七省，对付日本和海上列强，如何决策，人皆可议。

那天恭亲王在衙门里着急，和大学士文祥、桂良几个人议事，筹算内陆清军补调赴台淮军防地空缺的转运计划，晚上回不了府，从东堂子胡同口的菊韵斋要了几碗宽条光面，就着滑熘肉片当晚饭吃。就在此时，左宗棠在兰州正用头碰壁，别人已经快把新疆占完了，乌鲁木齐被人占了，哈密正在被围困，麾下西征军队一百数十营，好几万人，却筹不到饷粮，大军动不了，出不了关。

新疆的丢失，是一个连锁反应。

1851年太平天国起义；1862年太平军西征部队进入陕西；同年，西北各省回部起义响应；1864年新疆回部发生变乱，各自立国；1865年中亚浩罕国安集延部军事领袖阿古柏进入新疆，建国称王，先占领南疆的喀什噶尔、叶尔羌、和田等地，再占领北疆的乌鲁木齐、吐鲁番，英国和俄国支持阿古柏独立；1871年俄国趁火打劫，派兵占领伊犁；现在，阿古柏和回部叛军正在攻打哈密。

左宗棠没有粮饷，进不去新疆救急，他急火攻心，暴跳如雷。

那天傍晚，收到前方文报，前方粮绝，兵勇对着叛军白彦虎探营的骑兵斥候开炮，开花炮一响，没打着敌兵，地一动，自己的炮手却晃倒了好几个，他们好几个月没吃饱饭，饿得腿发软，根本站不住。左宗棠闻讯，束手无策，情急之下用头撞墙。

西北边事，统军者身临其境，军中饿死人、冻死人、病死人都是切肤之痛，没有饭吃，军队怎么入疆，怎么打仗？正好，朝廷让做功课，筹议边事和海防，那就好好地做。

左宗棠当晚平下心想了一夜，天不明起来写折子上奏，参加海防大筹议。笔墨虽软，话却说得很硬，写出了以前不愿说、现在不得不说、从牙缝里挤出来的战地实情，呈报经年对时局的领悟和判断，对西北边塞和东南沿海，对塞防和海防应该侧重哪一边，提出了自己的主张。

东南沿海的督抚，包括李鸿章，大都侧重海防。他们认为："自鸦片战争以来，中国海上门户大开，现在列强环伺，日本人已经侵入台湾，重点加强海防建设是当务之急。朝廷财政困难，拨款加强武备只能侧重一边。西北边塞，目前只能自守，不能进取。新疆，目前我们还没有力量大举兴兵收复，应该停撤西征的银饷，用来加强东南海疆。"

主张侧重塞防的大臣们激烈反对。他们说："新疆一失，藩篱一撤，贼氛即炽，不仅陕、甘、宁危险，蒙古也就保不住了。入侵者可以轻易进入腹地，直捣河北京畿，危及全国，重蹈北方异族入侵吞灭中华的千年大患。况且，新疆如此大片领土，是国人的血汗之土，怎能轻言放弃？西征款，不能撤！"

两方各持一端，也都有实实在在的道理。

左宗棠那天急火攻心，怒火冲天，冷静下来以后权衡厉害，写下海塞筹边的策论，讲得很细。

大体的意思是：

有人说要侧重海防，有人说要侧重塞防，他们都是国家的忠臣，不以一己之私而自封，都有道理。

现在西洋各国对中国，最想要的是通商取利，他们争的，是多开放通商口岸，他们现在未必想占有我国土地和人民。占地，要建设，得民，要设司管理，花费太大。他们不会轻易动兵。西洋动兵，用钱，需要由商界筹款；开战，要有理由，在财政上和社会公论上，都有所限制。

但是我国东南的海防必须加强，这也正是我左宗棠一直呼吁提倡的，所以我要在福建建立船政局、造船厂。

海防包括购造军舰、购造枪炮、修建炮台和建立水军几件事。现在福建船政局造出的船，越来越多，节省了买船和雇船的花费，这部分开销比以前没有增加；建立水军这项开支的解决，可以在沿海地区如广东惠州，福建泉州，浙江台州、宁波等很多地方募兵，那里民气刚劲，风气凛冽，可以就地招兵训练成军，所费并不大。

而新疆的情况是：天山两侧分南疆、北疆。北疆富，南疆穷。北疆乌鲁木齐往西一带地区，土沃泉甘，物产殷富，地方上称为“富八城”；南疆地势高寒，平川少，是“穷八城”。新疆的自然条件和气候地理造成“北制南”的用兵形势，先占据北疆富庶之地，才能在新疆立足站稳，所以乌鲁木齐不能丢，它是在新疆立足的根，要坚决收复。否则，没有当地的补给，就站不住脚，再想收复新疆，就太难了，这是当务之急，不能不急图进取，趁我军已做好准备，机不可失，要尽快收复。西征不可停，西征款不可撤，不可画地自守，以致功败垂成。

另外，东南海疆出事，不会无因而至，我国在西北边陲的成败，将影响东南沿海局势的安定。要是俄国占领伊犁我们不管，取消了西征，俄国就会继续扩张东进，海上列强会趁势夹击，反而造成东南沿海更大的危险。

他的结论是：东者海防，西者塞防，必须两者并重。

折子到了北京，进了总理衙门，恭亲王心里有本账，他知道，其实，左宗棠的处境已经极为艰难。

西征军队每年开销，需要八百多万两银子，支付军粮、军饷、军火、军装、转运、车辆、驮马、民工、抚恤、津贴、草料等各项费用，还需要屯垦、修水利、赈济救灾、安置离乱流民、发安家费、发放耕牛和种子、安置回民生活等花费。仅只裁军节饷一项，也是要花钱的，要发放士卒遣散回乡费。仅从兰州出嘉峪关往乌鲁木齐运送军粮，关内关外两段路，大约四千里地，路途曲折艰险，一百斤粮食的运费，需要用大约二十两银子，几万军队吃饭，仅运粮一项就需要用很多钱。

国家的饷源，自太平天国内战以后，已经枯竭。每年朝廷给各省规定的西征协饷，根本到不齐。左宗棠维持大军度日极为艰难，靠四处挪借、暂应急用，是在寅吃卯粮。规定发给各军的盐菜、粮价、马料等用款，经常没钱给。军饷，每年头两个月可以发足月，以后发半月饷，再以后没的发，每到年底一算，欠军饷一百八十多万两。一到年终，左宗棠身为大帅，穷愁潦倒，惶然无所措，四处求人拆借，实为乞丐。

西征大军浩浩荡荡，万里行兵，花钱，更要特别精打细算。仅宋庆毅军一师，马步十四营，步兵七千需要民夫一千五，骑兵四百需要民夫一百三十六，他们一个月吃四十九万三千一百斤粮，细算下来，需要运粮驼队一千头骆驼，雇用三百个驼夫，这样的驼队，每月要发饷银四千。大月三十一，小月三十，大月小月的天数不敢含糊，发多少饷，吃多少粮，要一天一天算清楚。长途运粮，运多少，用多少人，用多少牲口，路上吃掉多少粮，到了地方剩下多少粮，剩下的，够不够前方军队吃，能维持几天，都要算清楚。就连骆驼、马、骡子、驴各吃多少草料也要算。所以左宗棠军队的驼队，牲口不敢用骡马，只敢用骆驼，骡马吃草料多，骆驼吃得少，运粮途中可以节省三成草料。

左宗棠麾下有马步一百数十营的军队，可他连粮台都不敢设，设粮台要花钱，设施、工料、府司管事、护卫军兵、器械、食用都要用钱，可是他没有钱。他的人马在甘肃，他的后路粮台远在安徽，前路粮台设在陕西。

恭亲王看着折子，心中在想：左季高自己很困难，但他想的不光是自己，也主张建设海防，能兼顾全局，此时西宫还要建园林，她是真不知道人家在外面有多难。

力主海防的折子，左宗棠看了一些，觉得都有道理，但是不爱听李鸿章说的一段话。李鸿章说："新疆乃化外之地，茫茫沙漠赤地千里，新疆不复，于肢体之元气无伤。"

噢，圣朝几代人拼了多少人命打下的江山不说，单是新疆的大好山河，怎么可以袖手不管！

左宗棠心里明白，封疆之臣，各有分内要管的事务，各有各的难处，各说各的理，大家都穷，要争钱争粮，无足为怪。东南沿海如今已是无人之境，当然要管，不能不管，当初自己提议筹建福州船政局、建立造船厂、引荐名臣沈葆桢担当此事，要建水军，也正是这个主张。不过李少荃真是要钱要不到，穷得急红了眼，语无伦次，没有就抢。

所以他在奏折里专门说了一句："天山南北，两路粮产丰富，煤铁金银玉石藏量极丰，实为聚宝之盆。"这句话，就是针对李鸿章的"茫茫沙漠赤地千里"而言，要说给他听的。

其实，左宗棠也是穷得急红了眼。

日本人一侵入台湾，左宗棠在西北立刻就能感到，沿海各省运来的粮饷突然减少了，他就知道东南出了事。

他要收复新疆，不仅带了准备拼命的棺材，更有想好的计划。用兵，要“先北后南，缓进疾战”；筹备，要用两年时间整理军队，更新兵器，集中四千万担粮食，五千车辆，七万军队，十万马匹，蓄势而发。这，是切中兵机的破竹之术，要一举荡平剿灭。到那时，大军出征，气吞山河，收复失地，平定天下。

眼下没有钱粮什么也做不成，而现在却不能再等。

他越想越气，决定硬干。

15

慈禧太后看奏折，先拣自己喜欢的大臣，她先看张之洞的奏折，张之洞文笔好，字写得周正。

张之洞认为俄国的威胁大于日本，主张侧重西北边疆。

慈禧又看李鸿章的折子。李鸿章和张之洞相反，说日本离台湾、澎湖、闽浙太近，“诚为中国永远大患”，东南沿海最紧急，而西北万里远征之饷，转运极为困难，穷困颠蹶，应该可停则停、可撤则撤。西征的钱饷，应该匀给东南沿海的防卫。

西太后越看越没主意，拿起左宗棠刚到的奏折。

她细细地看，看完了折子，却不说国事的定夺，只说：“左宗棠这些年有长进。”

她心中已经有了主意，西北不能偏废，左宗棠两边都要，文祥也是这么看，西部边疆和东南沿海应该并重。

那天，李鸿章在保定府直隶总督衙门后院海棠树底下，正在盘算怎么了结地方官府和乡民之间的一段公案，嘴里念叨：“民气如此，如何得了。”

身兼北洋大臣和直隶总督，李鸿章平时住在天津的北洋衙门办公，冬天才去保定总督府。不过，地方上出了事，现在朝廷要治地方官的罪，事关僚属的人命，不能不来。

事情的起因本是一件好事，结果闹出人命。

夏天，潮白河上发大水，河工为了治河，建立起堤坝，治平了水患。上游的民众可以蓄水，所以很乐意，而下游的民众害怕水道断绝，下游没水用，非常不满，一来二去，不知怎么的，两边的乡民忽然聚众开了战，乘着木船和舢板，架着土炮和土枪，敲锣打鼓打着旗号，在河上开战了。

当地官府派兵弹压，本想吓唬吓唬了事，没想到乡民误以为官兵是来给对方帮忙的，反倒打伤了几个官兵。官兵一看这还得了，就和乡民打了起来，结果打死了几个乡民。百姓聚众，击鼓喊冤告状，朝廷震怒，要治县官的罪。李鸿章去了保定，拿了几个闹事的人研问一番，才明白事情的起因。

想了好几天，才想到乾隆四十六年（1781）间的一起前案，乡民造反，官府弹压，出了人命，刑部不治罪。于是上表京城陈述旧例，才算救下几个下属的性命。

他人在保定，心里牵挂的是京城里的动静，朝廷究竟作何打算？侵入台湾的日本人要干什么，看出来没有？京里是什么反应，东边和西边、海上和塞外，准备先对付哪一头？

端茶到院子里的魏经见他双目紧闭，想都不用想就知道他的心思，直接应对李鸿章心中的问话：

“中堂，京里一片沸腾，各地的折子都去了，跟雪片儿似的，也有向着王文韶王大人的，也有向着您的。”

“噢？”

“既是两边都吃紧，那京里的廷臣和外面的大帅们自然分成两边了。”

“愿闻其详。”

“总署衙门、沿海督抚大都和文相国、雨帅丁日昌及您老一样，要守海。军机处的大臣里，湖南巡抚王文韶、湖北学政张之洞他们要力保新疆，季帅左宗棠的折子还没到，离得太远，他在西边主事，不用想，也能知道他的意思。不过，文相国也说要保新疆。

“远的不说，昨日，老亲家湖北巡抚刘仲良刘中丞给您捎来的信函也到了，不光东南西北之争他顺着那边说，还说什么中堂要撤西师是误国。还往远处扯，议论大人当前的所行之道，说大人开发煤铁，是利小害大，还说罂粟绝不能弛禁，会闹得稼穑收减、民食顿缩，还说天文历算之法，圣人向来不经意，还说减兵缩饷才是正……”

“且住，我自己看吧。”

李鸿章生气，说：“决大计而生大疑，老生常谈，说的全都是世人的官话，他刘仲良即使于洋务毫无探讨，也应该对事理略加揣度，空言议论，拿不出办法，有什么用处，减兵缩饷，说得容易，办起来何其难。”

清朝时候，国家的政治决策，乃至办事的具体方法，很多都是靠权臣的书信往来商议决定。李鸿章每天最忙的事情就是写信、写折子，幕府之中虽然有墨客西席，能处理一般的信函往来，但重大的事情还是要自己决定，自己去想，自己去写。那天说起了书信，就想到手里还有一堆待写的信件，要安排和处理的事情太多了，外交、洋务、海防、开矿办厂、铁路电报、办学堂、理财筹饷等等，都是大事，全不能耽误。

那天，他先要抒发胸中的闷气，于是，先给福建巡抚丁日昌写信，信中先讲总理衙门给他们出的塞海大筹议题目《饬疏六条》和丁日昌交的作业：

“初九惠示议复总署六条大稿，披读再四，逐条皆有切实办法，大意似与拙作一鼻孔出气，而筹饷条内推及陆路电报公司、银行、新疆铁路；用人条内推及农商受害，须停止实职捐输；此皆鸿章意中所欲言而未敢尽情吐露者。今得淋漓大笔，发挥尽致，虽令俗士咋舌，稍知洋务者能毋击节叹赏耶？”

朝廷塞海大筹议，不只是应急，是长远的大计，不改革，不办实业，不学习人家，行吗？丁日昌敢说话，志同道合之人，听他讲话，痛快。信中也对这个知己吐露了自己的无奈苦衷，东西两面，都要去顾全，国家钱不够，怕的是一面都保不住：

“鄙论渐弃新疆，弛禁罂粟，扩充洋学各节，颇为腐儒所疑诧，好像文相国也这么看，实皆万不得已之谋。”

西征的事，新疆的事，自己主张先放下，其实并非自己所愿，实在是出于无奈。

李鸿章是战场上打出来的人，讲求的是务实。几十年转战各地，了解下面的世情，也知道洋人的厉害，要想对付他们，就要学他们的厉害之处。如今中华古国面对的是一种从来没见过的路数，洋人称作“文明”，不自强，不变通，就得死，就得被他们的“文明”消灭，取而代之。墨守成规，不学，不改革，是坐以待毙，哪里还顾得上那么多，他们怎么就不懂？所幸士林之中，一些大臣不负所学，也早有这个感悟，在各地还能拧成一股力道，兴办洋务，支撑大局。

那天，他还给山东巡抚丁宝桢写信，商量治河筹款怎么办。并特意嘱托，东省海防向来有些疏忽，要赶快择要地建筑炮台。炮台要设在地险水曲的地方，建在敌船转弯行驶之处，才能让敌船多多遭受炮击，又可前后通打，此为炮位形势方向的要义。

事无巨细，又告诉他用什么料，怎样建：炮台，用沙土大白混合，用藤条和柳条熬制的水汁搅拌，再灌上米汤，可以结实。台式必须椭圆，使炮弹斜拂而过，炮位需要开阔，便于活动转移。还把淮军周盛传所筑的新城炮台图样附上参照。并告诉他，山东机器局制造炮弹、修理枪炮可以，因为机器不用花太多银子，但是仿造洋火药，建厂置器，要用几十万金，现在没有这个钱。青州、莱州有山矿，多煤铁，可以买外国机器开采，以便接济机器局和轮船水师，但是不能事事购自外洋，不能让洋人掣肘。

李鸿章又给采购枪械的刘瑞芬观察写信，让他买东西要格外小心：法国商人带来的马梯尼步枪并非甚好，经过检查发现有毛病，做工不精，勾簧、击发、送子弹都不灵便，枪头、枪口也不适用，虽然价钱比较便宜，并非利器，而价格之中的水脚运费是多少，也隐着藏着，不给说清楚，不能买。英国的工厂制造的马梯尼步枪，做工比较精良，但是太贵，在北京见到赫德的时候，他也曾自荐代购，自己当时不敢问津。

诸如此类的事情，经营、运筹、应对、算计，每天无穷无尽，都是给逼的，外面形势所迫，里边银钱所迫，事情都不能不办，却都没有钱办。

魏经在一旁伺候研墨，看得直摇头，心里想：哎哟，这时局，中堂大人的官，做得是焦头烂额。

16

几个月前，同治十三年（1874）春，日本萨摩藩西乡从道的三千军队登陆台湾，和当地番族开战，烧了番民聚落牡丹社，开始强占中国国土。

全国哗然一片，酒座茶楼，官宦士人商民，无人不议论。大家猛然警醒，以前没在意，也顾不上在意的小国日本怎么竟然动手来抢大清的地盘？再细细往回想，有些明白了，这就是人家的国家大计吧，预先早有铺垫。

同治十年（1871），日本忽然刊行了一本书，叫《冲绳志》，当时没人留意，也没人能看明白，冲绳是哪里？后来才知道，他们说的“冲绳”就是琉球国。《冲绳志》出书的年份正是俄罗斯国出兵占领伊犁那年，这里边，他们东西两家是不是有串通、有默契？

琉球国是大清的藩属国，怎么忽然间变成了日本的一个县？

现在看来，一目了然。《冲绳志》的刊行，八成是想先从史书上把琉球给灭了，现在又登陆台湾，是要试试大清的精气神和力气，试试咱们的底气和反应，要是没有什么动静，他们再接着干，先吞并琉球，再一步一步走，占台湾，灭朝鲜。明朝时候，不就是这个打算吗？此为倭国之国策……

北京城大街小巷，街谈巷议，坊间茶肆，议论纷纭，揣摩猜测，全都是东南海上，台湾局势。

同治十三年（1874），日本现身台地，初露杀机，大陆之上，能感觉到偏居一隅的东邻岛国千年沉醉的梦想：占领亚洲大陆，取中国而代之。这才明白，为什么日本向来不称中国为“中华”，只是叫它“清国”，而称自己为“中华神州”。

台湾事变爆发，举国震动，北京立即调动全国军队，全面调整防卫，派兵增援台湾。

左宗棠任闽浙总督的时候，就对海上来敌早有准备，所以要建船局，建船厂。调到西北平乱之前，曾经冒雨夜访福州宫巷，跟沈葆桢谈了一夜，文忠公林则徐大人已经不在了，湘江的夜谈，却一个字都不能忘，林大人嘱托的事情，他要办的事情，绝不能断。左宗棠要去西征，就把重托交给了沈葆桢。

福州船政局自同治五年（1866）创建，历经磨难，好几次因为国家财政短缺，差点被朝廷关闭。沈葆桢拖着一身病，咬着牙，顶着火跟朝廷闹，总算保住了左帅开创的这点基业。励精图治，好不容易建起船局，一年造两条船，到同治十三年（1874）已经造出十五条炮船，建成第一支国内海军“南洋舰队”。

南洋舰队最初的军舰是用暹罗运来的好木材，费了很多手工打造出的机帆炮舰。它们可以算作精美的工艺品，却不是近代海战的利器。

船局每个月只有八万两银子支付所有造船的费用，省吃俭用，苦苦支撑，坚持不懈，跟随欧洲海军工业的发展，一点一滴，逐渐更新技术，有了钢铁龙骨的舰艇和包铁木舰，再后来，能造出铁甲巡洋舰。

初建的第一条军舰取名“万年清”，内含国号，显然是危亡之际福建人海军救国的祈愿。后来的“扬武”一舰，长24丈，马力大，炮力强，是南洋炮船族群中的翘楚。其余各舰的出世，各有各的血泪，各有各的故事，全都是沈葆桢的心肝宝贝。

福州船政局的每一条船，从下水服役就忙得不得了。海上执勤、各省借用、在各地往返运输护航、运兵运煤运粮、剿灭海盗……有的在沿海七省之间往返，担任侦察和通信联络，到各处测量水文航道沙线；有的出海远航，观察吕宋远海一带西班牙人的动静；有的作为练船，训练福州船政局海军学堂的学生。这些船，虽然还弱小不禁风浪，像初生的信鸽，在外洋远海经常被大风吹走，失踪月余，不知费了怎样的力气才能找回家，但用起来却十分得力，经常帮大忙。

日军侵台，占了琅桥，南洋海军还没来得及聚拢，“扬武”就已经先去了台湾，接踵而至的是运送陕西调往台湾增援的唐定奎淮军洋枪队的兵船，还有招商局协运兵粮器械的轮船和征用的民船。

唐定奎是刘铭传部下悍将，唐军是淮军精锐，李鸿章知道沈葆桢发不出粮饷，就让淮军自带粮草赴台。海峡之间的海面上一时船舰如织，樯桅林立，军民踊跃，声势浩大。

台湾紧急，沈葆桢临危受命，职任巡台钦差大臣，紧急渡海去经营台湾的防务。

海上一望无际，到处是奔赴台湾运兵运粮运枪炮的船只。乘坐赴台兵舰“福星”号上展轮东渡的，正是南洋大臣沈葆桢本人，临风站立，旌节在望，海上欢声雷动。

出厦门，到台湾，两天的海程，沈葆桢身为船政大臣，自己却是个晕船的人。船在海上翻滚，船舱之内，他转得天昏地暗，上岸时已经形销骨立。

澎湖列岛是台湾的门户，他先去的是那里，要视察炮台。登岸四顾，瞬时茫然，心就凉了，回到船上，晕晕乎乎，下意识地取笔写了一封信给闽浙总督李鹤年，写下了澎湖湾的原貌：

“周观形势，陂陀旋绕，无一田一山，并无一树。其所以称全台门户者，则以台飓作时，台南数百里，舍此更无可寄碇处。然守之极难。其口有砖砌炮台一座，薄仅数寸，炮门甚多而无炮，然则坚其台，多其炮，孤峙亦不可守。若炮台林立，甚不知所费几何？”

澎湖是台湾的门户，孤岛四面悬空，是个绝地，炮台空虚不能守，要建造而钱又不够，怎么办呢，沈葆桢心灰意冷的时候，突然猛醒，想到：也许，只靠炮台不行！光凭守是守不过来的，敌来四面八方，炮台是死的，如何守？造也造不过来，要花太多钱。澎湖如是，大清的整个海岸线亦如是，一定要建起在海洋上能走动的战力，远海水军，海军！

沈葆桢心里期盼海军，想得痴迷，见到澎湖地酷人贫，人，就在浅水里摸鱼吃，水性特别好，就想，将来，我就招募这里的人上军舰。

沈葆桢于同治十三年（1874）阴历五月初三到澎湖，初六到台湾，这次奉旨巡台，他带去的是整个福建的官衔。

登陆之后，他综观台湾的情况，马上就知道要做三件事：一舌战，二预防，三开禁，和日本人评理交涉，同时积极备战，而最重要的是开发。改土归流、全台教化、普及教育、开放贸易、开发台湾，这才是永久保住台湾的根本办法。

但最后一条，要等日军退兵以后才能全面实行。五月初八，沈葆桢派福建布政使夏献纶、按察使潘蔚两人去日本军营找西乡从道询问究竟，理论是非。自己则去巡查台地的海陆布防。

可叹台地千余里，竟无一门炮！

老弱的班兵，只有一千五百多人，不可用；团练只能助胜不能救败，也不行；台北破破烂烂，公事没有人管，根本就不像个行政的郡城；让地方镇道官员们筹办的事请，都苦于没有经费办不了。沈葆桢乞恳内地，赶紧调拨二十万两银子救急，又请求闽浙总督李鹤年拦截下一部分从香港运往上海的洋火药，挖东墙补西墙，直接改道转运台湾。

好在赴台之前，谋划作战的时候，法国人日益格建议：在台湾山地跟倭寇打仗，法国的四磅小铜炮会很得力，所以预先有准备，让唐定奎带了五十门，随军在瓜洲秘密运上船。

西乡从道的日军驻扎在琅桥，兵锋指着台北，但是他孤军身处绝地，跟即将到来的南北洋久战之师作对，打不赢。经过侦察，日本在虎口的两艘所谓“铁甲舰”，不过是两条铁底木船，虚张声势而已。

琅桥是一个险恶的口岸，水恶浪急，一旦开打，倭寇想跑，也没那么容易。沈葆桢把“扬武”一舰布置在澎湖，将来一开战，日本人若想袭击厦门，“扬武”离得不远，可以及时回防截堵。

他戴个斗笠，坐在破败漏雨的官衙里等候消息，想出去巡海，可身边无船，出不去，台南台北雨季陆路不通，也无法通消息，各船正在海峡中间往来运送军队军需、传送公文军令，忙得不敷调用，“扬武”又不敢调回来。只有“济安”“振威”两条船预计日内可以到达，只能坐等。心里又担心夏、潘二人，他们到琅桥的日本军营去问罪，想着别出什么事，不知道什么时候才能回来，还回得来回不来。

台湾夏天气候湿热，整天飘着细雨，连当地人都受不了，说此地是雨的起点也是终点，永无止境。听说“沪尾”这个地名就是当地平埔族人土语“雨屋”的转音。大陆的人上了台湾岛，水土不服，因为湿气太重，先是浑身发痒，然后上吐下泻，会生病，会死人，据说山中的烟瘴、林中的“丛林热”，更为险恶。

沈葆桢心里正在琢磨：我们生病，倭人难道就不生病？他们的日子一定不好过。本朝的大军正在赶来，日本人知道不是对手，又不能走，他们现在是骑虎难下了。

又想，幸亏早年林文忠公首兴造船之业，左宗棠接继前承，创办船局，才有这十几条兵船，不然，如今之事何以为之。

正想着，外面走进来两个水淋淋的人，肤色黝黑，进屋就跪，狠巴巴低着头不说话，原来是“济安”“振威”的两个管带回来了。

沈葆桢正在期盼二人，见到了很高兴。

“来得好，一路之上，可平顺？”

“谢大帅挂念，路上无事。”

“怎么这样一副模样？”

“是弟兄们刚捞上来的。”

“啊？怎么讲？”

两个管带在旗后登陆，口内恶浪滔天，他们的船小，根本站不住，靠岸就会被礁石碰碎。他们急着登岸，要拼命，舰上只好放下舢板让他们乘潮冲渡，结果被水浪掀翻，掉进大海，好不容易被水勇们抢上海滩，已经奄奄一息，再想回到舰上，就回不去了。

沈葆桢听了，愣了半晌，看着地上两个湿淋淋刚刚死里逃生的管带，半天才说：“船。”

两个管带都是船局学堂出身，还没有习惯受大海的委屈，正跪在地上生气，听了心中突然一震，眼前骤见光明。“振威”管带邓世昌在那片光明之中看见了幼帅沈葆桢说的是什么，忽然热泪盈眶。

“大帅，要有舰船！”

沈葆桢对中国海军最原始的设想是以铁甲舰为主的舰队，组成南洋、北洋、东洋三支舰队，南北中各守海域，临机聚散，互为策应。每支舰队以两艘铁甲舰为主力，各配以福州船政局“扬武”级军舰六艘、“镇海”级军舰十艘，若干辅助舰船，建立可以乘风破浪的海上武力。

17

福建布政使夏献纶、福建按察使潘蔚在去往琅桥的路上，一路观看台湾的风景，看得凝神静气，心惊肉跳。

大山一侧是悬崖，路是一条羊肠线，上下左右漫天的绿，连空气都是绿茵茵的。阴雨之下，那绿色不是青翠，而是一片阴森的葱茏，脚下的森林中有溪流，冒出缕缕云霭，不知道是云烟还是凝聚的烟毒瘴气，那云雾像是活的，一条条绕着林木逶迤游走。空气里面隐隐有一股湿润的味道，是大陆上没有的味道，化入嘴里有些甜，抿一抿，又有些腐烂，让人想起不好的事情。

夏献纶骑在马上四下观望，越瞧越心惊，埋着头行路，脸上已经变了颜色。

过了半天，夏献纶开口问潘蔚："伟如，这山中的番民平时吃什么？"

"渔猎为生，当然是吃肉。"

"噢。"

过了一会儿，夏献纶不禁又问："那他们怕不怕朝廷的命官呢？"

“尚未教化，想必不怕。”

“那要是遇上了怎么应对呀？”

潘蔚看一眼坐在马上的这位同僚，此人小事胆小，大事胆大，反正一路上也没有别的事情，不妨随口胡说。

“要是遇上了，大人先走，我和护卫断后呀。”

“不可不可，岂能如此不义。”

“只是求足下一件事，逃回去以后，发布公文一道，命他们送回些吃剩的骨头，也好收拾回老家去安葬。”

“哈！此时此地，潘大人真好兴致。”夏献纶说完打马向前自己先走了。

陆路走一段，又改乘轮船，到达琅桥，来到日军驻扎的龟山。阵营前面，使人前去通报，二人立在山坡高处，用黄铜单筒“千里眼”观看日军的阵地。日军的营地非常忙碌，全军正在备战，加深战壕，增设炮位，修筑工事，并且正在兵道壕沟上加顶盖，在堡垒上面填土加厚，显然已经知道清军要来。

夏献纶慢慢转身，沿着战线从这头看到那头，细细地看了一会儿，把“千里眼”交给潘蔚，说：“兵，配的全都是后膛枪。”

潘蔚接过望远镜看了一看，觉得有些奇怪，就问：“正在加厚壁垒，他们怎么会知道我们带的炮多，唐俊侯的法国铜炮在瓜洲码头都是拆开了打草包，夜里暗中上的船。”

“日本人心机诡诈，比我们深远得多，难道连瓜洲都有他们的耳目？”夏献纶也没想到。

这时，前去通报的通译回来报告，说西乡从道托病不见客，夏、潘二人大怒。

台湾事变爆发以后，北京通知日本政府派使节来华解释，为什么要侵占台湾。日本派来的是外务权大丞柳原前光。

无端出兵占领别国领土，本来就是没法解释的事，柳原理屈词穷，只好一味推诿，闪烁其词，不提正事，总说些不相干的话。

总理衙门花厅内虽然是喝茶，倒像是审案，几位王大臣围坐问话，言谈之中，好像有些明白，同时又越听越糊涂，更多的是糊涂。

柳原侃侃而谈，越谈大家越迷糊。

好像是说日本正乱，西乡没人管得了。西乡是萨摩藩族，倒幕时代反对德川幕府，参加过鸟羽伏见之战，后来明治维新，日本社会重组，引起很多士族的不满，他们遍地闹事，两百多万武士没有饭吃就天天叛乱，政府要安抚，最逆反的是西乡隆盛，所以就任命他的弟弟西乡从道为了官。

柳原半明半暗的言谈，从这儿往后，就让人听不明白了，越来越乱，越来越不像话。日本天皇任官就任官，但是不知道他是怎么想的，给西乡从道任命的官职是“中将台湾番地事务局都督”，就是台湾的总督，这任命任得蹊跷，不知是把他人任命到中国来了，还是把中国的土地任命到日本去，反正是把中国的一个省交给西乡管了。

柳原以下的解释，就更让人听不明白。

见王大臣们愣愣地反应不过来，柳原一笑，就像老师一样给他们讲解，说：“国土的归属是按照‘文明’和‘文化’，是按照‘民族性’划分。就台湾而论，台地的生番没有文化，不奉中华正朔，是化外之民，那么就是谁先去管他们，他们就归谁，生番的地盘当然就跟着生番一起归谁。西乡去台湾管生番，生番自然就归属日本，生番居住的区域也就归属日本，所以他是‘番地事务局都督’，现在还不是‘台湾总督’……”

总署的王大臣和大学士们看着柳原，心中更加糊涂，你看我，我看你，连一旁的文员、笔录、通译们也听傻了，面面相觑。

这柳原也是世代公卿，藤原家二十三代的贵族，明治的外戚，大正的舅父，谈吐还算文雅，仪态也端方，像是个知书达理的人，怎么一张嘴，一句话里面就有八处错，颠倒是非，混淆黑白，让人不知道先从哪一处说他。

台地本是中华，台地的居民无论汉族土族都是中华的人。番民自在衍生，生存自有其道，何必非要去强加于人。再说，要管也轮不到日本管；再说，国土也不能外面来个人说分就分呀；再说，带着兵来分土，不就是开战吗；再说，就是开战也得打个招呼嘛；再说，这些自古以来的道理，日本学的诗书也是中国的诗书，怎么会不懂呢……

大臣们越往下想越明白，也越糊涂：明白的是，古今中外都要遵守道理和规矩；糊涂的是，怎么日本一个外务权大臣就是不懂呢。

其实，柳原根本就没想把事情说清楚，本来就说不清楚的事情，说得越糊涂越好，越说不清道理，越对本国有利。他听着总理衙门的大臣们纷纷站立起来反驳他，气定神闲，舒展浓眉，充耳不闻，举起茶杯，一一向各位谦恭道歉。

再往下说，又是一番歪理。

总署和柳原的辩论永无休止，他就像一个装睡的人，永远叫不醒，把王大臣们气得直哆嗦。

恭亲王听说这些事，哈哈大笑，对各位老臣说：“文相国，各位前辈，你们都是老实人。”

接着，附耳跟桂良说话。下一次会见柳原，桂良二话不说，先把柳原邀入密室，密室中谈了什么，不知道，桂良也不说。

后来民间议论、坊间传说、茶馆里流传的是，桂良跟柳原说：“日本自汉唐以来学习中国，衣食风貌、学问伦理、文字宗教，都原样照搬，已历经多年，日本国已经归依了中华正朔，日本的‘国民性’已经变成中国的‘国民性’，所以现在可以归属大清版图，日本使节的前次谈话，都已经婉转表示了这层意思，本朝，可将日使的原话笔录先转达给明治天皇，至于何日归附中华，再做商量吧。”

街上的士民喜欢这样议论，这事情就越说越像是真的。

无论究竟是怎么回事，反正后来柳原不得不亲笔书写了一封给西乡从道的信。书信送到天津，由快船转送台湾，再由日益格快马急送，转交给了夏献纶、潘蔚。

夏、潘二人每天在营外跺脚大骂西乡从道，正骂里面装聋作哑、不成体统，日益格的马到了，转交了书信。

这回他们手里有了日本外务权大臣的信，西乡从道就不能不见。日益格告诉他们，自己要赶紧走，沈大人说了，让他立即回欧洲，找寻铁甲战舰，沈大人还说，中日即便现在不战，日后必有一战。

进入日本军营之前，潘蔚把夏献纶拉到一边，故意吓唬他，悄悄地说：

“夏大人，这一次，壮士一去，嘿嘿，恐怕不复还了。”

夏献纶遇见小事，胆子就小，遇见大事，胆子就大，听此言，反倒来了精神，两眼一亮，回答：

“那才好！死不足惜，换取三千倭人灰飞烟灭。”

二人对立拱手，算是预作永辞，转身进了日本大营。

李鸿章在天津接到总署转来沈葆桢讲述台湾局势的文报，又从福建的奏章、书信、邸报、新闻纸和朝中的传闻里知道得很细。了解了台湾的情况，心里有了底。

他知道，夏、潘舌战西乡；还知道，西乡说琉球的渔民在海上遇风，漂流到台湾，让番人杀了，日本才派兵来主持公道，说既然已经动兵花了钱，日本来帮助清朝办案，清朝就要支付军费；还知道，西乡自知理亏，又害怕清朝登岛增援的军队，不敢太忘形，但是他的道理都是横着出来的强辩，说什么兵撤不了，自己也没有办法，军队没有撤兵回家的路费，所以要退兵清国必须先赔款，支付退兵的费用；还知道，西乡话还没说完，夏、潘两个书生已经气得双手颤抖，拂袖而去。

李鸿章还知道，那几天夏献纶大摇大摆地在日本兵驻地内外四处乱走，探察虚实，潘蔚拉也拉不住他。他们看见日军正在开垦种植，饲养家畜，营建房屋，把那里当成了自己家，日本人正在收买拉拢一些番社去攻打别的番社，挑拨离间，扩大自己的势力；还看见日本军营里发生瘟疫，已经病死了五百多人，一个花旗国的军官也死了，知道日军正在苦熬，在虎口港的铁甲舰也是商船装上炮冒充的。潘蔚跟日本士兵们聊天，发现他们士气低落，都想快点回家，夏献纶懂一点医术，居然忽发恻隐之心，给一些日军病卒治了病。

知道了侵台日军实地的情况，李鸿章心里有了底，只要强硬，日本就没办法。他很羡慕沈葆桢身边有人。

18

八月十五中秋日，魏经奉命到北京办差，到同仁堂订制五千瓶“行军散”。唐老五的铭军在台湾没有打仗，人已经死了三成，多半是开山造路的时候中毒瘴而死的，中堂急着要往那边运药。

办了事，他转到什刹海，在“会贤堂”要了壶茶，坐着等人。翰林院侍讲张佩纶是中堂佩服的人，二十岁中进士，听说才分大了去了，慷慨好论天下事，几千字的折子一挥而就，他那篇《累疏陈经国大政》看得中堂三伏天直打激灵。人穷，可是不爱财，给什么都不要。

临来的时候，中堂嘱咐过：“有便，请人家吃顿饭，平时他吃不上。”魏经明白，大人爱才。

魏经知道京官穷，就连当朝的相国文祥文大人，正俸、恩俸、双禄米折成钱，加在一块儿，一年也就五百两银子过日子，何况翰林一年才四十五两俸银。文大人都舍不得花钱，去年冬天下大雪，早晨上朝雇的是驴车，雪大风凉，问赶车的能不能走快些，让人家申斥了一顿，说有钱坐绿呢轿子去，没钱就不要瞎讲究。到了地方，文大人脱下带雪帽的旧披风，赶车人才看见朝服的补子是个仙鹤，顶戴是红宝石双眼花翎，正一品，吓得连连说小人有罪。文大人倒是不介意，说道：“穷，乃是我自家之过，你何罪之有？”这事儿都传到了江南。

魏经代李鸿章请张佩纶吃饭，选的是会贤堂。李鸿章知道张佩纶爱吃茄子，而会贤堂恰巧就是会做熘茄子，山珍海味自然有，不过最拿手的就是这道熘茄子，深油炸得焦透，加蒜爆炒勾芡，不知道什么窍门，谁也做不出同样的味儿，京里的王爷们想这口，也得上这儿来。这饭庄场面大，五十亩地，一百间房，什刹海岸边一大片，带水榭，有梨园曲艺，能点戏。

魏经已经在轿行雇了顶轿子去接人，约莫着工夫差不多了，就赶紧站到门口街上，垂手恭立等候着。请客吃饭的规矩是站在饭庄门口迎宾，不能在楼上雅座里坐着，何况客人是张佩纶——各地督抚有一个算一个，全都怕他，岂敢怠慢。

不一会儿，张佩纶来了，穿一身竹布长衫，旧布鞋，干干净净，手里拿着魏经送去的拜帖。魏经连忙上去行礼。

“张大人，失礼了，在下不能去接您，这地方客太多，我得占座儿。”

张佩纶书生模样，说话很谦和客气，一点也不厉害。

“魏大人，不要客气，已经很过意不去了。”

两个人上楼要了壶新茶，坐下说话。堂倌拿来几碟瓜子、杏仁、冰糖、山楂。

“中堂可安好？”

“眼下的时局，大人就是太忙。”

“是呀。”张佩纶点点头，“要操心的事情太多。”

日本人一上台湾，沙俄在西北调兵点将，往东北运兵，英法在西南也动了起来，四面八方不知哪边先打，但看情景，终究会出事，终有一战。

点了菜，张佩纶问魏经："中堂近来海关那边事情多了吧？"

魏经心想，张佩纶胆子大，什么都敢问，又奇怪他怎么会知道。

"正是，总是和总税司赫德商议事情。"

国家多事，北京街头的饭庄茶馆成了士民议论国事的地方，也是京里和外省的官差见面互通消息的地方。魏经虽然在李鸿章身边办事，有些事，大人不讲他也不知道，就问张佩纶：

"张大人，朝廷现在西北和东南备兵，先顾哪边，可有了定见？"

"有。说了，两边并重。中堂他应该已经知道了，可以放心，南北洋海防的款，取七个省的厘金，海关四成的洋税，每年拨四百万两银子。"

"啊！什么？！"

魏经又惊讶，又高兴。这个张佩纶与众不同，这么大的天机消息满不在乎，不要银子张口就说，在饭馆里大庭广众之下就敢说，声音还那么大。

靠水畔花窗的桌子，有两个人正在喝酒，他们也听得清楚，立时挺直身子往这边望，然后叫堂倌过去说话。

一会儿，伙计用漆盘端上来一盘清蒸鳜鱼，一个青花瓷酒壶，送到他们的桌上说："这鱼和板城烧锅酒，是那边二位爷让送的。"

两人起身向窗户那边拱手道谢，那边的却是顺势直接走过来说话，南方口音，自报姓名：

"两位大人，我们是福州船政局的，我叫刘步蟾，他叫邓世昌，给沈大人到京里办事情。"

四个人见了礼，通了名姓，一起坐下喝酒。两个南方船局的人，皮肤晒得黝黑，眼睛更是发亮，先问：

“张大人刚才说的可是真的？”

“是。当下国家海防大筹议，说来不是今天的事情，季帅、雨帅、你们幼帅和中堂，早就上折子要建军守海，还有沿海七省的督抚们，都着急，可总是钱饷不济。今年春天倭寇侵占台湾，事情迫在眉睫，朝廷这回才真是看清了，这才下定了决心，要拨发海防款。”

“哎呀呀，早该如此！”听得三个人非常振奋。

“有了钱，船的事情……”刘步蟾关心地问。

张佩纶一笑，对魏经说：“刚才问起海关，就是猜测要买西洋铁甲军舰了。”

大家欢声举杯庆贺，连声道国家之福。

几个人言谈很相得，又多喝了几杯，刘、邓就说起了福州船政局和南洋海军的艰辛，还说起他们的沈大人。“安澜”船太小，被台风卷入海底沉没了，船局穷，舍不得，打捞起船上的炮，要装进沿岸的炮台凑合用。沈葆桢老大人一身病，抱着炮不撒手，全身湿透了，像抱着个死孩子，拉不开，周围几百个华洋工员都低下头，不忍看。

讲到此时，两人站立起来，先给张佩纶鞠躬，再给魏经鞠躬，再面向南方给他们的沈大人鞠躬，举杯一饮而尽。

大家言谈之中，说起了时局，魏经就想哭，问张佩纶怎么办。张佩纶想了想，其中的众多道理，不是在饭馆里能说的话，就用最简单的话跟他说：“三条办法就可以：一是保住周边的藩属小国，二是建起远洋铁甲水师，第三条最要紧，该硬的时候就要硬！”

酒过三巡，几个人谈笑风生，很高兴。

台角转出一个女伶，怀抱琵琶唱一段《山桃红》：

这一瞬天留人便，
草藉花眠，则把云鬟点，
红松翠偏。
见了你紧相偎，慢厮连，
恨不得肉儿般和你团成片也，
逗得个日下胭脂雨上鲜，
我欲去，还留恋，相看俨然，
早难道好处相逢无一言……

魏经一边喝酒一边琢磨戏词儿，不禁击案称赞：“好一段露骨的淫词，怎么反倒唱出了雅致？”

船局的两位没听过，听不懂，问是什么。张佩纶告诉他们是昆曲，是北京唱京戏的角儿从江南学来的，但是因为北人吐字不会发入声，所以自成流派，叫北昆。

刘步蟾、邓世昌起身说：“此曲缠绵，不合张大人第三条的硬字，听了骨头已经有些酥麻，风涛之人，不敢再多听了。”大家哈哈大笑告别。

北京的鼓楼敲响暮鼓，顿时万家灯火，明月照耀着大清的佳节，烟花在夜空绚丽开放，流光慵懒地落向太平世界阖家团圆的世间，照亮烟台海面上开来的十三艘英国炮舰。

19

天津北洋大臣衙门后堂里面，李鸿章正在吃中午饭。他望着圆桌上一碗用安徽老家的树皮泡水焖成的黑色米饭，脑子里同时在想好几件事：

翻译阿恩德开列的四磅克虏伯钢炮是陆军行战的利器，价格虽是让了一点，但是单子里只有炮座没有轮架，会不会是该国从炮台里拆下的旧物？这件事，得找克虏伯炮局的李劢协问。

日本登陆台湾是乘虚而入，沈葆桢请求在台湾建立行省，专设巡抚，开路屯田，教化番民，来信商量，可否让士卒与番民通婚。行。

江西教案一向多，现在九江又出了事，要告诉沈品莲，教民、平民要两边兼顾，洋人一向乘机到处勒索赔款，要想个办法把双方的官司都结清。

俄国放出风，要修改陆路茶道的章程，又想干什么？不准！

徐文堂在天津我就打了他二百板，现在又跑到江淮一带，冒充庐城徐氏在各地招摇撞骗索要银子，着实可恶。抓！

李鸿章早学会了分钟之内几件事同时想、同时定夺。清朝的官少，养不了那么多，想办事，就要一人多劳，脑子再乱，心却不能乱。

他见桌上的饭碗空了，很诧异，就问：

“老魏，谁把我的饭给吃啦？”

“大人，是您自己刚才细嚼慢咽，慢慢给吃完了。”

前面的幕僚闯进来通报，急得直结巴：“西南爆发巨案，总署的人来了！英国孟领事也在外面硬、硬、硬要进，不是一起来的，却是同、同时到的。”

李鸿章立刻想起一件事，年前总署提起：英国人要办理进云南的关防，说有几个武官入境，总署劝他们小心，告诉他们云南地面上乱，民情浮嚣，伏莽聚谋，沿路有散兵游勇打劫，还是别来。但是好像没有拦住，可能现在出了事。

看了总署的抄报，李鸿章一惊，“坏了！”

去年，同治十三年（1874）夏初，英国组成勘探队，一百九十三人带着枪，从缅甸自陆路走，勘察通商道路。英国使馆的通译马嘉理去边界等候。年初，他们进入中国，到了腾越地区的曼允，当地的百姓见是来了洋人军队，怕他们占领，不让进。英国人说要攻打腾越城，还打死了几个人。正月十七，参将李珍国带着兵民乡人在户宋河阻击英人，杀了马嘉理和四个中国随从，英国人不敢再往前去，先退回缅甸新街。可这时，已经有三百英军从印度发动，开往云南了，海上，还运来五千军队，舰队正赶往中国海。

李鸿章叹口气，真是多事之秋！国家贫弱，隐忍克制，发愤图强，岂是朝夕见效的事情？眼下开战，还是要败，怎么办？只有一面和洋人周旋，一面加紧买军舰。

看过抄报，他先想到的不是外面气急败坏的英使，而是赫德。所有的事情一环扣一环，跟英国一闹翻，和赫德密议向英国买三十八吨大炮的铁炮船之事，可能会因此而破灭，要马上另辟蹊径，抓紧再拉一条线，德国、丹崖、劼刚、德璀琳……

看见他两眼发直，魏经吓得不敢问。

当时，李鸿章正在心中不停地推算预演以后一幕幕的事态。牵一发动全局，英法德俄美日意西，下面都会干什么事，要掂量算计一下：

法国在越南蚕食。阿古柏在新疆占地。英国不甘心，一面在西北支持阿古柏与大清和俄国抗衡，一面在西南开辟通道和西北连接，同法国争利，已派出了武装勘察队。滇事至此，已经不单是为了马嘉理，英国无非是借机要挟敲诈，扩大通商，索求利益。其余各国，要趁火打劫，分一杯羹。而日本不可不防，它必定借机在东南、东北海上生事侵吞，在朝鲜搬弄是非。哼！我也正需要通商扩充饷源，弄来那些铁甲兵舰，到那时，我猛虎在山，威慑群夷，不用再过受窝囊气的日子……

欧洲驻华使节，是当时世界上最自由、最无拘束、最有幸福感的人群。中英两战失败以后，中国基本上没有了说理的资格。朝廷和官府遇事要让着他们，什么事，欧洲人说了，就需要考虑照办，顶多是敷衍推诿，哪里敢大声说话。对中国，不必考虑太多的礼仪、道理和公法，“知识就是力量”，其实也是自由，他们自诩是先进的文明，物化为在中国海上的军舰，这是谁都可以看见的铁打真理。

所以他们也是全世界最容易发脾气的人，国家的使节马嘉理竟被中国人枪杀，听闻竟敢有这样的事，英国议会和驻华使团义愤填膺，立即卷入愤怒的浪潮。

英国公使威妥玛本质上是个学者，剑桥出身，研究汉学，在中国四十年，用罗马字母给中文注音，全世界都在沿用他的威氏拼音。不过，民族的胜利能够颠倒个人的性情，那天，他在总理衙门问罪，咆哮公堂，气得浑身颤抖，用文明棍猛敲地砖，像一个惯坏了的孩子受了天大的委屈，顽强地坚认一个有利的假定：云南官府暗中指使兵民谋杀不列颠使节。

总理衙门据理力争，对他解释："当初你们只说马嘉理去迎接五个英国武官来华，没有说派来这么多人武装过境，他们已经成了军队，怎能不出事呢？再说军队过境，事先不通知，也不对呀。"

总理衙门也不明白究竟是怎么回事，就问他："云南这么乱，你们派军队来干吗呀？"

但是不管怎么解释，威妥玛越来越愤怒，认为老臣们不可理喻，都是狡辩。

"那就找李鸿章！"他说。

多年打交道，李鸿章知道洋人的脾气，他们有长处：凡事直接说，不绕弯儿，所以跟他们论事不累；单个看，讲实言，不撒谎，还算可信；办事恭勤敬业，不遗余力。总税司赫德，食人俸禄，给朝廷办事，殚精竭虑，廉正不阿，谁也没看见他坐下过，忙得连写字都站着，海关的银子江水一般进出，料理得分毫不差，干干净净。做事、做人可以说是结实可靠，满朝上下没有不佩服的。

难也就难在这里，他们各为本国办差，不通融，那些给本朝办事的，能干的，则事权太大，不能不防。

对付洋人，李鸿章有自己的办法，也是时事所迫，凡事不硬顶。当今正是人家得势的时候，国之相争，各图其利，哪里有什么道理可讲？能办的，不碍大清什么事，可以商量，不能办的，客客气气，拖。一直拖到我有了铁甲军舰的那一天，手握强兵，到那时，翻脸就翻脸。这些洋人，也读过些洋诗书，你给他些面子，他还能怎样乖张。先以怀柔之术制戾气，拖来时间，国富兵强之后，就由不得他们如此嚣张。

李鸿章和英国领事笔谈滇案，倾身细听。听完了指控，他面色严正，最后只让通译写了一个字回复："查。"

等英国领事走了，才看见李鸿章慌了神，乱了手脚，张着手在屋里转，魏经一看，知道该干什么，赶紧取笔墨吧。

第一封信写给总署，询问：英人武装过境，事先打过招呼没有？如没有，不知是英人故意挑动，还是偶然事件。又通报：英使威妥玛已出京，二十九日就已经到了天津，要去云南查滇案，行踪，计算会在阴历三月二十日之前到上海，再经汉口，由四川去云南。他这次去，一定会到西南各处调查以前那些教案，在各处索取赔款，四川夔关去年扣留了一批走私的洋货，要知会地方上，预作提防。西南各教案的案底，能结赶紧结，不要留痕迹。

第二封信给天津海防同知宋宝华，此人通英文，会办事，与云南地方官员有旧交，派他跟着英国人一起去云南"照料保护"，以便和地方上随时商议对策，观察英人的动静，密告北京和北洋。

第三封信写给云南布政使潘鼎新。潘鼎新是淮军旧将，很得力，告诉他：滇案一发，威妥玛多方要挟，现已动身去西南，必然要去各地查访，滋事搅闹，挑动事端，挑剔刁难。你也切实地好好查，一是为了不给对方留借口，二是查清了事情才知道如何处置。现在英国已经从印度往云南发兵，又让英国的一个总兵从印度去上海问罪。等见到了威妥玛，要跟他讲理，按照《万国公法》第四卷：“调兵不能行于局外之地，各国和好，有权索路，惟不得强为通行，局外之地，或准或禁，皆可任意。”洋人惯用公法逼迫我国，这回看他们怎样应对。

第四封信写给云南巡抚岑毓英。云南是新定边疆，苗地，土司剽悍成俗，洋教、团练、散勇、苗瑶、割据武装，枝节横生得乱七八糟。岑中丞抚滇，心狠手辣，名为巡抚，实为云南之王，根基极深，又最恨洋人。据说他和缅王有密约，凡去过云南的洋人就在返回的路上捕杀。最不放心的就是他。要让他既识大体，不要惹事，也要密为防备。现在英国人指定是他在背后作法，做下了滇案，逼着朝廷拿他到北京治罪。即便真的是他，万一查到，朝廷的命官，岂容彼族一句话就随意处置，到那时，也只好蒙骗洋人加以庇护——但愿不是他。现在英国出兵，腾越、永昌报警，云南地面上又开始大乱，散勇趁乱大肆抢劫，要弹压。信中特意嘱咐岑毓英：“勿稍大意，免生衅端，是为至要。”“勿稍大意”四字，他应该懂，自己若真有短处，千万不可有丝毫的泄露。

国家贫弱，就没有道理可讲，糟心的事情每天不断。

二月二十八日，福州船政局的“福星”轮船在黑水洋冒雾缓行，英国轮船“澳顺”凭自己船大，不放汽笛知会，也不稍停转退，硬往上撞，“福星”沉没，六十六人与船俱溺。按照外国行船的规矩，本应该按数议赔，可是英国人却说：“‘福星’不会驾船，本领不济，是自食其果，英轮与此无干。”死者不瞑目，家属诉冤，官府愤恨，却没有办法，只好先由官府抚恤。真是念之锥心。

没有时间多想，赶快写信通知招商局：“福星”运往浙江救灾的七千担口粮已经随船沉没，请招商局先垫钱，购米补足，让“和众”和“富有”两船运过去，再找些江南机器局的夹板船协运，叫唐廷枢另造小码头，专泊米船，今年江南蝗灾是百年未遇的大难，要快救，两江总督沈葆桢已经急出了寒热病。

李鸿章放下笔，天已经黑了，起身面向窗外，想起沈葆桢，忽然悲从中来，双目蒙眬，春发花树，却只能看见风雨飘摇之下海上无尽的风涛。

20

西南滇案爆发，几天后，李鸿章召见赫德，谈的是购买军舰。

花厅中喝茶，赫德称赞茶好，李鸿章跟他说："这是台湾送过来的新茶。"

赫德说："真是清凛明净，回味深长，我想起了雾，喝下去五内的感觉透明多了。"

李鸿章笑着说："总税司在我们官场多年，这中国话上半句说得好，这下半句嘛，虽有些不像，却说得更好。"

说起茶，赫德就问："听说俄国人要更改茶路的章程？"

"是啊，茶本清净之物，利之所在也沾染尘埃。"

滇案刚发作，阴历二月底，俄国突然要修改《陆路章程》二十四款。

俄国一直从中国购买大量砖茶。茶，他们不喝活不了，生活必需品。俄国领事说过："俄国百姓没有砖茶无以为生。"

俄国茶商贩运中国茶到俄国，纳税极低，一百斤茶叶征税银仅仅六钱，本来就比别国少得多，同治五年（1866）二月，又准免"复进口减半税”，差不多给全免了，所以俄国的茶商都赚取了非同小可的暴利。可中国茶商却倒了霉，竞争不过，有的已经亏本停业。

《陆路章程》原约载明：“五年之后，如果妨碍华商生计和中国税收，所征税金再议。”俄国商人实在太过于蛮横，出入边卡一向不顾章程规定，有的人没有持照硬过，拦不住，有的拒交税金，有的不让验货，有的不听劝阻随意闯关，毫无限制，管卡的人拿他们没办法。他们从天津海运各种别的货物到恰克图，也按茶叶报税。别的货，按照税则通例第二条，应该是交纳税银二两五钱，但是俄国硬说《陆路章程》上无此条，强为狡赖。

如今滇案一出，俄国立刻提出修改章程，要求中国取消保护本国利益的那项条款。

赫德管海关，对边卡的情况知道得没那么多，听了很不平。

“中堂不妨跟他们说，要想改约可以考虑，但是茶叶一百斤也要交二两五钱银子，跟大家一样。”

“既然总税司说话，就这么办。”

李鸿章心里挺畅快，赫德讲理。

看着赫德，李鸿章心中想：英、俄两家自己在西边的克里木打仗，是冤家，在外，是谋敌之国，可到了中华竟互为同道，携手发力，南北两面挤压中国，听说还要合谋动武。李鸿章没有对赫德讲的是，俄国要改条约，可能不仅仅是贪得无厌为了钱。用兵，就要找借口。要改约，兴许就是个发端。

美国副领事毕德格以前给自己当过通译，前日夜里，偷偷跑来，密通消息，说：“英使威妥玛去上海之前，俄国公使去找过他密商，说英国要是打云南，俄国就从伊犁出兵，让中国首尾不能相顾。”

再有，潘鼎新从云南传来消息，云南英人武装勘探队的底细查了，其中有诈，扑朔迷离。据查，勘探队的后面还有秘密押运的一百驼武器暗中跟着，因为让野人抢了，才被发现，不知道他们究竟要给谁用，做什么，居心叵测。

而俄国就在此时，要求中国开放古北口、杀虎口和嘉峪关各西北陆关的道路，是什么意思？多年以来，俄国的办法就是蚕食大清的国土，现在又要修一条万里铁路到恰克图。这些事情不放在一起，不起眼；放在一起看，都是杀机。

群夷环伺，早晚不是这个来打，就是那个来打，要抓紧，要抢时间。用人、练兵、置器，都要快，否则边境不保。

请赫德来见，正是为此，托他办的事有了结果，他带来了买军舰的合同。

赫德展开《购办船炮章程》、价格详单、图纸，给李鸿章一一讲解：

现在欧洲水师的兵舰变得很快，日新月异，近来有人发明了新型炮船，似适用于中国。炮舰分两级，一种是三十八吨大炮的铁船，一种是二十六吨半大炮的铁船，吃水四百吨上下，炮大船小，炮筒伸出，故称“蚊子船”。

三十八吨炮之船，九个月做一船，十个月成两船；二十六吨炮之船，五个月做一船，六个月成两船，计划大小各买两条。

李鸿章想：我国钱饷难，筹得慢，可是正等急用，订购要会订，要比对价钱，订购的数量也要合适，要考虑成船时间的快慢时效，购买大小共四条，不太贵，做得快，考虑得还算是周到。现在是三月，若在四五月间汇银定做，明年夏天船就可以到家。

他不放心，还是要问清楚，就问赫德：“为何同式舰船要买两条？”

“一式两条，成船快。另外各国海军都这么配，姊妹舰，航海速率和性能相同，战时方便彼此照应，舰队都这样组合。”

外国卖军舰，船和炮分开制造，分开算价钱，有各种搭配。赫德讲得细，讲得明，十分繁复，一算总账：四条船合计英银十一万二千八百镑，按兑费时价，一英镑合大清的银子三两三钱三厘，就是三十七万五千九百六十两银子；加上起运煤费、保险、地中海和红海的关口费、水手船工三个月的工银等各项，是六万五千九百四十两银子。总计下来，需要四十四万一千九百两银子，四十五万两银子应该够了。

说起军舰和海防，自然谈起了战略。

按赫德的想法，以他对当前形势的领会，大型铁甲舰不适合中国海军，原因是：第一，中国海岸水浅，巨舰吃水太深，不合用。第二，中国是防御，不是进攻，应配以火力强大的小型军舰防守海岸线。“蚊子船”用来作活动的“水炮台”，在近海防御，三十八吨的炮，口径十一寸半，可以击穿大型铁甲舰三十多寸厚的铁甲，是以小制大，足够用了。还有一个重要的原因是花钱少，欧洲一艘铁甲战舰需要大约一百二十多万两银子，用这个钱买这种船，可以买十艘。

赫德不是兵家出身，李鸿章听他讲，知道他讲对了一半，那就是当下的要务是近海守口。而赫德认为中国不需要铁甲战舰，和美国水师总兵的说法如出一辙，恐怕不是正论。

那年李鸿章询问美国的约翰·杨总兵海防战略，总兵说：“中国和美国一样，地方大，海岸长，也不出去打人，不去占别人的地方，所以就要采取守势，守海不必用大型铁甲战舰，只需海岸的炮台、水雷、快碰船巡洋舰和鱼雷即可。”

李鸿章听了只是说有道理，不说别的，可是心里在想：战守之势，相因而替，互为表里，没有定式，不是死的，你怎么知道我不出去打人？他要是总来打我，我就要出去打他，战即是守。

李鸿章心中另有打算。沈葆桢、丁日昌、张佩纶都是有远见的人，要建海军，但他们都是孤愤之臣，性子太急。铁甲舰现在可能还不是时候。这是我们从来没有摆弄过的东西，不懂，就不可以贸然采买，应该先学。怎么养，怎么用，先要心中有数，更要先培养会使用的人。

赫德所说的“蚊子船”，可以先买，既可为大陆沿海和台湾守海，也是建立巨型铁甲水师之前的准备，可以用来练兵和学习。手里有了这些“蚊子船”，才知道怎样用，怎样存，怎样造。再说，买了铁甲舰，有船无人，有船无坞，也不行。育人、养兵、养船、造船坞，要花的银子少说要三四千万两，现在哪里来？

李鸿章不明白，为什么威妥玛说是要去云南查案，却一直留在上海，又忽然去了烟台，就问赫德。

赫德说：“据我在伦敦办事的助手金登干说，英国政府派去云南监督查滇案的是另外一个人，那人很厉害。而威使之所以去烟台，请中堂您自己想一想，那里，来了十三艘军舰。”

李鸿章想了想，明白了，说：“这么说，下一步，想必是要谈开放通商口岸的事情，但是不能在北京谈，要在烟台谈，要眼睛看着兵舰谈。”

赫德耸肩张手，苦笑表示同情，说：“跟前两次战争一样，兵舰外交。卑职猜测，也会请您上舰去参观参观，认真看看大炮，大人。”

21

同治十三年（1874），多事之秋，那年皇帝驾崩，举国大丧。

光绪皇帝即位。

光绪皇帝承继大统，老百姓只知道新皇继位，不知道这里面的事情有多乱。大臣们知道，宫里头，不太平。

同治四年（1865）的时候，皇太后慈禧突然发布懿旨，向全国宣布：罢免恭亲王的所有官职。把满朝吓了一大跳，大臣们群情激愤，全体反对，私下里四处奔走，询问内务府和东交民巷西街太医院里的熟人：太后今春得的是什么病？

再仔细看，才知道宫里根本没有人愿意帮她写那道懿旨，文渊阁的倭仁、体仁阁的周祖培都没给她写，是她自己写的，上面白字连篇，字迹歪歪扭扭，二百二十六个字，错了十三个，把“权理朝政”写成“权理朝正”。

有人别有用心，把太后懿旨的抄稿贴在了东单。城南有个布店小伙计有心计，又照原样抄录，贴在大栅栏本店瑞蚨祥门边的街上。路人商客都来观赏，嬉笑议论。那几天瑞蚨祥的生意一个劲地往上蹿，正阳门之外，整天人山人海，格外热闹，都去瑞蚨祥门口看太后的错别字。明明是冬天才穿的衣裳，不到夏天就去扯布，乡人从京郊赶大车来围观，顺便到步连升给乡邻捎带布鞋，从此这两个店变成了大字号，那小伙计当了瑞蚨祥二掌柜。

人们在城里凑热闹看太后的字，并不知道把宫里的慈禧气得差点背过气去。以前在朝堂后面，为了建园子和恭亲王拧成的过节，又结成块垒，变成攻心的怨恨。清廷里面，大臣们都向着恭亲王，调停之下，西宫一看自己势孤，身边没有像样的羽翼，只好以“桀骜冲撞”含糊其词，胡乱解释过去，下诏：恢复奕䜣的原职。让奕䜣给太后下跪赔礼，让她下台阶了事，但“议政王”的职权从此再也没有给他恢复。

同治皇帝走了，皇后阿鲁特一向与太后之间婆媳不和，暗着斗，知道皇上一死，自己也没有了活路，跟着就自杀，也走了。

前几天晚上，清漪园一个宫女白天吃得不适，晚上起夜，走到瑶台一个月亮门，看见园内一妇人，寝装赤足，手拿着一段白绫。平日这宫女胆大张扬，当夜以为见了鬼，吓得一阵晕眩，坐到地上。再看那妇人，月光之下似睡似醒，面色如霜，却不是要自行了断，而是用那条白绫套住一棵玉兰树双手使劲勒，像是在勒什么人的脖子，嘴里念叨什么话，听不太清楚，像是在说：“看你道貌岸然，临风玉树。”宫女再细看此人，吓得魂飞魄散，索性躺在墙根下昏死过去。

第二天，皇宫传出谕旨：醇亲王之子载湉继位。年号光绪。从皇宫后门出来的，是西宫太后睡梦之中魂游瑶台的传言。

市井上听了传闻，觉着新鲜，到处散布，传到了恭亲王府。恭亲王平时不太相信邪神鬼魅之说，听说有这等事，开始时没在意，后来却一怔，坐在凳子上，心里明白，喘不上来气，后面的人给他捶背，半晌才转回气息。

按照清朝的旧制和储君的人选现状，同治身后，继位的理应是恭亲王的孙子溥伟。清朝制度，皇权的承继，旁系不能过于沾染，有它的道理。

恭亲王是道光皇帝的第六子，是咸丰皇帝的同父异母兄弟，他的孙子继位，是本家正统。

光绪皇帝载湉，是慈禧的妹妹嫁给道光第七子奕譞所生，跟同治皇帝是堂兄弟。他继位，排序有些偏，在历代皇帝谱系上一放，同治皇帝和光绪皇帝的出身关系不好论。简单说，就是不知道该把同治皇帝往哪儿摆。

慈禧违制，其用心路人皆知，要专权。光绪才四岁，是妹妹的儿子，自己的外甥，他当皇帝，就是自己当皇帝呗。

满朝的大臣又是一惊，一愤，一抗争，激烈反对。同治的皇后阿鲁特说死就死了，死得不明不白，是自尽还是暴死，也传得沸沸扬扬，震动满朝，人心惊惧，大有鸣不平的人，也有拼命的人。

御史吴可读悲愤交集，拼着性命上表力奏，要为皇后立祠，明摆着是抗议指凶，几经抗争不许，以身死谏，悬梁自尽了。结果连同治是怎么死的，在坊间也出现各种猜测。一说是慈禧专权，同治皇帝不能有所作为，心灰意懒，只好寻花问柳排遣忧郁，结果染病而亡。还有其他的说法，让人浮想猜度，深宫之内，心机阴狠，诡秘凶险。

恭亲王知道，自己在朝里主事的时日不多了，老七奕譞，原来跟在自己后面走，现在成了太上皇，或者说是太上皇之下的太上皇，自然就不像以往了。

日本侵台、西南滇案、皇帝驾崩、皇后自尽，都是大事，城里头议论鼎沸。茶馆里一早就满客，街头巷尾的人，一群一群围着说话。

广西籍吏部候补主事唐景崧住在南城天宁寺旁边一所破旧的院落里，是个在家待不住的人，平时没有公事的时候，爱去茶馆坐一坐，留心四面八方的消息。部署里的同僚们很是消沉，喜爱的是上元灯节斗彩灯，八月中秋赛诗会，而不大爱问国家的事情，除去公事，跟他们日常可说的话不多。

他往茶馆里一坐，打算写几个字，便从袖子里掏出刚从琉璃厂对过的商铺里买的骨柄扇面，跟茶馆借来笔墨，用宋徽宗的瘦金书在扇面上写字，写完，放在桌面上晾着。

桌边说话的几个，好像是行商，一边喝茶，一边说生意上的事，一个东北口音的问南边来的人：

“今年宋贤弟为啥事儿没来京师？往年这会儿，都在湖广会馆落脚了。”

“老宋来不了了，生意败了，汉口做脚夫去了。”

“啊？不能够，何至于此！他家大业大，江淮一带的土布他做得兴旺，怎么一下子不行啦？”

“各位，整天行走江湖，没看见？坏，就坏在做的是布。眼下英吉利的洋布铺天盖地，什么行市？又细软，又结实，又便宜，老百姓家喻户晓，都用，非要买，官府挡也挡不住，知道人家去年一年里头赚去多少银子？三千四百万两！”

“不会那么多，全国满算才多少银子呀。”有个山西人说。

“海关总税司里出来的数儿，能有假吗？可别小看了天下银子的数目，别看朝廷没多少，民间地面上有多少，不好说。你们想呀，大清一立国，就立下规矩：永不加税！民间大户二百多年的积蓄，能少吗？少不了。道光二年，广州十三行着大火，烧化的银子流进下水道，结成的银锭有二里长。不说别的，看你们山西，在西川自贡的会馆盖得多气派，那还能叫房子？雕刻出来的一样。再看您介休二大爷王家的院子，也不能说是个院子，就是个不带琉璃瓦的朝廷。王贤弟，您整天跟我们装穷，有吗意思？”说话的是个天津人。

“嘿嘿，二哥，您眼观六路，什么事都瞒不过您。”

几个行商抱怨现下生意难做，都说洋货太厉害。洋火、洋胰子、洋铁、洋灰、洋面、洋瓷器、洋眼药水，这生意没法做了，连大烟都是洋的好。

姓王的山西人跟东北的老客说：

“大哥，还是您踏实，行运老山参，然而也要留神哪，不知哪天就有‘西洋参’来抢，那连带您的镖行也跟着没用了。”

说起人参，那位贩卖人参的东北客商说起了高丽国王宫里头一件怪事。

“这话要打十年前说起。大清同治二年，朝鲜国的国王驾崩了，后面的事儿，越来越乱，老山参是好东西，可这回，在高丽国成了祸根……”

唐景崧听见商人们说朝鲜的事，就留心细听。他知道，南边老家对面越南的法国人，北边朝鲜两头儿的俄国人和日本人，都盯着大清这两个藩属小国，要有所作为。东北人参客，来往于大清和朝鲜，在那边听说的事情，可能朝廷都不甚了然，就往下听。

人参客说：

“高丽国的国王一死，继位的是兴宣大院君李罡应家的老二李熙，那年才十一，还是个小孩儿。他的王妃叫闵兹映，比他大一岁。听高丽人自己说，李熙性情懦弱，看不出有什么大出息，而这闵妃心机深沉，不甘寂寞，人家读的书全都是《史记》《资治通鉴》之类，是女中丈夫，可想而知，宫里头阴阳倒转，就要生出事端。三年前，闵妃得了一子，宫里高兴得不得了，老公公大院君拿一只千年老山参贺喜，没想到到宫里给小孩儿吃了。这东西，是小孩儿能吃的吗？那小孩儿吃了就死了。事情说不得，也说不清，但是从此结了怨。大院君在高丽国是权势滔天的太上皇，给李熙配皇后，怕的就是外戚专权，所以找了个孤身的女孩儿，就是闵妃。可是上个月那边来的人说，就在今年，闵妃弄权，串通安东的老金家、丰壤的老赵家，联合骊兴的外戚本族，把老公公大院君给废了。没想到一棵人参到了宫里还能作乱。”

唐景崧一听，心想坏了，朝鲜那边要出事。商人们不知道，闵妃之属，人在深宫，寡闻而擅内斗，不知天下，这样的人，心机越是深沉，就越会把见识埋得太短。朝鲜国，一向奉“事大”国策，大清从不管它的内政，它“事大”，跟着大清走，一路尚可平安，不然早被日本灭了。大院君攘夷锁国，怕的就是外夷的侵削。如今闵氏要专权，与大院君为敌，必然反行其道，要疏远大清，去和日、俄勾结，如此弄巧，那不是引火烧身吗？到头来会祸国，也会害自己的身命，聪明反被聪明误，害国害己。再说，大院君主政多年，根基太深，羽翼遍朝野，岂能善罢甘休？他一动手，朝鲜一乱，日俄就要乘虚而入了。

唐景崧在京里做个小官，却心怀大志，沉落冷署，不得意，平时留心国家的事情，但是没有机遇施展胸中的抱负。

他出了茶馆往城里走，走到了东单北街路东，数胡同，数到第六条胡同往里拐，来到东堂子胡同总理衙门的大门口。先看把门的有什么人，见到有亲王甲士，他知道来对了时辰，恭亲王在，就从袖子里掏出扇子，往门里面一扔，扶着六片瓦的瓜皮帽转身往回走。

把门的卫士一看，枢机要地，这是什么举动？什么意思？要干吗？呔！大喊一声就追，把唐景崧抓了回去。

恭亲王和王大臣们正在里面议事：

李鸿章要买铁炮船了，他筹款筹不到数目，银子不够，买不起大船。朝廷议定的四百万两海防拨款银，解到的根本不足数目，海关的四成，今年只有浙海关和粤海关拨解到，七省的厘金只有浙江和江西解到，加起来才数十万。各省都穷，江南蝗灾，江北大旱，山西、山东、河南、陕西、甘肃闹荒年，大江南北，赤地千里。福建今年暴发两百年不遇的洪水，福州城已经被淹了，丁日昌双腿浮肿，正立在城头抢险。各省都在紧饷，要救灾，要赈济，要治河，要开矿办厂，要练兵，要购械，必须要花的银子实在太多，可实在是拿不出钱了。

朝廷的海防拨款，户部尚书翁同龢翁大人府库把得紧，认定是内含沿海各省加固海防门户的协饷，而南北洋的大臣却认定，应该是建立海军的专款，大农和疆臣在争饷，各省之间也在争，怎么办？

云南那边，湖广总督李翰章已去督查滇案，告诉英人，那是野人所为，英人不干，非要拿云南巡抚岑毓英问罪。美国公使也来趁火打劫，说咸丰年间，清军攻打苏州太平军，中途变节并倒戈去帮助太平军打淮军的美国人白齐文偷走的炮船是美国财产，让淮军的炮打碎了，现在要赔钱。西班牙人见美国人可以这样要钱，也来要钱，说道光年间，中国海盗在福建海面抢了西班牙的一条商船，也要赔船款。听赫德说，要是不给，他们就派驻在吕宋的三万军队和十四艘军舰来要。

西北那边，俄国人陈兵伊犁，不知为什么，听说还派军队和舰队去了东北沿海，左宗棠急得直要借洋债。可这洋债是好借的吗？跟洋人算计银钱利益，哪一次不是大清吃亏……

这时门口的人手里拿着一把扇子上来通报：

“王爷，各位大人，不好了，有人往衙门里扔东西。”

恭亲王和总署的王公大臣心里正在烦躁，听了气不打一处来，正事还忙不过来，什么人大胆，也来骚扰捣乱。大大小小的事情，全是糟心事。

恭亲王心性比较宽和，就给大家消气，说：“兴许是怕咱们热？”

说着话，打开那把摔断了骨柄的扇子看，不由面色通红，脸上发热，额头冒出汗珠，上面是几行墨法精湛的铁线书：

“遇刚则柔，遇柔则刚，既无定见，复少恒心。”

他站起身，把扇子交给身边的内阁学士沈桂芬，转身背手面对墙壁不说话。

众人观看扇子上面写的字，个个变色，脸上十分难堪。

“送扇子的是什么人？”

“不知道，已经拿了。”

“带上来。”

唐景崧进了议事厅，看见朝服顶戴金辉交错，直晃眼，知道来对了地方，不等问，自己先说话：

“各位王大臣，卑职是吏部候补主事唐景崧。”

正六品，这么小的官儿，这么大的胆！

恭亲王问他：“唐景崧，我来问你，你那扇面上写的是什么字？”

“写的是：遇刚则柔，遇柔则刚，既无定见，复少恒心。”

“骂得好！你可是在骂皇上？”

“卑职万不敢。”

恭亲王抬手一指：“分明是！借用亡国之君瘦金书体，讥骂天子朝廷，还敢分辩。唐主事，真是有趣之人，吏部难道如此沉闷，你用这个法子来寻死？”

“王爷，这字是我写的，字体也是我选用的，可这话不是我说的，是英国驻日公使巴夏礼说的。”

巴夏礼是前任英国驻华公使，在中国多年，后来去了日本当公使。一次外交官社交酒会，谈起中国人的本性，他把自己的印象写成简单四条，让华人墨客翻译了，还用毛笔书写成中文，就是这十六个字。

翻译书写的人认识唐景崧，心里很别扭地告诉他这件事。唐景崧初见这幅字的抄片，勃然大怒，回到破庙里的家什么也不想干，只能坐在破床上出神，呆呆地想自己，从小想到大，想着想着消气了，最后想得十分惭愧，不得不承认洋人说得不错。而真正让他担忧的是，若是国人都以这等习性处事，各图私利，不顾国家，自己的毛病茫然无所知，就会铸成大错。

自己的官小，见不到权臣，顾不了太多，只好用这个冒死的法子来进言。

众公卿听了实情，默然低头，面带愧愤。

唐景崧跪在地上说："大人，洋人所指，不单是朝廷，是大清的臣民，我国要自强，要先从人开始。"

恭亲王说："唐主事，起来吧，你没罪了。"

恭亲王觉得这个人有点意思，破例吩咐赐座，上茶。来人搬上一个纹理剔透的黄婆罗木圆凳。唐景崧坐下，先说越南，那里离他老家广西最近，他最不放心。他说——

嘉庆年间，法国人趁着安南内乱，帮助阮氏平定叛军，坐定了天下，安南国从此就有些听法兰西的话。法兰西的京城叫"玻璃城"，从那边来了人，和安南国订下合约，有事可以出兵保护安南。这件事，安南国没敢跟大清国说。嘉庆八年（1803），我朝改"安南国"为"越南国"。后来越南去打金边王朝柬埔寨，法国人不干了，那是他们的地盘，炮舰反倒趁乱炮轰越南的军队，从此开始抢夺越南土地。咸丰九年（1859），法兰西国和西班牙联手动兵占领西贡；咸丰十一年（1861），又占了南部嘉定、边和、定祥三省；到了同治七年（1868），已经占了整个越南的南部六省。就在前年，又突袭北部的古城京城顺化。

如此看，法国在越南经营十五年，已占据越南南部，今突发北部，其用心，分明是要收取越南全境为己有。法国和西班牙，奉的都是天主，和洪秀全的太平天国奉的是一个菩萨，眼下太多的越南百姓已经皈依其宗，就凭这一条，将来难保不是大清的对头。广西和云南，现在虽无大事，恐怕终将出事。英法两国在泰西是百年的冤家，两家也在西南争雄，去年滇案，似乎是英国人看见法国下手太快，就要抢先开通到云南的商路。不管是英还是法，广西、云南两省兵势所行，事在旦夕，已呈危机之象。

唐景崧爱酒，也爱茶，两种喝了都会微醉，话多，喝出来那茶叶很好，是岳阳洞庭君山银针，看见恭亲王用心听，不见怪，就得意忘形了，信口开河，从南边说到北边。

“王爷，如今这天下的形势，是三国演义。”

“怎样讲？”

“重头戏在于中俄日三家之争。英法即便猖狂，有鞭长莫及之短，俄、日却是我国近邻，俄国要占西北之地，日本人要登大陆占地。在伊犁、在台湾，他们已经来了。俄国和日本，从西北和东南而来，季帅和李伯相的忧患正是在这两面。‘塞海之争’，其实以下官的鄙见，没有什么对和错，他日的兵争所向，恐将汇集于北边海上的朝鲜高丽国。”

他把在茶馆里听说的朝鲜内乱传闻跟恭亲王说了一遍。

恭亲王看着唐景崧，眯起眼点头，此人着实有趣，官职虽小，知道的事情可不少，是广西人，哪里离自己的老家近，哪里最上心，然而四面八方的事情也都知道一些，还可以连在一起看待，眼界和心胸倒是不小。

恭亲王想了想，朝鲜国的事情，唐景崧提醒得好，以前没有想得如此细致。台湾那边，日本人现在不敢动，只能退兵，而日本自来有“征韩”“征台”两家之说。朝鲜内乱，日本必然会去取利，内乱甚至是它挑动的也说不定。这样看来，畿辅、直辽一带的兵，尚不可轻易南调去应对英法。正听说，近日俄国忽然往黑龙江出海口发兵，不知道为了什么，看来与朝鲜的事变有关，是伺机而动。

“唐主事，你讲的都是实情。大清四面八方都有事，立身于围困之中，战祸一触即发，可有破解的法子？”

唐景崧平时不出门的时候，自己坐在床上望着墙壁发呆，想的都是怎么办、怎么办、怎么办，没想到恭亲王突然向自己讨主意，一时发慌，顾不得细捋措辞，说出了自己平日的所思，一口气说出三件事。

唐景崧所说的第一件事，是势。环伺中华的群雄，其实是貌合神离，各怀异心。英法之间、法德之间、英俄之间，互为敌国，都动用全国之力开过战，彼此嫌隙极深。对中国所用之术，不过是观望而动，待机争利，谁也不愿意先动手，不愿先挺身先受损，反为他人作嫁。群夷心怀异志，跟大清夺利，彼此也要争利，各家又有各家的麻烦，各家也有各家的短处，眼下，谁也不太乐意出头先打咱们。

俄国虽是虎狼之国，但是心计最险恶，最会取势而张，所行之道是不战而谋大利，大清西北、东北万里山河就是这么被拿走的。日本身居海中一隅，一定会纵身一跳，犯险登上大陆，但此时羽翼尚不丰满，它心有余，力不足，只能试探蚕食。台湾一事，既是试探我国心志之举，可伸可退，我如示弱，它就得寸进尺。眼下外夷各国，大致都采用这个扩张的办法，我国若是凡事示弱，反更易招来敌国用强。

这就引出第二条，术。蚕食侵削我国，洋人需要先占据中国的边地和藩属国。南边，法国渐次吞并越南；西北，英俄挑动回部闹事，趁机取了伊犁；东边，日本侵占台湾；西南，英国人借着滇案发端，要进入内地的江河口岸通商取利……都是步步为营之法，这些都是王大人们亲眼见到的事情。

“王爷，各位大人，下官陋见，有渎清闻，然而卑职确实以为，穷其所以，当今最要紧的事情，是强硬捍卫藩属邻邦，别的事情可以商量，而属邦小国，唇齿之邦，圣朝的藩篱，百世的交好，人心的向背，大义所在，不可以含糊，不容侵犯，势在必争！”

总理衙门的大臣都力主办洋务，奋发自强，虽然知道事情办起来不那么简单，但是对唐景崧的话也很是赞同，心中想：这狂生，忧国之心，倒是难得。

而唐景崧最要讲的，是借着扇子上写的那些字要说的话。

唐景崧说的第三条，是人。日本自明治改政，第三年就下诏，全国普办学堂，一下子办起两万四千所小学。日本朝廷倡导民间集资捐办，学习中国的学问和泰西的长技，国家要用人，子弟就有了前程可图，民间踊跃募钱。他们学中国，仁义礼信不多学，只学一个“忠君”。试想二十年之后，下一代倭国百姓，以中国的学问凝结民心，以西洋的学问普备人才，国家必会自立而盛，也将是个一发不可收之国，虽有长蛇吞象之苦，有自取灭亡之险，而为害我国之巨，将难言其尽。与其应对较量，不是一天两天的事。本朝要自强，就应当办学堂，行教化，学西法，发扬古风道义之长，造就无数有真才实学的后进，扫荡群氓愚钝懵懂之短，人人读书，人人自强，才是国家强盛之本。现在正是我国危难之际，图强，要以个人为先，以人人为本，此举需要时日，但是刻不容缓，不可不察，现在就要着力。

恭亲王听得清楚，心里十分明白：一、朝廷要有主心骨，该强硬就要强硬，保藩属；二、民众要教化，不可各贪己利，徇私涣散，其民庸碌，国之大患。但是说得容易，办起来不容易。

朝廷强硬，就要准备打仗，可是这仗怎么打？

北京城离沿海津沽口岸只有三百里，一旦开战，外敌登陆，几日内可达京畿，国家的心脏离兵锋太近了，一触即伤。前两战，事可鉴，人家一下子就进了北京城。准备打仗，就要迁都。迁都，西宫太后连圆明园都舍不得，让她离开北京，就是要她的命，提都不能提。

办学堂，是养育人才的要务，五年前就想办。当初办同文馆，要学洋话，习西学，习洋务，可是谈何容易，连那些有大学问的文人学士倭仁之属，都还没有想明白，说什么大清有的是人才，用不着找洋人来当国人的天文算学先生。我请他自己来教授，他又不会，反倒气得背过了气，四个人抬走的，真是理说不通，徒伤和气。

想起来奇怪，国家的事情，众人讲说起来十分明白在理，但是办起来，为何总是磕磕绊绊，反复地挫折？开煤铁，办轮船招商局，商人不愿集资，朝廷只好用银子铺路，官督商办，官府花钱开先例，倡导办实业的风气，却一时哪里有那许多银子？要修铁路，百姓们不让，一遇天灾，庄稼不长，长出的皆是满地的盗贼，朝廷和地方根本压不住。

上有西宫，下有群氓。难道国人真如洋人所言：虚矫萎靡，遇事退缩，无定见，鲜恒心，安于苟存不成？

恭亲王和一班权臣的难处有的是。天下事纷纷攘攘，宫里面每天生出来的也是凶机。同治帝死了以后，众人始料不及，慈禧太后把继嗣的祖制都给掀翻了，只为争权。

恭亲王看着破扇面，想想国家四面强敌虎视，朝里翻云覆雨、交相倾轧，不禁感叹：

“大难临头，昏然不顾，倾厦之下，自相戕害，难怪洋人轻视我中土。”

22

光绪元年（1875），日本从台湾退兵了。

秋日坐在庭院中，李鸿章看着自己的手，不知道作下了什么病，这右手从同治十三年（1874）就管不住了，不停地哆嗦，拿不住笔，字也写不好。

魏经的本领是不管白天黑天，可以看见李鸿章心中所想。

“中堂，您写字太多啦，又是奏稿又是信函，整天写，已经停不住了。”

魏经转身回屋，走回庭中，手里拿着一只沉香木盒子。

“您这毛病，在下也四面跟熟人打听过，福建那边送来这个，雨帅让您试试。”

魏经把盒盖儿打开，双手递上了盒子。李鸿章拿出盒子里的东西，是两串黑珊瑚的手链，拿在手里一阵阵清凉温润，感到有清气贯入，顺着手臂走到肩头，又流入体内，一时觉得经脉通畅，头顶百会地方有片刻的酥麻，感到有一点眩晕，清凉之气随即变得温热往下走，串通周身融汇，直通足底，身上感到十分舒服，右手立时就不再颤抖了，就是后背有些发痒。

魏经走上来给他摩挲后背祛风。

“哎呀，这么好的东西，一碰就能治病啊！”

“雨帅说，是台湾澎湖深海里的黑珊瑚。”

李鸿章通体舒畅，有心情跟亲随聊聊天。台湾事变之后，沈葆桢调任两江总督，丁日昌接替沈葆桢任福州船政大臣，授福建巡抚，署理台湾。

“丁中丞不容易，又要抚闽，又要巡台，又要造船，三事毕集于一身，五官并用。开鸡笼煤矿、开火轮车铁路、架电报、屯垦开荒、开办贸易通商，都是难办的事情，他的腿已经肿到膝盖，还要站在水里救灾，我等都是苦命之人。我，是让人骂死，他和幼帅，都是让自己累死。”

李鸿章跟魏经说闲话，魏经爱打听天下事，就拐着弯儿问：

“中堂，那台案和滇案如今已经了结，大家心里可以清静一些了吧？”

李鸿章点点头，说的却是相反的话：

“那是心中所想，此生清静不了啦，苦命苦熬吧。台案、滇案不过是个发端，后面的事情，疾风暴雨，大约来的会是真刀真枪。”

魏经给茶壶里沏上新茶叶，听李鸿章讲话，李鸿章给他讲时政。

同治十三年（1874），滇案和日本侵台这两件事，英国和日本没有商量，却是联手做了一台戏。英国看见日本登陆台湾，朝廷的眼光和军队一下子转向了东南，就乘虚而入，武装勘探西南的商路。云南地面上太乱，刚平定了杜文秀叛乱，缅人、野人、苗人、教民、乡党、盗匪、游勇、团练、土司、官府，乱象丛生，很不太平。英人这个时候持械探路，说是为了通商，实际上已然是武装挑动了边事。马嘉理一死，英国军队从印度来，水师已经到了烟台。日本在台湾看到英人借着滇案勒逼我国，俄国也借机陈兵威胁，朝鲜还出了内乱，它就一面去朝鲜国助乱，一面算计：中国四面有事，无力四方抵挡，台湾撤兵就不能白撤兵，撤也要占得便宜，一口咬定非要赔五十万两银子不可，你不是需要时间卧薪尝胆吗？就是不给你时间、不让你消停，看你怎么办。

朝廷没有力量同时对付这四面八方的乱象，这时候先要赶紧了结东南的乱子，好腾出手来对付西北和西南的变局，那就只好花银子吧，花银子买平安，买做准备的时日，因此就赔了日本银子。

魏经听得气不打一处来，就问："日本国占了我们的地，怎么好像反倒是他们自己吃了亏，还要我们赔银子，这还讲不讲理？"

李鸿章听见"讲理"二字，哈哈大笑，说："理？西洋人从海上来了以后，这世上就没有理啦，所行的只有一条，强弱之道。我国的国法，他们说不管用，凡事要按照《万国公法》办。西洋的政教规模，本官虽未至其地，却留心咨访考究二十年，也略闻其详。泰西人在我国不讲公法，不打招呼武装入境；撞沉了船，淹死了人，逍遥法外；大清的财政税厘，是我国的内政，局外人本不可以干涉，他们却非要我国开口岸，还逼迫我国免除他们在内地通商的厘金；本朝总署政务上有决断，也要先请示各公使，看人家愿意不愿意……诸如此类的事情太多啦，哪里有什么法理可言。"

"大人，如此下去，不是个办法。眼下街面上、新闻纸上，那责怪朝廷软弱的话可多了去了，老百姓心里不服。"

"这我知道，大清贫弱，病得深，现在不敢硬拼，我和丁中丞、沈制军他们，想要的就是这‘触即愈’的好东西——黑珊瑚。”

“黑珊瑚？”

“就是海军，你想知道现时刻天下的大势吗？告诉你两个字，‘制海’。”

跟赫德，是外人，不能说太多，买铁甲战舰，时机不到，眼下的国力，只能买蚊型铁炮船，组建蚊船舰队，但是国家的饷源稍有充裕以后，必须要有铁甲舰队。铁甲舰怎么买、怎么造、怎么用、怎么养，先详探查清，方可置备。派福州船政局前后学堂的生徒去留洋英法，学习驾驶和制造，派李凤苞身兼二任出使英法两国，就是为了育人和买船，要跟英法买炮舰，所以现在还不能翻脸，但是英法靠不住，还要在德国另辟蹊径，不能只让赫德一手在英国包办，所以让李凤苞、曾纪泽通过德璀琳在德国另辟了一条买船的路。

海军，只两个字，却谈何容易，那不光是一个有很多好船的大船队，还是煤铁，是火轮车路，是电报，是工厂，是炼钢炉，是炮局，是船坞码头，是学堂，是贸易，是实业，是人才。中国海岸一万八千里，几只铁甲舰哪里守得过来！兵舰没有军港，孤零零浮在海里，不失和便罢，一失和，立刻会被敌国擒了去。

必须有巨型的舰队才行，但要先备真章。铁甲船烧什么？烧煤。哪里来？开矿。怎么运？铁路运。铁路怎么造？用铁造。哪里来？炼钢铁。怎么炼？建厂炼。会吗？不会。不会怎么办？学。怎么学？派学生出洋，开办学堂。船要停泊、保养和修理，怎么办？建设船坞军港。怎么建，有银子吗？没有。怎么办？采矿办厂办实业，办招商局，扩充饷源，增加天下的财富……这是一连串的事情，环环相扣，都是大事，是一件事。强国，要做这么多的事，要用这么多的银子，就要先富国！富国强军不是凭空之言，是有顺序的事情，国不富，民不富，军何以强啊？

魏经听了，有所领悟，就说："那水师和洋务不是一码事儿吗？"

"正是。这话可以正反两面说。海军就是洋务，反之亦然。建水师，就要开煤铁、建工厂、建铁路，办学堂，就能带动实业，兴起经世务实的学问。廷内大臣和商家百姓说起洋务，或是隔膜，或是茫然，都不赞成，却都知道水师保国的要紧。建立铁甲水师，就不能不兴办企业，举国求新，这是相辅相成的事情。说起洋务，不让办，但说起海军，就都赞同。不说别的，单凭这条，就要大力提倡建海军，强军也是为富国，所以说，洋务也就是海军。

"但是办这些事，岂能一蹴而就，归根结底，要有时间！中土四面楚歌，危在旦夕，现在打，要灭亡，现在不打，是为了以后能打胜、存活。"

魏经叹口气说："只是中堂的苦心，国人不知道。"下面的话，没说。

李鸿章明白他要说什么，说："办事的，都挨骂，任事者为鱼肉，议事者为刀俎，自古如是。"

烟台，滨海之城，春日繁花，仲夏碧水，是优游避暑的胜地。各国使节平时度假休养都去烟台海边的西洋楼里住。英国公使威妥玛没有去云南，他从上海去了烟台，招来十三条军舰等候签约。光绪元年（1875）三月，英国提出六条要求，自此开始了《烟台条约》一年多的谈判。

中外一出大事，有口舌交涉，驻华的外国使节就像过节一样，惯于聚在一起把酒阔论，商议对策，一国的事情，大家一起来热热闹闹地办，像是兄弟坐地分利的嘉年华会，这是外交史册上的奇观。那年春夏，各国公使的车马陆续到了烟台。中英两国的会谈，来了半个世界的公使。

光绪二年（1876）阴历八月，滇案前后闹了四年，签下了《滇案条约》，也叫《烟台条约》，大家皆大欢喜散去了。

《滇案条约》里面规定，清朝要派大臣到英国去赔礼道歉；赔款二十万两银子；云南开放陆路通商；英国在华扩大治外法权；对各国开放温州、宜昌、芜湖、北海四处通商口岸。在烟台，大英钦差在华便宜行事大臣勋赐二等宝星威妥玛，特意邀请李鸿章到军舰上去参观。

李鸿章在英国军舰上沉默寡言，百感交集，一声不吭，透心的凉，只是站在冰凉的海风里抚摩冰凉的大炮。

23

光绪二年（1876）阴历三月，李鸿章正在烟台费尽口舌和洋人谈判，左宗棠麾下刘锦棠部湘军二十五营在肃州（酒泉）会师西征。三月初三，祭旗出关。

七月二十九日，《烟台条约》还没有签订，刘锦棠已经收复了乌鲁木齐。

刘锦棠是湖南湘乡农民子弟，十岁的时候，湘军中的父亲刘厚荣在湖南岳阳战死。他十五岁投军，跟着叔叔刘松山。刘松山教他武艺，也请名师教他读书。

刘松山入湘军，步伍起身，积功成了湘军将领，军中视为三国张辽一类的人物，平时沉默，战时奋勇。善识人的曾国藩有一回见了此人，说他：“稠人广坐之中终日不发一语，勇略相兼者。”

左宗棠很器重刘松山，视其为手足。刘松山平时讲义气，所以部下打仗都拼命。在宁夏攻打回部马化龙的金积堡，大战一年多，攻城的时候刘松山左胸中弹阵亡。死前，他在帐中对前线跑回来探望的部下们说：“今日报国死，无恨。”部将们听了，拭泪转身跑回前线，手持火药，口衔利刃，夺梯争先攻城。

当年，刘松山带着刘锦棠南北转战，拨给他一营兵，让他历练，没想到他攻必克，战必胜，人人称奇。后来，刘锦棠跟着左宗棠平定西北几省，率军攻克金积堡，横扫河湟、破西宁、下肃州，万里行兵，其势裂锦，打进新疆。

当时南疆已失，被阿古柏和回部联军占领，北疆的清军有不少，大约有三万人，但形势很尴尬，谁也动不了。

北疆一线，当时有伊犁将军荣全的四千人，驻扎在西部边境的塔尔巴哈台（塔城），都统景廉的步骑二万人，驻扎在乌鲁木齐东北面的古城（奇台）。两军头顶上的北边，是俄国占领的伊犁，势呈三角形势。他们不敢轻动，谁若是南下或西向去收复失地，就可能被俄国和四面八方的叛军抄后路，那就回不来了。

后来阿古柏的军队忽然进入新疆东部靠近甘肃处，去攻打巴里坤和哈密两座屯粮城，形势就开始乱了，嘉峪关告危，荣全和景廉这两支清军的后路粮道眼看就要被断了，他们通往内地的退路也要被断。

此时，清廷已经派出张曜和金顺的军队，先后从甘肃和蒙古出嘉峪关，去新疆营救哈密和巴里坤。叛军虽然闻风撤围，但新疆地方太大，清军还是守不过来。张曜的嵩武军驻在巴里坤、哈密屯田，看守粮道，金顺的军队移师西向，到济木萨，挡住阿古柏西来的路。他也不能动，若是长驱悬军深入，随时可能被切断后路围歼。新疆太大，各军不好接济，战局成为赌博之势，一不小心，稍有失算，或偶遇不测，便成败局。

总理新疆军务的钦差大臣乌鲁木齐都统景廉是个才子，诗文好，可是没打过仗，实战用兵、因时策断，不是他的长处，新疆其他各路的清军统领都是打过仗的，见他指挥调度失当，就不太听他的话。

西南发生滇案，牵动了西北的局势。之前，日本侵台，宫里和朝廷都偏向海防，虽说是并重，西征的事还是有些顾不上。英国在云南挑动边事，引发出滇案，朝廷由此对陆上边境线的防卫开始十分重视，意识到塞防的重要，认为需要赶紧解决新疆的事情，就召回了景廉，把新疆军务全都转交给左宗棠总理。

左宗棠当即发兵入疆。

三月三日，左宗棠拜印阅兵，肃州城外，天高气净萧瑟，全军束甲肃立，旌旗蔽野，军阵无际，却是静穆无声。行辕授印，拜刘锦棠总理西征行营营务，引师入疆，宣示行期、职属、各军司命、出关次第，左宗棠登上将台拜将，晓喻军令：

“自古兵事无遥制之理，关外各军缓急之宜，分合之用，均由该总统到后相机酌之，有不尊调度、妄自尊大、贻误军情者，无论官居何品，本爵阁部堂一旦预闻，严参不贷！”

话音未落，十八骑传檄驿马从营中飞驰疾出，出关入疆通令。

刘锦棠出征收复失地，按左宗棠“先北后南”的计划，要先打乌鲁木齐。临行，左宗棠正在生病，对刘锦棠说了心里话：

“毅斋，要快。”

刘锦棠以为左宗棠说的是病人的话，就说：“世叔，您活得好好的，福寿绵延，可千万别乱想。”

“来不及啦。”

“什么来不及呀？”

“糊涂！烟台的《滇案条约》一签，只是个发端，自此东南无宁日，要建军守海，防夷抗倭，国家饷事困穷，你我这里要早图安定。”

刘锦棠仰天长叹：“大清泱泱大国，如此艰难，顾了东，却顾不了西。”

刘锦棠带着前军，穿越千里戈壁进入新疆，似乎从世上消失，没了踪影痕迹，没了音讯。他们没钱没粮，只带着一队驮水的骆驼，深入到大漠荒烟里面，不见了。

余虎恩护运粮秣的队伍跟在他后面很远。左宗棠在肃州大营等不到消息，不知道他在什么地方，整天在帐外远望关外有没有骑马的人回来。

当时远在阿克苏的阿古柏，还有疆南、疆北各路叛军的汗王、帕夏、和卓、清真王，都听说刘锦棠要来了。他们在关内开的店铺都是眼线，侦察刘锦棠踪迹的骑队四处寻找踪迹，往来络绎不绝。刘锦棠要南下还要是北上？于是天山南北各路通道，一缕缕各色的回部骑兵奔驰出没，四下寻探，往来互通消息，新疆大地，不时升起有惊无险的烽烟。

两个月之后，刘锦棠忽然在巴里坤出现，阿古柏才知道，他要去打乌鲁木齐。

阿古柏立刻引军东向，进驻乌鲁木齐东南的托克逊，在那里等候，静待观变，准备随时支援。阿古柏的联军是喀什噶尔的金相印，带着几千骑兵埋伏在巴里坤和济木萨之间的山林里，断绝两地的联络和往来的通道。他们想：我们在半路截住，刘锦棠和金顺合不到一处，就成不了什么事。

可是不知怎么回事，刘锦棠忽然又到了济木萨，不知道他是怎么过去的。

刘锦棠在巴里坤驻军，四处探察，发现附近的山里面有人马聚集成群，知道敌军想打伏击，他主军不动，派出几十队骑兵寻找路径。

刘锦棠盘算：阿古柏是安集延悍将，心机深沉，手段凶狠，不然不能夺得疆地。本地叛军都是大漠所生，能吃苦、耐风寒，民气彪悍，长途奔袭对他们来说是平常事，并且天生机警，不然，在此地无法生存。敌军在乌鲁木齐驻扎镇守的，是从陕西逃来合流的陕回白彦虎、马明、马人得等众，自己在金积堡跟他们交过手，十分的厉害，最懂兵法的是马明。白彦虎其人更是不可解，无时不在，无处不在，杀人如麻，却像个影子，谁也摸他不到，每逢险，必能脱身。他不会死，却最会杀人。连左爵相都担着心，嘱咐众将，遇见他一定要多加小心。乌鲁木齐，我想本月就拿下，以解朝廷和大帅之忧，可是现在遇到的是这些人……

那天，四出警戒、在外面扫野的骑兵抓到几个来窥探的叛军细作。刘锦棠忽然想：义父刘松山，人称三国张辽，我不如试试做回周瑜呢，来一次蒋干盗书。

当天晚上，刘锦棠正在审问奸细，帐外咋咋呼呼跑进一个人来禀报：“少帅，乌鲁木齐马家的密函到了，送信的人说……”

“胡说，出去！”

刘锦棠把人赶走以后，对奸细好言相劝，说只要留在营中当向导，就不杀不治罪。

奸细说可以当向导。可是当天夜里就跑了。

刘锦棠知道，阿古柏天性多疑。午后，又派了几个精明的士卒，乔装成老百姓混入托克逊去散布流言。

刘锦棠的运气一向很好，派去找路的人居然发现了一条通往济木萨的小道，道路很窄，要通过一个山洞，只可容一人通过。刘锦棠趁夜带着一个向导和两个护卫去济木萨见金顺。

清晨，刘锦棠从山洞里走出来，眼前豁然开阔，天空瓦蓝，面前是一片金黄色的麦田，麦田不远，有一条清澈美丽的蓝色河流，河对面是一片豆田。刘锦棠眼见这绚丽多彩的奇景，忽然知道了乌鲁木齐应该什么时候打。

为了证实自己的想法，他去麦田里，把一束麦穗揉碎，放一粒在嘴里嚼一下，知道还有五天麦子就熟了，豆子十天以后也会熟了。此处和老家不一样，下种晚，收获早。这些，都是以前湘军中前辈们留心谈论的事情，没想到现在有了用。他心想：不读书，不学习，不留心眼界以外的事，还真没法打仗。

农家子弟接了地气，就有想法，刘锦棠想，乌鲁木齐一定要在麦熟之前拿下，有了城池，就能立即就地采粮收购，军队就可以站住脚。

行兵交战，双方实力相衡的时候，细节就更重要了。

24

两天以后，刘锦棠的反间计在托克逊发作。

被擒的奸细跑回托克逊，对阿古柏诉说：“刘锦棠的部下毛手毛脚误闯夜审，不小心泄露了军情，暴露出马明是清军的内应。”

阿古柏跟金相印商量，想抓马明。金相印喜欢读《孙子兵法》，对他说：“不要中了反间计。”

阿古柏想了想，说还是抓了好，乌鲁木齐太要紧，不能大意，就把联军中最会打仗的马明给办了。

刘锦棠和金顺众将也在商量，商量怎样攻克乌鲁木齐，商量的结果是，攻不下来。

去乌鲁木齐，必须经过古牧地堡垒。通向古牧地的道路有两条，一条大路，一条小路。大路宽敞笔直好走，但是中间一段，有个六十里地的戈壁滩，水无一滴、草无一棵，戈壁中有一座清水堡，只可供一百人一天饮水，如果戈壁外面有伏兵等候，出去就是死；小路狭隘不平，要翻过两道山，进入一片泥洼，却有水有草，可以过人马，但是，前面就是黄田城，黄田城有安集延的重兵守卫，金相印增援的骑兵和炮队正大张旗鼓往那边赶。他们早已经有了准备，在戈壁滩边上设了伏，逼着官军走重兵防守的大路。两条路全是死路。

众将说明了形势，议论纷纭，两条路都是绝路，过不去。

金顺说："此地，如果没有大军厚集，就打不过去，不如等待左帅的主军到了以后再做打算。"

刘锦棠仔细听大家讲完，对金顺说："老将军，我看大路一侧，有个旧水渠，我们先修渠引水，把水引进戈壁滩，以后行军方便。你我两军，先到阜康去合兵，何时再动，到时候再看。"

金顺很赞成，两人开始算计各军到阜康的路程，议定了各自出发和到达的时间。

刘锦棠当时心里想的却是：金顺是老将，要顺着，可我是主将，说了算。

当天晚上，刘锦棠返回本军，拔营离开巴里坤进发阜康。金顺也计时而动，从济木萨去阜康，两军同时到达。第二天，各营在通往古牧地城堡的大道边上开渠引水，一些乡民看见官军正在修水渠，主动过来帮忙干活，其中就有叛军的细作。

阿古柏和金相印听说清军修渠引水，又派人去仔细打探，计算出官军开渠的人数是全军。两人对看一眼，心照不宣，嘿嘿，他要从大路来，刘锦棠上当了。

金相印转身传令："黄田城炮队、骑队及一半军马，回大路漠上，蛰伏高地背后，待机逆袭。"

第二天夜里，刘锦棠突然全军拔营，走小路去了黄田，命令快马急报金顺全军跟进。

金顺睡梦中忽然接到刘锦棠的急令，大吃一惊，以为听错了，大叫：“黄口小儿，要误大事！”

可是左宗棠已经说过，谁要是不听他的话就参谁，金顺赶紧让骑兵先追赶刘锦棠，步伍各营急行，在后面跟进。

黎明，金顺的军队翻过第二道山梁的时候，在高处看见黄田前面一片开阔地上，已经打起来了。

阿古柏联军布成军阵，两万人一摆开，就是茫茫无际的一大片，漫山遍野。他们骑兵多，步兵在阵前摆成方阵，中间的间隙中都是大炮，步兵方阵的后面和两翼，是一群群骑兵横竖驰骋。刘锦棠的右翼马队已经在冲闯敌阵，马上看不见人，骑兵都伏身于马腹之下，接敌的瞬间，才翻身骑到马背上纵马突进军阵，挥刀砍杀。

刘锦棠的骑兵从右翼冲击，阿古柏的骑兵也开始发动，打马向刘锦棠军阵的左翼冲击，他们的马队在原野上一个个都排列成三角楔子形状，铺天盖地，挥动弯刀在空中画圈儿，朝阳之下，闪耀着千万束刀光。敌骑撞入官军的步兵营阵内，立刻四下扯开，向不同方向冲击混战，官军的步卒瞬间倒下很多，但是左翼全军无人后退，像一座山峰，岩石崩碎，山体不动。

战场上，两股敌对骑兵左右相互冲击，双方一拨一拨，后继连绵不断，万马齐奔，大炮轰鸣，硝烟弥漫。

双方阵中的大炮都集中轰炸对方的中军本阵，阵前阵后，都有人体和旗帜不断被掀飞到空中，双方步军开始变阵向前，像参错进退的锯齿对攻，用洋枪互射，战场上突然沸腾，战势立即白热化。

金顺立马山梁，督令全军疾驰赴战。他用单筒望远镜观察战场，见到刘锦棠全军的步阵整体是在向前推进，官军骑队奔走冲突，或取正中，或在其侧，或在其外，时飘忽，时强劲，有大股，有小股，有的纵进，有的横突，阵外，也有零星小股官军骑兵往来驰骋，接力轮替削边，源源不绝，袭击要害。

全军很像从高山上奔流直下的瀑布，主流冲击而下，连绵无尽，水之形貌，却千姿百态，变化无常，视之眼花缭乱，看似无序，但步骑一以贯之，大气磅礴，亦可清楚见到单骑冲撞，像无数从瀑布大流中迸发出的细密水流水珠，穿越石缝，冲击渗透。刘锦棠的攻击，力道凶狠，其势不可挽。

金顺不禁睁圆双眼，对身边的人大声赞叹："毅斋行兵，深得爵帅之要，静如山，动如水！"

很快，战场上已经是一片混乱，双方大部分人已经混搅在一起用刀肉搏。忽然看见，阵正中有一骑单骑从硝烟里冒出来，骑者头戴红缨盔，连鬓胡子，白马，飞奔过去，一刀把披挂一身钢甲的安集延统帅一只胳膊连同盔甲一起卸掉，回手又射一枪，把人杀死，马不停蹄横穿越阵而去，瞬间不见了。敌军统帅头一仰，往空中喷出一股血，翻身落马，他的中军立刻乱了。

金顺探身细看，认识，单骑夺将的人是余虎恩，本以为他只是个押粮官，没想到万军之中单骑能取上将性命。金顺惊得在马上挺身，猛吸气，说不出话。

金顺的军队冲进战场的时候，阿古柏的军队已经开始零星有人撤退，金顺击鼓前进，部队直奔战场，其势之猛烈，像一股色彩斑斓的泥石流。后来，就像大坝慢慢漏水，阿古柏的阵线突然间崩溃，四分五裂，全军步兵骑兵，一律开始四散奔逃。

刘锦棠占领黄田之后立即包围了古牧地。

黄田战后，金顺对刘锦棠说的话，什么都是“好好好”，让干什么就干什么。

刘锦棠围城，东西南北，东南、东北、西南、西北，八面一起围，不留一线生路，请金顺围住西边的一半城池。自古围城网开一面，留出人家的逃路，避免死拼，他不。

金顺看不明白，就问了。

刘锦棠叹口气说：“自日本侵占台湾、东南告警，这边的事就紧急了。城内残兵一走，不会逃散，以后还要聚集纠缠，疆事何时能了。朝廷想赶紧安定西边，腾出手好去加强东南，左爵帅早已心急火燎，不能入睡，我此举虽是自损，老将军，眼下咱们没有别的路，拼吧。”

古牧地城池高四丈、厚三丈，城内环城，高建炮台，守城军队逾万，有英国、俄国的钢炮和数千杆洋枪。

清军两天内在城外建起城垒，把古牧地四面围住，再挖深沟封堵城内的出路，又在东门正面和东北面建起重型开花炮炮台，炮台必须高出对面城墙一丈，可以一览城内俯射，向深处炮击。城中看见清军建炮台，马上开炮，使得炮台造不起来。

傍晚，城内吃晚饭换岗的时候，刘锦棠突然下令，各营绕城佯攻，炮营趁城头上交接时的混乱，迅速垒建炮台。他们用事先准备好的预制木料拼摆搭建，很快建成，随即用吊架滑车把大炮升起，拉进炮位，很快在战火中完成了工程，开始炮击城墙。

刘锦棠的炮，正在一个个陆续就位高置，炮火越来越猛，正东和东北面的城墙已经炸出了缺口，大门被一炮炸碎。城内守军扑向城门，奋勇而至，用土石堵住缺口，很多天方教的巫师在城墙上、房顶上舞蹈作法，祈神助战，但炮火之下，前面守军死伤太多，后来只能远避。清军东面的炮，有些就悄悄开始往西面金顺的阵地上转移，从四面八方环击城里。

一向认为古牧地固若金汤，但此时城内感到了不安，有些乱。见刘锦棠只炮轰，并不攻城，前方的城头上，有些队伍就退到后面休整，保存实力。此时，城外壕沟里埋伏的官军一跃而起，人手一个火药包，蜂拥涌入城墙缺口，金顺同时挥军开始从西面攻城。

官军进入城内以后，分路四散短兵格斗，这时候大局已定。不久，清军就占领了全城，俘获了大批降众。

刘锦棠攻克古牧地之后，大家都以为可以休整一下，以后再战。刘锦棠不解释，只发令："即日，左帅之'缓进疾战'之策，'缓进'已毕，'疾战'开始。"

当晚起兵，星夜奔袭乌鲁木齐。

到了乌鲁木齐城下，在城外高处架炮，准备攻城。

白彦虎没想到官军来得这么快。刘锦棠也没想到，白彦虎临机决断，不守城了，急急忙忙离城，撤退走了。

白彦虎曾经和马化龙坚守金积堡。金积堡有一百四十多座壁垒，有多年经营的工事，有数万军队，血战死守一年多，打死了刘松山，后来却没有挡住刘锦棠。白彦虎知道今日的来者是谁，此人不能硬碰，只能走。

当年白彦虎被左宗棠追剿，携五十万众离开了陕西，去甘肃、宁夏、青海与西征官军转战，边战边退，退到了新疆，只剩下一万多人。虽然后来征募重整，但已经无力独当一面，只能投靠阿古柏。白彦虎是回部中的枭雄，能审大局掂量轻重。金积堡以后，他不再正面对战，知道现在首要的是先存活，只用奇兵，不硬碰，待机而起。他带兵离开乌鲁木齐，引军去了南疆。

收复了乌鲁木齐，金顺军旋踵西向，进攻昌吉、呼图壁、玛纳斯三城，塔城的伊犁将军荣全也赶去助攻。刘锦棠在乌鲁木齐收购粮草，安排赈济、救治、抚恤、安家事宜，成立善后局。

金顺、荣全攻打玛纳斯是场血战，两军均受挫，死了很多人，总兵冯桂增受伤被俘，骂敌被斩，刘锦棠派兵去支援，十日后城破。

北疆各城收复之后，到了九月，时临冬季，不能用兵了。西征军队便募粮、整军，准备过冬，筹备需用，来年南下。

烟台谈得慢，新疆打得快，刘锦棠六月八日进驻阜康，二十一日打下黄田，二十八日攻克古牧地，二十九日收复乌鲁木齐。

刘锦棠九日破三城，谁也没有想到他能这么快。

红旗捷报快马日夜兼程、飞驰肃州，左宗棠正在心急火燎眼巴巴等刘锦棠的消息，报捷的人一进大营，一头从马上栽下吐血昏迷，左宗棠阅读军报未尽，遥看远天，已是老泪纵横。

25

李鸿章从烟台回家，怄气窝心的话不说，给亲朋写信倒是提起登上军舰仔细观看、抚摩大炮之事，有浩然长啸隐忍不发的憋屈。

听说丁日昌在南洋也要买四条三十八吨大炮的铁炮船，他还特意叮嘱赶紧买，要放在台湾：北洋买四条，南洋再买四条，太少了不敷分布。

从烟台军舰上下来回到天津，李鸿章手虽然不哆嗦了，心里却在发抖，要赶紧去见恭亲王。早在同治十三年（1874）海防大筹议，李鸿章就历陈煤铁矿必须要开挖，电线和铁路必须要仿造，各海口必须要添设洋学，办格致书院，造就人才，当时群僚不理解，文相国笑而存疑，王孝凤和于莲舫干脆就是痛诋之。

同治十三年（1874）冬天，李鸿章曾经冒雪去找恭亲王，专门讲铁路的好处，请先试造从房山清江到北京的铁路。恭亲王很赞成，告诉他，找机会去跟两宫要主意。李鸿章一听，心里凉了半截，想起曾国藩曾经私下说的话："两宫才地平常，见面无一要语。"

东宫不管事儿，西宫是聪明人，却心地狭窄。对她来说，弄权与安乐，胜于国家的安危。能要来什么主意？果然没有了下文。

这次不同，他还要去说。台湾、西北、云南的危局，宫里现在应该都看见了。

李鸿章的长女菊耦见到爹心里有事，就笑盈盈走上来给他捶腿。李鸿章见状一边慌忙躲闪，一边问：

“大小姐，不敢当，当不起，借多少？”

李鸿章和续弦赵小莲生了两个女儿，长女李经，也叫菊耦，小女叫李经溥。赵小莲是安徽太湖书香望族，祖父是嘉庆年间的状元，是朝廷册封琉球国的正使，父亲是咸丰皇帝的侍读，满门兄侄都是读书做官的人。赵小莲女生男相，带着天大的“旺夫运”，是李家的定海神针。原配没有留下儿子，有个过继的儿子李经方，是弟弟李昭庆所生。赵小莲过门第二年有了公子李经述，又添了两个女儿。

小姐们都聪明过人，文墨精通，尤其是长女菊耦，不仅人生得华美艳丽，也是个才女，能写诗词，懂音律，弹一手好琵琶，平时没事跟李鸿章下围棋还得让着爹，喜欢鉴赏字画，颇有心得。最招人喜欢的是会煮茶，煮了茶自己不喝，爱让魏经尝，因为魏经喝了就头发昏，爱胡说：“大小姐莫非是天人下凡，怎么手一摸就是玉露琼浆之饮呀？”自此，魏经别的茶再名贵也入不了口，嫌太腌臜浑浊，都像是猪内脏卤煮火烧加韭菜花的肉汤。

菊耦闲着没事，有时候也来帮李鸿章做些事情玩儿，这才发现她的才识很高，办事极为细心，特别是口风特别紧。所以李鸿章对此女爱如珍宝，在家的时候跟在后面嘘寒问暖，不像个爹。菊耦平日冷若冰霜，不爱搭理人，心性高，小时候学写字，追赶当时浮华的风气，写出的字，字肩都有些微耸，让李鸿章取笑过一回，结果两个月不跟他说话。

这回她笑盈盈地走上来就捶腿，李鸿章知道大事不好，又来借钱，而大小姐心思高远，借完就忘，从来没有提起过还钱的事情。

“爹，这回不借钱，我要去京城隆福寺。”

李鸿章正要去北京找恭亲王有事，德国公使馆也要去，这回乐得做个顺水的人情，就说：

“为父虽忙碌，随你去就是了。”

北京内外城，乾隆朝时候，有一千二百零七座寺庙，多是明代的遗留，到了咸丰三年（1853），剩下八百六十六座，后来起跌兴废，同光年间，尚有七百一十五座。清初的定制，为了区分满汉，内城居住满人，汉人不进城，不许建造旅店客舍，所以很多寺庙就成了外官进京住宿和商人寄存货物的地方。

李鸿章在北京，喜欢住在八面槽冰盏胡同的贤良寺，临近皇宫，离东堂子胡同里的总理衙门，什刹海的恭王府、醇王府、庆王府都不远，隆福寺也在附近。

隆福寺是雍正四年（1726）修的庙，用了一万五千人工盖成，耗费巨大，占地宽阔，宏伟雄壮，前樨阶台开阔宽敞，都是汉白玉铸就，殿里的梁和柱都是南方运来的巨木，寺内一进连一进，迭次高耸，深远宏大。

胡同口有四座牌楼，所以也叫四牌楼。当时北京庙会多，平时有二十三处。烧香敬神，一般都去正阳门的关帝庙和京郊东西南北中的五顶，还有朝阳门的东岳庙，也去妙峰山。踏春冶游，正月燕九，要去白云观，三月三去蟠桃宫，九月九去法藏寺。其实，百姓敬神、冶游、逛街市、淘换东西、哄小孩儿、打牙祭，合而为一，随心所欲，没有什么定向，像太阳宫的太阳糕、大钟寺的风车、城隍庙的莲花灯、护国寺的藏香和青果、白塔寺的木碗和花草、土地庙的木器和藤器……诸如此类的日用什物和新鲜玩意儿，也都引着悠游的去向。

城中的庙会，阴历逢三在土地庙，初四、初五是白塔寺，初七、初八上护国寺，初九、初十去隆福寺。琉璃厂兴盛之前，隆福寺是天下百货云集的地方。珠玉绫罗，衣服吃食，古玩字画，世间珍宝，寻常杂物，无奇不有，无所不存。京城的工艺，像前门廊房二条三条里的玉作里面，以厂为家的伙计们在水凳铁轴上用亚铊、冲铊、闸铊经年雕琢出来的玉石、玉器、首饰、摆件，阜成门宝禅寺明代老天利家的景泰蓝之类，也在隆福寺里卖。胡同东口往南的十字路，是花鸟鱼虫，再往南，是灯市口的华灯市、花市的绢花市。往西的南河沿、北河沿，沿着两条河，有十里长街集市。京城有名的大饭庄在隆福寺有两家，全福堂和同和楼，西长安街十二个带春字的饭庄字号“长安十二春”在那儿也有分号。小本生意的老铺面沿着胡同从东到西，鳞比相沿，吃得便宜，要讲风味，别处就是没有。

初九那天，张佩纶去隆福寺有事，这回不是闲逛，是去找一部书，他要到胡同里的书铺、旧书店和古玩店转一圈儿，寻找魏源的《海国图志》。这些日子，他在琉璃厂、梁家园一带寻找了好几天，连古字帖铺和南纸店都去了，急得在里面乱翻，就是没有。南纸店的老板见是熟客，就问他：

“张大人，本店卖的都是无字的天书，纸上都没字儿，您这是在翻什么呀？”

张佩纶走到隆福寺，进了颜氏古旧书铺，看了看店中的书册，还是没有，正想抽身往外走，忽然停住脚步回转身，眼睛盯着台面上一个紫檀木的镇尺仔细端详，心想：这东西做得好精致，雕刻出一条出水的螭龙，在锦云中藏头露尾，倒也不足为奇，可是我怎么觉着它好似有难言之隐呢？

店主望见是熟人，就拿出一幅字给他看："张大人，您上眼，看看这幅字。有个李慈铭，李式侯，捐资户部郎中受了骗，欠了钱回不了家，流落在京城卖字，揣摩雍正爷给九门提督衙门题的匾额'风清辇毂'的意思写了一幅，放在这儿卖，您要不要？我看这李慈铭现下怀才不遇，将来未必没有出息，您看这字写得可是好？"

张佩纶一看，写的是"九陌风清，四民合会"八个字，就跟店家说："这是雍正爷给帽儿胡同五城兵马司的训词，不是人家编的，这字好是好，可是我买不了。"

说着话，张佩纶已经想起了那镇尺的来历，那是和珅家的东西，他惊出了一身汗，就问这东西是怎么来的，卖不卖。

"小店里的旧货杂物，看着喜欢就乱收，记不起来历。七十文钱，张大人用得着，拿去用。"

一双鞋的价钱。张佩纶低头掏钱，数了数，刚才饿，在隔壁长兴记吃了一碟煎灌肠，还剩下六十三文。他也不会还价，就说："这样吧，我先给您六十三文，欠的账我明天一早儿再给您送来。"

店主很客气，说："哪里话，正是翰林爷用得着的东西，送给张大人都是应该的，几文钱，不敢让大人为此劳累。"

刚刚成交，后面就有人开口说话：

"这件东西，我们要了。"

说话的是个老妈子，河北口音，大脚，穿的是一身香云纱，身后站着一个姑娘，像是官宦人家的小姐，后面不远不近，立着两个便装青衣的大汉，面沉如水，一看就是身上有功夫的。

张佩纶拱拱手回答，也是给那个小姐听清楚："对不住，这件镇尺，学生已经买下了。"

"买下了？你钱不够，我们给一两银子，行不行？"

这话是冲着张佩纶说的，却是说给店主听的。店主一看抢上了，和气生财，不敢掺和，不便做主，一时发慌，就颠三倒四地说："哎哟，您看这怎么话儿说的，大家都是自己人，有话好商量。"

小姐站在门口心里想笑，谁和你是自己人。她不退也不进，一言不发，面色凝重，看了看老妈子，再瞄一眼那件镇尺，插着手看墙上挂的书帖字画，好像跟她没关系。可店里的人全都看明白了，她就是喜欢，却不说，要定了。

老妈子哪里敢违抗上命，就说："这位大人，我家小姐喜欢这东西，在门外就看见了，就说好，那会儿您正在看字，我们刚进屋，您就掏钱了，这先来后到，也说不清了。一件小东西，大人何必要跟我家小姐抢呢？"

张佩纶一听，不像话，我都交钱了，你们非要买，怎么反倒是我来抢？再一想，大丈夫志在天下，何必营私逐利。张佩纶眼巴巴看着门口站的小姐，指望她说句公道话，自己就能把镇尺买下。没想到那小姐反倒梗起脖子直视张佩纶，杏眼微竖，寒星一样，一点也不含糊，看得人心里发毛，分明是寸步不让。

张佩纶想一想，也罢，好人做到底，不要辜负了这镇尺里藏的东西，看她有没有机缘，便叫店主拿来笔墨，写了几行字，交给老妈子，好言好语地跟她说："学生写一首五言短句，让你家小姐好好看。她好好看，就会高兴，不好好看，就会生气，切记。"

老妈子拿过字条，是一张八分书信笺，不认字，交给了小姐。小姐一看气得够呛，柳眉倒竖，说什么五言短句，明明是一首歪诗，写的是：

东四有牌楼，
海内冤枉事，
明是我的尺，
朱颜抢了去。

小姐看着打油诗直运气，不过，自己是伸手抢东西的，不便发作，想扔字条，不知为何又想再看一眼那字，再看，才知道那字写得出神入化，端正俊秀，含着一团正气，细看笔触，不是娟丽，而是放达，就很喜欢，揣在袖子里，没有扔，打算回到庙里给老爷子观赏。这人没有才，字倒写得还不错。

菊耦在隆福寺颜氏古旧书铺抢了螭龙镇尺，满心欢喜回贤良寺，一路上忍不住从盖着蜡染蓝布的竹篮子里拿出来把玩观看，越看越喜爱。那条螭龙不知出自何方名匠之手，雕琢得玲珑剔透，竟好似体内有光，握在手里，虽是檀木，却也不该如此沉重，就不由用手握着摩挲，感觉清润冰凉不变，更加得意，喜爱得不得了。

到了贤良寺就四处转悠寻找李鸿章，要让他好好看一看今日逛庙会淘换来的好东西。贤良寺是康熙帝第十三子允祥的王府，允祥死前的遗嘱说的是舍宅为寺，就成了庙。里面地方大，有山门、碑亭、前殿、正殿、经楼、东西配殿，绿琉璃瓦的山顶，一色大式硬山灰筒瓦房顶，古槐参天，藏经楼内有《大藏经》，正门悬木额“贤良寺”。菊耦在乾隆御书的心经塔碑前头看到李鸿章正在看上面的字，就走过去给他看镇尺。

那时天色已经不早，薄暮之中，李鸿章把镇尺拿在手里仔细看，连声说：“不错不错，镇尺是压重之物，这一只反倒有灵动之态，多少钱？”

“平色银一两。”

“啊？太贵啦，大小姐花钱好不经意。”

“这还是我跟人家抢来的呢，还嫌贵。”

说话间从袖口拿出字条给他看，跟他说了在隆福寺抢东西的事。

李鸿章在暮色之下低头细细地看信笺上的字，看完把字条放进自己的袖口，归为己有。

“人家是让着你。太平世界，光天化日里抢东西。你得尺，我得字，你我两下公平。”

又问：“那个写字的人是什么样？”

“是个书生，大约是个翰林，靴子是方头的。”

“大小姐，你今天隆福寺不白去，遇到的人、物、事，都很有意思。”

“镇尺是好镇尺，那人有什么意思吗？”

“这字是张幼樵的笔体，要是翰林，多半是他。你不知道，这个人的字谁也要不来，你今天所得，不是一件东西，是两件东西，字比这尺要好。”

菊耦想了想，就说：“听爹的意思，还是个名士，可是翰林哪儿有这么写字的，就是个歪诗打油句，还硬说是什么五言短句，假装学问，笑死人啦。”

“嘿嘿，那是你抢东西，他怕你没读过书。”

“对了，他还说要好好看，好好看就欢喜，不好好看就不欢喜。”

“怎么说的？”李鸿章看一眼菊耦，又拿出字条双手平放在眼前仔细瞧，看着看着，不由深吸一口气，慢慢吐出一个问语：

“嗯？……”

他一手把菊耦拽在跟前，让她再看那字，指点说：“这尺上的龙，云里藏着头，这诗句，也藏着头。”

张佩纶八分书上的歪诗是从左到右，竖着往下写：“东四有牌楼，海内冤枉事，明是我的尺，朱颜抢了去。”横着看，头排四个字是“东海明朱”。

菊耦看着字，心中起疑，莫非镇尺里藏着明珠，李鸿章已经拿起镇尺细细地瞧。

父女两人摆弄镇尺仔细察看，原来镇尺是个匣子，顶面匣盖儿做工太细，不好好看，瞧不出来缝隙，其实可以从一端抽出。打开匣盖儿再看，里面躺着亮莹莹九颗东珠，鹌鹑蛋大小，其大，是东珠中的祖宗，难得的是每个一样大，而色泽却各有不同，在暮色中熠熠发光，闪耀九色光彩，忽明忽暗，周围九尺之地，老槐树底下，一片明透，连塔碑上面乾隆的字在幽明映辉之间，个个都能看得很清楚。东珠是黑龙江乌苏里江一带江河中淡水蚌所产，宝中的至宝，可是极品九连珠全彩一套，世间闻所未闻。李鸿章相门之家，也没有这个眼福。两个人愣了半天说不出来话。半晌，李鸿章一拍心经碑塔：

“好！华光内敛，格外通明。”

也不知是称赞碑文，还是称赞东珠，还是称赞一个人。菊耦心里一动，忽然想起了张佩纶眼巴巴等着自己主持公道的老实巴交的样子。

李鸿章看着镇尺心里想：隆福寺这地方有意思，风水之地，奇正莫测，这孩子机缘异巧，逛庙会逛出螭龙含珠的事情。

26

《滇案条约》以后，德国公使巴兰德一再邀请李鸿章到公使馆去谈事情。李鸿章想一想，要去。

德国整军讲武，近年在泰西很得志，同治十年（1871），跟法兰西开战得胜。兵备，正要考究洋人的战法，而巴兰德恰在此时赠送了李鸿章一套德国军务处编纂的《德法交战方略》八卷，叙事详明，颇得要领。此时赠这种兵书，其中不无深意。

清廷当年购械，买到克虏伯炮六尊，炮真是德国的强。铁甲舰，英法说失和就失和，靠不住，李鸿章决定要再开一扇门，令李丹崖在德国查找搜寻。买船的事，赫德、金登干英国一路，日益格法国一路，李丹崖德国一路，三路并进，南北洋互通消息，不至误撞误信。清廷跟德国尚无干戈之虞，后者要给面子。李鸿章认为英法反复无常，不能指望，用洋人而不为洋人所用，方免流弊。长远看来，军备海事，今后国家武备，恐怕要更多依托于德国。

光绪元年（1875），日英俄从三面紧逼的时候，李鸿章正在为今后君子报仇做打算。谋划之中，德国将来和大清究竟是什么样的关系，要看形势演化，也在于运筹。对德使，要怀柔。赫德把握总税司，管着朝廷的命根子，办事大家心服口服，但终究是个外人，两国一旦有事，不好处置，大家又不踏实。那么海关不是还有个德国人德璀琳吗？

一天，李鸿章听说皇帝宠膺，降恩特召湘军将领鲍超面圣。鲍超是老熟人，在给鲍超致函恭贺的信中，他忍不住露出自己的谋划和隐秘的心思。

信里先说："中国的帆樯舟船，诸如红丹、拖罟之类的大木船，不如外国的轮船，所以才鼓励商贾军民自造轮船，但是造船要花很多银子，商民无人响应。中国工匠尚未娴造船之法，所以就设了上海招商局，为的是开辟风气，引领大家办实业。数年以来，颇有成效，商民见有利可图，就借资合股，源源而来，由此，才规模日扩，开创了风气，收回了国家的利权。

"现在，西洋的兵器越出越巧，中国各厂仿造的不能与之敌，唯有随时购买储备，以防不测，但那是为了应急，募工仿造才是长久之计，将来，要多选巧匠，往游外国各厂，察其制造精义，转相传习，有能自出心裁创造发明者，尤需立法令，表扬鼓舞。

"总之，中国人民之众，物产之丰，才力聪明之胜，甲于地球诸国。但是，外国法简令行，我国拘文牵义，外国合纵连横，我国孤立无助，岌岌有积弱难支之势。如果全国上下勠力同心，于储才、裕饷、选将、练兵、制器、造船之道一一讲求，才有出路。"

然后话锋一转，他直露本意：

"如越勾践之卧薪尝胆，诸葛武侯之广益集思，择泰西诸国可交者，隐与联络，结为外援，一二十年之后，确有把握，然后举一最无理之国，揭其罪状，布告同盟，用全力而挞伐之，一败再败之后，彼必倾国复来，是时宜持重养威，百审一发，使之连战连败。则彼国空虚，商穷民困，必将罪其始谋之大臣，废其启衅之国主。从此议和议战，可以唯我所为……”

李鸿章对鲍超吐露的，是君子报仇十年不晚的积愤，也是为什么要办洋务的道理。而一旦开战，泰西那边的德国，会不会是盟友，虽然不好说，也在于事前如何着力。

后面讲的，就是世事进化，经世治国的大道了：

“至谓一胜之后，即可使中西划分为二，终古不相交涉，势恐万万不能，盖宇宙大势，合者不可复分……刻下中外情形，殆不可闭关独治，亦在制驭得其道尔。”

将来中土强盛了，才能和万邦太平相处。

李鸿章心里这样盘算，就去了德国公使馆。

德使巴兰德是新来的，看上去随和，喜欢交朋友，跟总署的王大臣们拉近乎，混得也很熟。各国找大清滋事烦扰，他有时也能在中间调和。没承想，这回见了面，略叙寒暄，巴兰德就老大地不乐意。

跟巴兰德说话，也是笔谈，巴兰德问：“中堂前次见，写字手有些颤抖，这次可好了？”

李鸿章给他看手上的黑珊瑚手链，告诉他，这东西有药效，能通经络，而经络是什么，通经络是怎么回事，跟他就说不清了。

巴兰德说：“东方神秘主义，我不能理解。”

“是呀，我国看不见的东西也信，泰西看不见的东西就不信。何为虚，何为实，虚实之间的奇正，各国自有分辨。”

“中堂，贵国的总理衙门就虚，修约的事情议论半年了，毫无定准，不愿意商量。”

李鸿章知道，《烟台条约》以后，内河口岸通商对各国都开放了，德国已经占利，但还嫌不足，又提出修约，要免除厘金，说要在海关两税并交，一次交完就算了，不然太麻烦。

这事情可不像他们说的那么简单。

《烟台条约》签订之后，牵扯的事情太多。这里面，不仅有关税和厘金数字怎样持平的算法，还牵涉海关和各地厘卡各自的权限，关系到国家的事权掌握在谁的手里，也关系到内省各地没有了厘金，自己的饷源怎么办，还有税单和持照怎么管理，通商港口和内地厘卡的规则怎么订。内河开放，就要在长江内河新建六处起卸码头。在那里，怎样协调海关和厘卡的制度，怎样划一沿海关道和内江关道的税单，怎样防止偷漏税厘的纰漏，等等，诸多事情，不那么简单，不能贸然更改。眼下淮军的饷，就全靠两江的厘金，怎么可以免？

先打圆场吧。

李鸿章说：“巴兰德大人性气太急啦，向来国家办理修约，总要彼此妥细商论，两三年也不为迟，总署断无不愿与大人商量的意思。”

巴使置气，说了一句：“总署的照复，文理看不明白，语意含糊，修约议不成，切勿深论。”

李鸿章就慢慢劝：“往来的照会，中西文义不同，总署与各国会商事情均需文书入奏，不能拖沓俚俗，与体制不合，我看还是巴兰德大人华文学问不深，一时不能会意。”

俩人你一句我一句成了辩论，说不出所以然。李鸿章知道巴兰德想说什么，干脆直接问：

“有话不妨直说，巴兰德大人此次议办修约，最为要紧之款，岂非大孤山添开口岸一事？”

巴使立即写一个字：“然！”

李鸿章说：“这一层我看可以不必。上年烟台会议，英使因滇案要挟我添开口岸，我本来不愿意答应，因为巴兰德大人曾经劝过我：若是答应英国的要求，修改德约并添开口岸一条以后就不再请添，我才酌量允办了。此语，巴兰德大人想犹记得。”

巴兰德回复说：“不错，我的确说过这个话，但由于滇案允添四口，各国都说是中国在强硬勒逼之下才答应的，若改修德约，再开一口，出于中国心甘情愿，各国议论亦可稍息。”

李鸿章半天没回过神儿来，什么意思？怎么给惯成这个样子？你们逼着我们开的口岸不算数，要心甘情愿地开才算数，两国交涉不是儿戏，不是小孩子任性，怎能说出这样不合事理的话？

再一问笔录，一个字不差，巴兰德就是这个意思，就很恼火。

德国想要大孤山，绝对不可以。大孤山水深泉美，沙性融合，港内适合停泊铁甲舰，一旦开战，此处就是转运军队、屯放煤米的粮道，外人一向垂涎，岂容染指，不行！

就说：“大孤山荒凉小港，僻处海滨，无城垣村镇，土货无出产，洋货无销路，不如勿添为是。”

然后转换话题，让巴兰德在德国武备学堂的大哥关照留学的武弁留学生。巴兰德说这是分内的事情：“两国和好，我所甚愿。”

洋人在华，有时随便张口要东西，官府是哭笑不得。

巴兰德跟李鸿章要大孤山那会儿，西班牙的领事正跟福州船政局大臣吴赞诚提抗议，说是道光年间福建海盗抢了西班牙商船，还没有赔款，后来台湾人又抢了西班牙的夹板船，这回再不赔钱，就让舰队和陆军来要。

夹板船其实是荷兰设计的两层圆木甲板大型帆船，八面受风，无往不顺。吴赞诚不知道海盗怎么有这么大的本事，怎么会抢得到，但听说人家要来打仗，顾不得许多，赶紧急报京师和南北洋。

李鸿章回到家，还没坐稳，便见到赫德的密报：西班牙三万人要来打仗，十四条兵船的舰队正从小吕宋马尼拉开过来。

27

看见李鸿章每日一身百用，焦头烂额，在家整天惶惶然，一惊一乍的，菊耦不知道他着什么急，就问他，这几年最大的国事是什么。

李鸿章想了想，一时说不出来，所有的事好像都很大，因为都连成了一片，分不出大小，一时说不好，只好说：

“最大的国事是我挨骂。”

见菊耦不明白，他就解释说：“只要李少荃还有人骂，则‘国事’仍在缓慢前挪，如今议事者昌，任事者亡，哪一天我不挨骂了，完全骂透了，‘国事’就没有了。”

菊耦说：“我看张佩纶字写得好，叫他入幕来替你抄写文案吧。”

李鸿章闻言，直摇头：“什么话！抄写文案？你以为那是谁，寄人篱下抄写文书的笔帖式？别人在外面骂也就是了，请一个大大的清流到家里骂，自讨苦吃。再说，请，人家也不来呀。”

菊耦不吭声，看爹太辛苦，想给他找个帮手。她想要什么，还有要不来的吗？心里有了主意，她上回是抢东西，这回要抢人。

光绪朝头几年，要办的事情太多，一是不让办，二是不会办，三是太穷办不起，四是办了挨骂。朝野抨击，商民漠然。要开铁路，恭亲王奏请两宫好几回了，都没有下文；办招商局开实业，两江总督沈葆桢请来商贾，劝导他们集资，全都默然不语，无人响应，只有唐廷枢入股一万二千两银子；郭嵩焘要禁鸦片，跟英国商量禁止贩运，劝它回心向善，英国人不答应；左季高要收复吐鲁番、托克逊，军队等着吃饭，催协饷急如星火，没有钱没有粮，急得要往火坑里跳，想去借洋债；想开垦江浙的荒土，还是没银子；去年招商局收买美国旗昌轮船公司，请拨发官帑一百万，再招民间商股一百二十万，华商无一人入股，可见民心之难齐；丁雨生在台湾开鸡笼煤矿有成效，但武穴、池州、宝清、衡州等地试采煤铁，地方官绅不顾利值，就是不让用洋人的机器。

他们不知道，矿山每日出产二百吨煤，每吨花费鹰洋一块一毛钱，出产四百吨煤，每吨才花费九毛钱，可见采煤日产越多越有利，却全然不顾。中土的货币都不一致，千奇百怪。官铸私铸的制钱，良莠不齐。各式外国银洋在市面上通用，好好的七分三银色的原装西班牙鹰洋，到了钱铺，为了取利，要掰掉一块，全成了残币。洋人用轮船运来各式银洋在中国到处贩运倒卖，从中渔利，搅得市面乌烟瘴气。朝廷要杜绝流弊，官铸货币，派员设局仿造，要统一币制；各关道害怕银钱平色定准之后不能借暗折耗浮收其中的差价，断了网收市利的门道，就动色相争。大江南北一起闹天灾，旱、水、蝗灾四起，饿殍遍野，北京的粮食运不过去，无人，无船，无车，无驼，有粮食也没钱雇人运。京畿一带，救灾的三十万担粮食一路狼藉，反倒是日本国运来七千担糙米救灾。

想起这些，李鸿章不禁疑惑，大清的臣民究竟是怎么一回事，一想就直叹气：“中国人心，真有万不可解者。”

现在，西班牙国说同治二年（1863）他们有个夹板船海上遇风在台湾被海盗抢走了，要赔款，不赔钱就来打，真的假的？古巴、秘鲁虐待华工，要跟他们订立善待华工的章程，不可以欺人太甚……

李鸿章在北洋，面对无休无止的一摊事情着急，而沈葆桢在两江，正只为一件事焦心，蝗灾。

沈葆桢坐船上任两江总督，僚属都来恭贺，纷纷说江南富庶，大人此次荣升，去的是好地方。可是到了南京衙署，沈葆桢只看见七尺高的文案在等着他批复，等办完了事，出门走走，在清凉山往下一望，见到片片浮云贴着树梢飞过，树叶就全没有了，再细看，才知道那云彩是飞蝗。

蝗虫不吃果树，吃出满目一片让人心惊的奇景，江南的春天桃李盛开，阳光之下鲜艳绚丽，灿烂夺目，而其余各处田间垄陌却不是青野，是亮闪闪一片白地，像下过大雪，原来是遍地的飞蝗幼虫，望之触目惊心。

回到衙署，听了通报，浓葆桢才知道苏浙皖一带都在受灾。

沈葆桢当天晚上就急得发了寒热病，六月穿上了皮大氅，后来再也没离身，盛夏炎热也浑身发冷，脱不下来。当夜，他在堂下点上紫铜火盆，召集僚属全员商议怎样灭蝗救灾，一面急调各地的地方志查找，商量治灾的方法。

江南湿润多雨，本不宜蝗灾生发。但是光绪初年江北大旱，所以发生蝗祸。安徽，从合肥、桐城、巢县到六安；苏北，从盱眙、宝兴到赣榆；浙江，从嘉善、海盐到淳安全都突发飞蝻，由北向南，已经祸及江苏无锡和镇江。

读书入仕的群僚，没见过这样的阵势，就找来一堆书本放在案上从里面翻，才发现原来民间早有著述。

乾隆年间，浙江仁和的陈芳生写下一部《捕蝗考》，江苏泰州的彭寿山写过《留云阁捕蝗纪》，还有江苏无锡顾彦的《捕蝗全法》，浙江鄞县陈仅的《捕蝗汇编》，书里面全都讲得清楚切实：康熙十年（1671），苏浙皖遭蝗灾，因为地下的蝻没有除尽，十三年后又发。

一商量，会其大要，看来治蝗重在除蝻。

于是江南大地之上，又出现奇景，田野中一望无际是无数的兵民，遍地是人。两百人一队并行，前面的，用带扑拍的木棍扑打，中间的撒石灰，浇滚水，用火烧，后面的扑杀遗漏。除蝗，就是抢回明年的庄稼。各处的乡绅把袍角别在腰上，飞奔敲锣集队，乡民奔走相告踊跃参加。蝗虫飞如波涛，汹涌有声，越捕越多，江淮各地的白天黑夜，烟熏火燎，狼烟动地，火炬通明，展开人和蝗虫的大战。

沈葆桢整天站在衙署院墙的梯子上观风，盼着化雨的东风吹来，但老天就是不刮东风。他抬头看着天，心中祈祷，和百姓一起盼着下雨，蝗虫怕雨。

那年的春旱百年不遇，春日以后，老天就是不下雨。阴历四月十七日，夜间突然狂风大作，接着连下三天暴雨，两江士民大喜过望，爬到屋顶上对着天磕头，各地乡民成群结队，到庙里去上香。暴雨过后十几天，晴空之中还有雨打的蝗虫稀里哗啦不断往下掉。

事后，听老百姓说，这场暴雨是刘坤一和龙王拼命争来的。

沈葆桢来到两江，两江总督刘坤一调授两广总督。他去上任之前，在苏北赈灾。地方疆吏，每逢天灾要担负责任，民间以为，天灾是恶政的兆象，地方官府办了错事，老天爷才会震怒，降灾伐罪。那些日子，刘坤一带着官民一起求雨，求不下来，欲哭无门。饥民无路可走，内心十分绝望，群情激愤，突然哗变起来，拿着棍棒围住官衙，要官府做个交代。

一劝不退，二劝不退，三恫吓还是不退，刘坤一给逼急了眼，走进海龙王神庙，吩咐用铁链把自己锁在神像上，跟神像商量："本官来跪求尊神下雨，你不下雨，我就不吃不喝不走了。"然后坐在地上，两眼一闭，跟龙王较上了劲。五天以后，天上下了雨。众人用门板抬着刘坤一出庙，他不让，两目昏暗，饿得说不出话，口水下坠，手指着供案，非要吃用榆木刻的饽饽点心供品。

光绪三年（1877），天灾在全国同时发生。江淮遭蝗灾，江南和福建发大水，江北大旱，北方山西、陕西、河南、山东、直隶、甘肃东部的旱灾都十分严重，史称"丁丑奇荒"。北方饿死一千三百万人，光山西就饿死五百万，旱灾延续到第二年的"晋豫大饥"。这场灾难对人心的震撼极大，各地村镇后来都写志、刻碑，记录当时的灾情，直到一百年后，中国小孩儿懂事以后，学的第一件事仍然是：不能浪费粮食。

灾荒之中，官府大规模地赈灾，海上是运粮的船队，路上是运粮的驼队，耗尽了国家的银子，购船建军就要往后拖。忧心和劳累也耗尽了沈葆桢和丁日昌等一干人的病体，都因为病情太沉重，渐渐不能理政了。

当时，老一辈的人倒下以后，新一代的人上前接替。

28

光绪元年（1875），英国孟领事因为滇案来北洋衙门问罪。那天从前门奔跑进来报信的，急得说话不成句的幕僚，叫盛宣怀。

盛宣怀字杏荪，是江苏武进的秀才，同治九年（1870），入李鸿章幕府帮着办事。

一天，幕僚们在后院乘凉闲聊，众人说起人走路有捷径，历算有没有捷径呢？有人出了一道刁钻的算题：一加二加三，一直加下去，加到一百，是多少？一个个算太费事，能不能简算。

幕府里都是聪明人，有的抬头想，有的低头想，盛宣怀在梨树底下的石凳上坐着想，手里的芭蕉扇子开始不由自主地越摇越快，然后脱口而出："是五千又五十吧。"

大家不信，又不能一一地加起来核对正误，就问他用的是什么算法。

他说："若是前后相加，先凑整数，就好算了。一加九十九，二加九十八，三加九十七，捉对地加，加到中间五十的前面和后面，就是四十九个整百，是四千九百，然后再加上中间剩下的那个五十和最后的一百，四千九百加一百五十正是五千零五十。”

众人一听，以为不错。

筹办天津武备学堂的周馥指着盛宣怀的扇子让大家看，说：“哎，诸君请看，杏荪想事情不用头，用的是手。”

大家一看，那芭蕉扇已经停止不摇了，都哈哈大笑。

菊耦站起来，把周馥拉到一边说：“玉山大哥，有个事，你去给我打听一个人，是个翰林，要细。”

沈葆桢在江南招商集资，民间没人响应。西洋的实业怎样往实处办，大家也不太了然。招商局那边，英国太古和怡和轮船公司一起降低运费，挤对招商局，挤得招商局没有了生意，快不行了，要倒闭，把管事的朱其昂、唐廷枢和徐润急得要跳长江。沈葆桢给李鸿章写信问怎么办。

李鸿章回信，跟他说：“我有个人，能一手拿官印，一手拿算盘，是个亦官亦商、左右逢源的人，我叫他去，先把南边撑起来。”就派盛宣怀去上海招商局。

临行前一天，李鸿章请他一起吃晚饭，用调羹往他碗里舀糟熘鱼片，他低头不说话，又舀青椒土豆丝，他也不说话。后来，李鸿章不给他夹菜了，说话有些悲凉：

“杏荪，此去一别，前面是莫测的深潭，你化鱼还是化龙，都没有回头路可走。”

盛宣怀吃不下饭，说：“中堂，这南边的事情怎么办，职下惶然无所措。”

李鸿章说：“这我知道，上海是洋商的窟穴。经济之学，洋人经营了百年，已把机关算尽。《烟台条约》以后，长江内河口岸一开，洋船无处不去、无往不利，商局的日子定然不好过。现在洋商正合纵联手，挤对招商局，挤对华商的民船。”

“中堂，日本的口岸洋人只有三处可去，其他地方不许去。三菱公司可以任意沿海揽载，它就兴旺了。我们的条约，开放口岸太多了，洋人哪里都可以去，我国的轮船争不过洋船，内江内河的民船也争不过他们，他们载得多，走得快。”

李鸿章说：“泰西人在亚洲，围困的是中国，花旗美利坚国在日本，对它并不十分压榨。我国地大物丰，所以有多面来人抢夺，日本伸张从容，而我们羁绊多，不能自如。不过我国大，日本国小，只要撑得住时日，凭大国底力，必有焕然生发的一天。”

盛宣怀略微想了想，问：“想必中堂有了对策？”

“你一人赤手空拳去当然不行，朝廷官办招商局，就有着力的地方。一、我先想办法给你凑五十万两银子，拿着去寻找生路，徐图渐进。二、再给你指一条路，你去开辟河海商路和远洋通商航道，先开大洋船茶道，从崇明进长江，沿着内地的口岸收购红茶，在镇江领取持照，卖到远洋，先往伦敦卖。可以跟商贾们商议，集资在西洋口岸开设公司，他们能来，我们就能去。你看刻下海上好似无事，实则水战已然开始打了，用的是商船，比战船厉害。你的招商局，就是我尚未建成水师之先军一翼。三、我再给你一根铁脊梁骨，朝廷要给招商局生意做。咸丰五年黄河改道以后，运河漕运的水路就不通畅了，改为海运，海上漕运由招商局承办，我让你多承办漕运支撑招商局。这第四，就是海防建军的拨款。如今款项不足，咱买不起船，但可以辗转腾挪，用来蓄利，富国和强军，实业和兵备，本是互为表里的事情，海防的银子不够用，我也舍不得用，这两年我攒了一百四十万两银子，既然现在还不够买铁甲舰，你可以先拿在手里见机生利，赚到了钱，用作海防军饷，买铁甲军舰。”

盛宣怀顿时有了精神，出一口长气，说：“中堂办事无所拘泥，在下就能有所作为。”心里一高兴，就开始吃饭。

李鸿章反倒放下筷子，索性不吃了，跟他说得更远：“日本维新，办实业的饷源是先办银行，钱来自民间，统筹经营，借贷生利。这是一步好棋，把国家和民间的财力聚集起来办大事。它钱虽少，却可汇集用于国事。不过此举，基于民心民信。本朝国情有所不同，民心不齐，革新遭到非议，财力也是散的，你在南边，要见机酌量，准备办银行。刻下，单靠朝廷的银子办全国的事情，商民袖手而不顾，远远不够用。你的事，是为了办理国事聚拢民间的财力，谓之‘招商局’就是这个意思。”

盛宣怀有了信心，说：“中堂，我两手空空办不成事，现在只要有一根草，我就要拼命去变，此去南方，为富国强兵，在所不辞。”

盛宣怀一入龙潭，后来一发不可收，经营起招商局，创办一个又一个南方实业，创建汉冶萍煤铁联合公司、南方铁路干线、电报总局、华盛纺织厂、内河轮船公司、通商银行、红十字会、南洋公学等。工矿、交通、造船、运输、金融、教育，诸端事务，他运心吞吐，推转腾化，翻手变幻，越变越多，越变越大。

李鸿章让盛宣怀去上海支撑招商局，左宗棠也让胡雪岩在上海借洋款支撑西征。

左宗棠收复疆北，靠的是人才和人心，更是跟英国丽如银行借的六百万两银子。有了这个钱，他备齐了三个月的军粮器械。当初，他的上海转运总办胡雪岩和英国丽如银行订下协议约定，借贷西征专款一千万两银子，先付六百万，剩下的分期付放。

刘锦棠收复了疆北八城，在当地过冬，准备翌年南下。那时，他的钱粮已经断了。军饷发不出来，尚可以应付，打仗拼命，也可以，但没有饭吃不行，饥饿的老湘军，已经有人开始逃离。

那天，刘锦棠带着五十个骑兵在野外追到三百个逃兵。他滚鞍下马，跪在地上给他们磕头，央求他们回营。他心中惨然，左帅的钱粮再不来，流血收复的这片国土以后就再也保不住了。

左宗棠在肃州愁粮饷，须发皆白，依旧每日在营外迎风站立，翘首等待胡雪岩银钱到账的消息，钱到了账，就可以买军粮。

那些日，胡雪岩每天都往银行跑。可以向清朝提供贷款的三家英国银行是丽如银行、麦加利银行和怡和洋行，他天天去催告兑现，乞告拆借。他心中诧异，以前，这三家都求他贷款，现在董事们好像商量好了，一律不相见，出来见面的都是华人买办，告诉他，现在银行里银根周转有些紧，没有钱。三家英国银行都这么说。丽如银行签字订下的协议上，规定应该发放的余款也没有了，要推迟到不知道什么时候才能给。

胡雪岩不知道，英国政府已经给这三家银洋发出了禁令，不许它们向清廷提供在新疆打仗的贷款。

事情其实很简单。英国看到阿古柏占领新疆，也想进占新疆，国策改为支持阿古柏，承认阿古柏建立的政权，并在伦敦劝说阿古柏放弃俄国，依附英国，还派人去了喀什噶尔，商量在那里建立英国公使馆。同时，通过中国驻英公使郭嵩焘劝说中国停止攻击阿古柏，承认阿古柏在新疆的政权。

清朝收复北疆，收复的是国土，怎能含糊，便拒绝了英国的要求。英国政府就下令停止西征贷款，已经签订的协议不能公然不认账，但是可以拖延、不见面。我给你断粮，你左宗棠没有粮食，在新疆就支撑不了几天。

胡雪岩在上海拿不到钱，左宗棠在肃州干着急没有办法。刘锦棠在乌鲁木齐一筹莫展，他得管几万军队吃饭，粮饷接济不上，如同被放在火上烤。

左宗棠已经被逼得走投无路，派了十几路人马去湖南跟湘军退役的统领们化缘，想凑点儿钱，又找刚去山西当巡抚的曾国荃借钱，两人关系一向不错，兴许有希望。

曾国荃硬着头皮，为他去抢山西自己活命的银子，好歹给左宗棠弄了三十万两，新疆的军队能吃上几天饭。

深秋的晚上，左宗棠坐在帐内的地上，愣怔怔盯着带来的棺材一言不发，不睡觉。左右的统领和幕僚都不敢走，也不敢劝，怕他出什么事，也都一言不发，愣怔怔看着他。到了半夜，左宗棠坐在那儿忽然仰天哈哈大笑，把众人吓得魂飞魄散，今夜，爵帅的急火大概已入膏肓。

“老大人，您可千万别太着急呀！”

左宗棠说：“不急，不急。笔墨！我修书一封问李少荃借钱。”

“啊？！”

大家一听，闹了半天，还是急火攻心气迷心窍，跟谁借钱也不能跟李鸿章去借呀！军国大政，他全都跟大帅拧着，二人在朝，势如水火，天下全都知道，如今拉下老脸去问他借钱？门儿也没有！

众幕僚跟左宗棠闹，都说："老大人，咱们人穷志不短，那李少荃整天和您过不去，职下们宁愿活活饿死，也不能让您老受这个委屈。"

左宗棠看着这班身边的人，说："糊涂，白跟了我半辈子，那李少荃跟我争的是国事，不是名利。老夫为国，中堂亦为国，彼此一样。当初，他要罢西征、弃新疆，是怕咱们打不过人家，徒费国家的钱粮，现在洋行卡住我们脖子不让吃粮，他岂能袖手不管！"

左宗棠写信管李鸿章要钱。李鸿章接到来信，知道左宗棠在西北已经没米下锅，走投无路了，急令盛宣怀立即去见胡雪岩，把海防军费先挪用一百二十万两交给他贴补西征款。他跟盛宣怀说："左季高大事将倾，新疆危矣，此事燃眉之急，要从速。"

盛宣怀得到北洋的指令，一喜一忧。喜的是中堂挪款，新疆有救；忧的是，朝廷预发的海防款，还有二十八天才能到账，来不及了。

盛宣怀去见胡雪岩。胡雪岩先是大喜，接着大悲，说了半天，救命钱还是没有一文，一个站立不住，跌坐在地上大哭。

盛宣怀说："哭，没有用，赶紧想办法。"

他把人拉起来，去上海商人杨宗濂的家里要钱。

杨宗濂正在家打麻将，他跟盛宣怀的老太爷盛康有交情，盛宣怀给他当过学徒。听说是西征大军断了炊，急忙让两个来借钱的官商先拿家里现有的五万两银子救急，麻将牌也不打了，出门四处奔走，到处去求告，求爷爷告奶奶，连央求带吓唬，好歹凑出十五万两银票，送到了上海西征转运局，这才凑够了西征军一个月的粮食钱。

曾国荃从山西运来的钱粮到了，左宗棠亲自跑去接收，见了粮饷亦是大喜大悲，泪流满面，连连拱手仰天遥谢。突然转身看着粮车，面有戚色，只说一句话：“这粮，是从咱大清正饿死人的地方运来的。”

29

张佩纶寄寓在城南法源寺后殿后边水井西侧厢房最靠后边的一个小黑屋里。

寺院里满是唐代的丁香树，门前的匾额是乾隆的字“法海真源”，门口是条河，河面宽阔。

那天从外面回家一看，行李卷儿没了，书也没了，什么都没了，就问庙里的小和尚怎么回事。

小和尚爱说话，一句一句，说得清清楚楚：

“来了四个人。来了就把东西拿走了。问话不吭声。不像出家人。个个是彪形大汉。也不像俗家人。脸上没有七情六欲。不抬眼看人。眼皮子全都不会动。拿上东西就走。拦不住。张大人家里东西少。有一位什么也没拿到。是空着手走的。”

张佩纶觉得好笑，就说：“怎么现在的强盗如此落魄，穷得连我都抢？”

小和尚说：“张大人。似乎不是抢。是请。留下一张字条。还有一只镇尺。”

小和尚说着递过字条和镇尺，字条上写着：

我本劫财女，
家住北洋府，
来日讨铺盖，
要看海国图。

和尚是个伶俐的和尚，怕张佩纶看不懂，凑上来给指点："张大人请看。横着看是'我家来要'。是请您去一趟呗。"

张佩纶这才知道，原来在隆福寺抢东西的是李中堂家的人。他心中还是十分纳闷：现在把镇尺还了，又把行李卷儿拿走了，抢来抢去，越抢越没有出息，怎么还有"海国图"？有些好奇，说的莫非是魏源的奇书《海国图志》？那就去吧，不然连被子都没有，晚上怎么睡觉。

张佩纶来到大门前的时候，见魏经正站在门口等，一看认识，两人见面挺高兴，一阵寒暄。魏经在前面带路，不时侧身退在一旁张手往里请，又紧走几步到前面引路，到了后庭有一片满是梨花的院子。

菊耦坐在院中石桌边，见到人来了，就站起来笑嘻嘻道个万福，说：

"张大人，上回在隆福寺夺了您的东西，东西是好东西，我很喜欢，但不是我的，还给您，这回给您赔个不是。"

张佩纶见不得别人客气，赶紧回礼，说：

"不敢当，它跟小姐有缘，我不敢留，还是您收着吧。"说话间递给魏经镇尺。

魏经糊里糊涂，拿着镇尺两边看，不知道他们说的是什么。菊耦心里挺高兴，东西本来就舍不得还。

“这回请张大人来家里，其实还有一件难事，想求张大人给帮个忙。”

“小姐请说。”

菊耦告诉张佩纶，老家安徽的叔伯们非要盖房，家父不让，写信去说，钱要用来修祠堂。菊耦正要回乡祭祖，顺便带去信函，不让盖房，家里可能要打架，怕的是自己辈分低，说不过他们，听说张大人厉害，天下谁见了都怕，所以想请张大人陪着走一趟，叔叔大爷们见了，就不敢不听话。

张佩纶闻言十分诧异，心想，我什么时候变成了这样的人，落下如此恶名，朝廷里的事情我倒是爱管，人家家里打架怎么也要借我去吓人。

有心推辞，刚要说话，菊耦从石桌上拿起一卷书：

“张大人要是能应允，这书有五十卷，全归您了。”

是《海国图志》。

张佩纶眼睛盯着书，心里明白得很，意思是：要是不应允呢，就没有书看。没法子，他只能叹口气。魏源的这部书，因林文忠公所托而成，国人都不看，在京城里也没找着，反倒在日本被奉为维新圣典。我张佩纶为了看一眼这书，干什么都成，就点头答应了。

阴历八月，菊耦一行从天津上船去上海，沿长江往下走，先奔南京，再回合肥老家。菊耦在路上说，在老家办完事，还要去一趟周馥的老家建德送一些银子，周馥他七叔病重。

在合肥，根本就没打架。家里见过李鸿章的信函，二话没说就不盖房了。祭祖上坟，完了事继续往南走，去给周馥的七叔送东西，先去芜湖上船，走新安江和富春江水路去建德。

这一路，大小姐游山玩水挺高兴，张佩纶抱着《海国图志》在船舱里看，不管外面的山水。

到了芜湖，两岸新建的起卸码头江面上全是船。大洋轮吃水深，不能靠岸，只能停在江心。从外面进来的，从里面出去的，相向停了两长溜，等着过关。每条轮船都围着一群群蚂蚁样的拨船在起货卸货。着官服的关道稽查和戴吕宋帽穿白裤子的海关洋人和通事到处都是，有的在船上查货，有的在关口验票。码头长一百丈，高二十丈，有起吊的绳机，还有一架机装高闸门，横挂一只大锯，不知是干什么用的。

码头上全是新铺的石板路，新盖的石头房子，沿着两岸的峭壁，是一行行石刻水文标志、梯步、拴船用的“石鼻子”和灯柱，岸上是一串串凿出来的陡峭石阶，直通上面的平地。一队队担夫脚力，背着比人还大的麻包和木箱沿着石阶逶迤上下搬运。《烟台条约》以后，开放内河口岸，芜湖是为此新建的六个起卸码头之一。

围着大轮船起卸货物的拨船，十条一小群，百条一大群，每条船上干活的有五十个力工，各有小船头儿和大船头儿跑上跑下招呼着干活。出结承充的船主，看穿戴，都是殷实人家子弟，腰上挂着官府发放的腰牌持照，站在岸上看，旁边站着拿账本的、打洋伞的，指一指，就有人跑到船上去跟拨船上的领班头目说话交涉，码头上忙成一片，万千樯桅如林，一望无际，非常壮观。周围一带，尽是商铺、饭店、客舍、车行、货栈、脚行、摊贩，一派繁荣。

芜湖的刘关道早接到李鸿章的信函，应该来迎接，却没来，左等不来，右等不来，就去找他。到了码头里面的厘卡关署，看见他正和人打架。刘关道转身看见大小姐一行人进了屋，赶紧鞠躬致歉，来不及说话，转回身接着打架。刘关道的架打得太忙。

大家听了一阵，也皱眉发愁。原来他一个人正和五个人打，架打得太乱，根本忙不过来招呼客人。

一个是英商，船上贩运的是麻，但是他雇的是华商的船，假冒华商，想不交海关的子口税，把税单上的英文字都给抠掉了，从长江口偷偷溜进来，让芜湖给查了出来，要罚。按厘卡法规，要没收一半货物，船主治罪法办，再把船横着锯断——江岸上的那座高闸门机器锯就是干这个用的。

英国船主当然不干，从兜儿里掏出一瓶蜜汁色的“危事急”使劲喝，喝得一屋子硫黄味儿，一边喝，一边大叫，听不懂！听不懂！第二个是那个华商同谋，他说即便是自己犯了错，也不应该锯他的船，应该锯英商的船，可是英商没船。第三个是芜湖的英国领事，他说芜湖码头无权给英商定罪，要定罪也要先通知北京的英国公使，由公使说了算。第四个是海关税务司的人，刘关道说要按起卸码头法规的“闯关第二条”治罪，税务司的人说不对，要按海关法规的“海关漏税”一条治罪，厘卡和海关，法度不一，也打了起来。第五个是厘卡的通译，他说先别打先别打，咱们说究竟是治谁的罪，是英商还是华商？英国领事说：“按照中英条约，不能治英商的罪，当然是华商。”华商说：“事情是英商指使干的，是主犯，为什么他不治罪，单治从犯的罪。”海关税司和刘关道说：“英商和华商都要治罪。”领事不干。又打。

通译是个明白人，但性子急，对官员们发了脾气，说："你们干说有什么用？要治就他娘的赶紧趁乱快治，还等什么等？太难翻译了！"他也跟刘关道打起来；刘关道和海关税务司各持己见，都要按自己衙门的法来罚，谁也不听谁的，又打起来；洋商听不明白是怎么回事，看看这个看看那个，越来越生气，就干脆把硫黄水玻璃瓶子砸了。

大家一看，他们不是排队一个一个打，是同时一起打，刘关道太忙了。

菊耦爱管闲事，帮着出主意，让老妈子给刘关道递个话。

老妈子把刘关道拉到一边传话：

"刘大人手上这件事，法不齐，不好办。您看这样行不行，英商、华商都先扣着。英商没船，只能锯华商的船，但是锯船之前，英商先要赔华商船钱，多少钱让他们自己商量，跟刘关道您无干。商量不成谁也走不了，吃窝头，想吃别的可以掏钱买。他们是商，要做生意，跟您这官耗不起。再罚英商和华商，跟海关税务司商量，该多少是多少，多罚为善。华商罚了钱就能走，英商不让走，能治罪就治罪，不能治罪让英国公使来领人，来了再理论。理论时，多笑，少说话，最好光笑不说话，不怕工夫大。记住了，威公使最怕吃生虾酱拌豆腐，他在这里也住不惯，耗不起，受不了。以后不要怕多扣人，该扣就扣，多多地扣。再多盖些石头房子吧，扣下的，收宿金。房间小一点，矮一点，黑一些，但不能没窗户，没窗户是监牢，《万国公法》不让，咱那是'客馆'，您自己琢磨。回回都请公使来，不能总让大人您自己这么忙，您看行吗？"

张佩纶在一旁听得心惊，倒吸一口凉气，这样的小姐，用得着借我去跟人打架吗?

芜湖的起卸码头后世有遗址，有一溜石头房子，花窗只有半个扇面大，还狗尾续貂，外带雕出来的井字花砖格，里面又黑又小，什么也没有，后人不知道是干吗用的，后来在宜宾发现也有。不知跟那回的事有没有关系。

从芜湖上了船，众人议论芜湖的事情。外国通商以后有关税，朝廷的银子自然增多了，但对商民有所不利，航路一变全变了，牵动很大，有的地方全乱了。福建往内地运茶的陆路茶道，忽然消亡，茶路上十五万挑夫没了营生，家家户户变成了流民四散。各省如此。流民没有了生计，遇火即燃，有的直接成了匪，国内岂能不乱?《烟台条约》以后，内口一开，通商的局面开始乱变，洋商假冒华商逃避关税，华商从香港绕道运土货假冒洋商逃避厘金，还有华洋勾结，蒙混偷漏的。他们改税票，做假照，伪包装，土货冒洋货，洋货冒土货，也有土货洋货混合乱装趁乱取利的，花样翻新，层出不穷，五花八门。

又说到，洋人的轮船比中国的船好，在内陆江河上航运争利，无往不利。华商民船倾家荡产，走投无路；西洋的东西做得好使，卖得就好，华商老字号也争不过，纷纷关门。英法要开通云南的陆路商道，那边山高林密，边境上有几百条小路，仅走私一项，流弊就管不住。往大了看，通商是好事，但是要慢慢来，循序渐进，不能太快也不能太慢，朝廷之所以顾虑开放通商口道放进大批洋商，看来是想给自己人多争取些时间办实业，现在华商都在观望，但是自己不办实业还真不行。

沿着新安江南行，从乱世到了静水，众人站在船头看两岸的风景，走到一个地方，大家同声赞叹起来。菊耦见张佩纶坐在船舱里不闻不问，只管读书，就说：

“张大人在隆福寺作的‘五言短句’好是好，不知会不会作别种样的。”

旁边的老妈子一听，跟着凑热闹，手一摆，对随行众人说：“那诗我知道，张大人有学问，会管大小姐叫‘朱颜’，就是有一股子河北大蒜味儿。”

众人看着两岸的风光欢喜高兴，就凑趣招呼张翰林出来，借着水上的景致作一首诗。

张佩纶正在看书，听见大家叫他，把头伸出舱外，左右两边看了看，又缩了回去，觉得很奇怪，这是到了什么地方？刚才还是一条江，怎么现在变成一片湖？西边天刚晴，断崖上阳光一照很绿，东边的山上还在下雨，隐约有个红墙的庙，有炊烟，大约是和尚正在里头下面条儿。湖水一望无际，像个洋，水中有千百个岛屿，云在上面压得很低，风大，云飞得很快，风景很好。

他在船舱里面看书，众人在外面连声叫作诗，就拿笔作了一首，举着走到外面说：“不才作了一首五言，不知道这里是何处，没题没款，让大小姐和诸位见笑。”众人接过去围着看，有人念道：

清江八百里，
须臾化平湖。
岸山浮新霁，
烟寺雨朦胧。
云行千岛伏，

雾去江门空。

回看风起处，

天地两阴晴。

众人身临其境，幕府的人议论说，这诗贴切也平实，也像条船，正在水中行走。大家来了兴致，张罗着下底舱去拿酒。老妈子看见大小姐瞧着湖光山色笑眯眯地不吭气儿，知道她高兴了，就大声问菊耦，给大家打趣逗乐："这四下的景象，张大人连看都没好好看，这回的五言，云山雾罩的，不是蒜味儿了，是腐乳味儿的吧？"话中有话，夹枪带棒，众人听得出来，用手点着老妈子笑。

菊耦看着山水笑吟吟，淡淡地说："咱们张大人不看山水，只看天下。"

30

“天下，怎么成了外族横行霸道的地方？”王正谊心中愤然自问。

那天去法源寺给张佩纶强行搬家的四位，进了最后边的小黑屋里一看，除了被窝卷儿、笔墨纸砚和几本书、一沓宣纸，根本没别的可拿。穷翰林搬家，大小姐派人派多了。

空手出来的那位叫王正谊，也叫王五，在沧州跟名师双刀李凤岗学过艺，走过镖，同治十年（1871）去天津，衣食没着落，由师叔刘仕龙引荐，就在李鸿章家跟着大小姐护卫当差。

菊耦回老家之前，把王五叫到后院跟他说：“这回我不带你去，你是有本事的人，在我家屈居六年，不能再耽误你。你现在有了些积蓄，我再给你添一些，这里不是长久之计，你自己去外面做你的事吧，终究会有出息。”

王五给菊耦磕头，别过了众人，离开相府去了北京，在崇文门半壁街开了一个顺源镖局。

菊耦不仅接济他银钱，还给他揽活计。阴历四月十二日，王五在北河沿的醒春坊正和北洋幕府的马建忠说一趟往山东机器局送洋枪的活儿。马建忠学问大，在法兰西念过外洋政治，懂英文、法文、拉丁文，见多识广。平日里王五爱听他说话，听了长见识，说完了活儿，还不想走，正听他讲在海外的见闻。

二人说着话，看见门外从河边走过来一个要饭的和尚，容貌憔悴，衣衫褴褛，少一只鞋，在饭庄门前眼巴巴往里看，好像是个哑巴，用手比画跟伙计要吃的。伙计给他一块饼、一块咸菜，他三下两下吃完了，喝口水，鞠个躬就走，忽然又慌慌张张转身回到店里，往柜台后面钻，像是有人在追。

王五看那和尚不像是个游方的僧人，他手戴印戒，眉心有彩。这时从门口进来三个人，都是浓眉，个头不高，四下一看，跟店里的人欠身拱手，算是打过了招呼别管闲事，架着和尚就往门外走。和尚不肯走，大声跟店里的人说话，原来不是哑巴，可说的不是中国话，明明是不想跟着去，是叫救他。

王五一看，光天化日之下在饭庄里抢人，就站起来了。

三个抢人的很机警，看见站起一个人，面沉如铁像是要管的意思，有一个人就走过来，一抱拳，说："这位爷，我们是上海来的官差，这和尚是逃犯，杀了教堂的人，我们办案拿人，是公干。"

王五在相府当行差，没有说话的习惯，走路只看地，四面八方、身前身后的事情都看得见，各色人等一眼便知大概，知道公差什么样，不会管百姓叫"爷"，还知道这位口音不太对，根本不信。他走到门口，拉过一条春凳坐下，拦在当中，手一抱，看着前面的地，意思是：不能走。

说话那人也是不说废话的，一举手，外面又进来十三个扮相差不多的，都是紧身短衣，扎着裤脚，个子都不高，长相类似，毛发浓密，脸刮得泛青，个个精壮。跑堂儿的想，怎么上海来了这么多公差，放在一起看有些像堂兄弟，不像大清办案的。

店里吃饭的人都很害怕，纷纷从王五后面往外走。和尚见有人管，就挣脱出来跑到他的前面，跟他比画，指天，指地，指东，指西，再指那些人。众人还是不明白他什么意思。

抓人的走过来跟王五说话："请你不要管闲事，我们的人多。"说话间，一群人呼啦一下把他围住，也都把双手一抱，看着他。

一看就是不想讲理，要讲力。谈事情的马建忠，是个爱看热闹的，一看要打架，扯开折扇，兴冲冲左右瞧，很有兴致。

王五眼皮不抬，鼻息一闭，一伸手，六尺以外饭桌上一个瓷酒杯不知怎么到了他手里，举一举给店家看，意思是：一会儿跟饭钱一起算吧。然后掰下一块瓷，手指一碾，碾成齑粉，再掰一块又碾，碾完了瓷酒杯，白粉撒了一地，意思是：不闹事为好。

围住他的人眼睁睁地看着，鸦雀无声，不敢近前，不知道该怎么办。王五见他们不走，手一伸，刺溜，又吸过去一把锡酒壶，也举一举，也和酒钱一块儿算。打开壶盖，倒出残酒，撕下一片儿壶，也用手指碾，撕一片儿碾一片儿，在地上撒灰色的粉，碾完了酒壶再碾酒壶盖儿，碾完了掸掸沾在腿上的杯粉和壶粉，看着地面，心中诧异：怎么还不走。

进来抓人的这群人没见识过，愣愣地看，好像没看够，有两个还梗着脖子面对面用力点头，不知道他们是还想往下再看什么，还是想干点儿什么，就等着，大堂里没有一点儿声音。

那伙人见他不碾东西了，开始抬眼皮看人了，脸上没一丝喜怒哀乐，很吓人，怕他把人也吸过去碾，都不由自主地往后退。早就看出他不爱说话，就不敢再跟他说话，跟自己人议论，原来说的也不是中国话。四下一望，和尚不见了，刚才说话的人给他鞠一躬，然后手一抬，这些人一转身小碎步往外跑，上身不动，跑得很快。这一群人走后，店家说，和尚早从后门跑了。王五心想，外国人成群结队在京城乱抓人，什么世道。

要饭的和尚是琉球国国王尚泰的姐夫紫巾官向德宏，追他的是上海“日清贸易研究会”的一群日本细作。他从醒春坊跑出来以后，沿路乞讨，昼伏夜行，到了天津北洋衙门，到了门口跪下就哭。

日本把琉球国灭了。

31

光绪五年（1879）闰三月，向德宏见到李鸿章，讲述琉球国灭亡的原委。像一记晴天霹雳，把人惊醒，才知道东海里小国日本的厉害。

同治十三年（1874），日本人现身台地，初露杀机。

琉球是日本和台湾之间的一条岛链，东北西南走向，七千多座岛，像一条海里的石阶，连接台湾和日本。后来称之“冲绳”，意为“水上浮绳”。

在北洋衙门，向德宏先说灭国的缘由：

元末，琉球群岛有三个国，北山、中山和南山国。明洪武五年（1372），三国均受明朝册封。1429年，中山国并吞三国完成统一，受中华王朝册封。1609年，日本萨摩藩的岛津义弘攻打琉球，俘获国王尚宁，强迫琉球自此开始纳贡。1868年，就是同治七年，日本维新政府把琉球纳入鹿儿岛县管辖。1873年，同治十二年，日本命琉球国将田税上交到日本大藏省，没收其财政。宗主国清王朝不允许，但鞭长莫及。琉球和日本离得近，只有从北京紫禁城到香山的路程，日本强，琉球弱，离中国又远，只好隐忍受欺压。

日本灭琉球，是一步一步走。

同治十三年（1874），日本侵台。借琉球船民被台湾番民杀害一案登上台湾岛占地，不仅是试探清朝的反应，其用意深险，后签订《北京专约》，声明日本侵台是“保民义举”，其中内藏“琉球之民是日本之民”之意，为以后灭琉球埋下伏笔。

光绪元年（1875），阻贡。日本不让琉球向清朝纳贡，派兵进驻琉球，命令琉球尊奉明治年号，并停止向清朝纳贡。光绪三年（1877），琉球王派出密使到中国请援，清朝派出专使去和日本交涉，却没有结果。

光绪四年（1878），灭国。日本认定了清廷懦弱，不敢管，改琉球为日本冲绳县，把王宫改成县政府，在东京囚禁国王，终于吞灭琉球。

向德宏讲完国事说自己。光绪二年（1876），他带着十九个人秘密渡海到中国来求救，先到福建，上奏朝廷，一直等不到回音，只好北上请愿，被日本发现，命在大陆的奸细追截扑杀。日本在上海有“日清贸易研究会”，是日本奸细的老营，有两万多人，动员起来到处找他，知道向德宏化装成和尚从福建往天津跑，来找李中堂告状求救，也化装沿途追杀。向德宏在海上遇到风暴险些沉船，大风迷航，在海上漂流了半年，在陆上又遭围捕，几经凶险，带的人死了不少，只剩下蔡大鼎、林世功几个人，说好分头跑，谁能跑到北洋衙门谁告状。现在见到了中堂，要请中堂做主，去救琉球国。

说着，取出一纸文书交给李鸿章，上面写着：“生不愿为日国属人，死不愿为日国属鬼，虽糜身碎首，亦不所辞。”

“中堂大人，琉球国建国五百年，我们的京城首里，王宫不坐北朝南，是坐东朝西，归慕的是中华。门庭为唐式，官书用汉文，大殿正中，是康熙皇帝手写的匾额‘中山正土’。我国士民，奉的是中华正统。我们离日本太近，在夹缝中求生，离中国虽远，却不可分，国主说过，不能忘本：‘父子之道既绝，累世之恩既忘，何以为人？’现在琉球国被日本灭了，请大人派兵去救！”

说完一边磕头一边哭，眼睛里流出血。

紫巾官向德宏是琉球的忠臣，万里之外跑来求救，衣衫破烂，泣血呼号，已经不成人形，李鸿章气得面色铁青，好言劝慰一阵，把他安置在西大王庙居住，保护起来。

李鸿章回到书房坐不下来，饭吃不下，晚上睡不着，琉球的事是天大的事，不能不管，可是难办的是，西北正要对俄开战。

桌案上放满了近日的廷寄、邸报、奏折、信函和密札，这些天，他反复读，左右权衡，细细掂量，却拿不定主意。当前局势严峻，简言之：要琉球还是要新疆。

光绪三年（1877），朝廷派到日本去谈判“球案”的专使是何如璋，后来让他当驻日领事，不仅是为了解决琉球的事情和保护华侨，还是为打探日本的虚实。李鸿章左手拿起何如璋的信，右手拿起梅启照的密报。

何如璋的信，写得详细清楚，通篇是中外局势，中日力量对比分析，实为应对时局的策论：现在日本米价腾贵，人心浮动，知道中国正在加紧练兵买船，很害怕。诸大臣之中，只有一两个人言战，其余二三十人都不敢打，主张拖延时间，想使用的策略是淡而处之，使得“中国之怒渐息，球人之愿日淡”。

何如璋提出上中下三策：上策是打，中策是守，下策才是调停：

“日本轻视我国无理已极，义难坐视。今乘其国势未定，兵力未足，急与争衡，犹尚可及。若为息事，隐忍迁就，阻贡不已，必灭琉球，琉球既灭，必掠朝鲜。虽让一琉球，未见其果能息事也。为今之计：上者，一面抗议，一面出兵舰责贡于球，以示日人，我之必争，彼将气慑，而球可全；其次，约球抗日，日若攻球，我出师相助，日将力屈，而球可全；又次，则援公法，请求各国公使评判，自古无许灭人国之公法，日孤理屈，球亦可全。”

何如璋主张打，不能示弱，不能手软，要出兵问罪，联合琉球抗击日本，否则化友为敌，贻害无穷。事已至此，把琉球让给日本，不仅不能息事宁人，反会带来无穷的后患，朝鲜、台湾以后就危险了。

“益知非让一球所能息事，何为先自示弱，举附庸之土地和人民以资敌耶？况琉球迫近台湾、澎湖。我苟弃之，日人改为郡县，练民兵，琉球人因我拒绝，甘心从敌，彼皆习劳苦耐风涛之人，他时日本一强，再资以枪炮，扰我边陲，台、澎之间将求一夕之安不可得。”

又说，即便为了台湾的安危，争则安，不争则危：“日本阻贡不已，必灭琉球；琉球既灭，行及朝鲜。让一琉球，边衅究不能免……是为台湾计，今日争之，患犹纾，今日弃之，患更深也。口舌相从，恐无了局。然无论作何结局，较之今日隐忍不言，犹为彼善于此。”

何如璋说得对，火烧到眉毛，不能再空口辩议，要有所作为。现在全国主张讨伐日本的，大体都是这个意思，要集全国之力东征。

何如璋看日本看得很清楚，告诉李鸿章：

现在对日本，不能不严厉。日本国小而贫，目前自顾不暇，竟还设险谋人。国债已经欠了两亿元。去年萨摩藩叛乱，民心未稳，还要复议加租，国用日拙。眼下正跟老百姓借民债一千二百万元，但是应者寥窭，只用纸币敷衍政府。我国兴师，日本的军火枪械，不得不去外国购买，必须用现金不可，它根本没有打仗的财力，即便敢打，也会财尽国破。现在，日本陆军常备三万两千人，海军四千人，轮船十五条，皆朽败不可用者，也是总想从英国购买军舰，但因为缺钱，只买了一条，名为铁甲舰，实为铁皮舰。而大清现有二十五条军舰，其中，新到的八条是英国铁炮船。但是，近来日本仿效德国制度，寓兵于农，征役练兵，三年为期，以后会不得了。日本全国滨海，时事艰危，若倾国劳师，旧藩怨恨，又恐内乱将作。现在执政的岩仓、大久保之流，都不是轻躁喜事的人，料不敢轻开边衅。当年台湾事变，是西乡隆盛的主张，发现以后追之不及，骑虎难下，才将错就错，让大久保来议和，没想到占了许多便宜，连日本国的人全都没想到，中国让步签约以后，日人交相庆贺。后来西乡议论攻打高丽，让执政者痛斥，西乡才弃官称乱，自灭其身。日本士大夫，至今深晦是事，不复一言。中国对日本的传闻多属夸张，以为它强，其实不然。

何如璋进言李鸿章出兵抗日，以他对日本的了解，不可以丧失时机，尽管知道朝廷现在有困难，但是不得不说。

“如璋到此数月，旁观目击，渐习情委。日本无情无理，如契狗之狂，无赖之横……中、东和好终不可持，口舌相从，终无了局。审时度势，反复踟蹰，而以为不得不言者。”

李鸿章知道，中国出兵伐罪，琉球将民心感奋，共同抗日，民心士气可用，可攻可守，可以战。

紫巾官向德宏的话在耳边响起：“宏愿为先锋，使日本不敢逞其凶顽，宏于日国地图、言语、文字诸颇详悉，甘愿效力军前，以泄不共戴天之愤；或班兵敝国堵御日本，如前明洪武七年间，命臣吴桢率沿海兵至琉球防守故事，使日本不敢萌其窥伺。敝国官民仰仗天朝兵威，必能齐心协力，尽逐日兵出境，自无不可克者。”

那一刻，李鸿章信心十足。

难的是，对日本开战，新疆恐怕不保。

他看着右手中梅启照的信，又很犹豫。

浙江巡抚梅启照的密函说，日本对琉球的举动，密访得知，是俄国暗助，开始不信，就派后补县丞张衡平专门去日本走了一趟，觇其虚实，发现有俄国四条铁甲船停泊在长崎，信中直接明言：“俄国暗助日本之说不为虚诞。”

这正是俄国一向的作为，自己不出面，待机而动，先挑动他人动手，然后坐收渔利。我向东进兵，他会乘虚从西北抄后路。

西北的情况，更加紧急，中国同时对日俄两国开战，将是一场弥天的赌博，赌的是亚洲一些国家的兴灭。

李鸿章要好好想一想。他把自己关在屋里，不许人靠近，几天没有出来，急得满嘴燎泡，牙龈肿痛，不想也不能吃饭。

李鸿章在屋子里苦思冥想的时候，彼得堡正派人去联络逃到青海的白彦虎叛军四大营，告诉他，俄罗斯坚决支持白彦虎军的战斗。

俄国公使韦贝明白其中的道理，想起不久前在一个庄园听到过一位退归田园的老外交官和彼得堡访客的谈话，那位智者指出了俄罗斯对中国应该采取的策略：

“在中土，人有三层：士、民、匪。最难相处的是士，他们主政，不听话。中土人多，俄罗斯没有那么多男儿跟他们正面去拼命，最好的办法，就是让他们的匪消灭他们的士，取而代之。中土的民跟士走，我国永远没机会，跟匪走，或变成匪，天下乱，可为我所用，这是俄罗斯的长远利益，亦应是长久的国策。”

然后探讨兵争的细节：

“目前左宗棠要收复新疆。我们自己不动手，应使用反叛力量和它潜在的敌人。在西边有阿古柏，在东边有日本，两面如果同时收紧，他们顾不过来，哪里都收复不了。我们可以考虑和阿古柏翻脸，派兵去帮助中国收复伊犁。不用为阿古柏担心，我们的老对头英国人一定会去支持他。我们得了伊犁，可进可退，进与退，都不会没有好处，也可使日本心领神会，在东边动手。它动手，自己不伤，中国就会伤，不管是谁伤，对我们……”老前辈张张手不再往下说，意思是“有益无害”。

后来，同治十年（1871），俄国派出军队攻打阿古柏，说是帮助中国收复伊犁，和中国说只要左宗棠能自己收复乌鲁木齐，俄国就归还伊犁。当时，俄国认定左宗棠没这个本事，所以这样说。没想到左宗棠在光绪二年（1876）收复了天山北麓，夺回了喀什噶尔。俄国看傻了，准备不认账。左宗棠知道俄国人的脾性，布置军队准备打伊犁，预备把伊犁四周的地方先拿下，留下伊犁的俄国人孤零零站在中间四面没着落，就好办了。

俄国害怕左宗棠军事上的胜利，不能再拖，要谈判伊犁的事情。光绪四年（1878），清廷就派崇厚去谈判。没想到，不成器的崇厚糊里糊涂跟俄国签条约，把一切都搅和得乱七八糟。俄国说，归还伊犁可以，但要赔偿军费，优惠通商，割让土地。崇厚没跟朝廷说，就签了十八条，结果要回几座孤城，把周边七万平方公里的战略要地都永久送人了，还给人赔银子。

消息到了北京，举国哗然，朝野上下气得大骂，把崇厚递解回京，判了斩监候。

十八条不能认，中枢把驻英公使曾纪泽派到西北重新谈判，让他带着日益格和马格里等一些中国通跟着去，为此专门拨款，铺设京沪电报线，把原来只到上海的国际电报通到北京，用国际电报和曾纪泽使团保持密切联络。俄国非常愤怒，说中国胆敢毁约，开始修筑道路，调来大量的炮兵，派出很多军舰在渤海和黄海巡弋。左宗棠移师兰州，军队团团围住了伊犁，建立起“新疆建设兵团”，一边练兵，一边垦荒，让胡雪岩大举采购外国优质军火，对俄战争一触即发。

就在这个时候，日本出手灭了琉球，看似鲁莽，像是太岁头上动土，其实是看清了形势，趁势取利，在问中国：你能怎样，敢东西两面开战吗？

国内又一次掀起塞海筹议之争，西北抗俄还是东南抗日？

面对这样的局势，李鸿章真是难下决心，面前摆的两条路是：西北陆地新疆，东南大海琉球，要哪个？

中枢廷议和各地督抚的廷寄和抄报都到了，都偏向要保新疆。左宗棠说得对，新疆一丢，接着就是蒙古、甘肃、山西、陕西丢，俄国一旦破门而入，直隶北京就永无宁日了。

左帅的条陈上说：

“重新疆者所以保蒙古，保蒙古者所以卫京师，西北臂指相连，形势完整，自无隙可乘，若新疆不固，则蒙部不安，匪特陕甘山西各边，时虞侵轶，即直北关山亦将无安眠之日。”

他说得对，西北半壁江山一丢，民心既失，海防也谈不上了。

如此说，难道琉球就能不救吗？日本吞并属邦，就是对华开战。大国灭小国，国际公法也不容，怎么能不管？

李鸿章一人在屋子里黑着灯沉思，反复权衡，忽然感到害怕。这些年，像是一场做不完的噩梦，想动动不了，明知该往哪里走，就是迈不开步。四周的黑暗狰狞可怖，越来越黑，挤压得越来越紧，让人喘不过气，却没有一丝缝隙可以钻出去。

这一次，跟上回一样，力主塞防的是左宗棠，力主海防的也是左宗棠，左季高是个不怕事的，他一面要对俄开战，一面给朝廷上条陈要东征日本。

真想跟他一样，不由分说先打了再说，痛快干一场，可是国家经受得起吗？

此时屋里出现一点光亮，是一只小萤火虫从窗口飞入，一线流光在黑暗中摇曳闪烁。

迷茫之下，他问那萤火虫："你是来指路的吗？"

几天来李鸿章闭门不见人，思绪纷纭，理不出头绪，心力交瘁，心神恍惚，想不出办法，没人能搭救，只好问它。

萤火虫飞到东墙亮一亮，又飞到西墙亮一亮，好似在回答他的问话。

"噢，你和左帅他们一样，两边都要打。"

心中忽然一动，猛然警醒，坐在那儿片刻，若有所思，好似有所领悟，但想不出领悟了什么。半晌缓过神来，刚才昏昏欲睡，原来是幻象。

两边同时打！行吗？

他点上蜡烛，拿起张之洞的《邦交宜审缓急折》再看一遍，上面的话，说得也全都对。

“从古来诸国角力之势，大率须审邻国治乱强弱，与我之远近缓急，分别应之，故无一律用武之道，亦无一概示弱之理……史策所谓远交近攻，故与俄战不得不与倭和，与倭和则不妨与俄战，此谋国不易之策也。臣愚以为，此时宜酌允商务以诱贪求，姑悬球案以观事变。”

对俄或对日，只能打一边，琉球的案子先悬起来，伺机发动。

这是朝议主流的说法。再说，朝廷也不会听凭疆臣意气用事，左右开弓，两面出击，张之洞讲的是大家的意思：对日本不打不和，应时而变。

何子峨说得对，左帅说得对，张孝达说得也对，总署、廷议、清流和各地的大臣说得都对，大家都对，只是，那究竟什么是错的？

李鸿章隐约感觉到，有什么地方不大对劲儿，甚至是大大的不对劲儿，是错了，却想不出来什么是错，突发一阵寒意。

不知道什么是错，最可怕。

光绪五年（1879），中央主流国策顾虑日俄联手攻华，国防的重心转向西北，举国抗击俄国，保卫新疆。

向德宏每天在西大王庙从早到晚跪在地上，面向北京皇城哭救。林世功去北京总理衙门大门口喊冤，以死相求，误听传言，以为中日要立约，悲愤拔剑自杀了。

李鸿章听说以后，百感交集：“琉球忠臣激壮。”

他无颜面见向德宏，从此不敢再去西大王庙。

清廷请美国前总统格兰特出面调停琉球复国。中日美之间开始了漫长艰难的交涉。日本在压力下，不得不同意归还琉球南部八重山、宫古列岛等地，但坚决不释放被软禁的琉球王。中国要立向德宏为琉球王，而向德宏坚辞不受，国主还在，绝不能苟且偷安，做个二主，此后，他就一直在庙里继续哭。

中土大国的刚柔之术在海岛小国的大义之前，黯然失色。

琉球的事情还没有完，越南忽然告急，法国开始吞并越南北部六省。

32

李鸿章缺少的是时间。

自同治十三年（1874）台湾事变，一路隐忍退让，想换取些时间喘口气，休养生息，富国强军。

外夷好像一起商量过，就是不让，不是这个从东边来，就是那个从西边来，咬住了不放，东南西北，四面一围，你一刀，我一箭，大清只有招架的功夫，没有还手的机会。中土，像闹了百年不断的蝗灾，没法在地上种东西。

铁甲海军是黑暗之中的一线光明。琉球事发后，李鸿章迫切需要建海军，立即上奏朝廷：

“中国自强之图，无论俄事能否速了，均不容一日稍懈。数年之后，船械齐集，声威既壮，纵不必跨海远征，而未使无其具，日本嚣张之气当为稍平，即各国轻侮之端，或亦可渐弭。”

但是他实在是没有时间了。俄、日、法步步环逼，他们不松手。

张佩纶跟着大小姐去南方，回来以后进了李鸿章的幕府。

那天魏经奉了大小姐的命，去找张佩纶谈话，请他给李鸿章当幕僚，怕张佩纶不来，拐着弯儿，一点一点地往外抖搂这层意思。

“张大人，我看您总住在庙里不是个事儿，连个倒茶研墨的都没有，还得整天在外面找饭辙，要不咱换个地儿？”

“魏大人，你让我往哪里换？”

“这地方得有膳堂，不用您自己做饭。”

“说的是。”

“还得清静，您得读书写字，还得写折子参人，地方要安静，不能太乱。”

“说的是。”

“还得有书呀，您总去跟人家借，不是也挺麻烦的嘛。”

“说的是。”

“有人做饭、清静又有书的地方，倒是有一个，就是离您家远了点。”

“在哪里？”

“在天津。”

张佩纶想，我有家吗？别跟我弯弯绕了，就对魏经说：

“不然我去相府吧，你也别费劲了。”

魏经一听，白忙乎了，人家看出来了。

“张大人，真的？”

有事做，有饭吃，有书看，在哪里都没关系，就入了幕。

张佩纶厉害就厉害在朝廷上，弹章写得极好，谁也不怕，在朝里有公论。那年四川总督丁宝桢保荐大学士的弟弟宝森做候补道员，他写了一道《疏陈大员子弟不宜破格保荐折》给闹黄了；翁同龢在刑部当差的侄子要升任京察一等，他也拦着不让。朝中“翰林四谏”四大清流，张佩纶、张之洞、宝廷、黄体芳，总共写了一百二十多个折子弹劾大臣，直谏国事。其中张佩纶写得最多，骂的声儿最大，刚正不阿，主持清议出了名，京里头不少人竞相效仿，他那件竹布长衫已经成为京城衣装的风尚。

军机大臣王文韶说他“朝阳鸣凤”有风骨，翁同龢在皇帝面前称赞他：“张侍讲原折甚切实，真讲官也。”

连皇帝的师傅都敬着他，旁人谁敢不怕他。

张佩纶初入李鸿章幕府，除了自己看书写书，研究管子，评注古书，不管别的事，有闲工夫的时候就被菊耦拉走，说要跟他合写一本食谱和一部剑侠小说。

魏经偷着问过马建忠：

“张大人谁都骂，怎么不骂咱中堂呢？”

马建忠跟他透了底：一是张佩纶佩服中堂一心为国，中堂也佩服他的人品学问；二是中堂和张家是世交，有渊源，八成儿是有些不好意思。

张佩纶的父亲张印塘是嘉庆朝的举人，在浙江当县令，后来在安徽跟太平军打仗。李鸿章回老家招募团练的时候和他结下交情，后来他和李鸿章带着几百弱兵羸卒乌合之众，风雨崎岖，分道转战，并马论兵，相互激励，意气投合，是战场上的生死之交。张家老爷子死了，是李鸿章写的墓碑，老太太死了没钱葬，他给出钱下葬，两家有世谊。

有一天府里忽然奔走相告，说张佩纶正在书房里生气，把一个端砚砸了。众人闻听进屋一看，他正在撕奏折，还要找中堂说话。可是中堂正把自己锁在屋里想事情，已说过谁也不见，知道张佩纶只会骂官儿不会打人，大家只好把他也反锁在屋里，怕他出去砸中堂的门。

琉球、伊犁的国策一定，谁也改变不了，张佩纶的所想，就不能落在实处。他一直认为，中国的藩属不可侵犯，因为侵占的不仅是土地邦国，也是大清的元气。

几天后，李鸿章亲自来找他，见到人，先开口：

“幼樵，听说把家里的砚台也砸了，撕了书，消气了没？”

“中堂，事已至此，国策已就，论说已是徒劳。”

“我倒是想跟你谈谈天……和地。”

来人给沏上茶，两人随意说话。

张佩纶又来了气，说：

“朝廷让郭嵩焘给日本拟写的照会我给撕了。里面说的什么话！什么叫琉球‘兼纳贡日本，中国从不以介意’，我就介意得很！这哪里像是问罪？是在讨倭寇欢心。那个日本使节竹添进一无理狡辩，说什么‘天下无两婚之妇，岂亦有两属之邦’，故此琉球只能属于日本。还谈什么谈？跟他们这样信口雌黄的人还有什么好谈的！”

李鸿章叹口气，摇摇头，无话可说。

张佩纶知道，李鸿章虽是北洋大臣，上有朝廷，身负国任，新疆不能不顾，只是，一味地软弱屈服下去，没有个尽头，不是长久的办法，还是想想以后怎么办吧。

“大人，事已至此，过去的不说，以下的事，中堂如何打算？”

“我正想问问你。”

张佩纶开始对李鸿章从头到尾，详细地讲自己的看法。

后来他给朝廷写的折子《保小捍边当谋自强疏》里讲的也是这番道理。

他说：“自己只是个日讲起居注官，跟老百姓一样，伏处田间，人微言轻。听说西北俄国和伊犁的事，朝廷派人去谈，同时准备打仗，事情很危急。外交的策略，边境的防卫，应该因时变计，可惜至今还墨守原来的一套。现在日本废琉球，还趁着俄国在西北的外力，要挟中国，分裂琉球岛国，还要求给日本通商的优惠，到中国内地来经商，中国却不提出强烈谴责反对，让外国看到了中国的软弱。法国欺负越南，中国不问罪，越南和法国私立条约，中国也不责问，外国又看到了中国的软弱。中外通商四十年了，现在仍是只有水师，没有海军，沿海有防兵，没有战兵，外国又看到了中国的软弱。

“现在外国都知道，中国唯一的谋略就是求和，唯一的本事就是守家，所以今天日本和法国才这么嚣张。其他国家在一边看着，越来越藐视中国。咱们外交太软弱，是纵敌遗患，这是我们自己种下的祸端。不是个办法。

“欧洲各国，俄国最大，英国最富，德国暴兴。他们要是一起来打，我国当然抵挡不住。其实不必害怕，英国怕俄国，德国恨法国，相互牵制，还合不到一起。日本和法国想席卷中国的藩属国朝鲜和越南，当下的力量也还不够。

“但是日本灭琉球，法国侵占越南北部，都是事前周密准备好了以后的突然一击，可谓谋之豫而发之也锐，已经不是谈判可以解决的事情了，纵然苏秦和贾谊他们来了也谈不成。以前说的‘海防’是守自家的海，现在这样想，已经不行了。日本犯险，安然得了琉球，竟然毫发无伤，达到了目的，是因为我们不去救，不去攻。对于日本，我国如果还是以防守为本，不仅错误，而且荒唐。我们总是声言‘我们只防守’，说穿了就是‘我们害怕’。以后若还是只守不攻，就再也不能收复琉球了。我们不去攻日本，它会得陇望蜀，得步进步，朝鲜、台湾，将是其心所向，其力所行。

“现在，驭倭之策，要以攻为本，目前没有力量也要有这个心，没有这个心，也要造这个势，其所谓：‘虽无伐之之力，当有伐之之心，虽无伐之之心，当有伐之之势。’当务之急，是大力兴建海军。”

张佩纶一席话，把林则徐、左宗棠、沈葆桢、丁日昌以来大家心中想的说透了。李鸿章听得心里痛快，觉得张佩纶真是个志同道合的人。

当时全国的大臣对海军的建言和设想多种多样，有的要建三支海军，有的要建四支。北洋、江、浙、闽、粤，如何分区，设想也各有不同。

张佩纶的建议是建立三支海军：北洋一支，江南一支，闽浙一支。论形势，以京畿沿海为重。天津东连旅顺，南控登州，庙岛林立，是易守难攻的海域，北洋海军分驻旅顺、烟台、大连湾，以控天险。旅顺最重要，如果被外敌攻占，它能从登州征粮，以大孤山为基地存煤米，可以直逼天津，所以，德国人想要在大孤山开口岸，绝不能让。江南的形势：要先海而后江，因为长江流域的江河入海多，脉络勾连纷杂，内河不好守。吴淞口以外的狼山、崇明和福山是要地，要专有一支海军。闽浙的形势：浙江、福建和台湾要专有一支海军，改福建水师提督为闽浙水师提督，兼控二省，闽浙和台湾，大陆和海上，军制合一，并行规划，形成大陆闽浙两省和台湾的三角形犄角，相互支持，则外敌不易控制。三军立而南北洋势振。要淘汰几百条旧船，节省下军饷，购买铁甲舰。

当夜张佩纶的一席话，是李鸿章背后帷幄之中转动乾坤的磁场，自此扭转了清朝海军的建军方略：一是转守为攻，二是以对日为主，三是海军的规模和战略部署进一步向洋备形态发展。

李鸿章说："琉球事情，现在搁置，但也不能白搁置，要因势利导，用琉球之难，劝说朝廷支持快速建成海军。"

议论之中，张佩纶推举淮军旧将刘铭传和彭玉麟担任海军的主帅，李鸿章认为不行，他们不懂海事。张佩纶看重韬略，李鸿章重视专长。

33

光绪三年（1877），欧洲的造船厂、兵工厂和枪炮局里有时有一个中国人来转悠，观看兵舰。

一开始是法国人日益格带着他来，后来他自己来，第二年经常来。他好像很着急，每次来去匆匆，似乎家里边出了什么大事，以后就越来越勤，再往后，干脆就在厂里住。所有的兵工制造基地都知道他是李先生，但是各地的说法不一。

法国地中海造船厂传说，李先生是个数学家，也是个偏执的航海爱好者，他来收集造船图纸和军舰模型，花钱买旧图纸。李先生爱跟发明家和工程师们聊天，听得出是个行家，他也会测海制图。他喜欢赌博，一个人跟三个人同时下国际象棋，事先说好，赢了就能拿东西。看得出来，他确实是个数学家，每次都赢，赢了别的不拿，就拿船和炮的设计图。他拿了东西就走，一转眼就没有了，却在南特的船厂出现。

大家问日益格他是干什么的，日益格说他是魔术师。

英国造船厂说李先生是海洋地理学家和地图测绘专家，因为他画中国沿海地图和海图给船厂的人看，比本地书店卖的地图画得更详细和专业。李先生喜欢看船，站在船坞从外面看，钻到舱底在里面看，也喜欢看机器，一看就是一天。他也喜欢看船坞，一边看一边画图，给每条船画像，不仅画外面，也画里面，什么地方都画，才知道他专门爱画机器。船厂的人议论，怎么中国还有给军舰画像的职业？

李先生会说英语，发明家和厂主都是研究兵器的，所以常跟他在一起聊天，发现他还是物理学家和化学家。

德国人比较能跟他聊得来，他懂德文。克虏伯公司的人说他是军事战略人员。

从中国回来的海军教官都知道他，说他叫“李风暴”，是作家和翻译家，他翻译的德国书很多，有《行海要术》《兵船炮法》《克虏伯炮弹造法》《克虏伯炮准心法》《克虏伯炮说》《海战新义》《陆战新义》《铁甲船程式》，自己也写过一本书叫《闻政汇编》，现在中国正按他翻译的《布国兵船操练》手册练海军。

李风暴先生，人和名字差不多，来去无踪，平时话不多，但问起造船的事像一道龙卷风，盘根问底，不到最底下不罢休，卷得一干二净。

后来听说，他实际上是个大商人，要买军舰。有一回工人跟他打听：

“李先生，你做生意为什么要买军舰？”

“我们海里头海盗多，快没法干了。”

他跟厂里的人混得很熟，中午吃饭时间跟大家聊天，聊中国的船什么样，原来他也懂船。

李先生说：“中国也造船，前朝造的大船能走很远，15世纪时航海去过很多地方，到了非洲。现在也造，五花八门，广东有‘快蟹’‘拖罟’‘知沙碧船’，广西有‘长龙’，湖南有‘米艇’，各地制式、名目不同。福建人和广州人喜欢造船，广州商人造的船是一种大型木帆船，放二三十门炮，要到海关注册签票，领回一张红色单据以备稽查，所以叫‘红单船’，多为清军水师所用。广州的盐茶商人造的船，长十三丈三，大约四十来米，宽二丈九尺四，船底包铜片，船分三层，中层两边有二十门炮，船尾还有两门炮。还有一种，是有人上美国军舰看了学来的，长短差不多，木料特别好，特别结实，船底骨和头尾的鳌舵也裹铜片，中间的大桅和头尾帆杆都是三节桅，篷帆也是三层，遇到风暴，比较灵活好使。广州知府也造过一条战船，长十三丈，宽二丈六，木料也是好的，都是从广西运来的暹罗缅甸好圆木，船内两旁有二百四十四道拱腰，船内还有一百七十四条安波柱，为了防炮弹，此船可容二百人。还有一种，是批验所自己发明的水轮战船，不长，很宽，两边有三十六条水桨，中腰安水轮，内设机关，十个人脚踏旋转，轮子周围安装长木板十二片，像轮辐，用来劈水，船樯、船板、炮窗等处都蒙上生牛皮，用毛竹为屏，藤屉做架，内加棉胎，都是挡炮火用的。交战的时候，再盖上六层罩罟网，用棕片、布屉当软障，用水灌得透湿，以壮军心。还有仿造的‘安南战船’，长七八丈，宽八九尺，形状像一牙儿西瓜，两边安炮，兵在篷内打仗，看不见炮火不会害怕，但木料非常坚厚，船顶有井口，可以透烟气。还有一种‘车轮船’，前后各一舱，装两架水轮，舱内两人齐肩用力摇把条，旋转齿轮击水，此船行走如飞。还有人试造汽轮船。福建有一位监生名叫丁拱辰，天资聪颖，专爱鼓捣稀奇古怪的东西，但是好忘事儿，看见过一回蒸汽轮船就匠心独运，别出心裁，造了一个小的，长四尺二，宽一尺一，不知道是用什么当动力，没想到放在河里一撒手，刺溜一下就没影了，跑得极快，走了就没再回来，找不着了，可惜他忘了当初是怎么做的。还有大冲角头舢板船……”

李风暴稀里哗啦一路往下讲，大家听着新鲜有意思很好玩，兴奋地议论，问长问短，问尺寸规格，问工艺细节，还问：

“中国的船很奇妙，都是手工做成，很精美，这么好的艺术，干吗还来学我们这些难看的东西？”

他无言以对，心想：饱汉不知饿汉饥，还不是因为你们的太厉害，一炮下去，我们的全成齑粉。

他摆摆手，一言难尽，变得沉默，从兜儿里掏出一个煮鸡蛋，那是他的中午饭。他走到墙角垃圾箱，闷头剥鸡蛋皮，不再说话。

技师和工人知道他有本领，什么都懂，什么都是，也懂船，还愿学，是个大商人，却很俭省，舍不得吃东西，人不错，就乐意跟他聊，愿意把知道的告诉他。

后来看见李风暴带来一批一批实习的艺徒，都是年轻力壮晒得黝黑的海军，才知道他是中国海军学院的。他们猜得还是不对，那时候，没有海军学院，只有福州船政局前学堂、后学堂和天津武备学堂。

欧洲的兵工制造人员跟李先生很熟，却总是搞不清他到底是谁。

李凤苞到欧洲去，一身三任，是南北洋留学生的领队，是考察造路、采矿和科技的代表，也是购船专员。

李鸿章信任他。

李凤苞是江苏崇明人，秀才出身，究心于算学，精于测绘，潜心研究西方物理和化学，很受丁日昌的器重。以前编崇明县志，绘制江苏地图，受到过嘉奖。后来在吴淞炮台工程局与江南制造局合办的译书馆翻译科技书籍，同时担任福州船政局的总考工。

李鸿章办的译书馆叫广方言馆，跟京师的同文馆一样，学习西方语言文字，内设英、德、法三馆，是语言学院，也是翻译西学的知识工厂。

主持英文馆的洋教习林乐知、主持法文馆的傅兰雅和主持德文馆的金凯理都是饱学之士。他们译书的办法是：洋员对着洋书念汉语，华员用汉语写，再由文士润色。李凤苞既是科学家也是文人，和金凯理是德文译书的搭档。

李凤苞和日益格，是李鸿章单设的一条购船交易线。赫德和他的助手金登干在光绪元年（1875）跟英国订购蚊船炮舰的时候，李鸿章就留下了小心：一是怕因为滇案，英国翻脸办不成，还可在德国买船；二是知道赫德喜欢揽权，毕竟是洋人，越是能干，越不可以把事情全都交给他去办。

赫德和金登干对李凤苞和日益格这条军舰采购线路很反感，他们不好明说，就告诉李鸿章：英国的阿摩士庄造船厂感到很困惑，问既然派赫德和金登干来谈买船的事，中国为什么又派个李先生到厂里来问购船的事情。赫德向李鸿章通报这个消息的含义是：一家买主，派两路人询盘，不合生意规矩，干扰了我们办事，大家很不满，这个“大家”，包括英国船厂。

李鸿章知道他们是什么意思，他们在抱怨。洋人有些小心思，像小孩子，太浅露，现在大清的海关全在他们的手里，还要替我们管海军，那怎么行?

赫德不高兴，也是因为以前和日益格在公事上有过节。两个人不一样，赫德为中国办事讲理性，同时需要有分寸地考虑自己祖国的利益，大清国购买舰队，是天大的生意，当然最好买英国的；而日益格为中国当差凭感性，讲的是报效，直眉瞪眼，一门心思，不管不顾，不会拐弯儿。

日益格出身贫寒，勤奋好学，特别喜欢航海和造船，加入了法国海军。英法联军对华作战的时候，他跟着军队来中国攻打广州。战后，他觉得住在中国有意思，这地方文化深，什么都好，就留在浙海关宁波税务司当差。随后，太平军打进宁波城。

那天他正在关里办事，进来一群太平军将士，有男有女。他没见过，装束很不一样，男的蓄长发，编成乌油油的辫子用红色丝绒绳儿扎住，盘在头上，像各种式样的巾帽，尾端留出一条长穗从左肩垂下，有的带丝绦，华丽悦目。女兵不缠足，不束胸，窄袖短衣，体态健硕，脂粉艳容，华装炫目，色彩斑斓，加上精神饱满，十分好看。日益格看得高兴，上前去打招呼，那时他正在学中文，刚从昆山戏里学会一些新词，就现套词炫耀：

“各位壮士，渺渺程途，漠漠平林，磊磊高山，滚滚长江，一路上辛苦啦。”

太平军不跟他废话，直接让他把税务司的关银都交上来。

日益格是个死心眼儿，告诉他们，海关的银子是政府的，必须要有朝廷的票据凭证才能提解。太平军说没带票据，只带了刀。日益格说那就不能交。太平军跟他解释：“我们是打朝廷的，怎么会有朝廷的凭证。”他说，没有票据非要拿银子，等于抢劫。男太平军说：“不是抢劫，是归公。”女太平军比较干脆，说：“就是抢劫，你敢怎么样？”

日益格小时候家里穷，常被大孩子抢，很反感抢，所以不让抢。两下相持不下，有的想杀他，但又不能杀，太平军不杀洋人。天京大营里也有蓝眼睛的洋人，可这样的却没有，太不讲理，我们把城都占了，你还把着钱柜不让取钱。众人义愤填膺，把他抬起来往门外走，发一声喊，扔出海关税务司大门。

日益格失业以后，先去上海，在苏松道帮忙，以后法国军官勒伯勒东在宁波招募中法联军“常捷军”洋枪队，就投了军当“花头勇”，花布缠头，跟着浙江巡抚左宗棠打湖州。

湖州战场，左宗棠在道场山立马观战，山下战场烟尘之中，日益格的菲律宾营队在西边，在硝烟里时隐时现，花头巾很鲜艳。东边和中间前线的几路清军失利，边打边退，唯独他在西边不退，被太平军围攻，已被围了三次。他一被围，就变成几个方阵四面却敌，阵形越来越稀疏，多一半花头巾已经变成红头巾，站不起来的人躺在方阵中央的人墙后面装填弹子。人一个接一个往后仰，倒在地上，他们却一步也不退让。烟雾中，看见有“花头勇”和太平军已经抱在一起在地上滚，看得左宗棠山前一支二线骑兵兴起，按捺不住，不等发令就往上蹿，去冲击太平军的右侧翼，这一下牵动了全线，轰然一阵，万马嘶鸣尘喧地动，湘军全动了，接下来就是一片大乱，不知怎么就胜了。

战后巡视战场，看见日益格躺在地上看着天，嘴里含一根草棍在想事情。左宗棠问他：

“你想家啦？”

他所答非所问："大人，太平军为什么有女兵，她们为什么不怕死？"

后来，左宗棠见他能吃苦，不怕死，有见识，有才干，很信任他。本来是想解散"常捷军"，就先暂缓，多用了一阵子。

同治初年，左宗棠想开设船厂造船，常跟他商量造船的事情。宁波当时有家法国海军船厂，造过三条船，经营不景气，想转让，让日益格游说左宗棠接手。但是提出一个条件，船厂法国还可以继续用。左宗棠不愿受制于人，日益格也认为不能同意，就开始积极筹划自己建新厂。

左宗棠任闽浙总督，他跟着一起去福建，在福州选厂址，在马尾的中岐山下面江边的民田间，建立起厂基。左宗棠在福建办厂建船，需要西洋的技术和机器。他对英国很反感，不想借助英国，要用法国人。赫德对此不满，让下属福州税务司的法国人美里登出面散布闲话，于是中外到处传说日益格要把法国引入一个巨大的危险计划。

日益格据理力争，先争得法国海军界的支持，又上奏给拿破仑三世，阐明利害。拿破仑三世很好奇，召见他当面询问。他站在法国皇帝面前来了精神，指陈华事，综说详析，即兴发表一套长篇宏论，听得皇帝点头、国会噤声。法国终于同意派技术工匠，卖给中国造船机器，协助中国自建造船厂。

同治初年，数十名法国工程师到达福建，开始和中国员工白手起家，平地建起福州船政局。此后，日益格在沈葆桢身边，在船局任正监督。他有中文底子，了解中国待人处世的习俗，会看文言的公文尺牍。最要紧的是，左宗棠和沈葆桢都是特别要把船局的事情牢牢攥在中国自己手里的人，而日益格办事公正，不以国籍度事，有两个法国工匠欺压华员，他二话不说，翻脸就让他们卷铺盖回家了。

日益格为清廷效力鞍前马后。在船局任事，从黎明到天黑，都在厂里，经营、筹划、调度、做工，里外跑。抗台风，同大家一起拼命救厂救人救船，大海上验机试船，风雨中和大家同舟共济。他出门戴个斗笠，进屋脱马褂，活儿干得不可心，用中国话破口大骂，一点儿口音都没有，有时连自己也忘了自己是哪国人。他可能以为人在哪里住就是哪国人，老婆娶的是中国人，是太平天国慕王的遗孀。

台湾事变，他跟着沈葆桢巡台备战、办理台事，很得力，所以深得沈葆桢信任。光绪五年（1879）沈葆桢死了，他就去给李鸿章办差，在欧洲奔走买军舰的事了。李鸿章说他“识见明达，为人可以信赖”。到了清朝末期，日益格已经退休在家，还在效命，去伦敦想把逃匿的孙中山偷出来，放在木箱里海运走私，送回中国交给朝廷处置。

34

光绪五年（1879），全国南北各口都添购了蚊子铁炮船，北洋购买的“龙骧”“虎贲”“飞霆”“电掣”四船，当年夏秋到达，“镇中”“镇南”“镇西”“镇北”各船正从海上驶回。

山东、南洋也在议购，貌似要按照赫德近海防卫的海防战略第三次建立海军，组成蚊船舰队。

蚊船，是一种水上炮台舰队。按计划，全国在光绪七年（1881）可以置办十三条，以备近海各口的防卫。但实际上，这只是李鸿章未得伸展的志向的起始，不是他的目的。

七月，总税司赫德针对日本在琉球的所为，给总理衙门上条陈《海防章程》，认为西洋各国都是岛国，三四面滨海，口岸水深，所以要使用大型铁甲舰，可以随意驻泊，进退自如。而中国仅东临大海，各口水浅，铁甲舰不能进入，北洋的大连湾、南洋的南关以外，也没有可以停泊的地方，使用铁甲舰不合适，应该使用蚊船水炮台镇守海口，这是适合中国的战略部署。

赫德还建议，要建立一个节制全国海军的海防司，相当于西洋的海军部，由海关统摄，由自己来管，“愿效驰骋”。

李鸿章要的不是蚊船，是铁甲舰。此时，他的目光所及，不是岸边，而是远海。他要建的海军是铁甲舰远洋海军，只是目前钱饷不足，条件不备，时机不到。要购买铁甲舰，必须先造船坞。而在福州、上海建设船坞，造费巨大，现在无此巨款。另外，海军的人才也不齐。陆军有人知兵，却无人懂船。蚊船的管带们，都是福州船政局出身的学生。他们的学识和能力，就是驾驶蚊船也只是勉强为之，还不会使用复杂的机器，何况驾驶铁甲舰。

赫德素不习兵，不知道攻守相济的道理，按照他的意思，一味在内海守家，不是兵家的办法。李鸿章曾经见过来天津销差的日益格，问过他。

日益格海军出身，回答十分干脆简单，没有讲那么多大道理，只是说：“能和铁甲舰对抗的只有铁甲舰。”

李鸿章看着他，心里想：这个人倒是识见明敏，没有废话。

赫德要建海防司，由他自己管。不可以。他办事虽然精勤机敏，肯出力，但是税银和海军的事权都交给了洋人，国家早晚还是要受制于人，自己不会可不行。想到此处，不由盼望着中国赶紧多出人才，要多派人留洋，多建学堂。

沈幼丹总是埋怨不赶快买军舰，可是到哪里去筹银子呢？要办实业才能有钱，办实业要有人才，人才是根本。这几年，打拼得有些起色，该买船了，铁甲舰不购，国事先不说，也对不起这位仁兄。

李凤苞正在外洋四处寻访合适的军舰，近日来了消息，奥斯曼土耳其跟英国订购的两条八角堡垒铁甲舰不要了，要转让给大清。俄国也想买，正在询价，这里面究竟有什么事？土耳其买这两条船为的是跟俄国在克里米亚打仗，现在停战了，不要了。英国在土耳其后面支持它，不愿意卖给俄国，我们要买，倒是个机会。

李鸿章此时太需要铁甲舰了，他对这两条船寄托着期盼，不过，还是要先看看丹崖见过船以后怎么说。

李鸿章是战争中走过来的人，这些年，让洋人给折腾得谨小慎微，白天黑夜，心中总在害怕，怕一步失算走错，又出事。

那天他在衙门正和南洋来办事的人说话，李凤苞和日益格的信函到了。信里说，经他们悉心核对，正在议购的两条八角堡垒铁甲舰有毛病：一是轮机和锅炉不全在铁堡之内，受弹恐易喷炸；二是煤仓离船尾太近，重力失衡，起煤也不便；三是主桅上没有横桅。

李凤苞还说，英、法、德三国，正在制造二十二条铁甲船，他都一一细细地看过。西洋的铁甲舰有等级差别，分为远洋铁甲舰和近海铁甲舰。这两条土耳其不要的船，一个叫“奥利恩”，一个叫“博尔莱”，都是近海铁甲舰，虽然可以出洋，但不宜远出海战，只适用于守口，和蚊船无大差别，每条船的价格都是三十多万英镑，太贵，徒费银钱，不合用。两条船，吃水十九尺九寸，只可在南洋水深处行停，北洋水浅不宜使用。据李凤苞所讲的内情，土耳其也许是嫌其设计不良，想转卖给中国，自己再买更好的。

当时李鸿章手里从各省筹来的银子和积攒下的银子已经够用了，想马上买来这两条船，见了信，无异于一瓢冷水，很是丧气，又很不甘心。

福州船政局来的人看了李凤苞的信，说：“中堂派去的人，是个懂船的，这种船确实不能买，不宜实战。”

当时赫德和金登干，正在向英国订购“超勇”和“杨威”铁甲巡洋舰，但都不太懂船。李鸿章很担心，看来订船的事情真要格外小心。

福州船政局来的人是蔡国祥，他专程到天津来禀报小吕宋西班牙海军的动向。

听说西班牙让朝廷赔钱，不赔就来打，他们就开着“扬武”远航，去了菲律宾，去寻探西班牙舰队的踪迹。路上遇到两条西班牙兵船，只是巡海操练，例行公务，不是来打仗的。在小吕宋的西班牙军港转了好几圈，并没有发现西班牙的舰队，所说要来打仗的十四条军舰和三万军队连个影子也没有，只有一条破旧军舰在港内修理。看来他们是虚张声势，讹诈骗钱。

他们还带回两个华侨商人，一个叫叶虎，一个叫谢踦。西班牙领事指控台湾人趁着风暴抢劫一条西班牙夹板武装商船，其实，那条船就是他们二人租用的。他们在台湾遇到风暴沉没，被台湾人从海里救上岸，才活了命。台湾人是救人，不是抢劫。两个华侨商人愿意跟着中国兵舰回来跟西班牙打官司，当堂做证。

南海无事，可以放心。不过，德国那边究竟是怎么回事，李鸿章心中还是不踏实，德国公使巴兰德离开北京，走了！

外国公使们有一个约定俗成的习惯，事情谈不成，便会不打招呼愤然出京。公使离开北京，就是告诉你，可能要“失和”，“失和”就是要开战。

传来消息，德国的军舰正向胶州湾开来，普鲁士正在准备军队。李鸿章拿不准是怎么回事，一面对人说：“这是彼族的惯用之技，何以无故生波。”但毕竟还是心里打鼓，莫非是为了大孤山和免厘金的事？这些年，真是折腾怕了，有时明明知道是挟持，可是为了争取时间，也只好忍让一时。

蔡国祥见李鸿章有所念，不知道他想的事情，就接着禀报：

“扬武”舰远航到菲律宾探察虚实，回程时去香港加煤，见过英商屈臣，带回他的一封信。另外，路过上海，在招商局见到了盛宣怀，受托一些事情，要请中堂定夺。

屈臣让蔡国祥给李鸿章捎来了些花露水、洋胰子，外带一些戒鸦片烟的药粉，还有一封信，信中说：“英国的戒烟公会要求中国禁止鸦片，对于中国人普遍吸鸦片烟的状况，议会很震动，这是文明世界的耻辱。”

李鸿章看了信，一声不吭，心想，以前为了卖鸦片开战打我国，不也是议会决定的吗？就把信给蔡国祥看。

南洋舰队的船终日在沿海南北往来，知道在广东、福建、浙江舟山一带，在内海的岛屿附近，有几处巨大的鸦片集散海市。每处都有洋商的数十条趸船。沿海各地，走私的商民船只成千上万，往来如织，鸦片贸易极为兴旺红火。单英国从印度运来的鸦片，每年得利就不下一千万两白银。

蔡国祥说，朝廷禁烟已经三令五申，不是不禁，是禁不了，就是因为有鸦片进口贸易。要禁烟，就要先停止鸦片进口贸易，不禁止进口，怎么治得了。

李鸿章知道鸦片战争以后，中国打败了，鸦片贸易合法了，这是根源，是祸根。西洋讲的是自由贸易，按法律不能过多地干涉商人做生意，要想办这件事请，要和英国政府商量，一起来办。

其实，李鸿章那时早派人去了香港和印度，和两个英国总督商议禁止鸦片进口中国的办法。起初，英国不愿意损失财源，不答应。李鸿章和总理衙门又提出先官办鸦片贸易，取得控制权以后，再逐渐停办的办法——洋药贸易，一律由两国朝廷官办，不许私商再做了，逐年递减销量，以三十年为期，最后告停严禁，不再继续卖，既可根治，也不会立断利源。

这一代的国人，吸食鸦片已经积年成习，恐怕没有什么指望，三十年后，看下一代吧。既然眼下还禁不了，不如行权宜之计，增加鸦片烟的关税，可以用这些钱来买兵舰。这一条，是李鸿章私下的算盘。

什么事，都是钱和船，招商局的事情也不外于此。当年盛宣怀到了上海的时候，招商局已经快不行了。

光绪三年（1877），招商局那时已经办了五年，有十二条船，头年，跟钱庄借了六十万，每年要交九万的利息，又收购了花旗国旗昌轮船公司，花费了二百万两银子，添了十八条船，支用繁巨。

《烟台条约》一签，内河口岸开放了，英国的太古和怡和轮船公司可以在长江口岸自由往来载运，他们在长江口岸增设的起运码头之间如鱼得水。太古是英国富商集资组成的轮船公司，英国政府支持他们在中国的商业竞争，给他们优惠政策。他们在中国经商，算是英国的国家行为，政府每年只收四厘所得税。

当时盛宣怀到了上海，太古和怡和就给了他一个见面礼，一起大幅度降低水脚运费，发动价格战，排挤招商局。

英国公司的船少船小，成本低，招商局船多船大，成本高，价格战上吃亏。盛宣怀算了算，英人损失一成，他损失三成，干活越多越赔钱，再做下去就要亏死，不做下去就要关门，眼看着反正都是死。

《烟台条约》一签，他和朱其昂、唐廷枢和徐润沉落谷底，穷愁潦倒，这回是大家一起吃不下饭。

“确如中堂所虑，这‘水战’在内河已经开打了。”

三个人坐船在长江上下走了一趟，满江之上，船旗鲜艳，都是洋轮。中国的官船民船，停在港里出不来，眼巴巴看着，做不成生意，坐以待毙。中外的新闻纸上都是消息：招商局，要倒闭！

国家开设招商局，是要收回利权，徐图自强，所以不能倒闭。

三个人和李鸿章商量对策，一面要整顿内部，一面提出维持招商局的三个对策。

三项对策是：一、朝廷虽然出了银子办招商局，每年的官帑利息要减少，但民商的股份利息不能减少，只能用损上利下的办法，割自己的肉，赔钱，也要付给民商股应该付的利息。官商一体，不能失信于人，也不能违背鼓励民间入股的宗旨。二、增加漕粮生意，用漕运的盈余来维持招商局，朝廷援手，支持打商战，看谁能持久。三、洋人惯用国际公法挟制我们，这次我们也要按各国商业保护法限制洋人。洋商借《烟台条约》中没有说清楚的条款钻营渔利，说《烟台条约》条款规定的是可以在通商口岸“一带”做生意，而哪里是“一带”，自己就随便定了。他们在长江沿岸各地的非通商口岸随意来去，自行买卖贩运。这种局面，要学会用各国的法规来限制，各国自己是怎样限制的，我们就怎样限制。

另外，招商局内部要节流，从南方往北方转运大米，局内以前委托沙船帮协办，有从中渔利的，一律清除。

李鸿章从招商局的处境中看出来了，自己一直拖延不想打的战争，现在已经在长江内河开始了，而这乱局的根由就是国家太穷，没有铁甲军舰。这种种困难，样样困局，往底下看，都在一个“弱”字上。

必须要有海军！

35

光绪六年（1880），时局的重心转变方位，从东南转向西北。

崇厚胡乱签约，清廷坚决不认账，要改，和俄国的战争一触即发，俄国把和土耳其打仗的将军调到了东北边境，开始修建行军的道路，舰队陆续开到东海，在朝鲜和烟台的海面上游弋，一开战就登陆。

俄国公使在总理衙门咆哮公堂，说中国违约。

沙皇把俄国将军高福满召回国，面商和左宗棠决战的事情。高福满是个好战分子，遇事喜欢动武，不喜欢讲理。他节制之下，有西北各路的回部武装，有哈萨克、布鲁特、安集延等部，加上白彦虎的叛军十大营，单凭他们不断侵扰边境，就能够造成大麻烦，他们不用自己的军队，就能开战。

沙皇要打仗，为的是陆路通商的利益，清朝签了《伊犁条约》又反悔，正好是沙皇开战的理由。

曾纪泽到俄国去谈修改条约的事情，人到了彼得堡，无人来见，无人回话，很受冷遇。曾纪泽不着急，他给李鸿章写了封信，讲《伊犁条约》的处置，信中所言很是洒脱。

他说：“《伊犁条约》是块病，现在治不了，先放着，不用怕。俄国政府内惧民变，外恐英侵，是内外交困。大清就是不让步，看它怎么办。不要指望英国的调停，英国是站在旁边看空当取利的，惯于此道，但是也不会让俄国在中国分外得志。”

曾纪泽看得远，俄国和土耳其在克里米亚打仗，实际上是在和英国打，俄国表面厉害，就没有两面作战的担心吗？

李鸿章看了信，觉得他料敌明透，说得不错，不愧是曾家的后人。修改条约，是个不太可能办到的事，现在交给了他，他倒是一不伤神，二不上火，来个什么都不管，厉害就厉害在这里，举重若轻，死拖硬耗，见机行事，借对方的短处行事，有意思，比我强。

不过，可虑的是左宗棠军队的处境，他的金顺、张耀两部，只有两万疲惫之兵，在西北那么大的地方防守，太分散，首尾不能相顾，唯独刘锦棠一军在支撑局面，也是勉奋弩末，危在一线，他可不能败，他一败，全局崩塌，终究是个危局。

光绪六年（1880），东南备战被西北的局势逼到了实处，一面期望各国调停，不打仗解决《伊犁条约》的事情，一面准备跟俄国开战。战争的威胁和逼迫、艰难时代的忧患和激励，让朝野多年以来建立海军的梦想开始变成现实。

阴历六月初三，李鸿章终于命令李凤苞购买铁甲军舰。这次要多买，不是购买，而是订制，订制适合中国用的先进军舰，不是两条，而是四条。当然，国家穷，还是要省钱，要在钢铁价格比较低，在白银与外币的兑换率比较高的时候下单。

又和总理衙门商量，谕令：在黑龙江建立造船厂，派专员到黑龙江考察建厂地址，同时在吉林扩充陆军。

有舰队不能没有军港，当年建立军港船坞的事情也提到日程上。

英国海军教习葛雷森，奉命带着蚊船到大连湾测海，发回详细报告：金川、旅顺之间的大连湾，水深可以容纳吃水二十尺的铁甲舰，这就增强了购舰的决心。

当年夏天，福州船政局得到朝廷的指令：停止造木质炮船，开始制造铁甲军舰。魏翰、程兆翱等人在海外造船厂历年督办监造，已经学得造船的技术，奉召回到福州船政局，试造铁甲军舰。

光绪六年（1880），举国多年以来建立海军的期盼，开始从议论和构想转为实在，全国在为此筹措钱饷，购买机器，一面在西洋寻找合适的海军人才任用，一面建设学堂，自己培养专业人才。

李凤苞从英国来信，推荐留学生严复去北洋水师学堂担任教习。

李凤苞在英国的住处，晚上没事，就有福州船政局的留学生去找他，彻夜谈天说地，讲论时政。

一个冬日，严复和刘步蟾等人又来拜访，一起动手做了顿中国饭，吃了饭，坐下喝茶说话。

严复是福建侯官人，名医世家，小时候读书，师从宿儒黄宗彝，国学的底子好。父亲死了以后，家道中落，投考福建船政学堂学习造船。光绪二年（1876），派往英国格林威治皇家海军学院留学。

严复上学的时候，对于西方的思想、学术和哲学，反而比对几何、算学、声光化电、工程技术等本行功课更为上心，看的书全是哥白尼、牛顿、康德、培根、霍布斯、洛克、笛卡尔、柏拉图、亚里士多德等人的。

当时有个礼部的官员迟仲佑，跟着丁汝昌、邓世昌他们到英国去接收“扬威”“超勇”回华。途中闲谈的时候，他问大家，谁是海军里最有学问的人，大家说，当然是严复严宗光。

那时严复还是个学生，不过议论起国事，听他讲话就会很有心得。同学们都知道，自泰西人航海到了东方，打了鸦片战争以后，国家面临的明日，也许就是亡国灭种。海军里的人，对国事很关切，都认为终有一战决定国家的生死，而一旦有事，自己身为海军，是在最前面的，所以都很关心时政。

那天饭后，大家坐定论道，谈天说地，话题，最后还是免不了落在时局上面。

刘步蟾说：“战败了，我就不活，没了国，无处可去，不可活。”

严复看得比较开，说：“子香兄不必这样想，也不能这样想，打起来，不怕败，败不是灭，只要不灭，就是胜。”

众人问他：“严几道，你这么说话我们听不懂，拆开了好好说。”

严复说：“那好，先请问诸君，站在咱中土往外看，西面八方来的是什么？”

大家想了想，说：“当然是强权，是坚船利炮，是西洋入主中华。”

“也对，又不尽然。如今天下事，自秦汉以来几千年没有过，全变了。为什么全变了？因为西方的道来了，中国的道，现在一时挡它不住。”

这么看时局，众人都没听说过，就往下听。

严复说：“中国的道是人道，讲的是修身齐家，忠义仁孝，天道纲常，天人合一，讲人伦，也是教化之道，是人之所以为人的根本，以此治国，不过，都是旧学的古书成训。西洋的道是物道，是兴利，是科学，是实务，是开发自然，是调节民生的办法。我国旧学，都在书里边，不在手里用的东西上，不在老百姓的饭碗里面，缺在无‘实’，不能实用，不能救急；而泰西的道是科学技术，是声光化电，是穷究天理、开发自然，是力道，能实用，行之可以生利，日益焕发，让民富国强。

“西边和东边的两个道一碰，西边有器之强、用之实，我们东边没有，一强一弱，一实一虚，当然就挡不住，有倾国之危，弄不好，亡国灭种、四分五裂、不可收拾。

“当今之世，西洋之物道，浩浩荡荡，已成江河洪水之势，遇者皆亡。南美洲的印加文明，须臾间让人给灭了；亚洲的印度古国，也成了人家的地盘；菲律宾、新加坡、吕宋各地方国小邦，大大小小，还有非洲、美洲，都变成泰西的新国。前几年听说，连夏威夷的国王也甚为担心，专程来跟中堂大人示警联络，想抵挡西人的横行扫荡之道。这就是天下的大势，我们在这里学新学、学西学，就是要顺着日下西方道行天下的大势救国。”

一个叫叶祖圭的福建同乡听到此处就问了：“人家的道厉害，咱们学它学得晚，国怎么救呀？”

严复说：“据我看，东方西方两种文明，所谓的虚实之间，未必虚为弱，实为强。人道是根本，是大道，世无此道岂非禽兽世界？泰西之道在世上盛行，未必能独行百世，凡暴起之势，来之迅，去之也疾，像一场飓风，力道大，却无根，时日不会久，不会是五千年。西人信奉物竞天择天演进化之论，此道容易走上歧途，若恃强凌弱，走火入魔，变成弱肉强食的道理，就不再是道，是无道，谋人利己、寡廉鲜耻，如此下去，万国之间为取利而争，事端不断，终有群国混战之忧，泰西最先不会太平，将有大战，自己不能安宁，其力不能持久，亦不能东顾，长远不了。他们现在不明白，以后，也会知道要改。”

大家听了，觉得他讲得有些道理，不过没有用，那是以后的事情，中国现在可没有时间了。

李凤苞一边听大家议论，一边想自己的心事。他心里清楚，中堂怕的就是没时间，他为了争时间图强，遇事委曲求全，不敢轻动，现在好像越来越着急，催促订购军舰，隔三岔五催问，是不是国内又出了什么事情？

他问严复：“中英两战之后，朝廷革新图强，设局、开矿、兴学、办厂、筹饷、置械、练军，已有二十年，依你看，中外一旦失和，国家以现在的力量，打起来胜算几何？”

严复说：“老师，眼下咱们比以前强多了，不过学生以为，打起来，是咱们败。”

大家一听，全不干了，站起来说：“那咱们还学什么学，有什么用？”

严复说：“初战还是要败，但不怕败，只需像曾大人多年前所说，‘屡败屡战’就行。现在，咱们能不打就不打，一旦躲不开，也不怕打。泰西以力道灭玛雅、平埃及、占印度，横扫古文明邦国，如今，又到了我朝本土，想吞灭，却谈何容易！终其结果，无论是谁，占不了亚洲主陆。千年教化人心，亘古世间风气，非物力可以摧折。人心风气，内无坚利之物，却无从可灭，历代如此，来者有之，中土仍是中土。西方力道一时走火入魔，或可在世间百年风行，以强权暴力行天下，有如一场疾病，所到之处，可使举国丧心，民族疯狂，现在东洋日本就是一个实例，以后还会有。不讲人之大道，取祸之道而已，将自摧其身，东瀛日本、泰西强国，迟早也会明白，也要改弦更张。”

严复见大家直愣神，知道又说远了，就往回说：

“话说回来，当今之势，列强环伺，日本最可虑，朝鲜和台湾最要留意。泰西以物道凌人，不只是坚船利炮、钢铁机器，是经济科学强大，我朝贫弱艰难，被迫临战，手无利器，要在这战争时代求生存活，只有奋起一争，应对胜算甚微之战、围困之局，别无他途。眼下，只有一事可靠，一事可持，就是中土人心。其实，胜败于你我赴战之人，无非个人生死，不足虑。只希望若有时间，中西两学之优于本土交相中和，名实皆备，体用兼济，再安定它十年，国家必能兴盛。我看中堂大人现在隐忍图强，也正是这个意思。”

他问大家：“诸位听说过中堂给鲍超老将军写的密信没有？此信这些年在官场里流传，皆是君子报仇十年不晚的激愤与思量。结尾上一句说得要紧：‘刻下中外情形，殆不可闭关独治，亦在制驭得其道尔。’听见没，得其道。学人家的长处没有错，当年唐僧取的不也是西边的经吗？所谓道行天下，在变，是三十年河东、三十年河西的事情，再往后，东方文明人道盛行，邦国风气转化，贵人不贱己，和睦相处，各求兴旺，也未可知。”

刘步蟾听严复这样说，心念即转，就说：“你看的是百年之后，我看不见，我就看现在。如老弟所言，要是打起来，所谓败而不亡，我就不能死，死了如何再战？”

众人说：“好好好，大哥好像是听懂了一些。”

36

李凤苞担心的没有错，越南出了事，朝鲜出了事，越南的事连带着朝鲜出了事。

光绪七年（1881）秋天，越南朝贡使节阮述到了北京。

每次越南贡使入京，是礼部依例接待，这一次，听说总理衙门的人也会见了。

唐景崧想，越南长久不通音信，必定是出了事，这个越南使节一定要见上一见。

唐景崧在吏部当候补主事十八年，是个小京官，坐在衙署里眼看着东西南北不消停，国家有难，自己不能出尺寸之力，很是心急。尤其是自己老家广西相邻的越南，这两年，好像法兰西又有动静，那边世道很乱，好像出了些事，影影绰绰，不知道究竟是什么事，总觉着越南已经快被人灭了国。灭了还是没灭？灭了，就不能遣使来朝；没灭，却音信皆无，好像已经没了。

两年前来的越南贡使，就有些怪异，问他事情，含糊其词，遮遮掩掩，好像很害怕，当时听说那边快打仗了，还听说已经打了，谁跟谁打？

唐景崧十分焦虑，整天在街面上惶惶游走，去酒肆茶坊里打探消息。衙署里的同僚很是迷茫不解，相互询问：“唐主事终日仓皇奔窜，状类地动将发之鼠，他着什么急呀？”

八月中秋，礼部白天设宴款待各国使节，晚上，唐景崧带个酒葫芦和一个食盒到使馆求见越南贡使阮述。

阮述不认识他。他自我介绍，说自己是广西人，在京为官，也是南边来的人，也是孤身一人在外，中秋之日，也无家可归，虽不是礼部衙署的人，但你我的老家越南和广西是邻居，今日中秋，咱们不如他乡遇邻居，萍水一聚，对月饮酒，以释乡怀吧。

唐景崧信口就说，跟人家套近乎，想了解越南的实情。

阮述一看，中华礼仪之邦，有客自远方来，不亦乐乎，尽管不认识，没私交，非公非私，但来者拎着葫芦上门来喝酒，礼数真是很周到。

“好！喝酒！”

阮述会说中国话，互通姓名，二人坐下，提盒里摆出宝兴居的热四样和城南宣武街面上的几样吃食果子。

唐景崧说：“我国中秋节，家里吃团圆饭，说家常话，阮大人是国使，大人的家常，就是贵国的国事了，哈哈哈，喝酒。”

阮述不上当，说：“唐主事，我国也过中秋节，亦是如此，家常即各家之难处，家事最说不清，最说不得，不说也罢，喝酒。”

唐景崧嘿嘿干笑，二人干杯。

越南使节出使清朝有规定：在清国，要慎言，在官府应对问答，该说的说，不该说的不能说，既要如实说明本国的情形，也不能什么都讲。在使馆，遇见高丽、日本、琉球使节，要表示亚洲各国应该一致对外的意愿。允许和礼部以外的官员们来往，可以就两国都关心的事情有选择地相互通报，可以议论能讲的话题，重要的话题无非是广西官军入越支援剿匪的情况和法国人的动向，所以，越南朝廷刻印了现成备用的说法《辞凡三条》，贡使要熟读牢记，照着本章说话。

喝一阵酒，说些闲话，二人杯觥交错，都喝了不少。阮述有了兴致，称赞中国大国，北京城繁华热闹，帝都气象，冠盖车马，衣冠之邦，上国风貌，就是不一样。

唐景崧摆摆手，说："不消说，不消说，上邦也好，大国也好，没有用，树大招风。此时的我国，就是咱俩吃的这碗米粉肉，英吉利吃，俄罗斯吃，东洋倭人也要吃，谁都来吃，四面八方围着吃，比不上贵国呀，有泰西强国富浪沙保着你们的朝廷，太平无事，与世无争，这叫天下之大，不如蓬莱一隅，金陵王气，甘让碧水沙鸥，贵国古风之地，世事清而不淡，民生趣而不惊，四方无事，自成一统，有富浪沙在侧，桃花源里可以安……"

阮述听他讲话，脸色越来越难看，把头转过去，对着南墙，好像在隔墙观看自己的国家。唐景崧还没有说完，阮述把酒杯往桌上猛然一撂，杯中酒蹿起一尺高，手指着南墙，说："汰！欺人太甚！"

唐景崧仰身直视，啊？好像没听明白。

阮述对唐景崧说："那富浪沙欺人太甚！"

阮述有一肚子国恨和委屈，喝了酒，实在经不起唐景崧这样的夸赞，要一吐为快。

越南国是怎么回事，它的缘来、起落、现状，唐景崧知道一些，但知道得不多，当晚听了阮述的讲述，又问了很多事情，才知道前后大概，能连在一起看了。

越南在宋朝得以自立。丁氏王朝立国，自请为中国的藩属国，到如今已经有九百年了。越南王受了中国皇帝的册封，就名正言顺了，别人不能觊觎，也不会发生内乱。两年朝贡，四年朝奉，中国不管它的国政，有事相帮，无事相安，平时，就是礼仪上的宗藩邦交。

没承想后来出了内乱，引来了富浪沙干政。乾隆三十六年（1771），安南阮氏三兄弟岳、侣、惠在西山举兵起义，灭了黎氏王朝。嘉庆七年（1802），在印度的富浪沙商人，还有一些洋和尚，帮助阮福映灭了西山政权，得了王位。阮福映建立行政管区，分全国为南圻、中圻、北圻，就是南部、中部和北部。

阮福映的儿子阮福皎继位以后，想强国开边。嘉庆二十五年（1820），去攻打金边和万象，想要“开拓疆宇，历世相承”。富浪沙此时露出了本心，要占越南。金边是富浪沙的地盘，那里有它的兵，富浪沙借机翻脸，开始夺地。咸丰八年（1858）夺了土伦，咸丰九年（1859）夺了西贡。同治元年（1862）夺了嘉定、边和、定详三个省，还有海上的昆仑岛。富浪沙要当越南的保护国，逼迫越南签订一个条约。条约规定：以后，越南割让土地必须要经过富浪沙同意。同治十二年（1873），富浪沙的兵占了北圻的河内。同治十三年（1874）又二次订条约，美其名、坏其实。明文规定：一、越南是“独立自主国”；二、把南部全都割让给富浪沙；三、开放河内、海防、归仁，也要开放红河；四、越南国的外交归富浪沙管。

阮述从以前说到现在，越说越气：

“唐主事，恕我大不敬在大清京城之内说出‘独立自主’四字。富浪沙，强迫我国，说让‘独立自主’，却一手抢去下国一半的土地，又硬要当保护国，这是什么‘独立’、什么‘保护’？富浪沙百般凌辱，先王已经让他们气死了，现在，我王已经惊吓成疾，不瞒你，快不行了，岂不是欺人太甚吗？”

唐景崧以前只知道越南南部已经落入法兰西之手，没想到他们又占了北方的河内，还订立条约说越南已经独立、由法兰西保护，分明是在切断越南和大清的关联，把人家的国土变成自己的地盘。

唐景崧心惊，越南全境将要不保，国家要被灭了。

唐景崧问阮述：“这些年，这么大的事情你们怎么也不知会大清朝廷一声，早想办法呀？”

阮述说：“主事说得轻巧哇，我们哪里敢！现在他们把兵开到京城，在皇宫边上建了炮台，炮口对着宫里边，逼着我王签订条约。稍有得罪就开炮，那就是王朝覆灭，宗庙断绝。我王如今都不敢说话，现在我朝办事，没有诏书，只有密诏。连密诏都不敢多说，怕让人查了去，你先看看这个。”

阮述说着，取出一个封套，抻出几张纸，说：“这是今年宫里密议的《辞凡三条》，在贵国说话，也只敢让说到这个份上。”

唐景崧接过来细看。

《辞凡三条》上指示：“清朝官员若问起和富浪沙的关系，就说：年前富浪沙火船来投书，愿弛禁通商，本国不敢认受，遽令兵船来惹事，本国不得已而应之。富国占据嘉定、边和、定详三省，以致兵革不休，本国不忍兵民之苦，与之订约，盖出于不得已。彼又要兼管永隆、安江、河仙三省，本国专守旧约不允，彼用计袭取。本国不予兵争。”

唐景崧看明白了，越南朝廷在诉苦，话却不敢明说。法兰西霸占了南部，眼看要动手占据北部。越南太弱，不能打，也不能作声，大清要是能领会，赶紧来救。

唐景崧有一事不明，就问：“我也听说，同治十二年，富浪沙忽然进了北圻，攻陷河内，城里主事的官被杀了，这是怎么回事？”

阮述告诉他：“那年占据河内的人，是个富浪沙海军官佐，叫安邺，他带着二百人就打下了河内，后来，在河内让刘永福给打死了。刘永福是你们清国人，说起来话就长了……”

“不着急，咱们天上有月，壶中有酒，慢慢说。”

唐景崧很注意那个打败安邺的刘永福，一个劲儿打听，本来心里很烦闷，却越听越欢喜，越听越有兴致，就不住地问。阮述虽是越南人，但他在朝廷，刘永福在草野，听说了不少，但也不很确实。关于刘永福，阮述第一句就先吓了唐景崧一跳。

“此人，是你们大清国的反贼。”

“什么？”

“天朝咸丰初年，太平天国不是在广西起事了吗？两广、内地都起事，刘永福也起事。太平天国是夺江山，他不是，他是为了吃饭……”

中越两位朝官，在京城里讲起越南，讲起刘永福，把两国的道听途说放在一起，事情的前后，有因有果，但有些事似乎不合理，说不清。

刘永福是广东钦州防城司人，家里穷，但人很聪明，五岁会做鱼竿，在小河里钓鱼给家里吃，后来随父母迁到广西上思。十三岁去船上干活儿，十五岁成了引水领航的滩师。邻村王家富户的王公子文武双全，名字也好，叫王者佐，是他的好朋友，教给他一身武功。十七岁父母双亡，住处也没了，就在外面打工谋生。太平天国起义之后，他参加了天地会，跟着吴凌云的义军混，为的是有口饭吃。太平天国失败，官军围剿，同治六年（1867）他跑到了越南，当时手下有三百人，自称黑旗军。他以前叫刘建业，到了越南，为了避祸更名刘永福。

越南北部，有各路从中国逃入的大股义军占山为王。刘永福有心机，知道现在最要紧的不是别的，是活命，当土匪没有出路，就帮助越南官军剿匪。越南国王阮福时的兵打仗不行，治不了遍地的土匪，五次请广西和云南的官军入越助剿。国王见刘永福能打仗，授他官职，让他剿匪。黑旗军脱胎换骨，从反清义军变成阮朝官军，这一变，就把以后的路变宽了。

刘永福出力平定越南北部的土匪，越南官府就给了他一个立足落脚的地方，在红河上游离云南不远的保胜。在保胜，他建城安营，每年收取河上通商关税五万两银子，安家养兵。经过几年经营，可以自给自足，城固兵强，保胜就成了为越南官府效力的华人军镇。越南国王阮福时不甘心受法国欺辱，有心反抗，刘永福是他手里最强的武装。

法国在西南与英国竞争，要逆红河而上，去云南开辟商路。

同治末年，法国商人堵布益去红河勘察航道，所经之处，与越南官府和黑旗军都起了争端。他扣押地方官，扬言要杀人。交趾支那总督迪佩雷赶紧派海军上尉安邺去调查事情的起因，平息事端。

现在，已经没人知道当时安邺是怎么想的，也许是没听清指令，也许是为了立功，也许是自我膨胀，他到了河内就改变了自己的职权，给河内官府下一道最后通牒，命令向各国开放红河。河内不回复，他就夜袭占领了河内，越军抵抗不住，军兵逃散，驸马被俘，巡抚自杀。

安邺只有不到二百人，河内守军有七千人，不知道怎么就被打散了，消息传出，匪夷所思。据后来传闻，好像是城内的天主教徒群起响应，安邺还没动手，先从里面把城占了。

安邺打进河内以后不罢休，又打进海阳、平宁等四个省，越南北部岌岌可危，全境告急。交趾支那总督迪佩雷也乱了方寸，怎么变成这样？我没让他干这些，是不是他忽然想当拿破仑？

安邺打进北部，越南北圻统督黄佐炎把刘永福调到河内十里之外的罗城去御敌。刘永福没耽误，到了就设伏诱战，安邺带了十来个人去打，结果被黑旗军在城外的纸桥杀了。人们不明白，既是去交战，安邺怎么就带了十几个人出城？他怎么想的？

不过自此以后，法国人和黑旗军结成死仇，双方见了，拔刀相向。

唐景崧听了阮述所言，心想：越南的事，着实奇怪荒唐，阮家的朝廷是法兰西帮着立的，根子上就不会太平，旧事错综纷纭，挤压出今日北境之患，非人力所能造就。看阮述的情貌言谈，可知法兰西在越南，民心反对，人主不满，中国应该联越抗法，顺势而行。黑旗军刘永福是大清子民，在越南授官据地，实为异地浮萍，朝夕不保，心不自安，此人，朝廷可以收用。

当晚，唐景崧知道了很多事，也明白了以后应该怎样做，却不知道光绪七年（1881）八月中秋这次夜谈，造就时事，造就人杰。

唐景崧当时还不知道，同治十三年（1874），法越条约一签，法国就已经向清朝总理衙门发出了通告，宣称："中国要放弃干涉越南各省事务的任何企图，法国正在行使保护越南的责任，绝不承认他人也有这种权利。”

法国告诉中国，越南跟你没有关系了。

恭亲王不答应，告诉他们：“越南本系中国属国。”

可是恭亲王的话讲得太简单、太委婉。法国外交立刻转向法国语法，说：“恭亲王的‘本系’二字，是过去时态，意思是：过去曾是，现在不是了，那好，中国已经同意了。”

唐景崧后来听说了这件事，气得直跺脚，指天大叫：“这才叫欺世盗名！”

37

唐景崧官职低微，不知道上面的事情。

军机处、总理衙门和北洋，对越南的事情早有商量。

当年，唐景崧投扇问路，闯总理衙门，在座的几位王大臣后来交际往来，饮宴雅聚，谈起时局，谈起趣事，闲聊时也提起他，他的声名在官场中开始流传。

有一回军机大臣宝鋆在座，听人说起了那段事，就说："那天我不在场，这个人我知道，论起来，他是我的门生，我是他会试的座师。肯定是他，南城外都说他不守本分。此人，非拘守绳墨之士可同日而语。"

宝鋆还叫他到家里见过面，此后就有往来。

唐景崧听了阮述讲述越南，感到事情很急迫，就去见老师宝鋆禀告。

他说："老师，越南离北京太远，那里的时局北京城里无人知晓，也没有人问，朝廷却不会不知道，可知道了怎么不管呀？事情已经到了不管不行的地步。"

宝鋆一笑，说：“维卿，你是不知道，朝里的眼睛都在往那边看。”

唐景崧说：“您老所说，是什么时候的事？”

“这几年都没消停。”

宝鋆告诉他，早在光绪元年（1875），法兰西国忽然间通告总理衙门，说越南已经独立了，现在归法国管，有条约为证。御前、军机、总理衙门、南北洋、各地疆臣，全然错愕，又猛然惊觉，知道越南将要灭国。

法国公使曾纪泽在巴黎留了心，觉察到法国人的居心，光绪六年（1880）夏天急报总理衙门：“法人谋据越南，蕴蓄久者其发必烈，异日争端之起，必有突如其来之势，使人猝不及防。”

朝廷不是不管，越南确实太远，太平天国占了南边，消息不通，知道了，也过不去，它跟法国签了条约却不敢跟朝廷说，我们措手不及。这些年，俄国强占伊犁，日本侵占台湾，新疆用兵，云南的案子，琉球亡了国，这些事，都要四面应对，一一料理，一时顾不过来，一不留神，越南出了事，可是留神，又能如何？

不错，哪一处都应该开战，都应该打，可这些事一起来，我国怎样去跟四面八方同时打仗？

越南的事，对策有：不能让，但也不可促成激变，要走一步瞧一步。法国要做越南的保护国，名为保护，实为吞灭，绝不可以。朝廷暗中准备，但形迹不可太露，现在刘永福的黑旗军里就已经混入了云南的官军。

宝鋆还说，此时，曾大人正在巴黎追问告诫，法兰西外交大臣敷衍他，说没有的事。李中堂正和法国公使宝海在谈，想着还是化解为好，能不打就不打，战端一开，兵祸联结，不说别的，通商就断了。财税一停，很多事就要停办。

可也不能不准备，为了此事，两广、云南三省的文武官员，朝廷正在暗中调换，选用能员，找知兵能战的上任，广西连巡抚都要换。现在南边，以援越剿匪为名集结边军开进越南，或移靠边境，或混合黑旗，以防不测。内地、沿海各省，南北洋，正在海陆密运军火。云、桂边军，朝廷正在尽其所能给他们更换枪炮。李中堂已经派了密使马建忠乔装入境，去越南王宫里面通消息，暗中联越抗法。广西太平知府徐延旭去了边境，勘察边界，探察越南那边的动静。几个省督，还有招商局，也往那边派人去打探。内地的防军也在调，能战的，往南边移。

唐景崧问："原来朝廷有准备。要是打起来，什么章程？"

宝鋆说："这个嘛，朝廷还没定。张佩纶他们性子烈，说越南国疲弱昏聩，根本打不了仗，反倒掣肘，不如先把它取了，等打走了法国人，再把国还给它，这叫取越抗法；总理衙门、丁日昌、曾纪泽、刘坤一、张树生、刘长佑他们，主张先和越南商量好，联手一起打，叫联越抗法；边境三省的督抚们想援助刘永福，都跟他有联络，叫援刘抗法。广西巡抚庆裕给总理衙门上奏，想让桂军暗助刘永福，但不可露形迹，大张旗鼓往越南派兵可不行，太显眼，李中堂那边也不好谈判。可是，庆裕不是惯战之臣，已经换了倪文蔚，朝里还有些拿不准，刘永福毕竟是叛军出身，他的人马也太单薄，这个人行不行呀？庆裕上的折子，就撂下了。"

唐景崧从宝鋆府里出来回到家，提笔写了一个奏章，详细讲自己的主张。

恭亲王在总理衙门瞧见了唐景崧的奏折，跟诸臣说：“这个人咱们认识，看看他这回又说什么。”

唐景崧的上书很长，大意是：越南政治不修，君臣贪黩，有兵有将不会用，就是洋人不来，也很难自存。我国既然与之共安危，就要去帮助。刘永福和他的部下都是骁勇之材，很受疆吏们的荐扬。他长期在越南住，不改华服，是没有忘了中国。听说他屡欲归诚大清，却无路可达，朝廷应该授官任用，永福自必奋勇鼓舞。而这件事，用书信文牍办不了，必须有人去当面和他密商，商量好抗法的办法，去的人还可以随时联络越南君臣，劝导他们不要怕，一起抗法。朝廷也要实实在在支援刘永福粮饷军火。有人说刘永福是一介武夫，不能任事，卑职认为说得不对，他在河内就打胜了，阵斩了安邺，现在洋人见了黑旗相率惊避，正应该支持奖励，让强敌畏惮。四邻环伺之秋，不可以因陋习而轻视对国家有用的人，发一乘之使，胜于设万夫之防，岂非至便？微臣慨念时艰，愿意学习汉朝的陈汤和傅介子，他们官小志气大，出使外国建立功勋。刘永福和他的部下都是我的同乡，有桑梓之谊，我愿意去。现在琉球无望了，朝鲜又多事，日本、俄罗斯蠢蠢欲动，我国民穷财尽，巨患日甚，微臣能出一分力，就不敢置身事外。事成，是国家有福，事不成，我命绝域外，死就死，不在乎。臣不期望迁官，也不要岁帑，也不用发出使的津贴，为国捐躯是自愿。

恭亲王看罢唐景崧的奏折，站了起来，把折子往案上一摔，指着对左右说：“你们也都看看，大清贫弱，现在靠的就是这个！”

唐景崧要单骑南下，出关抗法。

他的建议到了宫里，慈禧让恭亲王、宝鋆、李鸿藻等几个主事的军机大臣进宫来商量。

慈禧先问："这唐景崧是个什么官儿？"

"启禀皇太后，吏部候补主事。"

慈禧说："好嘛，这汉员里边有奇人。"

恭亲王说："此人官职低微，见识胆略却不差。"

慈禧说："嗯，可如今这事体也不小，大伙儿说说吧。"

唐景崧万里请缨，大家很欣赏，也觉得他说得对，联合刘永福制约法国，事情在明暗之间，比较灵活。但认为他去越南，是什么差遣，去干什么，委任的公文里不能明说，避免外交上让人拿住把柄，激化危局。

所以，后来传下的谕旨上只是说："吏部候补主事唐景崧，着发往云南，岑毓英差遣委用。"

听着有点像犯了什么事儿，贬官发配了。其实是个烟幕，如果他能说动越南官府和刘永福坚决抗法，保存北圻，是大功一件，如果惹出乱子，法国来质问，就说那是唐景崧个人擅自行事，再把他藏起来，事情就不会闹得太大。

唐景崧光绪八年（1882）阴历七月十九日上奏，八月初五，这道谕旨就发下来了。他到老师宝鋆家去辞行，宝鋆对他说："这件事很出奇，出奇必求制胜，为师深望你成功。"

宝鋆破例，亲自把人送出大门口，看着他匆匆走出胡同的背影，忽然想起汉高祖《大风歌》对猛士守边的企盼，想起投笔从戎平定西域的班超，不禁自言："壮哉班定远！"

38

琉球让日本灭了，越南让法国占了一半，全境行将覆灭，清朝的藩属国只剩下了朝鲜。光绪八年（1882）夏天，朝鲜也出了事。

明朝洪武元年（1368），朱元璋遣使到朝鲜赐玺书，建立起宗藩关系。清朝立国以后，朝鲜奉清朝为宗主国，每年贺冬至、贺正朔、贺圣节、纳岁币，四次定期朝贡，也有不定期的使节访华。

日本明治维新以后，光绪二年（1876），日本派远征军去朝鲜，声言：日本决心以“自主之邦”对待朝鲜，逼迫朝鲜签订朝日《江华条约》，学习法国对越南的办法，以独立自主为名，行势力扩张之实。

日本对朝鲜，法国对越南，都是以西方“自主国家”的新思想去瓦解亚洲朝贡宗藩体系，借着进步的思想，办自己的事情。

法国在越南，天主教先开了路，越南国内已经有很多信徒支持法国，日本在朝鲜也需要经营亲日的势力，所以它支持要求独立和改革的朝鲜开化党，把朝鲜国内两种政治势力之争转化为国际性斗争。

朝鲜国王李熙的父亲大院君李昰应，主张朝鲜应该依附中华以求自存。他代表名为“事大”的一派。“事大”取孟子对齐宣王问：“交邻国有道，以大事小，以小事大，大者保天下，小者保其国。”

事大，就是要亲中华，保其国，与亲日本的“开化党”针锋相对。表面上看，这是古代东方思想和现代西方思想的对峙，其实也是邦交关系的选向。

王妃闵兹映与大院君争权。对于她，“事大”或“开化”两种国策，起初取决于同大院君斗争的需要，支持“开化”是为了和他对着干。外交上，一面在中日之间游移，若即若离，维持平衡，一面同俄国联络，另辟新路。

朝鲜见到亚洲各国一个个被欧洲列强消融、解体，连中国都难以自保，所以很害怕洋人来国，一直坚决抵制与外国建交通商，最怕的是洋人传教。日本和俄国的威胁越来越大，朝廷里亲华一派越来越靠拢中国。

清朝的洋务派大臣认为他们这样可不行，如今大势所趋，闭关锁国不行了，没有用。朝鲜国不开国通商就不能自强，国家继续贫弱下去，就会被列强侵占，最终不能自保。朝鲜藩篱一倒，中国也危险了，这是两国求生的共同利益。

李鸿章劝说朝鲜，与外国建立外交关系，开放通商口岸，开发财政，扩充饷源，富国强兵。与欧美建交，不仅是为了朝鲜的自强，也是为了设置一层外交保护，遏制日俄的侵犯。朝鲜和各国通商，利益所在，它们要是动手打朝鲜，各国不会轻易答应，借西洋之力，也能保护自己。

朝鲜听从李鸿章的建议，说以前没有和洋人打过交道，不知道怎样和洋人办交涉，也不会拟订条约，问能不能派人去协助朝鲜办这些事。

李鸿章就派马建忠去帮助朝鲜与洋人谈判，为他们拟订条约条款。

在朝鲜的谈判，首先是中、朝出面与美国签约，结果英、法、德、日等国的使节和军舰都来了。因为这次朝美建交，先例一开，以前求之不得，现在变成现实，将来大家都会受益，所以使节们都来观看、祝贺，并联络以后建交的事情。

光绪八年（1882）春三月，马建忠乘小火轮，先到大沽口船坞，北洋水师提督丁汝昌率“威远”“扬威”“镇海”三艘军舰来接，开赴烟台，陪同美国全权大臣薛孚尔去朝鲜议约。

路过登州蓬莱阁下，忽见有烟如云自阁东出，旋起旋灭，再仔细看，是淮军吴长庆的洋枪队正在操练。平原浅草之间，健儿林立，旌旗飞扬，军容甚盛。到了烟台，美国兵船在口内望见中国军舰上水师提督旗帜，官兵都站到船舷敬礼，按全世界海军的规矩向他国海军领袖致敬。

朝鲜和美国签约的事情，当时是世界的大事，烟台的新闻纸都报道了，英国公使威妥玛和各国使节也去朝鲜参加议约，所以来了很多各国的军舰。

马建忠晚膳之后和友人凭高远眺。海月东升，万象澄澈，见到秦始皇的遗迹，想到当年始皇刻石记功，入海求仙，祚不过二世，地不越千里，现在的大清，东西南北延袤九万里，幅员之广，超越前代，九垓八埏，如在庭户，自古以来未有之盛，更创来宾之局，宇内五大洲，诸国梯航来集。他很感慨，各国为什么不能和睦相处，非要打仗。

马建忠和丁汝昌去见李鸿章幕府在烟台办事的薛福成，薛福成跟他们说：“现在英、法、德、日四国都在调集兵舰去朝鲜，朝、美立约的事情恐怕会有麻烦。你们要赶在他们前面，先过去，和美国人约定好在朝鲜京畿道仁川府的虎岛登陆，那里去朝鲜王京只有九十余里，然后你们通知中堂启程的日期。”

三月二十日，早晨五点二刻，“威远”“扬威”“镇海”起碇东渡，各距离八百码，鱼贯而进，前舟白天在横桅上悬挂速率表，夜里缀灯球，船上官兵这时才知道是去朝鲜。他们观看东瀛风景，都很高兴，海上风平如拭，船上欢欣踊跃。

二十一日早晨四点多，在仙侠岛，看见有汽船从南边来，看煤烟就知道是艘日本军舰。日本当然会来，谁离它近似乎就归属于它，所以要来，而且来得很快。日本军舰名叫“磐城”，很熟悉航道，走得很快，先到了虎岛下碇，派来舢板，询问中国军舰来朝鲜有什么事。

马建忠在望远镜里看到，有小艇两只从山岛中间驶出，船舷边有个戴乌纱帽穿蓝袍的人倚舷而立。一看认识，是朝鲜四品鸿胪李应俊，以前来过中国，是自己迎送的。朝鲜常派人来中国，他以前也去过朝鲜，那边的熟人不少。

登岸去仁川，仁川都护府的官员迎谒道左。朝鲜的肩舆坐轿像一个箱子，人趺坐其中，四个人抬着走。马建忠不想坐轿，觉得太憋屈，就和丁汝昌联骑并行。前面是青旗仪仗，有人拿皂盖给轿子遮阳，迎接的队伍一边走一边唱歌，漫声长谣，前后互答。村里的人们，扶老携幼出来观看，跟着唱，特别友好。

一路上迤逦游山，沿着山道走，见到朝鲜的山河景色明秀，像走在江南的路上，冈峦回合，林木丛茂，虽然没有雄奇险怪之观，却平远深秀，引人入胜。

丁汝昌感叹说："要是不来，真不知道还有这样的去处，怎么以前没听人说起过。"

马建忠说："中原的山水，在通都大邑，冠盖往来者很多，不是留言题记，就是绘为图画，荒远僻左之区，自唐宋以来，也有迁客骚人、闲人雅士去游览，一丘一壑之奇，为之搜奇选胜作出诗文流传，所以能够留名于世。朝鲜的山水之胜，无异于中华，只是读书人来得太少，屐齿罕至，数千百年以来，也没有好事者给写一写，不能列入名胜，所以大家就不知道。看来地和人一样，有埋没的豪杰，就有埋没的山水。"

丁汝昌说："说得是，秀而不彰者，人地同理。"

马建忠说："今后这世上，当代人物，别人不说，丁军门您，不会没人知道，北洋水师也不会。"

丁汝昌说："老弟这样说，是谬赞。"

马建忠说："丁军门，不是谬赞。您想，中日之间必有一战，您和北洋海军首当其冲，几百年以来中日之间第一次交手，将来忘了谁也忘不了您呀。"

丁汝昌说："想一想，老弟说得不错，一语点破。既如此，身后的名节就更要紧啦。"

走了十几里，见两山环抱之间有茅屋数十家，此地就是仁川府。

仁川府没城墙，东山上的官衙栋宇剥落，像个古刹，正厅一侧有三四个小房间，是客馆，地上铺着蒲席，屋里没有几案床榻。晚上管事的送来饭，味儿不对，闻了想吐，就不吃了，让随从煮粥喝，朝鲜的贫困，当天就见到了。

四月初八，到了汉城。黄昏之后，火树银花满城开放，原来那天是佛诞日，国俗，当夜是灯节。王宫里送来了四盏宫灯，来送灯的人是赵宁夏，他是丰壤赵氏外戚，是事大党大臣，主办外交。名为送灯，其实，是宫里让他来密商国事的。

赵宁夏从袖子里取出国王的密函，国王派他来密询，朝鲜如果开放门户，内政、设关、开港、电线、探矿这些事情应该怎么办理。

两个人语言不通，只能笔谈，那次谈话，写了很多张纸。

马建忠说：“这些事情都很重要，我会秘密禀告李中堂，详细筹定。现在，我可以简单说一说大要——

“外交和内政，内政为先。忧在内，本也；忧在外，末也。现在贵国与泰西各邦讲信修睦，为的是杜绝强邻日本的觊觎。日本是外患，但只是表面，是末。贵国国民贫困，商务不兴，官冗职旷，这是内忧，是本。

“我两次到贵国来，看见民俗淳厚，土地肥美，但是库藏不足，兴利无从。国家没有钱，不能开发经济，老百姓吃不饱饭，民不聊生，怎能不生乱呢？现在需要除厥苛政，富国强兵，开办学校，造就人才，有了人才以后，再变革官制。不要像日本人什么都学西方，本国的长处要保住。朝鲜要开关通商，商务兴旺以后，电报、邮递这些事情自然水到渠成，不必太急，要一步一步走。日本人事事剿窃西法，虽然有了电报、火车，但国库已经空了，是外强中干。贵国先要开阜通商，以后再开矿办厂，扩充饷源，以厚其利。按顺序走，先通商，再开矿，不能反着。

“贵国国主慨念时局，要发愤图强、改弦更张，这是我们东方之福，但是贵邦立国五百年，臣民安于故辙，因循守旧，所以不能骤变，骤变容易出事，只能因势利导，改革，要慢慢来，循序渐进，让臣民化而不觉。

“贵国的人才很多，然而自古以来，有为之君，都善用他国之人。百里奚虞人也，用于秦而秦霸；伍子胥楚人也，用于吴而吴强；楚材晋用者，史传所载很多。欧洲诸国也是一样，德国强，是先用了法国人瓦代，又用了丹麦人磨尔根为大将，从此在欧洲称雄；俄国强，是用了法国人和德国人；德国水师初创，用的是英国人；英国之所以能致富，是用了法国人都尔鄂。用人，要不拘一格，如此看，贵国不求富强则已，求富强，就要用西人。征收关税，讲论殖财之道，西人有才者很多，但是有些西人虽然能干，却轻视亚洲，类皆桀骜，非贵国所可役使，不好控制。贵国可以请一个精明正直的华人，随时商酌各事，协助贵国制约所用的外洋人才。如果愿意，我可以跟李中堂去说说，让他选个人来。

“贵国开办学校，设立关榷，开始的两年，每年需要花费四五万两银子，这个钱不能省，以后关税兴旺了，自然能弥补其阙。中国初设海关的时候，岁入不过七八百万两银子，现在已加至一千六百万。不知道贵国国主现在愿不愿意花这个钱建海关。”

赵宁夏说：“四五万金不算多，但是要对国主说清楚为什么要花这个钱。”

马建忠的一席话，讲的是中国的经验，为朝鲜提供了开国改革的策略，也引出了当时在吴长庆的军营里办事的袁世凯，后来清朝将派他到朝鲜去帮忙。

事大党的大臣赵宁夏来过没几天，开化党的大臣金宏集也来了，邀请马建忠到晴雪楼去观山。他也是奉王命，来寓馆密商国事，这次问的事情更深一层。

金宏集说："我国地处偏远，人民贫穷，国家的财政现在十分困难，各项用度欠了很多钱。现在日本人愿意借给我们钱，这件事出于不得已，国主觉得还是跟贵国借款好，不知道行不行。"

马建忠说："金大人，借款的事情确实要特别小心，用之善则国受其利，不善则国受其害。向外国借款的办法起自法国，往往可以借此富国，不过也有借了款国家反而变弱的先例。借外债，要向外国的人民借，不要向外国的政府借。向政府告贷，势必会受它的要挟，向人民借，比较安全，这是通例。现在日本政府要向贵国放贷，令人担心，确实要小心。有很多国家想借给中国钱，我国屡屡却之，就是怕有后患。贵邦贫瘠，欲求富强，不得已而出此一举，是时势使然。贵邦向我国借贷，也应该向人民借，要先说明钱用来办什么事，兴何善举。如果所办之事于民有益，就可以借。我国愿意借贷者不乏其人，千万百万可以一呼而至，朝廷不会让他们收高利息。不过，要让贷主知道，以后必能偿还。"

金宏集说："马观察说得周详，我们筹款是为了开矿山，和日本立约以后，他们立刻要求来开矿，然敝邦恐其欺挟，至今不准，想请中国矿师来帮我国自己开矿。"

马建忠说："贵国富有五金矿，日本、俄罗斯久已垂涎。矿山创始之先，必须踏勘着实，何处有何矿，何处矿苗最旺，先选最易于开采的先办，然后可以筹款兴工。贵国贫瘠特甚，欲借此法富强，闻之不胜欣喜。我回去以后禀告李中堂，先派几个矿师来朝鲜踏勘矿山，如果矿脉果然旺，必为贵国筹借款项，百万千万也不是太难。"

金宏集又说起在中国购买武器的事情，他说：“现在我国的使节在天津买枪炮，所办器械若也能禀告李傅相，行一个方便的办法，能先垫付款项，那就最好了。我国可以从义州府的山参岁课里面按年偿还。”

马建忠说：“这件事可以。借款一事，不可不慎重，为贵国谋，要小心日本。”

光绪八年（1882）五月初十，马建忠进宫觐见朝鲜国王，进王宫，过内廷，两旁古树参天，中间有石道，穿过勤政殿，到协阳门下轿，又过几道门，被引导到一座便殿。马建忠从东楹走到殿外，见国王从西楹出来，东向立，揖让入殿。马建忠登殿长揖礼拜，礼毕就座，献上茶果两道，礼仪进退周旋，都有音乐伴奏。

马建忠和国王及世子说话，不过是寒暄而已。有两个译官往来奔走传话。殿中站了很多大臣，袍笏森立。

朝鲜国王李熙大概三十来岁，戴翼善冠，穿衮龙袍，很随和，殿上的大臣谁的礼仪举止有错处，他亲自指点，不时与近侍和诸臣们谈笑。大臣们可以上前和国王说话，状如家人父子，有古风，上下之情易通。听说，若有人言事，国王半夜也接见。世子才九岁，眉目清秀，衣服和国王一样。

国王接见完毕，马建忠回协阳门上轿，到了客馆，国王送来的筵席已经到了，还有地方特产礼物，摆了一屋子。

马建忠在朝鲜协助其同美国签约，办完了事回到天津，刚回来不久又必须回去，因为朝美立约之后，各国都去签约，朝鲜请他去拟订条约文本，与洋人交涉。

既然有邦交，就要有国旗。朝鲜问中国，能不能也用黄龙旗。李鸿章觉得，藩属国用宗主国的旗子不太合适。朝鲜问马建忠怎么办，马建忠就按照《易经》里的象数八弘宇宙观给朝鲜国设计了一个八卦国旗。

马建忠办完事刚回国，又必须再回去第二次。壬午年间，他跑了三趟。这回，是平乱，因为朝鲜宫廷发生了兵变。

中国和法国在越南一打仗，日本知道中国顾不上北边，开始在朝鲜格外用力。闵妃当时在重用开化党，正在淡化和清朝的关系，请来了日本教官训练新军，名为别技军。

朝鲜眼看着要出事。

光绪十年（1884）九月二十五日，袁世凯给李鸿章写密信，告诉他朝鲜的情况不妙。信上说："朝鲜君臣为日人播弄，王亦深被其惑，欲离中国，更思他图，探其本源，由法人有事，料中国兵力难分，要引强邻自卫，不受制中国，不俯首他人，举国有权势者半皆如是。"

信里还说："自中法兵端即开，人心渐歧，举止渐异，最近福州、台湾同时告警，竹添进一带兵来朝鲜换防，不久朝鲜恐怕会大乱。"

果然出了事。

闵妃改弦更张，靠拢日本，请日本练新军，对旧式的军队就不那么看重了，总是拖欠军饷。京城的武卫营和壮御营因为一年多没领到军饷，非常不满。那年六月，发放的粮饷是陈粮，掺和了很多沙子，并且不足数，还不让过秤，给你多少拿多少，不许问，没商量。士兵们的火气一下子冒了顶，群情激愤。六月初九，京城武卫聚众哗变，捣毁了义禁府、捕盗厅和京畿监营，包围了王宫，杀了新军主管和京畿监司，处决了几名日本人，袭击了日本公使馆。

朝鲜士庶历来憎恶日本，于是汉城市民乘势起义，很快发展到仁川一带。日本公使花房义质烧了使馆，跑回日本。李熙和闵妃也跑了。失势多年的大院君李昰应被拥戴回宫，掌握了政权。闵妃急告清廷快快派兵去朝鲜平乱。

七月，日本以使馆被袭为由，派花房义质带着四艘军舰和一千五百人的军队打上仁川，清廷紧急派遣丁汝昌和马建忠带着“超勇”“扬威”“威远”三舰和水陆一千余名士兵开赴朝鲜。

事情正如一直所担心的，朝鲜内乱会引起外患，日本显然要借此对朝鲜动手了。中国赴朝军队名为平乱，实为威慑日本，阻止日本灭亡朝鲜，两军在朝陈兵对峙。

大院君虽是亲华一派，但朝鲜国主是清廷册封的正统，他有策动兵变推波助澜的嫌疑，又有僭越王权滥杀异己的罪名，不能不管束。马建忠又去一趟汉城，拘留大院君，把他带回了天津，后来安置在保定府富贵闲居，不准其再回去生事，朝鲜的局势已经不能再闹了。

壬午事变以后，好不容易经过调停，中、朝、日立下约定，其中有一条，若朝鲜出事，日本可以派军队去朝鲜。

对这一条，马建忠很担心，在天津告诉李鸿章：“此约订立，日本得进一步，它的一只脚已经踏上朝鲜，是以后的隐患，朝鲜的变乱会永无休止。”

李鸿章说：“朝鲜冷不防生出此变，让日本有了口实。这次又让它占了利。现在越南在看着朝鲜，朝鲜也在看着越南，一边动荡，南北两边不安生，世局越来越险，我们的时间不多了。”

马建忠说：“越南和朝鲜的变故如出一辙。法兰西和日本均以独立为名欲灭其国，南北两方，大清如何举措，先要心里有数。”

李鸿章从书架上取下一封信函，说："吴长庆军中，有人寄书来，你看他怎么说。"

马建忠打开信一看，信中说："越缅僻处海荒，朝鲜近在肘腋，北则咫尺盛京根本之地，西则控扼津烟咽喉之冲，无朝鲜则无东壁也。……故缅甸可容，越南可缓，而朝鲜断不可失。"

写这封信的人最后说："朝鲜事急，越南可缓，要坚决抗日。"署名是袁世凯。

袁世凯说得有道理，越南、朝鲜，南北两地的危局是连着的，中、法在越南开战，日本就有了机会，所以北洋对与法兰西开战很是犹豫，它有后顾之忧。

几天后，又收到大院君从保定来的密信，建议清廷效仿元朝，在朝鲜设行省、派监国，防范日本，如此才能"国自保，民自靖"。

从此，中国开始在朝鲜驻军，重申"朝鲜永列藩封"的名分，帮助朝鲜训练新军，开展洋务运动。

但是在朝鲜，是否应该听从大院君的建议，仿效新疆和台湾设立行省呢？宫里和大臣们都犹豫不决，这样做，对朝鲜太过于激烈。

光绪十年（1884），中法战端一开，日本立刻在朝鲜发动政变，全国大乱。驻朝公使竹添进一乘势引兵进入王宫，和前来护卫的清军发生枪战，史称甲申事变。

光绪十一年（1885）二月十八日，日本派来伊藤博文见李鸿章，见了面，开门见山提要求，要求中国退兵，要求惩治驻朝官兵。

李鸿章与伊藤说理，说得太费劲。因为一说起当时情况的实处细处，伊藤就说那时候太乱，无凭据，说不清，但是日本不会弄错。

那天伊藤走了以后，魏经见李鸿章神色愤然、愁眉不展，就劝他：“高丽国的事情已经平定，中堂不要太忧心。”

李鸿章告诉他：“老魏，我不忧心。现在本人已无从忧心。这棋局不是我来走，是鬼使神差，它自己在走。我是在一旁看着它害怕，越南，越打越大，朝鲜，一乱再乱。中日终有一战。”

39

天下事全然不合理。

法兰西在19世纪60年代把越南南部收为己有，同治十年（1871），它在普法战争中战败，割地赔款，皇帝被人抓了去，国力穷尽，本没有力量再去占领北部。新败之国，按道理应该是不想打仗的。

中国，在道光二十年（1840）、三十六年（1856）的两次中英鸦片战争中失败，也是割地赔款，京城被占，园子让人烧了，元气大伤，只求自保，当然也不想打仗。

越南，自保尚难，更不想打仗。

可天下事就是这么不合理，中法战争爆发，三个不应该打仗的国家都在里面。

光绪七年阴历六月（1881年7月22日），法国国会通过议案，拨款二百五十万法郎，出兵越南北部。

之前的两天，在天津一个西菜馆，李鸿章请英使威妥玛吃饭，想请他帮个忙，跟他说："为了通商大局，法国在越南的举动，希望英国能劝劝，从中斡旋，有事可以谈，尽量别失和。曾纪泽从法国来了消息，法国要动手。”

威妥玛说，英国一定会尽力斡旋。临分手的时候，他又意味深长地说：“不过，李大人，您的新邻居太好动。”

法国费茹理政权上台以后，新上任的海军殖民部部长是儒勒·居伯利耶，他对国会解释了出兵的原因：

“出兵越南北圻是因为1874年《法越条约》受到严重的无视和违背，成为一纸空文。

“第一，越南政府去年不顾我们的阻止，仍然执意派遣朝贡使节阮述到中国去进贡，违背了独立原则，坚持地履行封建的藩属国义务；第二，越南政府公然蔑视国际法约，不断公开请求中国派兵进入越南协助剿匪，践踏保护国制度，并在不久前，已经正式向法兰西提出归还南部六省的要求；第三，中国广西和云南的军队正在进入越南剿匪，勾结越南政府对抗条约。刘永福挡在红河航道上，屡次挑衅，只要他在那里，挑衅就永远不会停止，通往中国云南矿山的商道就永远不会开通。

“我们无法容忍。因为条约规定，越南和其他任何国家都没有隶属关系。为了防止中越两国进一步密切宗藩关系，为了维护越南自己无法维护的政权，为了切实建立保护制度，为了驱逐黑旗匪患，必须要派遣军队去越南北部。

“同时，共和国绝不希望在距离法国八千公里的地方发动一场战争，军事行动必须慎重从事，避免同中国军队发生冲突。我们的目的是，以政治和行政方式扩大和巩固在越南全境的势力。”

这也不合理。向别国派出军队，却不希望发生战争。

光绪八年（1882），法国交趾支那海军分舰队司令李维业率领四百海军陆战队，乘两艘军舰到达河内，兵临城下。他送信给河内巡抚黄耀，告诉他：黑旗军在红河威胁法国商人和学者，此来，是加强防卫。

法军二次武装进入北部，又是个突发事件。

越南政府立刻派礼部侍郎阮诚意去西贡，去同法国总督交涉，一面密谕北部各省立即备战，同时指示北圻统督黄佐炎约束黑旗军，避免生事，还特别密令：如果黑旗军跟法军打起来，越军要保持中立，只能劝，不介入，希望“幸而无事则已”。

交趾支那总督卢眉会见了阮诚意，告诉他：“法国对越南政府很失望，越南政府不能制止黑旗军阻拦红河航道，不让法国商人通过保胜，越南应该把刘永福送回中国去。”

阮诚意说：“刘永福为政府立过功，政府感谢他，不能送。”

卢眉说：“既是这样，法国需要在红河建立武装哨所。”

阮诚意反对，说：“条约上没有这样的规定。”

卢眉说：“河内正集结军队，增强防御，如果不驱散军队，我担心我们双方会动武。”

阮诚意说：“我会急告朝廷撤军，让河内巡抚黄耀冷静。”

1882年4月27日，卢眉向国内报告了在西贡的交涉情况。

卢眉和阮诚意在西贡不知道，他们正在交涉的时候，李维业和安邺一样，自己做主，已经把河内攻占了。

1882年4月25日，李维业向黄耀下最后通牒：“拆除工事，交出军队，黄耀本人和所有重要官员去领事馆做人质，不然八点钟开炮。”

河内愤怒，沉默着。法军开始炮击河内，随即攻城。越军奋勇抵抗一阵，炮弹击中弹药库，城里大爆炸，越军惊溃，城破。黄耀自杀。

越南举国震惊。

朝野群情激愤，法国突袭占领河内已经两次了！南部早让它夺去，四十年来，我们隐忍图存，不敢说话，现在它来吞并全国，我们已经没有退路了。

大臣们纷纷上疏请战："富浪沙之心，不并北圻全辖不止，当鼓率军民，守者悉力保国，战者分途合攻，大加剿洗，一雪前耻。"

越南国王一面诏命备战，一面密派陪臣去中国告急求援："惟求下国世守藩封，速赐解救。"

外国的新闻纸都说，越南的事情很怪异：李维业和安邺怎么了？他们两个人怎么一样？上级没让打，下级自己打，交趾总督卢眉和前总督迪佩雷也一样，知道了以后，都是一阵惊慌，说了同样的话："糟了！"

同一件怪事，出现两次，也是个怪事。

也许是距离本国太遥远，政府的意思到了殖民地总督那里就变形了？到了执行的人那里就没有了，全变成了自己个人的意思？还是因为法国人一到越南，见到国家实在太弱小，不由自主就想动手打？物竞天择？欧洲思想的先锋法兰西，在越南丛林里返璞归了真，还是走火入了魔？

越南又是怎么回事？安邺和李维业只有几百个人，杀官夺城，无往不胜，几千人拦不住他们，越南怎么会这么弱？

世界舆论各国报纸，议论纷纷，莫衷一是，谁也说不清。

李鸿章急命马建忠去越南了解局势。

马建忠乔装潜行，扮作贩运棉布的商人去越南宫廷打听消息，沿途，在广州洋人的报纸上知道了河内陷落。他一路走一路猜，怎么想也觉得不合理。

马建忠在法国学政治，懂法文、拉丁文，读过很多他们的书，法兰西是文明之邦，河内又没有开罪于他，两次平白无故去打人家，戗官夺城，是何道理？伏尔泰、狄德罗、卢梭、蒙田、孟德斯鸠的书里面，都没有解，下回我见到法国公使宝海，一定要问他。马建忠一路走一路想。

招商局的船，原来可以直接到越南京城顺化，路上听说，法国已经封闭了招商局在顺化的分局，军舰拦着不让进了，过不去，马建忠就在钦州下了船。

此次来，马建忠是要向越南宫廷详细询问这边的情况，回程时要再去一趟香港，去见英国香港总督，然后再去印度，和他们商议停办鸦片贸易的事情。李鸿章嘱咐马建忠说，在越南，一路上要细看地方上的情势和法国人的动静。于是，马建忠正好走着去。

广东和越南接壤处有十处关口，马建忠从东兴入境，去边界对面的芒街，中间只有一道清澈小溪。东兴关的隘口很热闹，尽是驱骡赶马的车辆和挑担营生的商贩。关隘上设一名客长，凡是客货出关，要登记姓名、地址，造册取结，按手印，发一张印票，拿着印票再去守关土司的土勇那里，换取腰牌过关。

东兴也有水关，河口上，设立铁链横江拦截，中越往来船只凭票牌放行。

到了芒街，一看更热闹，是个商贩云集、华越杂处的地方。马建忠在街上走了走，觉得有趣，华人管此处叫芒街，越人管此处叫海宁州，各叫各的，好像都以为是自己国家的地方，也好像此处没什么国不国的，叫什么都行。

马建忠要去顺化，找了个向导，第二天就上路了。

越南地方很不错，苍山青翠，丛林莽莽，清溪绿水，花繁叶盛，不过看来民生很凋敝，老百姓都很穷，一路上荒村野社、残村陋巷，道边多见残碑青冢。

马建忠越走越迷糊。昨天刚走进越界，怎么今天又到了华界。遥望向导所指，知道脚下前后一带，是越界，左右两边，是华界，走了好几天没有走明白，中越的国界在哪里。

朦胧感觉，自己身处八荒之外，没有了方位，去沿途衙署里一查问，更加糊涂，明明是在越界，可是钱粮赋税、田宅庐墓、学册名籍上都是华人姓名，而到了华界，草寨竹楼，田中耕作，住的都是越南人民。

这才知道，宋明以来中越边界就是这样，华离参错，民夷杂处，分不清你我。因为时变、战乱、移民、通商、通婚，流连往来，各族百姓出入，谁来谁走、谁在什么地方，根本没有人管。

地名听着也模糊，什么“十万大山”“三不要地”，听上去就不清楚，是谁的地方。

马建忠心想：若是没看见，真不知道什么叫作水乳交融。怪不得朝廷让两广总督张之洞去查史馆的官书、部案、公牍、刊本、省府县的地方志，想把中越的边界在哪里给找出来，真是难为他张大人了。

一日傍晚，见到前面有一座古庙，道旁有石碑斜立，上面刻的是汉文。一路所经，越南的石碑都是汉文碑，见怪不怪。前面，不知道何处有客栈村落，就在庙里过夜吧。

古庙很残破，人进了庙，院子里蓬蒿遍地，棘高草长，景象很凄凉。庙里面不大，进了佛堂殿门一看，没想到里面有个人，躺在干草上正在打盹儿。看样子，也许是砍柴的，也许是乞讨的，布衣褴褛，须发蓬乱，可又不太像，好像气色不错，说不上来何许人。

那人见他们进来，只上下扫了一眼，点点头，不说话，转身面朝墙壁自顾睡去。

马建忠和向导对看一眼，这地方谁是民、谁是匪，不好说，还是少说话为好，不要多事，咱们也睡觉。

一夜无事。清晨起身，马建忠走到院子里想看看有没有井，见到那人正站在半人高的蒿草里看一本书。见到马建忠，他立刻走过来举手抱拳，深施一礼，说：“不知道先生是何方神圣？在下感激之至。”说的是中国话，山东口音。

马建忠一愣，不知道他在说什么。

那人见马建忠表情错愕，哈哈一笑，说：“足下真是有趣之人，昨夜悄悄把这书塞在我身下茅草之中，到了天明就忘了，哈哈哈……”

马建忠摆手说：“错了错了，不是我。对了，你是何方神圣呀？”

那人很惊奇：“不是你？”

“不是。”

“真不是？”

“真不是。”

“哎……啊？”那人眼睛发直，看着初升的红日不说话。

二人一攀谈，马建忠不禁称奇。

荒山破庙里睡觉，看不出是哪一类人士的这位，是广西布政使徐延旭。

越南事发，他独自来到越南的荒山野径里，来察看山脉地势、河流通道、关卡要隘，以备他日行兵之用。但苦于边境的地形地貌和区域分属一向都没有文字的记录，也没有图，无从参照，要想归纳详尽、讲析明白十分困难。徐延旭一路走一路看，昏然不得要领。

他看的那本书，纸页发黄，很破旧，应该有书名，但封页没了，里面是手书写下的中越边境详细勘察记录，有图，记载详明，勘绘精细，边疆山川形势，看了豁然明朗。

不知道是哪一位前人做出的事，不知道是华人还是越人，不知为什么那本书在古庙的茅草底下放着。

徐延旭说："天下之大，事之奇，缘之深，不可测。"

大概是民间的一位有志者，耗尽毕生的心力作成此书，此人也曾路过此处，在茅草上睡觉，忘了带走，可叹可叹，马建忠想。

徐延旭说："中越之间，地分何处，界属何方，向来混淆，此书一出，石破天惊。我奉旨勘界，现在，竟有了依照。自古以来，前人心血之劳多埋没不世出，不才要接继前贤，续写成书！"

两人在破庙里说话，徐延旭给马建忠讲了一段事情：

越南国王嗣德帝阮福时，虽然贪暴，其实不是个糊涂人。他十八岁继位，贬抑天主教，不和法国交往。法国就以保护教徒为名，抢占了他的南部。只是因为国小力弱，法国就可以随意摆布越南。

那天在朝里，嗣德帝跟大臣们说："封疆之安，各有界限，有严格的典例，官差商旅来往我境的，要严查。"

刚说完，想起来了，边界在哪里？似乎没有见到国史里有记载，就问了："从前应有的国界，确在何处？"

下面的臣工无一人应答，因为没有一个人知道。

国王很生气，说："封域山川是大事，重洋万里人思访求，现在存而不论，有，却不知道在哪里，国界没了，你们办事用的心思都在何处，啊？"

马建忠问徐延旭："徐大人，我这次来，也是为朝廷察看地况实情备战，但还有一节，中堂大人对我讲，要特别留心访一访越南的国主究竟是怎么想的，中堂他不放心。咸丰九年，越南第一回跟法兰西立约，不通晓朝廷知道，同治十三年，又二次立约，也不知会朝廷，现在事情急了才说，含混支吾，遮遮掩掩，怕是有心投靠法兰西吧？如若是，大清为他去拼命，值不值？张佩纶说干脆先把越南收了，等打完了仗再还给他。依您看，这位越王嗣德帝，能一心和咱们抗法吗？"

徐延旭说："不能。此人心机过多，却鼠首两端，不能贯始终。越王想依靠法人专主，又怕法人灭国，只好跟中法两面应付，我看这是取祸之道。不过张佩纶的法子太过激切，越南官民，多数还是向着大清。阮福时，一国之君，社稷兴废，听人摆布，也是身不由己，不得已。"

马建忠说："朝廷已经采纳曾纪泽曾大人他们的对策，决心援越抗法，正在往这边调兵、转运军械，花了很多银子，怕的是越王抗法志不坚，你扶他，他起不来，要是这样，哎呀，大清本来就穷……"

徐延旭说："可是不战不行，藩篱一倒，唇亡齿寒。再者说，这次示弱不战，别人见了更要来打咱。"

两个人在荒烟蔓野之中议论国事，都在想：天下事，全然不按常理推衍，难以把持，最后逼得只有一条路可走。

40

唐景崧只身一人，不带朝命，先到越南京城顺化，去说服越南朝廷和刘永福共同御法抗敌。

越南国王没有见他，不敢见，让协办大学士阮文祥出来接待，也只敢在一条船上见面。

光绪八年（1882）十二月初，两人在船上偷偷摸摸见了面，笔谈对答。

唐景崧问阮文祥：“要是法兰西进攻北圻，贵国可有良将出战？”

阮文祥说：“我国可以借助刘永福，但大臣们众见不一，我为他争，反对他的人很多，现在难了，日前彼族明令我主驱逐他。不用他不行，可是又不敢用。”

阮文祥说的是实在话。

唐景崧想了想，已经知道，刘永福的处境十分危险了。一旦越南朝议偏向法兰西，归顺了它，先要灭的，就是刘永福。法兰西在越南势力强大，耳目深入到深宫里。越南人忌惮，什么也不敢说，阮文祥甚至不敢说法兰西这几个字，只说彼族。

没想到形势这么凶险，看来，现在不是用不用刘永福，而是要先救他！

唐景崧说：“彼族要驱逐刘永福，是因为怕他。用敌之所忌而制彼族，不是正有利于贵国吗？刘永福一去，可就中了彼族的计策。”

阮文祥说：“刘永福原系天朝居籍，如果大清官府能让他一心为下国效力，是我国之幸。我国请求贵国援助，不外乎出兵和劝说，我国国主现在被困深宫，出兵讨伐可能不太好，还是请贵国先跟彼族去讲理。上官这次来，二者之间，是什么主意？”

唐景崧心想：阮文祥的话里有话，越南君臣，让法兰西欺负怕了，也知道我大清的艰难，怕战不过，他们不敢硬碰。

他于是说：“说理当然最好，不过没有兵力的威慑，徒以口舌去争，人家可能不会干休。我国，也不想打仗，想谈判却敌，之所以密布军队，就是这个道理，有兵威才可能谈出成效。贵国也应该先立军威才好。刘永福是贵国的强兵，此时正是贵国所需要用的人。”

阮文祥还是怕，说：“现在谈判没有结束，起用刘永福，彼族会生疑，反把事情闹大。”

唐景崧在顺化，秘密交往了很多越南官员，知道了很多事情。他知道：不少越南大臣对法兰西又恨又怕，不敢深说，也有不少人，言谈中流露出法国是强国，不如顺从依附，可以保平安。也有坚决主战的大臣。不过越南王庭正在疏远刘永福以避灾祸，观看越南王宫里的形势，刘永福的处境可以说是命悬一线，法兰西视其为眼中钉，不灭不快，越南太弱小，一旦被逼无奈，可能用他的命换取自保的生机。

唐景崧不想在顺化多费时间了，他急忙回广东，去向两广总督张之洞报信。

到了广东，听说署理云贵总督岑毓英认为越南的事情太复杂，怕唐景崧不能成事，正请朝廷召他回京。

唐景崧想，这一趟，我不能白来，就赶紧跑去了越南。这次，去找刘永福。

唐景崧入越办差，得到恭亲王、总理衙门、军机处、南北洋、李鸿章、曾国荃、宝鋆、李鸿藻、张佩纶和多数边疆督抚的支持，为了保密，虽是很低的身份，两广和云南的官府都知道，他的差事实际上是个不挂衔的钦差，都给他协助和方便，随意来去不问。

刘永福正在河内旁边十里地的山西省，协助越军防守。光绪九年（1883）二月十四日，唐景崧来到刘永福的营地。

刘永福是个敏慧的人，虽然读书不多，但资质好，领悟事情快，临机有决断，不然也不会活到现在。他知道，自己的处境已经危险了，面对法国、大清和越南三方，他心里都不能踏实：于法国，自己是仇人死敌；于大清，是前朝叛逆；于越南，掌上之物，随时可弃。

自己和手下的人，身如浮萍、命如朝露。多年来，为越南出力，拼命剿匪，辛苦征战，为的是依赖王庭，求个安身的地方吃饭。但越南朝廷用他的时候好说话，事过之后，迫于法国逼迫，总想让他离开保胜。所以黑旗军一直没有找到自己的归宿，全知道自己名为官军，实为一群浪迹天涯的武装流民，朝不保夕，身家性命说灭就灭。

唐景崧此来，为了什么，刘永福也知道。大清现在需要自己，但自己在朝廷的眼里是什么，能给自己什么样的出路，他却不知道。他从未心存侥幸。

唐景崧很欣赏刘永福。此人在越南抗击法国，独木支撑大局，纸桥一战，立斩敌酋，中外震动，是力挽狂澜的砥柱。

见了面，见他长身削立，深目鼻直，气度英锐，没留胡须，四十八岁却像三十多岁，很有精神。

入座寒暄两句，唐景崧就说正事，问：“刘将军，除了黄佐炎，越人对足下您怎样？”

越南的朝臣里面，北圻的统督黄佐炎多年来依靠刘永福剿匪，很信任他，在朝里也为他说话。

刘永福一听，来的人没有废话闲言，很痛快，这边的事情也懂，上来就直奔正题，就说：“回禀唐大人，京城外面的大臣，就是梁辉懿对我们好。”

唐景崧问：“越王待您如何？”

“越王待我也很好。”

唐景崧又问：“云南待您怎样？”

刘永福说：“只有巡抚唐炯唐大人一人厚我。”

唐景崧说：“足下少年冒天下之大不韪，反叛朝廷，如今坐困保胜弹丸之地，一旦得罪他人，进退无路，您今后怎么办？”

刘永福心想，这个人说话直爽，可以推诚，他下面有什么话，先听听再说，就说：“谨受教。”

唐景崧说：“我可没有办法教您，不过皇上有个办法，不知道行不行。刘将军，人杰，身处边荒，心念旧土，孤军抗法，捍卫藩盟，国人论者，所谓擎天一柱，连中土茶馆里听书的老百姓，都很赞成刘将军！皇上远在京城，深知将军一片至诚，让我万里来寻您，他让我来问问您，能不能为国家出一份力，建功立业。”

唐景崧说话中间没有关节，直接挑明。

刘永福张口瞠目，半天说不出话，心潮起伏，热血激涌，眼中忽然一片湿润模糊。

刘永福朝思暮想，梦寐以求，在光天白日里不敢言说，在黑夜梦里看见却又不相信的事情，就是回归故土，为国出力。

他走上前，握住唐景崧的手，顿时声泪俱下，大声说："福，浪迹域外数十年，无日不思报国，今受国恩深重，自当鞠躬尽瘁，率部下三千勇士决战！"

那天，黑旗军返归中土，唐景崧却没有回北京，留在黑旗军中赞画军事。

光绪九年（1883）二月十四日，唐景崧和刘永福初见。三月十九日，军中竖起七星黑旗祭拜。当日，全军拔营潜行，去河内外围的怀德府，四月一日，突然围住李维业，开始攻打河内。

李维业占领河内以后，又攻占南定。虽然只有六百人，但武器精良，战斗力强，一年中，兵锋所指所向披靡。越南军闻风溃散，北圻就是个无人之境，他已经成了太上皇，可以随心所欲，想打就打，想和就和，忽战忽和，想怎样就怎样。

越南朝中百官有的说战，有的说谈，实际上，战不了，也谈不了，全看李维业当天的心情。派人去谈，人家根本不理，毫无办法。王宫里每日担惊受怕，如惊弓之鸟，一筹莫展。李维业在北圻，一人做主，无人能够奈何他。

刘永福当时有美国洋枪二百支，老式洋枪四百支，火绳枪四百五十支，旧式火筒炮六十三门，比法军的武器还是差得太远，不能攻坚，只能近战格斗，才有可能打赢。所以刘、唐二人计划把李维业引出河内。

他们先给李维业去了一封信，跟他约战，要在城外打，信中说：

“你们每到别国，就假称传教，借名通商，其实是来抢土地的。你们来到越南国，陷城戕官，占关夺税。现在本将军奉命来讨贼，咱们别在城里打，别祸害老百姓，咱们在怀德的野地里打。不要耽误，快来打，否则兵临城下之日，破城之后寸草不留。”

李维业只有六百正规军队，其余，是当地人和天主教民组成的武装。他不上当，不出城，就在城里坚守。当时法国政府已经决定往越南北部派两千人的军队来增援，一千人正在赶来河内的路上，李维业要等他们到了以后再说。

黑旗军写信，本想激怒他，见他不动，就开始袭扰城外的法国教堂。

这个教堂是加固改建成的堡垒，有三道竹栏防线，有正规军队和炮兵守卫，是河内城外的前哨。黑旗军一动，它就预警城内，非常碍事。

一日天黑，黑旗军来了，围住教堂先用土炮乱打，然后在四面八方分成无数的小股，大摇大摆往里走，听见枪响就往回跑，枪声一停，再回来，继续往里走，昼夜不息。黑夜混乱之中，他们四处乱窜，杀人放火，大喊杀贼，须臾之间越墙逃走，踪迹皆无。他们日夜不休，天天来闹，搅得教堂内每日不得安宁，人人惊惧。

李维业在北圻是太上皇，只会欺人，不能受气。见城外来的人打仗不像打仗，胡闹也不能这样，他实在是按捺不住，而且他认为自己的枪炮火力无人能挡。军中的炮，口径有四厘米的，也有六厘米的，枪支也先进得多。与之相比，黑旗军手里等于什么也没有拿，乌合之众而已，一念之差，他出了城。

阴历四月十三日，李维业率军在城外的纸桥与黑旗军对阵开战，激战五个小时。战阵上，没有攻守，只有对攻。没想到，黑旗军冒着枪炮只顾往前冲，专往近身靠，寻人肉搏。贴近敌人之前，他们死了很多人，刘永福部下悍将杨著恩阵亡。一片混战之后，李维业也死了，他的残部退回了河内。

十年之前，刘永福在纸桥杀了安邺，这次，在纸桥再杀李维业。越南朝野闻讯，举国欢腾，捷报风传远布，乡民惊喜若狂，一时间，越人，华人，巡抚、布、按文武各官，全都去了怀德府，一齐去祝贺，庆祝胜利。直到后来顺化被法军攻占，越南朝廷变成傀儡之后，宫里还念念不忘此战，偷着下表，继续不断嘉奖黑旗军。

战后三天，四月十六日，唐景崧动笔为黑旗军写下一篇檄文，用黑旗军的口气，布告天下。越南三宣副提督刘永福檄告四海，大意是：

“越南自秦汉隶属中华，宋朝划为外域，越主迭经易姓，皆递列藩封，纳贡有期。这些，连五尺童稚都知道，难道富浪沙不知道吗？既与中国和睦，就不应该欺压中国的藩邦。攻打越南就是攻打中国。你们打越南，还不让中国救，援引国际公法阻挠中国救人家，是何道理？你们占领西贡，拿走越南的财税，致使越南贫弱至此。十年前，你们就占领河内，越南未尝稍微得罪你们，去年，你们又来占领河内，还杀人害命，总督殉难，还让公使宝海在天津要求通商云南，派出兵船盘踞下游要挟。现在商也通了，保胜也让你们过去了，还要占领北圻，难道越南的土地是富浪沙可以随便分的吗？占人之城，杀人之官，抢人财库，自称保护，岂不可羞！你们在天津会谈，让中国撤兵，宝海转身刚回国，你们的援军就来到越南，欺压越南，欺骗中国，礼节信义全然不顾，请去问一问海外的各大邦，谁对谁不对？去年二月十九日，你们击破我南定，三月，把富春的粮给断了，攻北宁之新河，骚扰山西之丹凤，志在鲸吞，横暴已极。越南天主教教民，食毛践土，受国深恩，却甘为仇人役使，如再不改过自新，我们也痛杀无赦。永福，中国广西人，当为中国捍卫边陲，任越南武官，当为越南削平敌寇。今此督军，喋血抗法，皇天后土，慷慨誓师。”

刘永福出面正式对法兰西宣战。

此时，法国和十年前不同。普法战争失败后，其励精图治，已经恢复国力。李维业阵亡的消息传到巴黎，议会和全国群情激愤，只有一个声音：为光荣的牺牲者复仇！

法国公使宝海代表的是不希望与中国发生战争的一派，被调回国，职务由托利古取代，接替他在天津与李鸿章谈判。

光绪九年五月十七日（1883年6月21日），法国总理费茹理见到曾纪泽，说话已经不像以前那样委婉客气。他告诉曾纪泽：“现在情况不同了，法国统帅遇害，死于战斗，本国必当报复。”

内阁，正在计划组织一支万人远征军去越南。

马建忠在越南、香港和印度办完了事，回到天津，纸桥之战已经打完，越南的形势已是如火如荼。

马建忠是宋元时代《文献通考》的作者马端临的后人，家学底蕴深厚。五岁就开始准备科举考试。后来英法联军烧了圆明园，他勃然大怒，决心学习欧洲的学问救国，去上海耶稣会的徐汇公学读书。十年后，学会英文、法文、拉丁文、希腊文。为了认识了解欧洲，还当过一阵子上海耶稣会的修士。曾国荃和他给淮军管粮台的二哥马建勋认识，推荐他给李鸿章当幕僚。他懂多种外国语言，又懂西洋政教文化，在幕府里很得力。

马建忠和王韬、郑观应、薛福成一起提出建议，不仅要学欧洲的科学技术，还要学习政治和经济学说里面的好思想。光绪二年（1876），李鸿章派他去法国学习国际法，顺便给驻法公使郭嵩焘帮忙，当翻译挣点钱补贴生活。当年，他就考中法国官费留学，第二年，通过巴黎考试院的文科和理科考试。光绪五年（1879），在巴黎政治学院取得法学博士学位，那时他三十六岁。几个月之后，他回国去了直隶总督府，成了李鸿章办理洋务的左右手。

李鸿章先听马建忠讲越南，然后问他："事情到了这个地步，何以解？"

马建忠说："中法之战已不可免。现在朝中大臣一致主战，动用全国之兵援越势在必行，道义上，也应该打。可是怎么打，怎么分兵，要斟酌，头脑不能太热。中堂大人和我又快挨骂了。"

李鸿章说："越南的事，根子坏在同治十三年越南和法国私订的那个条约。有了它，越南无论是情愿还是不情愿，按《万国公法》法规，已经割断了与我国的关系，我国很难代替它反悔。现在，它要被吞灭了，我们去保护，有这个条约掣肘，法国有口实，法理失据。我国不能让步，战争必无可免。法国已经恢复元气，我国的时机不好，军力和财政都不够，水师也尚未建成。法国水师甚强，必将侵害我国沿海本土。各省的海防，兵单饷匮，一处有失，致误全局。现在，是要好好盘算盘算怎么打。"

马建忠说：“朝廷调集内地军队赴越参战，我国本土就空了，而此战不会单在越南一国，它会来打我国。我猜测中堂定会奏请朝廷，越南的战事只用广西和云南的军队入越，内地竭力给他们输送精良武器。湘淮主力不能轻动，以防沿海和台湾有失。而如今的朝议，主张全力以赴，全军入越，中堂的折子一上去，惧怕洋人、畏缩不前的骂名就会来。”

李鸿章说：“我倒是习惯了，我国舆情，何时何地不骂人？你是在背后出主意的，不会挨骂，你跟着掺和什么？”

马建忠说：“战事一起，法国兵舰必然封锁海上，招商局的轮船就开不出去，没有了航运，仗没法打，台湾不保。办法倒是有一个，我们与美利坚花旗国洋行暗中说好，把招商局的船假装转卖给它，挂美国的旗子出海，运输军队枪炮粮饷，就能受《万国公法》的保护。而这件事，想必中堂也只能是让在下去办，我不就成了把大清的产业卖给洋人的卖国贼了吗？”

李鸿章哈哈大笑，说：“噢，原来如此，这一回马大人也跑不了。”

马建忠说：“职下每念及此，有些惶恐。”

李鸿章说：“先且慢惶恐，劳你再跑一趟，朝鲜国又乱了，东洋挑动，他们把国主废了。”

41

唐景崧回了一趟国，再回越南的时候，不是使节、不是参军，带着军队，已成统军之将。两广总督张之洞让他招募兵勇四个营，自成一军，旗号景军，两千人，开赴越南与刘永福合兵抗法。

唐景崧从一个文吏变为一军统领，引兵南下，经过龙州去谅山、北宁，与桂军筹划机宜，再去西山，与刘永福会师镇守山西。行军路上，目之所及，感触有些不同，远近高山大河、烽火鸣镝，四周骑众驰骋、鼓角相传，颇有投笔从戎、得慰生平的感慨。

一进入越南境内，越走越深远，书生意气，平添几分悲凉。沿途所见，友邦的山河依然美好，日丽风和、满目苍翠，但已是疮痍遍布，百业凋零，村庄残破，田地荒芜，楼败人空，百姓流离，各地田间道边，有很多新立的墓冢。远处山河之外，可见一片烽烟，炮声在天外滚动，有如阵阵隐雷。

景军经过河阳的时候，下起暴雨，天空阴云四合。平地、林中，水雾烟瘴骤起，前军看不清道路，又发起洪水，只好停下来，派探马四下寻找路径。

唐景崧兵行至此，已经走了许多天，饥寒交迫，人马困顿。军中因为水土不服已经病死多人，每天是一路埋尸一路行军，队伍身后，留下一串串新土坟墓，溽热天气湿闷，走一段，回头一看，坟上竟然已长出新草，青绿斑驳。

听闻前方找到了路，前军已动，骑兵从身旁纷纷掠过，昏黑的天上咔嚓一道闪电霹雳，唐景崧忽然内心有感，写下一番行路的感慨："新军赴大荒，烟雨过河阳。举目连天翠，身后墓草长。已断行军道，天地水茫茫。惊雷前军动，骑营策马忙。"

唐景崧到达山西，人已经少了三成，此时，大战在即。

李维业是海军，也是个作家，写过剧本和小说，在巴黎不是默默无闻的人物，现在死了，是在海外为国捐躯的，是英雄。巴黎愤怒了，报仇的呼声很高，本土和北非殖民地各路法国远征军都已开始陆续登船，启程赴越，内阁任命孤拔为东京湾海军司令。

河内的法军退回到城里，不再出城，黑旗军只有土炮，攻城也攻不进去。城内法军势孤，刚想弃城撤退，援军就到了。光绪九年（1883）阴历五月，法军各部队陆续进入河内，已达一千七百人，以后越来越多。先期出发的远征军到达之后，河内成为法军集结的大本营，成为筹备全面占领越南北部的基地。

进入河内的远征军是19兵团的阿尔及利亚部队和外籍军团三个营，海军陆战队五个营，越南土著步兵两个连，三个炮兵连，四个电报报务班，两个野战救护队，七艘海军舰艇及拖船、运输船，大约六千人，还有本地招募的非正规武装和天主教徒组织的黄旗军。

黑旗军面对重兵，无力再攻城，就退回怀德一线防御。

越南是一个如意形状的长条，河内在上面北部的中间，靠着红河。西北方十里之外，是山西省。山西是通向云南的通道，是一个物产丰腴的地方，土地肥沃，商贾云集，很繁荣。河内东面六十六里，是北宁。北宁是去广西必经的地方，有山，有开阔的平地，一片河系水网，背后就是谅山，再往东走，就是中国。从河内到广西边境，距离只有四百里。

法国远征军一万二千多人到达越南以后，形势严峻了，援越的中国军队需要守住西北面的山西，也要守住东面的北宁，先要守住这两个通往中国的通道。黑旗军和滇军在河内外围的怀德、丹凤一线驻扎，防守山西，广西官军在北宁构筑防线。两地都有越南官军协助防守。

他们都缺少新式的火炮。

广西地处边远，是个穷省，军中的枪炮很落后，人的想法也比内地落后。军中主事者认为，老式抬炮比西洋炮好用，一次可发多弹，不用炮弹，可以省钱，国家和地方上又都穷，所以他们没更换武器。

越南发生事变，内地竭力筹款，紧急向滇军、桂军输送新式枪炮。但是路途实在是漫长崎岖，运送过去很困难，炮车翻不过大山，人推畜拉，走得很慢，一个不慎，就会连人连车带炮掉下山崖。广东的海路，因为有一段浅滩，重炮不能船运，过不去，并且航道就在海防一带游弋的法国海军鼻子底下，所以也不敢从那里走。

李鸿章、张树声设法给桂军购置筹集的枪炮，由于路途艰难危险，有的上了路，却没有送到，有的在沿途走着走着，就让当地留下了。

战争一触即发，而手中的武器不行，鸦片战争吃的就是这个亏，以至于国家后来不遗余力拼命要赶上。太平天国战争以后，二十年来造船置械，装备东南，装备西北，哪边有事，装备哪边，却没能顾得上西南。现在西南出事了，遇到的还是四十年前同样的危局。

入越军队的战守，只好想别的办法。

滇军在云南平叛的时候，发现叛军的工事修得非常好。左宗棠在西北平乱，坚守金积堡的回部，面对火力强大的官军，修筑的堡垒群连体防线也非常实用。黑旗军在越南剿匪抗法，武器不行，之所以能立足不败，也是靠一套因地制宜修筑工事的办法。这些，都是弱势一方不谋而合，用血换来的经验。

枪炮不如人，只好在修筑工事上多想办法，用心用力。

滇军中曾经有人把修建避炮工事的办法画成图纸，呈送到总理衙门和北洋，很受李鸿章、丁日昌等一些人的看重，经过推敲、改造，制成施工图纸转发到在越官军。

按照施工图纸，在阵地上的各个要处、要点建立堡垒，里面放火炮，形成前后、左右、上下相互策应的火力。每座堡垒高八尺，厚五尺，外面用石条合缝，里面用横木搭建，用斗榫连接，用石灰和砂浆黏合，千锤百杵，十分坚固，固若铁寨铜碉。

然后在外围，环挖地营，状若壕沟，六尺宽，不能太宽，以免敌方炮弹正中其内。外围的护壕，必须每到一丈就拐弯，让它曲折延伸，以免落入的炮弹爆炸时横向炸中侧面的人。战壕上，贴着地面每六尺的间隔，要筑出一个带孔的垛口，是枪眼。护壕顶上，要架横木梁，做顶盖，铺席棚茅草，再铺上五尺至一丈厚的草皮防炮，下面用竖起的立木支撑。战壕的外沿和顶盖之间，留出缝隙，不合龙，用以观看敌情、通气、开枪射击。枪口的角度经过计算，其角度，要在百步之内可以击中来敌的前胸。护壕，有里外好几层，各层之间，有通道连接，可以进退通连。阵地的地下，有横穴藏兵，也储藏军火粮米。最外围的护壕以外，在前方射击范围之内，要在远近围设许多道荆棘、树枝墙和竹刺做成的障碍，用藤条缠绕，编成拦截刺网，防止步兵冲击。再远处，离护壕二十丈以外，埋设地雷。图上明文规定，不可以太近，以免误炸到防军。

这种地下兵营，是火炮时代没有炮的人用血肉换来的经验，所以很受中国军队重视。虽然是没有办法的办法，也可以减少一些伤亡。大型阵营建成以后，会像一个地下的城镇，可容纳两万人。从远处看过来，却看不见人。这是用草木土石自然之物，对抗先进科学屠杀技术的钢铁武器的办法。

黑旗军惯用此道，已经在怀德、丹凤一线修造起这样的战营。

守卫北宁的桂军统领黄桂兰是淮军的旧将，知道洋人的火炮非常厉害，修建工事是生死攸关的事情，于是动员全军各营、当地义军和百姓日夜赶修。结果发现北宁的土层太薄，挖不出深沟，只好因地制宜，简化营建，结构虽类同，却不够深厚。法国的舰炮是最厉害的炮，北宁又离沿海不远，河流也多，所以黄桂兰想了各种方法堵塞河道，防止法国海军的炮船从水上逼近。他制造出一种土造的水炮台，用一些竹船，在上面铺木板，在河上建成一个个平台，平台前面垒砌起八尺高的厚木墙，中间开炮眼，后面列放土炮，在河里阻挡法国海军炮舰。

北方山西前线和东方北宁前线，清军正在大兴土木、修造工事。法国远征军米乐陆军中将来到河内亲临战地视察，去到两地，从远处观看山西和北宁前线。

有一天他看着看着，放下望远镜，问身边的人："那些中国人，手里拿的是什么？"

"是火绳枪，将军。"

于是米乐恍然大悟，对左右说："怪不得，现在我明白了。安邺和李维业为什么会死呢？他们对面的人，手中拿的是这种东西，两种文明在这里连碰撞一下的机会都没有，他们一直向前走，结果碰到了前面这种东西。那边的军队，不是这个时代的军队，现在他们能靠的只是竹木土石的智慧，是利用泥土的智慧。现在，连勇气都没有用处。"

巴黎派来北圻的行政长官何罗恺，住在海防，让陆海军指挥官们到那里去见面，阐述军事计划。

军事计划很合理：越南京城顺化是抗法中心，是越南军民战斗的策源地，越南国王正在那里号召全国反抗法国入侵，日夜向各地发出命令和指示，向中国求援。所以，首先应该攻占顺化。在政治上，越南投降以后，中国也许不会继续为越南进行战争；在军事上，越南屈服以后，中国军队会失去越南军队和越南民众的支持。

以下的事情，是选择山西和北宁，先打哪一个。

经过实地考察，司令部决定先打山西。山西的土地肥沃，经济发达，从河内到山西有便于行军的公路，红河把这两个城市连接起来了，有利于陆军和海军的行军和配合作战。更重要的是，打通到云南的通商道路，正是整个事情的起因，是战争的根本目的，所以应该先攻占通向云南的山西。

按照这个方案，远征军分成两支，一路由孤拔将军率领，去攻占京城顺化，一路由波滑将军率领，去攻占山西。

何罗恺问军人们：“你们军方成功的把握怎么样？”

将军们扫他一眼，连理都不爱理他，不屑于回答。文职人员的问题，没有基本军事常识，跟他说也白说，没工夫跟他废话，所以没人正面回答这个问题。

有个上校为了客气，也只是简单跟何罗恺敷衍一下，说：“中国人在中英战争中知道了什么是炮，这次，他们会知道什么是枪。”

对枪，法国人的确很在行。

远征军的步兵使用的是格拉斯式步枪和夏塞波式卡宾型步枪，海军陆战队使用的是克罗巴查克连发步枪。与欧洲各国的武器相比，这几种枪式都是极品，最精良的枪械。

八十多年前，法国有个发明家设计出一种发射铜制弹头的后膛枪，后来几经变化，演进成用撞针发火的夏塞波步枪。这种枪的枪身高，枪管长，枪栓带橡胶闭气套，不仅射速快，最可怕的是射程——有效射程能打八百米，即使射程在一千米，强弩之末的力道也能击碎三寸厚的木板。

十年前，普法交战，法军处处不如人，唯独这种枪占上风，战场上全靠它，才一时形成均势。它强大的火力让普鲁士军团在莱茵河畔遇到突然立起的弹墙，遭受巨大的伤亡。甚至出现过法国散兵单枪匹马突出几道重围的奇迹。普鲁士胜利以后，缴获了六十万支夏塞波步枪，知道它的厉害，就用它装备自己的军队。德国本土自己发明的毛瑟枪，设计和制造工艺都学习和采用了它的长处。

同治十三年（1874），法国把这种枪进行改良，改装成1874M.80格拉斯步枪，性能再次优化；又在光绪四年（1878）设计出一种称为克罗巴查克的连发步枪，一次装弹可以连发六枪或八枪，专门装备海军陆战队，在北非和越南使用。

欧洲枪支经过几十年的进化，已经是枪膛里有螺旋线的来复枪，射击远、准、快，与以前的滑膛枪相比，在二百步内，可以节省一半子弹，在三百步内，可以节省四倍子弹，在四百步内，可以节省九倍子弹。在实战距离方面，以枪械学原理而论，它的杀伤力是滑膛枪的十倍。

守卫山西的黑旗军有三千之众，有八百五十支老式枪支、滑膛、火绳、抬枪、抬炮，五花八门。没有枪的人用刀、矛、斧子、锤、护手钩、狼牙棒等十八般兵器，包括毛竹长杆扎枪。刘永福有六十三门火炮，清一色是土炮。

黑旗军最趁手的武器是二百支“花旗枪”，专有两个百人队，人手一支。战时，用在最要紧的地方。百人队的枪是美国制造的早期马蒂尼后膛枪，起落式的枪机，拉下枪机，弹壳自动弹出，下一发子弹可以快速入膛，火枪式的击锤手动发火，比较慢。弹壳用薄铜皮卷成，连续发射，温度会太高，铜皮容易粘在弹膛里，只能强行撬出，弄不好，枪就被弄坏报废了。所以打仗的时候，开枪不能太急，不能太快。这在黑旗军中，是最利之器。

法国人在商议作战计划的时候，刘永福和唐景崧也在商议，枪械不如人，怎么打呢，用什么打?

商量来商量去，商量出一个办法，是个三十二字的口诀：“坚营壁垒、深挖壕沟、厚盖草皮、多用竹子、守而不攻、夜袭骚扰、投毒放火、伺机而动。”

他们没有别的办法。没办法就修工事，防枪炮。后来，还别出心裁，组织偷攻队，出现了一支地方上称之为“攀缘人”的队伍，都是些昼伏夜行、出没无踪的人。他们隐身潜行、四处偷袭、出其不意，从河内到西贡，出没无常，到处大闹，把战局搅得十分混乱。后来，在民间流传到百年以后。

北宁的桂军有六千多人，入越剿匪的时候枪械不够，有的兵没有枪，正在慢慢补齐，用的是各式被淘汰的火器，参差不齐。他们手里也有比较好的枪，是八百多支英国制造的士乃得步枪。这种枪，是为了省钱，用恩菲尔德前膛枪改装成的后膛枪，把枪管的后部锯掉，装上活门和撞针，可以从后膛装药。但是密闭闭气不好，放枪的时候，后面容易跑气，迸发出的火药有时也能打伤开枪的人。其余的火器，是各类型老式的前膛枪和传统抬枪。

桂军兵勇不知道，50年代之前的洋枪，是用通条从前膛装药的滑膛枪，太平天国战争以后，才有了后膛装药的来复枪，他们统称为“洋枪”的东西早就不一样了，早已更新换代。他们认为，自己拿的是“洋枪”，好，洋枪——其实，和对方用的不是同一种东西。

援越官军的枪，能打五十步到一百步，平均射击七发瞎火一次；法军的枪，能打八百步，平均射击两百发瞎火一次。法军手中拿的枪射程相当于四十年前英国的炮，现在他们人手一个，离得远，也能打。而援越官军拿的枪，离得远，想打别人打不着；离得近，双方子弹对射的速度和密度，是一比一百。如果去想象，就不敢再往下想了，因为那边倒一个，这边倒一百、一大片，人越多，死得越多。这样一想，就没法打仗了。

法军的火炮更比以前不同，早已变化。

现在，炮身和炮架连在了一起。炮架，是有弹性的复进和转向升降装置，能减缓后坐力。炮身，是高强度炮钢铸成，精密机器掏膛抛光，有缠丝炮身、筒紧炮身，有可以简便装弹的弹膛。用的炮弹，也不再是圆球炮子，是锥头柱体形状的金属爆炸弹。弹药分各种药号，有复合引信和空炸引信，有瞄准具和瞄准镜，一分钟可以发射两炮。凡此种种，已经不是以前的“洋炮”。

法军有军舰、有火炮、有新式洋枪。这些，援越官军都没有。

打法、战术，也不一样，以前没见过。

法军在正式进攻之前，习惯先升起热气球。炮兵和报务班的人在气球上瞭望、画图记录。军队运用现代战术，他们事先派出部队，轮换在各处发起规模大小不一的试探型进攻，其实，是很有弹性的火力侦察，敌弱可进，敌强可退，可以了解对方，也可以保存实力。等熟悉了地形，知道了对方的火力配置和打法，突发主攻，一举拿下。

清军起初不知道，总是误会，人家一退，以为自己胜了，是大捷！战报传到京里，迷惑人，也以为自己这边很厉害。

清军也不知道法军的组合和构成是怎么回事，士兵有的白，有的黑，也不知道他们各自有什么本事。

法军由本土、北非和外籍军团组成，辅助的队伍是越南教民，里面有很多华人，还有收编的土匪、客勇、香山勇之类。有一支天主教徒组成的黄旗军。

七月五日，法军司令部的注意力转向通往怀德府的正面路上一个叫府坡的地方，感觉将来也许会在那里遇到三面夹击，就派黄旗军前去试探。

教民们熟悉当地，有虔诚的信仰，心中没有国家，只有天国，认为死亡只不过是通向天国的通道。他们勇敢，配备法国的装备，所以很能打仗。

黄旗军沿着道路往北走，前面放出十几个穿便装的斥候四外探看，大队在后面拉开距离，在道路两侧跟着，队前还有小队尖兵。

走到一条小河前，河上有座小桥，他们不能再走了。因为前面探路的人回来报告，说河对岸大路正中央坐着一个人，正在吃甘蔗，手里没枪，但是地上放把刀，穿的是中国衣服，黑布缠额，挂个腰牌，盘腿坐，一看就是黑旗军，说那人见他们来了，安坐不动，不拦，也不走，用越南话对他们喊话："别走了，有地雷，回去吧。"

黄旗军一听，光天化日之下，一人挡路，还吃甘蔗，顿感危机四伏，很瘆人，十分警惕。他们自动沿河岸摆开，准备用枪打。望远镜里，看见远处大路上果然有个人，距离太远，打不着。

几个领头的一商量，认为这是中国的诸葛亮空城计，但是也可能不是，可能是孙膑的马陵道诱敌深入之计。于是就分为两队。前队从桥上和两边的河里过，不能都从桥上过，怕有地雷；后队在后面跟着过桥，沿道路慢慢跟着，如果有埋伏，可以接应。

前队过了桥，来到大路东边一片茂密竹林，坐地吃甘蔗的人已经不见了，却看见竹林深处竟有一道道竹墙，都是一人高的粗毛竹，用麻绳和藤条把地上长的竹子排扎在一起，有好几排，前后错落，看来是挡枪炮的屏障，竹墙之间必有通道，可以藏人，前排竹墙之下的地面上，是一大片削尖斜立的竹刺。

林中竹墙后面好像没有人，但一看就知道不能从那边走。前队全部退到了大路的西边，那边没有竹林，是一片有水洼的平地，看上去虽不凶险，但也不好，没有遮蔽，不安全。见到前方不远处地势较高，他们知道，这种情况，要先占据高地。带头的一声令下，前队都往前面跑，这时地雷在脚下爆炸了。

黑旗军埋地雷，把五斤炸药用油纸包好，放在木箱里，埋在地下，木箱里放很多钉子，导火线套在竹管里，也埋在地下。竹管可以防水，所以在水洼的下面和旁边，都能埋。

地雷爆炸，炸翻了三五个人，其余的全往地上趴。硝烟中，黄旗军看见地面上忽然开了洞，前面和西侧不远，从地下钻出来一些人，个个赤膊，头缠黑布，手持兵刃，一声不响，朝他们跑过来。这些忽然出现的人，藏在平地上事先挖好的很多深坑里，见黄旗军来到近处，就掀起头上的竹席和草皮从地里冒了上来。

黄旗军的后队带了一门骡子拉的小炮，但是已经用不上了，因为从地下钻出来的人已经和前队搅在一起，正在杀人。黄旗军用的法国枪是可以用来格斗的枪，枪高1.35米，刺刀带弯儿，特别长，安上刺刀，枪长1.88米，像一根长矛，用来白刃近战，很趁手。这种枪，后来很受日本人的青睐，春田式步枪的设计就是仿造这种枪。

黄旗军有称手的武器，但是没有学过武艺，都不太会近身肉搏，而黑旗军的人恰恰擅长此道，枪再称手，看来一点用处也没有。来人冷笑着持刀上前，黄旗军的士兵虽将对方看得清楚，却刺不到，也躲不开，进至身前一晃，刀已到了，一交手，人就倒。黑旗军的刀法不是六合就是八卦、地躺、龙行、禅门、太极之类的手段，各式各样，眼花缭乱，非常可怕，人一到近前，不要说对峙打斗，还没看清怎么回事，人已经冒血，倒地身亡。

黄旗军的前队立刻往回跑，手握良枪，现在只有距离才是优势，应该跑到远处再转身打，但是已经晚了。大路西边的竹林里原来有人！他们已经出来了，都提着刀站在身后拦住归路，等着杀人，实在可怕。

黄旗军的后队发现前面有人，赶紧架炮，准备开炮，端起枪，要开枪阻挡，但是他们也晚了。前队的同伙已经跑到了提着刀等着杀人的那些人面前，又和他们混到了一处，后队已经不能开枪开炮了。

前队的人这时才知道，林子里的竹墙不是挡炮用的，是挡视线用的。那些人藏在竹墙后面，现在出来包抄了后路。眼下，自己唯一能做的就是逃命。可是前后都有拿刀的人，上天无门，往哪里跑？

黄旗军前队二百多人慌乱之中如惊弓之鸟，发一声喊，转向来路往回冲，正好被两股黑旗军前后夹在中间，立即又混在一起，任人宰杀，存活的人掉头往回跑去，要去会合后队，杀人的人就在旁边跟着他们跑，前队成了他们的肉盾，后队还是不能开枪。眼看着前队的人一边跑，一边纷纷倒下，被两边和身后的刀砍得七零八落。

后队的黄旗军上了刺刀冲上去援救前队，忽然想起自己也不会用刀，上去了，也没有什么用处，立刻转身也往回跑，先逃了。结果整个队伍被打垮，一直被追到离城不远处的一座村庄里。

那天黄旗军探路，小心翼翼，还是中了埋伏。枪炮没用上，死了一百多人。他们退到来路上的一座村庄里据守，都站在屋顶上眺望，看到黑旗军没有来追，收捡起遗落的枪炮，回去了。

42

黄旗军的人没有白死，通过这种侦察行动，波滑将军对黑旗军有所认识。

他知道，对方的工事有明有暗，千奇百怪，连绵几公里。人，很凶悍，会用计谋，不可以轻视。

他向上面报告：要打山西，需要一个正规师，自己的兵力不够，需要支援。但北圻行政长官何罗恺认为他言过其实，不同意。

光绪九年（1883）阴历七月十三日，波滑带领步兵两千，携火炮十四门，沿公路行军，舰艇九艘沿红河北上，纵兵攻击怀德。

在怀德的战斗，历时十几天。他看见丛林中毛竹编排的一道道墙障后面出现交叉的火力，看见突然下落砸人的横木，看见迎面横扫过来的带刺竹排，看见布满竹钉的陷阱，看见刁钻的杀人机关和莫测的暗堡火力，他没有攻下来怀德。

于是他引兵去攻打侧面的丹凤，也打不下来。炮可以把眼前的工事炸得粉碎，但不知道地底下是什么，枪可以把竹墙连根切断，看见墙后都是草人，但后面还有竹墙，一层一层，不知道后面是什么。

越南的七月，天气湿热，变化无常，整天下雨。从法国本土来的士兵们本来就水土不服，现在更受不了，生病的人很多。

事情变化得出人意料，天下起暴雨，河水暴涨发大水。波滑正在束手无策、心急如焚的时候，中国军全军撤退，退到山西城里去了。他们的工事让暴雨冲垮，洪水淹没，前沿的防御阵地变成一片沼泽湖泊。

波滑攻打怀德的时候，越南的京城顺化已经被孤拔轻易攻占。在此之前，嗣德帝已经病故了，宫廷里接连发生政变，继立的王和国公，一个个不是被杀就是被废，朝中一片混乱。越南政府投降了。

越南和法国签订了《越法顺化条约》。当时主政的协和王接到黄佐炎和刘永福在怀德的捷报，悲喜交加，泣不成声。大臣们问他："陛下，咱们现在怎么办？"

他没有办法，很悲愤，很无奈，只说："豺狼当道，安问狐狸？"

王庭，现在已经是个囚笼，他依然诏令北方官府发银子嘉奖黑旗军官兵，犒赏士卒。

但那时的事态，山西战事已成困局。援越的军队没有新式枪炮，野外近战还可以打一打，守城，城墙再厚也没有用处。

唐景崧和刘永福在城里商量应该怎么办。

现在越南政府与法兰西议和了，越南的民心也就散了。一些越南军队知道投降的消息以后当即自动解散回家，近处应援的滇桂两军，因为外交的原因，不能干涉越南的意愿，也只好后撤一步，退到离边境不远的地方。他们走之前，留下了一些军队，脱掉官军服装，扮作黑旗军在山西城中协助守城。

刘永福知道，城，怕是守不住，想撤出城。他说："现在越南无主，只能靠天朝，我们单独守城，力实不及，各营弁勇斗志涣散，如果不退，朝廷要尽快派人来援助才行啊。”

唐景崧不想退，他没打过仗，不知道厉害，认为这正是为朝廷出力的时候，不能撤兵。

刘永福说：“越南解体，我军无援，没有当地官府供应粮饷，死守，守不住。”

唐景崧不知兵，却有十分的豪气，说：“我们不守城，明日开始探察地形，十月，水退之后，我等打回河内。”

水却一直没退。是法军先动了。

阴历十一月，孤拔的军队增至九千人。国内运来新式火炮，任命他为远征军司令，法军分水陆两路开往山西，把城围住。城中的黑旗军、滇军和广西的军队六千人，其中新招募的兵勇还没有枪，来不及凑集，山西之战爆发。

进攻之前，孤拔带着指挥官们观看山西城。

城墙的四周是城厢，都是些砖房和泥草屋。外城的四个门，都是用大块石条砌成，东西两门，已经用沙石泥土封死，南北两门，可以出入。砖石城墙之上，还筑有一道五米高的土墙，好像很厚，土墙上有炮眼和雉垛，上面用柴排覆盖。城墙周围，是五米宽的壕沟，沟中有水，壕沟外围，有一道没有修剪过的干茅竹尖刺鹿砦，城外的壕沟和城墙之间，有一道四米宽的地带，密密麻麻竖立着十米高的青竹，黑旗军用竹子把城市包了起来。这层竹围篱很难逾越。北门、南门和东门外，都有半圆形的圆木围桩挡路防护。城外，到处是村庄和寺庙，建筑前面，都有竹丛和土墙构成的防卫阵线。

军官们看了山西城的布防，看出了兴致，指指点点，交相议论，十分称赞，真是用心良苦，技艺高妙。城外树上的炮台，是怎么建的？

孤拔中将也很欣赏，不无惋惜地说："城内的守军真是尽了力。可惜了，炮击之后，这些摆设全要化为粉尘。"

红河在城北右手五里之外，孤拔从东面来，把三艘战舰和十艘炮船排列在红河上，集中炮兵，在河上设立水上炮阵，把主要炮火安置在东、北两个方向，形成射击扇面。

城外的步兵分为前后两个阵营，前阵是散兵，后阵是密集纵队，炮击发动以后，前阵各部队次第接近城墙，利用地势，利用野外掩蔽物，向城上射击；后阵纵队待命，等城内混乱之后，发动快速突击，进入城内。

光绪九年（1883）阴历十一月十四日上午九点，法军开始炮击城外北面设防的河堤，主攻的陆军散兵出发，从三面抢占河堤。

红河上的舰炮一响，黑旗军的前营闻声立即鱼贯冲出山西城，快速从东面迂回向北，绕到法军步兵的背后去抄后路。他们选择的路线，是在法国海军和陆军之间，所以河上的炮船不能开炮轰炸他们。黑旗军的意图是，从东北方向把准备攻城的陆军赶进城外一片漏斗形的地带，城里的主队再冲出来，里外夹击，消灭法国前阵攻城步兵。

战局一开，奔袭的黑旗军巧妙地利用地形，迅速包抄，时隐时现，法军前后两军被割断，瞬间开始慌乱。

面对突发的形势，在后面观战的军官们认为仗已经打完了，打败了，顿足叫骂，都跑向自己的部队去指挥调度。越南的苦力和民夫开始逃跑。

孤拔把开花炮和步兵调整成密集护卫阵形，等待前来袭击指挥部和炮兵阵地的黑旗军。黑旗军来到三百码的近处，一簇簇法军集群开始密集射击，连续的排放可以打断树木，横扫一里地之内的所有障碍物，他们打退了突袭的黑旗军，法国步枪关键时刻发挥强大作用，扭转了战局。

黑旗军的这种打法是它唯一的机会，是赌博冒险，是困兽拼命，要先发制人，先抢炮阵，摧毁火炮，突袭指挥部。只有这样，才能保住山西城。他们只有这一条路可走。但这样做很容易被包围消灭掉，前面的黑旗军被密集的步枪弹幕压制，冲不过去，只能顺原路跑回到城里。

法军受了一回惊吓，有些乱，下午，镇定下来，开始用大炮长时间轰击山西城。

城内，有中越两国的军队，有居民和各处逃来的百姓，很拥挤混乱。法国海军和陆军的炮火有平射，有吊射，城墙上和城里，瞬间爆发上下两片火海，没有存身的地方。

刘永福防守的外城，被炸出很多缺口，城墙一片片塌陷，人往下掉。城外法军步兵的步枪可以把城墙一层一层剥落掉，城墙越来越薄。城上守卫的士卒没有想到，城下射来的枪弹可以穿透护墙，穿透掩蔽物，纷纷被击中，连同城上工事的碎片翻身掉到城下。越来越多的法国步兵陆续聚集在城下，与城上的守军对射。城上的人昂头必死，但是他们不退，他们也无处可退，在雉垛后面还击，很快就被城下藏在掩蔽物后面远射的法军击中，法军的弹雨把城头上的砖石雉垛打得粉碎，连带着人的肢体碎片四处飞溅。

刘永福坐在城门土路中央不动，见蜂拥上前用砖土堵塞缺口的部下每次回来的时候剩下不到一半，尸体堆积起来混在土石里塞住缺口，刚刚堵住，又被炸开，身外遍地都是尸体粉碎的粉红残渣，看得心惊肉跳。

唐景崧防守内城，城中各处，无穷无尽的开花弹一批一批落下，同时爆炸。弹片从地上往上飞，横着四散飞，从头上往下飞，城里没有可以站人的地方，也没有可以藏人的地方。弹片可以飞向任何角落。他和一些越南官员坐在城根下躲炮，横飞的弹片还是躲不开，人坐着坐着就瘫倒了。空爆炸弹爆炸以后，抽走空气，让人喘不上气，几乎不能呼吸。他看见城楼被一炮击中，就不见了一半，另一半正在坍塌，向城下四散奔逃的军民压下去，天崩地裂，到处死人。

唐景崧这才知道，如此炮火之下，这一战，不是想不想打的事情，是根本不能打。刘永福说得对，城，不可守。

外城的黑旗军已经退到内城，边打边退，在硝烟中纷纷飞起或倒下。内城的墙，也已经四面炸开缺口，各个缺口上，正在进行白刃混战。忽然，一排枪在他头上泼风一样扫过去，打塌身后的一段城墙。他知道，法军进城了。

混乱之中，刘永福和唐景崧从南门逃出了城，但是谁也没看见谁。

刘永福问左右："可看见唐主事出城了？"众人都说没看见。刘永福跺脚大叫："回去找，赏银二万！"

那时，唐景崧已经跑出了城，领着一股百姓军兵落荒夺路逃命去了。

山西失陷。

43

战无不胜的黑旗军，被法国枪炮打出山西，四散奔逃。

他们跑到远处，又聚拢起来去寻找唐景崧。找到唐景崧的时候，他混在一群难民里面，衣衫破碎，没有鞋，正趴在小河边的一块石头上把头泡在水里，不知道是在饮水，还是想把脸藏起来。

见到刘永福，不说别的，唐景崧披头散发，浑身透湿，闭目仰天手捶河石，连声说："痛哉！痛哉！"

满怀壮志的人第一仗打成这副模样，实在是狼狈不堪。

清点人马，损失过半，阵亡一千五，无人不带伤，只好回到保胜，整顿休养，招募新勇，先守住通往云南的路。

光绪十年（1884）初，黑旗军在保胜补充休整，能战的老兵已经死了一半，但总算是补齐了人数，奉命奔赴北宁助战。

法军攻取西面的山西，又攻取兴化、太原各处，没有去打东面的北宁。他们也要休整，准备过了圣诞节，来年再取北宁。

北宁统军黄桂兰得知西线山西全线失守，十分忧虑。东线北宁的防线很长，连绵几十里，战线上只有六千人，不符调配。山西被法军攻占以后，北宁就三面受敌了，各营怎样布置，需要重新筹划。

黄桂兰再对防地做一番探察，更觉得势孤兵单，守不过来，和众将商议，部下各持议见，不得要领。

越南谅平巡抚吕春葳根据防守山西的经验教训，提出自己的看法。

他说："自富浪沙兵犯我国，我国固守城池，从来都守不住。现在，他们得了山西，可以集中兵力来攻北宁。在北宁防守，不是一两道防线就能挡得住的。山西城，三面环河，最易受炮击，据城死守，是失策。北宁的河流虽然多，都离城比较远，守北宁，必须在各个河口设伏，待敌远击，不能让他们登陆，不能让他们把炮架在高处从近处轰城。我军不可在城里和城外近处坚守，不能死守城池，要在沿江之地，多放疑兵伏兵，只以短刀相接，绝不可让他占领高地，尽其枪炮之所长。如果在城里防守，则重蹈山西之覆辙。"

黄桂兰认为他说得有道理，军队集中在城里城外，法军炮击，经受不起。于是，他就把各营散开，在各个要地都放些人，近城有守军，外围有奇兵，在法军的来路上设下埋伏，沉石塞江，广布疑兵，准备以攻为守，拒敌以远，以短就长，近兵接战。

黄桂兰的防卫布置送到了北京和北洋，张佩纶一看就急了，赶紧发信函给当时已是广西巡抚的徐延旭。信中说："兵法攻易守难，备多力分，若我军分守，敌军合攻，一处破败，各军夺气，将势如破竹，一节破后，节节俱解，立即崩溃。"

张佩纶认为，黄桂兰的防卫布置太分散。

张佩纶看出，北宁防线的几处关节点，如慈山、涌球等处的守军太少。唐景崧随黑旗军来支援北宁，也看出布置上有欠缺，向桂军进言说：“备多力分，扎营太散，呼应不灵，不能战也。”

云南入越抗法的滇军主力此时引军南下，在西线围攻宣光城。防御北宁的桂军人太少，防线太宽，布兵过于分散，各处都有人，就没有了主军，整体虚弱。等到北京来了急送，提醒黄桂兰，已经晚了。

光绪十年（1884）二月，法军发动进攻，北宁决战开始。

进攻的法军有一万二千人。几个月以来，法军的小规模试探进攻一直没有停止过，通过在战线各个节点上的侦察，法军知道，从河内通往北宁的清军正面防卫很严密，从正面进攻损失会很大，所以把两个旅八千人放到了东南方的海阳一侧，用多半部队先进攻比较松散的侧翼，以期突发重兵，动摇全线。

二月十一日，法军两个旅开始发动攻击，进击北宁东南外围的抚朗。那里有桂军一千五百守军。他们没有料到，法军有专门开通河道的机器挖掘船，非常轻易地打开了被巨石和沉船堵塞的河口，炮船开进河里，向他们炮击。

工事受到炮击，很快被炸得粉碎。防军的统领陈得贵，见到前面远处有一大片穿红、白、黑制服的法军正列阵等候，阵前，排列几十门冒白烟的大炮，炮击不停，步兵不攻，显然是要用强大的炮火粉碎防御工事，再发动步兵冲锋。陈得贵知道不能等，只能率军向前，又被排枪打退。他后撤到山坡下避炮，却避不开，空中有法军的观测气球，臼炮和榴弹炮像长了眼，炸得防军尸横遍野。无奈，只能跑回到工事里死守。

法军步兵开始进攻，陈得贵坚持了几个时辰。这时，还没轮到他还手，手下已经死了多半，法军全军进攻的时候，他顶不住，退回到二线。

之后的战事，法军从西方和东南方同时进攻，采取惯用的办法，先用炮火瓦解抵抗。

在涌球，法军进攻之前，集结部队。左侧是越南突击队，中路是海军陆战队，右路是阿尔及利亚步兵。

山上的桂军看到五颜六色的法军排列得整整齐齐，还升起气球，觉得很新鲜，很多人出来坐在山上观看。他们以前没见过这样的阵势，也不知道对方的炮可以打多远。法军立即炮击，头上炮弹炸开，山上观看的人炸死一大片，没炸死的当即炮震吐血。那些清军就惊溃逃散了。只有一个兵勇，别人跑，他不跑，一个人蹲在石头后面用火绳枪与炮对射，直到引来十几发炮弹同时落在他蹲的地方，结果变成一股青烟飞散。

涌球阵地，几阵枪战之后，清军被击溃，法军是走过去的，不是打过去的。后来法军自己议论说："他们要是有像样的枪，咱们过不去。"

法军像五颜六色的洪水，一路攻击前进，直到北宁城下。

各处防线一一崩溃，布兵太分散，破竹之势，逐次瓦解。战前的担忧不幸而言中。

桂军学习过湘军早年跟太平军打仗用的前膛枪阵法。有的阵地上，工事被炮火摧毁以后，人干脆不躲不藏，在山坡上聚集组合，摆出内外两个圆圈的撒星阵，外圆带六个斜翅，像水车一样转动，内圆反向转动，轮流射击。

撒星阵车轮散兵防御战阵法熟练，军容壮观，很好看。法军作战部队一边打一边欣赏，赞不绝口。但是这种阵法是旧时代的打法，是太平天国时期用的，立刻被法军的加农平射炮、榴弹炮和远程连发排枪打得七零八落，灰飞烟灭。

黑旗军奉命去第二线的榄山和桂阳一带防御，人刚到，又奉命去支援第一线。行军是在洪水一样从前方溃散的败军中逆行，他们去救一处，人还没到，前面已经崩溃，再去救一处，前面又败，最后在一道山梁上与追击的法军相撞。

迎面来的法军，前面是穿黑制服的散兵，他们三人一群、五人一簇，也有很多单兵，在山坡下散开，漫山遍野。在树后，在弹坑里，他们一边掩护射击，一边逼近。这些阿尔及利亚人非常机敏迅捷。他们的身后，是穿红色制服、排列整齐的法国陆军密集纵队。

山坡上，两军遭遇，刘永福左右各营的部将们都跑过来看着他，不吭声。他点下头，下面就明白了，转身跑回自己的阵地。

前面的法军接近的时候，左右两侧的黑旗军全都在山坡上站立起来，他们两人一组抱成一团滚下山坡，滚入攻山的散兵群，从身后抽出钢刀，就近找人，拼杀肉搏。攻山的法军一时大乱，转身往回跑，局势突变。

刘永福带领中央黑旗军顺势冲下山，一直向前跑，想打到法军的指挥所，进入他们的炮兵阵地。他们一路白刃格斗进击，法军不能与三千黑旗刀手对战肉搏，自己阵中人越密集死人越多。一时间，黑旗军自上而下攻势汹涌，法军后队不能发射排枪，阵势开始混乱。黑旗军在那个瞬间，有转败为胜的希望。

唐景崧的后队在山坡上看到战局扭转，立刻站起来举刀发令，挥景军下山支援，没想到一排枪从背后打过来，周围士卒倒了一大片，自己身后的亲兵也死了好几个。他回身观看，见到几群人正从后路攻上来。

他们不是法兰西人，是本地人，胸前都挂十字架，亮光闪闪。唐景崧来不及多想，慌忙带队转身迎敌。

从背后抄袭黑旗军的是春娥社的越南天主教教民。北宁炮声一响，他们组织起来，赶到前线抄袭清军的后路。

春娥社的教民最先到，从四面八方的山坡后、树林中，也冲出一股股教民。黑旗军眼看就要被他们围困住，急忙撤军，回头往山坡上退。战场上，一旦回头，就停不住脚。他们边打边退，后来，跟两旁败退下来的桂军一样，也变成了溃军。

黑旗军一直被追到北宁城里，刚进城，法军就跟进了城，还没站住脚，巷战又开始。

城里巷战，可以见到敌军各队分散开，像行云流水，在街上游动穿插，在屋顶上奔走抄袭，忽合忽散，忽散忽围，隐显无常，攻守有序。守军遭到千万支法国枪从四面轮番遥射，坚持了两个时辰，骤然崩溃。

唐景崧身边的中越联军一一败散，法军和教民从几面入城，越来越多，死战的友军整营覆灭，不战的友军整营逃跑。

这一回，刘永福和唐景崧不用商量，没有工夫商量，死守则全灭，逃！

刘永福黑旗军跟着漫山遍野的败兵，面向多年怀念的中土老家方向逃命。

他们以前没有打过这样的仗，一边跑一边骂。刘永福和唐景崧骑马穿越溃败的人海，领军逃窜。唐景崧伏在马上只顾埋头跑，涕泪纵横，一身是伤的刘永福在马上歪歪斜斜，一路跑，一路骂脏话，自己也不知道是在骂谁。

山西、北宁失陷。黑旗军退到兴化休整，到了兴化，被法军打出城，去到太原，又被打出太原。

越南北部的重镇很快一个个全部失陷。

中国军队退回到谅山收拾残兵，发现有家眷的兵勇们大都没有回来，他们可能直接跑回国内老家去了。回营的，都是年轻的单身兵勇，他们瞬间已成老兵，个个面色阴冷，整天骂骂咧咧，要回去报仇。

在谅山带人横竖拦截、收拾残兵的广西巡抚徐延旭见状，忽然悲极生乐，对左右说道："也罢，也罢，经此番淘洗，不必再加裁撤。"

战后，滇、桂两省官员一律获罪严惩。山西、北宁失陷，广西巡抚徐延旭、云南巡抚唐炯贻误军机，罪不可赦，拟斩监候，秋后处决；广西提督黄桂兰，无力堵御，罪无可赦，刑部议处。

黄桂兰在谅山大营坐等朝廷来人解送。夜里睡不着，他到山峰上站立远望，风高旗破，夤夜深思：我戎马一生，没有立过大功，大小百余战，用兵谨慎，没有出过大错。这一次，前所未有的大败，毛病出在什么地方呢？

谅平巡抚吕春葳让我却敌以远，短兵相接，以短制长，避开法军的利器，是兵家之常道，道理上并没有错，做起来却办不到；张佩纶、唐景崧说我备多必分，分兵太散，没有主军，说得又何尝不对！北宁防地太宽，手下只有六千人，既要处处设防，又要集中兵力，我兵少，不这样布置，怎样布置呢？即便人多，又能如何布置？法军枪炮之烈，雷霆之势，以前没有遇到过，守军是让炮给炸散的。人再多，没有用，不过是血肉之躯，枪林弹雨之下，人越多，死得越多，终究要溃散。安邺兵不足二百，河内守军七千，一鼓攻占；李维业引兵六百，横扫北圻全境；北宁之战，敌军一万二，我军六千，敌势如破竹，越南军抗法，是报自己的国，怎能不尽力？黑旗不可谓不奋勇，也力不能支。洋人利器所在，如今与之战，非单勇力可为。官军用什么，才能挡得住？要找出办法才是，此为当下要务之急。枪炮不如人，用什么打？用什么计谋？用什么战法？

张佩纶、唐景崧，他们说得都有道理，没有错，而此一战，道理的对与不对，打起来和实战好像是两回事。黄桂兰不得其解。

黄桂兰在山上远望京城。战败了，对朝廷要有交代，与法军战，自己现在是过来人，仗是怎么打的，以后的仗怎么打，继任的统军也应该有所闻、有所参照才是，可是连自己都没有想明白应该怎么办，何以示人？

山风凛冽，吹不散峰峦间莽莽山岚白气。塞外黑夜之中，四下一片迷茫。大营里没灯火，一片死气沉沉。国土就在此山之后，身后是国门，怎么守？

黄桂兰只知道是怎么败的，不知道如何能胜，他想：官军不仅败在没有新式枪炮，也败在它太老旧。名为官军，实为亲军，各军统帅在自己的老家招募士卒，以个人名号成军，各军遇大战合兵，全军实无主心，号令不能顺行，容易各行其是。一交战，自己这边都顾不上，很难去照应别人，没有厚集的机动劲旅可以转战快捷调用，即使相互应援，也总是迁延局促，总是慢一步。仅军制，已先逊人一筹。如今，西洋之军是整军，师、旅、团、营，以级分治，可分可合，有独自成营的炮、工、骑、信、突、袭、运、救各队，由一司令总统节制，分则迅，合则锐。我军则是散军，炮无专属，兵无救治，只有守军，没有攻军，不能野战，兵事国事，似乎都坏在一个“散”字。

要打仗就要改，却哪里改得了？各军是自家的老字号，是督抚们看家的根本，谁愿去改？我自己都不愿意，谁能去改？怕是朝廷也不敢随便去动。

黄桂兰想来想去，不知道该怎么向朝廷交代，也不知道以后的出路。走投无路，败军之将无话可说了，谢罪吧。当夜，他服毒自尽，临终前，不让左右用汤药救治，说：“我岂可再活人世！”

黄桂兰北宁兵败，走上绝路。

这一步，北京和北洋都早有预感。李鸿章一直觉得跟法国打仗，很难有胜算。

光绪十年（1884）正月十九日，他给总署递交一封信函，分明透出这一层忧虑，说：“法、越、中战守的情势，总署的所虑很有道理。越南法国陆军一万数千人，我滇、桂两军加上黑旗，是三万人。陆路交战，似足相敌，其实是相形见绌。法军所占之区，海防、南定、河内、海阳、山西各处，都是河套环绕之区，它可以利用舟师。法军长于水战，又有很多浅水炮船，水陆相依，立脚稳固。我军依赖的是营垒和炮台，没有兵船，又不会用水雷，此不可持者一也。还有就是，法军人手一支后膛枪，操练熟练，弹药齐备，兼有轻炮队相辅而行，离水近的地方，兵船上的大炮可以炮轰夹击。可是滇、桂各营后膛枪很少，很多士卒有枪却没弹子，平时操练也不讲究，轻重炮位也很少，习惯以肉搏取胜。与法国正规军队打仗不能这样。另外，桂军领兵的徐延旭，对军事很隔膜，不太懂打仗，滇军统帅剿匪惯用内地枪炮，不懂洋枪洋炮，此不可持者二。所幸兴化、宣光、太原一带都是山，我军可以凭险设伏，人自为战，可以塞河道，抄后路……”

北宁之战，本是势危之局，又不能不打，只能心存侥幸。南方前线的将领们不能力挽战局，只有谢罪一途可走。

光绪十年（1884）三月，中法两方又开始谈判，都在一边谈，一边调兵遣将，厉兵秣马，准备新一轮的交手。仗已经开打，却谁都没宣战。

马建忠去朝鲜办完差事，回到天津，听说徐延旭下了刑部大牢，就去探监。

徐延旭一年之中大起大落，以知兵大员破格拔擢巡抚，以庸才误国获罪严办下狱。第一次和他见面，他躺在越南一个破庙里的干草上，这次见到，他躺在刑部大牢地上的干草上。

徐延旭正在面壁，回忆寻思越南战局的始末，见到马建忠，也想问问他怎么看。

马建忠说：“徐大人，不要多想，时事艰难，这都不是一个人的错。”

徐延旭说：“不想不成，当初朝里张佩纶，还有几个省的督抚拿命保着我，举荐我去越南任事。如今我兵败获罪，牵连的人太多了，贬官的贬官，治罪的治罪，你们中堂李大人也不能免，我不能不想。”

马建忠心想：徐延旭在大狱里不知道，这一败，事情闹得确实太大了。北宁一丢，军机处、恭亲王、总理衙门行走诸臣、几个省督抚的差事，也都丢了，都罢了官，免了职，是荐人失察、贻害国事之罪。现在朝廷里的格局都变了，军机处里全换了人，西宫借此把恭亲王给夺权、闲置了。此事大就大在，恭亲王一走，今后国家的大局就变了，其实西宫早就想换个听话的，借题发挥罢了。但此事不能说，看模样，徐延旭痛心疾首，他还是不知道为好。

马建忠不说朝政，只说越南："晓山老哥，您在那边主事，越南的事情，怎么到了这个地步？"

徐延旭说："山西、北宁失守，朝中的弹章折子我也看了一些。说什么的都有，诟病责怪，议论激切，说越南军政弊端太多，用人不当，布兵失策。他们说得都没有错，桂军积习太深了，贪怠疲惫，调度失策，统军无能，全都是实情。他们归我管，我罪不可赦。但依我看，此战，只有两件事。"

马建忠问："阁下受命以后，立即就去了越南，亲赴战地布置调度，诸事亲理，事事小心仔细，事情到底坏在哪里呀？"

徐延旭简单明了，说："越南失利，一是枪炮，二是教众。"

马建忠想起，李鸿章听到北宁决战失败消息的时候，顿足哀叹，也是这样说："越南事败，皆在法夷炮利，教匪猖獗！"

马建忠问："我国以后的攻战，应该怎样做才对？"

徐延旭说："我出关督师，一接手军务，一检看兵备，就知道自己恐怕会落到今天这一步。桂军的兵，老而弱，手无战具，云南的兵何尝不是如此？当时我想，大战在即，没有时间整顿，只能是不可为而为之，尽力而为。开战以后，我留意各处战情，才略有领会。我国精锐之师是湘、淮二军，二十年来，练军置器，装备不可谓不精良。我已细细计算，即使是他们去越南与法军交手，也需要五千人打他一千人，方可持平。彼火器远胜于我，不以多打少，人不够用。敌我的战力，是五比一之差。此事，我有口不能言，说了，会有主事者狡辩推诿之嫌。老弟，我已不久于人世，但此事重要，请告诉中堂，让朝廷知道。”

马建忠心中黯然，不知道该说些什么，只能目视徐延旭拱手告辞。他目中有悲，眼中有话：国家艰难多难，任事者只能多担待了。

徐延旭心领神会，点点头，拱手告别。

法国在越南北部取胜之后，开始计算用胜利可以换来什么。根据在华外交和军方人士的估算，清朝的国力已经不行了。

他们递交政府的报告上说：“中华帝国财政上遭到极大危机，因为一直急办军备，海关的存款用尽了，商务已告停顿，中国银号破产，国营的大公司，开平煤矿和招商局完全破产，全国各省发生水灾和饥荒，发生民乱。”

法国政府认为，既然中国已经不堪一击，这种形势，可以转化成经济利益，要，可以任意随便要。光绪十年（1884）阴历五月，法国照会中国：“赔偿二百五十兆法郎。”

法国要四千万两银子。东堂子胡同里面的居民，那几天整天听见总理衙门里面人声鼎沸、一片叫骂。

但是，王大臣们给法国的回复，只有九个字：“四海之内，无此种办法！”

法国政府的回复也简单：“不赔，我国就占地作抵押，赔了钱，再谈还地。”

44

法国要占地索赔，远征军下一步的行动是占领中国一处领土，战事从越南扩大到中国，孤拔的海军开始在东南沿海游弋。

法兰西第三共和国内阁正在选择攻取的目标，福建、广东、浙江、直隶都可以。攻取大陆一处或几处地方，福州马尾造船厂是首选。船厂是法国协助建设的，比较了解，占据以后，可以控制中国造船业。海军打击大陆沿海，作战需要煤炭，台湾基隆煤矿也必须占领。

战争开始在中、越两国同时进行，在越南的法国陆军要打到镇南关，海军要占领台湾。

总理衙门又发动新一轮海防大筹议，询问诸臣，应该如何应对将要到来的大战。同时，调集援军开赴越南和台湾，选派将领应对危局。

这时，李鸿章在光绪七年（1881）向德国订制的“定远”和“镇远”两艘七千吨铁甲战列舰，刚刚完工下水，恰恰在关键的时刻回不来——德国是中立国，不能放行，也怕半路遭到法国海军的拦截。

接替广西军务的新任巡抚是潘鼎新，他先到南宁赴任，筹备粮饷、调兵、募军，又去谅山归整溃散的桂军。

潘鼎新是安徽庐江人，道光年间的举人，为报父仇参加淮军。本来是一介书生，作战却很勇猛，每战必胜，带领炮队援救僧格林沁，击破太平军，解救江苏常熟之围，消灭了山东捻军赖文光，跟随左宗棠平定西北回乱。

他编写过一部洋枪队阵法图说，发明过建墙筑垒步步为营的进攻战法，在下层打仗立功，步步升授，在云南当布政使，又为了援越抗法被调到湖南当过巡抚，筹办二线防卫。这次，李鸿章举荐他去谅山主持军政。

第二轮大战在即，朝廷开始起用湘、淮两军旧将。李鸿章举荐潘鼎新去越南，举荐刘铭传去台湾。

中枢意识到，中法一旦开战，台湾孤悬海外，将四面受敌。早在光绪九年（1883），就开始做准备，选用能员增强台湾的海防。

台湾南北长约八百里，东面是山区，西面是平原。从地图上看，分上、中、下三段——台北、台中、台南。台中和台南之间的海岸，西面隔海相对不远是澎湖列岛。台湾岛上好的港口不多，只有北端的基隆和西南端的高雄，港阔水深，可容巨舟，而澎湖列岛却有十几处好的港口，如果有海军，台湾可有门户。

同治十三年（1874）日本登台之后，清廷对台湾的开发经营和海防军备很重视，开发台地、垦殖建设、开煤矿、建铁路、办学堂。沈葆桢奉旨到台湾督办军务期间，对台湾防务进行过整顿。战备方面，他主要办了三件事：把军队重新整编，按照湘、淮军制归并，每营五百人；在台南台北台中，分区设防，形成军区雏形；在各处重要的海口增建炮台，购置西式大炮，光绪元年（1875）就已经建成了安平、旗后、东宫、妈宫、大城北等炮台。

到了光绪六年（1880），西北发生《伊犁条约》的争端，朝廷准备对俄开战，俄国军舰到日本海上来示威，那时沈葆桢已经于前一年病逝了。清廷急调贵州巡抚岑毓英去任福建巡抚，责成他细心筹划，务期有备无患。

岑毓英来到台湾一看，兵力太少了，沿海各处受敌，防不胜防，于是提出治理台务的方略：第一，要宽刑薄赋、团结民心，调动民众的力量，军民共守台湾；第二，最重要的是严守陆地，保卫海口炮台次之；第三，前两条，结民心和守陆地要同样重视，相辅相成，不可偏废。

岑毓英在沈葆桢分区防御的基础上，进一步细化分法，把台湾一万一千人的军队分成三支，一支放在台南，一支放在台北，一支放在台中的彰化。平时操练，有事相互援应。

台湾的防务，经过沈葆桢和岑毓英两任巡抚的经营，改善了很多。西北伊犁危机事过之后，岑毓英调回云贵去当总督，台湾的防务就落到台湾兵备道刘璈的身上。

刘璈是湘军旧部，身负重任，立即实施岑毓英军民协防的方略，开始在台湾大举筹办团练。

刘璈以前曾跟随沈葆桢和岑毓英办事，有经验，制订了一整套兴办团练的筹防方案。光绪十年（1884）四月，他上表奏陈他的想法，但是没有实行。朝廷回复说："现在，与法国还没有失和，先不宜开始，不要刺激洋人，激化争端。"

后来形势吃紧了，就准许照办。

刘璈立即执行计划，先在州府城内设立团练总局，东西南北中各区，各推举团董一人负责。城外各乡，方圆三四十里设分局，招募壮丁入籍，分为义勇、团勇、练勇三种团练民兵。义勇是常备，团勇是时备，练勇是预备，应时调用，成为三个梯队，衣装和旗帜各分其色，随军出战，配合官军作战，不当先锋。

义勇是非正规常备军，每人每月官府发月银四元八角钱。团勇、练勇是预备役，练操一次发官银二角钱。朝廷缺钱，也只能出这些，其余的用度，由商绅捐资补足。朝廷褒奖出资出力的乡绅，给他们授衔授官，给他们生意做，此为一种官民合作保卫台湾的方式。

团练各营，在城守城，在乡守乡，运送军需，严加守望，诘逮盗贼，守卫地方。渔民也组成了渔团，近海十里之内，或二百名，或三百名，或四百名连成一团。每船每筏，给小白布方旗，上书某路某口的防区，也写明几甲几牌几号的编制，由水军管带统领，渔团各船，官府每月发租银七两。

刘璈建团练，把民众组织起来，成为民兵群体，他们战时支援前敌，巩固后方，守望乡里，惩办内奸。

经沈葆桢、岑毓英、刘璈的组织和料理，台湾从无兵守卫的空虚孤岛，初具准军事化海上军城规模。

刘璈又进一步改造了沈、岑两位前任的分区防御部署，根据朝廷下达的徐延旭在狱中总结的越南失利的教训，把驻台各军分成五路，南北中前后，分五段错落防守。各路军兵，日常分出一半防守，一半游巡。有事自为战守，也可以救应他路，比以前有所改进，比较机动灵活，可以因时集中起来，形成大队，军虽分而兵势合。

刘璈接到了朝廷发来的廷寄，提醒他，需要留有可以机动集结的主军，以便随机野战。越南失败的教训，从刑部大牢里上达朝廷，在台湾防卫的安排上也发生了影响。

刘璈有难处。他的难处是如何分兵，他不知道法军是先来打台南还是先来打台北。台南，当时已是台地的行政中心，南方的西海岸又面对澎湖列岛重地，所以，他把主要的力量放在了从高雄到彰化一线的台南。

朝廷也有难处，朝廷的难处是用人的难处。

朝中的大臣们举荐刘铭传去台湾主持军政。人选倒是不错，是个能打仗的，可是他得罪过驻在台湾的湘军旧部，去了能共事吗？

湘淮两军的门户纠葛，本来就有，同治六年（1867）又出了一件事，那次以后，更有所激化。

在湖北打捻军的时候，淮军刘铭传的铭军和湘军鲍超的霆军，合力作战。两军事先约定好了，正月十五早晨七时，在尹隆河同时发动，出击东捻。刘铭传求功心切，为了夺头功，五时就先动了手，结果被捻军团团围住，险些全军覆灭。他正坐在地上等死，鲍超率军赶到，拼死救了他。事后，刘铭传不仅不知感恩，反而恩将仇报，说鲍超不能如期会军出击，贻误了军机。

当时朝廷难辨真伪，不知道哪家说的是实情，就颁旨申饬鲍超，把鲍超气得吐血昏迷过去，告病回家了。他的三十四营霆军经此事变，散去了二十个营。这件事，成了湘淮两军之间的大过节。后来朝廷醒悟，弄错了，但又不好明说，刘铭传从此以后就弃之不用了，让他在家闲居了十三年。

中法开衅，广西需要人，没让刘铭传去。此人无行，不可以委以重任。现在台湾事急，要用人，想用他，可这件事情还没有完。曾国藩、左宗棠和湘军各部都忘不了，他们一直在为鲍超愤愤不平。

台湾兵备道刘璈是湖南岳阳人，是左宗棠麾下部将；福建陆路提督孙开华，是鲍超霆军的旧属；他们正在台湾主事，让刘铭传去，湘、淮旧属在这种生死攸关的日子口，一旦因旧怨反目，闹将起来，怎么得了！

宫里和军机处都很是犹豫。

西北的战事已经平定了，左宗棠收复新疆北部以后，第二年，势如破竹，收回南疆。因为俄国在克什米尔战争中大败，再想和中国开战已力不从心，伊犁的危机解除。曾纪泽借此更改条约成功，立了大功，西北暂无大忧。

现在东南事急，左宗棠调到福建，去那里筹边抗法。眼下，台湾是最危之地，最要紧。军机处原班在北宁失败之后被全部罢免，现在的军机处都是新人，他们不管那些陈年旧事，决定让刘铭传去台湾主事。

刘铭传是安徽肥西人，出身贫苦家庭，小时候很有抱负，曾对人说："大丈夫生当封爵，死有谥。"

他身材并不高大，可在人群中站立，却一眼就可以看到，好像比别人高许多，神态气质超然卓立，与众不同。少年时，他贩私盐，打家劫舍，完全是个土匪。曾因杀了人，把自己的老娘给吓死了。同治元年（1862），他投奔淮军，因为能打仗，很受李鸿章的重用，立过大功，二十九岁的年纪，授了直隶提督。

刘铭传在家赋闲，因为关心国事，就潜心读书，结交士林。十三年以后，他变了，心性从盗寇变为士人。他明白了一件事：人活着，不能只为私利。现在国家多难，正是报国的时候，可是自己的为人让朝中上下很看不起，不被重用。以前那个只图一己之利的刘铭传成了自己心中志向和日后为人做事的拖累。因为早年的过错，他现在成了废人。

他给朝廷上奏折，想带兵去越南抗法，朝廷没理他。沉默中似乎有句话："想改？行，自己在家慢慢想吧，国家可不敢用你。"

人，做到了这个份儿上，君王弃置，世人不齿，实在是狼狈不堪。他整天在家研究洋务，却不知道日后能有什么用。

光绪十年（1884）四月，北京城忽然来了谕旨，让他进京面圣，没说为了什么事。

他心里明白：台湾！

刘铭传赶紧先去南京，去见曾国荃。台湾是个孤岛，没有两江的支持，没有大陆的援助，台湾就保不住。刘铭传深知，当初朝廷冷落，那是对自己客气，是有中堂护着，没追究治罪，朝廷是给他老人家面子。可曾国荃他姓湘不姓淮，现在是两江总督、南洋大臣，兼任通商事务大臣，轮船也都在他手里攥着，往台湾运兵、运饷、运粮、运枪，全都指着他。如果旧怨不解，身命事小，国破事大，必须要去见一见。

曾国荃听说刘铭传来了，一身布衣正在外面垂立候着，知道他来干什么，吩咐："请！"

曾国荃是个湘乡私塾里出来的书生，打仗却极为凶悍，手下的将士全都是亡命之徒，与太平军作战凶猛至极，攻吉安、克安庆、打下天京，专打恶战血战，擅长挖壕沟围城池，人称"曾铁桶"，每战杀人如麻，斩草除根，也叫"曾剃头"。

官场里水深，表面上浪静，大家和气相待，底下横着来，竖着去，全是事儿。刘铭传去不去台湾，朝廷的谕旨上没有说，可湘、淮旧事，恩将仇报的旧账，人人都在心里搁着，鲍老将军太冤枉，大家都忘不了，而官面上却无可明言。

曾、刘两个人见了面，心里有事，嘴上说的却是别的。

刘铭传深稽首，拜见曾国荃，说："制军久违，在下奉旨进京，路过金陵，特意来看看老哥哥。"

他比曾国荃小十二岁，以前也认识，可以这么说话。

曾国荃一听，哟，现在脾气改啦？此人一向恃才傲物，谁也不放在眼里，每抗论大计，议事不合，瞪着眼睛敢跟李鸿章当众大闹。之前，法国侵越，越南选将，李鸿章保举他去那里筹办军务，朝廷嫌弃他的为人，不敢让他独当一面。本来朝廷倒还想给他个"襄办法越事宜"的差事，让他在后路支援一下，那是给李鸿章面子。可李鸿章却说："刘铭传才识过人，韬略优长，声望夙著，叫他给徐延旭打下手，他不会去。"还说他，"只因人有本事，所以太狷傲，不拥疆不出山。"故此，此议搁置作罢了。李鸿章是在故意替他卖弄。今天，人，自己来了。

"贤弟，不敢当，足下当国柱石，此次皇上召见，必有重用。京师遥远，路途很辛苦，何必劳心来看我这老朽。"

这一次，刘铭传有话就直说了："大帅，这些年，我在家闲居，其实没有闲着。十几年来读了几本书，请教读书人，才明白了一些事理，我是一直在家闭门思过来着。当年转战湖湘，小弟年岁太小，利令智昏，犯下了大错，信口诬陷救命的恩人，每念及此，日夜惶恐，无地自容，愧疚不已，只盼望重生一次再做人，奈何却已经没有了回头的路。

这次奉命进京面圣，朝廷想必是要用人，若是差遣小弟赴台，台湾是个死地，去，就是个死，没有转回家的活路，这个，您心中有数。弟此去，万死不辞，事，无论成与不成，愿以身命谢天下，特意来跟老哥哥您说出这一段话。”

曾国荃没有想到，刘铭传是赴死之前先来当面道歉的，来了结旧日欠的账。陈年的积怨，几句话，化解了许多。

他点点头，说：“省三，国家危难之际，你我不说这些。一会儿咱一起吃饭，说说运粮、运饷、运兵、运银子援台的事情。贤弟就是不来，国家大事，我怎敢怠慢。台地诸将，凡湘军旧属，明日我都给他们寄发一函，不以国事为重者，无论何人，我不念旧情，我参他徇私害公！”

刘铭传在南京面见曾国荃两次，他们详细商量大陆和台湾协同防卫、支援台湾的事情。曾国荃和刘铭传知道什么是大局，什么是门户之见，国家危难的时候应该怎样做。后来，刘铭传在台湾死战，曾国荃在东南沿海千方百计地拼命设法援救台湾，不遗余力。

刘铭传自从当年攻破常州，又在山东消灭任柱的东捻主力军立下大功，李鸿章就对他很看重。有一回刘铭传从马上掉下来摔得不省人事，是李鸿章托门路，从紫禁城里面淘换来几粒通窍丹，救了他的命，以后又一直在朝里护着他。

刘铭传去北京入朝之前，又去天津见恩相。

李鸿章见了他，把他领到后花园，让他在石凳上坐下，自己不坐，站在他面前问他：“大潜山人，你坐，一向家中闲卧，逍遥自在惯了吧？”

刘铭传的老家在安徽肥西大潜山，读过书以后，自称大潜山人。刘铭传哪里敢坐，也不敢说话，只是低着头。

李鸿章背着手，目视着他，说："如今肥东已亡，肥西安然呀。"

刘铭传低头品味李鸿章话里的滋味。肥东指黄桂兰，他是安徽肥东人，是自己的旧部；肥西是自己。中堂说的是二人的际遇，现在勇战者已亡，遗世者徒存。黄桂兰兵败自尽，淮军无不兔死狐悲。现在提起这件事，园中一袭清风，满园梨花摇曳，立感怆然。刘铭传心神黯淡，更说不出来话。

李鸿章神色一变，指着他厉声问道："越南督师，本来应该是你，不是他，北宁之战，你以为你能胜吗？"

刘铭传说："不能，黄军门是代我而死。"

李鸿章问："如今台湾也是个生死之地，你去不去？"

"去。"

"好！"李鸿章指着树上的梨花说，"花，不能独秀，不能孤独一枝，人杰亦然。去了，要把持好心性，和僚属军民同心同德、一心一意、同舟共济、同生共死，不然，你不如不去！"

刘铭传心中明白，小声说："中堂，我去。"

李鸿章的火气消了一半，又问："见了皇上和西宫，知道说什么吗？"

"这个，我还没想好。"

李鸿章没有直接告诉刘铭传进了宫应该怎样说，不过，他把军机处、总理衙门、北洋和各省督抚给朝廷的折子上陈述的防守台湾的各种想法讲了不少，让他自己好好琢磨琢磨。

刘铭传从南京坐海船去天津见李鸿章时，正巧两广总督张之洞、会办北洋海防的吴大澄等人都在，新任命去福建会办海防军务的张佩纶去上任路过天津也在。

刘铭传在天津停留了十几天，和他们议论时局，讨论兵事。这十几天，他大长见识，眼界豁然开阔。以前自己没有亲手办过洋务，所知都是书里写的，跟这些人相处，大处从时局，小处到机器零件，他们无所不谈，无所不知，十几天来，刘铭传懂了很多事情。这些人都是沿海各省的权臣，声气相通，志趣相投。那几天，他们的碰头，形成了日后南北洋和闽粤沿海联手援台的局面。

光绪十年（1884）闰五月初二，刘铭传进宫面圣。光绪和慈禧都听说过他的名字，也知道他之前的过失，想要先看一看这个人。

慈禧见了刘铭传，问他："刘铭传，廷臣们想让你去守台湾，你是个武职，听说你羡慕文官，是嫌官儿太小了吗？"

刘铭传说："回禀皇上，回禀皇太后，微臣不敢妄想，现值海疆多事，正臣子效命之时，非有挟而求，实无剑不能屠虎，臣伏乞皇上，敦促就道，立功之后，不妨迁除。"

慈禧心想：嚯，台湾眼看成了拼命地方，这个人眼睛发亮，说话声音洪亮，有说不出来的一股劲儿，张口就要官儿，一点儿也不含糊，人家要得也是堂堂正正，也许是个合适的人。

光绪问："刘铭传，那边的事情，你有什么打算？"

刘铭传给皇帝和西宫讲了他的想法。

大体上的意思是说：从全台的山川形势看，台北在上游，平原沃壤、泉脉甘美，富庶甲于全台，台南是下游，地势卑薄，水也不太好；

台北的基隆和沪尾两个港口占全台通商十之七八，台南的安平和旗后两个港口，一险一淤，都不好，于通商无大益；台北邻近福州，比台南更易于和大陆联系，所以台湾的形势是北控南，北边更重要。守台湾，不能处处守，那样守不过来，只需要严守商埠和产煤的地方。法国轮船在海上没有煤炭，没有淡水，不能持久。沿海地区一州一邑被敌攻占，无碍大局。守住要害，坚持下去，就可以不战自固。刘璈在台湾办团练，兵民联合防台，是得力之举，不过军队现在的布置南重北轻，是太阿倒持，布置反了。计算各口的防军，有四十个营，多数在台南，台北只有孙开华、曹志忠九个营，其余的三十一营，都在台南。敌来犯，台北兵力太薄弱，没有道路，台南增援之军来不及，所以要调整。守沿海，必须有炮队、水雷和炮台，沿海炮台就怕被抄后路，所以在后路必须有游击之师……

他讲了十件事。光绪和慈禧听了，觉得他讲的很务实。这些都是他在天津那几天同李鸿章他们议论之后，受到启发，自己琢磨出来的。

二十天之后，诏命下达：刘铭传赴台，督办军务，迁改文职。又授福建巡抚衔。

刘铭传带了一百多人去南方，在江南大肆张扬应酬一番，忽一日，出其不意乘招商局的轮船“海晏”趁夜色秘密东渡赴台，身边簇拥的多半是淮军的华洋枪炮教习。

45

光绪十年（1884）闰五月二十四日，刘铭传到达台湾，在基隆登岸。

官府、驻军、民众隆重相迎，海岸炮台、港内兵船燃炮行礼，各军旌旗森立，阵列森严。仪式的声势太大，尾随跟踪而来的法国军舰以为又要开战，差点打了起来。

基隆港在台湾北部的顶端，有层层高低不同的山峦环绕，背山面海。沿海一带地貌宽阔，后面有山高耸，地形像一把椅子，山下有民舍数百家。

东边五里地，是煤局，地方叫八斗，基隆西南方向的五堵、七堵、八堵、暖暖等处，是通向台北的要道。西边是仙洞，仙洞后面是基隆岭，山不高，是守卫基隆西方淡水地区的要道，从淡水有路通台北。淡水的沪尾港在西南沿海，离基隆三十里地。基隆、台北、沪尾三地，是个三角形状。

基隆港口的海峡对面就是福州的五虎门，轮船走十二小时可以到。基隆岭之外，是一层一层环绕的山岭，月眉山、狮球岭一线的八堵、暖暖、大水窟一带，是一片高低相间的谷地，像一个半圆形的剧场。

刘铭传在北京陛见的时候，时局突变。闰五月，潘鼎新的军队在越南北黎的观音桥和法军打起来了，起因是一个含混的协定。

占领北宁以后，法军没有进入中国国境，开始和李鸿章谈判。法国拟了一个条约让他同意，李鸿章为了拖延时间，不说同意，也不说不同意。

条约的第二条最重要："中国南界，法国不可侵扰，而中国要将驻在北圻的防营调回边界，并对法越已订的条约不予干涉。"

意思是：入越的中国军队要撤回到边界。

法国认为，一旦签署了这个条约，中国等于放弃对越南的宗主权。

但是，"调回边界"这几个字，没有说清楚调回边界的哪一边，法国的理解是回到中国，而中国则可以理解为后退到边界附近，依然在越南境内。所以军队虽然是往后撤了，但是没有回国，还在越南。

等到法军来接收防地的时候，中国军队当然不干，就打起来了。

越南局势，又一次出现含混不清而导致的异象。

这种含混不清的约定，不打不和的态势，在西方人看来，是中国违反条约，他们很不理解。实际上，这体现的是当时中国为难的处境，国家贫弱，能不打仗就不打，所以撤军，但越南的事又不能不管，不能任人宰割，所以，撤归撤，不撤回国。

也是因为图强艰难，需要和平的时间，能拖就拖，却被步步紧逼，所以也是外交上被逼无奈的反应。

但就军事而言，战与和的模棱两可，让前线将士进退两难，手足无措。战与和，中央和前线的时间不能保持一致，等到出了事，已经来不及了，总是晚一步。

光绪十年（1884）闰五月十九日，潘鼎新在观音桥接到探报，知道法军八百人正赶来接收谅山，不知道该打还是不该打。朝廷事先有旨意：天津正在与法国谈判，不要打，可是人家已经逼上门来，要接收防地，是战还是退呢？战亦违旨，退亦违旨，进退两难。他只好派人去和法军交涉，让等着。北洋那边，李鸿章见了军报，说："绝不能退，打！与之决战，力遏凶锋。"中堂的信是后到的，之前，法军已经杀了几个使者，两边已经开战了。

战守之局，含混不清，处处不能占先机。这次，潘鼎新因为人多，有三千人，才把八百法军击退。可是张佩纶在福州因为这种不战不和的局面，被时局钉在原地不能动，一个半月之后，吃了大亏。

光绪十年（1884）阴历七月，法国海军舰队在马江麇集，封住了出海口，违反国际公法中只有两艘兵舰可以入口的规定。一副我们就是来了，来了就不走了的架势，威逼南洋水师。

张佩纶和潘鼎新一样，也是既不能示弱，也不能出击。当时两国还没有正式开战，张佩纶在等朝廷的消息。南洋水师全军做好了各种与之决战的准备，要近战登船，火攻肉搏。两军对峙，已是箭在弦上。

七月初三，法国舰队趁潮水转向，突然开炮，南洋水师半小时的工夫全军覆灭，死了八百多人，福州船政局几十年的经营毁于一旦。当时，即使要撤，舰队已经不能动，走不了，只因大局不定，前军坐困死局。

三天之后，朝廷知道了法国海军突然袭击南洋舰队，正式向法国宣战。那时，仗已经打了一年。中法之战，处处出乎常理。

正式宣战之前，观音桥战后，六月十五日，法国海军在台湾发动进攻。

三艘法国军舰来到基隆侦察，发现基隆的防御加强了。三月份的时候，海岸上只有炮台一座，现在忽然变成四座，出现一座主炮台控制海港的入口，是三合土厚墙筑成，五个炮眼，都有二十厘米厚的钢铁护板，安放了五门十七厘米口径的克虏伯火炮；港口两侧，现在有三座小炮台，有两座各装三门十八厘米口径的滑膛炮，还有一座里面装有四门。现在的海岸上共有十五门大炮。

“拉加利桑尼亚”一级巡洋舰上的海军准将利士比，计算了一下两边火力的对比：基隆炮台有十五门炮，自己的三艘战舰上有四十九门炮，舰上有二十四厘米的大炮数门，这种炮可以摧毁炮台，军舰的钢板厚十五厘米，估算对方火炮的穿透力，军舰可以在一千米的距离进行炮战。

利士比相信钢铁的数学，守军火力弱，他准备离得再近一些，相距九百米，更加有利。

刘铭传来到台湾，先到沿海视察。以前他没有实际办过海防，但在家赋闲的时候阅读西书有所见，赴任前，又从李鸿章、曾国荃等人那里知道了一些海防知识。凭着以前打仗的阅历，他发现，基隆海边的防务太薄弱，只有炮台一座，选点也不合适，位置太低，太靠后，不能远击敌船，所以他马上调动军民赶修炮台，两个月里建了三个炮台，海岸火力增强两倍。

基隆守将曹志忠是鲍超霆军中的旧将。霆军打仗，论勇不论器，五成矛戈，间以枪炮，全都是刀矛奋进，凭的是勇悍。曹志忠只懂旧打法，所以没有装备好用的洋枪。可是现在不同，山西、北宁失利，办理洋务的大臣们最先警觉，清军火力不够。后来，连最不讲究火器的鲍超听说越南战况之后，都有所领悟，说：“一器之差，成败系之，敢不先事讲求。”

事关生死，刘铭传赶紧急告大陆，趁着还来得及，快想办法给曹志忠换洋枪。

六月十四日，三艘法国军舰各自行驶到战斗位置。“拉加利桑尼亚”号巡洋舰吃水深，不能入港，所以开到港外，在离海岸主炮台九百米处就位，右舷面对主炮台，左舷面对岸上有四门炮的小炮台，舰尾面对另一侧有三门炮的小炮台，可以三面发射；另外两艘军舰吃水浅，进入港口深处，准备从侧面和后面攻击小炮台。三艘军舰都在守军炮火范围之内，不过，利士比不怕，他相信己方战舰铁甲的强度和炮手们的技术与经验。

他派人给基隆守军送去最后通牒劝降，没有得到回复。

六月十五日早晨八点，法舰准时发动炮击。

刘铭传在山峰上观看炮战，以前没有见过海岸炮台怎样同舰船对战。

敌舰在海上和港内摆成了夹击的阵形，军舰上骤现火光、冒起烟雾，开炮了。炮火不是同时发放，而是从船头至船尾按次序依次发射，前炮已发，后炮即至，后炮既发，前炮又至，交替循环，连绵不绝。各舰炮火齐发，从几面打来，海岸上顿时被硝烟火柱密集覆盖，升起黑云。

岸上的炮台被烟火罩住，看不见了。海岸炮台同时还击，第一排炮，击中远处那艘最大的铁甲舰，船上一门大炮火光四射，爆炸了——炮弹直接打进了它的炮口。另一艘法国军舰的帆缆索具中了几炮，港外、港内的水面上，升起了很多水柱，此起彼伏。岸上烟云，海上沸腾，天翻地覆。

左右山峰之上，赶来观战的老百姓没有人说话，没有人动，他们静静地看着。岛上居民第一次看见抗击外族入侵的战斗，凝神屏气，心里都知道，这是关系到一家老小生死聚散的战斗。

军舰上的炮打得很准，一轮舰炮排放，岸上的主炮台没有声音了，沉寂片刻，突然爆炸，火光冲天，是打中了弹药库。之后，法国军舰炮击放慢射速，落下的炮弹更加准确，直接不断射进各炮台的炮眼里，在炮台里面爆炸。

埋伏在炮台前面壕沟里的官军已经不能存身，往身后的山坡背面跑，几个海岸炮台很快就被法国军舰全部击毁，连连爆炸，从炮台里跳出来的人浑身带火，有人往山下滚，有人朝着法国军舰的方向跑，他们大火烧身，要往海里跳。

法军炮击的时候，同时在海上放下十几个舢板，满载白衣水兵，他们在海上静静地等候，岸上炮台全部被毁，变成几个冲天火炬，舢板突然齐头并进，开始登陆。

法军上岸，分成部队，快速冲进近海的小炮台阵地，也去抢占大炮台，但是大炮台上大火在燃烧，还在不断发生爆炸，法军靠近了，但过不去，退了回去。

三艘军舰又开始一齐向港口后面的高地炮击，在山上掀起一层层烟火弹幕，军舰上放下更多舢板，来回接送一批批登陆的海军陆战队。

山中的守军遭到猛烈的延伸炮击，立足不住，开始往后撤。有一个营的兵勇一口气跑了十几里。法军天没黑就占领基隆港，用火药炸毁全部工事。他们下一步的目标，是基隆街市和附近的煤矿。

刘铭传在山上观战，见识到法军的炮火如何铺天盖地，如何横扫战场，感到五内震撼，却并不感到意外。他深切体会到枪炮落后只能挨打，忧心如焚。把全军撤到山后避炮，他心里盘算以后怎么办。

基隆街市和煤矿都在海边，法军有军舰上的舰炮支持，清军阵地上守军无法存身，法军唾手可得。如果坚守基隆，守军全部在军舰炮火范围之内，无异于在虎口里作战。刘铭传再看手下的官兵，到现在还惊魂未定。

晚上，刘铭传召集诸将到后营议事，跟僚属一起用饭。他神色黯然，很灰心的样子，对大家说："鄙人当年人数千，可破粤捻十万众，靠的是部下唐殿奎和刘盛藻，他们若是还在，我何惧法人。"

在座的总兵章高元和游击邓长安是直性子，一听这话，当时筷子一扔，同时跳起来，目眦尽裂，厉声说："何目中无人！我等从公十余载，今公困绝域，义不生还而已。"

他们是刘铭传的旧部，听不得他这样拐弯抹角地说话，轻贱本军，绕弯骂人。刘铭传投箸起身，过去握住两个人的手，说："好男儿！奋勉立功，唐、刘不得专美于前。"

当天晚上，下起倾盆雨，刘铭传和众将商议，登陆的法军今夜在水里睡觉不会安稳，明日，很可能会攻打基隆以立足。

次日清晨，发现海岸上的法军并没有动，出外打探的人回来说，法军正在沿海建立临时营房，修补防御工事。

法军在等待太阳照射的角度。

下午二时，利士比准将等到迎面照射眼睛的太阳偏离的时候，才派出八十名陆战队员登陆，向一片俯视基隆的高地进发。

陆战队能看到高地上有一个清军的阵地，最前面有一道土墙，墙头上长青草，墙上有炮眼。派出的八十人是火力侦察部队，后面跟着一百二十人，中间，是拉着四门钢炮的炮兵。

他们从滩头往北走，进入丘陵，草树茂密，一片翠绿葱茏，满目荒山野菁，树上藤木缠绕。基隆多雨，六月天，十分湿热，在半人高的荒山蔓草上空，下午也有雾气蒸腾，看不太清前面。

他们是海军陆战队侦察连，在越南打过仗，有作战经验，白色的水兵服太显眼，都身披用嫩树枝编成的披肩作伪装。进入山地之后，动作极为轻捷，不易看到。他们走得很小心，最前面开路的人，不时停下来警戒，端着枪四面观察，后面的人走到前面去，递进前行，一段一段，慢慢往前摸，准备到了射击范围之内，就开炮轰击清军的围墙。

突然间听到对面一声枪响，子弹从领头的少尉头上飞过去，侦察队立刻散开，在山间道路两侧的树后和土坡后面还击。

他们的正面，是福建福宁镇总兵曹志忠的防线。营中刚配发了刘铭传要来的几百支后膛枪，看见法国侦察队已经走进射程，有人先开了一枪，双方开始对射。对射一阵，法军意识到，对方有了后膛枪，但并不是很担心，看来对面的清军的枪是新发的，还不太会用，他们打不准。

曹志忠手下有二百人，他们一边开枪一边向前冲，迎头攻击，已经死伤了好几个，却没有打中一个法军。侦察队虽然人少，见状不退，知道对面的兵，不懂用枪。队里有人爬到树上，笑嘻嘻居高临下射击，像是在进行一场狩猎。在越南，他们所向无敌，法国人用法国枪，世上绝配，前面来的二百来个愣头青，不算什么，来到面前就死得差不多了，猎物而已。

曹志忠十五岁投军，在霆军里跟着鲍超打仗只知进不知退，二十五岁已授提督衔。前一日，刘铭传移军后山，让他在前山坚守，对他有些不放心，嘱咐他说："事急则退。"他满不在乎，跟刘铭传说："军门在后路经营便可，我在前敌，无忧。"意思是，您太婆婆妈妈，快走吧。刘铭传见他奋勇，能识大体，很赞赏。

曹志忠不知道，刘铭传在后营激将的当晚，已经有所布置。

双方正在枪战，侦察队发现在左右两侧山上山下的树丛里，都有穿蓝色军服的小队，正向自己的后方飞奔，这才意识到进了包围圈。他们立刻撤退，后面的炮兵已经来不及架炮，只能后退，再后面的一百二十人大队，看见了前方的形势，立刻跑步向前，赶去支援。

法军侦察队的左侧是台湾提督章高元带领的一百多人，右侧是邓长安的六十多人，从两面迂回包围。正面交锋的曹志忠营兵还不太习惯用洋枪打仗，所以人人身后背一把刀，见到两侧的友军来相助，军心振奋，索性把枪扔了，一起从背后抽出刀，蜂拥而上，冒弹雨疾进。

侦察队三面被围，心不定，打枪打不准，支持不住。但是，不能转身跑，因为左右两边突然出现的清军是洋枪队，这些人会用枪，是受过训练的淮军，转身，即成猎物。法军前队有人伤亡倒地，立即各自寻找掩蔽物，边打边退，四门火炮已经丢了。法军后队迅速进入战场，但也不敢太靠前，他们用排枪阻击追赶的清军，海上的舰炮已经开炮拦击。

荒野密林深处，清军散开队形追赶，三面合围，边打边围，他们对身边炸开的开花弹全然不理会，双方距离已经越来越近，海上的炮击挡不住了。

法军侦察队用了一个半小时，轮换掩护撤退，艰难后退一千二百米，终于与大队会合，全部退回到海岸，分批乘坐舢板回军舰。当夜，法国军舰离去。此战，湘淮两军联手收复基隆港。

光绪十年（1884）六月十六日，法军进攻基隆得而复失，没有成功，退回到海上。这次法军攻台失利，就当时局势而言，对于中国很重要。北宁战败以后，中国第一次获得胜利，胜利虽小，却鼓舞了民心士气。

驿马进京，全城欢腾，士民奔走相告，紫禁城前，金水桥边，晚间摆出华灯。慈禧也十分高兴，拿出内帑三千两银子犒赏基隆参战各营。清廷坚定了抗法的决心。

46

远东海军司令孤拔很不高兴。基隆的战斗，不过是一次试探性的进攻，没有得手，不算什么，战斗中取得了经验，了解了对手，可以制订更合理的计划，很正常。可气的是法国政府，糊涂，不听劝，自作聪明，偏执。

利士比准将从基隆回来以后，孤拔把远征舰队的三十几艘战舰集中在闽江，封锁住出海口。他在旗舰上用电报和国内讨论下一步的行动。

孤拔坐在旗舰会议厅里看国内发来的电报，看完就攥成一团扔在地上。他转过身，对军官们说："巴黎就会讲大道理，中国的事情，一点也看不见，看不懂，但是他们滔滔不绝。"

法国海军每艘军舰上都有专门收集情报的军官，都有详细记录中国各方面情况的航海日志，当时各舰的舰长和情报官们正在汇集档案，分析情报。

利士比说："台湾和越南不一样，台湾是中国的本土，大国的抵抗深厚而长远，只夺取基隆煤矿而不占领整个台湾，是不现实的，基隆会永无宁日。但是想要同时控制越南和台湾两个地方，也不现实，我们在远东没有这个力量。”

海军陆战队的军官说：“基隆的战斗确实暴露了这个问题，基隆，对于我们来说就是中国人所说的鸡肋。我们为什么不能按照孤拔将军的计划去干，同时袭击厦门、福州、南京、吴淞口、旅顺、威海和天津，只有这样做，中国政府受到全面打击，才会被震撼，天津的谈判才可以结束。”

孤拔说：“我的军事计划是合理的，但巴黎不同意。内阁被李鸿章欺骗了，和李鸿章谈判的福禄诺向政府报告：李鸿章是在真诚求和，希望政府给他面子，不要太过激。内阁因此不同意我的计划，他们坚持要打台湾，现在好了，我们在台湾的泥潭里打滚。”

孤拔没有说错。李鸿章在谈判时，法国人已经明言相告：“现在是讲力不讲理。”那还有什么可谈的呢？大家无非避实就虚，在做戏而已。他在争时间。当时李鸿章在天津一面虚意调停，一面给潘鼎新写信：“严饬各营驻扎原处，不准稍退示弱，若法兵扑犯，唯有与之决战，力遏凶锋。”

利士比说：“我们现在仍然可以先不管台湾，在沿海各地游击，或干脆直接在大沽口敲击这个帝国的心脏。”

孤拔说：“我一直在说服巴黎，他们不听。他们说，‘台湾的战斗既然已经开始，撤出，就意味着法国的失败，政治和军事上的双重失败，共和国付不起这个代价，中国政府将会更加执迷不悟地拒绝赔款’。巴黎就是这样，从遥远的埃菲尔铁塔上瞭望远东，不知道一个没有军队的军队正在怎样跟远方的两个国家同时打仗。我要求增援，他们说现在没有人可派，需要时间。”

军官们议论纷纷，都说，不管打哪里，无论如何都需要继续敦促政府尽快派来两千军队增强远征军。

远东交趾支那舰队和巴黎之间的电报不停地往来了半个月，政府仍然坚持打台湾，并已经开始动员，从国内和北非殖民地调集军队，同时向越南和台湾运送。清廷在欧洲的公使们都发回了警告：“大战即至。”

两广总督张之洞在广东筹办抗法粮饷、军械和兵源，对于怎样保住台湾，向朝廷提出了建议。他的建议是“战越牵敌”。他主张：在越南的桂、滇两军要东西两路出击，分散和牵制在越法军主力，不让它抽身去台湾，用越南的攻势支援台湾的防卫，以越南的攻战协助台湾的坚守。

中枢采纳了他的建议，按照这个策略制订军事计划，开始向越南和台湾两地调兵。越南和台湾，由此变成一个战场上两个相互呼应的战区。

光绪十年（1884）七月，潘鼎新奉诏集师，全军南下攻法，分两路向北宁和海阳方向挺进，进军到谅山外围一线；岑毓英的滇军和黑旗军奉命引军南下，去攻打河内西北面的宣光城，如能克复宣光，就可以争取收复河内，再东向夺取北宁，切断谅山法军的后路，形成战略合围。

越南的法国军队人数不多，入越官军各路出击，它防不胜防，终将崩溃。这样布局，战略上是合理的。

但是局部和细节决定成败，道理和实战不是一回事。

谅山地贫，田稼不收，潘鼎新在谅山无法就地纳粮，内地转运粮秣十分困难。当时，王德榜的定边军、冯子材的萃军、王孝琪的勤军后援各部或正在国内招募新营，或因路途艰难遥远，一时不能到达，而此时的台湾随时会遭到强敌的进攻，形势刻不容缓。大陆从东南沿海向台湾增派的军队，遇到法军的海上封锁，穿越海峡非常困难，潘鼎新不能再等，决定立刻出击越南的法军，把他们牵制住。

尽管银饷、粮食、枪械和兵力都缺乏，但因台湾危急，千钧一发，潘鼎新决意出战。他大军未集，就开始督师南下，要在法国的援军到达之前先发制人。此时，西路的岑毓英滇军和黑旗军正在向红河三角洲集结，准备围攻宣光城，配合潘鼎新在东路的进击。

法国恰恰也正在这个时候发动进攻。光绪十年（1884）六月，第三共和国议院通过了海军殖民部拨款四亿法郎的“东京议案”，在越南集合军队，分两路进攻潘鼎新，欲趁他厚集大军之前把他赶出越南境内。

两军相遇，战事在谅山以南的船头和郎甲两路同时爆发，形成对攻。

光绪十年（1884）八月十二日，广西提督苏元春引军夺得船头前沿的法军炮台；八月二十日，另一路，记名提督南邵总兵方友升在郎甲和法军相遇。

方友升是长沙人，从军以后，跟随左宗棠在西北平乱，在刘锦棠麾下收复新疆，他立的功都是用受伤换来的，功劳全刻在身上，浑身上下全是伤疤，因此出了名。有一回觐见光绪皇帝，光绪在殿上要看他的伤，见到伤痕有如花纹缠身，大惊，恻然不忍，有所感慨，慨叹道：“啊！万军之中，却是如越虎狼之境！”

方友升在郎甲扎营等待后队。那天，来了很多当地百姓，担着猪羊酒肉来犒军。方友升请乡人头目到帐中饮酒酬谢，席间，越南的民众问他，为什么不出兵进攻法军。方友升是直肠子，当时脑子没转弯，老老实实地对他们说：“我军还没有来齐，营垒也没筑好，现在还不能速战。”

来犒军的人是教民，是法军派来的。这下探明了方友升的虚实，两天以后，法军的主力突然在四周出现。

八月二十日，天方明，清晨起大雾。方友升在一公里长的战场上列阵，对面，是尼格里将军第二旅的三千法军和大批教众。

湘军打仗，靠的是筑营垒，每到一地，各营先围着营房，里外建造两道圆墙，墙高八尺，厚一丈，墙后面垫出土台，上面可以站人。外墙之外、外墙与里墙之间，都各挖一道壕沟，外墙壕沟之外，架设有鹿砦。他们深挖沟、建壁垒，做成连营，以守为主。

湘军以前在江南和太平军打仗，用这种战法，三万人挡住了忠王李秀成援救天京的二十万太平军雄师。曾国藩初建的湘军，每营有一百八十个民夫，他们专门管挖壕筑垒，各营三分之一的民夫其实就是工程兵。

方友升缺少枪炮，营垒又尚未建成，面对突然来袭的法军，只能布阵迎敌。潘鼎新所辖诸将，苏元春、王德榜、方友升等人，都是湘军出身，而湘军的营制就是按照布阵的需要组建的。

方友升的营制，每个营分前后左右四哨，每哨分八队，每队十人或十二人，每哨官兵八十四个人，每营战兵三百三十六人，有的营带两个劈山炮队。

方友升在战场上列出他的战阵。

军阵摆开，是一字阵形，横贯战场。每营各哨一字排开，一、五两队用抬枪，抬枪队十二个人，二、四、六、八队用刀矛，三、七两队用洋枪，前哨在正前面，左、右两哨在两侧稍后，后哨在前哨的斜后方，各哨是个菱形，各营依次横列，参差错落，劈山炮队列在缝隙其间。劈山炮是霰弹炮，炮弹中装一百多个群子，点燃火药发射，近距离杀伤力很大，是“不仁之器，当者身裂”，很厉害，但是打不远。各营成两线，前后交错排列成阵，形成两道漫长的拦网。

这种由火器和刀矛构成的一字形战阵，每人间隔五尺，在敌人来到两千米距离的时候，劈山炮先发弹炮击，五百米距离时，放抬枪，二百五十米距离时，放洋枪，火力越来越密。各哨三、七两个洋枪队的位置错开，可以覆盖宽面。每队十人竖排，开战时，前后行走如车轮，交替射击装弹，可使射击不断。这，是使用前膛枪的军队的打法。

敌人来到近前的时候，四个刀矛队上前扑战厮杀，前哨和后哨在交战的时候要配合，我退你进，轮流替换，相互支援，补充休整，填补空缺，救助伤员。

方友升把五个营按这种队形一线展开，形成一个三千多米六里长的战场，自己带着三百骑兵掠阵。他有两千人参战，有六百支洋枪和二十三门霰弹炮。

方友升知道，自己的枪炮不如法军，打不远，血肉之躯的军队若是死守不动，就是等着被火炮屠杀，所以他只能进攻。清晨的雾，还没有散去，他令旗举起，全军发动，攻击前进。

法军的大炮只要能看见人就能打到，所以清军还没有动，法军已经开炮了。炮火在清军前进的队伍中炸开，死伤累累，成片倒下。镇南副中营的营官副将王绍斌、广武前营的都司黄立均、后营参将胡延庆等人，见到官军尚未接战就被大炮炸死很多，纷纷策马冲出本营，带亲兵马队从正面和两侧冲击法军，想要抢进法军的炮阵去夺炮。骑兵们被密集的弹雨纷纷打落马下，活人所剩无几，已经冲入法军阵内的，下马格斗。

这时，骑兵身后的步兵有的已经被炮火炸散，有的溃逃，有的前赴后继，冲入敌阵加入混战。方友升率领骑兵突入法军阵中，他的右手腕已经炸断，就下马用左手持刀参战。

法军阵营坚固，攻防变化灵活。第二旅的步兵见到清军骑兵陷阵，立即在火炮阵地前方和两边自动组成几层人墙，一簇一簇，参差错落，密集的枪队从各个方向射击，有些善于使用刺刀的外籍兵团士兵迎上去同清军短兵相接。中央和两翼都出现六人一组的法军骑兵，冲击穿插，专门袭击清军炮兵、追杀逃兵，寻隙斩将夺旗。有以排为单位的突击队发动逆袭，也有即兴纷纷冲上去拼命的狂热越南天主教徒。

被打散的清军重新集结起来发动反击，遭到炮火的覆盖，死伤越来越多。几次反击以后，方友升部下营官和哨官全部阵亡。因为缺少下级官弁，清军很难再组织起来反攻。

当天的战斗持续了四个小时，方友升的亲军马队只剩下二十七个人。全军溃败，他突出重围得以逃生。是役，清军阵亡六百四十人，法军阵亡二十一人，尼格里将军受轻伤。

郎甲惨败，朝廷一反旧制，没有治罪，反而遣使传书抚恤慰问。现在，清廷已经知道了，炮火比人厉害，方友升军是以弱战强。我方何其弱，彼方何其强！

尼格里的第二旅在郎甲获胜之后，立即赶往船头去支援端尼叶上校。端尼叶的一个团一千人正在船头和苏元春的五千人激战，坚守船头炮台。

郎甲之战的两天之前，东路苏元春部已经与法军的前锋遭遇。苏元春和总兵陈嘉分两路与法军对敌。前来的法军只有七百人。人数虽然少，但战斗力很强。当天一战，清军营官、哨官阵亡、重伤七人，陈嘉胸前和肩头均中弹，裹创力战。十九日、二十日继续交战，法军因兵力不足，全部退到船头堡垒集中兵力坚守。二十二日，尼格里的第二旅主力从郎甲驰援赶到，实力增强到四千人，开始转守为攻。

桂军此时经过潘鼎新的裁汰整顿，又因主帅黄桂兰之死，悲愤莫名，要报仇雪恨。他们一反故态，奋起反击。他们的手中已经有了一些从内地运来支援的毛瑟枪和远程大炮。苏元春很快直接攻入河小岭，牵制住法军主力。总兵陈嘉从侧面截击进攻的法军，营哨官兵人人奋勇，飞身入阵短兵相接，统军将领亲自燃炮，各军死伤遍野，仍死战不退。

二十二日的战斗，法军为了避免遭受太大损失，停止了进攻。苏元春桂军十个营的统领，三名阵亡，五名重伤，士卒阵亡一千多，受伤的更多，损失惨重。

战后，越南的法国陆军向法国政府报告："遇到中国精锐部队，此军悍勇非凡，是以欧洲的方式操练的军队，装备精良的枪炮。"

潘鼎新知道，他们血战求胜，不容易，上疏朝廷为桂军请命授功："苏元春勇谋出众，血性过人，每战必先，三军用命，船头之战，以孤军当劲敌，陈嘉忠勇素著，艰苦不渝，为武将之所难能，仰恳天恩优加奖赏。"

船头之战打了四天，虽是惨胜，慈禧太后仍然很高兴，毕竟是个胜利，送去内帑银三千两犒军。

从光绪十年（1884）下半年到光绪十一年（1885）初，潘鼎新在观音桥、船头、郎甲、陆岸、纸作社、丰谷、坚牢、谷松、东岭、河阳、驱驴、谅山、文渊等地，大小数十战，打的都是惨败和惨胜的仗。麾下各军在越南北部各地奋力血战。将佐从营官到哨官，从提督到六品军功，仅军官每战阵亡便达数十人。仅九月九日一次会战，清廷颁旨议恤的阵亡将领就有三十四人。潘鼎新军队里已经快没有带兵的人了。

潘鼎新在越南遇到的另一个敌人是瘴疠，王德榜的定边军五千人进入越南没多久，还没有接战，就病死了两千五百人，不得不再回老家去招募新勇。各军病死的人数比战死的人数要多，刚到九月初，瘴故身死的提督、总兵、副将、参将和游击已有八人。

桂军在越南与法军竭力缠斗，付出的代价并不是徒劳。其屡战屡败、屡败屡战，浴血拼搏，就是咬住了法军不放，为越南和台湾的战局都赢得了时间。冯子材的二线后续，刘铭传在台湾的备战，均赖此得以完成。

潘鼎新向朝廷报告战况，为有功将士请功，也向上汇报在越南用兵的三个困难：第一，法军战斗力远远超过清军。法军每战不过千余人，以其枪炮之利，我军四五千当之，犹觉吃力。如果法军再增兵，我军很难支持。第二，谅山一带，通向中国的隘口太多，不分兵守，守不过来，分兵，则太弱，有步北宁后尘之忧。第三，运输道路遥远艰险，粮饷枪械补给困难。如果法军增加兵力进攻谅山，谅山可能守不住。

潘鼎新、徐延旭、黄桂兰等人的所见，是旧式军队在与新式军队交战中得来的血的认知，是一点一滴用人命换来的。中法之战，是以旧战新，新旧二者的差别不仅在于枪炮，而且在于战斗力，战斗力不仅在于枪炮，还在于军队的构成、功能和训练。从此，朝中洋务派开始思考新式陆军的建立。

鉴于潘鼎新对前敌战况的汇报，军机处决定增派援越军队，加紧调动魏纲、冯子材和王孝琪的三十一个营一万五千五百人入越增援。但是因为路途遥远，法军大举进攻谅山的时候，援军未能及时赶到。

光绪十年（1884）十二月十四日，法军本土增援部队从海上到达云南登陆，组成谅山远征军。十九日，主力第一旅、第二旅及各兵种部队八千人分道行军北上，向谅山进发。二十日，先头部队在离谅山一百二十里的谷松一带与苏元春部南下先锋陈嘉六个营三千人遭遇，展开战斗。激战中，陈嘉中炮，受创昏迷不醒，被左右救下。谅山之战开始。

47

东路的桂军在船头和郎甲同法军激战的时候，西路的滇军和黑旗军围住宣光城，同时发动，应援东路。

光绪十年（1884）八月，法国海军突袭福建水师，又攻击台湾基隆的时候，云贵总督岑毓英乘一条小船去往文盘州，途中召见刘永福，和他约定，滇军会同黑旗军和唐景崧新建景军会攻宣光城，克复宣光以后再攻打太原、河内，然后去会合东线潘鼎新的桂军，前后夹击合围谅山的法军，以期全部收复越南北部。

十月，滇军、景军、黑旗军集结，先收复宣光外线的地区，然后包围了宣光。十二月初八，开始联合攻城。

丁槐的四千滇军，主攻南门；唐景崧的两千景军，助攻东门；刘永福的三千七百黑旗军在宣光城外东面五十里的左育设伏，负责堵截沿大河来救援的法军；滇军何秀林部三千六百人正在赶来的路上。官军合围宣光的人数，在一万二千人上下。

而宣光城内的法军正规部队只有七百人。

宣光城建在一座非常陡峭的山丘上。城堡是一个每面三百米的正方形，山脚下，东门外，是明江。城堡的前方有一条快要干涸的小河，河对岸有一座宝塔，宝塔是法军前沿哨所。宝塔和城堡之间，是一条很深的战壕，炮火不能及，战壕连通城内和宝塔前哨。明江上，有五艘法国军舰组成的舰炮支援火力。城外有几座炮台把壕沟接连贯通，那里是法军的外围阵地。宣光是一个易守难攻的地方。

城内法军虽少，却有很多装备精良的教民共同守城。这些教民因为黑旗军对越奸的严惩政策，已与其结成死仇，不共戴天。教民人人知道，城破即是身灭，都有死战的决心。

唐景崧劝说刘永福内附以后，一直与黑旗军并肩作战，参与过河内、山西、北宁战役。朝廷论功，赏了个四品卿衔，之后他就一直在援越的桂军、滇军、黑旗军、抗法越军和越南义勇之间奔走协调，秘传军情，牵线搭桥，组织协作，广结豪杰义士。唐景崧人脉广，也很熟悉地方民情，四处收集战况和情报，参议军政。力主抗法的张之洞授任两广总督后，让他回国招兵，建起景军四营，有了自己的军队。

国家四方危难，时势造人。刘铭传去台湾，从武职转变成了文官，唐景崧去越南，从文官变成了武职。唐景崧以前在吏部坐井观天，总想着海阔天空，自引一军征战，现在才知道从戎报国的艰难困苦。越南残破，景物凄迷，烽烟遍野，血雨腥风。战场上枪林弹雨，命悬一线，人命如草芥，朝起暮殁。平日阴雨连绵，终日病痛，浑身湿漉，不得温饱，经常是连个干燥可以睡觉的地方都找不到。大丈夫不是那么好当的。来的时候，自己的新军子弟兵还没走进战场，已经病死了三成，边走边埋，战争的伤痛已深入五内。但那时，他还没有领略痛入骨髓的战争境地。

景军刚到了宣光城外，听说丁槐的定武军已经攻下法军的前哨宝塔，扎下连营，开始筑垒围城了。

两军按计划，定武军主攻南门，景军助攻东门，约定在十二月十一日，拂晓五鼓天不明，燃火箭同时发动。

唐景崧去东门外察看地形，见那里是一片水网湿地，紧邻一条大河，城外没有开阔的地势，攻城的军队如果太密集，挤在一处，受到炮火拦截损失会很大，他觉得不能硬攻。攻城前夜，他派人先秘密渡河，到河对岸一座山巅背后潜伏，然后布置第二天攻城的办法。

他对诸将说："东城外，是一片三歧浦地，地势又很狭隘，一侧是大河，不能展队、不易进兵，各营不要急攻。明天拂晓，丁军门攻击城外南寨，敌军必会开东门出城去救南门，你们埋伏在半里地之外，等夷匪的大队过去，就尾追其后，同丁军门前后夹击，痛加剿灭。今夜，我已派人去前面河对岸的山后蛰伏，明日敌军一出城门，前山之上就会有人摇旗，你们不见到摇旗，千万不要动，等东门的敌军去远了再动。"

景军的一个管带谈敬德，打仗很勇敢，自报要当前锋。唐景崧觉得他平时很急躁、太好胜，有些犹豫，怕他误事。再一想，猛将不当前敌，是为养兵不用，就同意了。

谈敬德回到营帐，对左右说："明日，是恶战，我效命以报统领，没有妻子儿女，死不足忧。我战死，就把我的骨殖背回老家。"

当夜，谈敬德不睡觉，和部下饮酒直到五鼓时分。天未明，他带着五个亲兵骑马先行，来到东城下，他的后队还没赶到，见到南门外，已经火箭升空。此时丁槐偷袭城外的南寨，已经摸进寨内，正纵火焚烧寨围。谈敬德心太急，没有听清唐景崧的命令，见到城南火起，大呼：

“丁军门得手哉！”吹响号角，全营闻角骤进。

谈敬德动手太早。东城的法军此时刚出城，正在整队，正要去南门支援，见到景军来攻城，就不去救南门，集结了很多人专门围攻谈敬德。东门不断涌出法军、教民、西贡来的越军和武装居民，也有雇用的客匪，人很多。法军在城头和两侧的山丘上、从河里的炮舰上，集中火力，枪炮齐举，轰然雷鸣电闪，火蛇交织，突发一道道火网，猛烈不可当。

谈敬德三面受敌，腿胯骨立时被炸得粉碎，不能起身，只能伏岸力战。前来营救的前营营官王定庵对他说：“你退，我兼押汝队接战。”谈敬德不退，说：“统领亲督阵，何敢退，今日有前无后，战！”

王定庵起身挥刀奋进，被子弹打穿左腿扑身倒地，又连中几弹，受了重伤，被亲兵拖拽回营。

唐景崧在后方带亲兵督战，看见谈敬德没有按照号令行事，急得在马上立身大骂，立即拍马赶往前营，正看见一发炮弹炸开，把谈敬德的下半身炸没了。此时景军已经没有了战法，各营自顾上前接战，进攻的法军坚决不退，景军也不退，两军相持酣斗。

这时，丁槐派来的快马通报，告诉景军：此时千万不能退兵，滇军已经攻占城外的南寨，正在挖掘地营，如果景军一退，东门的法军去增援，南寨就守不住了。

此时，唐景崧部下四个营官，谈敬德已经阵亡，还有两个受了重伤，只剩下后营的张金泰。张金泰在前方的炮台上受到法军密集步枪的截击，撤不下来，东门外的两个营没有主将，哨官和把总们多数战死。唐景崧下马亲去前方带队。

唐景崧在东门外又打了三个小时，天开始下雨，眼前硝烟弥漫，尸横遍野，战局非常混乱，各营有的在攻，有的在守，雨幕中，不见胜败分晓，只有烟火连绵，肢体横飞。枪炮的声音在阴雨中异常地响，咔嚓嚓像天崩地裂。双方对战到下午三时，法军才退回到城里。

当天，景军战死者一百多人，伤者不计其数。唐景崧抢回了谈敬德的半个尸体，回到营中对着尸体哭了一阵，亲手给装殓好。勇士身亡，他只想报仇。以后的两天，清军继续攻城，但是死伤更多，没有战果。

清军在中法战争中同西洋的新式军队交战，武器落后、体制陈旧、纪律松散，很容易突然溃散。但是他们也在进步，越来越了解自己的短处，也知道了要扬长避短，凭借现有的条件应对战事，想出些新的办法。

唐景崧攻不下城，愁眉不展，想不出克制守军猛烈枪炮的主意，就去城南见丁槐。他听说滇军打仗愿意动脑筋，使巧劲儿，早年在云南和杜文秀的起义军作战，学会了义军构筑地营的办法。建地营，与洋人对战能避炮。

丁槐是云南人，从军后，跟着岑毓英和云南提督杨玉科，不仅作战骁勇，也是个儒将，诗、书、画均有造诣，他画的梅花当时很出名。此人打仗，喜欢别出心裁。唐景崧听说，这几天丁槐在城南偷袭、纵火，飞驰穿插、疾进疾退，虽然没有攻进城去，但占了南寨，杀伤不少敌军。他不守旧，跟他去合计合计，或许能有什么办法。

丁槐见到唐景崧抚慰一番，先说起前几天的战事，然后话锋一转，忽然扯起闲话。

丁槐问他：“唐大人，请问越南地方，什么最多呀？”

“兵连祸结、耕田荒芜，现在也就剩下草最多。我看这方圆数十里，尽是齐人高的荒草。”

丁槐说：“不错，荒草最多。当年诸葛孔明草船借箭，周瑜火攻赤壁，我军变个法子，用‘草攻’怎么样？”

唐景崧没有听明白。丁槐给他讲了一套新发明的战术，对他说：“营中无利炮，士卒攻坚死伤太多，出于无奈，昨夜想了一宿，给逼出个办法。”

以后的几天，宣光城很平静，定武军和景军没有攻城。

他们分出军兵，一部分人在城外割草，把割下的荒草打成一抱粗、三尺长的草捆，在河中浸湿；一部分人在夜间挖战壕，从距离城外炮台数百丈的地方开始挖，壕沟深挖，很宽阔。几天来，他们打了几十万束草捆，壕沟也越挖越长，可以容越来越多的人进壕沟一起挖，越挖离法军的阵地越近。城外三面，各条深壕齐头并进，像几条长龙向宣光城游去，推进延伸。人在壕沟中行走，不易被枪炮打到。

壕沟挖到离法军炮台二百丈的时候，军士们开始在壕沟中向前方运送草把子，负草壕行，鱼贯往来，在战壕前方堆起一座座草墙草山，草山后面的人拾起草捆投掷到前面，草山就慢慢向前移动，似乎是在自己向前走，草滚墙立，人躲在后面不受枪。后面的人，在草山掩护之下，继续挖深沟掘地道，把炸药和地雷送到法军炮台下的地底。各营挖沟滚草，轮班值替，日夕不绝，前沿阵地上，到处是自行向前滚动的草山。滇军给这个战法起了一个名字，叫“滚草龙”。

草山滚到炮台前面，突然坍塌，覆盖炮台，后面的清军立即援梯而出，蜂拥围住炮台扔炸药包。有的草山到了炮台前面，忽然被点燃，烧起大火，变成火龙，烟熏火燎，把炮台里面的人连烧带熏赶出炮台往城里跑。

他们用这种办法打掉了城外所有的炮台。

起初，城内法军见到城外的景象都很奇怪，不明白城下在干什么。此时战场上一片寂静，雾霭之中，法军眼睁睁看着城外四面八方都是草山，草山自己从远处走过来聚拢围城，一时没有反应过来。等法军看明白了，急忙开炮，把草山炸得灰飞烟灭。过不多时，草山再次出现，继续往前走，还越来越高。城内不知道该不该把炮弹和子弹都用在打击草垛上，城里的弹药会用尽，城外的荒草可是取之不尽。于是城内不再开炮开枪，几股教民趁黑夜出城来放火烧草山，都被乱枪乱箭打了回去。

那些天，丁槐自己也没闲着，又发明了一种新式土炸药，把棉花在硝石水里浸泡，再晾干磨碎，混在黑色火药里，能增加火药的炸力。

宣光城外，一时间变成一片工地作坊，有打草的，有捆草把的，有建营垒的，有挖壕沟的，有开地道的，有制作竹梯的，有做炸药的，有制作火箭的，有给炮弹换火药改装炮弹的……丁槐从湘军那里学来的营制，在新战法中也发挥了作用——湘军各营五百人，其中一百八十人是壮丁役夫，专管挖沟建垒，运输搬运，实为兼管后勤运送的工兵。

清军挖壕建垒，日夕不绝，从南、西、北三面合围宣光。东门一侧临河，不能围。十里之外，在左育，有刘永福两千人在河上截击来援的法军。有一天，刘永福从河里捞上来一个玻璃瓶子，里面是宣光城守军向河内求救的字条。他猜测，这种瓶子河里会有很多，所以估计法国的援军快到了，但是何秀林的军队还在赶来的路上，黑旗军打截击的人太少，兵力不够。他赶紧上报岑毓英，要求急运两万斤炸药来。刘永福在左育法军来援的路上布下了地雷阵，这是他善用的办法。

宣光城外，围城的壁垒工事建造完成以后，极为壮观。三面都是比宣光城大数倍的城池，纵深及远，堡垒林立，战壕纵横，军旗飘扬，通向城墙的壕沟很多，长二百丈。云南记名提督何秀林前来助攻的三千六百人也到了。

十二月二十八日，滇军挖掘地道完工。二十九日深夜，唐景崧单骑赴西门，往会丁槐。

下了马，二人席地而坐，一语不发，观看攻城。

48

滇桂两军挖空心思对付法国枪炮的战法，使他们接近到了宣光城墙的底下。到了此时，智，用尽了，拉近两军距离的效力已达到极限，下面的事情，是勇，靠拼命。

引发地雷轰炸城墙，炸开缺口，自然不难。再往下，别的没用，最终成败所在，是人能不能冲得进去。

滇、桂、景三军，各在营前祭旗誓师，集合敢死之士。

决死先锋分两队，前锋三十人披甲，用朱砂抹额，皆算作已经战亡之人，由朝廷封荫，退者人皆可斩。后队五十人，不带甲，赤膊轻身上阵，周身墨笔写明何方人氏，里籍家乡地址，浑身像刺青，战殁后，方便事后战场上寻身认尸，送返故里埋葬。

冲击城墙的缺口，是一场比赛，一场赌博。胜负，要看城内的枪炮杀得快，还是他们冲击得快，要是没全打死，有人能冲到守军跟前，大队跟进上来，取胜就有望。此战决定生死，事不成，全军就断粮了，彼军援至，三军尽灭。

面对利器，谋事者用心，前敌者用命，剩下的是天意。

前队三十人披甲，他们是肉盾枪靶子，能冲多远冲多远，后队五十人要跑得快，所以不披甲，是引领主军的前驱。

各军都快断粮，他们，可以吃一顿饱饭。拂晓，待地雷发作，三面同时发动攻击。

各军先锋夜间出发，趁着夜色摸到了城墙近处。白天不行，城上有枪炮截击，将会未至已损。出发的时候，全军沐浴、整衣冠，列队注目，将佐皆跪拜。人人知道，他们此去，为的是国，为的更是给本军多留下一些性命。雷发破城之际，如果全军并进齐攻，对面枪炮齐射，死人会更多。

十二月二十九日天未明，滇军引发地雷破墙。远处，城墙底下发出闷雷的声音，地面震动，滚雷由远及近从地下传过来，脚下地面震颤如波涛滚动。各军先锋闻声即发，纵身跃出战壕。他们分散开来，跑进城外方圆几百丈的开阔地，都向缺口两侧的城根下面聚拢，踩砖石而上，砖石下面，还有没被炸死的守军在脚下呻吟。

滇军的一支前锋队先到，五人一簇，一簇拥一旗，抢登城墙缺口，带队的哨官和他带领的一队先被一阵枪炮连人带旗炸得踪迹全无，后继的小队也被步枪打得肢体俱解，滚落到城下。景军的前锋也赶到，脚不停步，前赴后继。前面的三十个人，瞬间剩下六个，他们冲进了城里。

城外能听见城里忽发六声炸药包爆炸的声音，应该是他们接近了敌军，投掷炸药了，但是很快就没了动静，后队五十人接踵而至，也闯了进去，城内枪炮突然发作，听声音，有很多格林炮转轮机枪在扫射。

唐景崧在城外坐地观战，看得心惊肉跳。夜色朦胧，见到一群又一群黑影扑进城里迸发出的流光火焰，有如飞蛾扑进火光，决绝无所惧，一队队连绵不绝。这些人，去而不复返，看见四五个人从缺口中踉跄跑了出来，又回头冲进炫目的战火，必定是发现队中有人没有跟着一起出来，又回去救，结果，他们都没出来。

唐景崧先是席地观战，后来已不知不觉身不由己到了前军，跟随铺天盖地攻城的主军跑到了城下。先锋队的人没有白死，他们为身后的主军抢到了时间。民夫们已经在城墙破口处挖出一道道很浅的战壕，一些士卒在战壕里正与城内对射，有人正在冒弹雨架炮，用火力支援向城里冲击的队伍。

宣光城的侧后方，河上有法军舰炮，城外高地上，有侧击火炮的支援，法军的枪，打得远、打得狠，枪弹的力道把登城的人先推到空中，再掉落在城下。城墙塌陷之处，突破口上血战到了天明，人还是进不去，里面是一个火力交叉的口袋，进去的没有人回来。

天一亮，守军的火力更强更猛烈，是一片暴风雨的声音。城是进不去了。人进不去也已经回不来了，城外的那片开阔地是个绝地，只能黑夜去，白天不能回，视野之内人不能存身。攻城各营只好在墙根下避弹，与城上城里对射，伤亡越来越多。

下午，清军战线的后面跑出来几百人，不带枪，身上背着竹篓。他们跑进开阔地，到了近处，向城下投掷用布包的饭团，他们是给城根下的士卒送饭的。这些人冒着弹雨扔饭团，回来的时候只剩下一半人。

当日攻城不下，城下的军队只好借夜色撤回。

八天以后，再次攻城，不下，反复几次，还是不能破城。后来，没有人再来扔饭团，粮食已经快没有了，饭没法送了，因为全军都在喝粥，粥不能投掷，所以城下交战官兵没有饭吃。

从光绪十年（1884）阴历十一月初九到光绪十一年（1885）一月二十日，滇军围攻宣光城三个月，城不破，局势已经恶化。

潘鼎新在东线浴血纠缠，此时，已用尽了最后的力，全线忽然崩溃，在谅山全军失利，向本国方向后撤。

谅山法军主力立即转向西，回援宣光城，在左育遇到刘永福黑旗军三千人的拦截。一月十六日、十七日两日，刘永福在左育与法军激战。他的人少，只有一个办法，用岑毓英运来的两万斤炸药设下三里地宽的地雷阵。地雷阵烧焦了法军增援部队的前锋，却挡不住它的主战部队。黑旗军已经支持不住。

攻打宣光城的军队必须撤退了——全军被围歼，就在旦夕之间。

唐景崧不甘心，整队再攻，要做最后一击。

深夜，景军营门置酒，为军中剩下的最后两个哨官送行。两个哨官赖朝荣和邹全鸿都是福建人，都是景军的勇士，他们如果战死，景军没有了带兵的人，就等于没有了。

死士视死如归，怎么归，想法也很实惠。站立全营之前，两人接过大碗，喝了酒，赖朝荣咧嘴一笑，对唐景崧说："唐大人，本来以为这回能躲过去，明日天一亮，命途已了。此去，我家中一子一女，日后托付大人照看。职下为弟兄们，也有一事相求。"

"说。"

"随我去者，皆农家子，穷了一辈子，没见过银子，请大人各赏纹银三十两，我们上阵裹在身上。身负白镪，黄泉路上，若遇见个酒肆茶坊戏楼书馆，也做一回手里有钱花的人。"

唐景崧听了想哭，悲怆至极，就跟着他笑了，对左右喊："备车，我亲去驾车运钱！”

光绪十一年（1885）五月十五日，岑毓英上表，为宣光作战将士请功。名单中，三军官佐阵亡者五百余。景军孤注一掷，最后去拼命的邹全鸿是生者立功，同人阵中皆亡。

邹全鸿自此一言不发，所以当日阵中的细事，战后渐无人知。其人身残，回乡籍，里社中设下灵堂牌位，月祀季享，心魄已随战殁者而去。

此一战，三军的智和勇用尽，功过不需人言。

宣光围城之战和潘鼎新谅山之战虽然都失败了，但将士们竭尽全力，用生命为危在旦夕的台湾赢得了喘息的时间，使在越南的法军不能集结起来去支援会攻台湾。刘铭传有了一线机会。

49

东方远征军从法国本土和北非向台湾和越南运送外籍军团和阿尔及利亚军团，在越南组织武装教民、征集民夫，赴台作战。

山西、北宁战后，光绪十年（1884）阴历六月到第二年年初，在越南的谅山和宣光、台湾的基隆和沪尾，出现了四个战场。六月十五日，法军攻打基隆。七月初三，法国在马江突袭，消灭南洋海军。七月初六，清廷对法宣战。七月中旬，潘鼎新举兵南下会战。八月，滇军出兵，围困宣光，战局白热化。

两广总督张之洞上奏北京，讲论中越战场形势："法兰西海军麇集海上，兵势所行，飑风游云之态，指地而雨。深恐登陆东南沿海，或直取京畿腹地，则全国震动。现在它不来直隶，舍其本求其末，远攻台湾，此中国之利。台湾当诱敌力战，牵制使其不能发，沿海局面或可舒缓。彼远在外洋，力专则有所不能及，战亦不能长久。"

费茹理内阁当然知道战略的要害在哪里。不过他们也知道，兵发万里、夺人之国，不是儿戏。诸国正在旁边细细地观看，都想伺机介入，取得利益，岂容法兰西入主亚洲主陆？所以，不能把事情闹得太大，不要演变成国际战争，要把握尺度，夺地紧逼即可，赚取了白银就了结。法国政府量力而行，不想与中国发生全面战争。

刘铭传奉旨保卫台湾，在大陆上，心志还很豪壮，对曾国荃说：“弟赴台守岛，不必带南北洋铭军旧部，让他们守沿海吧。”

可是到了海上，心里就开始没底，到台湾再一看，心都凉了。台北只有兵士一千五，军械破旧，粮饷不够，什么也没有，又拿什么去守基隆啊？

基隆首战胜利，刘铭传上达捷报，心里却明白得很：法军登岸才二百来人，人家的大部队没来，但日后一定会来。一旦来了，大军压境，岛地孤悬四面受敌，军械、银饷、兵员，什么都缺，破绽百出，哪里还有什么势态，累卵之势而已，实为坐以待毙，命悬一线，危在旦夕了！我来也是白来，现在最缺的，是兵。

坐困孤岛，整日揪心，想不出办法，愁！他心里愁，表面上没有事，别人看不出来。

刘铭传登山，观看形势，仗应该怎么打，从高处往下看一目了然：最北端的基隆，西海岸淡水的沪尾港，身后西南方向的台北，是个三角形状。沪尾港离台北很近，我在基隆布兵防守，法军若去打沪尾，再往东，只走三十里地就可以到达台北。台北是一座空城，粮饷、军械、辎重都在那里囤积，城一失，后路一断绝，我在基隆背海困斗，前军崩坏，大军被歼，台湾就完了。基隆不可守，要撤出基隆，去守沪尾，保住台北。

主意是这个主意，却不能说，不能办。基隆一战是个胜仗，打胜了反退兵，朝廷、军队、老百姓都不能让。我刘省三，以前名声就不好，往后，就成了千夫所指的卖国贼。况且名节事小，保国事大，民心一散，朝廷降罪，若再发生民变，自己先乱了，台湾怎么办？

再一想，主军者任事，局外人岂可遥度！法军的舰炮多，步枪猛硬，极为厉害，我们军械差得太远，基隆海岸炮火根本不是法军对手。而法军要占领基隆，必须要靠海军陆战队登陆。他们人数少，进入陆地，一旦深入，没有舰炮的支持，战力就弱了。对，应该放弃海岸，把战场缩回到内陆，让他们进来，进到里面，厚集兵力痛剿，以己之长，制敌之短，现在，只能靠人多。

靠人多，兵员要充足，可现在缺的是兵。

刘铭传想来想去，拿不定主意，愁！愁！愁！

刘铭传的运气好像一向不错，行兵打仗，时有天助，急难之中，也能峰回路转。

光绪十年（1884）闰五月，大陆东南沿海几省发动大规模援台渡海运输运动。中土支援台地，用两个办法：一是南北洋各省渡海运送军队和军需，支援台湾；二是在越南北方四面纵兵厮杀，纠缠不休，牵制在越法军，不让赴台增援。

张之洞派遣广东吴宏洛铭军五营、曾国荃派遣南洋铭军刘朝祜四营、李鸿章派遣北洋聂士成铭武军，三路赴台增援。邵友濂、龚绍瑗在上海设立援台转运总局，调度运输。此时，马建忠已经假装把招商局的船只全都转卖给美国旗昌公司，借《万国公法》的掩护，暗中用洋轮向台湾输送军队和粮饷。

中法双方，在台湾海峡展开封锁和反封锁的较量。

法国舰队在海峡中四处游弋，巡查大陆船只。大陆援台的军队和枪炮物资要在淡水河的出海口沪尾港上岸，所以那里专有两艘法国军舰横在口外拦截。

大陆官船、商船、民船、雇用的洋船偷渡运送，被击沉和风浪卷走的不计其数，仍不计代价、昼夜不息。有些船队想绕道台南，也被法国海军捕获或击沉。没有海军的大陆，铤而走险，赴台船运源源不断，又源源不断葬身海底。

前几个月封海，台湾海峡可谓水泄不通。不过，大陆的船队是铺天盖地地来，硬冲的，偷绕的，冒充民运的，雇用洋轮的，络绎不绝，顽强东渡，自投罗网。法国的军舰太少，实在是应付不过来，有些船就硬钻了过去。这些漏网之鱼，没有人知道他们是怎么过去的，经历了多少艰险和心惊肉跳的时日。

台湾士民整日站在海滩上，翘首盼望大陆的船来。光绪十年（1884）九月十一日下午，台南海岸上的人看见远处洋面上一艘洋轮“威利”号破浪而来。洋轮太大，港外风大浪恶，它靠不了岸，岸边等待的几千只竹筏民船登时蜂拥下海，去接应。船筏击浪往还，拼命抢运，运送过来兵勇、军械、银子、电报线杆子、行军帐篷。岸上台民欢声雷动，跪地叩头，对天遥祝。

随船赴台的官员和押运物资的员弁司事是最后登岸的人，他们个个蓬头跣足，形销骨立，没有了人形，跌跌撞撞，全部虚脱，路都不会走了。没有人去搀扶的，走几步就倒在海滩上。

内地援台，声势浩大，悲愤之举，人物事迹称奇，其中所经的艰险，大都随船沉入海底，鲜为人知。

广东省调派援台的铭武军旧部原是刘铭传最中意的吴宏洛一军。后来改变计划，由粤勇五营代替。

吴宏洛十七岁为父报仇参加淮军，勇冠三军，二十二岁授记名总兵，为人很讲信义。他心想：刘省三坐困台北，九死一生，省督不让我带队去，我自己去看看他行不行？便化装成个渔民，乘一条渔艇，大雪天只身去了台湾。军帐外见到来个渔夫，不让进，让等着。他冻得受不了，只好大叫一声："吴宏洛来也！"

帐内刘铭传大惊，跑出帐外观看，天寒地冻，见来人满面白霜，浑身战栗，急忙脱下狐裘给他穿上，再认人，见是吴宏洛本尊，悲喜交加，但已说不出来话，双手扶着快冻死的人，只是涕零唏嘘。

吴宏洛没给他带来军队，只是一个人来看看。刘铭传强悍的军队是后来台湾自己建立起来的。

大陆援台赴汤蹈火，运来军队万余人，前后膛枪二万支，银钱一百一十万两。其余的，不是中道受阻回返，就是在海中沉没。

台湾的兵不够，却有团练。

刘铭传对团练一向不以为意，乌合之众，不能战。自己的铭军最盛的时候，有一万二千余人，枪炮要用好的，教习用洋人，用自己的办法练就，这才能打仗。团练，可以用来运送物资、营建、警戒、防后路，但不可离战阵太近，太近了，闻炮必散，这谁都知道。刘璈在台地办团练，条规上不是也明说了吗，"不当先锋"。

淡水前敌营务处候补知府李彤恩，见刘铭传心里有事却嘴上不说，满不在乎假装没事，知道他的心思，就拉他去看戏。

二人微服到了戏楼，那天，是艋舺地方京戏哥老班彩旦头牌的《朱仙镇》。

刘铭传观看戏目，眼发直，想不明白，就问李彤恩：“朱仙镇是岳武穆抗金的打戏，没女角儿呀？”

李彤恩说：“督办有所不知，那头牌虽是个旦角儿，却喜欢演武戏，就把岳飞给换成穆桂英了，让下官把戏词儿也都改了。”

刘铭传心领神会，说：“噢，原来如此，李大人戏迷改戏，天经地义。”

开戏，过门儿急急风，那彩旦出场一亮相，满堂彩。明眸皓齿、烟视媚行、含娇欲滴、风情万种，人长得真是好看！

刘铭传又没看明白，小声问：“如此人物，爱演武戏？”

“正是，专演武戏，文戏不唱。”

台上一开打，刘铭传吓一跳，那彩旦身上的功夫十分蛮横，全是真的，再细看，是自幼练就的铁布衫横链。

看下去更是心惊，台上怎么真打？净末旦丑，个个凶恶，痛下狠手，头破血流。

刘铭传见那彩旦太霸道、太厉害，又不解，低声问：“不像穆桂英，怎么像花和尚，台上是男是女？”

李彤恩说：“此人男生女相，没有正名，小名张阿火，台地梨园独秀一枝，观戏之众，望之顶礼膜拜。”

“嚯，奇人奇事哉。”

刘铭传以为李彤恩是拉他来看新鲜，没想到他有用意。

演完了戏，张阿火不卸妆，走下台来直奔李彤恩，一路向两旁喝彩叫好的戏迷人众连连称谢。来到面前见礼，他不认识刘铭传，只是对其拱拱手，转向李彤恩，说：“府台大人，没想到是您大驾到了，听说大人正在海口布置水雷，怎么还有空闲来看戏？”

李彤恩说：“本官心中烦闷，就来看戏，台地无人，水雷何用？”

张阿火不解，和周围的人面面相觑，没听懂他的话，就问他：“大人，所谓台地无人……这里千百万众，都是人。”

“哼，你们有什么用，声歌管弦之属，终日作乐，法夷一来，改听异曲而已，我说的是兵！”

刘铭传闻言，窥视众人，见皆有愠色。张阿火怔怔发呆，说不出话，愣了半晌，冒出来一句：“大人，我，我要投军。”

张阿火要投军，李彤恩没想到，本来只是想要激一激，让刘铭传看看台湾的民气。

意外之下，李彤恩不由问道：“阿火，你梨园子弟，胡解兵事？”

张阿火眼不眨，竖目回复：“我家世代生长此地，不欲变夷服为西人奴，不解兵事，可以拼命！”

李彤恩转身，看着刘铭传，不知道该怎么办了。

刘铭传暗自思量：我深居老家十数年，井底观天，不知山之高、天之远、人之异，是自己的眼界小了，台地风气，何其壮烈！

刘铭传冲李彤恩微微一点头，张阿火就改了行。自己把名字也给改了，从当日起有了正名，叫张李成，意思是李彤恩大人一不小心成就的英雄张氏。

张李成在山中人脉极旺，登高一呼，来了三千猎户，都是好枪手，成立团练一军，自领五百，却是个个挎弓带叉的洋枪队。

刘铭传在戏楼里捡到一支洋枪队，喜出望外，散去一层愁闷，显露出下面的一层。民心可用，也只有招募团练，整军备战。可是办这件事，要花钱，府库的银子已经没了，大陆的银饷过不来，手里没有钱，本有的团练，有的已经散去，欠饷的军队，有的正要哗变。自己现在想办团练了，却办不成。

七月，刘铭传行辕在台中视事，李彤恩又来了，这回是拉他去喝茶。

茶馆叫枕流轩，依傍一条清溪，竹楼茅顶，窗明几净，厅堂宽大，是乡绅们聚集的地方。二人又是微服，进了茶馆。

刘铭传喝茶，瞧着李彤恩，心中明白：李彤恩平时不露声色，办事极为沉稳。此人，是驻守淡水的福建提督孙开华推荐来帮忙的。孙开华是霆军的旧将，鲍超麾下第一勇士，沉默不多言，相貌出众，一表人才，英挺俊雅，军中人称“孙美人”，他让李彤恩来帮我，自己不出面，是眼不见心不烦——至今，他还为鲍老将军抱不平。要不是曾国荃的一封信，他仇人见面，岂能与我善罢甘休。如今，他自己不来，派个能人来助我，是国事私事两相便，做事颇有分寸，也算难能可贵。这位来帮忙的李彤恩，也不是个等闲之辈，不动声色就能办事情，看戏看出一支团练，似乎还会预知料判。我倒要看看他今天要干什么，我乐得坐享其成。

所以刘铭传不着急，等着李彤恩演下面的戏。

李彤恩没演戏，他也坐着喝茶，在那儿眯着眼睛养神，连话都懒得说，还打上盹儿了。

旁边一桌喝茶的几个人在说话，他们，在论兵。

刘铭传觉得很新鲜，这几个喝茶的，棉布长衣，锦绣马甲，双梁的浅口布鞋，手挂玉、腰系璜，都是地方乡绅董事，他们耕读人家，也谈兵？

说话的那位三十五六岁，气度深沉，双目明净如洗。他说的是古代的兵，听了听，有些自己还真不知道，就很好奇。

“中土远古之兵，已不可考。西周，只有管仲提及齐国的兵。春秋之际，齐国有二十一乡，工商六乡，士乡十五，工商乡的身份低，不能当兵。士乡为从军之乡，是世袭封荫、良家士子之乡，每乡两千户，每户出一人，一乡之军两千人，戎车四十乘，为一旅；五乡一万人，戎车二百，为一军；全国十五乡三万人，戎车六百，是为国之三军。”

座中有人说：“那不就是团练吗？很像咱彰化，也是两千人。”

“不然、不然，贤弟有所不知，不是团练。春秋之兵，只战不耕，门第不高，当不了兵，乡外之鄙的农民不可以入军旅。那些人，自极幼年，就读书习武，是专业之军。学打仗，会打仗，能打仗，不怕打仗，还喜欢打仗，以战为荣，以勇为贵，以功为显。春秋风气，文武不分家，兵就是读书人，书为本、武为业。孔圣人也是个身怀武艺的人。”

有人就说了：“如此说来，倒是和西洋的兵有些像，听说那法兰西的水师官佐，都是封族之家、爵位之后。”

“是呀，只可惜，汉唐以来，中土就没有兵了。不然，何惧那法兰西之师。”

刘铭传平时喜欢听读书人讲话，能够长见识、开眼界。为人、做事、治家、打仗、理政，都不能没有学问，可是听到此处，很是不高兴，什么？汉唐以后无兵，我大清的军队是吃干饭的？他把折扇往后腰一插，走了过去，对那桌人说：“适才听闻足下高论，特来请教。”说完施一礼，拉把凳子坐下了。

他没想请教，所以自己先说：

“汉唐之际，中土开边八弘，扫荡六合，北击匈奴，平定西域。汉初早行征兵制，中央之军为正卒，地方之军为更卒，汉武帝置南北两军，以后南军化为期门、羽林中央之师，北军选取关西六郡陇西、长水、安定、北地、上郡、西河良家子，皆悍战之士，故此六郡多出名将。又有材官山地之军，楼船江水之军。汉军制度，校尉有八：中垒、屯骑、步兵、越骑、长水、胡骑、射声、虎贲。步马射车皆备。汉光武帝刘秀中兴之时，西北边地又有屯田之兵。至于唐宋之师，府兵、骁果、禁军、印马，皆敢斗步骑，不去多讲。何谓汉唐无兵？”

茶桌上论兵的那人一看，坏了，言者无意，听者有心，来个打架的，就说：“这位老哥，您说的是兵之形，跟我说的不是一件事，我说的是兵之实。”

“愿闻其详！”

那人见他瞪着眼睛问，就给他从头到尾讲，讲得比较细：

“春秋之师，打仗不灭人国，讲求的是不多杀人，战前礼仪繁重，战后息事宁人，虽类同游戏，实际上，行的是中土的和为贵之道。吴越之战，首开灭国之先，开启战国杀戮之风气。战国时代，各国百姓为了存亡，人人能战，征战既是为灭人国，就要杀尽青壮，使其不能再生，故有屠城坑卒的习气。所以，后来秦灭六国也不是什么难事，因为那时，人已经差不多死光了。秦一统天下，收缴天下兵器，行苛政、灭侠义，不留百姓寸铁，怕的就是前代百姓人人能战这件事。结果，给自己和后世君王出了个日后的难题：无人守边。秦世之民，斗勇者刑律灭，汉代之民，要安享盛世荣华，不愿从军。汉初，以百战立国，中土战士俱殁、朝廷无人守边，故有汉高祖大风歌，‘安得猛士兮守四方’，求之不得，无奈之慨叹。老哥所说的汉代八军，其中的三支：越骑、长水、胡骑，是外族骑士，不是中土的人，要靠外人守中土。武帝在位五十四年，外击匈奴，二十五战，用的也都是异族之兵和天下流民。士人百姓不投军，朝廷不得已，征募穷苦之人、无业之民、无家流散之众、乡间无赖、闾中恶少年甚至罪徒囚犯，发放到边地守国。从此，兵民分了家，孱弱无识之众用来打仗。兵者，国之大事，存亡之道，何其贵重，而自秦以来，降尊为卑，以至于沦为贱业，成为人生的末路。人言：好男不当兵，好铁不打钉。民气衰落，由此而来。汉代以下风气，士民不尚武、投军为衣食，官兵有其名而无其实，不能举国战，大体如是。故隋炀帝发百万之众不能平辽东，唐玄宗乞外人制国，反受制于人，始有安史之乱，做不了刀俎，又不愿做鱼肉。所以到了宋代，每临敌而告危，王师百望而不至，先被女真占了北地，最后让蒙古灭了国。秦之患，大矣，弱民以安其内、逞兵之形，而挫其锐，以至于秦自灭，再灭宋，乃至中土湮失，盖强权弱民，消抑民风使其所以然。试想我国之民，慕春秋风化，习远古君子之行，战具书具皆备，能文能武，人人能战，人人敢战，人人死战，天下无人不勇，何至于此！这，就是我说的兵之实，故有中土无兵之言，请老哥莫要见怪。”

刘铭传看了看那人，问他：“足下何方人氏，怎样称呼？”

“在下彰化雾峰耕读林朝栋。”

刘铭传转身回到自己的茶座，见到李彤恩已经张着嘴睡着了，俯身贴耳说：“李大人，醒醒，想必此地风物人声，梦中已经见到，梦外也听到了。别睡啦，走吧。”

李彤恩顿时醒了，二人走出茶馆。刘铭传仰天哈哈大笑，李彤恩低头走路，默不作声。

过了几天，台湾督军行辕召见林朝栋叙话。

林朝栋一看，原来茶馆里腰里别着扇子来吵架的老哥是督办大人。

刘铭传说："林乡董，枕流轩一席话，你只说了一半，本爵听懂了。所谓兵之实，就是民，才识血气之民，那下一半更要紧，此时此地，我要打仗了，台地之民何以成兵，可有论说？"

林朝栋眉毛一挑，很干脆："大人的难处下民明白，是没钱、没粮、没人。坐而论道，人人都会，可是大人下面应该怎么办，我也不知道。自家有些薄产，可尽滴水成涓之力，出资建一支团练，三千五百人众，给大人凑个数，不用官府的银钱，带上自家的粮草，跟随大人去拼命就是了。"

刘铭传比较喜欢和林朝栋聊天，所以找他来随便说说话，没想到他要毁家助战，之前没有亲眼见过这种事，实在出乎意料。

刘铭传起身轻拍案："壮哉！"

这次，林朝栋话不多说，转身回乡募军去了。刘铭传送至院外，站立良久，极目远处云山，忽发慨叹："雾峰忠义之乡，氲霭春秋人家，古风之地。"

50

光绪十年（1884）阴历六月十五日，法国海军试探袭击基隆不成，之后，不再轻进，舰队进入闽江海域。七月初三，突然开炮，在马江消灭了南洋舰队，此时两国尚未宣战。七月初六，清廷得讯，愤然对法宣战，法国舰队离开福建，在基隆海面聚集。七月初九，三艘军舰近泊基隆，挂旗索战，开炮轰击，清军凭山为障，火炮对射。

显然，法军主力要攻打台湾了。

中法战争，显现国家冲突之时怪异的尴尬。和与战，相反的意愿搅成一团，纠缠挤压，推挤出一个走向，逼出正式宣战的一天。可那时，两方你一刀、我一剑，已经打了一年。

七月初，张佩纶和何如璋在福建主持军务，还不知道两国之间算是正式开战了没有。法国舰队进了闽江口，排列在那里，像是要打，可是北京正在谈判，朝廷的旨意也下来了，说得明白："若彼不动，我亦不发。"

不能先动手。

张佩纶本来想先动手。

山西、北宁战后，慈禧太后把军机处、恭亲王和总理衙门李鸿藻的人全换了。牵连的人，不是罢官就是下狱，唯独张佩纶没有治罪，还升迁了，去福建督办海防。

菊耦知道西宫看重张佩纶，那天就挖苦他说："北宁的事，连爹都受了牵连，是张大人您推荐徐延旭去主持桂军军务，现在兵败，罪不可赦。北京城里人言汹汹，都在参张大人您。您却没有事，不但没有事，还破格提擢，派去福建守海，手里拿着总督的权。张大人在宫里的人缘还挺好的。"

张佩纶没听出来菊耦话里有话，自己也糊里糊涂，不知道为什么没治罪，还问菊耦："是啊，恭李黜，徐唐逮，鄙人却是中流容与，受弹愈起，真是咄咄怪事。你说说，是什么意思？"

光绪皇帝和慈禧太后欣赏张佩纶的才识，平时很听他的话，又赞成他强硬主战，因此护着他，让他去福建，一是因为信任，二是为了让他避风头。

张佩纶感负深恩，要勤劳王事，到了福建就加紧备战，主张以攻为守，先发制人，近战袭击法国舰队，可是他没机会。

闰五月二十一日，法国军舰进入闽江，违反了《万国公法》。张佩纶要打，跟总理衙门商量："法舰深入，非战于外海，敌船多，敌胜，我船多，我胜。法船二十余艘，若南北洋师船联络一气，与炮台和陆军相依附，我三彼一，主客劳逸之势。臣已备齐火船、鱼雷，麇集近战，又令扬武、福星、福盛、建胜四舰与敌船首尾相泊，备敌猝发，击撞并碎。"

张佩纶想硬来，和法国海军拼命，不行就撞船，玉石俱焚。

七月初三晚上，他和福建船政大臣何如璋在山上，观望海口对峙的两军，等待朝廷的决定。

何如璋说：“幼帅，打不打？再不动手就晚了，朝廷有信儿吗？”

“还没宣战，再等等，远隔千里，大概廷寄在路上，也快……”

话没落音，法国海军开炮了。顷刻间海口火光一片，江上照得通明，再看，大江已成一条火海，南洋的海军没有了。书生典兵，爱讲规矩，忽然间一顿炮火，被打成两手空空，还没明白怎么回事。法军的延伸炮火劈头盖脸砸下来，身边的兵立刻散了，有的人还跑到船厂去抢机器。张佩纶想死战，不让死，现在死，是白死，跑吧！只好落荒逃走。

后来左宗棠奉旨查办，查来查去，发现他并无大过，就没有杀他，改流放发边了。

张佩纶临行前，菊耦对他说：“张大人好奇尚气，孤愤之臣。今日遭天下弃，一日高官一日囚。只因国事难为，不全是你的错，好好珍重。”目中秋水欲滴，往他手里放了一粒红豆。

张佩纶这才终于明白了菊耦的心意，很感动，对她说：“学生有一知己，此生无憾。”

中法之战，是近代先进武力和古代落后武力的斗争，其中的变数时常出人意料。强者太强，弱者太弱。张佩纶在马江，想以弱战强，未战即灭，欲死战拼命而不得；而孤拔在台湾，以强凌弱，分道遣军，同时去攻打基隆和淡水，没想到，硬是打不下来。

法军根据经验最初计算，四千兵力的一个旅，可以扰中国七省。基隆首战以后，认为需要再谨慎些，兵力不够，不能轻易深入内陆。所以，马江海战以后，没有上岸占领福州船政局，怕深入险地中伏，舰队转身去打台湾。

越南谅山、宣光两次战役之后，清军的主力向国内方向边战边退，去退守边界，法军可以调集在越南的兵力去增援在台湾的部队陆续向台湾海面集结。

光绪十年（1884）八月十三日，法军整军、侦察完毕。孤拔中将率主力攻打基隆，利士比准将率领一支奇兵去攻淡水，两支部队同日发动，清军很难首尾相顾。

孤拔在基隆先炮击海岸，舰队排列成海上炮阵，有的在近处海面射击，有的在远处遥射，见到陆地上冒烟的地方就开炮，先解决海岸炮台。一天过后，对方海岸线上就没有炮了。孤拔派出部队去西山脚下的仙洞登陆，一路进攻，登上狮球岭，正好进入刘铭传暗藏的两门四十磅大炮射击范围，在山顶上被打个正着，让湘淮两军联手往复冲荡，被打回到山下。

当天深夜，刘铭传正和诸将商议第二天反攻的部署，军中接连来了三趟告急的排单。李彤恩在那边报告，法军来攻打沪尾港了，形势危急。

法军攻打沪尾，早在意料之中，刘铭传当即决断："撤军。"

帐内议事的曹志忠、章高元、苏德胜和台湾同知梁纯夫，全都大吃一惊，大感意外。基隆的仗正打着半截，两军正在纠缠，怎么可以撤军？哪里有这种道理？众人力劝，不能拔营。

刘铭传拔出刀，砍掉一只案角，说："军中大计主将自夺，汝等不必多言，违令者视此！朝廷怪罪下来，某自当之，不连累你们。"

当夜，刘铭传拔营起寨，回奔台北，只留下曹志忠老霆军的三百人坚守狮球岭，挡住孤拔主军的来路，让他能守多久就守多久，名为分兵，实为死别。

回返台北路上山高林密，黑夜之中，刘铭传忽然见到大批人众扑面而至，与大军迎面而来，逆向而去，奔赴基隆方向。前面几个骑马的，瞬息即逝，早没了踪影，后面的人从身旁身后跑过，一声不吭，视刘铭传大军而不见。他们成群结队，有几千人。这些人，头戴斗笠，短衣草履，个个身后背雪亮钢刀，背着粮食口袋、行军炊具，飞奔疾走，急如星火，不管队形，没有队列，一群群蜂拥奔向大军身后的前线。他们也有军旗，还有骡马牛驴车队。黑暗之中，黑色身影如云如缕，恍惚见到旗上有个“栋”字。这才知道，是林朝栋的团练赶去支援坚守狮球岭的三百湘军，可是，没看见他人，一定是同样的打扮，早已在队伍中过去了。

刘铭传心中一震，不知是喜是悲：曹志忠，曹志忠，你大概死不了，去救你的，恍似春秋战国来人。

台北的绅民听说刘铭传在基隆撤兵回台北，群情哗然，联名上书陈情，万万不能放弃基隆。他们有他们的道理，说：

“职等草野愚昧，不知兵事，惟食毛践土，世受皇恩。夷船闯入基隆，公然登岸，爵帅神威，一战破敌，士庶引领而观，莫不同声欢欣，以手加额，颂国家之洪福。今有此一退，凡有血气者，莫不捶胸顿足，号哭郊原。基隆为台北门户，最为扼要，门户一失，堂奥堪虞，法人既得煤炭，海上之船从此有恃无恐。全台形势，北路基隆为第一要隘，陆路狮球岭、六堵等处，天生险阻，基隆一失，以南无险可恃。咸望发大兵，收复基隆，救社稷山河于水火……”

台北士民的担忧不是没有道理，但是他们不知道，沪尾更重要，法军也是后来才意识到的。

沪尾港是淡水县淡水河的出海口。雍正九年（1731）建立行政区，设同知；光绪元年（1875），裁厅置县，成为台北的附城。后来，开港与福州对渡。台湾的四个通商口岸，沪尾港是正口。台湾的茶叶和樟脑从这里销往大陆和外洋，当时，每年运销茶叶五六百吨，商业很兴旺。来往的中外船只很多，当局设立烙号局、官银局、厘金局等机构，还有外国领事馆、洋行和船运公司。大陆支援台湾的军队和物资也在这里上岸。

从沪尾港到台北有三十里官道，军队可以长驱直入府城，比基隆难守。台北一旦陷落，后路一断，基隆就是死地，两边都不能保。刘铭传的兵少，不敷分布，只能有所取舍，不然，全都保不住。

刘铭传从基隆一撤兵，北京城朝野上下哄然鼎沸，廷臣参他，说：这比徐延旭、唐炯他们可差多了，不是打败仗，而是没打就跑，要严惩。当局者在战争中越来越明白，越来越实际，能够体谅他的苦衷，没有听这些议论，回复说："刘铭传仓促赴台，兵单饷绌，虽失基隆，尚能勉支危局，与徐唐不同，原折掷还！"

慈禧平日里是个明白人，李凤苞在海外购买军舰，朝中诋毁的言论甚多，想当然地说他肯定贪污受贿。李凤苞很委屈，慈禧就跟李凤苞说："你在外面办事很尽心，皇上都知道，别听他们嚼舌头根子，该做什么就做什么。"

这回，宫里也支持刘铭传。他远在台地，料理的是个危局，用人不疑，不可以掣肘，所以不加挟制。

八月十二日，利士比用一天的时间观察、了解沪尾的情况，看得很细。

面前的沪尾港有高山护持。海滩上，两千五百米以外，有一座旧炮台，四个炮眼指向淡水河的入海口。炮台的背后，半山之上，三千四百米以外，有一座新炮台。火力侦察显示，新炮台里面有三门十七厘米克虏伯海岸炮，可以控制整个港口的海面水平线。两个炮台的中间地带，是一条大约九百米宽的山谷，那里有密林覆盖，在海上看不清楚。问过港口的外籍引水员，知道了，清军在海口沉船塞港，布置了很多电发水雷，都是外籍引水员协助布设的，水雷的电发点火哨就在旧炮台的后面，在山上新炮台的火力掩护之下。舰船实行登陆作战，必须先击毁新炮台，再去占领水雷点火哨，引爆水雷，炸毁沉船，舰队才能靠岸。

台湾的早晨，海岸上会有高度折光现象，也许还会有浓雾覆盖清军的阵地，都会影响炮手们瞄准，所以攻击的时间不能太早，应该在上午十点，那时光线照射的角度合适。

利士比登陆作战计划的行动顺序是：用舰炮覆盖，击毁炮台，六百名海军陆战队分为五个中队登陆，携工兵，占领水雷点火哨，每人携带一天的口粮。路线是：乘小艇在淡水河北岸的小水湾登陆，攀登上山，占领新炮台，炸毁大炮，再往回走，走山路，占领旧炮台后面的水雷点火哨，引爆海中的水雷，完成任务，就可以归舰。全程六公里，特别命令部队，不要走进新旧炮台之间的那段密林山谷，里面情况不明，可能会有伏兵。

利士比认真观察清军，刘铭传也在了解法军。

赴台之前，李鸿章让他带上几个外籍教习，刘铭传经常跟他们打听法国军队的事情。里面有个参加过普法战争的普鲁士军官，听了他讲，刘铭传才知道为什么在越南的法军虽然不多，清军的仗却打得十分艰难。

在基隆的时候，有天早上，他在山上观看下面的法军营盘。法军正列队操练。长官发令，士兵高抬腿快速原地踏步，动作很快很有力。算了算，每分钟踏一百八十步。那些兵，腿力很强。刘铭传甚为不解，问随身的洋员他们在做什么。

有个教习说："他们正在训练，调节呼吸，防止肺炎，半小时以后会行动。"

果然，法国士兵开始跑步了。刘铭传见状失色，法兵运动之快捷令人惊讶，每个人身上背着很多东西，在山岭中窜行纵跳，状如在草上飞翔，在丛林中时隐时现，像一群轻飘的蝴蝶。

后来，经普鲁士教习的指点，刘铭传才知道自己面对的是什么样的对手，也知道了法军募兵、组合、练兵、战法、作战，都是计算出来的，像一架机器。

以前，法国步兵身量小，步幅不大，走不快，比英军慢很多，平均每分钟前冲二百四十六尺，不够迅猛。所以他们练兵，主要练的是跑，还琢磨出一套急行的走法，叫"体操行军步伐"，半走半跑，不多喘气费力，却走得很快。后来，法国陆军规定了选兵的标准，二十七分钟要跑八里地，不行的除名回家。他们学完了跑，再学越野，再学越障，再学别的，各门会考以后过了关才发枪。所以法军身体矫健，特别会走路。有个英国的军官化装成老百姓，跟着一支法军行军，跟了半个时辰，人就垮了。那支队伍，身背全副行军装具急行军，步法有节奏上的转换，快跑二里，急走二里，急走就是休息，一口气走了七十四里地没有停步。

跟刘铭传来台湾的普鲁士教习叫温泽，一头金色长发，用一条三色绶带系住。他与法军打过仗，告诉了刘铭传法国步兵是什么样的军队：

林区和山区的人组成的营，一眼就能看出来，全都很结实、粗壮、有劲、敏捷，看上去长得一样，像是一个模子里刻出来的。他们不知道累，胆量很大，法国人的虚荣心在他们身上表现得极强。军官都是年轻人，校官不过三十五岁。因为经常训练，勇猛灵活已经变成他们的第二本性，动作虽快，行进间的枪法却依然很准，令人吃惊。他们跑步冲锋，一次可以穿越七百三十多米，并且不累。有一回，面对奥地利部队的好枪手，也能一下子冲过火力最猛的那段路。在巴黎，有个中央军事体育学校，各团轮换抽调二十名军官去那里学习半年，回来教下面的人。其中有个练习是爬城，利用墙上的弹坑，有时也利用带钩子的绳子，能很快爬上城墙，专学用手脚登高。每个兵营都有击剑房、舞蹈室、格斗室、棍棒格斗室，兵士任选，必须选学一种。

那天，温泽看着山下的法军，皱起眉头，对刘铭传说："这次，他们来的人都不差。那些头带白色高筒帽，臂章上是只假手的，是外籍军团，他们在欧洲很出名。"

刘铭传听后想到，以前没和法军打过，这一次很长见识，就问："他们很厉害？"

温泽说："他们哪国的人都有，都不透露自己是谁，姓名隐去，各有天涯亡命的身世。军队也不问他们，可以用假名入籍。他们不效忠法国，也不效忠法国国王，军中有个座右铭：'吾辈无国无君，军团即是我族，惟效命死神。’这些人是亡命之徒，不怕死。1863年4月30日，在墨西哥，他们有个小队六十五个人，遇到三个墨西哥营，有一千五百人，打了起来，被堵在一个庄园里面。墨西哥军队围攻九个小时，打不进去，让他们投降，里面只剩下两个人，提出了条件，说一定要列队举旗，护送领兵官丹茹上尉的尸体回营。指挥官答应了，那两个兵才走出来。指挥官见了很感叹，说：“这不是人类。”那位墨西哥指挥官还把丹茹的假手从战场上找回来，也给送了过去，那只假手后来成了他们的图腾。”

刘铭传知道，对面的法军来者不善，就问：“他们用什么战法？”

温泽说：“法国步兵一贯采用散兵战法，四人一组，每组展开成一线，人之间相隔五步，各组的间隔最少五步，这样，构成一层层连绵横队。军士的位置在本班后面十步，每个军官有四个士兵和一个司号兵跟随，在散兵线后面二十至三十步。如果展开的是一个连，连长的位置在前锋散兵线和后面支援部队之间。整个散兵线不说话，只用号角指挥，信号有二十二种，各营各连也有自己特别的信号。军官带一个哨子，不能乱用，必要时可发五种信号：注意、前进、立定、后退、集合。遇到骑兵来攻，他们四人一组，以班、以半个连为单位，跑步集合形成不规则方阵。组队集阵的方法有很多很多，非常复杂，形状、大小、疏密不同，他们根据需要，本能地组成，却从不会乱。”

刘铭传用心听他讲，想了想，说：“这套办法确有所长，号令清楚、兵力流畅、变而不散，不过士卒听从总队号音齐动，像铁线木偶，有些死板了，未必利于实战。”

“刘将军说得不错，所以阿尔及利亚的轻步兵也来了，那些肤色棕黑的人就是。”

“他们不是法兰西国的人吗？”

“也是，也不是，是阿非利加的‘越南国’，也让法兰西占领了。”

“他们会打仗？”

“岂止会打仗，他们是欧洲军队的榜样，法国步兵的老师。”

要说清楚这个，温泽需要先给他讲一讲这里面的来龙去脉：

1838年以前，法国没有好用的枪，不能对付东方民族的长火枪。在北非，遇到平原上的贝都因人、山地里的卡拜尔人，经常被包围起来全部杀光。法国当局立刻发现了缺点、改正缺点，发明了优良步枪，招募猎场看守人、猎鹿人和森林守护者，还有一些枪玩得好的人，组建起法国陆军猎兵营。贝都因人是最好的轻骑兵，卡拜尔人是最好的散兵，法国招募他们投军，组建成阿尔及利亚军团，也叫祖阿夫轻步兵。以前，主要是阿拉伯人参加，后来法国人也加入。

阿尔及利亚是法国步兵的野战学校，那里沟壑起伏、地形复杂多样，对手是世界上最勇敢、最顽强、最细心的卡拜尔人。在那儿，法军把1792年以来每次战争得来的步兵经验优化到极致，祖阿夫轻步兵代表着陆军实战的顶峰，成为全军的榜样。

祖阿夫敏捷、彪悍、跑得快，最会猛烈冲锋。战斗动作的效率、利用战机的灵感，在战场上即兴爆发，地方色彩特别重，想象丰富、杀机莫测，欧洲各国的军队都不想碰上他们。

法国传统陆军认为，散兵线是展开横队，正面交战。但是祖阿夫不是这样，在他们看来，散兵战可以用小股突击队独自夺魁，时机一旦出现，几个人冲击要害，一击致命，完全不必集合大军去打小仗，追求以少制多。他们制胜，惯于突袭和设伏。他们找掩蔽，不是为了藏起来，而是为了悄悄来到敌人面前，突然成群出现，跳出来杀人。他们的可怕在于，作为敌手你还没看清，他们人已经到了。他们喜欢安静，所以喜欢用刀。

温泽说起来这些很担忧，说："远征军把传统步兵和祖阿夫部队放在一起。刘将军，他们不会太死板。"

刘铭传心中盘算：怪不得我军在越南打得如此艰难，原来不仅仅在于枪炮，军械战策之外，还有许多学问技艺要精益求精。自古本国兵家阐释兵道，微言大义，少谈实战。实战者亦见著不见微，参研古旧，又食而不化，不从实处着眼，空言智勇二字，以概其全。长久以来，治军者所见所虑因循守旧，何谈应时而用，与时更新。现在人家打入了家门，才知道天地两隔，非同日而语，要赶紧学，赶紧改。

又想，眼前的仗怎么打？即便如此，他们也肯定会有短处，可他们的毛病在哪里呢？

51

林朝栋见到月眉山峰背后忽然冒起的烽烟有五柱，知道有法军奇兵来包抄，来的人很多，当即抽调出一半人手，一路奔跑，抢上月眉山的山顶，见到断崖下的法军。周围四乡的百姓，闻警集队，都跑来修建工事。

断崖下面的法军见到一夜之间，山顶上忽然出现了一道胸墙，墙上还有一道防雨的茅棚，觉得不可思议，第二天，山上又出现一些堡垒，像雨后生出的蘑菇。

奇袭的法军反应很快，立即兵分三路，一路向左，沿着断崖走，绕过月眉山顶峰，去夺大水窟和暖暖；一路取道正中，进攻山顶；一路沿断崖向右绕行，环攻山顶。同时，海上的舰队运送的法军援兵在深澳坑登陆，从狮球岭正面开始攻击。这样一来，就把基隆的清军给围了。

光绪十年（1884）春节前后，狮球岭被围困，清军反包围，大小百余战。从阴历十二月到第二年一月，基隆一带暴雨如注，雨下了一个多月，两军在泥水中混战，法军有雨衣，清军没有雨衣，用鱼胶涂在衣服上防雨，泡在几尺深的泥水里，日夜不能歇，目不交睫，打了两个多月。双方昼夜对攻反击，山岭得而复失，失而复得，如拉锯，各自损失惨重。

狮球岭上，皆是死战。法军祖阿夫第四大队突击月眉山山顶，先头部队被树林里隐藏的团练消灭殆尽，张仁贵带着他的义中营二百团练冲入法军阵地，也是全军覆灭，栋字军冲下山，好歹抢回他的尸身。

光绪十一年（1885）阴历一月十六日，天终于放晴，法军组成许多支机动部队，发动最后的进攻。山野各处，激烈争夺之后，死伤遍地，清军参将、都司、守备中炮殒命者甚多，义勇团练死伤减半。法军在清理战场的时候，发现了一具欧洲军官的尸体，金发上系着三色绶带，也有很多妇女的尸体，是栋字军战亡的家人。栋字军的青壮男子战死很多人，族中的妇女组队参战，前来参战和战殁的老少男女越来越多。

清军在狮球岭、月眉山一带有七道防线。二月初，有的地方已经弹尽粮绝，只能与冲入的法军持刀矛猎叉混战。此时，刘铭传派来的王诗正和聂士成的三千增援部队终于赶到，经过一场场混战、激战、死战，法军撤退了。

刘铭传自己赶到的时候，见到曹志忠和林朝栋等人和所剩的部下在半人深的泥水之中列队迎候，个个散发跣足，已脱人形，满面污泥黑烟，状非人类，分不出谁是谁。

保住了沪尾和基隆的外围，就保住了台北，保住台北就保住了台湾。法军经激战，损失很大，不能再攻，舰队开到澎湖去休整。

孤拔对法军在基隆失利，感到很意外。预计可以实现的战役目标没有实现，解释不通。他在北非和中亚的法国殖民地领导过很多次战斗，现在这个结果不是以前的经验能够说明的。他想找人聊聊，忽发奇想，邀请台湾兵备道刘璈上船来，一起喝些葡萄酒，吃顿饭。

刘璈接到了孤拔的请柬，他真就来了。

刘璈是湖南岳阳人，少年读经史，读书是湖湘地区的传统。太平军进军湘鄂，他在家乡办团练抵抗，后来跟着骆秉章、左宗棠、杨昌濬打仗。在浙江台州任职，制军剿匪，功劳很大，特别是大兴文教。他说："欲图长治之策，则隆学堂设乡学，清源正本，教在所先。"小小一个台州，修办了府学、县学、校士馆、正学、书院二三十家，广设义塾一百余所，他认为教育是强国的根本。

孤拔在旗舰上摆开筵席接待刘璈，礼敬有加，十分客气，座上有各舰的舰长作陪。

席间孤拔对刘璈说："今天请刘大人尝尝我国的葡萄酒，我们不论时事，只说闲话。"

刘璈说："对，法兰西理性之邦，文教昌盛，我们就只饮酒，说习俗。"

结果一喝酒，说来说去，还是说到了战争。

孤拔说："现在，两位刘大人守台湾，贵国的兵隔着大海，来不了，你们没有像样的枪炮，缺少军队，很值得担忧。"

刘璈说："总兵说得不错，我们确实什么也没有。你们来打，靠的是贵国的优长，博物之学、格力之技、化物之能、钢铁之具，这些，真厉害，我们都没有。我国应战，实在是不得已而为之，勉为其难，手无所持，不能与之敌。眼下，我等军民坐守孤岛，与君死战，只能靠一样，人心。我国之人心，是文教，除此再没有别的可以依靠，非持此一争，会被灭亡。依本官所见，台湾的事情，不会是你我之间一日之攻守。现在我国太贫弱，贵国来打，他国也会来打，总会有人来打。为的，无非是我土的归属。而归属之所系，要看能不能长治，不能只看力气，还要看人心。力气大还是人心大，这个，是长远的事情。若从长远看，本官窃以为，铁是土，人心是铁。总兵遨游四海，见闻广博，饱经世事，自然能懂本官的话。”

孤拔听了，默然沉思良久，再不提起战事。

法军无力再攻台湾，而越南的战事却正如火如荼。

潘鼎新从谅山南下，从攻伐转为退守，从退守转为溃退，从溃退变成反攻，从反攻变成退守、变成溃败，再变为固守和反击，步步后退，边战边退，连战连败，败了再战，一路死伤枕藉、鲜血淋漓，一直退到边界，退到广西镇南关。

光绪十一年（1885）正月初九，法军第一旅和第二旅八千人乘胜攻击镇南关，防守关隘的杨玉科广武军扼关血战，主将杨玉科及以下二十一名员弁在炮战中战殁，随即各营主将、副将、都司、守备、千总皆亡。全军没有统领，被法军炮击炸散崩溃。

后侧山峰之上，潘鼎新站在云中，满脸硝烟血污，战袍碎成裹体的破布，手提单刀观战。

目中烟云缥缈，脚下败军如潮，不知该如何面对。手中的单刀，刚从亲兵手中抢来，当然是为自己准备的，败军之将以死谢罪，夫复何言。不过，还要再想一想，先想清楚。去年受命督师，统军援越，连战连败，这种连成串的大败，惨烈伤痛，目不忍睹，悲愤决绝，刻骨铭心。奋战半年，谅山兵势之飘摇，有如眼前的烟云，似非人力所能止，此时心力交瘁，内心麻木，快要习惯了，却尚未绝望。眼见国家的门户镇南关正被法夷用炸药轰毁，战祸已及中土，再打，就不是援越，而是守边了。

此时，他忽然感到谅山和台湾离得很近，两边的战事中间连着一条线，这边虽然一路大败，而同时刘铭传那边却可以喘口气。去年阴历六月十八日，中枢采纳陈宝琛的建言，调动滇粤桂三省官军入越，牵制敌势，以缓东南沿海之亟，解台湾之困。朝廷战策，不可谓不明智，官军两向出击，东围宣光，南下北宁，牵制了法军；将士不可谓不用命，皆浴血战，而每战无不失利，是在所难免，并非全然意料之外。战力不及人，是其所以然。徐延旭曾有官军五千抵御法军一千之说，说得实实在在，是北宁桂军用血换来的认知。谅山的法军、教民和越南士兵逾万，我官军三万，不敷调用，又关隘太多，守不过来，败，也不足为奇。

云中现出一道阳光，潘鼎新又转念寻思：谅山之败是大败，是惨败，不过全局并没有完结，台湾算是暂时保住了。朝廷正在二线集结冯子材、王孝祺、魏纲各军，三万人正从身后来援。法军进不进得去镇南关，入不入得去国界，还未可知。一年来，在越南大小百余战，他们人不多，又是强弩之末，也依然用尽最后的力气死战。下一战若开，则是守土保国之战，内地王师源源赴边，未必全败。所以，谅山之败，或将是转败为胜之败，尚未可知。

想到此处，潘鼎新心存一线希望，勉强振作，把刀交还亲兵，下令退军，所部淮军三千，留待下次再用。

他不知道，谅山清军屡败屡战，虽节节退守，却每战拼命，法国已感到打得十分艰难了。感觉不可能顺利攻占更多的地域，第三共和国内阁已经放弃了用战争索取赔款的计划。光绪十年（1884）九月，日益格在巴黎密告驻法公使徐景澄：法国朝廷现在知道中国是寸土必争，坚决不会赔款，所以赔偿一事，已作罢论。

法国得到了越南全境，就不再打。它没想打进中国，占领镇南关三天之后，退军了。

潘鼎新在谅山漫长的血战，给二线的冯子材换来了时间。光绪十一年（1885）二月初六，冯子材已集结起足够的军队，主动越境出击镇南关十里之外的文渊。此举，好像是用鸡蛋去碰石头。到了文渊一交手，冯子材军立即败阵，一路退败，引得尼格里将军的两千法军一路追过来，一头撞入潘鼎新和冯子材摆在镇南关的三万清军壁垒。经过一场血战，法军大败。

越南的战事，路途遥远，书报难通，消息很慢。谅山之败后，京城已发出廷寄："潘鼎新兵败获罪，夺职解任，遣送回籍。"诏令下达，发送广西边疆，那时潘鼎新以督办桂军军务主帅之职，正在组织镇南关战役。

刘铭传在台湾听到镇南关大捷的消息，独自跑上了狮球岭，极目隔海西望，眼底江山浩大，内心波涛汹涌，他事情看得清楚，感触极深。

黄桂兰、潘鼎新和自己是淮军同僚，一人用性命在北宁替了我的命，兵败自尽，一人在谅山喋血，兵败名裂，救了台湾也救了我。以身死名裂，成全世间功名者，不乏其人。一国之劫，造就英雄、作成罪人，成败荣辱，时运所致。黄潘名裂，冯刘鹊起，士人救国，用命的、身死的、名败的，都尽了力，其中关联所系，只可任后世评说。

刘铭传站在狮球岭上对山河天地，独发感慨，李鸿章却正在天津忧心。

他想的是：自道光二十年（1840），中英为禁烟打仗，大清差点让人灭了国，又被太平天国的大火烧得白茫茫一片大地，烧了十四年，烧了个一穷二白，以后中土就没消停过。国家要振兴，要改革图强，却没有太平日子，天天不是这边就是那边，都是要开战的局势。同治十三年（1874）日本侵犯台湾，要与倭寇开战；光绪元年（1875）云南出了滇案，要与英国开战；光绪年初，《伊犁条约》事变，要与俄国开战；光绪五年（1879）日本灭琉球，要与日本开战；光绪六年（1880）以来，朝鲜一直不消停，要与日本争斗；光绪八年（1882），法国侵占越南北部，已经不能不打；到了光绪十年（1884），中法开战。战争，像个鬼魅，四面八方围着中土。

这些事，一个接一个，从同治十三年（1874）到光绪十年（1884），十年间，整天是大战一触即发的危局。大清一一躲过，想要图强保全天下，想要休养生息的时间。和平，何其珍贵。

危乱之中建设图强，不容易。灾荒、战乱，里里外外、四面八方的乱子，年年干扰耗费，民穷财尽、府库空荡。走到今天这一步，事情能办的都办了，该办还没有办的，只能徐徐图之。大国脱胎换骨，岂能在朝夕之间。如今，有了外洋贸易和一些实业，却没有钱财汇聚与运转的格局；有了厂矿，却没有铁路；有了招商局，却招不来民商；有了学堂，却没有全境普及；有了机器枪炮，却没有会制造和善用的人；买了几艘铁甲兵舰，却没有军港船坞；即便有了像样的水师，却没有能战的陆军。

本朝财力、军力、人力、心力，是散的，一旦有事不能凝聚。越南、台湾中法之战，强弱之势已见，打到现在这个局面，有冯子材的镇南关之捷，算是侥幸，不能再往下打了。

本朝在南边与法国打仗，北边的朝鲜国在看着，处处留心。眼看清军战事艰难，用血肉支撑，朝鲜宫廷里面就有了想法，要出事情，跟着大清走的国策正在松动。

东洋日本在朝鲜学法国，鼓吹独立，支持开化，名为改革、独立，实为侵吞；德国在朝鲜的公使，好像也正在给宫里面讲国际周旋的道理，让它投俄自保。

不久前，朝鲜国王给总理衙门送来一个密函，说有日人暗中支持开化党举兵，要废了李氏朝廷，改换新朝。

李鸿章直出冷汗，朝鲜不能再乱了。南边的事牵连着北边，越南战事尚未了结，北边朝鲜国频频出事，如今是一方出事，八方牵连，局势处处皆相连，一处不留神，全局崩坏。

李鸿章总是没有时间，总是觉得无法一面打仗一面经营。

法军在镇南关失利以后，法国内政变化，费茹理内阁倒台，法国提出停战。朝中管事的人明白，不能再打，再打，台湾、东南沿海各省不得安宁，西南广西、云南也很危险，日本在朝鲜会从中渔利。不停战，一旦战事升级，法军入侵中国，国土、财政、四面八方都有问题，怎么看，都是不继续打为好。

清廷与法国签约停战，中法战争宣告结束。

老百姓不明白，怎么回事？我们打胜了，怎么反倒签约停战，还要赔款？为什么不乘胜追到越南境内，把洋夷全给灭了？这不是投降卖国吗？全国各地，京城里面，全是怨言，也有出来上街闹的。清廷没有新闻纸跟百姓们把话说清楚，京城和上海的新闻纸里有人拿了别人的钱，什么样的议论都有。只好沿街摆些长案，发放大碗茶，你们闹吧，喝口水。

那天马建忠上街去崇文门镖局找王五，叫他护送一群德国工程师去旅顺，那边要造军港。马建忠平时不敢上街，他是汉奸，家里窗户让人砸破，门口用红漆写字。中法战争爆发以后，他把招商局的轮船全卖给了美国洋行，挂着洋人的旗子给台湾运兵饷。把大清的产业卖给洋人，自然是卖国，无话可说，所以他平时不上街。

这回是公差，不出门不成。

他戴个草帽遮脸，沿墙根走，一边走一边高兴，定远舰光绪九年（1883）就在德国造好了，听李丹崖说，德国人的活儿干得讲究，军舰是好军舰，但是因为中法开战，回不来。德国不让挂他们的旗，怕在半道上让法国人截走。再说回来了也没有用，没有军港船坞，停在海上，形单影只，遇上法国海军给劫去，可不得了。现在好了，要建旅顺军港。

他从东往西走，走到朝阳门东岳庙前头，瞧见一个人，似曾相识，再一看，是唐景崧。

唐景崧以前在吏部当差，不爱在衙署里待着，爱泡茶馆，打听时局。有时在街面上见了，两人说几句话，互通消息。

现在的唐景崧是抗法的英雄，朝廷器重，乡野论赞，本人就是个故事，是个会走路的传奇，茶坊书场里都在说他的事情，世人称为班定远投笔从戎再世。现在自领一军，出门身后自然跟着很多人，不过看状貌，未见领兵之首的挺拔，倒是平添很多沧桑。也是，生死场里走一遭，死人堆里爬出来，带着相儿。

战后，唐景崧回朝述职。宫里论功封赏，自是按例，万里请缨有奇功。光绪皇帝让他和刘永福各率本军去台湾镇守。唐景崧到了北京，再没有去过茶馆，改去庙里烧香。宣光战后，逢庙必拜，原来的景军旧部多数已经不在，殒命沙场，现在全换新人。唐景崧不能不烧香，一将功成，表面光鲜，骨子里面昔日的情怀，却是晴川之树几近枯萎，芳草之洲已见荒芜，每日做的梦里，全是血，滋味不好受，只好去给亡魂烧香。

在东岳庙门口，唐景崧一眼瞧见马建忠，紧走几步过来说话，深稽一礼："马大人，久违了，恍如隔世呀！"

两个人在庙门口相见，大战之时，一个在前线，一个在幕后，战后重逢，自然有话可说。

当初前方的战事，马建忠未身临其境，有些事情当然不明白。他问唐景崧："每闻越南会战，战必败，是什么道理？我大清官军皆农家子弟，只能耕田不能打仗？新闻纸上论者言：'农耕者，志弱气衰，不敢战。'莫非真如此？"

"马大人，非也。"唐景崧摇头，满脸的不赞成，"局外论事，捉笔臆断，非鄙人所见之实，不足信。"

唐景崧告诉马建忠说，传闻不能信。他的景字军都是福建农家子弟，农人耕种为生，终日暴露于野，销筋铄骨，与天地争食，也是以命相搏。风雨不能辍，劳累不能歇，农事性命攸关，闾中田间，但有偷闲不相助者，视为旁观危难袖手之耻，这是农家人的习性，战时亦如此。他们打仗时一人陷阵，全队赴死也是有的，人言"田中不懈，阵中不怯"，是有道理的。

唐景崧说："这是兄弟我亲眼所见。再者说，论兵者说了：'近乡不守。'士卒离老家太近，打起仗总想往家里跑，容易散伙，可越南离他们福建老家那么远，往哪里跑哇？越南战事的艰难，不是气衰不能战，是战具和兵法不如人。法军炮火一来，铺天盖地，地无完土，人成齑粉，洋人快枪弹雨如堵，用人命去挡，没有用。闻炮即散，也是有的，很经常，那是因为不散就活不了，活不了，就不能再战，当时不跑，真怕是一个也回不了家……"唐景崧说到此处，也想到自己，不禁黯然。

唐景崧投笔从戎以后，没有像班超那样纵横西域，而是每战必败，虽也英名远播，却是未见挺拔，已见沧桑。

两人在街面上闲聊，路人有认识他们的，一个旷世英雄，一个卖国奸贼，不明白他们两个人能有什么可说的话。

中法战争比的是枪炮。十年之后，枪炮齐备，那时，更要比人。

52

道光二十年（1840），中英为了鸦片贸易发生战争。走私贩毒，是与世为害的事情，违法悖理，是明摆着的，可英国不禁烟，反倒打仗，那是为了银子。这段公案没有了结，烟照卖，理不直。

四十一年后，光绪七年（1881）夏天，马建忠去了一趟印度，去跟英属殖民地总督商量禁烟，要了结这一桩前事。

一天午后，马建忠谒见了英属印度总督黎彭，寒暄客气一阵，递过去李鸿章的信函，旧事重提。

黎彭接过李鸿章的来函，读了书信，说："李中堂亲自写信致意问候，感到很荣幸，鸦片烟的事情和贵国与印度的关系都很大，本督也希望能有妥善解决的办法。"

马建忠说："当年戈登在天津，跟我们中堂提起过总督阁下为人公正，很是称赞。中堂慕名，久欲一通问讯，这次让我万里来会，给您带个好儿，还想商量一下鸦片的事情。鸦片对于我国实在是个大害，贵国议会里面也颇有非议，但是鸦片是印度的大生意，是财源，一下子禁绝确实有困难，可不可以中印英三国想个两善的办法。当然，要先有您的允许，再往下细商量。”

黎彭说：“贵中堂先遣贵道来拜访印度政府，可见临事郑重，我这里对于此事没有任何的不赞同。”

此时，国人办外交比以前有所长进，不是简单说行或不行，有了迂回，有了台阶，有了商量。

第二天上午十点钟，马建忠往拜财政大臣贝冷，坐定少叙。贝冷问：“昨日接到黎总督的来文，说中国遣使来，详议鸦片的事情，能不能详细讲一讲？”

马建忠说：“鸦片为害，世所共知，贵国的京师里也设立禁鸦片公会，但流毒已深，嗜食者众，非朝夕可以禁绝。要想禁烟，需要潜移默化，用二三十年的时间才行，可以在里面暗藏一个禁绝的良法。鸦片虽然是印度政府财政的大宗，然而善于理财的人并不以此为正项，因为人心世事所向，它早晚要被禁止。印度靠鸦片贸易，岁入八九百万英镑，是很大的财富，不能立断，需要用二三十年的时间另辟蹊径来开发别的财路，弥补这个钱数损失，所以中国和贵国禁止鸦片，宜缓不易速，各国事虽异，理正同。”

贝冷觉得有道理，就说：“贵道所说的良法是什么呀？”

“官卖。”

马建忠提出北洋的办法：“印度的鸦片，专门卖给中国，不卖别人。中国印度两国联手专卖，或者指定一个代理公司，不用任何别的商人转销。鸦片销售的权力掌握在国家的手里，统一价格和税收，中国进口鸦片，就没有了奸商的偷漏，贵国出口鸦片，每年也有固定的收益，有定项所收，向中国出口鸦片的箱数，每年减少，循序递减，二三十年以后减完，鸦片贸易自然就会终止。这个办法兼顾两边，印度既不损财，我国也能免害，世评也能理解，行不行？”

这件事情太大，主意听着不错，但是需要计算，贝冷说：“如此说，买主、卖主都是国家，信用上是没有问题，不过，印度的烟土有两种，一种是公烟和姑烟，是国家专卖的，好办，一种是白皮烟，是马尔哇产的鸦片，它是我国的藩属，我们需要先把它的烟土买下来，才能销往中国。这里面，有很多的关节周转麻烦，不那么简单。另外，民商买卖，双方是讨价还价，议价成交，要是官买官卖，价格怎么定，是个很复杂的事情。印度出口鸦片，是年来岁增一岁，产量收益不断增长，如今要递减，就是损失，二三十年恐怕补不齐，不如宽缓到五十年减完。”

马建忠办外交，劝说英国和印度禁烟，说的话也为他们着想。贝冷有些犹豫，知道从道义上讲，鸦片应该禁止，人家说的句句在理，并没有强求，不过这边的损失很大，终究不是很乐意。但是他没反对，认为原则上可以接受。

后来方案实行，中国海关的税银收入突然暴涨，光绪十年（1884）是一千多万两白银，十一年跳到两千多万，很多是来自鸦片烟进口的关税。

于是李鸿章手里有了些钱，海军的事情突然间有了着落。那段时间，李凤苞特别忙，因为可以买船了。当初中国挨打，要建海军，是因为鸦片引发大战，现在可以建海军，里面还是有它。东西本身没有错，看怎么用。

同治十三年（1874）海防大筹议，国家拨专款建设海军，每年四百万两银子的数目，年年凑不齐，差得远。到光绪五年（1879），北洋手里的钱只有一百二十万两银子，不够买铁甲舰，买了十几条蚊船和两条小型巡洋舰“超勇”和“扬威”；光绪六年（1880），启动“定远”“镇远”“济远”三艘战舰的订造筹备事宜，商谈分期支付的办法和条件，留心国际市场钢铁的价格，注意银钱兑换的比率高低，准备在最便宜最合适的时候订购。由于何如璋发现日本在英国买的船“扶桑”用的钢料不好，容易被海水腐蚀，制造也不太讲究，于是李凤苞比较和考察英德两国的制造工艺和海上兵器发展的水平和进度，最后，也在德国定制。

光绪十年（1884）之后，有了些财力，李凤苞在海外已经细心探究了八年，北洋对建立什么样的舰队，也有了比较明确的想法。

光绪十一年（1885）六月十九日，李鸿章写信和总理衙门商量买军舰的事情，他在信中说：“中国沿海万里，必须有大支海军相机策应。且台湾、澎湖孤悬海外，难以防守，没有海军不行。现在南、北洋可以战守的军舰太少，北洋有‘超勇’‘扬威’，南洋有‘南琛’‘南瑞’，都是英国或德国制造，尚可出洋巡击，然甲薄船小，不足以抵挡铁舰。无事时，可以出洋巡海，聊壮声势，一旦有事，只能依赖炮台守口，不能御敌交锋。近年来，泰西的钢面铁甲舰成为海战主力，要购置这种船。中国沿海各口，潮涨时水深二十尺，潮退时不到二十尺，所以筹造的军舰吃水不能过深。西洋的铁甲舰能入华的，也都不是太大的船，钢甲大约十来寸厚，炮的口径大约十寸，每小时走十三四海里，所以，我国军舰从实战考虑，甲、炮、轮机，都不能太薄太小太轻，船又不能太大，又要坚利，不是件容易的事。最近李凤苞和英国、德国的海军专家和技师们参合各法，制定了‘定远’‘镇远’之舰式，很符合我国情况，军舰长三百英尺，入水十九英尺半，重七千三百吨，马力六千匹，速率每小时十四海里半，即中国四十八里半，是钢面铁甲，钢堡四周厚十四寸，炮台厚十二寸，克虏伯十二寸口径大炮四门，六寸口径新式长炮两门，还有二寸、一寸半连珠炮十二门，鱼雷筒三座，此舰之甲，可御巨炮，又比一般巨舰快些。”

光绪六年（1880）议购“定远”“镇远”，是当时的极品，就是太贵。每艘军舰的价格，库平银一百一十五万两，大小炮价格合计库平银二十四万三千余两，加上各类舰上杂项和回国的用费，合在一起统共一百五十六万两。

钱还是不够，不能多买大型军舰，于是李凤苞仿照近年各国穹甲巡海快船的舰式，在舱口竖立钢面甲，博采新制，详加参合，发明“济远”型制式的巡洋舰，长二百三十六英尺，入水十五英尺七寸，重二千三百吨，马力二千八百匹，速率每小时十六海里，就是中国的五十三里三三，船体水面之下的穹面铁甲厚三寸，各舱口钢面铁甲厚十寸，用克虏伯八寸半口径新式长炮两门，六寸口径新式长炮一门，二寸和一寸半口径连珠炮六门，鱼雷筒四座。这种军舰走得快，水面以上的钢甲很厚，为敌炮所不易伤，价格也比较便宜，船、炮、各类设施合计库平银六十二万余两。

到了光绪十年（1884），钱多了些，加上两淮盐商捐献的一百二十万两银子，北洋一次就订购了四艘“济远”级的铁甲巡洋舰，又经过改良设计，在英国订制“致远”和“靖远”，在德国订制“经远”和“来远”。

西洋的军舰有很多种。《海战新义》一书中讲得周全，而只有“定远”和“济远”两种舰型制式比较适合于中国使用，它们能击穿铁甲，耐受炮火，也是当时最快的军舰，是实战的利器。

光绪十一年（1885）以后，钱有了些，但并不充裕，还是缺钱，虽然可以买船了，也要千方百计东挪西借，好在是分期付款，有些时间可以四处拆兑。

北洋舰队的建立终于有了起色，初具规模，接近成型。

有了舰队，就要养，花钱的事情就多了，仅官兵月薪一项：如“定远”一舰，官兵三百三十一名，月支薪粮五千七百一十两银子，“镇远”与之一样；“济远”官兵一百九十四名，月支薪粮三千八百八十九两；小船“超勇”舰员一百四十名、“扬威”一百三十九名，每舰月薪二千八百二十两；蚊船上官兵五十五名，月薪九百七十八两；鱼雷艇舰员三十二名，月薪四百九十一两。何况还有煤斤、维修、器械、弹药等诸多的开销。

北洋海军艰难起家，更是艰难维持，但国家总算有了海军。

北洋海军成军以后，北洋请醇亲王、军机处和总署诸公到舰上参观。

中国海上，第一次有了如此巨型的钢铁战舰群，其势极为雄壮。舰队东行，海上列阵，声势浩大。铁甲燕行，巨舰蔽日，各色旌旗招展如画，炮船雷艇往来穿梭如织。李鸿章目睹雄师，五内俱震，心潮汹涌，突感慨无限，闭目仰天，暗叹：

“东南自此无忧矣！”

醇亲王在舰上看看这儿，看看那儿，喜爱得不得了，海军！这是朝思暮想、千辛万苦得来的宝贝，他一心一意只顾专心在舰上到处抚摩船栏，摸了半晌，忽然想起一件事，抬头眼巴巴看着众人：

“哎，咱这是鸟儿无巢，孩儿无家呀。”

不错，有了舰队，没有军港。

军港早就开始修了，只是不能完工。建造旅顺港的船坞、石坝、泊岸的各项工程，由于中法交战，停工延迟，且预估的银子总是来不了。

自光绪八年（1882），袁保龄接任旅顺口工程总办，建造整套工程。他和欧洲设计师整天在算计钱。

船坞、船厂、库房等初期工程，需要购买的机器，估算需要一百三十万两银子；建造鱼雷营的艇台、雷坞、码头、艇库、艇罩，估银两万三千两；大沽船坞制造托泥船两只，六万三千两银子；还需要造接泥铁驳船四只，三万四千两银子；在天津建造武备学堂，房屋二百六十间，四万七千两银子；要采购的军械，光是旅顺炮台用的大炮，十万两银子还不够，诸如此类。

新建旅顺船坞等项工程，朝廷限三年竣工。

三年以来，北洋岁入不到六十万两银子，户部号称四百万两银子的海防拨款，虚名而已，各地都太穷，拿不出，不能照解。

银子，银子！

袁保龄不知道怎么办，中堂正在求告醇亲王，讨要银钱，不知道有没有，八成是没有。他知道，各地的大帅们全都是叫花子，靠乞讨度日，王爷没有钱，朝廷也没有，大农翁同龢管财赋，他也没有钱，整天度日如年。这工程一步一步往前挪，走一走停一停，人却不能散，人不散，就要吃饭，还是银子，怎么办？

光绪八年（1882）袁保龄接替前任，一上任就端了旅顺工程局。手里拿个人名单子，把贪鄙无能的官员召集在一起，跟他们就简单一句话："去去去，都走。"把贪员庸员赶回家，工程局起用的，都是熟谙技术的人。

军民之间、华洋之间的关系他也调理得不错，所以穷虽穷，大家还能勉为其难，聚在一起用锄头铁锹干活儿，不散伙，撑到了光绪十一年（1885），马建忠和英属印度官销鸦片的谈判奏了效，朝廷银子多了些，工程进展开始顺利一些。

袁保龄很听外国人的话。他督办海防工程，力排众议，用欧洲的新技术建港修坞，很快造成。

袁保龄很不听外国人的话。德国工程师善威要用砖修建船坞，他不干，非要用石头，说我们没有砖，砖需要去外洋购买，没钱，我们自己的山上有石头。他要开山采石建造船坞，两个人打得不可开交，相持四个月，最后还是听他的，开山采石建造。船坞用巨石精工砌成，又结实，又省钱，百年之后，仍然坚固如初。

冬天修筑拦海大坝，他冒着严寒在现场监督民工洋匠日夜赶修，四十个昼夜不停气，大坝一气呵成，陡然矗立。

袁保龄督造旅顺港，挖掘坞基，修建码头，开渠引水，拓宽海口，疏通航道，购置机器，建造船厂、机械局、弹药库、海岸炮台、水陆军医院、旅顺电报局，等等，十多项大工程亲自操办，均能按时完工。

他忠于职守，秉公办事，也给周边的百姓做些好事，在旅顺一带广种桑树，教民养蚕，兴办学堂。

督办旅顺军港有功，朝廷嘉奖。李鸿章来巡视，也当面对他说：

“旅顺炮台营垒坚固可守，全赖保龄督饬之力。”

醇亲王也很称赞，说：“海防布置合宜，保龄尤为得力，奏闻下部优叙。”

光绪十五年（1889），袁保龄在工地上当场累死，旅顺港已接近完工。至光绪十七年（1891），像他一样，冲寒冒暑、积劳成疾、劳累身亡的官员，副将以下，没了七个。

53

吞灭朝鲜，是日本国策，自丰臣秀吉时代就一直想灭。朝鲜是个跳板，上了跳板，就可以进到中国。

现在中国拦着不让上，壬午兵变、甲申政变，清军挡在那里，与日本军队动手，日本吃了亏。全日本民情激愤，甲申政变平息，社会群言：朝鲜不如乘势灭之。著名思想家福泽谕吉激励朝野："未达城下之盟不罢休！"

日本的国情经过明治维新，已经好多了，不再像灭琉球的时候何如璋所说的那样国债累累，穷象毕露，惶惶然气弱心虚。现在，出外讨伐的民愿随着国势的上升蒸蒸日上，全国上下，一致呼吁对外战争。

朝鲜和中国大陆唇齿相依，不错，上国和属邦，是一回事。可日本太小，方圆不逾千里，物产不过十种，有个山崩地震海啸，天塌地陷，全岛沉没，民族消亡，太委屈，太憋屈，憋屈了千年，天道何其不公。亚洲主陆，来自天赐，然天下之土，人人有份，何以独绝东瀛。所谓清国，不就是满族人占据的中华吗？如今，物竞天择之道，世所公认，钢铁兵锋所向，行强者之道，欲强者所欲，如今世间论力不论理，世事演化，天下江山，谁有本事谁坐，自古如是。寰宇之内，岂有不灭之国。

日本以前学大陆的道理，现在学海上的道理。

对于日本，朝鲜是亚洲大陆的那扇唯一的门。不过，这扇门上了锁，谁也进不去。

同治五年（1866），朝鲜宫廷追杀法国神父卡特利库，法国七艘兵船开到江华岛讨伐，史称“丙寅洋扰”，被大院君打退了。

同治十年（1871），美国六艘兵船在朝鲜登陆，索要毁船赔款，引发“辛未洋扰”，被大院君逼退了。

同治十二年（1873），李熙接替大院君执政，闵氏一族独揽政权之后，向日本投送秋波，日本有了机会，同时也看到，一旦欧美势力先进入朝鲜，日本将永远丧失机会。

光绪元年（1875）五月，日本“云扬号”等三艘军舰进入釜山港，开炮示威，引起炮战，击毁岸上的炮台，借此事逼迫朝鲜签订了《江华条约》。条约允许日本通商，日货获得免税特权。撬开了朝鲜的锁后，日本的免税商品先进入朝鲜，压垮了朝鲜的国有产业。

光绪八年（1882），闵妃附日，招来“壬午兵变”，事乱中日本使馆被烧掉了，死了七个军事顾问。朝鲜派金玉均到日本去赔礼，又签订《利物浦条约》。条约允许日本派一千警卫驻在朝鲜保护侨民，这回，日本的军队也进入了朝鲜，走进了这扇门。

光绪十年（1884），朝鲜的日本兵支持金玉均发动叛乱，掀起“甲申政变”，闯入王宫，诛杀亲华大臣，挟持王室，废黜了李熙，另立新政，宣告独立，脱离清国。李熙和闵妃逃出王宫躲了起来，恳请中国派兵平乱，结果金玉均的新政让袁世凯给灭了，只存活了三天。中日一番武装较量，日本兵民均有伤亡，日本吃了亏。伊藤博文找李鸿章谈判，签订《天津条约》，条约里有句话十分吃紧："今后朝鲜国若有变乱事件，清日两国如要派兵，须事先相互行文知照。"

这句话，让日本有了今后往朝鲜派兵的凭据。当然，如果没有这句话，它也会找到理由，并不困难，但条约毕竟使其派兵合法化了。撬开门户后，日本进入朝鲜的事情正在一步一步向前走，这次，又往前走了一大步。

日本的商品进入朝鲜以后，因为是免税货物，十分获利，市场的发展很快。光绪十二年（1886）中国和日本对朝鲜贸易的比例还是八十三比十七，六年之后，到了光绪十八年（1892）已经是五十五比四十五。日本从朝鲜赚来的钱，用来扩充海军和陆军，竭尽全力，与中国正在进行的洋务运动比赛，准备战争。也就是说：用从朝鲜赚来的钱灭亡朝鲜。

此时日本不能再怨天尤人，不能再抱怨老天不公，一连串得寸进尺的成功很怪诞、很有运气，这不是它如何高明，而是时代赐予它的幸运。中国无力，欧美袖手，所以日本可以步步得逞，这就是世界培养凶神的惯例。这种事，时常重演。

恰如鱼允中所言：日本"不计利害而行之"，它可以不顾身家性命，豪赌做大，一时得志，一发不可收，狂澜奔泻，不能自制，停不下来了。此道，只讲力，自以为得计，取祸之道而已。最后，究竟是一个怎样的结局，多年以后，欧亚两大洲都有明鉴。而当时，却谁也没看出来，都以为是成功之道，赞叹称奇。

"甲申政变"失败之后，日本民心激愤，不甘心，不服气，要灭掉朝鲜。报馆里、街面上，呼吁奔走，尽是鼓噪之士。明治维新之后，浪人武士们在家闲着没事干，无业为生，穷困潦倒，当然更是想打仗。政府和皇宫里也在盘算，国内的一堆乱子和麻烦，是不是也可以用出兵征战化解化解。

当时“明治三杰”西乡隆盛、木户孝允和大久保利通都死了，伊藤博文地位上升，成为政坛中坚。

伊藤，长州山口县农家子，自幼饱尝艰辛。以前不叫伊藤，叫利助，后来在伊藤武兵卫家里打杂做工，被收作养子，改了名字。他做侍童，做杂役，务农，也守过边。后来受教于改革派武士吉田松阴，去江户幕府的炮术传习所学习，又和井上馨等人一起去英国留学，阅历丰富，又聪明好学，所以见识很广。回国的时候，他已经很成熟了。早年“攘夷”的青春热情已经熄灭，他劝说幕府，不要再和列强对着硬干，不如先实现国内的统一。

同治五年（1866），萨摩、长州武士倒幕，他参加倒幕运动，到中国订购炮船。第二年，大政奉还，王政复古，废除幕府制度，建立新政府。他进入政府任职，施展才干，进行国体改革：筹备立宪，制定华族制度，废除太政官制，实行内阁制，料理外交、工商、建造、军备等事务，大权在握。自光绪十一年（1885），他四任日本首相，也是贵族院的议长。

伊藤内阁成立的时候，日本对中国的作战准备已经进入最后阶段。“甲申政变”的时候，政府和人民都做好了准备，他们十分兴奋。

但伊藤认为，现在太早了，不能打。

几年前，春三月，伊藤去游廊消遣。“游廊”，是江户时期对伎馆的旧称。他生平喜欢艺伎、烟草和酒这三样，夫人静子亦是艺伎出身。

日人饮宴作乐，座客可以即席起舞，类近巫蹈，曲乐突发变声，陡起逆音，十分突兀别致，主客同乐，可以很兴奋，大瓶盛淡酒，容易多喝，却醉得比较慢，兴致就很高，颇为酣畅。

伊藤性情中人，好直言，好热闹，座中艺伎清如秋月、艳若春芭，尽情打趣调笑。艺伎们跟他都很熟，有一位开玩笑，趴他腿上，跟他说：“伊藤君是豪杰，对面房间闹鬼，君可敢一往观？”

伊藤挺直上身，使劲摇首，连说：“不敢去，不敢，国家之身岂可随便浪费，还是不去为好。”

艺伎们都看书识字，学习才艺，全都特别关心国家大事，立宪、邦交、财政、殖产……什么都问。鼓琴的问，跳舞的也问，伊藤就给她们解释。他说着说着，忽然不说了，在听，大家也安静下来，跟着听。

纸门外，走廊对面一室，也在饮宴，有人在说话，声音洪亮。

那边席间，说的是一个问题：中国如何亡？

“中国是什么，是亚洲的文明，谁去了，就变成了它。蒙古人去了，变不成，他们非要把耕地变成草原，把人分成四等，汉人最下，他们就留不下，只差三年就到百年，还是被汉人赶走了；满族人去了，刻意变，跟着学，变了，就是中国。这个文明一天不亡，中国就亡不了。它太顽强，去不掉。要抹去中国，先要把它分解开来，分成六块、分成八块，变成别人的方国、属国，或者随便什么，慢慢地化掉。”

隔壁的艺伎们也都聪明伶俐，不以为然，都说：“君酒后大言，支那文明怎可磨灭呢，我们不是也学了人家吗？”

“果然聪明，”那边的人说，“诸位，这当然不是朝夕间的事情，要用很多年。现在最先要做的，是消灭清国政权，它就要再建新朝。在中国建新朝，谈何容易，《三国演义》大家都读过吧，‘合久必分，分久必合’，说起来容易，分开来再合，很难了。分合之间，需要很多年，要流很多血，是乱世，它的乱世，就是我国的机会。所以要灭中国，先要搞垮它的朝廷，让它没有了政治的中心，让它群龙无首，让它散，让它乱，让它内斗，不能发展蓄势，不能往前走。所以要不断出击，它建起一个政权，搞垮一个。华人喜内斗不输韩人，会有长期的内乱，越斗越弱，弄得国弱民贫，纵是英才出现，会好一阵，还会变坏，起伏不定，不能稳定，就不足虑，日本总会有机会取而代之，立足安身于主陆。”

话音落地，那边忽然安静下来，众艺伎不吭声，可能正在想。那人就接着往下说：

“你们注意过吗？本国的口号是反清，不是反华。日本，才是将来主陆上的‘华’。要做到这个，最根本的，是要帮助中国建立反对它自己文化的政权，慢慢抹掉中国之所以是中国的印记，才能真正由日本取而代之，不然，我们也会像蒙古人，在那里待不下去。不拔掉这个根本，没什么希望，绝无可能！那片中土之上留存的古代，太强悍了，要先灭掉这个中国的古代，才能有日本的明天。”

伊藤听闻，出了一身冷汗，此论很吓人，惊世骇俗，又颇有见地。他深感国中识者不乏其人，忽然觉出森然，问周围：“那边是谁呀？”

艺伎们也很奇怪，说：“那边今天没有客人呀，不知道。”

她们很迷信，悄声议论。

伊藤不管她们，默然思量。想起俄国的高层曾有中国社会是士、民、匪三种人的说法——士，是中华文明之载体，消灭之，是最有效的办法。有朝一日，民变为匪，华夏变为盗匪之国，中国就真的没有了。对面那人说得不错，最好的方法是让他们自己怨恨自己的旧时旧学，自己消灭自己。

可是用什么呢？大概应该是某种可以称为新思想的东西，模糊猜测，应该是从泰西那边来的，变一变形，变一变性，移植过去。

伊藤在游廊逍遥所在，偶闻奇语，酒醒以后忘得差不多了。其中的大要却沉潜于心，潜移默化生出来一个字——“耗”，先把李鸿章那些人耗老，再动手，不是更好吗？日本学校多，青年俊彦成批出产，一代接一代，我们有时间。中国的洋务中坚人物都已经老了。湘、淮之军悍将虽多，那是以前的事；北洋海军装备虽新，也会变陈旧。可惜中国，人心无恒，志无常，不思后济，人与器，都在变老，老旧腐朽之军，不是一触即溃吗？等！权变之术，日照有天，不急。

朝鲜“甲申政变”以后，伊藤不让开战，他等了十年。

54

李鸿章看重袁保龄，认为他是忠臣，因此，对他的侄子袁世凯就多加一分看重，项城袁氏家门，当无陋质。后来果然发现此人很干练，就把朝鲜的一堆麻烦事交给他去料理。

光绪八年（1882）朝鲜“壬午兵变”，发生内乱，颠覆朝政，中国就派兵入宫去平息。内乱虽然平了，事情却没有完。两年以后，日本在朝鲜发动“甲申政变”，又颠覆政权，诛杀大臣，中日两国都派兵进入王宫。中国军队两次派兵入宫，领兵的人里面都有袁世凯。清军与日本兵发生冲突，日本吃了亏。

内乱结束，日本不撤兵，中国自然也不能撤。日本让中国撤兵，自己不撤，中国自然也不肯撤。日本是只老虎，兵一撤，朝鲜就成老虎嘴里的羊，所以中国当然不能撤兵。

中日武装两相对峙，朝鲜内乱虽平，紧张的局势却是箭在弦上。

光绪十一年（1885）阴历二月十八日，日本派来全权使节伊藤博文，找李鸿章谈判，要求中国从朝鲜退兵。两个人见面，先验看对方的全权凭据，坐下来，开始互相诘问论辩。伊藤说：

“这次来，一为以前的事，一为将来的事。”

李鸿章知道，伊藤想提要求，就说：“就请阁下先说将来的事。”

伊藤说：“我国派兵在朝鲜驻扎，是因为当初乱民驱逐我国公使花房义质，烧毁日本使馆，所以派兵去护卫使馆，驻兵两个中队，二百四十人，去年撤回国一队，还有一百二十人。中国在朝鲜的驻军有一千五百人，比日军多，各有猜忌，恐怕将来中日因此失和，中国不如撤兵，两国永远和好。”

李鸿章问：“伊藤大人让中国撤兵，贵国是否同时撤兵？”

伊藤说：“我国与朝鲜有条约，一年以后朝民不滋事，我国不用再保护使馆，方可撤回。”

李鸿章说：“贵国不撤兵，让中国撤兵，不合乎道理。”

伊藤说：“日朝条约虽有一年体察情况之说，如果中国撤兵，我们也可以考虑，请中堂体谅。如中国不肯撤，还留那么多人，日本只能照数增加军队，两国兵力相当，不过那样，更容易生事。”

李鸿章不悦，不撤兵反倒增兵，何出此言？就说：“中国在朝鲜驻军队不是为了生事，是为息事，是我们自己的事情，与日本没有关系。”

伊藤不知道怎样接这句话，就说：“刚才说撤兵的事，是将来的事。现在说说以前的事，去年冬天朝鲜事发，我国竹添公使在朝鲜，他得到朝鲜国王的谕令让日军进宫护卫，后来贵国官兵从外面闯进来，忽然进攻，先开的枪，未免无礼，应该将贵国的带兵官议处惩办。后来，华兵还在街上伤害日本商民，以致日本民命财产损失，也需要请中国赔偿。”

李鸿章说："中国派的兵，是我管的，当时当日的事情各营都有禀报，不是阁下讲的情况。朝鲜国王要求的是中国派兵进宫护卫，不是请日本派兵，我国皇上事后也曾派吴、续两位大人专门详细调查过，事变的详细情况已经查明，早已洞悉。我这里，有朝鲜国王的文书、两位大人的原奏，还有各营的奏报呈单，请阁下审读。"

见伊藤不想看文书，李鸿章就接着说："此事，竹添公使所办未免冒昧唐突。既然是进城保护使馆，应该先知道城内有无变乱才能动兵，即使纵兵进城，也要格外慎重，需要先通知朝鲜外务部才行。此事何等重大，岂可轻率诡秘如此！究竟是谁在作乱？这些人在何处？竹添公使为何不察不说？！"

伊藤说："事起仓促，再说，我们有朝鲜国王的诏书，请中堂不要疑心。"

李鸿章说："朝鲜国王来信说：'所谓的诏书系乱臣矫诏，并非国王之意。'"

伊藤说："事后，情况变了，朝鲜国王如何说法，未必可靠可信。"

李鸿章更为不悦，朝鲜国王的证据都不可信吗？岂有此理！就说："朝鲜国王既称矫诏，绝不会一人说两样话，前后不符。"

没有明说，意思是：你这不是睁眼撒谎吗？

李鸿章气愤，要给伊藤讲一讲事情的真相，就说：

"前事本可不提，今天伊藤大人既然要提前事，还要惩办我营的将弁，就不能不将事起的缘由详细辩论。我兵驻朝三年，朝鲜乱党滋事，前往平息，将大院君李昰应拘至本国保定，以防再度生乱，留兵驻扎，是为保护朝鲜而设。去年冬天十月之变，乱党挟日本兵戕杀朝鲜宫内六大臣，朝鲜举国臣民怨愤，纷纷到中国兵营求救，所以我军不能不进宫保护……”

伊藤不想听，赶紧说：“乱党借日本兵力杀朝鲜大臣一说，不足信，朝鲜人要杀他们，自己也可以杀。”

李鸿章说：“朝鲜乱党诛杀大臣，他们无此力量，是有日兵支持，在宫内擅杀。”

伊藤说：“朝鲜诛戮大臣，也说不定是朝鲜国王的意思，我们不必讨论了。”

李鸿章不让他转换话题回避真相，说：“伊藤大人要惩治我的兵将，不能不详加讨论。”

李鸿章与伊藤，你一言我一语，讲述道理，辩论曲直。

二月十八日、二十日、二十二日，谈判谈了好几次。幕僚们观看记录，觉得伊藤的话里，情理有些不合。

伊藤说中国兵进了宫先开枪，但是中国军队进宫之前，已经事先通知过日本驻朝公使竹添进一，本不应该发生枪战冲突；况且中国官兵进宫之时，手持名片，亮明身份，让日本兵不要开枪，可是名片上却有日本兵打的枪眼。伊藤的说法，无法解释。

伊藤说：“考究谁先开抢，实无凭据。”

意思是，这事不必再讨论，没有凭据，已经搞不清楚。可是既然没有凭据，搞不清楚，不必讨论，为什么非要惩罚中国官兵呢？不合理。

伊藤说：“中堂所言中国兵护送日本妇女去仁川，是实情，但是抢劫日本民人的家，也是实情。”

李鸿章说："中国营规，军令极严，绝不敢。"

伊藤说："实有其事。"

既然这样讲，话讲到这个地步，一个说不是，一个偏说是，这件事无法再往下说。

李鸿章告诉伊藤："中国统领一向与竹添很熟悉，带兵进宫之前，当日辰刻，给竹添送去一封信，事先通知他，本应该不会打起来。"

伊藤说："大概信送晚了，没收到。"又说，"或者竹添没有来得及拆信看，就听见了枪声。"又说，"中国统领之言，不足信。"

李鸿章笑问伊藤："中国营官之言不可信，竹添之言皆可信？"

问是这样问，李鸿章知道"中国统领"说的是袁世凯，日本人最恨袁世凯，心说，想让我治他的罪。想得好。

李鸿章想看一看伊藤所说的朝鲜国王向日本求救的亲笔信，伊藤说这次没有带来。

既然来谈这件事，怎么不带呢？

谈判之中，朝鲜事变时王宫里到底发生什么事，当时的详情，越搅越乱。伊藤的意思是，当时很乱，不必细说，但他又告诉李鸿章："我就是知道华兵打我兵。"

"我就是知道"，不足为论据呀。

谈到退兵的事，伊藤更无真意，日本使馆是花房义质逃走时自己烧的，现在却说派兵保护。几个笔录通译被气坏了两个，称病不干了。

谈判第一天，李鸿章就已经受够了，他致信总署，形容来使的状貌："彼仍多端狡持，呶呶不休。"

十年以后，伊藤功成名就，享誉天下，却有一个唯一未了的心愿，想听李鸿章亲口说出对他的评价。李鸿章就是不说，他没法说，不好说，不敢恭维。他只是问伊藤："你如果是我，办中国的事，会怎样呢？"

伊藤默然片刻，想了一会儿，回答说："成就作为，必不如中堂。"

日本离朝鲜太近了，所以朝鲜的事情太复杂、太诡秘、太凶险，屡屡生事，乱象环生。李鸿章派袁世凯到朝鲜去，名为镇守监国，实为扶刀侧目，留意它东边的那个邻居。

朝鲜事变之后，清廷中有人主张在朝鲜的事情上要息事宁人，不要与日本争斗。

光绪十一年（1885）七月二十八日，李鸿章与总理衙门函商，把朝鲜那边总是出事的原因说得很清楚，收拾局面的办法也说了：

"日本嫉朝鲜为我属邦，又有朝鲜异党游学日本，归国构煽，献君王叛华附日之计，盖指金玉均辈所为。该王误信奸谋，与日亲昵，遂有上年十月之日军入宫擅杀之变，嗣经华兵救护，王得保全，始幡然悔悟，既感天朝曲庇之恩，举国上下至衔恨日人入骨，群相疏远。日人亦自知诡计无施。本朝大臣有上疏，说可以让日本使臣兼任督理朝鲜大臣，遂可弭衅隙，消日患，言之太易哉！日并琉球，何子峨非不力争，结果如何？陈树棠家丁被日人戕毙，驻使力争，日廷不管。现在，朝鲜被强邻侵逼，请我国保护，不可以让分卑望浅的人在国内兼管遥制，需要能员亲往督理。庆军营务处袁世凯，两次带兵救护朝王，屡立战功，该国军民深为敬佩，此人才识开展，明敏忠亮。近日，朝鲜使臣闵泳翔往见大院君李昰应，立为释憾交欢，袁世凯其人，李、闵深德之，又与持政金允植、金炳始均为莫逆之交。李昰应、闵泳翔等，再四恳令袁世凯驻朝办事，可息争端而免内患。”

所以清廷派遣袁世凯去朝鲜。

袁世凯护送大院君李昰应回归本国，协助朝鲜王室缓解内争，稳定国政，办理洋务，协助改革，监察治安。

袁世凯到了朝鲜，先去拜会各国公使，和他们聚会周旋一番，打探到不少消息回来。

获悉朝鲜王宫正在寻求俄国的保护。

他对朝鲜之局有自己的看法，写下一篇文书《摘奸论》，无意之中，把当年唐景崧在总理衙门的所谓“三国演义”之说，表述得又近切深透一层。

有天傍晚，袁世凯在后院与几个朝鲜大臣喝酒。九月风清，云薄月明，江南湖蟹、浙江绍酒，都是内地运来。众人蒸肥煮酒，高谈阔论。

在座的朝鲜大臣金允植和袁世凯可以说是“患国难之交”。他们两人，是光绪八年（1882）七月二日在船上认识的。六月九日，朝鲜发生“壬午兵变”，金允植跑来请中国出兵平乱，在天津登上商船“日新号”，随同清军赴朝，在船上遇见袁世凯。当时金允植四十八岁，袁世凯二十三岁，两人一见如故，笔谈了许久。后来，金允植对人说起他观人的印象：“为人乐易英俊，有壮志，留心兵事，扈从数十人，皆武艺精熟，却无不谨受节制，论我国事，通达无碍，令人惊叹。”

金允植是事大党的领袖，也是闵氏集团的人，一方面主张开化改革，反对守旧，一方面亲善中华。以其为首，在朝鲜形成“稳健开化派”，尊崇儒家，主张“西器东道”，也就是中学为体、西学为用，跟中国的洋务派持同样的见解。

他经常带使团去中国学习洋务，是宫里最先派去暗通李鸿章和马建忠，商量与美国建交的密使。“甲申政变”发生的时候，金玉均引来日本兵杀进王宫，夺取政权，建立新朝，让他做官，他不干，反又跑到中国去搬兵，搬来袁世凯，把乱平了。他和袁世凯一起料理朝鲜的乱局，甚感得心应手，虽然日后朝鲜国内大势所趋，不得不表面转向日本，两个人的交情和往来，到死都没有断。

金允植吃螃蟹很在行，他老去中国，学过，知道要把腹内八角大凉之物剔出。他边吃边对旁人说：“此横行怪陋之物，其实味美，甚可食。”

有的朝鲜人不习惯，不敢吃。

座中一个朝鲜大臣，叫鱼允中，闻言，伸手取一只，看着手中的螃蟹说：“看它周身是甲，生带利刃，想起一个邻居。”

鱼允中是朝鲜西北经略使，少时家境贫寒，资质很高，刻苦读书，科举考试，中榜第一名，入仕为官，惩治贪暴，改革地税，督办漕运，颇有成绩。朝廷很器重，让他参与机要。他和闵妃的宠臣闵泳翔很有交情，也是开化改革派。光绪七年（1881），随朝鲜“绅士游览团”去了一趟日本，对日本的发展十分欣赏，同时又很为朝鲜担忧。回国时，他没有随队，自己又跑去中国一趟，考察洋务，也十分钦佩。与郑观应聊天，与李鸿章谈话，他感慨万千。从此，提倡通商、竞争、变革，富国强兵。“壬午兵变”，他和金允植一起去请中国出兵平乱。后来“甲申政变”，亲日的金玉均之前和他同持开化党的主张，两人交情很深，请他入朝共事。他当晚溜出了汉城，躲到乡下，从此决裂。事变平息之后，他回朝做官。

鱼允中在朝中职务重要，是宣慧厅提调，任各部参判，也是亲华派。他人很讲义气，念旧谊。开化党被镇压，他偷偷给开化党人朴泳孝的父亲办丧事，受到弹劾，是袁世凯出手相救，力保之下，才免去灾祸。

在座的人，都是忧国的大臣，一碰到酒，不由自主要谈时事。

鱼允中晃着手中的螃蟹说："邻国之强，非我之福啊。"

有人想论事解酒，明知故问："何发此言哪？"

鱼允中和金允植不一样，他不赞成儒学，认为太迂腐懦弱，就说："朝鲜信奉儒学，以沉潜柔懦为贤，无勇敢作气者。日本人素尚武事，人习于勇，临事果敢，不计利害，断然行之，虽有所失，能立国体。现在的天下，是那些不计利害、敢于行事的人得计。"

他把中日风气做了一番比较，他还想说：清人狃于旧习，荏苒度日，纵是人多地大，何以治之，可惜，可惜。他是在为朝鲜担忧，中国人因循涣散、苟且不求上进，虽是大国，靠不住。不过，他看了看袁世凯，没说。

袁世凯和他很熟，他没说，也听见了，就笑着问他："弱肉强食之世，事事可忧。这世局，阁下怎么看呢？"

鱼允中正好借题发挥，说："贵国的春秋战国，是小战国，今日的东亚，是大战国，皆以智与力争雄。"

再往下，酒席忽然变成了会议，开始审度局势，讨论国事的走向。

席间袁世凯说了一番话，也是他那篇《摘奸论》的大意。

他说："来到汉城，先跑了一圈儿各国公使馆，颇有所得。有个公使偷偷跟我说，贵国政府正和俄国联络，让它来保护。我听了大吃一惊，不相信，想了想，又觉得很可笑。”

座上的客人有的低头，有的问道：“可笑吗？”

袁世凯说：“甚可笑，我仰天笑，笑得帽子掉了。”

他忽然正色直言：“难道朝鲜国无人？朝鲜，数千年文教之邦，不乏老成明见哲人、敢斗死士，以俄国保护愚弄贵国，岂不谬哉！俄国与朝鲜犬牙接壤，包藏祸心，非一朝夕，贵国士庶共知。俄国和土耳其打仗，英国作梗不能得逞，于是转而东向，借保护之名意在鲸吞，所谓失之东隅，收之晚景。保护朝鲜之心、之力、之权，唯本朝有之，壬午、甲申，两次戡乱就是明证。现在俄国不说朝鲜属于它，只说保护，易其名以欺贵国，说有了俄国的保护，他国就不敢来欺负，他国是谁？是中国吗？中国对待属邦，内政外交，由其自主，唯岁贡而已，此事欧洲何尝有同例！欧洲的属国，内政外交不自主，征收财赋归上国，名曰国君，实为守府。法国保护越南，未及数月，已易其君，越南被法国愚弄，现在已经后悔莫及，贵国也要学越南吗？那么贵国之主怎么办，以后还能有南面称孤的日子吗？据闻，俄国教练贵国的新军不收报酬，它不收报酬，收的却是贵国的兵权。以朝鲜之兵图朝鲜之国，诱以小利，何吝香饵，绝胜于劳师縻饷反客为主之势，是俄国的所长，币重言甘、引狼入室，而授人以太阿，今古同见。引俄入韩的人，是为了自己的富贵。中国和朝鲜，有存则俱存亡则俱亡之道，没有朝鲜，中国也不保，不唇齿相依也不行呀，岂能自捣家门，引火烧身？”

当时北洋海军初具规模，袁世凯说话就有底气，他说：“朝鲜一旦有事，中国旅顺精兵万人朝发夕至，北洋、奉天精兵数十万，亦不难克期而至。”

袁世凯的话说得激切，但在座的朝鲜大臣也知道，他说的是实情，也在理。他们想：现在俄国敢动朝鲜，中国、日本不干；日本敢动朝鲜，中国、俄国不干。东亚之局，中日俄，“三国演义”一样，朝鲜夹在中间，要掂量轻重，站在哪一边。中国之所以劝导国主与泰西各国通商，是为了借助美、德、意、法之力牵制日本和俄国的侵吞，是借外势消灾之策，为的是朝鲜和中国的并存。这个道理，他们作为朝臣，是明白的。

当时的朝鲜宫廷，一时向日，一时附俄，左右摇摆，寻求保护，正在举棋不定。向日，已经招来“甲申政变”的大乱；附俄，也难免重蹈覆辙。

大臣们回去，把袁世凯的话说给了国王听。李熙听朝臣说了袁世凯的所见，也觉得没有说错，就有了些主意，心志有些稳定，想一想，还是固守中朝之盟，以求稳定安全为要。

袁世凯九月初四朝见朝鲜国王，李熙说：“你的《摘奸论》本王看了，是高明之论，甚钦，甚钦。现在，俄国有五六艘兵舰来我国济物浦停留，使君高见以为如何？”

袁世凯回复说：“陛下，俄人在克里米亚有事于英国，此时必无东向之理。它正在受人牵制，深虑英国水师断其归路，不会有事。”

国王怕日本和俄国联手祸害朝鲜，又问：“果如此，则是大幸，不过日本十分谲诈，它的公使去找俄国公使，诉说中朝事机，搬弄是非，甚可恨。”

袁世凯说：“可以让俄国公使一切事务直接找朝鲜外署言明，避免受奸人挑拨。至于日本，我军驻在水原一带，是贵国请来的兵，日本不好说什么话。仁川港，是与各国通商的口岸，与各国俱有条约，俄国也不敢把各国都得罪了，陛下也不要太担心。”

袁世凯和朝鲜国王商量：虽然朝鲜与俄国通商了，但是绝不能对它开放陆路口岸，那样太危险，俄国随时找个说辞就能进来。他给国王出主意，派大臣去勘定中、朝、俄的边界，为的是用勘界一事推托，拖延俄国对陆路通商的要求，边界还没定呢，如何开口岸？

当时，朝鲜的百姓倾向中国，排斥日本，所以反对引来日祸的开化党，拥护大院君李昰应。

袁世凯和提督王永胜护送大院君回国，八月二十五日到达仁川，韩民欢腾鼓舞，来迎接的人从四方毕集，有数十万之多，遮道攀缘，欢声雷动。在仁川停留两日无事，只是大院君的一个厨师晚上绞肠痧发作，病死了。八月二十七日，大院君入汉城，国王在南门迎接，父子相见，冰释前嫌，温蔼有礼。

二十八日，大院君接见朝臣。二十九日，接见各国使节，见了直接对他们说：“朝鲜就是要推尊中国。”还特别对日本代理公使发示警告，“你们在此，务须安静，出入勿带刀剑，不要滋扰我民，若再犯前科，我必然不悦。”

大院君东归，汉城臣民额手称庆，皆大欢喜，政履绥和，静谧如恒，宫中安详宁静。

三天以后，袁世凯得报：王宫里秘密派人把旧时跟随大院君的三十多个门客给杀了。又得报：在仁川的时候，闵妃已经派出杀手毒死了大院君的一个厨师，现在大院君身边的人已经全吓坏了，逃窜一空。

袁世凯跺脚，心里一凉，我尽心竭力帮助他们化解前嫌，他们到底还是不能相安。这闵妃也太狠，如此凶残内斗，不是又要招引外患、自燃其身吗？

朝鲜国王虽然没有什么主见，对闵妃言听计从，任她刚愎自用、随意诛戮，但也预感到日后会有大难发生。光绪十一年（1885）九月十八日，他给李鸿章写信，先致谢，感谢中国协助调停朝鲜的内政不睦，又请求中国赶紧派兵，驻扎在汉城的附近，以备不虞。

见信第二天，李鸿章跟总理衙门商量怎么办。

他对朝鲜的事情很是茫然不解。闵妃依附日本，招来灾祸，又在暗中依附俄国。大院君李昰应不愿意依附俄国。国王李熙没有定见。闵妃有时要亲日本，有时要亲俄国，有时要亲中国，今天这个明天那个，到底是想联谁抗谁呢？你们自己知道要怎样做吗？那金玉均是犯糊涂，还是存祸心？开化改革非要依仗日本，不知道日本有征韩国策吗？明摆着是自取其祸。国情如此危急，你们关着门在家里内斗。袁世凯在外面极力劝导，王廷却是表面应和、面从心违，一心一意拆自己的台，难道不明白物腐生虫、大厦将倾的道理吗？

李鸿章跟总署的大臣们商量，说："现在是闵妃专权，已不让亲华大臣进内廷了。朝鲜的大臣们秘密来通报，说现在宫里的动静是'借俄为援、欲图中国'，而对外，说的是'结援中国，共防俄患'。国策如此自相摧折，搬奇弄巧，这不是弄巧成拙的亡国之策吗？我真的不知道该怎么办了，实在不敢不据情密陈。"

总署也觉得太危险，朝鲜王室面对日俄两个强邻，战战兢兢，乱了方寸，朝三暮四，摇摆犹疑，举棋不定，内部又不早图安定。而日本的心思是想灭亡朝鲜，这样下去可怎么行！

总署那边连着皇上和太后。他们倒是相信下面，说你们看着办吧。

李鸿章想了想，朝鲜一乱再乱，民心浮动，不好动不动又派兵，就给李熙回信说："事变刚过，朝鲜刚刚安定下来，就不要轻动军队了，闹得老百姓不得安宁，各国的公使也会群相猜疑。贵国要是有事，中、朝相距咫尺，北洋海军浮波横海之师，可以朝发夕至。现在，我们又架了电报线，连通两国，消息很快，请不要担心。"

李鸿章希望朝鲜不要再出事。现在，有了海军，他也有些底气。

55

张佩纶在福建丢失南洋舰队，目睹木船怎样被铁船粉碎，大江着火，人命飞灰，夜晚换成白昼，眼前瞬间炼狱，转身就走。

朝廷多少天找他不到，以为他死了；他破衣烂衫出现的时候，朝里已经不找他了。

他自问：究竟是谁闯的祸？是我吗？南洋水师不能打、不能和、不能退、不能进，是死局中的死棋，时命夺人，一步一步走到了这个份上，没有什么可说的。中堂没有错，就凭南洋水师木船，我想先发制人，确实是自取灭亡。但是我该怎么办？我没打它，它来打我，江上已无退路，即使有，临阵怎能怯敌，只有死拼一条路可走。但是，我为什么不死呢？

张佩纶不死，是他不甘心，胜败是一时的事，自己的死活，也不是什么要事，回京论罪，必死无疑，可是在哪里死，大不一样，战场上兵败自裁，于事无补，回到朝廷议罪论斩，却能说话。自己是个言官，先说话再去死，是本分。

张佩纶在福建的绝境，光绪明白，慈禧明白，李鸿章也明白，都不想让他死。皇上和北洋珍惜他的才干，慈禧要借助清流抗衡权臣，又喜爱他的为人，就对他格外关照。

宫里让平日和他意见不合的左宗棠去福建调查马江之败，左宗棠查案，查来查去，该怎么说就怎么说，说张佩纶没有大罪，案子就放下了。官是不能再做了，贬作庶人，也不能继续留在北洋幕府，发往察哈尔军台效力赎罪。

三年以后，光绪十四年（1888）五月，张佩纶戍边期满，去投奔李鸿章，住在天津。于是李菊耦像干旱之后的麦苗，一天一天，越来越精神，越来越水灵。

李鸿章眼中所见，不光是国事，也能看见家里的事，过了不久，把张佩纶带到一个去处，指着一个院子说："我给你一座庭院，你和菊耦完婚吧。"

李鸿章把女儿许配给张佩纶，为他的书斋题名，叫"兰骈馆"。

夫妇两人过起小酌佳酿、抚琴对句的日子。院子不大，里面的天地可不小，月影清圆，花香摇曳，海内知己，逍遥无限。

张佩纶感激李鸿章，黑天白日收取消息、观看舆图，为他策划戎机。有一天他忽然跟李鸿章说："咱从朝鲜把兵退了吧。"

李鸿章不明白他在说什么，拉着脸看着他。

张佩纶说："倭人算计朝鲜不是一天两天了。它现在强，准备了多年，志在必得，意在一举制胜。发动之初，其势必不可挡。我军在朝，是客军，韩人一摇摆，则成孤军，没有胜算。如初战不利，后事不可持。"

李鸿章一听，有道理，却说："临敌撤军动摇人心，干系太大，我们担当得起吗？”

张佩纶说：“老大人，咱不是不打，是看清楚再打。马江之败，事前，敌情不明，战策无定，前车之鉴呀。日本一旦侵占朝鲜，兵锋所指的是大清，它必会进来，即便它不进来，我们也可先示弱骄敌，躲开兵锋，再图大举。”

此论一出，朝中立刻一阵哗然。有人想得简单，说张佩纶是让法国人打怕了，吓破了胆；有人掂量轻重，说这样一来，朝鲜民心丧失，各国轻视，还有许多牵扯，不成不成。

都在说，张佩纶只是书生，不会打仗，败军之将，还瞎议论军事。

这一次，专门写弹章参人的受到弹劾，被清廷赶出天津——你如此气衰，去六朝金粉之地金陵居住吧。张佩纶无奈，行行行，我走，就带着菊耦去了南京。

其实张佩纶说的不是没有道理。日本的首发攻击，用的是几十年凝聚起来的国力，必定极为猛烈，但是，它在外国打仗，隔着海，战线一长，时间一久，力道就会慢慢跟不上。战发之初，清军不以主力死拼，专事袭扰纠缠，不去硬碰，等到日军不得不分兵守地，兵势衰退、力显不足、补给不济，一旦露出弱点，奋力一击，会有胜算，是避重就轻的打法。这是张佩纶切身经历战事以后，更加注重实切，思来想去、权衡利害后提出的意见。

朝议汹涌，李鸿章没有办法。他人也老了，七十岁的人，垂暮之年，没有了当年立马前军不管不顾的那股劲儿。物议纷飞，太难办，拗不过，也不想拗。再者说，从大局着眼，撤回在朝鲜的军队，四面八方牵动太大，是一步险棋。朝鲜正风雨飘摇，兵一撤，人心大恐，不知又要出什么乱子。刘铭传当年在基隆撤军，全台震悸，朝廷申饬，险些被革了职。

老年人不喜欢下险棋，朝鲜的兵一撤，日本可能会立即发动攻势，局势就复杂了。

李鸿章还是采用猛虎在山、威震平阳的既定策略，静观其变，先图自强。

早在同治年间，洋务派就提倡兴建铁路，全国物议纷飞、坚决反对，洋务派坚持不懈，就是坚决要建。到了光绪初年，还是不见起色，李鸿章急得团团转。

魏经问他："您怎么不上折子呀？"

李鸿章瞪眼看着魏经，反问他："老魏，我敢上吗？世评舆情朝议新闻纸，我惹得起吗？我说开个西学堂，就给骂得狗血喷头、恶臭冲天，何况这是修铁路！我吃了豹子胆啦。"

李鸿章不敢自己上疏，撺掇着刘铭传上疏去说。刘铭传立即上疏言事，说要大力兴修铁路，招来里外上下一顿好骂。

李鸿章赶紧给打圆场，跟亲王们说："刘提督铭传力倡斯议，本中堂也不好痛加驳斥、干涉他，这样只会对日后中国富强有阻遏。"

于是刘铭传糊里糊涂变成中国历史上第一个倡导修铁路的人。

里面谋划，外面痛骂，李鸿章一直在跟上面讲理疏通，讲述修铁路的好处。

光绪七年（1881）正月，他去找醇亲王，跟他讲一番道理。他说："铁路是泰西各国富强的首要，现在舆情哗然不让修，没有经费，是中国风气未开，大家还不明白。中国土壤博大、物产丰富、人才济济，却不如人家强大，察其要领，没有铁路是一个重要原因。国家富强，都是先有了铁路。有了铁路，征兵、运饷、销货、税收之利遍于全国，开一条就有一条的好处。五十年前欧洲还没有铁路，现在纵横交错数十万里，是他们忽然变强的原因。我们可以先开一两条，商民就会知道它的好处。有了铁路，军队可以快捷调转，军力就加强了，外国就不敢轻易来打，可以长保和局。各处可以民间集资筹办铁路，不必官办。清江、汉口铁路一开，到瓜州一线就不难续造，这样直隶和山东的军队和物资可以直达沿海，要快十倍。汉口有了铁路，河南和湖北等省就可以连通，遇山凿洞、遇水架桥，可以穿越山岭，通达巴蜀陕甘，西洋有这样的技术。开山造路，利之所在，不怕商民不踊跃集资兴建。铁路造成之后，北方的煤矿铁矿就可以大开，百姓见到运输销售如此便利，就会大力兴农养殖，南北货产互通。江浙通了轮船海运以后，丝茶的贸易会比以前增加数倍。直隶、山东，以前漕船盛行的时候，沿河百姓的生计很兴旺，铁路比漕运快得多，沿路必将生机焕然勃发，这是富民之道。朝廷谆谆以保民生、顺民情为本，不能破坏民意，已经查过，沿路的民间田庐和坟墓并不是很多，铁路的修建都是沿着官道，不妨碍百姓坟墓，如有妨碍，给贫民十数千文钱，他们就很高兴迁移，绝不会压以官势，万一遇见至死不迁的，可以稍有绕道迂回以避之。此事于国家远大之图，尚求王爷加意为幸。”

恭亲王、醇亲王和上面的不少人，都赞成这些道理，也有办事的行家，就给他们出主意：

“要不，咱先给太后的园子里修上一小段儿，让她先见识见识？”

“哦！”

李鸿章拍案领悟，深感贴切。

按照这个谁也不愿说出是谁出的主意行事，事情就有了起色。

西宫坐在园子里的小火车上，惠风扑面，心神摇荡，快乐心情迎风招展，有飞翔如云之快，舒心！畅快！豁亮！她很高兴：“真不错，看看，还真挺好！”

于是先有了去唐山拉煤的铁路，又有了京汉铁路。

刘铭传在台湾，天高皇帝远，见从上海英国人那里拆来的铁路太老旧，放在基隆煤矿运煤不好使，下令再修，全台修。中堂让修，就要修，都修，大力修，开始在台湾大举兴建铁路。

光绪初年延续了五年的灾荒一过，中土大陆缓过了点劲儿，实业、贸易、农耕、海防、军备都往前走了一步。这样一来，不是有了钱，而是更缺钱。工商建设要发展，各项建设都需要花钱。

于是管钱的户部尚书翁同龢焦头烂额，他要解决的困难太多。

农耕社会，日常国用开支，用于郊庙社稷祭祀、天子奉养、百官有司禄食和军队开支，叫正供。此外就留不下太多开发实业的款项。洋务运动开发国力的工程，仅靠田赋和海关税收不够用，只有另筹别饷：在关税之上加厘金。厘金，就是商人往来贩运交给内陆贸易税卡的钱；又在盐税的引课之外，提高盐价；还有牙帖、捐输之类的杂税。这些税一加，已经苦了老百姓，不能再加了。按道理，国家府库里面，应该有三年到九年的积蓄，现在部库里的积蓄还不够一年。

国家的岁入，靠田赋和关税。关税赫德管，翁同龢管不着。

翁同龢必须整顿钱粮。

当时全国的正税和杂税加在一起，户部计算，在光绪十一年

（1885），应该是三千四百万两银子，而实际征收到的，仅仅是二千四百万两，少了一千万两，少了一小半，穷。

落后的穷，没有关系，等到实业工商贸易发展起来以后，就会逐渐好起来。银子为什么少了那么多？里面的内情很复杂，很难办。

户部查了天下的户口。中国大，人口多，无业之民也很多。但是很少有无民之业，也就是说，耕地不够。太平天国时期打仗时间太长，十四年，荒了很多地，这些年正在逐渐开垦。因为开荒的地朝廷不加税，所以很多百姓就说：我的地是开的荒地。他们不交税，这叫报荒不实。

户部查出：因为水灾、旱灾，受灾的地方，朝廷免税或者减税，所以地方上谎报灾情，想留下些钱粮自己用，又不交税，这叫报灾不确。

户部查出：民间抗税不交的人并不多，交不起税的小户不多，抗税不交的顽劣乡绅也不多。但是州县假造账册，虚报民间欠交，希望朝廷开恩准免，留下的田赋不报账，这叫捏完作欠。

户部查出：地方上每年陆续征收到的钱粮，按规定，要以三天为限，分批押解上交。但是有很多征收到的钱粮没有按期上交中央，历年的积累很多，显然是挪移侵蚀自己用了，这叫征存不解。

户部查出：地方上征到了钱粮，不结算数量，不上报，故意拖延堆积，户部去查，他们不怕，旧案加新案，一层摞一层，摞在一起，文牍山积，很难查清，这叫交代拖延。

凡此种种机巧，花样翻新，层出不穷，应该上交的银子就少了一小半。

不是国人个个为私不为公，但有机会的，有门路的，很多人这样做，上下如此，这就很麻烦了，就是“散”。

这是人为的穷困，这种穷，最可怕。天下的殖产财赋再多，也禁不起这样折腾。这种穷，没法治，不是殖产兴业可以解决的事情。这种穷，很可怕，国家平时的支用尚且不够，如今这种时局，一旦有事，国库空虚，没钱打仗，怎能不败。

翁同龢面对困境，一面整顿吏治，一面节流省钱。铜钱穿在肋条骨上，一分一厘地算计，他把着国库不敢随便花钱，所以常要与地方封疆官吏斤斤计较，缩减开支，硬是不给。也无法对开销极大、正在全国发展的洋务事事答应。户部和办事的官吏都有理，他们一个要节约，一个要办事，争归争，都是悉心为国任事，是一回事儿。

翁同龢手里的这种财政，面对即将在外面爆发的事变，无以应对。怎么办？一旦出事，应该由谁来负责，是翁同龢还是李鸿章？是一个人吗？

光绪十四年（1888）阴历二月，筹备皇帝大婚，府库拨了四百万两银子，不够用，追加一百万，还不够，再加二十万。皇帝大婚！翁同龢怎敢不拨款。给皇帝造陵墓，也要花钱，谁敢拦着？

各处的工程事务，都是急务，他只好东西挪移、苦心拆兑。

拆兑来，拆兑去，把海军给拆兑了。结果同年四月，海军衙门愤然上奏：

“东三省的练饷和北洋三舰四快船的款不够用，能不能不要停拨海军款？请朝廷再多发一年，统归海军衙门之用。旅顺港船坞的工款也不够了，还有北洋以前送快船回国的二十二万两银子是借的，钱还没有还，现在户部把海防款改为治河的河工款，不给了，那就请户部把北洋以前欠的款都给还了吧！”

海军衙门还特意告诉翁同龢：“北洋舰队和东三省的练饷，所需甚巨！”

北洋舰队需要用的钱，确实很多。仅“定远”“镇远”“济远”三艘军舰的日常开销就很大。仅光绪十二年（1886），支用薪粮、医药、煤油、修理等项的费用是十八万一千八百六十三两银子，一个舰队不能只有三条军舰，好不容易有了些船，怎能不养！

翁同龢看了他们的折子，跟他们商量：

“现在海关洋药的税收有起色，自光绪十四年起，让海关每年给你们拨发库平银一百万两。这件事，太后已经同意，她说‘依议，钦此’了。”

他的意思是：海军经费的空缺，户部不管了，让海关给你们。

他也特意告诉海军衙门：“海军所规划者，筹边之要策；臣部所掌者，军国之要需也！臣部但凡有余财，必当力辅海军之不足，海军若无急用，亦当深体臣部之为难，虽云各有司存，实则同舟共济！”

光绪十一年（1885）阴历九月，海军衙门成立，是醇亲王在管事。翁同龢的话说得并不客气，他实在是走投无路，没有办法。逼急了，你是亲王也无法礼让。不过，话说的都是实在话，是他的肺腑之言。

翁同龢、醇亲王和李鸿章、左宗棠他们一样，之间的此类筹饷纠葛，不是个人恩怨，是因为收入实在是不够国用。

张佩纶在他的书斋“兰骈馆”的小天地和菊耦共度时光。他们不光是吟诗对句、制菜谱、写武侠书，也谈国事。

说起国事夷情，菊耦说：“东边的日本已然变得很厉害，整天张牙舞爪的，我国海陆之师，不是缺这个，就是少那个，不能完备，怎么还在磨蹭，看着心里急。”

张佩纶跟她说：

“我国从农耕之国转为工商之国，洋务初兴，是平地起家，从无到有。初变之时，国家的财赋必有一个空白之期，有一段接续不上的时间。小国革新，财税也空缺，时间不会太长，像泰西的葡萄牙、荷兰、英、法、德各国，像东瀛日本，他们的工矿铁路学堂普及全国费时较少，一旦建成，可以骤进。而在我国，需要很长时间。国之大、民之众，世无所有，转变之期也最长，财力缺乏的时间必然长于各国。国家不是没有努力进取，财源虽然不足，但也在增长，不过只会渐次生发，不会像小国那样，瞬间暴兴。如此，就显得我们走得很慢。然而，据我看来，也正是因为我国地大、物丰、人众，只要人才不衰，和局能保，百年之后，待财源工业规模齐备，必能焕然一变，有突发疾进、骤现奇观的一天，这可不是着急就能办好的事情。”

菊耦说：“怪不得爹操持内事，风行立断，操持外事，总是战战兢兢、如履薄冰的样子，他在拖时间呀？”

张佩纶点头，说：“国策，只能是求稳定，争时日，尽量不要打仗。一旦战乱，三十年心血功亏一篑。要想富民强国，外乱内乱都不能有。日后国家一强，也就不用再打仗。当下，国不破就有日后。老大人遇事退让、委曲求全，是没有法子的事情。”

一向遇事挺着脖子不让人的主战派张佩纶，其实也不愿意打仗，每次主战都是给逼的。

56

不想打仗。可是打不打，由不得自己。

英国、法国已经打过仗，他们都得到了所想要的；俄国在西北支持阿古柏，一番较量，结果也从《伊犁条约》中得到很多好处，它的要求还没完，正在兴建横贯西伯利亚的铁路，在海参崴建造军港，扩充远东的舰队，筹谋在东方的霸业；日本意识到，十年以后，一旦西伯利亚铁路修成，日本就一点机会都没有了。

日本在中国有三万多谍报人员，他们中间很多人从小就住在中国，已经分不清是日本人还是中国人，对中国的事情非常清楚，清楚到北京大栅栏裁缝铺里的各色丝线有多少种，各号的粗细是多少，苏州观前街稻香村南货铺点心花色有多少种，是什么馅儿……中国人自己不知道的事情，他们都知道。

日本军部制订对华作战计划，要先研究这些谍报人员发来的报告。

陆军参谋本部第二局局长小川又次，奉命制订征清计划，制订的计划《征讨清国策》极具宏观前瞻性：

第一部分讲战略时机："若维护我帝国独立，伸张国威，进而巍屹于万国，保持安宁，则不可不分割清国，使之成为数个小邦国。清国虽老衰腐朽，仍乃一世界大国。清人虽愚蠢不决，但受此屡战屡败刺激，对需培养实力已稍有感悟，近来陆、海两军已渐有讲究改良之趋势。清国优柔，显然不能一举成为强国，但只要努力不懈，理应达到此境界。以当前形势看，二十年后可能完备。趁清国还幼稚，我们应断其四肢，伤其身体，使之不能动弹，我国才能保住安宁，亚洲大势才能为我掌握，由我国维持。”

再讲可行性：“清国人民只知有中国，不知有外国，他们傲慢自大，对天下形势毫不知情，这帮无知愚昧的人民，大多不知爱国是何物。像清国这样缺乏忠君爱国精神的国家，再加上财政赤字严重，可谓积弊已极。对待这种国家，必须来硬的，况且，今日世界乃是豺狼世界，完全不能以道理、信义交往。我国现在最要紧的，莫过于研究进攻清国的方略，以便在灭清国后使我国国运隆盛。”

又做具体分析，关于财政开支：“清国岁入总计一亿二千五百万元有余……军备金额大约七千五百万元，用于八旗、绿营者，救助贫民，不见利益，只是养活海陆军之防勇、练军四十万之兵力而已。”

关于兵力：“清有八旗兵三十万，有绿营兵六十万及蒙古兵十万，合计百万……临时募集之壮兵，即一种称作勇之士兵，每当有事，则必一马当先，几乎以之布于十八省之内。”

关于旅顺口、山海关、大沽、吴淞口等港口的炮台方位、分布、地形等，有详尽描述，海岸守备力量一览无遗。

对于国际关系中的时机，战策有表述：“俄罗斯之东向政策乃伺机并合满洲，以大连湾为舰队根据地。万一俄国先占旅顺半岛，东洋形势可想而知。但俄罗斯有中亚之权衡问题，若不先达到中亚目的，而仅以符拉迪沃斯托克之悬军则不易实行。于我国，现今乃最有利时机，必先占领之。”

明知日本要来攻，当然必须严加防卫，驻扎在朝鲜的陆军和旅顺的海军成为两个重要的防御支点。

旅顺港的防卫建设正在进行，中外报纸对旅顺港工程议论纷纷，非议越来越多，忽然像雪片一样满世界飞。不知道是不是日本在引导舆论，不过旅顺港确是日本战争计划的极大障碍。

中外新闻报纸纷纷批评：中国建造旅顺港是让洋人骗了，其实港口不能用，水太浅，“定远”“镇远”军舰进不去，它们去了威海，也只能在港外停泊；港口不宜做军港，因为东西两面受敌；外国的工程师规划献策、协助建筑炮台，那不过是为了出售自己的大炮军械，为本国取利……

他们不知情，说的是外行话。

“定远”“镇远”两舰，在大沽口验收以后，已经是冬季严寒天气，太冷，在北方巡操不便，便由丁汝昌带往厦门操练，威海是必经之路。不知是谁，在威海看见这两艘军舰，放出谣言。

旅顺港的浚澳工程，由于中法战争中断，战后，西澳很快浚通，可以停泊很多船，不过海上进出的路口比较窄，正在加宽；东澳是个浅滩，需要挖一个方圆三里、深二丈五尺的深澳，完工后也可以停泊很多军舰。因为东西两面的阔口浚澳工程还没有结束，不能开坝放水，所以口外的舰队还不能进来，并不是因为水太浅进不来。另外，欧洲的舰队冬天为了节省，都停在军港里不出来，北洋海军的舰船并不多，冬天可以轮流操练，花费不太多，也可以历练官兵的体魄和技术，振作军心。

旅顺港没有白修。旅顺东、南、西三面环海，群山矗立，南向，有口如门，已经用机器船挖淤，浚深了唯一的出入通道。旅顺南距登州二百里，距离西边的大沽口五百里，是渤海的门户，北洋的要冲。如果让日军占领，直、奉两省均不能安枕。在旅顺和威海两处设立军港，战可以进、退可以守。由于在威海卫建设军港，工巨费繁，所以要先经营旅顺，先控制住大沽口，再经营建设威海。

在旅顺设军港，是洋务派大臣多年来同欧洲工程技术人员实地考察辽宁和山东，通过比较做出的决定：胶州湾虽然形势开阔，却在山东的南边，离京畿要害和煤矿铁矿都比较远；旅顺背后的大连湾，口门过宽，不好布置军港的防卫；唯独旅顺口最合适，水深不冻，海口通达，山列屏障，路连腹地，可以常年使用，行船通顺，避开了飓风，便于运输、易于防守。

旅顺炮台的兵防布置，是针对日本设计的。它三面临海，当然会三面当敌。它的南口布置很严，炮台林立，戒备森严。东西两面，山路狭长，岸上有险可扼，岸下是很多浅滩，敌船来少了，靠不近，来多了，也必须用小船登陆，会受到岸上陆军的阻截。

北洋以战舰驻扎旅顺港重地，兼顾辽宁，控制大沽。在东、西两侧布置宋庆、吴兆友、王永胜等淮军旧部练成的陆军，防守海岸。

时评的非议，没有影响军港工程的进行，炮台的建设和军事布置也在不断加强。所以日本只能派遣大量密探去那一带寻找登陆地点，探察进军的路径。

光绪十二年（1886）以后，北中国的海防建设突飞猛进，沿海工程轰轰烈烈。旅顺口工程早就开始，一直没有停止，正在扩建、完善、加固。光绪十二年（1886），开始威海和大连湾的防卫建设；光绪十七年（1891），开始烟台和胶州湾的防卫建设。各项工程抢建疾进，一一竣工。到了光绪二十年（1894），威海和大连经过逐渐经营已成重镇，而烟台和胶州湾一线的工程没有来得及全部完成，那里海防比较单薄。烟台是威海的后路，十分重要，正在两地之间赶修连锁炮台，却没有来得及合龙，尚不能封锁要害部位。

面对日本的威胁，清朝没有松懈，各处抢修的工程十分浩大。

旅顺口沿海各处的台、坞、厂、库的工程基本配套，南北两岸炮台和大石头船坞的建造已经完成。直隶后补道龚照屿督办，施工加固大船坞口门，内镶砌石帮，斜砌石撑，满砌石底，加固之后的船坞极为坚固，不渗漏。在口门外，添置大铁船门，舰船出入，船门可以轮流开关，又在船坞旁边，修建起抽水厂大铁房一座，用石头和水泥砌成一个五丈深、六尺方的水池，涵洞长达五十多丈，以备蓄水修船。港内的铆锅厂、合拢锅炉厂、舢板厂、船械局、仓库已经建成，以备舰队更换锅炉、制造舢板、领换器械。

旅顺口工程同时在模珠礁和馒头山上改造炮台，在西岸的海口后营和城头的山炮炮台之间，修起了一道长十里的护墙。在西岸的老虎尾、东岸的白玉山，各建铁码头一座。

大连和威海卫从光绪十七年（1891）开始建造新炮台，添购安装后门长炮，已在要害地点分布设立炮阵。

总兵刘盛修在大连的老虎头和黄山的连接之处修筑起大墙一道，长八百多丈；在黄山炮台添筑八卦墙两座，运子石墙两道；在老虎头与和尚岛，建造弹药库两座；在柳树屯建立水雷营。

道员戴宗骞在威海卫南北两岸的六座炮台之外又修造柏岭、九峰顶、杨峰岭、谢家所四处新式陆路炮台各一座；添建拐角快炮台和田鸡炮台共三座；在南北两岸各建水雷营；又在卫城至上庄一线开通山道九十里，修建木头石头桥梁一百多座，和西边嵩武军修建的桥道连接成为一体，以备战时交通。

总兵张文宣在刘公岛南嘴，增修炮台一座，在岛中间的山沟里建造弹药总库一座、淡水储仓一座；在山顶建造护墙，长十里；又在南嘴构筑土墙一道；在岛西面接连的黄岛上建造地阱炮台。这种地阱炮台可以用机器瞬息升降，隔海数里之外设靶可以突然升起，一击而中，射击快而准，是一种潜伏炮位。

旅顺、威海、大连的防卫，工程精坚，布置完密。胶州湾的防卫，已初备形态，由在越南打过仗的登州总兵章高元布置督造。他在北岸的青岛、坦岛、团岛，各设炮台一座。李鸿章曾经去看过，觉得炮位的安设颇得形胜，只是团岛的炮台正挡在海口的来路上，尚显单薄，于是又在左侧再添设一座炮台，安装二十四生加长钢炮三门，十二生特长快炮四门，都用新式磨盘架，可以三百六十度转射，四面环击。又让龚照屿在青岛前面建设大型钢铁码头，其后布建水雷营，扼制海口。

在烟台，在岿岱山建造炮台，又在通伸岗旧炮台的下面再建炮台一座。东面临海处加修长墙一道，在后营接修护墙，在岿岱建造石码头一座。在山顶，建造学堂一座。自烟台至上庄，开通山路九十里，中间修建木桥石桥五十三座，连接绥巩军所修的桥道……

沿海的海防建设工程浩大。各类工项，缺一不可。钱从哪里来？借洋债。

多年以前，李鸿章审时度势，很注意经营与德国的外交关系，此时收到成效。通过对比，向德国借钱最合算。英国的汇丰银行和丽如银行，法国的新盛银行，利息高，还本金快，要交二厘至五厘的交易回扣佣金，还需要用海关税收做抵押。德国华泰银行的利息低，岁息五厘五，还款十五年为期，前五年只收利息，后十年连利还本，利银按本递减，不用交佣金，也不用海关关税作保，按时价以马克合银，彼此两不吃亏，是历来最合算的贷款。

李鸿章委派律师武廷芳和能员周馥做成了交易，为海军衙门筹钱，建起沿海防卫。

钱，都是从各处凑来的和借来的，来之不易，不得不一分一厘算着花，必须毫厘不差。

订购“定远”和“镇远”军舰的钱，是从福建的关、藩、盐三库，总理衙门的出使经费，两淮盐商的捐款，招商局的漕运收入，四川、浙江的税局，户部的拨款等各处凑来的，叫作筹饷。一个“筹”字，与愁同音，语义也一样，十分劳心。要挖空心思，费尽周折，很不容易。所以花钱的时候不敢马虎，各项支用，都有细到不能再细的账目。

账要这样记：“定远”铁甲舰一艘，“德国马克合计库平银一百一十万二千零九十八两三钱一分三厘四毫”；“镇远”铁甲船一艘，“一百一十二万七千九百一十二两六钱一分九厘九毫三丝”。

又例如，大小炮位二十尊连架具并配炮弹一千二百枚、引火一千五百枚：三十四万八千二百五十七两九钱四分九厘一毫；支付江海关道换汇付款估工驳力的费用：二千七百三十六两二钱四分八厘一毫九丝四忽四微；支付送船来华德国员弁役人等回国的薪工、伙食、川资、犒赏、杂费等项：四万八千四百二十三两九钱二厘七毫五丝四忽五微，等等，必须要如此详备。

花钱如割肉，是痛心的事情，所以要记得刻骨铭心、清清楚楚。

银钱如此艰难，北洋的防卫在北中国海岸还是慢慢连接成了一条长长的曲线，处处设防，不停加固，边界海岸太长了，加固不完。古代中国为了防备游牧民族南下，修建起长城。近代也用老办法，一砖一瓦建起海上的壁垒长城。

这道防线好像对外不设防，专防日本。

欧洲来了很多人参观，一般人，见了会赞叹，但是看不懂。内行的人能看出门道。他们指指点点，相互讨论：这些工程精良坚固，又非常省钱，他们是怎么搞出来的？英国海军上将福勒曼德尔参观大连湾各处的炮台，震撼之余，有所发现，对随行的官兵们说：

“这样大的工程，没有军队参加，建不起来。北洋将领近年来对欧洲的技术工作研究得颇为深透。所造台垒，颇有后起争胜之态，青出于蓝。”

光绪十一年（1885）阴历九月，从欧洲回国的“定远”“镇远”“济远”到达大沽口；光绪十三年（1887）阴历十月，“致远”“靖远”“经远”“来远”回到中国，到达厦门。此四舰与“定远”“镇远”“济远”“超勇”“扬威”合为主力九舰，会同广东的“广甲”“广乙”“广丙”三船，镇字号蚊船四船、鱼雷艇队十余艘、练船三艘、运船及各辅助舰艇，合组舰群。光绪十四年（1888），北洋海军正式成军，各类大小舰船六十艘。

近五十年以来，林则徐、邓廷桢、丁日昌、沈葆桢等两代人的遗愿实现了，沿海海防初具规模，国家有了海军。

有了舰队，一喜一忧。喜是大喜，忧是深忧。这么大的舰队，可怎么养？

北京算来算去，怎么算，钱都是不够。中枢，部臣、御史、言官争得不可开交，宫里、军机处、户部、总理衙门、海军衙门一筹莫展。穷愁无奈，算了吧，每年的海军专款，既然只够北洋三舰“定远”“镇远”“济远”使用，其他的船嘛，不给薪粮。

李鸿章在北洋听到京里传来的消息，欲哭无泪，就哈哈大笑了，指着西天，说：“好好好！听见了吧？北洋军兴之日，若想高官厚禄，快快改行。”

他是说给刘步蟾、邓世昌那些留过学的海军们听的。

光绪十七年（1891），实在没钱了。清廷部议，正式通知北洋：停止购买军舰两年，裁减军队。

北洋各司道将领闻讯哗然，去找李鸿章想办法。李鸿章去找上面请示，近乎哀求乞讨，说：

“我们买船、买机器、买枪炮、买常用的配件，没有储存的专款。大宗的开支，做出预算以后，上报海军衙门请示拨发，现在停拨了，可见部库的钱确实不够。可是我们随时需要添配东西，自己却没有余钱购买。舰艇和军港的机器，都是西洋灵巧之物，机关极脆，容易坏，坏了就成为弃物；鱼雷、水雷的雷筒和电信之类的东西，也是一样；各厂局的机器每日都在运转，很容易损坏，一个配件坏了全停，工厂、舰船都是这样。停饷两年，多年辛苦取得的成就毁于一旦，岂不可惜吗？二十多年以来，我们疏渠屯田、筑台修垒、修浚河工，黄河、漳水、永定河下游、南北运河的疏浚，都是军队施工；直隶沿海、从奉天到山东的海防建设，也是军队在建设；旅顺、威海、大连的工程是凿山填海，致力尤艰，也要靠军队和民众一起修造。我每次巡查，见到弁勇髌骶黛黑，备极辛劳，现在工程还没有完成，忽有汰除之令，恐非盛朝重海防振士气的致意。知道我们的部库很空虚，需款正殷，应当购买的军舰只好照议暂停，但是能不能留下军队，等到工程完成。恳请勉筹涓滴之助，伏乞皇上圣鉴。”

北洋不能裁军误工，只好停购军舰。

其实，国家财政支出是整体一片，铁路、电报、厂矿、救灾、学堂，都需要钱。天津、威海的北洋水师学堂培养海军，要学习外文、史论、算术、海图、天文、测算、物理、化学、机械等各门学问，必须招收十四岁以下的幼童，从小培养才行。他们生活不能自理，每四个人需要一个仆役。为了节约，只好把原定的四人一仆改为五人一仆，每年可以省下几十两银子。

如此艰难的财政，一打仗，不是这边出事，就是那边出事，不是军舰不够，就是火炮不快，不是工厂机器不配套，就是人才不济，不是这个，就是那个，捉襟见肘，时间还是不够。

即便如此，人们仍在奋力一争。

57

有一个人不放心，很不放心。

他有个奇怪的信仰，认为自己能解救异族的危难，他跑到中国来出主意，想留下参加即将开始的中日战争。

戈登是伦敦人，英国皇家炮兵戈登将军第四子，工兵出身。第二次鸦片战争的时候随军来华，后来带领常胜军协助清军同太平军作战，在江苏打仗有功，升任提督，赏穿黄马褂。

戈登曾经给李鸿章留下二十条赠言，建议中国一定要留心一些事情，比如：跟外国人办交涉、签订协议，一定要在中国本土，不然容易上当；跟外国人谈什么事情，必须有文字记录，作为证据，以免不认账；必须在全国设立电报局，治理运河，加强水师；打不过别人的时候千万别打，非说要打的人，斩首；中国要和外国买东西，要用华商，不要用洋商，以免受骗；中国要赶快学会管海关，以后要自己管，不要用洋人管……

他这样说，赫德当然跟他合不来，同是英国老乡，彼此看着却有些别扭。戈登这次来华，他也不想住在赫德家，要自己单住。

政府一向对戈登很厚待，这次也不例外，安排地方住下，赏。

当年戈登带着常胜军和李鸿章在江苏跟太平军打仗，和他幕府里的人也认识。

李鸿章的幕僚周馥听说戈登从海外来了，就来拜访这位老相识，心想：他不是在埃及当总督吗，怎么忽然跑回来要参战？觉得挺好奇。

周馥的老家是安徽至德，他在咸丰末年避战乱，困苦流离。同治元年（1862）春天，李鸿章组建淮军，周馥去应募，在营里办理文案，从此和李鸿章结下一段毕生的缘分。他们结识，据说十分偶然，但是缘分可就深了。那时李鸿章还是曾国藩的部下，驻守安庆，作为曾国藩的幕僚，正在创立淮军。周馥有个老乡在李鸿章的伙房里挑水做饭，伙房里的人不会写字，周馥就帮他们写账。有一回李鸿章看账本，见字迹端正清秀，十分惊讶，就问：

“此人下笔有山岚之气，必品行周正、造化渊深之士，是谁？”

后来延为幕宾，成为李鸿章幕府中最早，也是最铁心的死党。当时李鸿章穷，每月粮薪六两银子，周馥更穷，二人都要养家，李鸿章便分一半俸禄给周馥过日子。那时他二十六岁。周馥感念知遇，一生追随，劳怨不辞，奔波尽力。后来，他写过几行诗句，体味这层关系：

吐握余风久不传，
穷途何意得君怜。
偏禅骥尾三千士，
风雨龙门四十年。
…………

周馥的字，大约能让人看见写字的人，曾国藩见了他在辕门上书写的“投书言事”告示，也十分赞赏。

周馥跟随李鸿章办洋务，出谋划策，深受倚重，是淮系集团中颇有建树的人。他在江苏当过知县、当过知府。后来跟着李鸿章去直隶，正逢大水灾，他负责监督堵修永定河，日夜监工，终日奔波于泥水之中，虽大风雨，亦不稍休，很快就把卢沟桥大石坝等处的决口堵修完竣。他在直隶二十多年，凡遇水患亲自治理，懂得工程建造。袁保龄死了以后，他负责督办旅顺港工程。

周馥是李鸿章的左右手，协助办理的事情太多了，修铁路、设电报、办学堂、理关税，做的事情多，非议就多。

李鸿章为之抱不平，还觉得有些对他不起，曾经对人说：“吾推毂天下贤才，独周君相从久，功最高，未尝一自言，仕久不迁。今吾年老，负此君矣。”

后来，北京让周馥去做山东巡抚、两江总督，是因为李鸿章以前总给朝廷写密疏举荐。

光绪十六年（1890）九月，周馥去旅顺验收船坞工程。第二年，又随同李鸿章视察北洋海军。现在工程完毕、水师成军，大家非常高兴。高兴归高兴，周馥还是不放心，有些担忧，觉得一旦打起来，防务堪忧。

他趁跟李鸿章单独在一起的时候，悄悄地对他说：“中堂，北洋海军这几条船，按照外国海军的规制，编不成一队呀。军舰太少啦，而用费已是千余万，朝廷没钱再买军舰了，倘一旦有事，安能与之敌？若是打败了，全都要归罪于北洋，那时有口难辩。不如上疏痛陈扩充海军，增加军费，催促速办，此乃国家大计，准奏乃幸，万一有不测，亦不能诿过于人，说中堂误国。”

他是为李鸿章日后着想。

李鸿章长叹一口气，说：“大政须朝廷决行，我已经尽力，力止于此。上奏没有用，上奏必交部议，还是不准，奈何！”

李鸿章眼观各方面要花钱的地方，又知道国家财政是什么状况，不抱希望。

戈登在寓所见到周馥，一看是在江苏时候的熟人，就问他：“周大人，你现在还在中堂那里当差吗？”

“正是。”

戈登说：“李中堂大人的幕府里都不是泛泛之辈，我以为阁下早已升迁了。听说当年两江总督沈葆桢大人要重用你，让你留在江苏任官，你不去。”

周馥腼然摇手说：“李相国待我最厚。我既出山，安可无端弃北而南。丈夫出处，唯义是视，何计利害。不才此生就跟着中堂啦。”

周馥对时局很担心，问戈登：“将军这次来我国，有大事？”

戈登知道周馥是李鸿章的亲信，又是个老实人，可以说话，就说：“这些年，你们也算尽力了，但是我不放心。”

周馥说：“请将军指教。”

戈登站起来，伸手一揽，叫周馥跟过去，走到桌上的地图前面，指着说：“你来看。”

周馥跟过去看图。

戈登说：“你看旅顺口和威海卫所在的两个半岛像什么？”

周馥伸头看了看说：“有些像一只螃蟹的两个钳子。”

戈登说："对，它们像两只钳子，抱着渤海湾，保护直隶和北京。"

周馥说："这两个地方是山水形胜，扼守着海门，一旦有事，敌船进不来，沿海台垒森立，岛上岸上都是炮，来了，他们也停不久，待不住。"

戈登说："问题就在这里。这两只犄角的正面怀抱的是大海，方向有些偏了。因为现在的局势，贵国一旦有事，必将先发于朝鲜，朝鲜在旅顺的上面，在它的背后，敌方陆军如果从鸭绿江南下，取道辽东半岛，从后面袭来，在背后登陆，就可以控制金州这条狭窄的地区，旅顺口将被围困，被切断，没有退路，援军会被挡在金州。"

周馥说："不错，威海也是如此，怕从背后袭击。这个，我们也想过，有所准备。我国陆军，中法战争以后专设游击之师，在军港的后面扎营护卫，挡在那里。"

戈登摇头，不以为然，说："周大人，贵国本是农耕之国，不了解现代战争。之前，你们与英国交战，时间很早，过时了；近来，与法国交战，战役规模不大。和数万军队打仗可不一样，贵国的所知，已不合用。"

"怎样不一样？"

"你们的下一场，将会大不一样。日本积蓄十数年的力量，会用十几万人猛力一击。战争的前期，你们是挡不住的，贵国的胜算，只在后期才有。"

周馥闻听此言，醍醐灌顶、恍然大悟。对，戈登说得不错，自己的预感也是这样。日本蓄谋之久，蓄力之厉，不可轻视，一旦发动，迅雷狂涛，若是在陆地上一时挡它不住，旅顺可就危险了。

戈登见他忧虑，对他说："旅顺的安危，应在用兵的战术上加以权衡。而北京城应该怎样、会怎样，才是战略上的问题。"

周馥不太明白他的意思，说："将军请细讲。"

戈登问他："早年我离开贵国，给李大人说了很多事情，请他留心，看现在的局面，其中有一件事情变得最为要紧。"

周馥知道有这回事，想起来戈登多年前的临别赠言，就问："哪件事？第几条？"

戈登说："第几条不记得，原意却还记得，说的是：中国一日以北京为建都之地，则一日不可与外国开衅，因为都城距离海口太近，洋兵易于长驱直入，无能阻挡。"

周馥想了想，周身一震，问："要迁都？"

戈登深深点头，说："要迁都，战，必须要迁都。"

那天，戈登给周馥上了一课，解释为什么一旦开战必须迁都的道理：

"日本从东海来，要越过朝鲜占据中国，必先占据朝鲜。攻击的一方蓄力已久，在朝鲜的首发之战，必然极为猛烈，势不可当。防御的一方，前线守军即使枪炮相当，也很可能失利，这是很自然的事情。近年来，欧洲各国之间的战事大致都是这样。不过没有关系，攻击的一方，夺人之土，占人之城，兵力逐渐分散，要沿线分兵料理所占之区，战线越拉越长，补给跟不上，国力也将逐渐跟不上。先胜，会成为败之因。进入他人之国攻城略地，麻烦就来了，越到内地，麻烦会越来越多，守土者时机一到，奋力一击，攻者会土崩瓦解，一败涂地。中国地大人多，不怕它来，来就来，敌国犯土，必将全民奋战，弄不好，他们会有来无回，一个也回不去，是为先发者萃，后发者摧，这在兵器相当的欧洲几近定例。欧洲战争如此，将来爆发大战也必将如此。现在中国的软肋是政府在北京，离海岸太近，距来犯者的兵锋太近。海岸到京城，朝发夕至，都城一旦被夺，会像被人挖出心脏，全国离析，立毙于敌人之先。所以，要和日本开战，必须先迁都。皇室和政府要先转移到西安或更深远的地方去，政权在，民心不散。日本再强，不足为惧，小国寡民，经不起长年兵争的损耗，那时它一路死人枕藉，军需耗尽，兵力衰退，民力没有了，财力没有了，民心没有了，必败。这些年，它穷兵黩武，国力和民力已然空虚，皇室捐款买军舰，公差部吏削薪俸，何其困顿、何其窘迫，貌似强悍，其实气短，引人一笑。首战所用之力，将是孤注一掷之力，战争支持不到两年，国力就耗尽了。它最怕的就是拖延损耗，一旦入侵贵国，就是死局死期，被累死、拖死、缠死、困死，死无葬身之地。”

戈登行伍出身，在欧亚非大陆，都行过兵，阅历多，有经验，对中日即将发生的事变，他满不在乎，要来参战。

周馥书生性情，听罢手一拍，有道理，很简单，迁都，对，迁都。

啊？迁都！不敢想，不敢想，西宫她老人家还活着呢。

西太后是个明白人，知道什么该管什么不该管。国内的事情交给疆臣们去办，都是科场里战场上拔出来的人尖子，道德文章、胸怀识见都极好，办事情即便有错，能错到哪里去呢？交给他们办就是了，省心，犯不着去碍人家的事，反帮倒忙。洋务，交给总理衙门和李鸿章他们去经营，这些年干得不错，不用管。

西太后很看重李鸿章，两个人的关系也不错。李凤苞在西洋八年辛辛苦苦考究舰船，买来好军舰，结果吃力不讨好，朝议、言官、报章、时评，多端诟病，说他贪污朝廷的银子，沸沸扬扬，闹得人家回到了京城连街都不敢上，灰头土脸，整日失魂落魄。

李凤苞是李鸿章手下的人，慈禧想：你们骂人，不看僧面要看佛面，不要闹得李鸿章也下不来台不是，我得出个头平一平。

慈禧召见李凤苞，跟他说话挺和气："李凤苞，你回来啦？"

"谢皇太后垂问，下官回来了。"

慈禧说："泰西蛮夷之地住着挺别扭，听说你任期早满，理应回国销差听候另用，怎么一去就回不来了？"

慈禧说这话，是向着李凤苞，出洋是个苦差事，谁也不愿去，李凤苞在外洋一住八年，有功劳，有苦劳。

"启禀皇太后，下官在外总想回家，无奈新任之选未必详熟海外兵工建造之学，怕误了事，就没让回来，延了差。"

慈禧告诉他，外面办差不容易，坊间说什么别听，皇上心里头明白。

李凤苞如逢甘霖，谢了恩。

宫里面虽这样说，朝政上却有规矩，受弹劾之臣要慎用。后来，李凤苞还是回家赋闲去了。他死了以后，是非还没闹清。以后，地方上闹灾荒，家中子弟捐钱救灾，李鸿章借机上疏为他昭雪冤案。

和李凤苞一样，在日本办事为国力争的何如璋，也遭到非议，说他被日本收买了。日本最恨的就是他，不知道是人家的反间计还是国人失察，他在福建和张佩纶督办军务又有马江之败，更加说不清，受弹劾、罢了官，在老家郁郁而终。

西太后断事，一时明白一时糊涂，坏在看不出事情的大小。偏偏在大事上面，常有心性作怪。平日独断朝纲也罢了，但是关键时刻，不能随性乱来。这个，慈禧在宫里任性惯了，她好像不懂。

她有个心病，命里头不知道有什么东西拦着，自己总是过不好整生日。

同治三年（1864），慈禧三十周岁的生日，那年正逢清军攻打太平天国的京城天京，血流成河，死人如麻，实在不好意思大办庆典贺寿。再说，仗打成这样，整天血腥味儿，也不吉利，不办。同治十三年（1874），四十岁生日，那年同治皇帝病重，快死了，还是不能庆祝，也不能办。光绪十年（1884），太后五十岁整寿，是大日子，按例，应该隆重庆贺，操办大典，可是老天偏要作对，中法战争开始，不能办。

慈禧很委屈，有怨恨，很无奈。我是谁，我不是一国之主吗？怎么就不能让我踏踏实实过个整生日呢？

慈禧不敢跟老天爷生气，不能说，不能恼，就压着火儿憋着，压在心里，压了几十年，变成一口恶气，一块心病。

她指望着光绪二十年（1894）。光绪二十年（1894）是六十寿辰，那是什么日子？六十大寿的日子。六十寿诞，人间民户哪家不办，哪家不大办，哪家敢含糊？我等着，这一次，天可以塌，地可以陷，非办不可。

慈禧万万没有想到光绪二十年（1894）的局面会给她摆出一个什么样的阵势。世事可怪，太后的整生日越大，来的祸害越大。

当年，慈禧闹着要重修圆明园。恭亲王刚刚把她扶上位，不乐意给她修。慈禧为这件事记恨，面上不明说，底下较劲。有一天突然自己写了道懿旨罢了恭亲王的官，满朝大臣莫名其妙，他俩主政理事是搭档，一向没有不和呀，不明白。慈禧突变政局就为了一个园子，任性。

慈禧偷偷派安德海到山东去，采买修园林的木料。小安子到了山东，山东巡抚丁宝桢问话，说话倒是和颜悦色："祖制宦臣不出京，公公此为何来？越制了。"

丁宝桢问完，没容他张嘴，不听回话，不容分说，拉下去，把小安子斩了。

慈禧气得仰面昏迷。醒过来，想一想，这件事，说不好是鬼子六办的，自己势单力孤，吃个哑巴亏吧。从此她在朝中留心笼络人心，扶持羽翼，激烈的清流、守旧的老派，谁都行。在朝揽政，国事没准谱儿，立场无所谓，主战、主和，一时这样，一时那样，幸亏还算明白，平时不出主意，而主意一旦出来，不明就里的臣工们会觉得政令飘摇莫测。

中法战争北宁大败，慈禧乘势把恭亲王一干重臣革职闲置，中枢全换了人。恭亲王下台牵涉到的不仅是人，还有国策的走向。恭亲王若在，后来的事情会不一样，局面会不一样。

光绪十四年（1888）以后，海军衙门、铁路工程局、修建园林的衙署，都归了包堆放在颐和园里头，混在一起。这样一来，各自的账目就不好说了，是分开了还是没分开？当然是分开了。真的分开了？外面谁也不知道，谁也说不清。反正大家看得出，她还是要修园子。

太后变着法子修园林，国家没钱，也不能太不像话，圆明园是不能再想了，修颐和园。

这已是快要打仗的年头。

同治十三年（1874）为皇家建园子的小事情产生的怨恨，慢慢生根，暗暗左右朝政，影响国运，决定着清室国祚的长短，一人心性独霸天下。

光绪十七年（1891），袁世凯的母亲生病，他请假回籍。母丧丁忧，朝廷准假百日。光绪十八年（1892）三月，假满。四月十四日，袁世凯从天津回朝鲜的任上。

袁世凯已经在朝鲜干了快十年。

展轮东渡，站立船头，海上清晨大雾迷茫，什么也看不见。袁世凯心中盘算，自己在总理交涉通商事宜大臣的位置上在朝鲜干了这些年，协助改革、调停宫斗，那里的水太深，到现在也没全看清楚。朝鲜的国事，细微诡秘，又关系重大。光绪八年（1882）壬午、光绪十年（1884）甲申，政变接着兵变，看上去，是朝鲜自己的乱子，内中却总有日本拨弄。朝鲜国本来就是个很分裂的地方，人分东、西、南、北，吏分两班，历来水火不能相容。如今王政左顾右盼，三方依靠，自裂其体制；下层百姓民不聊生，遇火即燃。从光绪十一年（1885）到现在，大小乱子三十八件。日本越来越强，朝鲜民生日敝，打仗的日子怕是不远了。战事一发，举国动荡，它会向着哪一边呢？眼看又要发生的事变就像这场雾，看不透。

袁世凯站立船头想心事。

背后有一个人正眯着眼看他，手持短刀。

58

袁世凯是河南项城人，叔祖袁甲三以前在安徽督办团练，跟捻军打仗，后来当漕运总督。袁世凯自幼过继给叔父袁保庆作嗣子，袁保庆去做江南盐巡道，他跟着先后在济南和南京念书，两次乡试不中，就弃文就武，去山东登州投奔吴长庆的淮军。袁家在道光年间兴盛，子侄入仕，人脉很广，袁保庆和吴长庆是至交。

袁世凯生于咸丰九年八月二十日（1859年9月16日）。出生的那天，叔祖袁甲三寄来的信函正好到家，说和捻军打仗打胜了，给新生儿取名“凯”，按家族“保世克家、企文绍武”的排行，名叫“世凯”，后来竟然真是毕生行伍，戎马生涯。

山东是孔圣人的故乡，以前民间爱读书，小孩儿们一起玩也有文字游戏。袁世凯小时候读四书五经，十三岁那年，清明踏青，和几个家塾同窗在野外路边席地围坐，即时即景对句，一个堂兄弟用树枝在地上写出“小路风初涨，新河水去长”，是乡间的春意。

下面轮到他，写的是：“大野龙方蛰，中原鹿正肥。”

是少年心胸，天下的春意。

一个过路的老头儿戴个破草帽背着铺盖卷儿正从旁边过，看见地上写的字，停下脚步观看，先看字，又看看人，对他们说："少年郎，想做大事要身怀利器，我教你们一套拳。"

过路的老头儿住在袁家教了一套拳法就走了。临行前，袁世凯问他："师傅，您老请留个姓名吧，这拳法叫啥？"

老头儿说："我无姓名，拳也无名。"说完就走了。

袁世凯身上有功夫，周围一群护卫马弁也都是练武的行家。"壬午事变"那年，他二十三岁，跟随吴长庆的部队东渡朝鲜，自领一队平乱，手持短铳一路争先，抢在队前，往叛军人堆里冲，士卒振奋、鸣枪呐喊，一拥而上冲垮乱军，得了首功。两年以后，日本想趁中法战争谋取朝鲜，发动"甲申政变"，他率本部去王宫里救人，击退日本军，仗打得虽不大，却推迟了中日战争爆发的时间，功劳很大，受到重用，二十六岁任驻扎朝鲜总理交涉通商事宜大臣，位同三品。

袁世凯在朝鲜出入宫廷、帮办革新、训练新军、调和争斗、救助灾民、安抚地方，在朝鲜国上下很有人缘，和金允植、金炳始等很多朝鲜大臣结为忘年至交，在朝鲜人称"袁司马"，众议"明达夙成"，很得人心。

所以日本对他最反感，这个人太碍事，无时不在作对，派人暗杀过好几回，派去的人不是被拿了就是被砍了。那天在船上站在他身后的那位，是第七个，是在甲贺选派的能人，祖传密杀、暗算的本事。

无名师傅传授的无名拳法里面有个本事，学会了，不用回头就知道身后有白刃的杀气。

袁世凯知道身后有人，人已到了背后，他没转身，仰天坦然一笑，婉言对后面那人说："君学艺不精，潜行蹑踪杀人，何以人藏剑不藏啊？又耳目昏黑，不知黄雀在后，哈哈哈……"

日本细作都精通中国话，听懂了，螳螂捕蝉、黄雀在后。他反应极快，猛回头看，背后站立一个少年，十五六岁的样子，是个书童，手中也有把刀，正冷然瞅着自己，不好！可是已经来不及了，那书童抬手空中一划，刀尖进了脖子划过去，喷发一缕红线，人就死了。

袁世凯看着大海说："海上春寒，更为料峭，黄雀，回舱拿件衣裳。"那书童的名字叫黄雀。

袁世凯这次去朝鲜和以往不同，他已经得罪了王室，李熙不愿见他。朝鲜想跟外国借钱供宫中花费，他拦着；朝鲜想往外国派公使，他认为太早，又不赞成。国王和一些大臣对他不满——干预我国朝政！

清廷朝议也有人说他"侈然自大、虚骄尚气，不宜在朝鲜久留"。

话虽这样说，大家也知道，袁世凯在朝鲜办事，不是他单身一人，是一群人，随带各员，各有各的差事。唐绍仪、吴仲贤他们协办朝鲜海关税局；陈宝张、张夔尧带着人在汉城和釜山办理商务、翻译文书，袁世凯只是个领头的。再者说，朝鲜苦寒之地，各员的薪水很低，又变乱多发，诸事棘手，谁也不愿去。这些人不辞劳苦，办事极为勤慎，从来没有过贻误，多年始终不懈，若是把袁世凯调回来，朝鲜的这班人马谁去管，那么多事情怎么办？

非议是风，海内外都刮，该用的人、该办的事情不能荒废。袁世凯在朝鲜一干就是十二年。

袁世凯在仁川登岸骑马去往汉城，这段路他常走，很熟悉，这次有些不同。以前乡民们田间耕种、林中拾柴、道上贩运、沿街乞讨，都是单人或两三个人，这次一路所见不一样了，百姓们在聚众。村头、庙外、野中、河畔，常有一二十人围在一起说话，或在听人讲话。官道上，乡民结队行路，不知去做什么，见到自己的马队驶过，立即沿道散开，温和行礼。晚间在山道行走，看到下面山谷之中有很多火把聚集，觉得不对劲，乡野之中一副要出事的样子。

壬午年是兵变，甲申年是政变，下面，是民变将至，老百姓的生活太困苦。

早在同治初年，朝鲜庆尚道有个人叫崔济愚，是个地主家出身的读书人，他创立了一门学问，叫东学。

名“东学”，是针对西来的天主教、基督教，要固守东方之学之意，但又和传统儒家不一样，内有一变，把道家和佛家的意思掺和在里面，但万变不离中土之宗，天人合一。

此说一出，皈依者甚众，出现东学党。东学党要辅国安民，救济苍生，攘夷排外，反对日本侵略。

朝鲜政府见东学党人众太多，且越来越多，就想起了中国的黄巾军、白莲教那种民间会道门，怕他们终将造反，就把崔济愚杀了，这是三十年前的事情。领袖虽然死了，思想和组织却没有灭，转入地下。

李熙不是个经世治国的国主，一国之君，不理政事，很多大臣也是有一天算一天混日子，只顾盘剥享乐，不顾民生死活，朝鲜贫富之间的差距太大。

朝鲜人喜爱歌舞，可当时乡间市井唱的却是末世的歌词：“金樽美酒千人血，玉盘佳肴万姓膏。烛泪落时民泪落，歌声高处怨声高。”把街上行人听得无不同感凄凉、潸然泪下。

闵妃外戚主政时期更不像话，外面饿死人，朝中竟游仙，宫里奢靡无度，史官愤然记载："长夜之宴无日或辍，倡优妓女演呈百戏，酒池肉林靡费巨万。"

宫里钱不够花了，出售政府的官职，销售科场的试题，靠借洋债维持开销。

当时在朝鲜的洋人，有的了解世情，觉得要出事，报告本国："朝鲜民怨之深指日爆发。"

朝鲜有人很绝望，已经不在乎，竟说："盼国亡，人言必称亡国，此朝必亡，非亡不可，何不早亡？"

民心到了这个地步，乱子肯定会来，任何一件偶然的事情都能引发事变。

光绪十九年（1893）年末，朝鲜南方全罗道古阜郡发生一件事情。

古阜郡是个盛产稻米的地方。朝鲜的水田灌溉有一种设施，叫作洑，用木石土沙修筑而成，用来截水，灌溉农田。洑分国有和民有两种，从国洑引水浇地要交水税，从民洑引水浇地就不用交税。

有个地方官吏赵秉甲，到古阜郡去上任，去了就征发数万农民另建一座新洑八旺洑。完工以后，不许用民洑了，一律收费。不仅收费，还增加水税，得来的收入又不上缴国库，攫为己有。

地方百姓不服，去求告，赵秉甲闭门不见。百姓们就去全罗道告状，结果被官府全抓起来下狱。官府太欺人，不知道民间有志士。

古阜郡有个人叫全琫准，为人十分正直，秉性也刚硬，他的父亲因为反对郡守横征暴敛，率众冲击郡衙，被官府枭首。

他见官府欺人太甚，在乡间登高攘臂一呼，民众风从，组成东学军开战了。一时万众会集、揭竿而起，声势浩大，贵族和儒生也有人来参加。

东学军不反朝廷，要杀尽贪官、逐灭倭夷。

1894年2月，东学军占领古阜郡，4月，在白山建立大本营，开仓济民，义军发展到一万三千人，集会誓师，公布檄文，要“逐灭倭夷，澄清圣道，驱兵入京，尽灭权贵，拯百姓于涂炭，奠国基于磐石，内斩贪虐之官吏，外逐横暴之强敌”。他们想攻占全罗道首府全州，5月，击退了官军的围剿，6月，攻占了全州。忠清道和庆尚道的东学党群起建军响应，控制了朝鲜南部三道，那里是朝鲜的粮仓，全朝鲜各地东学党也纷纷起事，席卷全国五分之三的土地，拥有十万武装之众。

政府控制不住，只好要求议和。东学军担心内战会引起外国武装干涉，同意与政府谈判，“相议官民相和之策”。

6月，政府和义军在全州议和，接受了义军十二项改革条件：严惩贪暴官吏、取消封建等级制度、废除苛捐杂税、废除奴婢贱民制度、严禁私通日本、平均分配土地等等，史称“全州和议”。

东学军在南方控制五十三个郡县，建立政权，形成割据。

东学党在南方举事兴兵，消息传到汉城，袁世凯一惊，这一天还是来了，知道大事将至，日本必有反应。

他对随从们说：“准备车马便装，我们去三日浦看看去。”

三日浦是朝鲜东部江原道的一个湖泊，森木葱茏，湖水澄澈，有三十六座山峰环绕，状如屏风，是关东名胜八景之一。古代高丽王去游览过一回，原定只玩一天，没想到湖山如洗，风景移步幻化，美不胜收，便流连忘返不想走了，住了三天，此地因此得名“三日浦”。

下面的役从们一听，全慌了，这袁大人太有闲心了吧，这是什么日子口，南边都山崩地裂啦，现在要去游湖？

闵妃安插在袁世凯周围的耳目们也慌了，立刻给宫里通风报信。

李熙和闵妃闻报非常着急。南部农民正造反，大张旗鼓，声言要打入王京，袁世凯你身为上国钦差，不闻不问，袖手不管，现在要去关东游玩？岂有此理。快！宣他进宫来议事。

袁世凯没有想去三日浦。近来朝鲜王室闭门不见他，自己去求见，人家不开门，避着躲着，自己在外面干着急。这一次，万一里面再要小孩子脾气不接见，要误事，不如让他们来请。

事关王朝存亡，李熙顾不上跟袁世凯使性子，见了面直言问话："乱民猖獗，现在燎原之势，使君以为如何？"

袁世凯说："陛下，这件事在下以为，东学不足虑，东洋可虑。"

李熙说："我朝的远虑是东洋，但如今乱民造反是燃眉之急。"

袁世凯说："东学教都是贵国的良民百姓，民变为生活所迫，可以安抚，东洋若借此乱不请自来，才是燃眉之急。"

李熙顿时明白了，现在只有一条路可走——求助清朝，就说："好，我马上写信，请上国派兵来援。"

袁世凯拿上信函，匆匆出了王宫，朝鲜国就没人再看见过他。

这时，朝鲜已出现日本军队。

1894年7月，日本混成第九旅团八千人在仁川陆续登陆，开往汉城集结。7月23日，日军突然发动袭击，进入汉城，占领王宫，废了李熙和闵妃。

日军进入汉城最先要抓的就是袁世凯，可是找遍全城都找不到他。

袁世凯的亲随护卫们知道，“去三日浦”是暗语，他是在下令传告在朝同僚：“我们该走了，三日内。”

三天之前，7月19日，袁世凯扮作平民溜出汉城，不知道他用的是什么机关门道，就在日军登陆的仁川上船，然后细浪一道，金蝉脱壳，逃之夭夭。

59

日本在仁川登陆，入侵朝鲜，中国军队也到了。叶志超两千五百淮军在忠清道牙山登陆。

牙山在朝鲜西海岸偏南，这支军队本来是为了震慑东学军，所以在离全州不远的牙山登陆，放在南边；日军突然进入朝鲜，局势突变，又转变为与日军对抗，所在的位置太不对。

牙山北去汉城，距离七十公里，日军占领了汉城，北上的大路就断了，牙山之军成为孤军，人数也比对方少很多。日军入朝，局势突变，后续日军正从朝鲜东、西、南海岸几路陆续上岸，清军的位置处在被围的死地。

7月21日，日本军队兵临汉城，唐绍仪在最后的关头还没有离开，他在中国公使馆给在牙山的叶志超发出急报，通知他：日本正在逼迫朝鲜驱逐清军，我军必须做好与日军作战的准备。

日本战时大本营早就对牙山清军的情况了如指掌，牙山清军的统帅是直隶提督叶志超，总兵聂士成，士卒两千四百六十五人，山炮四门，臼炮四门，分乘三艘汽船从大沽口和山海关出发，目的地是朝鲜忠清道仁川以南的牙山。

唐绍仪给叶志超发出消息是通过电报，日本人截取叶志超部队的消息，也是通过电报。

光绪十四年（1888），袁世凯协助朝鲜架设的电报线路已经很长，从奉天经过朝鲜的义州、平壤、汉城、仁川，直入朝鲜南部，沿路设立四个电报局，各局设委员、司事、中外工程技术人员、通事与翻译生，还有测量员、电报值班员、寻线弁兵、送报夫役等各类职事。但是中国人不留意设防，没有学会保密防范，在电报局工作的人，很多是日本军情人员。

日本了解叶志超的军队，也很了解他本人，但是并不是很清楚他这个人现在是怎么回事。

本部的参谋人员专程来到第五师团，给军官们做介绍，他说：

“此君，清国安徽肥西县人，自幼双亲亡故，贫寒困苦，以放牛、杂役为生。早年从军，是刘铭传的马弁。其人身高力猛，但也许并不聪慧，军中绰号‘叶大傻’。青年时代，乃奋战之士，与太平天国军队在江苏省王圩作战，被打死又当场复活，血流满面跳起，纵身厮杀，营中长官认为他不是凡人。叶志超的妻弟是张树声的副将孙益寿，所以1862年他转投张树声帐下，到山东同捻军作战，其时鏖军力战、裹创肉搏，纵马追杀捻军领袖赖文光之师，取南乐，战德州，均有建树……”

第五师团的人听了这些，纷纷议论起来：“这位叶志超久历戎行，作战很勇敢，可能会很厉害吧。”

来讲解的参谋人员说：“他在1838年出生，现在五十六岁。大家应该知道，近六十岁的人和他二十岁的时候，不是同一个人。人到了六十岁已经很老，现在他是直隶提督，有两个儿子，都在政府做官，长子叶御璜，是资政大夫，二品衔。叶氏家族的家族产业很多很多，田产在肥西的孙集、芮店、花岗和舒城县的干镇一带遍及乡里，年收租两万担，在天津也有产业。叶家兴建一座家园，叫‘叶大圩子’，占地六十余亩，宏伟精巧，走过吊桥牌楼以后，里面可见五进大厅。我们的人进去的时候用心看过，园内宽广奢华，房屋建筑有一百多座，雕梁画栋，甚为可观。一位年纪这样老、居家这样享乐的人，现在可能已不再是军阵中人。清国贫民发迹，青年时舍生拼命，到了老年要安享富贵，体魄心志俱衰，精神不济，不再努力，此人应不足为惧。不过，拜托诸君，仍不可轻敌。”

那个参谋说完，欠身致谢，从皮包里取出一沓图纸，请大家观赏叶家大院的铅笔素描图画。

不知道究竟是什么原因，叶志超去牙山之前先去见周馥，求他在李鸿章面前说个情，问能不能换个将，别让自己去了。李鸿章很恼火，淮军宿将，怎么成了这个样子？很不耐烦，说：“去了未必就打，何惧哉！”

李鸿章也老了，七十二岁了，这次去的可是赴朝的先锋队，不过他当时没在意，没有多想一下。

清廷派遣仁字军两营九百多人，乘英国轮船“高升”号渡海，去增援牙山军队。7月23日起航，25日到达丰岛海域，“高升”号挂的是英国旗帜，中日两国当时没有宣战，所以没有想到会出事。日本海军也是在23日启航，去往朝鲜西海岸寻找中国船只，25日到达丰岛海域，遇到“高升”号。

同一天，7月25日当天，在汉城的大岛义昌第九混成旅三千五百人马转身南下，向牙山方向前进。29日，先头部队到达成欢驿的前沿，见到清军在公州成欢驿周围的山地之中已经布置下防御阵地。

之前，总兵聂士成见牙山是个绝地，建议移军成欢驿。

他说："海道已梗，援军断难飞渡，牙山绝地不可守，公州背山面江，天生形胜，宜驰往据之，战而胜，可据以待援，不胜，犹得绕道出也。"

成欢驿是全州通往汉城的重镇，东南有月峰山，西面是牛歇里险要高地，正南是南山里的丘陵地带。聂士成率武毅军一千多人在这三处布兵，构筑野炮阵地，建造堡垒掩体工事。聂士成据险构造的防御工事互为犄角，彼此照应，很得要领。

日军混成旅团到达以后，起初觉得仗没法打，等到侦察队回来报告，他们觉得百思不得其解。

叶志超的主力和骑兵不在前线，他们在前线背后远处的公州扎营，大敌当前，清军违背作战配合定法，前锋严阵以待，而主力却远在后方，有什么企图？他们是什么意思？

他们不知道叶志超为什么要这样布置。

日军知道，眼前的这股武毅军不好惹。当日凌晨三时二十分，武田12中队刚刚到达前沿的佳龙里，在雨中还没有站住脚，就在一条狭窄的山道上迎面遭到十几个清军的突袭，打到早上五点钟，又来了几十个人，把山袭造中尉和二十二个士兵逼到河床的淤泥里面给淹死了。来的人，满脸污泥，面目狰狞，好像是些敢死队。他们打到最后，一个不撤，全部阵亡。检查尸体看到遗书，才查明了身份，这些人全是天津武备学堂出来的毕业生。

日军知道，成欢驿清军前线的人不多，后面的主力还在很远，最终决定，不管清军是什么计策，还是要抓紧时间，当天发动进攻。

混成旅先使用配置在宝莲山的炮兵发动炮击，使用专门杀伤步兵的榴弹炮开花霰弹，清军的炮设在牛歇山，离得太远，够不着日军，聂士成的军队遭受炮击，死伤很多，开始动摇。

不知道为什么，后面的叶志超没有来支援。

聂士成只好撤退，在路上遇到叶志超，两个人一商量，先去全州。

败退的清军为了走得快，丢掉辎重粮草，一路上“就地取食”。当地的老百姓见到清军一触即溃，还到处抢粮食，忽然感到莫名的悲哀，本来打算前来助战的义军还没有来得及上来，也茫然束手，感到很是无奈。

在牙山的军队处境危险，光绪帝7月20日谕令，增派援兵。

中国援军分四路赴朝：第一路，卫汝贵的盛军从大沽口渡海入朝；第二路，马玉崑的毅军在大东沟上帆船，沿鸭绿江逆流北上，然后在朝鲜义州登陆；第三路，左宝贵的丰字军沿奉天官道进入朝鲜；第四路，丰陞阿的奉天练军，走官马大道，赶赴平壤。四军合计一万五千之众。

奔赴朝鲜的四路军队马不停蹄，日夜兼程，头顶酷暑，徒步数百里迅速赶向平壤，在8月4日至9日全部抵达。

日本军队也正在分四路进入朝鲜。他们的难处是，不知道北洋舰队在哪里，不敢贸然从海上运兵，所以来得很慢，从朝鲜的东海岸和南海岸登陆，再北上，要走很长很长的路，穿过非常难走的荒山野岭和炎热的无人区，需要很长时间才能集结。这个时候，如果早已到达平壤的中国军队选择先发制人，主动出击，引军穿插，寻敌索战，有可能搅得日军大乱，可以各个击破正在艰苦行军的日军，振奋朝鲜的民众，借助地方军民的支援，有可能占得战争的先机。

不知道为什么叶志超没有这样做。也许是暮气断送了机会。

清朝政府的初期作战计划是：平壤的援军和牙山的军队南北夹击汉城的日军。

也没有这样做。

态势正当时，计划没有错，夹击不可能，原因是人，可惜人不行。

牙山部队的军事撤退，已经被统军者搞成了崩溃。叶志超从全州绕道迂回北上，往平壤回逃。他要穿过渺无人烟的崎岖山野峡谷，让军队扔掉了辎重。一路上，牙山之军艰难行军，一边走一边扔掉武器弹药，走着走着，建制也给走没了，变成了三人一群、五人一伙的逃难之人，没吃没喝，无医无药，队伍硬是给走垮了，还没打就散了，不战自溃。

他们终于陆续走出荒野，到了平壤。此时，官佐士卒，半人半鬼，谁也不认识谁是谁，路上走死了好几百人。

见到进城的正字王师，是一群群蓬头垢面、衣衫褴褛、骨立形销的叫花子，平壤各军看得心悸发愣，不禁心中发毛，倒吸凉气，默然观望，不知前方的战场是个多少层的阎罗殿。

当时朝鲜只有日军一个混成旅，后续部队还没有登陆到达。

光绪帝在北京很着急，多次严令催促，命令在平壤云集的清军进军汉城，就连素不知兵的盛宣怀都看得很清楚，他跑到北洋营务处催促，趁日军兵力薄弱之机，要快速进军汉城。

叶志超那时已被任命为入朝官军的主帅。他给清廷呈送的成欢战况报告上说的是："本军抗击数万日军围困，毙敌两千，寡不敌众，退至平壤。"朝廷远在天边不知道前方的事。一看，噢，原来是有功，叶志超以少胜多突围，拯大军于水火。嘉令晋级，赏。于是，叶志超成为主帅。

又是不知道为什么，叶志超不奉诏，按军不发兵，在平壤不动。

李鸿章在天津急得三尸暴跳，咬牙切齿，一失足成千古恨，朝鲜危在旦夕。但是远水救不了近火，他也知道，自此淮军休矣。

"老矣。"他在后庭看着一棵正开花的生病虫的半残梨树，内中凄然。

天津海关税务司总办德璀琳是德国人，他家是天津的社交中心，往来的全是重要人士。他有五个善交际、爱运动的女儿，大女儿嫁给了德国陆军大尉汉纳根。

德璀琳和李鸿章公干交往很多，私交也好，举荐汉纳根到北洋去帮忙做事。

汉纳根在天津当军事教官，兼任李鸿章的副官，参加设计建造旅顺口、大连湾和威海卫的炮台阵地。他认为海岸炮台有先天缺陷，专打洋面敌船，只顾海中，不能兼顾后路，就上条陈建议，要特别防范敌军从陆上背后侵犯。他还认为中国只有新式海军不行，还要练新式陆军。

大家都知道他说得对，但是钱不够，现在是时间也不够了，朝鲜眼看又要出事。

朝鲜东学党内乱爆发以后，日本军队立刻进入朝鲜，近万人的军队，明摆着就是要开战。中日两军在朝鲜已经是对峙的态势，剑拔弩张、一触即发，却还没有宣战。这个时候从海上向牙山运兵，用中国船不好，太危险，日本海军一旦先发制人，要吃大亏，如果用北洋海军全军护航，也不好，怕是要激化时局，突然引发战争。

李鸿章和幕中众人围在一起，反复掂量。在朝鲜的事情上，日本、英国和俄国的反应都要权衡。

众人你一言我一语，想在迷离的世局之中，看到下一步应该怎样走。

日本要占朝鲜，俄国和英国必然都不愿意。与朝鲜接壤的俄国当然不愿意，那样它今后的麻烦将无穷无尽；英国也不会愿意，英国在东方最大的地盘是印度，通商最获利的地方是中国，英国在西方和俄国对敌争胜，不会希望挡在俄国和印度中间的中国发生大乱。中国一乱，俄国就有机可乘，可大举南下，它无论是联合日本占据主陆，还是进入中国与日本相向为敌，来到印度近前，都会危及英属印度，对英国都是坏事，所以英国不会任日本随便行事。这个道理，日本也必然明白，灭朝鲜，就是与中、英、俄三国为敌，不能不想想吧。

算来算去，李鸿章认为，朝鲜此局，是动中有静，通过外交调停，争取和局还是有希望的。准备归准备，能不打还是不要打，老办法。

如此看，往朝鲜运兵，不宜用北洋舰队全队护航，但是一定要租用怡和洋行的英国商船，这样做，既不激发事变，也不会被日本海军袭击，船上英国的国旗就相当于护航的舰队，日本来打，就是打英国。

世人论事，都愿意按照常理去想，不过世上的事情不是按常理发生的，常常忽发狂暴，把常理撕得支离破碎。

1894年7月23日晚上，满载淮军仁字军两个营的“高升”号汽船升火起锚，准备出航。起航之前，汉纳根一身便装在夜色中匆匆来到港口，最后一个登船。

船上谁也不知道他是谁，英国船长也不知道，但觉得这位乘客实在怪异。这是一艘运兵船，此行是军事机密，这个人突然来了，有特许上船的公牍执照，是唯一搭船的平民乘客。他怎会得到上船的许可？是谁允许的？这个时候，他单身去朝鲜干什么？

李鸿章虽然老了，心力不济，却并未迟钝，战场官场上的阅历多了，有时会变成隐约的直觉。

那时，他忽然对叶志超有些不放心。牙山之军，连日催告请援，叶志超有上中下三策：一曰大举增兵，先发制人；二曰以撤军回国逼迫日本撤军；三曰原地固守。上策，是主动对日开战；下策，是原地不动，坐困死局。他真以为上策可行吗？他的真意是什么呢？

冥冥之中，有种不祥之感，若是用错了人，可不得了。

汉纳根此去，是李鸿章的秘密军事观察员，他要亲眼看看现状、观察实情，要了解日本军队的动向，也要看看叶志超正在做什么。

“高升”号在海上走了两天，7月25日，行驶到丰岛海域，离牙山不远了。因为派往牙山的军队很多，怕港口拥堵，三艘运兵商船隔日前后分开走，前面的“飞鲸”号和“爱仁”号已经到达了牙山，北洋海军的护航三舰“济远”“威远”“广乙”正从牙山返回，来为最后面的“高升”号护航。

当日，天气晴和，海洋风平如拭。

汉纳根是陆军，到了海上，看见甲板上站满了兵，而船上一门炮也没有，觉得有些不自在，捏了把汗。

天一亮，他来到驾驶室，用望远镜往远处看，希望看到来护航的北洋军舰，又担心来的是日本军舰。

英国船长高慧悌见他神色紧张，掏出一盒马来亚雪茄，打开盖子让他取。汉纳根不吸烟，立起一只手掌表示谢绝，敬礼致谢，没有拿。

船长一看，笑了，问他："先生是军人？"

汉纳根向他点点头，又往远处看。

船长说："不要担心，现在是和平时期。"

汉纳根说："可是我不了解日本人。"

船长知道他是什么意思，说："我也不了解，但是他们起码懂国际法。"

船长看了看汉纳根，指着脚下，加上一句："这艘船，我们现在是站在英国，不是吗？"

上午不到九点，迎面开来一艘军舰，全船所有的人都直立起身子往那边看，下面甲板上的军队立刻把枪架在船舷上。

过来的是一艘巡洋舰，不知道是哪国的，走近了，看见挂的是红太阳日本海军旗，但是还挂着一面白旗。不对吧，是日本军舰来向"高升"号投降？不可能呀。

汉纳根看不懂，对船长说："请看舰上的两面旗帜。"

船长也看不太懂，说："海军的规矩，海战之中，挂起白旗，是告诉对方，我受伤了，无力再战，要退出战场，对方就不会再打，不像陆军那样挂白旗表示投降。前方可能发生海战了？不可能，不是还没有宣战吗？"

对面的军舰已经开近了，正在不远的地方从左舷开过去。"高升"号按照海上的规矩，两船相遇鸣笛致敬，拉响汽笛向那边的军舰问候。

对方舰上也升降了几下日本军旗向商船致意，那面日本军旗急速升降了好几次。

两船相向而过的时候，船上的人们大吃一惊，这不是日本军舰，是中国军舰“济远”号。

汉纳根突然想到，“济远”号急速升降日本军旗，是不是在警告我们附近有日本军舰呢？

船长神色忽然十分紧张，下意识骂出了声：“Fuck！”

前方果然出现日本军舰，白色舰身，红白色太阳军旗，在蔚蓝的海面上十分醒目。

7月19日，日本海军从夏威夷回归佐世保集结，准备开战。海军调整人事和舰队编制，桦山资纪出任日本海军军令部长；日本常备海军与西海舰队合并为联合舰队，伊东祐亨任舰队司令。大本营下令：“若发现清国向朝鲜增兵船，可以实施破碎行动。”

坪井航三少将的第一游击舰队于7月23日从佐世保起锚，去朝鲜西海岸寻找中国舰船。

这次出航，不再是巡海侦察北洋海军的位置，而是直接捕杀中国运兵船。所以，第一游击舰队的几艘军舰选为“吉野”“浪速”“秋津”洲新式快速巡洋舰，共三十门速射主炮。舰队小，适于隐蔽；强，适于突然袭击；快，适于追杀。

日本做事，有时貌似狂乱，操作上却用心，面面俱到。

正式宣战之前的时期，是动手最好的时机，可以不付代价，占到便宜。如果遇到少数运兵船，可以突然袭击，占得先机；如果遇到北洋海军全队，就不发动进攻。日本知道，中国讲究道义，不会不宣而战。

至于本国不宣而战引发的外交烂摊子，那是外务省事后必须料理的善后工作，各有职责，与海军无关，且事前已早做准备，政府有专用的拨款，用钱财去理顺欧洲的法律界和新闻界。

军方的动机，伊藤博文内阁并不是很明了。一个帝国，它的肢体生长得太快，可能会出现一件怪事，过度发育的手会代替它的头脑，这只手会去做大脑还没有想好的事情。这种异变为怪胎的帝国常常用手来想事情，然后它的大脑只好跟着手做决定。

7月5日凌晨四点，“济远”“广乙”两舰，护送“飞鲸”号在牙山湾港口卸下辎重，六点钟，起锚返航，去接应途中的“高升”号。

六点三十分，“济远”和“广乙”与第一游击舰队相遇。

相遇以后，日本军舰这只伸到海里的铁手本能地开炮了，海洋中掀起的第一个水柱高高升起，宣告：战争开始。

当时“威远”舰还在牙山的港口，正在等候收取公使馆和电报局关于朝鲜时局的抄片。“济远”和“广乙”两舰，立即应战。

第一游击舰队装备十五厘米速射炮八门，十二厘米速射炮十四门，二十六厘米克虏伯炮两门，十五厘米克虏伯炮六门，有三十门主炮，平均航速十八节。

“济远”和“广乙”装备二十一厘米克虏伯炮两门，十五厘米炮一门，十二厘米炮三门，有六门炮，平均航速十七节。

北洋海军二舰，用六门主炮与日本军舰三十门主炮对射抗击。

海军舰炮比陆军火炮要猛烈，火力的悬殊是致命的，海上无路可去，谁也跑不了，双方相遇，即是死战。“广乙”舰，是南洋水师来北方会操的小船，很落后，很快受到重创，不得不退出战场。

“济远”舰单打独斗三艘日本海军主力舰，也受了伤，一边打一边向中国海岸的方向退走。日本的三条军舰，一条去追“广乙”，两条随后追赶，最新式的“吉野”走得很快，追在前面。

“济远”舰按照海军的常例，挂起白旗，告诉对方：“我舰受创退离战场。”

可是日本军舰不管那些，偏要置它于死地，紧追不舍。“济远”舰是十几年前订购的军舰，比“吉野”航速慢，无法脱离，于是它又挂起了日本海军旗，这也是海军的欧洲骑士语言，说的是：“今日吾屈服汝之战力，来日方长。”

“济远”的意思是，你不要再追了。

西方人的语言和风度，东方人不必太明白，也不必太在意，所以“吉野”舰仍然决不罢休，咬住不放——我一定要把你击沉。

“吉野”舰占尽先机，志在必得，一路追赶，越来越近，没想到被劈面打中两炮。“济远”舰的尾炮里连续冒出两股白烟，空中飞翔两个巨大的炮弹，一先一后，掉在“吉野”舰上，一发爆炸，一发打穿机关室，落在火药库，却没有爆炸。“吉野”舰身被打得横在海里浑身颤抖，甲板上的水兵在甲板上滚来滚去。

于是“吉野”舰听懂了炮弹的语言，不追了，掉头返回。

汉纳根看到的是，一艘日本军舰跟着“济远”舰尾追远去，一艘日本军舰停在了“高升”号附近，离得不远，军舰的名字是“浪速”。可以看到它右舷的舷炮全部瞄准“高升”号，从军舰上放下一只小艇，向“高升”号开来。

一个日本海军军官上了船。踏上船来，先看了看甲板上的中国兵，皱了一下眉，直接找船长，检查他的出航证明文件。

船长说："这是英国船，你无权干涉我的航行。"

日本人说："你运的是中国军队。"

船长说："中日没有宣战，我是和平船只。"

日本人说："你的船必须跟我们去长崎，到那里再说，这是舰长东乡平八郎的命令。"

停在附近的日本军舰发出旗语信号，告诉"高升"号：必须服从，否则后果自负。

船长知道，说理没有用了，去就去，船上人的生命要紧。再说，李鸿章大人租用这条船的价格是每个月五千两银子，发生这种意外，船价要照付，洋行不会受损失。

但是船上的中国军队坚决不去长崎，他们已分发过弹药，说："要打快打！"

汉纳根此时一边欣赏陆军步枪面对海军舰炮的骄傲，自己就是陆军；一边对陆军们破口大骂，他很着急："你们他娘的要干吗？不是在找死吗？"

船上的事情乱极了，互相叫骂，非常混乱。其实过程很简单，日本军舰升起一面鲜红的旗帜，那是发动攻击的旗帜。

后来，汉纳根记得不是很清楚，只知道白色的日舰开到距离一百五十米的地方，先发一颗鱼雷，那条鱼雷像一个海豚从"高升"号的船底下钻过去了，太近，没击中。日舰再发鱼雷，同时间，舰炮次第排射，冒出烟火。

“高升”号爆炸，汉纳根没有想任何事情，他的身体自己跳海了，他的身体自己开始游泳，他的身体自己知道该往哪里游，他的身体游了五个小时，他的身体游到了一个小海岛，他的身体往岸上爬。

他只记得在海中回过头看了一下，见到海上屠场。

“高升”号斜立在海里，船头向上，船下的海面上，阴影里，全是落水的人，船上的人往海里掉，桅杆上挂着很多人，纷纷下落。他见到烟和火，静悄悄的，没有声音。

汉纳根一直游，游到小岛往上爬，一直爬，爬进小岛的山坳里，平躺在沙土上，回忆起夫人，她喜欢游泳，所以自己也学得很能游泳。什么声音也没有，他觉得自己死了，他看着天，才知道原来天堂里也有一个天，四下一片静谧。

60

欧洲的军舰在出事的海域救人，汉纳根被法国军舰救起，送到刘公岛。

汉纳根和北洋海军的一些舰长认识。他们会英语，还有的会德语。北洋海军规定，无论平时、战时，舰上一律讲英语，所以水兵们也会，语言互通，彼此能说上话，就和他们有交往。

汉纳根在海陆军医院休养，熟人们来看望，见他身体强健，没有受伤，没什么事，告诉他：8月1日，中国和日本同时宣战。

汉纳根问："英国也向日本宣战了吗？"

"经远"号舰长林永升说："英国没有宣战，不过听说弗雷曼特尔海军上将很愤怒，属下远东舰队正在到处搜寻日本舰队。"

舰长们义愤填膺，说："他们现在一定躲起来了。"

"现在英国举国沸腾。"

"新闻纸上说，英国下院发动提案，要实施报复行动。"

"他们的新闻界和民众非常愤怒。"

"英国军方最激愤，他们要打。"

众人认为英国这次要动手惩治日本。汉纳根也是这样想。本国商船被外国军舰突袭击沉，这种事，放在哪个国家也不会善罢甘休。

见北洋海军副提督刘步蟾不吭声，坐在椅子上，看着窗外在想什么事，汉纳根就问他：“刘军门，你怎么看？”

刘步蟾收回目光，看了看众人，慢慢说：“我也说不好，好像英国未必会动。”

“不宣而战，击沉商船，公然违反国际法，完全是海盗行为，英国作为海上霸主，一向只可凌人不可受欺，不会不管。”有人说。

刘步蟾说：“我也是这样想，出事以后我和严复谈过，他不这样看。”

“他怎样说？”

刘步蟾告诉众人，严复与所有人的想法相反。

严复说，英吉利和日本都是营利之国，凡事，于公理与利害之间要先做权衡，与中国不一样。

严复对刘步蟾说的是：“英国要做一件事情，先想的是有什么好处，有多大好处。英国不会与日本交战，因为它与日本开战对自己没有好处，即使战胜了，日本也无非赔款而已。日本乖巧，此时定早已去向英国赔礼道歉，主动支付赔款，那还打什么呢？利益之国，对于法规道义在关键时刻不会过于讲求，英国不会对日宣战。议会也好，报界也好，军队也好，他们可以闹，但主国者绝不会动。”

刘步蟾说了这些，见大家沉默下来不作声，就继续往下说：

“严教习还说，君不见道光二十年旧事，我国禁止鸦片烟，英国炮舰炮轰自己的商船‘皇家杰克逊’号，不许它进港贸易，它连自己人都打，利之所在，何计其他。今日之事，实为中日之争，英国所虑在于介入之后一旦日俄联手，一起对抗它，一个明一个暗，空受争端之累，不见利益之所在，何必来蹚浑水呢？这是政治，不是怄气。这件事，闹一阵就过去了。”

众人听了，觉得匪夷所思，这也太不符合常理了，船都让人击沉了，不能装没看见吧？这严宗光也太为英国想得开了。

可是众人却想不出别的道理反驳他，一向对他的话又很信服，虽然觉得太荒唐，但也说不出来什么，只是觉得很憋气，为本国，也为英国。

世事，并不按常理演化。难怪舰长们想不通。

果不其然，过了不久，英国国际法权威律师和学者们出来了，他们排着队在《泰晤士报》宣布：“日本不宣而战击沉‘高升’号商船符合国际法。”论据环环相扣，逻辑严密周到。

接着，欧洲新闻界纷纷载文，谴责中国民众聚众上街哄闹，搞破坏，捣毁、焚烧日本在华商铺的不克制、不文明的愚昧世风。同时，对日本为发生意外失误再三致歉的诚恳，对日本立即解除肇事者东乡平八郎舰长职务的果断，对日本知错必改的理性态度，对日本谦而不卑的外交风范，表示欣赏。

又是与常理不大符合。

那时日元是优良货币，1.5日元币值一两白银，在国际舆论对日本发生危机的时刻，日本政府不断地向欧洲电汇，付款转账。

之后英国政府告诉戈登，你如果不回来，在中国加入他们的军队，将会被取消英国国籍，开除军籍，戈登只好回去，接着当他的埃及总督。

伊藤博文从英文报纸上看到了本国海军在丰岛不宣而战，袭击北洋海军、击沉“高升”号的消息。海军似乎不急，也没派人来对他说一下。那是英国船！他吓得眼前昏黑，冒出金星闪烁，一阵眩晕，气得大骂：“东乡那小矮子给我把天捅漏了！”

内阁一直对与中国开战有顾虑：

俄国和英国都是欧洲强国，都不是好惹的。俄国公使希德罗夫6月30日已经发出警告：“朝鲜内乱已平，日本应该接受朝鲜政府的要求，接受日清两国军队同时撤兵的方案，否则日本将负有重大责任。”语近最后通牒了！

外相陆奥宗光心中一凉，带着俄国公使的公文跑去首相宅邸，去找伊藤拿主意。伊藤看过公文不知所措，和陆奥宗光面面相觑，谁也说不出话来。但陆奥宗光在伊藤的眼神里好像看到了正在下一百次决心的惊叹号，意思是：事已至此，有进无退。

内阁确实没有退路，国家的肢体已经控制了它的头脑。

国民要战争。在野党已经停止对执政党的攻击，在政治上休战，一致对外；新闻界的话题一律是必战；议会刚通过两年岁入额度的临事军事预算；社会名流们都在奔走募集战争公债；地方政府和民间组织起了很多义勇队、决死队、拔刀队，向政府请愿奔赴朝鲜战场；民间已经动员起十五万后备役军夫；娼妓们掀起了为战争捐献的爱国主义热潮，在驻军之地云集，为士兵提供自愿服务，还把多年的积蓄捐献给国家。与中国的战争是全国人民的愿望，社会对内阁的瞻前顾后十分不满。政府里、社会上，已经发出要求伊藤下台的呼声。

伊藤和陆奥宗光确实有进无退，只有进，他们在相互观望的沉默中同时下定决心，孤注一掷！

几年以后，陆奥宗光回忆起那场决定性的静默，说：“呜呼，追想当时情况，至今毛骨悚然，我与伊藤君竟在静默间心领神会，成就天下大事。”

决心已下，剩下的，是力量的估算和比较。

这正是战时大本营一直在做的事情。

战前，内阁召集联席会议制定战略，梳理细节，预判战局。军方必须出示对比战力的数据。

军部代表向联席会议进行了详细的汇报：

中国陆军总兵员数六十万人，分散在广阔的全国各地。编制以营为单位，每营五百零五人，各营不满员。军队建制中没有独立炮兵、工兵、通信兵、辎重运输兵和医疗兵等专业兵种。陆军分步兵和骑兵，炮兵混编在步兵营内，无专业炮兵部队。中国陆军没有野战医院，合格的军医很少，骑兵缺少兽医。运输、舟桥、营造等军务及作战工程需求，临时以募集民夫解决。

中国陆军的武器分四类：原装西洋枪炮、国产仿造枪炮、国产枪炮、传统冷兵器。精锐中国陆军的武器装备优于日军，五分之一的清军使用西洋新式连发步枪，多为美式哈奇开斯七响连发步枪。各部队使用仿制的美式加特林机关炮、克虏伯后膛炮，以及几种国产山炮和野炮。

日本陆军总兵员人数是二十四万零六百一十六人、编为七个师团。野战师团六个，近卫师团一个。各师团编制：步兵十二个大队，骑兵三个大队，炮兵六个中队，工兵两个中队，并辎重兵以及其他独立作战配置单位。每个野战师团合计一万八千四百九十二人，马五千六百三十三匹，炮兵部队野炮二十四门、山炮十二门。

两个或三个野战师团组成一个军，军以下直属单位设置：野战电信队、军部后勤兵站部队、临时攻城厂、电线架设队、预备炮厂、预备马厂、测量部、野战医院、要塞炮兵联队、炮台监视队、守备炮兵队、舟桥架设部队。

各军后方设置：兵站系统、野战总监系统、野战卫生系统、铁路、船舶、车马、邮递指挥管理系统、野战军会计事务所、宪兵、野战兵工厂、辎重监视队、卫生预备队、卫生预备厂、患者输送部、兵站粮食厂、兵站电信厂。

兵站支援系统的层级设置是兵站基地、积集基地、积集主地、兵站主地、兵站地、海运地等各级军事后勤物流基地。

军队医疗系统的细化设置是野战卫生员、军医部、卫生员、卫生队、野战医院、卫生预备队、卫生预备厂、患者输送部、兵站附属卫生部，形成战地与后方医疗体系。

帝国陆军枪支规制单一，主战部队配备明治十三年或十八年村田式步枪，部分后备部队配置西洋步枪。野炮和山炮均为大阪炮兵工厂制造的国产七点五厘米火炮，弹药规格统一。

中国陆军炮械总数一千七百四十四门，帝国陆军炮械总数二百九十四门。

中国海军战舰数量、吨位、舰种超过日本。

钢铁材质装甲舰：中国十八艘，日本十二艘，中国超过日本。

舰船蒸汽动力马力五千吨以上战舰：日本九艘，中国六艘，日本超过中国。

巡航速度十六节以上的战舰：日本十艘，中国两艘，日本超过中国。

前十位主战舰的主炮平均口径：中国二十厘米，日本二十二点九厘米，日本超过中国。

日本有三艘战舰装备十二至十五厘米中大口径速射炮，八艘装有十二厘米中口径速射炮，大口径速射炮平均一分钟发一弹，中口径速射炮平均一分钟发六弹。

中国战舰没有速射炮。

日本舰队的炮火密度是中国战舰炮火密度的六倍。实战假定估算：日本战舰中一弹，中国战舰中六弹。

战时大本营参谋本部出示数据之后，加以比较，认为中日海陆军战力在兵力和装备上各有短长，战斗力基本相当，制胜的关键在于两个方面：帝国陆军的进化体制功能，以及海军舰队的航速与炮速优势。

联席会议上，内阁认为需要谨慎，提出："清国精英集团革新图强数十年，国力日渐强盛，战亦未必能赢。各军驱逐朝鲜清军即可，不可渡过鸭绿江进入中国内地引起全面战争。"

1894年8月初，中国的四路军队到达平壤。一万五千人马，在那里等了一个多月，没有去对付大岛的第九混成旅三千五百人。

日本第一军津野第五师团，在西面的仁川、南面的釜山、东面的元山几个方向零零散散，陆续登陆，主战部队很分散，要长途跋涉荒山野岭，去汉城集结。烈日酷暑之下，行军路上，军纪严明，不能解开风纪扣，有人走着走着就倒下热死了。主战部队到了9月初才开始会合。此时，第一军所属桂太郎第三师团还留在本土，不知道该不该跟上来，北洋海军不知道在海上的哪个地方，一旦遇到，将全军覆灭。这一个月，太危险，太紧张。日本军方提心吊胆，在心里犯嘀咕，中国军队在平壤已聚集多日了，他们在等什么？

第一军司令长官山县有朋是9月12日才带着军部在仁川登陆的，各部队的报告正在等他。他没有想到，成欢之战以后，在各地艰苦跋涉的第五师团各部居然没有遇到一个中国兵。

他十分困惑，心中暗想，我军如此登上朝鲜陆地，是没有办法的冒险之举，“敌兵分且疲、战俱殁”的常理，中国人怎么就不懂呢？又想到，日本与中国较量，从1874年起，登台湾，灭琉球，打朝鲜，哪一次不是犯险一搏，逆势而行，却似有天助，都是惊人意外的成功，所谓犯险冒不韪而发反得其成，怪哉，中国的土地上似有魔障，不该吃的亏也必须吃，而本国，冥冥之中，似有天照大神相助，但愿这次也是有惊无险才好。

他突然很迷信，心里冒出一个以前自己没听说过的词，“武运长久”。

事本无神助，只靠人自己。

中土上下，在鸦片战争和中法战争中，与入侵者比过武器，实在不如人。现在不同了，装备相当，要人比人。

平壤清军四位统帅都是六十岁上下的人。叶志超和卫汝贵是淮军出身，年轻时都在刘铭传麾下打仗，转战江淮，积功立身成爵。当初，都不是孱弱之徒。左宝贵是僧格林沁部下的勇将，马玉崑是跟着左宗棠平定西北、血战金积堡、收复新疆的功臣。

淮军的兵，一茬儿换一茬儿，三十年之后，已无惯战之士。士卒没有打过仗，将还在，却都老了，李鸿章自己也七十多岁了，人到暮年，心力不济。叶、卫淮军在平壤按兵不动，等待后援，要凑足三万军队才发兵出击，不惜丧失机会，也只有“暮气”二字才能说得通。

老将们曾个个是陷阵之士，个个有战伤，如今都上了岁数，全是有病的人。李鸿章光绪十六年（1890）就给皇帝上过折子，为军中八位将领请免骑射，说：“这些人，当年随剿发、捻，迭受重伤，深透筋骨，委难练习弓马、操练骑射，请准均免，伏乞圣鉴体恤。”

连操练都不行了，何况行兵战斗。

朝鲜事发之时，留守辽东半岛、旅顺二线的毅军统帅四川提督宋庆，已是年近八旬的耄耋老人。五年之前，他跟朝廷请病假，说自己“从戎三十余年，积受潮湿，致成足疾，驻防陕西的时候，湿症复发又得了怔忡病，后来到了旅顺，海风山雾之中，又添偏坠之症，一到秋令，百病丛生，从前积受的风寒久成痼疾，触寒即发，请求赏假三个月，在营里调养”。

战场上临机变化、突发异想、行军无常、纵兵袭掠、飘忽隐现、陡出奇兵，是青壮统军者之所为。年迈的统帅大都没那个体魄，没那个心劲儿，没那个精气神，没那个胆气，也没有那份力气了。

将帅心力不济，所属之军兵气就不振。

日本军方对中国军队的了解很深细，计算也很精确。然而人之行事，此一时彼一时，无可计算，有很多偶然性。日本人不知道，人，不是机器，不能一概而论。

李鸿章也能看清楚，大战在即，军中将老兵新，最担忧的，是没有人才。他想让刘铭传去统军，刘铭传有自知之明，说自己又老又病，这回真是去不了，怕误事。

李鸿章感叹，两淮子弟英风亦随年月流散，功臣们占着上位，不告老，按本朝体制是理所当然，可是后进上不来，自己能有什么办法呢?

平壤诸将，唯独左宝贵与众不同，他要出去打，先打到汉城去再说。叶志超名为四军之主，已经没人听他话了，军中主导其实是左宝贵。

左宝贵7月20日从奉天出发，一路疾进赴援，8月6日到达平壤，准备南下进剿，与牙山之军南北夹击日军。走到了半路，忽然接到盛宣怀发来的电报，牙山的军队在成欢已经败散，是不战而溃，没有机会了。

一次不成，再待机，9月初，机会来了。

山县有朋9月12日在朝鲜上岸的时候，第五师团有些部队已经零零散散到达了平壤附近，还没有形成整体，各路行军队伍还在山野中艰难行路，一路上队伍拉得很长。

9月4日，左宝贵集合十五营马步七千人，向平壤以南的中和、黄州进发，同时用三千人向平壤北面的元山向外进击，分头去攻击分散的日军，想各个击破。他留下五千人守卫平壤。

南北两军走到半路，忽然得知，有一支日军已经到了身后平壤附近的成川。这就出了问题，是继续出击逆袭，还是后撤回防呢? 攻还是守?

当日，军帐之内争议的结果是回防。

日后，日本军事评论家誉田甚八有评论，他认为："左宝贵清军集中兵力出击的计划是不是能成功，不能断定，但如若实施，会使分离的日军不能同时在平壤城下作战。日军的包围攻击运动是非常危险的，有被逐次各个击破的机会。清军不果敢邀击，实清军之不幸。”

相反，第五师团师团长津野道贯不想等待第三师团的到来，他想独自攻占平壤，他有一万四千人，平壤的守军有一万五千人，山县有朋点头同意了。

这一退一进，究其实，比的是气，首战之期，行兵气猛者得其时。

此时，李鸿章在鸭绿江边正在集结调动后援，让贾起胜、宋得胜、姜桂题、潘万才的二十一营万众之军来援。

即将开始的平壤之战，清军不必大胜，也不需必胜，只要坚持一些时日，兵力相当、守易攻难，趁机杀伤对方，消耗敌军，不是不行。待援军一到，攻守之势互易，战略上并不吃亏。只要是打了，打上一段时间，打掉些日军的元气，打出些官军的士气、朝鲜的民气，到时候，亦可进可退，还有机会。

61

平壤之战，日军是围攻。怎样围攻，日军有战术。

第五师团自南北两个方向来，形成夹击，向西迂回，围住平壤。

日人善精算，南北两军来得很巧妙。

南面来的，是大岛义昌第九混成旅的三千五百人，在大同江以南进入东南和西南方向的外围阵地，面向南方的大同门，准备渡河。

1894年9月14日凌晨四点，日军城南炮兵发动炮击，同时师团骑兵大队西向绕道，去往平壤西边的普通江，临江收束，面向西门景昌门，人数不多，张开旗鼓，隔岸截住退路，颇有引诱清军面向本国国土突围的意思。

第五师团的主战部队从北面来，北面有爱美山和坎北山，借着两道山岭的屏障，在山林中集结。部队的名称都很小，叫“朔宁支队”和“元山支队”，听起来人很少，其实军力厚重，有七千八百人，是为掩蔽视听。炮兵阵地放在坎北山，师团炮兵在那里集中，三十二门炮放在那里，面对平壤地方的制高点牡丹台。14日那天，他们没有动，先让南门方向发动攻击，而他们应该是主攻部队。14日南门方向首发的攻击应是佯攻，以此迷惑城内守军，是对北方主攻部队的先期配合。他们在南面先发动炮战，是为了把城北的防军引到城南去。

第二天，9月15日凌晨四点，南北日军同时发动进攻。

不知道日本军的佯攻战术是否生效了，还是巧合，平壤清军的配置，那天正好是南面人多、北面人少。

9月15日平壤各军的防御位置是：南面是卫汝贵的六千盛字军和两千毅字军，共八千人；北面是左宝贵的三千五百丰字军和丰陞阿的一千五百盛字练军，共五千人；西面是叶志超的牙山之军两千五百人。

奇巧的是，攻防两军兵力相当，而来敌最多的北面，守军相对少了三千人。

清军统军老迈，好静不动，只想依赖人多原地固守，似无侦骑，不识敌军战术，步军随敌兵势表面之势游走，智逊一筹。

平壤战场的地理形势，大同江在平壤城的东面，流到东南角猛一拐弯，沿着城南向西流去。城东的河面宽阔、河岸陡立耸峙，易守难攻，中日两军，都没有布置太多部队。

从8月到9月，清军一直在修造防御工事。修营筑垒是淮军在太平天国时代学成的老本行，他们修补了城墙、环绕平壤内外两线构筑起堡垒群，之间，深挖战壕连通。建造各类防御工事，外围铺设地雷，建成大型堡垒二十七座，壁垒高达四米，用密布枪眼的胸墙连接。在各要道的两侧配置大炮扼守，拆掉了大同门外面的船桥，在平壤城墙东南两个角，架设起通往对岸的桥梁，与大同江对岸的外线桥头堡守军连接。

9月4日，平壤防御工事全部建成，大同江附近数十里的江船全部靠在右岸，日军来处没有船。

平壤守军有火炮四十四门，四面分配；日军有火炮三十二门，集中在北面。

见平壤城东南方面马玉崑毅军人数比较少，卫汝贵借给他盛军三个营一千五百人，增强那里的防卫。

盛军是淮军精锐，各营配有洋枪队和开花炮队。

前去支援马玉崑的一个营官叫蔡重泰，是河北沧州人。他小的时候家里穷，没有饭吃，大哥孤身一人出外闯荡，十年以后回家，已是淮军周盛传的部下。那年，蔡重泰十四岁，跟着大哥去投了军，十年之后，已是一营的管带。

1894年7月29日成欢失守之后，大陆援军从南、北、西三路入朝，卫汝贵盛军奉命，要在8月9日之前到达平壤。蔡重泰所率部队急行军，一天走一百三十五里，拼命赶路，先期到了平壤。

卫汝贵的盛军，前些年一直在天津小站屯田。卫汝贵对部下有些薄情寡恩，也不太爱管军营中的事情，所以盛军的军纪很差，常有扰民抢劫的事情。蔡重泰却不一样，对属下宣布一条营规，很简单的一句话，八个字，但是谁犯了，就别想好，也跑不了——“掠劫弑父，欺人害亲”。他自带的营，自有军纪。

他是沧州人，沧州人自幼习武，营中，不习武的人不要，所以都是血气青壮。士卒除洋枪之外，人人带冷兵刃，军中称之为“健营”。

9月3日，军令发布，健营去往大同江助扎浮桥。平壤的9月天，天气已经寒冷，江水刺骨，军士们跳进江里架桥，两岸燃起很多火堆，取暖照明。江水冷，官兵轮流替换上岸，蔡重泰不上岸，终夜在江中抬木头。

马玉崑在江边督察军务，见他在水里彻夜带头干活儿，不知是谁，很激赏，扬鞭指向江中，对众人说：“此人有难在先，治军者所为。”

浮桥架好以后，健营归马玉崑统领，与毅军在大江南岸左右两翼修筑四个桥头堡垒，以阻止南方日军靠近大同江。健营和毅军共同守卫桥头堡防线。这里，也是马玉崑所在的前沿指挥哨。

9月15日凌晨，日军向平壤发动总攻。第九混成旅从南面分三路攻击马玉崑防线，南方攻击部队的中路和右路铺开散兵阵线，趁黎明前的黑暗夜色，悄悄接近桥头堡阵地，中路偷袭船桥里，右路偷袭长城里的桥头堡。

空中突然出现六支带响儿的火箭，那是马玉崑放到南岸外围出去扫野的侦骑见到日军放送的信号，北岸清军的炮火立即隔岸遥击，炮火很猛烈，田野中腾起立柱硝烟。

黑暗中，蔡重泰只能看到前方远处，见到前方直立起一道爆发火焰的烟墙。他拔出佩刀，转身对部众说：“‘高升’号死难八百弟兄大仇未报，今日我等在此，更待何时！”

天亮了，看见桥头阵地前沿的开阔地上布满日军，漫山遍野趴着黑色军服白色裹腿的日本步兵，密密麻麻正等待攻击，偷袭的部队彻底暴露在没有遮蔽的田野里。他们的身后有三条战壕，里面的人在沟里持枪射击掩护，看得清清楚楚。

壁垒里面、胸墙后面和战壕里的清军同时开始射击。瞬间，面前的日军很多人中弹，伤亡很重。蔡重泰带着几个平时枪练得好的人在战壕里往返走动，专打拿刀的官佐，枪枪毙命。

两军枪炮互射，平地暴发狂风，打到清晨六点的时候，正面的日军第十一联队校官没有了，第二十一联队第一大队二中队和四中队的校、尉、士官全部阵亡。日本战地记者没有想到打起来会是这种局面，跑到联队长那里哭喊着问询：“前面疾风扫落叶一样！怎么会是这样？！”

中午，田野中的日军开始撤败，马玉崑纵身上马，拍马去追，亲兵们和毅军士卒都跳出战壕，蜂拥而上，在后面跟着冲过去，反击开始了。健营也从桥头堡跑出来，跟着马玉崑追赶逃跑的日军。

大岛义昌在阵前观战，立即拔出战刀举在空中，不许士兵后退，预备队各联队已经排成横列，挺刺刀向前迈进，迎着前来的清军正面攻击。战场上两军相遇的时候，枪炮都不管用了，开始了日军刺刀列成的墙和清军冷兵器相互冲击的较量，展开白刃格斗。

蔡重泰认为西洋的枪炮虽好，但陆军对战相拼，到了极致，总会有面对面的时候，所以他的健营没有放弃冷兵器。他的兵，都有精钢锻造的大刀。健营里，平日不是练枪就是练力、练刀。营中有几个沧州老家的师傅教授刀法，官兵中有很多强手，打仗的时候，这些人最想干的，其实是用刀劈。

健营练力不举石锁，他们列队站桩，一站两个时辰。

老师傅教授刀法，不多说，就一句口头禅：“腿力强，刀乃壮。”

所以他训练站桩。站桩，别具一法，士卒屈腿站立，两手垂放，轻握拳，拇指相向，心中数数，默念到九，握拳一次，握住不松力，再默念到九，再握紧一次，如此重复九次，拳越握越紧，九遍以后松拳，是为一轮，再照此反复，一练四个小时。

不知道是因为什么道理，这样练出来的人，力大无穷，能够举鼎，独手可以倒立。使刀，内含一股内力横劲，一刀下去，劈钢断铁，所以健营没有复杂的刀法，只有六招实战的手段，全靠那股练就的内力。人只管跑上去，单手一抡，人成两片，双手按刀背向外一推，人成两段，刀锋横竖所在，人枪俱裂，无人可挡。

健营六百人跑上来，是一片明晃晃的钢刀波浪。日本步兵刺刀森立的几道人墙瞬间开始倒塌，阵上人头飞舞，双腿分身，肢体断裂，一片撕心裂肺之音，有人声，也有骨头断裂人体自发的声音，极为恐怖凄厉。日军刺刀人墙，先是有几处突然变矮，或头或腿，与人体分家，随即成片向后倒下。日军士兵们坚决抵抗，但实在顶不住，对面来的是刀海，白光闪动迎面而来，在清晨灿烂阳光照射之下炫光陡然闪射，接着是向四外喷发血柱，天地之间，到处是猩红颜色飞溅。

日军预备队也跑回战壕，转身抵抗，为时已晚，清军跟在后面，已经到了。两军在战壕里再杀一阵，实为屠宰，九旅团人渐稀零，只能再退。健营顺势接连夺取两条战壕，此时，手中刀正用到顺手，而第九混成旅团将校以下的军官已经死了一百四十多人，不能再打了。

大岛颓然下令撤军，部队从三面跑的跑、爬的爬，撤回营地。正值天降大雨，第九混成旅团营地正救死扶伤，结果里面流出来的不是水，而是血，把周围的土地染成一片殷红，景象悲惨凄凉，触目惊心。

下午四点，健营正在雨中收拾战场，拾捡日军留下的枪械装备，蔡重泰直腰回身，猛看见大同门的城头之上有一面白旗竖立。他一愣，有如三九寒天突然冰水灌顶。田野上的盛毅两军官兵也面面相觑、木然呆立。

我军降了？

大同江以南，马玉崑正在得手的时候，北面危险了。

第五师团的朔宁支队和第三师团赶来的先头部队元山支队，清晨开始全军总攻牡丹台。左宝贵在牡丹台和玄武门的北城守军人数是日军的三分之一。

9月14日，在城头，见到日军已完成围城部署，叶志超主张撤出平壤。他先和左宝贵商量，左宝贵不干，说："若惜死，可自去，今日此城吾之冢。"

当晚，诸将开会商量。叶志超认为应该保存实力，退军到本国的近处坚守。左宝贵说，应该趁日军悬军深入，出奇兵痛击，让他来了就别想回去，自此不敢藐视中土。若不战而退，对不起朝鲜，也对不起国家。朝廷设机器、养军兵，几十年来呕心沥血，每年消耗金钱数百万，不就是为了今天吗？！

叶志超因为成欢溃败，在军中已经没有威望，诸将实际上都听左宝贵的，也要死守平壤。

左宝贵是回民，临战之前先行沐浴礼仪，誓死节，上阵，穿戴武将朝服，袍袖灿然，头盔金绣，翎顶辉煌，像是要去面见皇帝。部下见了都劝说他，这样穿可不好，阵中太显眼。

他不听劝，说："朝服者，事君之正相，前者赴，后者继。"

北门，是平壤保卫战最激烈的战场。日军把炮队集中在这一面，内有十二门山炮，先与牡丹台清军火炮对射。牡丹台山峰居高临下，地形好，但是炮太少，只有两门野炮和三门美式转轮机关炮。日军凌晨五时五分开始炮击，掩护三路日军部队合围，抢占牡丹台。打了四个小时以后，牡丹台因为炮火不够，对射中，阵地忽然崩塌。日军从三面上山，攻占了牡丹台，没有停，紧接着立即攻击玄武门。

左宝贵在玄武门亲自燃炮与日军对射，被日军一炮击中，阵亡了。部下见主将身亡，有人抢到他的尸体，想送回城中，其余死战不退，但是一个人也没有出来，全部战殁玄武门。

玄武门失守，叶志超见平壤危急，竖起白旗休战，想骗过日军，晚上全军出城向国内撤退。

日军看穿了他的心思，分兵城外各处要道，远近设伏，先布下了罗网。

夜里，平壤各军全部出城向国内撤退，结果落入圈套，被围住击杀，各军各自夺路而逃。当天夜里，是一场屠杀，清军一路奔逃，一路对战突围，相继闯入交叉火网。撤退变成逃命，一路被射杀两千，被俘五百，山崖间涧上，各处出现人血瀑布。

蔡重泰在黑夜混乱之中，中弹受伤，从死人堆里爬出来四下一看，健营没了。他与全营失散，只好只身往鸭绿江方向逃跑。他的健营在一条山道上受到了伏击，被日军堵住，枪炮齐发，半个营被平射炮横扫炸灭，又死于乱枪，剩下的半个营，当夜又被逼上一条绝路，全都跳了悬崖。

蔡重泰一路挣扎逃命，攀岩过涧，不敢走官道大路，他一直向西去，靠吃地里挖出的一个生南瓜支撑行路。十三天以后，来到鸭绿江边。过江之前，他掏出血染的钱币和日用东西，都放在土地上，留在朝鲜，下跪东向磕头，然后仰身对朝鲜的天空说一句：“此战未了，来日继之。”

说罢起身，踉跄回归中土。

62

平壤之军一路逃，逃到安州，聂士成见四面山形险要，跟叶志超说："安州地势极得形胜，不如在此设伏固守阻击，可挫倭寇其锋，转败为胜。"

叶志超好像没听见，马不停蹄，途经安州城，策马穿行过去，狂奔五百余里，跑过了鸭绿江。

老天不是不给机会，无奈此人不去拿。

日本军队7月占领汉城，推翻李氏王朝，9月占领平壤，占据朝鲜国，仅用两个月时间。

日军7月23日打进王宫，废除李熙政权，另一支部队包围了大院君的住所云岘宫，俘虏大院君李昰应，挟持成立日本的傀儡政府。

8月中旬，日本公使大鸟圭介面见大院君，来试探他的心意，先跟他聊起了以前的事情。

大鸟说："贵国有难，我国来相助，并无异志，如今诸事已平，老大人从此可以安枕持政。"

大鸟的话，是软中带硬，话里有话，要把以前的事情说给他听，里面有三层意思：你李昰应与闵妃斗了几十年，怎么样，现在我们日本给你摆平了，废了闵妃，你要感恩；清军已经让我们打跑了，你不要再有非分之想；朝鲜南部东学党反日武装在各处大闹，到处袭击骚扰，跟日本军过不去，你要以政府的名义严令制止。

大鸟一面微笑，一面目光严正地盯着大院君。

大院君听罢，闭目长叹一声，站起身，合手东向一揖，说：

“今日事，天道也，我国小邦，贫弱多难，求安度尚不可得，何有他求。本国赖友邦之援手，前事既解，日后，只图休养生息、民生安定。”

大鸟点头，觉得他说的是肺腑之言，是实话。

大院君说完，立即对殿下的笔录们宣发口谕：

“记。国朝兴宣大院君李昰应宣谕吾民：国变已息，民生待哺，我国南部各郡，稻米之区，屯粮之郡，国家根本，万无事已平而兵衅启之理，东学会众，若幡然感悟，释兵归田，断无一毫加罪，或不遵告诫者，恣行犯法，蜂聚蚁屯，观望不解，祸将至，无可赦。即日。”

笔录的文告从宫里发放，驿马飞驰，传布南北各地张贴。

大鸟探得了大院君究竟，就放心回到公使馆里去写朝鲜国情的报告。

大院君当日回到云岘宫家中，三南招募使李健永正在他家里等他。二人相向无言，走入内室，大院君一把拉住李健永的袍袖问：“怎样？”

李健永说：“倭人此时兵力太盛，大臣们和各地百姓现在还不敢动，盼望清军打过来，度日如年，听说左宝贵的军队8月10日已经到了中和，正往汉城方向来。”

大院君说：“好。让宋喜玉告诉全琫准，要大大地闹，去告诉郑寅德、朴东镇、朴世纲等人，急去东学军各部，传布我的口信，记住了，不要忘，就说：‘奉国太公密令，挥动几十万众卷土而来，所谓人众胜天，日兵虽悍，其奈我何！’”

不久，全琫准在南方集结十万东学军，二次起事。这次，是直接反对日本的侵略，打出的旗号是“辅国安民”。他厉兵秣马准备兴师北上，直捣汉城。南方的小股东学党义军，到处袭击日军，切断军用电线，袭击兵站部。两个月以后，十万东学大军在忠清道首府公州与日军对战，激战六天六夜，搅得天翻地覆。朝鲜南部抗日义军一直打到第二年的5月甲午战争结束。

后来，大鸟圭介如梦方醒，发现大院君原来是阳奉阴违，暗中作对。他查清了真相的本末，非常生气，又写一个报告，汇报说：“大院君七十五年来只知有中国，不知有其他，从头到脚是个顽固老头儿。巧言令色，暗中转达心意于清廷，任用他的孙子当壮卫营的大将，要掌握兵权与平壤清军暗通，又与南方东学党呼应，表里相援，还企图擒捉日本公使。”

日本知道大院君不可信，把他赶下台让他回家去了。大院君郁郁而终，几年以后，朝鲜国灭。

平壤一败，断送了朝鲜，从凌晨四点打到下午四点，短短的半天，一万五千人被一万四千人打得全军溃败，逃跑途中，又被杀两千，比阵中战死的人多得多。

国中上下，是实在想不明白，四路大军，怎么就没有一点点还手的力量？人心不平，朝议汹涌。

慈禧太后在宫中召见了左宝贵的三个儿子，见到兄弟三人还都是小孩儿，不禁悲从中来，老泪纵横，把弟兄三个揽在怀里，说："你们的爷老子为我大清出力，我不能忘。"

左宝贵入祀昭忠祠，赠太子少保衔，赐谥号忠壮，事迹付国史馆立传。他的遗体和抢救他遗体的部下都在玄武门炮火中化为了灰烬，所以清廷只好在他的老家山东费县修建一个衣冠冢。日本军队壮其所为，也在平壤给他修了一座坟墓。

有赏有罚，叶志超、卫汝贵，论罪当死。结果不知是乱中有误还是别的什么缘故，第二年在菜市口把卫汝贵斩了，却没有杀叶志超，放回老家留下一条性命。后来又阴差阳错，把叶志超的家信当成卫汝贵家的信函，断他一个畏战怕死贻误军机，说不清了。信中，家里人说的无非是：年纪大了，临战，不要像以往那样太向前。但毕竟是家中人惯常话语，不足为凭。

平壤之战发生的时候，朝鲜整个乱了套，南部东学义军起兵袭击日本各路前往平壤支援的部队，拖住了第三师团的大部分人马，在南方各地展开激烈的斗争；而朝鲜北部的民众转了向，开始帮助军纪严明的日军，他们坚壁清野，沿途地方官府紧闭城门，不许清军进城，不给粮食。一是因为民众看到了大院君朝廷假意发布的政令，信以为真了；二是因为卫汝贵的部下军纪太差，进兵和退兵的路上，都纵兵抢掠民间，引起民怨；三是因为清军太靠不住了。

两个坏事的统帅都是淮军，大出李鸿章意料之外。没想到，多年刻意经营海军，结果陆军出了差错，顾了东，没顾上西，他很是无奈。

叶志超之所为，一错再错，令人费解。

夜色深沉，书房里只点燃一支蜡烛，李鸿章在黑影里，看着蜡烛琢磨。

他想来想去，忽然想到：道光年间，僧格林沁在大沽口与英法两军对敌，用铁骑冲击英法联军的洋枪队，没料到洋人换了新式的洋枪，射速变得极快。按旧式洋枪计算，骑兵主军的冲击在伤亡之后，还能剩下足够的铁骑破阵，没想到，计算错了，洋枪把大部分冲锋的骑兵射杀，剩下的人太少，冲不过去，后面跟进的步军到了战前，也过不去，以致雄师覆没。僧王从此在朝中失势，没有用了，被派到曹州去和捻军打仗，实为送死，最后死于阵中。莫非自此统军者上阵颇有忌惮，从此知退不知进，生怕实力消耗过多，重蹈僧王覆辙？

李鸿章忽然觉得可笑。自己忙来忙去，原来是在补一条破船，这边不漏那边漏，国家财用匮乏，四面烽烟，自己两手空空，力量单薄，前后左右仓皇四顾，踉跄应对，于事无补，实为狼狈。

再一想，当年曾文正公与太平军连年征战，被打得掉落到江水里，差点给淹死，捞上来以后，他上报军情，一语冲天：“臣屡败屡战。”

难道中土的生机，就藏在这“屡败屡战”之中？

念及此，李鸿章心存希望、打点精神，秉烛躬身观看地图，筹划鸭绿江战局。

成欢和平壤两战以后，日军没有想到清军败得这么快。以前没有把握，不敢把战事扩大到中国的境内，现在日本认为清军不堪一击，没有卫国的力量，决定乘胜跨过鸭绿江，进取辽东。

9月15日叶志超突然脱阵，逃离平壤，内地还不知道。

刘盛休的四千铭军已经从大连湾出发，正在海上赶赴平壤增援，在鸭绿江口登陆。北洋海军十四条战舰和四条鱼雷艇随行，护送登陆部队。

16日下午，运兵船纷纷进入鸭绿江口，军队需要换乘吃水浅的木船上岸。下午两点，庞大的兵马辎重在大东沟开始换浅水船，仅有的十几艘木船在相距数海里之遥的义州和运兵汽轮船队之间往返穿梭摆渡。大军登陆，人声鼎沸，景观宏大，场面壮观，人喊马嘶，军旗飘扬，一片热火朝天。登陆作业日夜不停、通宵达旦。部队和辎重全部上岸需要很长时间。

17日早晨，刘盛休站在美国商船“哥伦比亚号”舰桥上，观看登陆作业，见到部队正费力地把骑兵营的马匹往木船上拉。他看得着急，就跑到船桥上用望远镜向海口远处观望，心中默默祷告：千钧一发之际，千万不要让我看见日本军舰。

这时，去远处打探消息的骑兵回来了，告诉他：叶志超于前日平壤崩溃，平壤城失守。

刘盛休闻听，浑身一阵麻，又一阵晕，一言不能发，怔怔看着正在登陆的本军，岸上的、海上的、船上的，正一片乱象混杂。陆上，海上，摆渡船上，人马分成三部分，一旦有事，将全军覆灭。现在是欲罢不能，进退两难了。

北洋海军提督丁汝昌在旗舰“定远”舰桥上，也在看登陆。他在估算时间，铭军与全部所携辎重上岸，估计要到夜里才能全部完成。今夜之前，不可大意。

他下令，“镇中”“镇南”“平远”“广丙”四舰和四艘鱼雷艇、浅水舰船留在港口，继续引导运输船逐次进入海口，保卫登陆部队。自己带领舰队主队“定远”“镇远”“来远”“靖远”“济远”“经远”“致远”“扬威”“超勇”“广甲”十艘军舰驶离大东沟，开往距离海口十二海里以外的西朝鲜湾去巡查警戒，堵住海口门户，防备日本海军来袭。

凌晨四点，刘盛休在望远镜中看到，北洋海军舰队鱼贯离开海湾，旗舰“定远”正在升起旗帜，向陆军致意：天佑海氛，行兵时祉。

当日清晨，行进中，舰上水兵均按作息时间四点半起床，上午例行战术操练。舰群中间，有小艇往来，一些舰长清晨就来到旗舰“定远”，都去餐厅坐下，却一言不发。他们在为陆军担心，也为自己担心。

舰长们有顾虑，各舰的炮弹不多了。上个月请准添加的片子递上去了就没下来，不知道给不给。舰艇的动力现在改用劣质煤，走不快，以前唐廷枢管理开平煤矿，给的都是最优质的五槽煤，自从醇亲王手下一个叫张翼的人接管了煤矿，调运给海军的全都是最坏的煤——他把好煤都卖给了洋行去获利。劣质煤的热效转换率太低，军舰动力不够，舰队的船全都开不快，黑烟又太大，舰队在海上行驶十分难看，浓烟滚滚，非常显眼，远远就能看见。一旦遇上日本舰队，肯定是对方先看见我们。三年前，我们的船和炮都比日本强，可是现在……

炮位上传来水兵操练听令的英语回复，声音都很洪亮，很高昂。

水兵们士气总是很振奋。军官们却有些忧心忡忡，他们知道得太多。

水师提督丁汝昌也在餐厅里坐着，看着舰长们。手下的这些人，个个人到中年，近来都像小孩子，动辄发问。自西历8月1日朝廷宣战，他们整天跟在身后，问为什么不去海上找日本的运兵船。大清陆军可以从陆地上走，而日本陆军没有陆地可走，只能走海，他们必走仁川。他们最怕的就是遇到我们，何不在它的海路上截住它，先发制人，制敌于束手，直接击沉在海上无力还手的第一军，痛加剿灭，省去在朝鲜陆军的麻烦，岂不快哉。

是，是，是，说的是，都心高气傲，却也没有说错。要是恭亲王主事，按他的性子，大约也是这个办法，可现如今，海军衙门是醇亲王说了算，中堂又一向谨慎，上了岁数，要求稳。本朝是陆军老，海军少，俱非惯战之师，老大人戎马半生，见得多，他是要特意地加小心。

大家各自想心事，舰队的外籍教习和军官也聚在一起议论。他们正在看海图，猜测日本海军的位置。

丁汝昌是陆军出身，近年来学习海事不可谓不勤苦，但是毕竟没打过海战。

他正在琢磨琅威理建议使用的鳞次雁形横阵。东洋海军的船走得快，炮也快，但是射程短。我军以定、镇两舰居中，快船两翼展开，这种阵形的长处是，可以扩大炮击范围和弹落面积，先用巨炮遥击远射，或许可以打伤它几条船，先取胜势。

当时，日本联合舰队就在附近海域，舰队司令伊东祐亨正在寻找北洋海军。日本陆军不能很快登陆朝鲜，不能再等了，舰队要夺取制海权，进行决战。

前几日，日本驻朝鲜公使馆通电海军军令部，中国正在向大同江口运送军队，去支援平壤。于是联合舰队9月15日来到大同江口寻找北洋海军，在那里却没有见到中国舰队。

伊东猜测，北洋舰队有可能会沿着辽东半岛的海岸近海走，向鸭绿江口运兵。16日，联合舰队从大同江口出发，前往北面的鸭绿江口附近搜寻。

9月17日，联合舰队来到西朝鲜湾的鸭绿江口以外。当日，天气晴朗，海面宁静。清晨，海洋上有朝霞照射薄雾，有如半透明轻纱。上午十时五十分，在东北方向，与水迹相连的天边，隐约出现一片稀薄的烟云，看上去好像一层黑纱，袅袅飘荡。舰队越走越近，烟云变成浓郁的黑烟，下面海上，突然出现十数条舰船，舰群如此庞大，一定是北洋舰队！

伊东看到北洋舰队的第一眼，潜意识中的敬畏突然发生了作用，直接传递的反应是：他们找我来报仇！

日本海军畏惧装甲战舰“定远”和“镇远”。几年前，北洋海军访问长崎，港内日人观者如堵。人们不仅亲眼见到，而且感受到了从来没有想象过的装甲和巨炮特有的冰冷气场，压得人喘不过气，十分羡艳，也十分不平。一些海军军官藏在窗户后面，眼睛死盯着“定远”，讨论用什么办法才能击沉这种船。后来，为了对付定、镇两舰，日本海军请法国设计师白劳易专门量体裁衣，配置出三艘一组的海防巡洋舰“松岛”“严岛”和“桥立”，舰上最大限度安装速射炮，以日本三个名胜古迹命名为“三景舰”。

北洋舰队也发现了西南方向日本舰队冒出的煤烟。“定远”舰上，几个管带直立起来，他们相互望了望，没有说话，这一天终于到了，也许这是最后的一眼，各自珍重吧！他们下到舢板，各归本舰。

丁汝昌、刘步蟾急步跑上舰楼飞桥。

此时，汉纳根已经是北洋舰队的副提督，知道英国人琅威理担任副提督的时候治军严整，不遗余力，平时很少休息，在洗手间里也发训令。自己和丁军门一样，也是陆军出身，临危受命副提督之职，不能辜负所托，所以平时也在用心研习海事、海战。

汉纳根在“镇远”舰飞桥上瞭望，想分辨远处海平线上有几股煤烟，正在心里估算：

我军定、镇、来、经，是装甲炮塔舰，四艘；经、济、靖、致、超、扬，是装甲巡洋舰，六艘；平远舰是装甲炮舰，中国福建船政自造，现在不在，我军十舰。日军没有装甲炮塔舰，有八艘装甲巡洋舰，吉野、浪速、高千穗、秋津洲、千代田和松岛、严岛、桥立；其余四艘，赤城、比叡、扶桑不是炮舰就是护卫舰，西京丸是商船改造的炮舰，敌军十二舰。日军的舰船并不占优，其所长，是两舷的速射炮，我军没有，它会不会孤注一掷，把军舰横过来，利用炮多之长，集中炮火作战呢？

汉纳根想得没有错。

此时，丁汝昌正在升旗，发出训令：“一、舰型同一诸舰，协同动作，互相援助；二、始终舰首向敌，保持基本战术位置；三、诸舰务必于可能范围内，随同旗舰运动。”

各舰同时鸣笛战备，甲板上到处是水手们在奔忙。他们把玻璃窗全砸碎，以免战时飞溅伤人，把木质的家具和容易燃烧的东西全扔进海里，往船头和两舷堆垒的防炮沙包上面浇水，在甲板上满铺沙土，以免地上的血把人滑倒，在各处安放水泵、水枪和消防水龙……

舰队行进之中，丁汝昌再发训令：“全军以夹缝鱼贯小队列阵接敌。”

航行中的舰队，各自调整航速，舰群按日常操练行为，调整航向，各自加速、减速，进入位置。蓝色海洋上，立刻划出一道道直线、斜线和弧形的白色浪迹。

按照夹缝鱼贯小队的阵形，各对姐妹舰在行进中相互组合，组成实战搭档。

旗舰“定远”和“镇远”组成第一小队，“经远”和“靖远”组成第二小队，“来远”和“致远”组成第三小队，“济远”和“广甲”组成第四小队，“超勇”和“扬威”组成第五小队。

各姐妹舰组，主舰在前，僚舰在侧后45度角，相距四百码；各小队相距五百三十三码；先后排列，鱼贯前进；各舰在海上形成两支交错平行的直线，互不遮挡射界。

队列中，只有“济远”和“广甲”舰型不同，它们不是物理上的姐妹舰。

“济远”是1883年的德国双主炮巡洋舰，舰长七十二米，舰宽十米三六，乘员二百零二人，航速十五节；“广甲”是福州船政局1885年建造的铁肋木壳船，舰长六十七米六六，舰宽十米二七，设计航速十四节。但是，船太老，那年的实际航速是十至十二节，大小虽然差不多，两舰不成搭配，“广甲”的性能差得多，又是条木船。

那天，留在鸭绿江口护卫铭军登陆的“平远”舰，似应更适合同“济远”舰组合战队。

“平远”舰，是福州船政局建造的第一艘国产全钢甲巡洋舰，参合

“超勇”和“济远”的设计性能建造。当初去欧洲监造军舰，同时学习造船的魏瀚、陈兆翱、郑清濂、吴德章、李寿田、杨廉臣等工程师回国以后，与法国设计师共同设计，尝试自制国产铁甲舰。1888年此舰造成下水，取名为“龙威”，后来去北洋舰队服役，改名“平远”。

“平远”舰长五十九米九九，宽十二米一九，乘员二百零二人，航速十点五节，它是全钢甲巡洋舰，有些细微部位，是老把式手工精工锻造出来的，很结实严密，比“广甲”坚固，更适于实战。

也许因为它的设计航速偏低，没有被十分看重。

行进接敌之中，“镇远”舰上，五品军功帮带大副事都司何品璋，战前例行检查下甲板。他检查到水兵舱，看见有个人正趴在铺位中间的舷窗上往外看，没穿军服，是个老百姓！拉起来一看，是个小孩儿。

“啊！”何品璋惊诧之余，忘了问姓名，“几岁啦？”

“十四。”

想起来问姓名：“叫个啥？”

“栗子。”

一问，才知道小孩儿的小名叫栗子，是二管轮的兄弟。前几天，他二哥带他上舰来，看看大炮什么样，结果夜里舰队突然紧急出海护航去朝鲜，家里不知道，没人来接他，他没能下船，就跟着来了。

以前，也有舰员亲眷上舰来参观留宿，管带林泰曾对下属宽仁，虽然知道，睁一眼闭一眼，装作没看见。何品璋心想，这孩子今天算赶上事儿了，现在说什么都没用。他只能说：“好好待着别动啊，哪里也别去！”

说完，跑去备战。

63

1894年9月17日中午，北洋舰队与日本联合舰队在黄海大东沟海域相遇。

两支舰队迎面相向而行，双方各自升起崭新的本国国旗和海军军旗。临战升起的新旗，不约而同，都比平时所用的大一号，在风中飘扬招展，昭示决战的决心。国家兴亡，在于是役。

北洋舰队的“定远”“镇远”两舰破浪居前。舰桥上，已能看清对方舰群，军舰十二艘，呈纵队，鱼贯迎面而来，看模样，是企图从中间突破北洋舰队。

丁汝昌升旗，号令变阵：舰队改为鳞次雁形小队横阵，“定远”“镇远”居中，各小队向两翼展开横向列阵，意在各舰舰首之重炮接敌。这种阵形，火力集中，形成的弹幕是弧面，落弹范围广阔，同时缩小舰队纵深的受弹面积。

军令发出，“定远”在左、“镇远”在右，两舰同时反应，结为一组，在正前方，调整航速，以七海里航速行进。身后两支交错平行的纵队中，各舰开始调整航向，纵队变横队，斜向跟进，后军加快速度，舰队尾部的战舰开足马力，追赶前队，尽快到达阵前横队上的规定位置。

变阵以后，北洋舰队在接近日本联合舰队的行进中，形成“人”字形战阵。

丁汝昌和刘步蟾在舰楼上观望，他们没有看前面的日本舰队，都在向后看，观察本舰队的变向航行，貌似混乱，实则有序，各舰变向穿行，均按平时训练标准准确完成。

“经远”和“靖远”组成的第二小队加快速度，靠向“镇远”的右后侧；“超勇”和“扬威”组成的第五小队，正开足马力跟进，快速斜向外插，开向“经远”和“靖远”的右后，形成了右翼；“来远”和“致远”组成第三小队转左，驶向“定远”的左后方；“济远”和“广甲”大幅度向左转舵，外插，驶向“来远”和“致远”的左侧，在左翼的尾端。舰队雁形。

他们看见，身后不远，在“镇远”舰的飞桥上，汉纳根举起右手，竖起拇指，正向他们示意。北洋舰队龙旗猎猎，变阵顺利。丁汝昌、刘步蟾对望一眼，平时操练没有徒劳，阵形已成，他们转回身，目测与日舰的距离。

在距离日本舰队五千米的时候，“定远”舰开始炮击。

第一响炮声在沉寂的海洋上石破天惊，雷鸣的回声在海上扩散，沿海面一路向远处滚动，发出阵阵回音，由近及远，炮声，似乎传遍了整个海洋。

在掀起的水柱当中，日本舰队忽然一分为二，有四艘军舰猛然向前突出，脱离本队，自成一列纵队，加速向北洋舰队的右翼绕行斜插，直奔右翼尾端的“超勇”“扬威”方向。

这四条船，是日本联合舰队第一游击舰队。很明显，联合舰队集中使用这四艘快速军舰，是要利用速度，运动穿插，先绕到北洋舰队的右边，解决比较弱小的“超勇”和“扬威”，然后从右侧往北洋舰队身后转，与本队八舰形成前后夹击。

第一游击舰队由日本海军最好的四艘主力舰组成，即“吉野”“高千穗”“秋津洲”“浪速”。它们船快、炮快，“吉野”舰是最新的军舰，速度世界第一，航速二十三节。

联合舰队本队，由旗舰“松岛”带领，率领“千代田”“严岛”“桥立”“比叡”“扶桑”排成纵队，也是从左边向右开，在北洋舰队的面前横过舰身，用舷炮掠阵攻击，掩护第一游击舰队在右侧的迂回。日舰本队六舰之中，有一组“三景舰”，专门用来对付“定远”和“镇远”，这样可以用右舷大量的速射炮炮击。这个打法，舷炮多、火力强，但是目标大，容易中弹，有些冒险，它们在赌博。

日本舰炮的最佳射程是三千米。所以日本舰队冒着北洋舰队的炮火默默向前冲，开足马力，在浪柱和烟云中穿行。联合舰队的“赤城”和“西京丸”两舰很弱小，航速也很慢，它们落在左侧最后比较安全的远处。日本海军最高长官海军军令部长桦山资纪在“西京丸”上，他是来观战的。他不在主力军舰上，主力军舰都是要上去拼命的。

日本海军到了三千米距离之内，开始还击。

双方的对射立即白热化。海面上、军舰的四周，瞬间烟火升腾、硝烟弥漫，空中和海底，同时敲响无数洪钟，横飞的炮弹有些在空中相撞爆炸，阳光照射中，天空中弹片闪光四射、烟花飞溅。

北洋海军的水兵们都没有打过仗，炮声震耳欲聋，此时，都本能地扯下缠头当作头巾系在下颚，盖住耳朵。

汉纳根看了一下手表，中午十二点五十四分。抬头，正看见正面距离三千五百米的日本旗舰“松岛”，舰上有反射光一闪，有人在舰桥上用照相机拍照，瞬间被左前方的“定远”一炮打得无影无踪。

“松岛”的右舷次第冒出一排烟火，舷炮排炮反击，把“定远”的桅杆打断，桅顶上的瞭望楼掉到海里，舰身猛烈一震，把丁汝昌从飞桥上震起，掉落到甲板上。

刘步蟾跑到丁汝昌身边去扶他，丁汝昌已经站不起来了，对他喊：“我伤重，你督战！”

“镇远”舰管带林泰曾命令炮火拦击日本海军本队，看见身边的汉纳根手里端着一支步枪，不知道什么时候找来的，立刻明白，对了，他是陆军，打仗手里没有支枪不行。

“定远”和“镇远”居中缓进，炮火截击日舰本队，“松岛”舰上唯一的三十二厘米主炮中弹，旋转装置散架，打松的螺丝四处飞溅伤人，炮筒中弹，歪向左边，转不回来，不能用了。紧接着七号炮位又被“镇远”舰击中，炮弹从护板钻了出去，打出一个黑窟窿，从后面飞出一些死人和断肢。“松岛”急忙左满舵转向，绕到左前较远的地方，本队后继的“比叡”等舰航速太低，没有跟上，被北洋舰队的尖端和左翼冲断。

这样一来，日本联合舰队本队八舰被切断，被打散，落入包围。

北洋舰队的左翼，以“定远”舰居中，依次向外，是“来远”“致远”“广甲”“济远”。日舰“比叡”陷入阵中以后，受到中国军舰从四面发来的炮击，连连中弹，眼见离“定远”舰只有七百米了，舰上突然发生恐慌，急忙左满舵转向，加足马力，想从夹缝中穿行向后逃逸，被“定远”舰的一发炮弹从舰尾打入它的下甲板，爆炸燃起大火。“比叡”突然喷发出一股浓烟，燃烧的水兵从底舱蹿上甲板往海里跳，能听到船体内部阵阵沉闷的爆炸声和齐声爆发的哀号，它的底舱里，不用多想，已变为人间炼狱。

“比叡”终于冲出到阵外，挂起“本舰火灾，退出战列”的信号，向南方驶去，与“赤城”舰靠拢。

“赤城号”是一艘炮舰，航速慢，不能跟随本队急行。它原来跟在“比叡”的左后方，“比叡”被围以后，它变成一只孤舰。此时，北洋舰队左翼诸舰已经向它逼近，对它发炮连击。“定远”舰后主炮的一颗十五厘米炮弹正中“赤城”右舷一门速射炮，打成稀烂，又进入舰台，把舰长坂元八郎的头部和脑浆一股脑儿打在一张海图上。驾驶室里一片狼藉，鲜血染红了罗盘，军官们非死即伤，不能再战，只好转舵南撤。它逃跑途中，先是大桅被打断，又被从后面追上来的炮弹击中舰桥，代理舰长也被炸伤，翻滚下船桥。

“比叡”和“赤城”连连中炮，掉头逃走，最后面的“西京丸”上，桦山资纪正在给前面发信号：“比叡”“赤城”危机！让全舰队注意。突然被“镇远”舰的一炮正中右舷，把气压计、航海表、测量仪器全打碎了，炮弹继续穿行，钻进甲板，打断了蒸汽管，蒸汽舵轮不能用了，军舰无法转向，只好使用人力舵转身，也向南方回撤。

下午三点左右，“西京丸”又中一炮，右舷后部的水线开始漏水，祸不单行，此时，大东沟口外护卫铭军登陆的军舰赶来助战，鱼雷艇“福龙号”疾驶入阵参战，舰长蔡廷干看见“西京丸”冒出的烟火风吹不散，看来是受了重伤，不如先击沉一舰，以振士气，于是转向疾进，猎取“西京丸”。先发一个鱼雷，没打中，近至四百米，再发射两枚鱼雷。桦山资纪和将校们看着水中的鱼雷越来越近，一声不吭，知道完了，今日休矣。但是离得太近，鱼雷从舰底深处穿过，没有触发爆炸。众将佐倒吸一口冷气，走！立即向南撤退。桦山资纪死里逃生，此番惊吓不小，连声对天呼叫：“天神佑我！”

北洋舰队的左翼取胜，右翼却失利。

第一游击舰队成功进至离“超勇”和“扬威”三千米以内，四舰同时发炮，“超勇”“扬威”两舰抵挡不住。两舰的舰龄，都在十三年以上，船老旧、航速慢、火力单、防御弱，在右翼的末端，以二对四，奋力死战。

第一游击舰队在日本，人称“帝国精锐”，“吉野”是当时世界上最快的战舰，以绝对优势对战最弱的北洋两舰，是战前反复研究过的战术。先灭其弱，不仅可以削弱对手、打击士气，还能占据从侧后方包围的好位置。只要东南方向在北洋海军正面的本队“三景舰”还在，西北方向的第一游击舰队就有可能夹击取胜。现在本队虽被打散，“三景舰”还在，付出代价，是实战的需要，已经事先估算在内。

日本人做事，务实、求精，力量相当的决战，既要孤注一掷，也要算路清楚。

第一游击舰队的炮快、船快，两舷列装速射炮达到极限数目，仅“吉野”一舰，平均每分钟可以发射七炮，每小时可射出四百发炮弹，四舰集中火力横扫“超勇”“扬威”，以强制弱，先机必得。

“超勇”“扬威”的舰体和甲板上顿时不断爆发火光，烟囱断裂，黑烟弥漫，“吉野”舰上发出阵阵欢呼。

日舰正在志得意满，迎面被“超勇”一炮击中，炮弹穿透了铁板落到甲板上爆炸，咔嚓一声，把一群官兵连同船舷横向送出舰外，舰上顿时燃起熊熊烈火。舰长河原要一抱住了船桅，才没有栽下舰桥。他抱着船桅，身不由己，转了几圈，转圈的同时，看到身后的“高千穗”连中几炮，舰上喷出烟火，烟里夹带火苗。“松岛”和“高千穗”一边修理，一边救火，两舰之上，十分混乱。

此时，“吉野”舰带队左转舵，向后回航。它们已经重创“超勇”“扬威”，知道两舰已无法再战，完成了第一阶段的任务，于是左转回航，继续列成纵队，往回走，与正向右方迂回的本队相向而行，平行交错，从右面回到北洋舰队的正面。舰本队接替第一游击舰队的位置，从右侧向北洋舰队的身后绕，准备进行第二轮夹击。

“超勇”和“扬威”上的人们，与他们的舰号一样，以最弱之兵面对敌之精锐，死战不退，奋勇扬威。他们两舰对四舰，从中午一点打到两点二十三分，打到最后，“超勇”舰上已经没有了可用的炮，千疮百孔，正在下沉。军舰歪歪斜斜30度右倾，勉强向北洋舰队身后慢慢驶去，想开到一处浅水海域，修理一下再战，可是已经晚了，海水淹没了甲板，舰长黄建勋和部下都掉进海里。

北洋舰队阵后的鱼雷快艇左一号疾驶前来救助，从艇上扔下了长绳，伸出拐竿，四面救人。艇上的人冲黄建勋喊：“黄舰长，快接缆！”

他们看见黄建勋在海中漂浮，面向着他们，不看，也不去接面前漂动的长绳，他面无表情，双目直视鱼雷艇，慢慢地摇摇头，然后闭目沉入大海。

黄建勋是福建永福县人，早年考入福建船政学堂，学习驾驶，是第一批留洋的学生，为人慷慨仗义，性情沉稳，从不作世俗周旋之态，出言憨直，在军奋励，全舰官兵视为长兄，无不为其誓死力战。

黄建勋沉海，意在与战舰同命运，时年四十三岁。

“扬威”舰多处受伤以后，舰上起大火，船体布满炮痕，伤势太重。舰上的人一边救火一边修船，把船往浅水海域开，想把漏洞补上再回去打，没想到斜刺里从硝烟中冲出一艘军舰，慌不择路，轰隆一声，撞在“扬威”的船尾，却不管不顾，扬长而去了。这是“济远”舰，它开战以后，忽前忽后游走，与主队若即若离。

“扬威”舰上官兵气急败坏，齐声大骂，船被撞得歪歪斜斜，失去了控制，不能转向，结果失控闯入浅海，搁浅不能动了。

管带林履中跳到甲板上，检查各处，见“扬威”的船体被日军打得全是窟窿，轮机舵轮又被自己人撞得稀巴烂，已经无可修了。

他一言不发，登上舰台，降下黄龙旗，细心叠好，再降下海军军旗，细心叠好，一一揣进怀里，望一眼中土老家，纵身跳进大海，随波而去了。

林履中是福建侯官人，入福建船政学堂第三届驾驶班，曾经随队去德国接收“定远”舰，协助驾驶回国。他为人性情中和、简朴勤慎，平日不与人争，能与士卒同甘苦、共生死，属下皆效死力。

林履中激愤蹈海，时年四十三岁。

64

“超勇”和“扬威”都被击毁。

第一游击舰队左满舵，掉头回转，回航到北洋舰队的右前方，换用全部左舷炮炮击。

此时，日舰本队旗舰“松岛”已经扑灭火灾，率领“三景舰”“千代田”“扶桑”继续作战，着本队六舰，已经迂回绕过北洋舰队的右侧，到了身后，形成夹击，完成了预定的作战计划，使北洋舰队腹背受敌。

中午十二点五十分两军开战的时候，“济远”舰在北洋舰队左翼的最末端。

下午一点八分，日舰分成两队，本队斜横掠阵，游击舰队迂回绕行。此时的“济远”，正面是日舰本队末尾的“比叡”“扶桑”和“赤城”三舰。这三艘舰船，弱小缓慢，易受攻击。但是“济远”舰没有随舰队左翼去追踪攻击它们，而是留在本阵的后面，反方向往右走，显然是为了躲避炮弹。它不随同左翼出击，在后方反向航行。按照基本战术规定，它的僚舰“广甲”必须跟着它走，这样一来，北洋舰队的阵形就乱了。“济远”和“广甲”脱队，左翼的攻击力量也少了一半，只剩下“致远”和“来远”，左翼的火力和挥动打击的范围都减少了一半。

“定远”的左翼，顿时缺少两舰一主力，只剩“来远”和“致远”助攻，“来远”跟着“定远”前进，调整方向，炮击日舰本队，“致远”正去追赶陷入围困的“比叡”，“济远”和“广甲”在左翼一消失，“松岛”“比叡”“赤城”和“西京丸”的撤退就有了机会，得以死里逃生。同时“千代田”“扶桑”和“三景舰”得以少受炮击，可以从容作战，去占据有利的位置。

“济远”的行为牵动了大局，搅乱了北洋海军的战斗。这是日本海军的幸运。

“镇远”在右后侧，跟着“定远”走。它偏转船头，主炮舷炮齐放，拦击正从右侧绕向身后的日舰本队，它右翼的“靖远”和“经远”都在攻击：“靖远”叶祖珪，开足马力，快速冲击日舰本队的中间；“经远”林永升，尾追“比叡”，紧紧跟着，要击沉它。

海上的局面，北洋舰队以“定远”“镇远”为轴，向右偏挥动左翼扑杀日舰本队的尾部，同时迎击正在反转而来的第一游击舰队。但是因为左翼自折一半，战力不够。

第一回合，本军“超勇”“扬威”两舰沉没，日军“比叡”“赤城”“西京丸”三舰逃遁。

第二回合对战在即，“济远”和“广甲”却又转身向左后方开去，脱离了战队。

北洋舰队左翼掉了一半，不折自断，只剩下“来远”和“致远”两舰。千钧一发之际，两舰脱离战阵无异于釜底抽薪。北洋各舰官兵见状，一边炮击，一边灭火，一边抽水，一边叫骂，眼看着军中败类如此状貌，却也无可奈何，炮手们只有连弹齐发，向日舰泄愤。

下午一点三十分的时候，“济远”和“广甲”的位置是在舰队的最后，船头向着后方。这时，日本第一游击舰队已重创“超勇”“扬威”，正在反向迂回，回到北洋舰队的斜正面，它纵队不变，左舷炮排列轰击。与此同时，日舰本队正从右翼绕下来，向北洋舰队背后包抄，接近了“济远”和“广甲”，于是“济远”和“广甲”掉头往回走。

“济远”舰带着“广甲”急忙转向往东南开，跟在敌方的左翼后面，又回到了北洋舰队的身后，它们总是离敌舰很远，横冲直撞，破坏舰队的阵形。

第二回合，北洋舰队只剩有六舰。“超勇”“扬威”两舰受伤沉没。“济远”“广甲”两舰脱队逃离。

舰队处在受夹击的位置，战局逆转了。

日本联合舰队两队，完成合攻位置以后，众舰集中火力炮击。

根据日后的计算，日本海军此次海战，一共发射两万零九百七十七发炮弹，平均每分钟发七十炮，炮速是北洋舰队的六倍。

弹雨从两面横扫过来的时候，“定远”“镇远”两舰上顿时浓烟升腾，烈火冲天。

“定远”舰上的总管轮法国教习阿壁成被震聋了，两个耳朵流出血。他好像没感觉，带人奋力去救舰上突然爆发的大火。英籍洋员戴乐尔冲他比画示意，意思是，赶紧下去包扎治疗耳朵。阿壁成原来是清醒的，大声对他喊：“救火耳朵没用！”

丁汝昌左半身骨裂，不能动，周身是伤，不能站立，血染红半边身体。他靠坐在甲板上，闭目咬牙裹创。医官和护卫要抬他下舱，他一手扶刀一手推开他们，不走。

甲板上，是一队队的水手，每人抱一个炮弹向炮塔里接力传送。丁汝昌半迷半醒，忽然看见马建忠站在面前的硝烟里面。他忽然想起来了，想起几年前，在朝鲜二人并马站立山前，观看山河，点评风景人物，记得当时的所言好像是：人可以被埋没，时事也可以造就人，有些人，注定史上留名，无论善陋。

时隔多年，余音在耳。

丁汝昌喷吐一口血沫，半昏半醒之中，哈哈大笑，举手对着舰上升腾的烟云说道："今日事，君国生灭所系，后世可论！"

这话，是他跟自己说的，或者是跟马建忠说的，两舷列队传送炮弹的官兵见到提督此状，闻听所言，无不咬牙，面沉如铁，横眉竖目。

前后夹击北洋舰队，日舰本队打得兴起。舰上军乐队振奋，演奏海军进行曲。突然间，他们发现自己也受到了夹击。

云端中，没来由，落下一发炮弹，掉进旗舰"松岛"的中央鱼雷室，把四个鱼雷发射员炸没了，带队的舰长尾本知道受到突然袭击，一时仓皇昏乱，不知道该把舰队往哪个方向带。本舰队的各舰右舷炮都本能地胡乱开炮，可是炮手们什么也没看见。

前来夹击日舰本队的是单舰一艘，它从海面上滚滚的煤烟里冒出来，冲向"松岛"。黄龙旗下，舰身上闪闪发光的印鳞闪烁很多小光点儿，像一条锻造的剑鱼。是"平远"舰。

"平远"舰突然在日舰本队后方独自出现，正面单挑日舰本队，同时迎击正从左侧迎面对冲下来的第一游击舰队。

瞬间，“平远”舰已在日本舰群当中穿行，一炮又击中“严岛”，然后主炮、尾炮、左右舷炮齐射，四面炮击，一时间，成了一座四向发射的活动炮垒，在联合舰队中央搅得天翻地覆，所经之处，哀鸿一片。

“平远”“广丙”和两艘鱼雷艇正在鸭绿江海口护卫铭军登陆，听到远方的炮声，赶来助战。“平远”舰长李和与“广丙”舰长程璧光一商量：一舰也是单，两舰也是单，反正都是弱，不如干脆分头抄袭。然！

于是各走一路，各自为战。

李和是广东人，福建船政学堂第一期，当过蚊炮船“镇南”号的管带，既然带领活动炮台，平日里就琢磨用炮，善用炮。平日里好读书，读洋书，文质彬彬书生模样，与人无争，与世无争，出言委婉，谦恭客气。谁也想不到，上了他的钢甲舰，就变得极为好斗。

“平远”舰在日舰阵中窜行纠缠，击中“严岛”两炮，疾行而去，所过之处烟火四射、一片狼藉，舰船歪斜打横，纷纷喷烟。这条船，好像是一条自己会拐弯的鱼雷，突然在舰群里横冲直撞，激起日军的公愤。

“广丙”舰，也是福州船政局自造的巡洋舰，长七十一米六三，宽八米二三，有三门中口径克虏伯主炮，与“平远”舰可以算是姐妹舰，但行事风格却大不相同。它不张扬，很沉静，悄悄地，有些诡秘，硝烟之中，不知道从什么方向冒出来的，陡然出现，在距离桥立舰几百米的地方发射鱼雷。

怎么还有一条船！周围的日舰来不及想，舷侧速射炮用密集炮火封锁它的来路，“广丙”舰的鱼雷没有发出来，弹雨像泼水一样过来，把鱼雷管全部打得粉碎。

“平远”和“广丙”，一狂一刁，纵然奋勇机敏，经受不起千百发炮弹三面围住打。“广丙”很快就不见了，钻来钻去，不知道逃到了哪里；“平远”的两舷钢甲被打得矮了一截，舰尾的钢板被掀开，翘在空中，还在招摇。它从右面脱阵而去，擦过“严岛”的时候，用哈奇开斯机关炮打死了两个水手，然后跑了。

联合舰队不能改变战术去追它们，又在行进中整队继续作战。

日本海军以多打少，决心消灭北洋舰队。

“镇远”舰不断遭受炮击，已中炮几百。从下午两点，大火一直不断，扑灭又起，再灭再起。

海战中，舰上人员除了驾船和炮击，最大的事情，就是灭火和排水。“镇远”舰上，能用的人都在救火，军舰就这么大，烈火燃烧，舰上的温度和火炉里差不多，扑救的水手不一会儿衣服就会自燃，他们用水龙、水枪喷水灭火，需要有人不断跑来往他们身上浇水降温。有人没有水龙，干脆裹住湿透的棉被跳进火焰里翻滚灭火，灭火的官兵被敌舰速射炮和机枪打得七零八落，又成批上去接替，扑救烈火、拖拽救助伤员。

下午三点多，“定远”舰已经连连中炮，舰上一片火海。日舰第一游击舰队不失时机，全队扑击，意在一举击沉。“定远”的舰身铁甲极厚，日舰的四寸速射炮弹连击在船舷上，也只能敲出一片浅坑，打不进船体。

第一游击舰队万万没有想到，“定远”舰连连中炮，却不沉没。日军官兵们屏住呼吸，盯着“定远”舰船头上反弹出的一层层火光，片片飞溅的烟花，盯着被刮掉一层的金属船体在阳光下变得十分明亮。他们很羡慕，有些敬畏，同时也恼羞成怒。

“高千穗”舰上，官兵注目定远舰，见它坚不可摧，仍在傲然对射，全军激愤，一致请求舰长野村贞，请求他命令本舰舷炮同时发射。舷炮齐射，是海军的禁忌，从头至尾的后坐力同时爆发，可以贯通舰船的中轴线，把军舰竖着劈成两半。野村贞同感愤恨，同意官兵们的请求。“高千穗”颤抖的左舷开始同时冒出一排排、一层层的炮火青烟。

“镇远”舰管带林泰曾见到“定远”舰被日舰群攻，舰上落弹太密集，舰上大火不能扑灭，命令大副杨用霖：“雨臣，你亲去驾船，我们挡住倭舰。”

杨用霖驾驶“镇远”急速前行，开到“定远”舰的前方，用舰体护住了“定远”，舰首主炮回击第一游击舰队。

汉纳根此时已经扔掉步枪，在舰首指挥炮击，扑救烈火，救助伤员。第一游击舰队的炮火不转向，直接全部打在上前挡炮的“镇远”舰上，速射炮弹打在炮塔上向四面横飞，从汉纳根身边掠过，炮弹的热气立刻点燃他的军服和头发，人顿时成为一个火炬。他把头放在水桶里灭火，抬头看见本阵中一艘战舰从身后飞驰而过，冲出战阵，向日舰冲去。

“镇远”舰开到“定远”前面去护卫，“致远”舰也在往前闯，它从左边走，走得更快，没有减速，直接向第一游击舰队冲过去。

“致远”舰上也是大副亲自驾船，不过，它向前，不是去挡炮，是去陷阵。

“致远”舰管带邓世昌看见右前方的“定远”舰上各处都在起火，十分危急，对大副陈金揆说：“日舰‘吉野’猖獗，不如去之，我军尚有可为，如何？”

陈金揆面不改色，说一句：“舰长珍重。”就驾船去了。

邓世昌下到甲板，手扶船舷，探身往外看，目测本舰和“吉野”的距离。此时陈金揆已经是开满了马力前行，可是燃煤太差了，开不快。邓世昌见航速不够，转身面向官兵们，说：“人必有一死，今日，我舰要与日舰同沉。”

这种时候，敌众我寡，前后被敌，有死无生。海军们都知道，进和退一个样，早死与晚死，不在乎。

舰上众人，齐向西面大陆方向一跪，然后起身到弹药仓各取炸药。

“致远”舰的舰型也叫快碰船，舰首有钢角，专用撞击。

邓世昌下令总轮管：“锅炉通风爆燃升速。”

这种做法，舰艇速度可以超越设计航速，却有锅炉过度燃烧发生爆炸的危险。

“致远”舰去拼命，直出本阵航速暴涨，迎面撞击“吉野”。

第一游击舰队各舰的舰长同时反应，炮手们不用命令，知道不好了，群炮同时瞄准“致远”舰的水线射击。这艘军舰是来拼命的，千万不能过来，生死关头，日舰上的炮手也看得出来，瞬间又一阵大汗淋漓，全体喊叫，奋力开炮，各舰顿时哗然，一些水兵在舰上来回奔跑，但是不知道要去做什么。

“定远”“镇远”有了喘息的时间，一边救火，一边排水。主炮掩护“致远”，舷炮横击环攻的日舰。日舰上的炮手纷纷战亡，有些舰上，已经命令军乐队人员上去填补炮位。

挺进中的“致远”，对准的是“吉野”的右舷，冲刺中途不断中弹，甲板上方的舰台被削去一半，水线部位从各处进水。分不出是鱼雷还是锅炉，船体忽然爆炸。爆炸的时候，邓世昌已经倒在甲板上。

邓世昌的意识中，看见家里开的茶叶铺祥发源的门口有很多人，这是汉口的新店刚开张，鞭炮齐鸣、震耳欲聋，大门口满地都是破碎的红纸屑，青烟袅袅。小孩子们捂着耳朵在街面上来回跑，都很高兴。来贺喜的宾客车马盈门，父亲站在门口迎客，抬头看见石板路对面的自己牵着一条狗，正在看热闹。老大人平举双手，语音沧桑，冲他说："正卿，回来啦……"

那是五年前探亲时的光景。

下午三点四十七分，"致远"舰沉没。军舰在海中倒立，露出红色船底和螺旋桨，官兵二百四十人与舰同亡。邓世昌没入波涛，追随所念而去，时年四十六岁。

海上炮声滚滚。硝烟、煤烟混合成乌云，海洋和乌云之间，立起千百条水柱，支撑住用力向下压低的天空。天地间，战舰穿行格斗，时隐时现。

"镇远"舰上，林泰曾要计算一下两军的舰数。他看不见"济远"和"广甲"在哪里，可以看到"来远"。它一直紧跟着"定远"，现在，自己的"镇远"在最前方，"来远"就开到自己的左侧，在身后护卫。"定远"与自己之间，还有一条鱼雷艇护卫。"靖远"在"定远"的右侧，用尾炮轰击背后的日舰本队，舰首主炮遥射"吉野"四舰。右翼最边上，"经远"在前面很远，被"吉野"四舰划出到阵外，正在受它们围攻。

目之所及，看到的是己方五舰，敌方九舰。

“济远”和“广甲”脱阵远离，先是撞沉“扬威”，后来似乎去向不明。战后日本海军三个小组制作还原战局示意图。第一小组的示意图上，从下午两点三十五分以后，见不到这两艘军舰，大概是离得太远，看不见。二、三两组的图上，下午三点四十七分“致远”沉没之后，它们弃战而去。

林泰曾看到，“经远”舰寡不敌众，被隔离得很远，很快舰上喷出一团大火，火球直上云天，是锅炉在爆炸。但林泰曾不知道，管带林永升和帮带大副陈荣二人已在爆炸之前阵亡。从远处，见到“经远”舰船行无主，但水兵们没有示弱，舰船爆炸以后，他们依然炮击不停。随着舰船下沉，炮塔被淹没，但舰楼机关炮炮击不停，直到全舰沉没。“经远”舰舰首直立在海中，像一座尖利的灰色雕像。

刚才还是五比九，眼看着变成了四比九。

刘步蟾也看到了“经远”的沉没。

他还看到，日本联合舰队显示出它出色的战术协调水准。舰队一分为二以后，各队始终保持纵队航行，各舰的距离很标准，对战不散，战力集中，像两条游龙，贯通一气，遥相策应，行云流水。“比叡”“赤城”“西京丸”三艘弱舰逃阵以后，它们反倒甩掉了拖累，没有了顾虑，凭借航速的优势，总能在两个方向上前后咬住北洋舰队不放，使北洋舰队首尾不能相顾。

他还看到，日本海军战术其实简单：两队相向，围住画圈。

刘步蟾看明白了这个，心里一亮，知道它们下面要往哪里走，要干什么。

日舰的这种打法，是有备而来，经过长久的训练形成了定规，已经刻入它们的骨髓，熟悉到成为本能，这就是它的弱点。它再行云流水，无非套路而已。现在，右前方的第一游击舰队又在向我右方绕行下来，要来咬住“镇远”身后的“来远”，那么，在左后方的日舰本队，一定会相应突然逆转，向右转，往前插，横击本舰和“镇远”。

刘步蟾转身，目测日舰本队最前面领队的旗舰“松岛”，他替“松岛”的尾本舰长着想，帮他估算最合适的转向时机和航路，同时命令舰首左侧的主炮最大限度向左转。

海上突然八面来风，卷起大浪。战场上空，万千次爆炸形成局部海域低气压，四周的空气向中心奔涌，引发狂风。刘步蟾仰头看猎猎军旗，估算风力。他把风力加入了计算。

“松岛”舰带领本队，向阵外直行，猛然转变航向，右舷群炮瞄准“定远”准备射击。“定远”舰上火光一闪，突发一炮，一颗三十厘米炮弹飞入“松岛”右舷下甲板，轰然一声，第四号速射炮连炮带人被炸成碎末，炮弹又穿过舰楼，打碎左舷全部炮架，堆放在甲板上的弹药开始爆炸。刹那间，“松岛”舰上发生多次闪电雷鸣，瞬时烈火冲天，同时冒出黑烟和白烟两道，混成阴阳两层云雾，罩住海面，从中落下尸身和钢铁与人肉碎片。这一炮，中弹八十四人，打得舰上鲜血、脑浆、骨渣、内脏喷射，顿时恶臭冲天。舰体当即被大火裹住，烧成一座熔炉。面对死神，轻伤的和重伤的水兵毫不犹豫，全跳起来奋力救火。

突来的海风太猛烈，火扑不灭，舰队司令伊东祐亨立即升起“不管”信号，通知舰队随意行动，向东南航行，退出战场。

至此，日本舰队的两个最高长官桦山资纪和伊东祐亨都撤出战阵。

之后的战斗简单化，群狼围攻狮子。

北洋舰队“定远”“镇远”“靖远”“来远”四舰，应对九艘日舰，包括本队五舰、游击舰队四舰。

日舰两队，一左一右，围绕北洋舰队转圈，抱着必胜的决心要全部消灭中国海军。

海上，北洋舰队的炮火从中心向四面发射，两队日舰的炮火围着这个中心转圈发射，两军炮火所及状如车轮，密集的烟火弹道形成车辐，一个炮火的车轮在转。

日本海军越打越迷茫，定、镇两舰，为什么还不沉？冥冥中，平添一丝迷信的焦虑。

“靖远”和“来远”两舰虽然舰型不同，自动结成姐妹舰，相互依持。

日舰车轮攻坚，打了两个多小时，人们已出现幻觉，面前的，不是四艘军舰，是四个正在燃烧的军舰影子，影子再燃烧，也不沉没，绝望之中，日军有亵渎神灵的不吉祥感觉。

直到“来远”中弹二百多处，舰上无炮可用，退出战场修理，日本海军才从幻觉中醒来，立感振奋。

不久，“靖远”舰中炮受损，退出战场。

刘步蟾始终站在舰桥，心中无他念，观察联合舰队各舰的走向。他认为，凭“定远”和“镇远”两舰，可以击沉四周所有日本军舰，他也看到了机会。日舰凭着战舰多，占绝对的上风，他们不再远远地躲开重炮，在两千米以外围攻，而是靠得越来越近。“定远”舰与“镇远”舰的撒手锏还没有使，铁甲坚厚，就是结实，我们直接开过去撞击突围，日舰赶来拦截，会被撞为两半。

他想到这里，看了一下“镇远”，顿时睁大眼睛，“镇远”舰上有一个男孩儿，他拖着一条水龙在灭火！

“镇远”舰始终在燃烧，舰上救火的水兵越来越少，官兵非死即伤，管带林泰曾已被炮炸震昏迷，由美国帮带马吉芬指挥。马吉芬不在舰楼上，他在前后跑，指挥救火，头发和胡子带着火苗。

马吉芬早就看见那个参加本舰战斗的小孩儿，那小孩儿不知道是从哪里来的。起初，他抱着炮弹往炮塔里送，马吉芬实在感到奇怪极了。很快，他认为很自然，中国就是这样，怪事情太多。又顺着想，自己二十四岁，是个美国人，不也在舰上吗？还是副舰长。

所以马吉芬很快适应，把那孩子当成自己的兵，让他看护伤病，没想到他跑来救火了。

十四岁的栗子参加了大海战，二哥开战不久，中炮战死，哥死，弟接替，顺理成章。栗子参战，自始至终，却毫发未损。马吉芬后来见到他，他还在救火。马吉芬感到很奇怪，一个没受过军事训练的平民小孩儿怎么还没死？平时这样想，当然很不礼貌，但现在，大家是在一个正在爆炸的炸药桶里面。

刘步蟾没有命令定、镇两舰冲击敌舰突围。鸭绿江口，四千铭军正在登陆，北洋舰队在护航，不能走，必须挡在日本海军的面前，拦住它的去路。只有死战一途，不可突围。

定、镇两舰挡住去路，承受日本舰队炮击，也一一把九艘日舰不断点燃。

战至黄昏，“定远”“镇远”各被弹上千，仍在炮击。联合舰队已经向它们炮击五个多小时，全体将校官兵无一例外，被一种异样的复杂情绪所笼罩，激愤、无奈、胆寒，都知道随时会有一颗三十厘米的炮弹从天而降，然后粉身碎骨。

“定远”和“镇远”主炮的炮弹都用完了，听声音，是在用机关炮回击。

炮声中，联合舰队立刻意识到这是胜利的时刻，看到了希望。全军看到希望的同时，也看到远方出现北洋海军战舰。

“来远”“靖远”“广丙”“福龙”逐一修理过舰船，回航战场，前来再战，与来接应的“镇南”“镇中”两炮舰，右二、右三鱼雷艇会合，开进了战场。

伊东早已扑灭火灾，返回战场，看见本方舰船全部受伤破损，海上出现北洋海军前来支援的舰艇，知道大势已去，挂出信号“停止战斗”。

黄昏时分，定、镇两舰攻击前进，追击日本舰队，伊东没有等待第一游击舰队回转，急忙回航撤出战场。

马吉芬头部受到重伤，坚持战至最终。日舰撤离的同时，他终于倒下。倒下瞬间的最后一眼，他看见夕阳烈火映照之下一个小孩儿独立飞桥水花喷溅的黑色剪影。

65

“国可灭，天下不可灭。”

两个人坐在大槐树下对弈，持黑棋的说。

“此言大逆，不要乱说。”持白棋的说。他眼中发亮，指夹一子，俯身观看棋局，点点头，说，“嚯，要复燃，好，有志气。”

说话的是一老一少，老的大约是个私塾先生，少的十八九岁，一身布衣，看模样，是他的学生。

蔡重泰坐在一条石凳上歇脚。对过有个茶棚，四面蒲席半截围着，上面敞着透风，却是青石条打的底子，有石阶，早先兴许是座庙，现在里面卖茶也卖烧饼馃子。他没钱，不进去。

茶棚边上拴着十几匹马，有口井，有饮马水槽。他在那儿喝了一肚子凉水，现在不那么饿了，正在思量，自己问自己：我是回河北老家呢，还是再去投军？

那边下棋的又说话了：“小老弟，你刚才说，‘国可灭，天下不可灭’，其中可有论说？”

蔡重泰一听，噢，不是师生，是棋友，胆子都不小，十字街头敢说国可灭。

那边的少年回话：“老哥，这话不是我说的，是顺治年间亭林先生顾炎武说的。”

“你也读他的书？”

“郡国利病，人人当知。小弟以为，亭林先生的意思是说，朝廷是朝廷，天下是天下，不是一回事。”

“足下以为，什么是天下？”

那少年只说四个字：“华夏中土。”

长者在棋盘上落下棋子，问他：“老弟，听口音是山东人，到此地来可是经商？”

“我是山东蓬莱人，老娘常年有病用药，我来这里，是想购得一两支高丽好山参回家。”

原来他们不认识，是半路上偶遇的棋友。

一老一少，一边下棋一边闲谈，蔡重泰听着听着，不想走了，他们说起战事。

说起战事，少者反倒更像是长者的先生，长者问，少者讲。

上个月，黄海之上，大东沟中日海战，全国传开了。长者问：“此战，胜不胜、败不败，打得舰殁人亡，元气大伤，什么原因？朝野议论纷纷，有的说，近年军需不济、船少、船旧、炮慢所致；有的说，将士孱弱不用命，临阵脱逃使其然。众说不一，足下以为呢？”

少者说：“一路而来，市井乡镇坊间，老百姓都在说这件事，我也听说了很多：我国水师与日本交战，缺少两艘船，没有快射炮；煤炭不好使，船开不快；炮弹落地不炸，鱼雷发射不中；太后铺张，用财不当；‘济远’怯战、临阵脱逃；诸如此类，都是原因。而小弟以为，如若这些都是原因，则哪一个都不是原因。原因的所在，是我国的财、船、炮、人、物、技，很多地方都比日本国差一点点，这不是一个人的错，也不是朝廷的错，是我国众生之错。我国之人，不能人人修身、不能人人奋发，必有敷衍错漏，无论做什么事情，都总是会比别人差一点点。平时如此，看不出来，可以苟且度日，但在紧要时刻，就是差错，要紧的日子口到处都出毛病，就显了出来。在打仗的节骨眼上，更是差一点点都不行，要坏大事、要误国家。依我看，这就是原因。恕小弟直言，黄海之战失机，是老哥您的错，是小弟我的错，是中土人人之错。”

长者一听，这棋下得，平白招来一顿好骂，也怪，骂得周身舒畅，十分痛快，就问：“那你说说，日后应该怎样呢？”

少者想都不想，答：“国民尚文尚武。我说的是每一个人。文，则明是非、知廉耻；武，则心体合、正气张。我国坏在一个‘散’字上，众生事不临头高挂，习以为常，若如人人蓄志、人人自励，可以去国病。”

“我怕这一国之病，一时还治不好。”

“老大哥所见甚是。日本国，眼看着是要打过鸭绿江来，所以我们先要治军，改军制。日本之军是整军，按制分编，上下统属，左右相济，聚可以大，分可以小，临机自变，前后贯通，战、济、造、救皆备，与兵道合；我国之军是散军，独立字号，各出军令，全无统制，分则裂，合则隙，名为军，实为群，还是坏在一个‘散’字，很容易一触即溃。我国治军，不练新式陆军不行，人云：‘事有不治，明则可为。’眼下咱没有新军，暂以旧军对敌，打就行，打下去，生死之地，必然边打边改，边打边练。湘淮旧军不可谓不勇，且有各地新募之师继而后起，源源不断，我国地大人多，谅它日本一时一刻不能奈我何。”

长者听他讲完，想了想，从脚下的布口袋里摸出纸墨笔砚，写了几行字递给他，说：“这个拿着，令堂大人病愈之时，老弟若有志于世事，可以去北洋武备学堂，或去天津小站，都可以。那里的人不管他是谁，都认得这上面的字。”

少者见纸上写的是：“乱世君侯静处闲，名书剑气小园田。展纸即出行天客，风云自带烈马前。”

原来他写的是一封荐人书信，到北洋给谁都行，内中是对持书者相人的评鉴。

少者看得出字体墨法的气韵，也明白信上的意思，于是问道：“请问前辈，您的名讳是？”

“鄙人周馥，周馥周玉山，老弟怎么称呼？”

“回大人话，在下吴佩孚，字子玉。惶恐萍水知遇，让大人看得过重。”

“嗯，今日此玉碰彼玉，已闻清响，‘国可灭，天下不可灭’。哈哈哈，告辞。”

一老一少，下了半天棋，说了半天话，这才互道名姓告别。二人起身收拾残棋，拱手一揖，各奔东西。

吴佩孚向西去，回山东蓬莱老家侍母；周馥叫出茶棚里的扈从，上马向东走了，去丹东前敌营务处；蔡重泰起身往北走，他已经知道自己该去什么地方，到摩天岭去投聂士成的武毅军新营，可教授新勇劈山刀法。人家说了，要尚文尚武。

此地叫十字街，在丹东西南不远处，三位过客自此各奔前程。

多年以来，“饮马鸭绿江”是日本一个古老的梦幻，文学、诗词和歌曲暗暗编织着日本儿童的远方志向。1592年丰臣秀吉时代以后，日本就没有看见过这条江。

9月15日清军在平壤溃败、17日北洋海军黄海受创，之后，日本在陆上进军、在海上运兵，都没有阻碍。

10月22日，第一军三万人马全部到达义州，面前就是鸭绿江。

山县有朋和群僚站在山岭，观看传说中的大河，不谈战事，只顾欣赏。

第五师团师团长野津道贯手扶双膝，屈身观看江水，点头称赞：“来自长白山，碧绿浩渺，今日产生高歌一曲的心情。”

众人都点头。有人指点江河：“水色青绿，俨若鸭颈的荧光绿彩羽毛颜色，所以要称为鸭绿江吧。”

众人有所悟：“噢，原来是这样的啊。”

山县对左右说：“中国古代称之为坝水，汉代称之为訾水，唐代始得名鸭绿江，据说满语中，是‘土地的边端，疆界的分野’之意，实在令本人追思畅想不已。”

江流上跃出一些很大的银鱼，浪花飞溅，闪闪发亮。

军官们像孩子一样兴奋喜悦，指着说快看快看，大呼小叫，喜笑颜开。

“是什么？银亮的鱼吗？”

“是的，鱼，亮丽的鱼群。”

桂太郎说：“诸君，鸭绿江中有八十九种鱼类，有六十七种淡水鱼，有五十七种本江之鱼，别的河里，不能存在。这一带，去年产鱼一百一十四点二吨。据说这里的长春编、三角鲂，真是美味无穷。”

大家十分惊讶：“原来竟是这样的！不可思议。”

第十旅团旅团长立见尚文说：“十分艳羡，想必大本营的军情人士早已每一种都细心品尝过的喽。”

众人的心情十分愉悦。

黄昏入晚时分，太阳西下，鸭绿江对面陆续出现万千灯火，像一片繁星闪烁，远及天际，沿江漫至上游。江那边，是防军燃亮的灯火连营。

他们好像没看见，依然兴味盎然，观赏大河。

第一军对鱼的兴趣比对清军的兴趣大一些。平壤战后，日军对清国陆军已不屑一顾，认为他们不是军队，是乌合之众。第一军这样想，参谋本部也这样想。

由于这种估计，修正了以前的计划。战前，大本营禁止陆军渡江进入中国，现在前方和后方的人都认为不必过于担心中国的抵抗，大本营之前没有想到事情会是这样。

山县有朋在鸭绿江边观赏江水，细心想象各种异国淡水生鱼片陌生而美妙奇异的滋味，同时深刻地意识到自己正站在一个什么地方。

从此处，渡过鸭绿江，向南走，走到头，就是旅顺口；向西直行，是辽东半岛西端的营口，西行路线本身，是一条切线，会割掉辽东半岛，置旅顺于死地；北上过了辽阳，就是盛京、奉天、沈阳，不管它叫什么名字，是清朝发祥之地，用中国的话说，是“直捣黄龙”。

旅顺口，第一军不必动手，第二军正在本土筹备登陆，攻占金州，掐断清军退路，包围解决。

过江之后，战局将一目了然，看不到会有什么悬念，无非是日军进，清军退，日军再进，清军再退，简单乏味。

1894年10月24日，日本第一军全线强渡鸭绿江。

在安东、九连城、凤凰山、宽甸的三万鸭绿江防军拉成一条长线，在堡垒和土墙后面反击，用兵来将挡、水来土掩的老办法抵挡新式野战部队的各种打法，不断被突破、侧击、偷袭、分割、包围，支撑不住，连连失守，纷纷撤退。将领和士兵们都不明白，我们人一样多，枪炮并不差，为什么会败。

第一军打过鸭绿江，日本军队第一次踏上中国土地。日本举国欢腾。

11月初，山县有朋向大本营提出征清策略：第一，过江之后，挥师北上，占领沈阳；第二，同时在山海关登陆，攻占北京。先占据清国新旧两个京城。至于以后，不必细言，为所欲为而已。

山县的计划可以称为“两京战策”。

大本营一片哗然。

山县大将要在东北和直隶开辟两个战场，这种做法的利与害，先不去说，这与内阁的战略方向反了。伊藤内阁的决策，是攻取山东半岛和威海卫，先消灭北洋海军，威胁东南沿海，然后取得台湾。大山岩第二军和海军都认为这样最简明、最实际、最有利，他们支持内阁。

初战获胜，军政之间、军队之间，出现战略方向矛盾。

伊藤是政治家，看到了山县看不到的事情，他眼中之所见，里面有欧洲。当今之世，亚洲的事情不再是亚洲自己的事情，英国在远东有天大的利益，怎么可能会眼睁睁看着日本军队进入直隶而袖手不管呢？

“山县君决战直隶，壮则壮矣，谈何容易！”伊藤道。

伊藤更清楚地看到，如果任由山县行事会发生什么，发生的将会很可怕。

所以他要说明白：“虽幸而达成其所望，清国必暴民四起，列强势必联合干涉，岂非自招其祸？再者，清廷若土崩瓦解，我们找谁去提要求？”

伊藤有此一问，是个明白人，李鸿章看到的，他也看到了。世事无常，这一回，战胜者反倒很担心，列强众目睽睽之下，日本伸手取人之国，取得了，可能是祸。

明治天皇认为伊藤想得对，于是很有礼貌地对山县发出邀请：“你回国来养病吧。”

诏书在路上紧追第一军，没赶上，第一军已经进发。

第一军在辽东，第二军在山东，同时进击，自然还是出现了南北两个战场。兵势分离，已无可挽回，貌似夹击，实则自危。日本没有力量拉开如此大的阵势打，拉开战线打，掏空了本土打，国内就剩一个近卫师团，是为台湾留的。一旦辽东受挫，全局被动，即便得手，打赢了，列强真能让日本占住这些地方吗？

伊藤不敢往下想，捏一把汗，自己算计来算计去，节外生枝，真是天意高难测，到如今，也只能是吉凶问命安。

66

旧式中国陆军的改良只来得及走出表面上的第一步，使用新式武器。这一步走了五十年，走得呕心沥血、步履蹒跚，十分艰难，但林则徐时代赤手空拳只能挨打的局面毕竟改变了。

从1894年10月25日至1895年3月11日，中国陆军与日本陆军在辽宁和山东交战，五个月中，会战四十三场，缠斗力战。

1895年2月初，国人发现辽东战局十分可怪。

中国军队频频失利、大败而逃、焦头烂额，军中却开始发生变异，越败人越多，越败越会打，越败越机敏，越败越凶狠，在漫山遍野的溃兵之中，已经开始有人死战不退，全军覆没。后来，竟然跑着跑着反身回来围攻日军。

他们被打跑，再回来，反复逃窜，反复围攻，不顾强弱，力战纠缠，不依不饶，仿佛懦弱的羔羊脱胎换骨，正在化身为兽。

宫里面当然不知道外面是怎么一回事，听说的只是一个“败”字，内地的百姓也是如此，不知一个“败”字之中包含了多少事情，而这些事情的发生，蕴含着一个“变”字。

主国者，若遇刚则柔、遇柔则刚，既无恒心、复少定见，就看不出来，看不出来，就真的会败，西太后即如此。

就连前敌的将士，大乱之中也不知道到底发生了什么，只知道败了再战，其余不论，可他们在连败连战之中，自己变得不一样了，他们在演变。

日本第一军渡江之前，清军在鸭绿江北岸大军会集，以九连城为总根据地，沿江拉开战阵，左翼向北延伸，防守虎山至长甸一线；右翼南张，防守安东及鸭绿江口，战线五十公里，沿岸设炮寨、营垒数十。九支联军，三万之众，划区分守，各占其要。沿江，各字军旗一望无际，兵势壮大。

当时，李鸿章听说平壤清军溃逃、北洋海军失利的消息以后，紧急筹划以后的战局。北洋衙门和家里面，通常是彻夜灯火通明、人出人进，出去的，是派到外面办事的；进来的，是急得睡不着觉的。

他们整夜整夜地商量。

幕府里人很多，参军、文案、外交、实业、军工、财务、军需、教育，各类人等都有，有华员也有洋员。幕府中以前的干才，已经死了不少，新起后进都派了出去，去各处协办军务。家里知兵的人剩下不多，但事情还是需要商量。

平壤丢失，就要守义州，经过商议，觉得义州还是不守为好。叶志超一跑，现在谁都明白了，虽然不说，但心中知道：此时淮军不是彼时淮军，有些靠不住。

在朝鲜继续打，在异国交战，后援难济，易成孤单之势，成为孤军。以前指望着在朝鲜的军队能多坚持十天半个月的，更多地损耗敌人的实力，之后再撤不迟，为后方争取准备的时间，但现在看，北洋心有余，军队力不足，继续在朝鲜防御，已经不实际，也危险。

周馥和袁世凯在辽东督办粮台，极为得力，现在鸭绿江防军的军械、粮秣充足。不如不守义州，退回鸭绿江，凭山河之险、本土之根、主客之势，以逸待劳，坚守国门。

以后的局势也推演了一番。

要让在朝鲜的军队回国，但不能说撤军，朝廷的威望、国民的意愿，都要顾及。

所以，北洋向朝廷建议，说的是："力保沈阳以顾东省之根本。"

明着，是跟朝廷说，咱们要让军队回来，保住本朝的发祥之地。骨子里想的是：东三省地大人多，日本人一旦进来，深入其内，就是陷了进去。日军进入我国以后，若是转向南下，进击直隶京畿，东北的军队就在它的身后，恐怕没有那么容易；如果分兵，北上辽沈，同时南下直隶，就犯了兵家的忌讳，各路军队的兵力不会太强，力道不会长久。

也知道，想是可以这样想，最后还是要看自己的陆军能不能坚持下去。陆军能坚持下去，坚持到日军力衰，或坚持到世局发生变化，就有胜算。

这就是日后的形势，所以当时北洋并不悲观，北洋海军损失惨重，不是战争结局的最终关键，还有陆军。

对于海军受到的损失，汉纳根认为，不是什么了不起的事。他说，训练新式陆军十万，为时不晚。

幕府的人有这个政治敏感，能听到汉纳根的声音背后有个德国。

鸭绿江防军是从四面八方云集过来的。有从朝鲜逃回来的，有从内地派来的，聂士成、马玉崑的部队还在，叶志超、卫汝贵递解京师问罪，他们的队伍还在，只是群龙无首。

清廷吃一堑、长一智，各军不可自行其是，要有个主帅。

选用主帅，才发现人都老了，无人可用。刘锦堂、刘铭传垂暮老病，不能去，挑来挑去，只剩下四川提督宋庆可以，却也很是勉强，毕竟年近八旬了，就连聂士成、马玉崑和从奉天调来的依克唐阿，也都六十岁了。

老将带旧军，带的是旧军的新营，鸭绿江防军声势虽壮，其实虚弱。

旧军的战法，无非是兵来将挡，水来土掩，自古如此，如今用洋枪，那就修一长溜护墙挡住枪弹呗。早年，与太平军交战，修造堡垒很管用，那就还修堡垒。于是，鸭绿江防线沿江拉出一条线，修起护墙堡垒，战法是静候硬拼！

山县有朋战前沿江观看考察，看到对面防军大军密集、场面壮观，他十分兴奋，模仿中国士大夫，即兴写下诗句："对峙两军今若何，战声恰似迅雷过。奉天城外三更雪，百万精兵渡大河。"

看着对岸的大军，他直接想到了奉天，视眼前清军如草芥。对面的人，太死板了吧，拉起长线一道，各军划区自守，不知道何处轻、何处重，重要的地方，兵太少。

山县看出，占领九连城，必须先夺取虎山，可以立足高山，居高控制四周。虎山是天险，不能强攻，必须首先攻占虎山侧面的安平河口，再合围虎山。安平河口最重要，这里是清军左翼，清军左翼轻，右翼重，重兵在右翼安东一线。

旧式军队声势浩大的陈规刻板，他一目了然，一眼看透。

清军鸭绿江防线三万人，日本第一军三万人，人数相等。

10月24日清晨，旭日初升，江上轻雾弥漫，水鸟齐飞，突然出现十公里横面宽的第一军总攻战线，岸边人马浩荡，一望无际，全军过江。大江两岸吐出道道炮火云烟，战火突发，两军展开炮击。

第一军集合起一半兵力进攻虎山。第三师团、第五师团的部队一万五千人在平安河口突击设渡。上午十一点，突破清军防线，建立桥头堡阵地。当晚，部队利用夜幕架起了浮桥，主力跟随突击部队开始渡河。25日黎明，十三个突击队向虎山发动攻击，虎山毅军只有五百人，不能支持，只好突围走了。

日军攻占虎山以后，忽然间，像水银泻地，从山上流下，向三面扩散铺开，然后分成几条支线四向横流穿越，分而合，合而分，一个个迅疾逆袭穿插，前攻后围，吞噬清军的阵地，进入防线纵深，然后从北面突然直下，侧击包抄九连城和安东，与正面进攻部队形成合围形势。

在这种情况下，防守一方必须顾及被从后面包围歼灭的危险，一般都会撤退。日本野战部队做出了这个态势，已经足够了，清军立即放弃阵地撤退。一而再，再而三，屡试不爽，于是鸭绿江防卫线全线后退，战局很快变成大崩溃局面。清军立不住脚，只好一退再退，九连城、安东、凤凰城各处重镇，连连失守。

到了27日，鸭绿江防线全线瓦解，九十门大炮来不及带走，被日军抢走七十四门。

与此同时，第二军两万五千人突然在辽东半岛花园口登陆上岸。登陆活动历时半个月，竟然没有清军前来截击，却有很多当地的百姓去滩头帮助日军卸载、搬运辎重武器上岸，当然是有偿服务。

第二军登陆以后，分为两路，一路南下，一路西进。11月5日，南下的第一师团一万两千人开始攻击旅顺背后的金川，遇到徐邦道的两千五百拱卫军挡住去路。拱卫军死战不退，最终全军战殁。

11月6日，第二军第一师团占领金川，切断旅顺口的后路。

21日，旅顺陷落。

日军狂澜疾进，辽东局势很绝望。

鸭绿江清军的左右翼，被打成两段，军队四散奔命，遇到周馥的后方收容队，拦截散勇、组织成队，才重新聚集起来。在这个节骨眼上，清军有了一点点进步，士卒们不是逃散直接回家过日子去，他们又聚合起来准备再战。周馥的收容队骑马追截，在硝烟和尘雾中纵横几百里，穿行于溃散大军，声嘶力竭、疲于奔命，临阵组织新营。

日本第一军渡江之后，分两路，第三师团西向，进军岫岩、海城；第五师团北上，进军辽阳、奉天。

宋庆带领多数鸭绿江守军向西退逃，边打边逃，跑到凤凰城，转身再战，被日军迎头猛击，死了一半，又战败，跑到岫岩一带立住脚，布防再战，抵挡西进第一军第三师团的进攻。

聂士成和依克唐阿在鸭绿江战败，也是边逃边打，退至摩天岭一线，在大山中设防，抵挡第一军第五师团。

主帅宋庆边战边退，狼狈奔窜，起初是满腔悲愤，痛不欲生，跑到了凤凰城，不想再跑了，想坚守不退，举马鞭跟部下说：“宋祝三年近八旬，枕凤凰而死无憾。”

老将军出言慷慨，声泪俱下，众人感奋。但是兵败如山，感奋没有用。凤凰城是个无险可守的地方，宋庆挥军上前拼斗，只见前军崩溃，排山倒海一样，又兵败撤退，没来得及放下马鞭，继续逃。

正如山县有朋所见，战场上没有悬念，清军一退再退，一触即溃。

宋庆战了退，退了战，连连退逃，跑着跑着，跑多了，就有所领悟：这样边战边退，大约不失为一种战法？我国地大，有的是地方跑，日军就这些人，连追带打，人会越跑越少，我军跑是跑，朝廷正在招募新营不断来援，我跑一阵，打一阵，跑到来年，看我把你拖垮！

当夜，宋庆脱下战袍盔甲，远掷抛弃，换穿一身短衣，腰间用一条麻绳扎住，找了一块白布裹头，迎风立在军前。

星光月下，众军见主帅不像主帅了，像个庄稼汉，以为老将军兵败至此，要挂甲回乡了，又见他身背单刀，手持火把，均十分不解。

宋庆对众军宣告："即日，本军已非防军，亦非攻军，乃游击之军。汝等各部，马队集成一旅，统归马玉崑统辖，本督不奏功，一死殉国而已。"

当夜，宋庆灵光一闪，把毅军各营变成了野战之师。

自此，他时退时进，时战时逃，仍然屡屡败阵，却总会反身扑击，决死拼斗一场，又忽然逃离。在辽南、辽东大地上南北纵横，东西冲撞——围攻金州的日军，被击退；坚守缸瓦寨、大平山、田庄台，七次大战，七战七败，皆为血战。每战身先士卒，扑而再起，生死肉搏，危急之际，振臂一呼，伤者跃起，疲者奋进，力战不退。

清军又有了一点进步，可以与日军大战几天不跑。阵前的日本随军记者亲眼见到了清军的主帅本人，看见他在阵中奔走呼喝、挺身搏杀，有所感，不知是自言自语，或是对人评议，说："白发将军骁勇绝群，部下皆无退意。”

打到第二年年初，辽东和辽南的日军必须要日日夜夜进行战斗，时刻不能松懈。他们越打越觉得奇怪：清军每战必败，死伤惨重，怎么人却反倒比以前多了？

去年年底，宋庆毅军只剩下数千残卒，到了现在，旗下之军有毅军、铭军、嵩武军、亲庆军、凤字军，六十九个营，算下来，有两万余人。怎么回事？在中国作战，怎么会是这样的，他们败得越多人越多，死得越多越厉害。我第一军每战必胜，然而希望何在呢？

清军变得越来越狂妄，海城被第三师团占领以后，他们跑回来围攻，反复争夺，每攻必败，打败又来，这个不来那个来，上次是宋庆，这次是依克唐阿，已经翻来覆去来了五次。他们刚走，又来一个长顺，长顺是谁？以前，战场上没有他。

到了2月，第三师团在海城感到实在有些打不动了。

中国东北，十冬腊月天气寒冷，日本冬季温暖湿润，日本士兵们不耐严寒，百分之九十的官兵被冻伤，作战阵亡的人并不很多，却被冻死了很多。第三师团伤病者已过千人，还在与日俱增，丧失战斗力的伤病员越来越多，战力每天都在减退，所以只能停在原地休整。

中国的冬天比它的军队可怕，连补给都被冻在半路上，永远过不来。官兵们伤病枕藉，饥寒交迫，困苦不堪，已有怨言。虽然不明说，人人在想一件事：这样下去，不要说进取直隶，能不能活着回家都是问题。

辽南作战的第三师团，已感到伤痛，也感觉到了清军发生的巨变——他们越战败越凶恶，越战败人越多，虽然只知力战，不懂谋略，但已经不像以前那样好对付了。

此时的日军，每当临阵，忽发臆想：对面的人群虽弱，似有凶灵附体，战殁者阴魂不散，附入军中，他们战必败，败必逃，却是计划好的逃，不是突然崩溃。这种败，败得令胜者气恼。中国战场的这种怪异，实在是以前没有想到的。土地中冒出软绵绵的韧性，看不见，也打不散，第三师团颇有力不从心之感。

第五师团在辽东也有类似的感觉。

部队兵进辽阳，路遇摩天岭，挡住了通向辽沈的要道。山脉连绵七十五公里，不能绕行。面前的高山峻岭有两道，是前后两重山，一看就是陷军之地，进去了，一旦有事可不容易出来。从山麓到顶峰，要走二十公里，山巉道险，辎重车辆难行，易守难攻。此地是天险，天然一个陷阱，不宜行兵。

第五师团第十旅团奉命攻占辽阳，必须通过摩天岭。

立见尚文旅团团长察看山势，见到摩天岭上聂士成的旗帜，不再担心了——

聂士成是败军之将，成欢败、平壤败、鸭绿江败、九连城败，一败再败，从朝鲜败到中国，一路败到这里，败了上千公里，不足为虑。

旅团的右前方，是依克唐阿的五千奉军，驻兵在侧面的赛马集，显然是我军动，他也动，我若攻击摩天岭，他会从右侧下来袭击。

立见尚文认为，对面之敌不堪一击，命令部队兵分两路：一路向西，夺取摩天岭连山关；一路向东，扫荡赛马集。

前面是清军，硬碰硬，他们不行，只要我过去，他们就逃走了。

立见尚文一路打来，确实也是这样。清军以炮火对战尚且奋勇，但是见了日本步兵近至身前，会胆怯、会转身、会不由自主往回爬，然后起身就跑，这是日军与清军作战目前所得的战场切身经验。

第十旅团11月12日向摩天岭进发。

头天晚上，军中将佐会餐。第五师团在朝鲜和中国战场所向无敌，节节胜利，大本营青睐有加，兵站基地为部队优先供应。起初分配颇丰，近来运输线遭到袭击，虽然供应不济，部队尚存有1804年创业的“井上酒造”老字号清酒，产自第一温泉胜地丰后大分县别府市。那里，是很多官兵的家乡。兵站部之思虑，可谓体察入微，无微不至。当晚会饮，故乡佳酿助兴，以壮斗志，以安军心。

有个中佐举杯致意：“明日会战摩天岭，拜托各部队并肩奋勉。”

有个人喝多了，纠正他的话：“富岗君差矣，明日走过摩天岭，北国风光，景色必有可观。”

众人哄然一笑，并不怪他轻言。

第十旅团没有想到，走过摩天岭的计划太难了，他们奋力走，拼命走，走到了第二年四月，战争结束，还没有走过去。

因为那天晚上，聂士成在山上看见了一个蜘蛛网。

聂士成一败再败，败得头破血流、头昏脑涨、眼冒金星、手脚冰凉、灰心丧气。他想不明白，武毅军枪炮不差、士卒敢斗、补给充沛，但为什么总是出毛病，总是打不好。

他一直在想原因，论说战技不如人，是有些道理，却也未尽然。他心想：我受命在此镇守摩天岭，军不待，时不滞，并未迁延不动死等它日军来攻，特命北线之军挥击先发，集兵攻击安东与摩天岭一线日军的运输线。孙显寅、吕本元、耿凤鸣、马金叙等人皆悍将，率步骑四出，日夜轮替攻袭日军的粮道，寻机包抄第五师团进犯之师，伺机痛剿。但是这一次，我们人又太少了。

在朝鲜，主帅弃军奔命；在鸭绿江，设防不周；在九连城，后侧受敌；在此地，兵员不够。每次会战，不是这里坏，就是那里松。聂士成不禁长叹一口气。

聂士成想不出来为什么，该怎么办，坐在一块大青石上看着山下发愁。

入晚时分，山风骤起、雾沉谷底，天上几颗稀星暗淡，遥望山岭之下，平林远处，透过树木隐约出现片片灯火，被一阵阵涧上峦风吹得疏离闪烁。那里，是日军大营，他们已经到了山前。

聂士成心中没有主意，对天祈告上苍，说："关老爷，今日之事，与汉时两辙，然兵家之道当古今同理，您老人家要是实在看不下去，请来指点迷津。"

聂士成不知道这仗该怎样打下去，日思夜想，作下心结，魂牵梦萦，连做梦都在想办法，每次梦中都骑在马上满头大汗找兵书。今晚，是情急无奈，只好诉诸天意。

聂士成对天问毕，转身回军帐。

山道崎岖狭窄，夜色昏暗，扈从举着火把在前面给他照亮。他拨开树枝，小心翼翼慢慢走，一抬头，看见路边一棵老松树上挂着一张蜘蛛网。

蛛网很大，八角形，一盘银丝空镂，在空中微微飘动，光影中，若有若无，时隐时现。

聂士成忽然看见了这些天一直在想，却看不见、找不到、摸不着、说不出的东西。

“兵之形！”

他站住不走了。

空中的蛛网，貌似虚弱，实为强韧。看上去很稀松平常，却是个八面玲珑之物，内中纹路工整、机脉精细，条条银丝极是细微，巧妙横竖四面接连，坚韧不断。风扑过来就漏过去，吹不散它。它是空的，却实实在在挂在那里；它是实的，却又半虚半空不容易看到。非虚非实，非动非静，非显非隐；轻而不拔，疏而不漏，理路深藏，暗布杀机。

聂士成在空中看见的，是武毅军日后的兵形，是摩天岭应设的战局。

他虽然还是不知道之前为什么总是败，但是已经知道以后应该怎么打。

他又长叹一口气，道：“唉，可惜平日少读书，浑然不思不学。兵书，也全白看了，全然不解机要。节骨眼上，还得老天爷来帮忙，惭愧，惭愧。”

摩天岭各军，自此变成一张张蛛网，八面伸张，疏而不漏，进退飘忽，若有若无，隐形不露，突发一击，骤现狰狞，一不小心，撞进去，不易脱身。日军看不见、扑不着、找不到、追不上却也过不去，被缠在山中争斗，疲于奔命，进退两难。所到之处，留下被网中突发快刀斩落的人头，连山关遭骑兵雪夜突袭，草河口受左右夹击，雨中被围，扑朔迷离，被打得惊魂不定。清军中，不知何方神圣，专门用刀杀人，刀光闪处，人枪两断，血溅十步，其力，见者观止，魂飞魄散。第五师团在摩天岭遇到克星，处境艰难狼狈。

战争中，旧式清军都在变，一面流血，一面一点一滴发生异变。

诸军野战捍卫山河，在辽南平原、辽东峻岭，于战火中寻求生存，各寻出路，自我更新，一步一步演变进化。

再生之道，取法自然，显于至诚，身处绝境志不灭者或见其形。

67

西太后慈禧的六十大寿是光绪二十年阴历十月十日，西历1894年11月7日。

仗要打，生日也要过，沿街戏台、彩舫、花亭、牌楼从东华门修到颐和园。不过，西太后心里是真别扭，好端端一个节庆，宣了战，过什么过！

西太后一直不想打这场仗，紧着让李鸿章中外调停，但没管用。东洋日本着实可气，挑这个时候，非要打。

慈禧原来担心打仗冲了生日，现在已经打了，又担心战局。北边，日本人从高丽国渡鸭绿江过来了；南边，日本人从海上过来了，外面的局势很不妙。

她问醇亲王："月前水师打了场恶战，现在还在海里吗？"

醇亲王说："回禀皇太后，水师现在不在海里头，正在港内修理军舰。"

慈禧问："东洋的水师在海里吗？"

"在。"

慈禧说："这我就不明白了，既然是恶战，船都打坏了，它们能出来，咱们怎么就不能出来呢？"

醇亲王说："日本有厂子，修得快，修了五日，给修好了。我们机器不全，单只修理打坏的巨舰船锚，就已太费事，要两个月才成。"

慈禧听明白了，点点头，说："说了归齐，还是技不如人哪。七王爷，我看这水师一时半会儿出不去，要是东洋日本没人拦着，在大沽口一上岸，可就离咱们北京城不远了。"

"太后所虑极是。"

"唉。"慈禧叹口气，没说什么。

慈禧说不出来什么，她在想以后。大沽口离北京不到三百里，洋人以前不是没来过，进了北京烧了圆明园，这次来的是东洋人，这甲午年的事情，闹大了。

那天白日，没有多说，慈禧想了一天。到了晚上，她对着储秀宫掌案的李莲英说出一句话："这东洋人，他究竟想问大清要什么？"

李莲英不知道，心想：八成什么都想要。

国家大事，他不敢吱声儿。

慈禧其实没有问他，是在问自己，又问："要不，找个人去问问？"

李莲英何等机灵，得，老佛爷想停战。

这件事，一直没有再提。到了来年二月，大过年的，威海卫被日本人占了，北洋水师全军覆没，领兵的全自尽了。紫禁城里突然气氛阴沉，乾清宫和储秀宫里面好像都出了事，太监和宫女们都不愿意往那边去，里面出来办事的全都低着头，好像谁也不认识了，问话，一言不发，战战兢兢，脸色死灰，必是全都受了惊吓。

皇上和太后打起来了。

那天过午，李莲英正往太后屋里端漱口水，刚要掀帘子进门，皇上忽然驾到，急匆匆迈大步进了门，直奔太后那屋。李莲英吓得赶紧跪，光绪没看见他，直接进了太后的屋。李莲英不敢进屋，端着漱口水在外面跪着，心想坏了，皇上圣驾，事前无人来通告，自己径直来了，这还得了！

过了一会儿，忽然听见里面太后高声训斥：

“迁都！社稷所在，国本所在，我朝根基所在，说迁都就迁都！反了你了，你迁得了吗？我朝开国，明朝就迁都，它迁了再迁，有何用处，结果怎样？祖宗的基业就在这北京城。你们都走，我就守着这片繁华，守着大清，哪儿也不去！”

太后天威震怒，李莲英趴在地上，不敢抬头。

当晚，翁同龢奉诏乾清宫议事。到了宫里，他看见皇上脸色铁青，迈大步在大殿里转，从这头再转到那头，再往回转，一边走一边高声痛骂，转来转去，骂来骂去，突然泪流满面，失声号啕。见了翁同龢，他抬起手，却说不出来话。翁同龢见光绪这样，很悲痛，跪在地上跟着皇上哭，说：“皇上啊，皇上，龙体要紧。”

师生二人哭了半天。光绪哭的是王朝的气数，太后偏执，正在把国家断送，自己眼看着，却只能干着急；翁同龢猜测到发生了什么事情，哭的是皇上抗战的苦心。

太后的心思，主战的朝臣们早就看出来了。翁同龢进宫之前已经想好，趁太后还没有动静，劝皇上赶快离京西去，坐镇长安，把战争打下去，留得青山在，不怕丢北京。削弱了倭寇，赶出去，再图中兴。可是现在看来已经晚了。翁同龢接着哭，哭国运在劫难逃，天违人愿。当夜，乾清宫里，君臣痛哭，哭声是王朝末路的哀鸣。大清立国二百多年，一时断送。

太后坚决不离开北京城。二月初，已经派人去日本试探媾和。当国者既无定见，又无恒心，既为保国而战，怎能想停就停，实在可悲。一人心性，其他全然不顾，怕了日本，难道不怕国内士人百姓吗？有此断送，自此以后，你的朝，你的国，在中土，还立得住、留得住吗？

消息传出，辽东、辽南为山河奋战之士一片哀鸣，恨声遍野。

1895年4月，清廷遣使去日本谈判议和。日本不谈，指名必须枢臣，李鸿章或者翁同龢去谈。

翁同龢是坚决不去，死也不去。

李鸿章奉旨议和，不动声色，谢过了皇恩，把钦差亲送出门。华、洋幕僚在后院里站了一大群，都在等他。

李鸿章回来，见了众人，说天快黑了，大家先回去歇着，一切明日再说。

魏经见中堂在书房里半天没出来，端一碗热汤面进屋去瞧瞧，见李鸿章坐在屋正中，闭着眼，垂着头，衣襟上湿一片。魏经吓一跳，这是睡着了还是……

李鸿章没睡觉，知道是魏经，问他："金陵大小姐和姑爷有信函吗？"

"有有，前日来信，说少奶奶又有喜了。"

"好，好，好。这才好。老魏，你把门掩上，我跟你说个事情。"

魏经关门，心里嘀咕，这是怎么了，跟我单独说事情。李鸿章让魏经搬把椅子也坐下，又把魏经吓一跳，以前没在这屋坐过。魏经坐在椅子沿上，仍然是上身直立垂手，还是平时服侍主人的样子。几十年来，他头一次在中堂面前坐，不习惯。

李鸿章说："先给你讲个故事。"

魏经听了直出汗，老大人今天关上门，要给我魏经一个人讲个故事。刚才钦差来过，然后中堂独自坐在书房，衣襟是湿的，这是出了什么事呀？

李鸿章对他说的是一段陈年的旧事：

江苏阳湖有个人，是个有本事的，有本事却中不了举，就去曾国藩那里帮忙。咸丰五年（1855），曾国藩正在和太平军打仗，此人初入幕府，没人把他放在眼里，就让他到下面去走一走、看一看。那人在南昌一带转了一圈儿，回来了，跟曾国藩说，湘军主力周凤山不会打仗，换人吧。曾国藩平素最讨厌的就是书生自大，空口议论，不以为意。不到十天，周凤山兵败，曾国藩赶紧把人家请来求教。那人讲了一番道理，曾国藩心服口服。自此，言听计从，重用了他。

咸丰六年（1856）七月二十一日，暑天溽热，蝉声彻夜，曾国藩在正房里睡觉，那人睡在厢房。初鼓之后，都睡不着，二人同时起身，去到庭院里散步。深更半夜，黑咕隆咚，两人碰了面，都吓一跳。巧遇，也不能在大半夜自家的院子里巧遇呀，于是两人同声发问："有什么事吗？"

他们没事，就坐在外面的石凳上夤夜闲谈，没想到谈出一段惊天的话。曾国藩当时是两江总督，那天他很担忧，对那人说："京中来人说，都门气象甚恶，明火执仗之案时出，市肆乞丐成群，民穷财尽，恐有异变。”说的是北京城里现在太乱，老百姓的日子过得太困苦，北京怕是要出事。

那个人也很担忧，他担忧的不是京城，是大清国。

李鸿章说到这里，看着魏经，见他僵直坐在椅子边儿上，就说：“老魏，你坐好了，下面的话要坐好听，不然会掉下来。”

“老大人，我坐好了。”

李鸿章接着讲。

那个人对曾国藩说：“天下治安久矣，然合久必分。纵然当今皇上是明主，一时还不会土崩瓦解，但不出五十年，方州无主，人自为政，天下大乱。”

曾国藩不相信，说：“我朝君王皆英主，不至于如此吧。”那个人说：“君王固然英才天纵，然我朝创业，太过于容易，天下，是随手捡来的，机运巧合而已，又杀戮太重，好事盖不住坏事，只要做过恶，天道就不容。后世君王德泽也不能扭转。”

曾国藩听他这样讲，就说：“那我还是早死好，别见到那天。”

曾文正公过世二十年后，那个人也死了，赶在前年，甲午开战前一年。

李鸿章的故事讲完了。魏经早从椅子上站立起来，汗如雨下。

“中堂！咸丰六年距今四十年，您是说，大清的气数快……”

李鸿章说：“老魏，本爵活了这把年纪，没看见天道，你见过吗？”

魏经紧摇头，说：“在下也没瞧见过。”

李鸿章说："也实在不知何为气数。朝廷自有为自己造就的前路，不敢揣测。何为天道，老夫寻求半生，尚未见到。或许天道绵长，非一世可见，故只由史家论说。无论怎样，九州中土，人在地在人心在，世代不灭。这个，这些年，你们这些人，倒是让我看到了。今日朝廷下旨，要我去办一趟差，这趟差是我的末路。任事者不能人人善终，你跟着我，从今往后没有好处。多年以来，我没有厚待你，你也从无怨言，我让人在你的老家置些田产，修了一座院子，你回家去好好过生活吧。"

魏经走出书房让大风吹出一脸眼泪，心想：中堂以后也许可以过几天清静日子了。

魏经没有回家乡，这些年，一直想回的家乡早已清冷无人，陌生之地，回不去了。

1901年1月17日，李鸿章在贤良寺临死之前，已经给穿上了寿衣，眼睛却睁着，直视庭宇，张着嘴却说不出来话。匆忙赶来的周馥见状痛哭失声："老夫子，有何心思放心不下，不忍离去呀？未了的事我等可以办，请放心去吧。"

李鸿章目张口动，眼中有泪。这回，连魏经也猜不出他想要说什么。

张佩纶败军之将、戍边之徒，见状悲愤交加，自己也有所领悟：

唐景崧给恭亲王看的扇面，遇刚则柔，遇柔则刚，既无定见，复少恒心，说的是国人的短处，入木三分，其深其透，超乎国人的所知，连中堂和自己，都不能免。当初看到这句话，中堂出了一身冷汗，说："切中其要，愧疚欲死。"但还是没有悟到，刚与柔，不是术，是道。

一国一人，风骨正气，是大道，得道者昌，失道者灭。瞻前顾后，避小害而丧大义，一味遇刚则柔，反会招来人心离散王朝崩塌之大害，是聪明反被聪明误。自以为身担国运，要做不怕世人非议的忠臣，逼得就剩下一条拼命的路，却还不去走，不知道一国垂死，要拼死一争，以死战养民气，或可复生的道理，以至于后来人心不固，国事离析。

中法之战，无定见，战不战，和不和；中日之战，无恒心，可再战，而不战，不可和而求和，以至于亡朝鲜，割台湾。之前，琉球一事，一步失足，以至于此。不救琉球，就是连自己都不想救。从此中土离心，外国轻贱，清朝的气数，在那一刻，就已经尽了。在后来的战争中，民气和铁甲，不知民气是铁甲中的铁甲，这虚与实之间的奇正，全都错乱。败，不是败在谓之“实”的铁甲和利炮，而是败在了国人自己的手里。

中堂事后不会不去想这一生，临终弥留的此时，一定幡然醒悟，哭都哭不出来此生的遗恨。

张佩纶想到此处，走上前，弯身附在李鸿章耳边轻声说：

“老大人一世，以身许国，持风雨飘摇之政，小心翼翼，一味忍让。背书骂名仍不敢轻动，卧薪尝胆，步步退让，怕的是灭国，图建东山之起，只有琉球一次机会，却未能举国奋力一击，一步之差，乃至如今。此恨，天知地知，你知我知。马关之约，国之奇耻，代西宫受过，当世英名，亦随国运崩坏，非百年以后不能脱干系。此为英雄之劫，报国之士，多不能免。国难之中，前史多有，后世不绝，非一人可自持之所能。中堂此生，上可对天，下可照土，何必对人？此去，大江东去浩荡，已无所憾！”

李鸿章耳闻知音，立刻流下一行清泪，内心明澈，已入化境，闭目气绝。

当初清廷签订《马关条约》，把台湾割让给日本，这一割，血淋淋。唐景崧立即在台湾宣布独立，建立台湾民主国，摆脱条约的限制就可以继续对日战争，年号“永清”。

“永清”二字，既痛彻，也迷茫，永世大清国何在?

然而，国可灭，中土不可灭。

台民宣示公议：“民主国尊奉正朔，遥作屏藩。现在代表天下，不代表朝廷，坚持对日战争。”

唐景崧任大总统，全台筹建义军，丘逢甲总办全台民兵，刘永福统领台南，吴汤兴统领台北，全民成军，保卫台湾。

林朝栋在中法战争中毁家卫国死战，族人无分老少男女，多有战殁者，刘铭传把台湾的樟脑生意交给林家去做，雾峰林氏已成巨贾。此时，他在乡里再募义军，宅院的里里外外、四周园林，放满煤油桶，准备打到最后关头，点火焚烧家园，率军进山。

日本近卫师团去接管台湾的同时，台湾民主国发布宣言，公告中土：“今已无天可吁，无兵来援，台民只有独自死战一途。事平之后，请命中土，再做办理。”

话，说得清楚，你们不打，我们打，打完了再回归。

随即台湾爆发全面抗日战争。

台湾民众，举家迁往大陆的很多，他们在轮船上看见，时有大陆的船只东行。商船民船向台湾航行，船上布衣韦带青年，身背长弓，凛然站立船头，海风吹起衣裾，破浪而去。

乘客目送背影，知道，这是大陆人去台湾参战，令人不禁追忆汉高祖大风之歌。

台湾抗战，从1895年打到20世纪初，从旧时代打到新时代。

唐景崧书生报国，慷慨激切，在战场上却没有打过胜仗，注定不得不败、不得不逃。日本占领台湾，他又往广西老家跑，快快渡海归乡。清廷把眼一闭，不追究他自立国家的大罪，随他自去安度余年。走下传奇人生舞台，他又成一介书生。

此人一生，注定不会寂寞，他别出心裁，在桂林榕湖搭起个戏班子，叫“桂林春班”，唱一种没有人听过的戏，是他给自己新造的，把桂北的地方戏、皮黄腔和桂林话一混、一掺、一变、一编、一写，创立出一个剧种——桂剧。从此，终日默然，写戏听戏了。其内心深处，无人可知。不过，家园五美堂中有座“听棋亭”，上刻一副自书的对联：

纵然局外闲身　每到关怀惊劫急
多少棋中妙手　何堪束手让人先

后世亭前一年四季，常有观者流连体味，猜度此中的壮烈与迷离。

士人报国，已尽心力，生平之志或有不能遂，已无话可说，飘然遁去自造小蓬莱一隅，遗世独立做个看客。旧日英雄以此谢幕，天下舞台，让给新生后进。

西风吹过中土，挟带崭新的学问更新世界，文明的利刃划破邦国，越南、朝鲜、中国，在西风中个个烽烟四起，王朝覆灭，南北分国，陆岛离析，众生各寻前路。

国可灭，天下不可灭。中土不是地，是东方古代遗存，中国不以王朝维系，只以自身文明维系。文明，是根本，深埋于其土，西风焕新物貌，吹它不散，只在自我遗忘中消亡。

当年，北洋海军覆灭的消息传到恭亲王府，他已经是个闲人，天快黑了，还在庭院廊下斗蛐蛐。

暮光之中，他站起身，背起手看看天，天上出现星月，又望着地上正德年间的蛐蛐罐，自问：中华海军，南洋、北洋，数十年血泪之凝聚，毁于一旦。士大夫救国，三十年奋发，三十年艰辛，三十年坚忍，两代人，前亡后替，摧而不折，孤而不拔，辛苦经营，瞬间湮灭。此中旧事，后日无所知。既然败，都是错，或可讥，或可忘，前人已去，何虑人言。一百年后，西风浩荡，物是人非，此星此月之下，中土人人或已奋发？天下立身者，可担当激烈如是？

2018年12月29日于北京

图书在版编目（CIP）数据

中土 / 戴寅著. — 北京：北京十月文艺出版社，
2021.7
ISBN 978-7-5302-2092-4

Ⅰ. ①中… Ⅱ. ①戴… Ⅲ. ①长篇小说—中国—当代
Ⅳ. ①I247.5

中国版本图书馆 CIP 数据核字 (2020) 第 224892 号

中土
ZHONGTU
戴寅 著

出　　版　北京出版集团
　　　　　北京十月文艺出版社
地　　址　北京北三环中路 6 号
邮　　编　100120
网　　址　www.bph.com.cn
发　　行　新经典发行有限公司
　　　　　电话（010）68423599
经　　销　新华书店
印　　刷　北京盛通印刷股份有限公司
版　　次　2021 年 7 月第 1 版
　　　　　2021 年 7 月第 1 次印刷
开　　本　880 毫米 ×1230 毫米 1/32
印　　张　18
字　　数　400 千字
书　　号　ISBN 978-7-5302-2092-4
定　　价　68.00 元
质量监督电话　010-58572393
如有印装质量问题，由本社负责调换。